Violet Socks

Und warum man hundertmal
Lebe wohl sagt....

von

Celine Ziegler

für Frieda, Yasmin + X

Impressum

Celine Ziegler
Pappelweg 6
36137 Großenlüder
celine.ziegler@gmx.net

Druck: epubli, ein Service der neopubli GmbH, Berlin

ISBN: 978-3-7427-0346-0

Deutsche Erstausgabe 02/2017
Printed in Germany

Prolog

Vier Jahre zuvor

„Das ist das absolut obercoolste Geburtstags-geschenk aller Zeiten."

„Nein, ist es nicht. Du lügst."

„Ich lüge nicht. Guck doch, sie passen perfekt."

„Dein kleiner Zeh schaut heraus, Violet. Sie sehen schrecklich aus."

„Harry, nun sei mal nicht so. Sie passen und du hast das toll gemacht. Außerdem ist violett meine liebste Farbe."

„Das V sieht aus wie ein U und das H wie eine seltsame Hieroglyphe."

„Sie sind superweich, ich glaube, ich behalte sie den ganzen Tag an."

„Oh man, die oberste Naht öffnet sich."

„Harry."

„Erst jetzt fällt mir auf, dass sie unterschiedlich lang sind."

„Und die Maschen sind total lose."

„Genau. Und da ist ein Loch in deiner Ferse."

„Noch dazu sind sie gar nicht so weich wie ich behauptet habe."

„Da hängen überall Fäden aus dem Stoff."

„Ich kann sogar spüren, dass sich einer davon um meinen großen Zeh gewickelt hat."

„Sie werden dich beim Laufen stören."

„Sehr gut möglich."

„Du wirst mit diesen Teilen hinfliegen, Violet."

„Oh ja, und der Aufprall wird wehtun."

„Du könntest dir gleich zweimal den Fuß brechen. So wie ich damals."

„Das tat weh, richtig?"

„Es tat *richtig* weh."

„Aber, hey, Harry …"

„Zieh diese schrecklichen violetten Socken bitte aus, ich nehme sie wieder mit und werfe sie direkt in die Tonne für unzumutbare Geburtstagsgeschenke."

„… Ich mag sie und …"

„Du bist eine grausige Lügnerin."

„… und sie erinnern mich an dich."

„*Das* wiederum ist ein unzumutbares *Kompliment*."

„Ich glaube, ich hänge sie mir an die Wand, damit ich sie immer sehen kann."

„Versteck sie lieber ganz hinten in deiner Sockenschublade."

Kapitel 1

„Weißt du, was sich noch auf Violet reimt?"

Gelangweilt und kurz davor, diese Gabel vor mir zu greifen und sie direkt ins Auge dieses Kerls zu stechen, blinzle ich. „Nein, was denn?"

„Lederfett."

Heiliger.

„Es ist echt witzig. Ich habe noch nie einen Namen gehört, auf den sich so viele Begriffe reimen. Kennzeichnungsetikett, Sterbebett, Wasserklosett ..."

„Ja, wirklich, zum Totlachen. Das sind *wunderbare* Reime."

„Schmierfett!"

Mein Blick fällt auf die Uhr, die über einem alten Hirschgeweih hängt. Erst halb acht. Wir sitzen gerade mal eine halbe Stunde hier und schon jetzt ist die Sympathie zu Torben, der mir gegenübersitzt, enorm. Nicht.

„Ich hab noch einen", sagt Torben und schnippt, als hätte er gerade herausgefunden, wie man Krebs heilt. „Lederfett!"

Ich atme tief durch. „Lederfett sagtest du bereits. Das zählt nicht mehr."

„Mist." Er kraust die Stirn und starrt auf einen Fleck, um sich zu konzentrieren. „Normalerweise bin ich besser in so etwas."

Und normalerweise verbringe ich meine Freitagabende auch nicht mit grenzdebilen Kerlen, die zu einem Date mit schmutzigen Jeans und zu kleinen Highschool-Jacken auftauchen. Zwar meinte er, er habe keine Zeit gehabt, sich etwas Ordentliches für unser erstes Treffen anzuziehen, denn sein Papagei war auf dem Baum seines Nachbarn geflogen und geschlagene vier Stunden nicht mehr heruntergekommen, doch, dass ich weiß, dass er gar keinen Papagei hat, scheint irrelevant zu sein. Übrigens war dieser nichtexistente Papagei auch die Ausrede dafür, dass er zwanzig Minuten zu spät gekommen ist und ich in der Kälte stehen musste.

„Gib mir noch ein paar Sekunden." Er rauft sich heftig nachdenkend die Haare, die nebenbei kreuz und quer abstehen, denn nicht mal die scheint er zurechtgemacht zu haben. „Violet ... Violet ..."

Jetzt reicht es mir. Wo sind wir hier? In einem Sprachkurs für Legastheniker? Ich werde mir keine weitere halbe Stunde mehr antun, Storys über Footballspiele oder den neuen E-Klasse-Mercedes anzuhören, der ja in Rot total grausam aussieht und nur wahre Pracht ausstrahlt, wenn man ihn in Schwarz oder mattem Weiß kauft. Und noch weniger bin ich hier, um mir anzuhören, wie viele Wörter mit *Fett*, *-kett,* oder *-bett* enden, um einen idiotischen Reim mit meinem Namen zu finden.

Deswegen sage ich: „Weißt du, was sich auf Torben reimt?"

„Was denn?"

„Verstorben."

Er runzelt die Stirn.

„Verdorben", rede ich weiter. „Oder noch besser ... *Ge*storben." Denn das ist er genau in diesem Moment für mich.

„Willst du schon gehen?", fragt Torben verwirrt, als ich beginne, wortlos meine Jacke anzuziehen.

„Wie nett, dass du fragst", sage ich ironisch und knöpfe meinen Mantel zu. „Ich muss leider *dringend* nach Hause."

„Weshalb?" Nun stehen seine Haare alle nach oben, nachdem er seine Hände aus ihnen genommen hat. Gewaschen hat er sie wohl auch nicht.

„Oh, weißt du", erkläre ich, als ich aufstehe und meine Handtasche schnappe, „gerade eben habe ich ein seltsames Signal empfangen und ich glaube, meine Fledermaus steckt in Schwierigkeiten, deswegen muss ich dringend zu ihr."

„Deine Fledermaus?", fragt Torben noch verwirrter, als ich meinen Stuhl an den Tisch schiebe.

„Ja, Max, meine Fledermaus. Ich verständige mich mit ihr immer über die hohen Schalle, die für das menschliche Ohr nicht zu hören sind. Er ruft nach mir, deswegen muss ich abhauen."

„Oh, äh." Verdutzt steht Torben auf und ein penetranter Geruch von Schweiß und Männerdeo kommt mir entgegen. „Dann solltest du wirklich dringend zu ihm ... Ich wusste gar nicht, dass so was geht. Beeindruckend."

Ich mache eine abwinkende Handbewegung. „Doch, geht voll, kann aber nicht jeder." Schnell gehe ich einen Schritt zurück, als er mich zur Verabschiedung umarmen will, und drehe mich weg. „Wir sehen uns, Torben."

„Klar, Violet, ich hoffe, mit deiner Fledermaus ist alles gut!", ruft er mir hinterher, ohne Rücksicht auf die anderen Gäste, die in diesem Restaurant sitzen.

Vor Scham erröte ich und schließe schnell die Tür hinter mir, damit ich den vorwurfsvollen Blicken der Kellner aus dem Weg gehen kann. Wo hat er überhaupt diesen Laden her? Am Telefon meinte er, dass dieses

Restaurant das absolut *fetteste* und *krasseste* Restaurant der Welt sein soll, aber bis auf Hirschgeweihe und Wildschweinköpfe konnte ich an diesem Restaurant *nichts* Fettes oder Krasses entdecken.

Mich überkommt sofort eine unangenehme Gänsehaut, als ich aus dem Restaurant flüchte und an die frische Luft gelange. Zwar ist es Mai, jedoch noch immer kühl, wenn die Sonne erst mal weg ist. Hätte ich mir doch lieber weniger Mühe gemacht und eine normale Jeans angezogen. Mein Lieblingskleid mit meinen Lieblingsstrümpfen hat es nicht verdient, so einen Reinfall zu erleben.

Ich ziehe schlecht gelaunt mein altes *Motorola*-Klapphandy aus der Manteltasche und tippe die Zwei ins Ziffernfeld, um meine Mutter anzurufen. Sie hatte sich so gefreut, dass ich endlich ein Date mit einem *waschechten* Jungen habe, aber sie, genauso wenig wie ich, hatte erwartet, dass dieser waschechte Junge eher einem verschmutzten Waschlappen gleicht und noch dazu mit bescheuerten Reimen wie Violet – Wasserklosett um sich schmeißt.

Ich beginne, in die Richtung zu laufen, aus der wir gekommen sind, verdränge dann den Willen, Torbens Autoreifen zu zerstechen, und halte mir das Handy ans Ohr. So hatte ich mir den Freitagabend nun wirklich nicht vorgestellt. Ich wäre produktiver gewesen, hätte ich den ganzen Abend Filme bei Netflix geschaut und Chips gegessen.

„Bonjour, Madame", grüßt mich meine Mutter trällernd.

„Du brauchst nicht einen auf Französisch zu machen, Mama. Torben ist nicht mehr in der Nähe, also darfst du wieder ganz Englisch sein."

Meine beste Freundin, Charly, die übrigens Auslöser dieses ganzen Schlamassels war, meinte nämlich, dass Torben total auf Französinnen steht, deswegen hat sie ihm sofort erzählt, dass ich französischer Abstammung bin, damit die Chancen größer sind. Jedoch bin ich absolut keine Französin. Deswegen musste meine Mutter bei der Begrüßung von Torben ihre alten Französisch-Schulkenntnisse hervorkramen und mitspielen, damit die bescheuertste Lüge der Welt nicht auffliegt.

„Oh, zum Glück", sagt Mama. „Viel mehr hätte ich sowieso nicht sagen können. Was ist denn los?"

Ich seufze frustriert. „Torben ist los. Mister Ich-bin-der-beste-Reimer-der-Welt-und-nerve-Violet-Sterbebett-damit-den-ganzen-Abend war ganz schön unterhaltsam heute, sodass ich es ganze vierunddreißig Minuten mit ihm ausgehalten habe. Kannst du mich abholten, bitte?"

Jetzt seufzt auch Mama. „Ich wusste, mit ihm stimmt irgendetwas nicht. Er war mir schon suspekt, seitdem er von seiner bellenden Katze erzählte."

Ja, auch meine Mutter war nicht vor seinen seltsamen Geschichten sicher. „Wie auch immer ... Also holst du mich?"

Sie stimmt zu und schon lege ich wieder auf und lasse mein Handy in meiner Manteltasche verschwinden. Charly wird dafür büßen. Das war das erste und das letzte Mal, dass ich mich auf ein Blind Date mit einem ihrer ach so tollen Cousins einlasse. Sie hat von ihm gesprochen, als wäre er Adonis höchstpersönlich, aber ich bin mir sicher, Adonis höchstpersönlich popelt sich nicht schon vor dem ersten Gang in der Nase, um ihn dann schließlich still und heimlich unter dem Tisch verschwinden zu lassen.

Ich setze mich an die Straße auf den Bürgersteig und lege meinen Kopf auf meine Knie. Wie trostlos all das doch ist. Und ich dachte immer, solche widerlichen Kerle und solche abgrundtief scheußlichen Reinfälle gibt es nur in Büchern, doch da habe ich mich wohl getäuscht.

Ein Licht auf der anderen Straßenseite weckt meine Aufmerksamkeit und als ich die immer näher kommende Elektromusik höre, die aus nichts Weiterem außer einem viel zu lauten Bass besteht und dazu noch durcheinandergeratenes, schrilles Gekicher höre, verdrehe ich automatisch die Augen. Ich wende meinen Blick ab. Ich muss nicht mal auf das Kennzeichen gucken, um zu wissen, welche Idioten mit so lauter Musik und offenem Dach umherfahren, weil ihnen die ständige Aufmerksamkeit in der Schule nicht ausreicht.

Mit zu schneller Geschwindigkeit kommt mir das grüne Cabrio entgegen und wie sollte es auch anders sein, wird es langsamer, umso näher es mir kommt.

Ich drehe meinen Kopf genervt weg, als sie vor mir zum Stehen kommen, doch nicht auf die Idee kommen, die Musik etwas leiser zu machen, damit ich ihre dummen Sprüche überhaupt auch nur ansatzweise verstehen kann.

„Da sieh mal einer an!", ertönt eine Stimme, die ich dem Fahrer, Ethan, zuordnen kann. Sein Arm lehnt lässig aus dem Fenster, während hinter ihm drei Mädchen sitzen, die denken, es wäre gesund fast nackt auf der Rückbank eines Cabrios zu sitzen. „Violet Borrymore! Ein Wunder, dass man dich überhaupt freitagabends mal sieht!"

„Man spricht es *Berry*more aus." *Du Vollidiot*, will ich noch hinterherschieben, doch behalte es für mich.

Auf dem Beifahrersitz erkenne ich auch schon den braunen Schopf, der mir noch mehr auf die Nerven geht, obwohl er nicht mal etwas sagt. Er sieht einfach nur geradeaus und sein Kopf wippt synchron zum Bass des Liedes mit.

„Wie auch immer, Loser", macht Ethan und winkt mit seiner Hand ab.

Die Mädchen hinter ihm tuscheln irgendetwas und es juckt mich in den Fingern, sie mit Kieselsteinen zu bewerfen, die genau neben mir liegen.

Ethan gibt Gas. „Viel Spaß beim Alleinesein!" Und schon verschwindet er mit der lauten Musik, den kichernden Mädchen und dem braunen Haarschopf.

„Ja, haha, ich habe fast meine Cola wieder ausgespuckt, weil er so saumäßig lustig war", sage ich sarkastisch, während ich meinen Dutt am Hinterkopf mit einer Haarklammer befestige. „Nicht mal Kevin Hart wäre an ihn herangekommen."

„Ach komm schon." Charly, die sich gerade einen langen Cardigan über die Schulter zieht, verdreht die Augen. „So schlimm ist Torben nun wirklich nicht. Ich finde ihn witzig. Du musst dich nur auf sein Humorniveau begeben."

„Das Humorniveau eines schlechten Stand-up-Comedians, der immer noch veraltete Witze über Josef Fritzl macht", erwidert Benja – eigentlich Benjamin und sprüht etwas Haarspray auf meinen Pony, während er ihn wie ein Profi richtet. „Ich finde es gut, dass Vy sich nicht auf so Idioten einlässt." Er klopft mir stolz auf die Schulter. „Für den warst du sowieso viel zu clever."

Ich betrachte mich im Spiegel. Ausnahmsweise hängt mein Pony mal nicht fransig vor meinen Augen, sondern liegt ordentlich ein wenig nach rechts gerichtet, während zwei lange, dunkelblonde Strähnen mein Gesicht umrahmen. Ich trage eigentlich ständig einen Dutt, aber mit Benjas Hilfe sieht es aus, als wäre ich direkt vom Friseur gekommen, weil Frisuren gestalten eines seiner größten Hobbys ist.

„Manchmal ist es gar nicht so cool, clever zu sein", sagt Charly und zieht sich ihre schwarze Baskenmütze auf, die bei ihr nie fehlen darf. Auch nicht an großen Geburtstagsfeiern. „Kerle stehen nicht immer auf clever, sondern auf naiv und dumm."

„Also ich stehe definitiv nicht auf naiv und dumm", sagt Benja.

„Du bist schwul, das zählt nicht. Ich rede von *richtigen*, maskulinen Kerlen, die Football spielen, aber nicht Profivisagisten werden wollen."

Nachdem ich meine Wimpern noch getuscht habe und mir ausnahmsweise noch ein wenig Rouge gegönnt habe, stehe ich auf und ziehe mir meine dunkelbraunen Boots an, die perfekt zu meinem senfgelben Stoffkleid und den cremefarbenen Kniestrümpfen passen. „Mag ja sein, dass manche Kerle auf naiv und blond stehen, aber da werde ich doch lieber eine einsame Katzenfrau, als noch einen weiteren Abend mit so einem Torben-Verdorben zu verbringen. Außerdem bin ich fast blond." Ich weigere mich strickt dagegen, meine Haare aufzuhellen wie viele andere dunkelblonde Mädchen es machen. Ich mag meinen zu langen Pony-Straßenköterblonden-Look.

„Du hoffnungsloser Fall", seufzt Charly und betrachtet mich mit ihren braunen, fast schwarzen Augen. Ihre schwarzen Haare hat sie mit einem Zopf unter der Mütze versteckt, sodass man sie nur noch ein bisschen erkennen kann. Oftmals versteckt sie ihre Haare, weil sie findet, der Fokus sollte stets auf ihrem Gesicht liegen. Was jedoch selten Sinn ergibt, denn ihr Klamottengeschmack lenkt jede Aufmerksamkeit auf sich. Sie trägt, wie ich, oftmals Röcke oder Kleider, jedoch in ausgefallener Art und Weise. Heute hat sie sich für einen schwarzen, lockeren Rock mit schwarz, weiß gestreiftem Oberteil entschieden. Sie ähnelt ein wenig einem Pantomimekünstler, doch das weiß sie mit Sicherheit schon, stört sie allerdings nicht.

„Wir müssen los", sagt Benja und sieht auf sein Handy. „Hardy wartet unten auf uns."

Mit Hardy ist sein Freund gemeint, den er schon seit geschlagenen drei Jahren hat. Und das mit achtzehn. Ich beneide ihn um diese feste und tolle Beziehung, denn Hardy und Benja sind wie füreinander geschaffen. Sie sind oftmals nur zu zweit anzutreffen, was nerven kann, jedoch auch total süß ist. Sowieso ist Hardy ein Superfang für Benja. Während Benja der unscheinbare, dürre Junge mit zu langer Nase ist, könnte Hardy Unterwäschemodel sein. Sie unterscheiden sich enorm, sind gleichzeitig aber auch ein- und dieselbe Person.

Wir alle begrüßen auf der Straße vor Benjas Haus Hardy mit einem Kuss auf die Wange und einer Umarmung, dann steigen wir in sein Auto und fahren in Richtung Geburtstagsfeier. Im Gegensatz zu uns ist Hardy eher die coole Sorte Mensch, dessen Eltern Unmengen an Geld haben, und außerdem überall beliebt ist. Nur durch ihn können wir heute Abend auf der Party auftauchen, was jedoch keinen von uns stört. Charly, Benja und ich wissen, dass wir absolut *nicht* zu der coolen Sorte Mensch gehören, zumindest heute Abend. Wir werden die Außenseiter sein, doch das Raffinierte an der Sache ist, dass wir nicht die einzigen Außenseiter sind, denn auf Clarissas Party sind noch sehr viele andere von unseren Außenseiterfreunden, mit denen wir den Abend verbringen können.

So läuft es oft ab, wenn wir Party machen. Entweder wir gehen nie Party machen und verbringen den Abend mit DVDs gucken oder anderem Kram, der nur Spaß macht, wenn man die richtigen Freunde dazu hat, oder wir schleusen uns mit Hardy auf ein paar Feiern, auf die er ständig eingeladen wird. Bis jetzt hat sich selten jemand beschwert oder uns rausgeschmissen, weswegen wir dieses Spiel wahrscheinlich bis zum Collegeabschluss weiterspielen können.

Hardy hält vor dem riesigen Haus von Clarissa, die ebenfalls zu der coolen Sorte Mensch gehört, dessen Eltern abnorm viel Geld haben, und wir machen uns auf den Weg zur Haustür, durch die man schon die laute Musik hören kann. Ich bin froh, dass ich nicht genug Freunde habe, mit denen ich so eine fette Party überhaupt machen könnte, denn ansonsten würde mir meine Mutter nämlich den Kopf abhacken. Ihr sind die leisen – manchmal nicht ganz so leisen – Filmeabende lieber als die ständigen Alkoholexzesse, die manche Jugendliche hier schieben.

Hardy klingelt, Charly rückt noch mal ihren Hut zurecht und Benja greift nach Hardys Hand, bevor die Tür geöffnet und die Musik noch lauter wird.

Die mit den perfekt blondierten Haaren und den viel zu großen Brüsten für ihre abnorm schlanke Figur öffnet uns die Tür. Florence. Wahrscheinlich wollte Clarissa selbst die Tür öffnen, aber Florence braucht die Aufmerksamkeit der Gäste in der ersten

Erscheinungssekunde. „Hardy!", freut sie sich, als sie ihn entdeckt, und will ihn gerade in den Arm nehmen, als sie seine Anhängsel entdeckt. Uns. „Und die restlichen Loser. War ja klar, dass mir kein Abend ohne euch erspart bleibt."

„Wir freuen uns auch, dich zu sehen", sagt Charly und geht gar nicht erst auf ihren fiesen Spruch ein, denn wir sind so was bereits gewöhnt.

Charly stolziert an ihr vorbei ins Haus und Florence verdreht genervt die Augen. Hardy und Benja betreten hinter Charly das Haus und ich folge ihnen, vorbei an Florence, die hinter mir die Haustür schließt. „Heute hast du dir aber mal echt Mühe mit deinen Fusselhaaren gemacht", neckt sie mich und betrachtet mich von oben bis unten, während ich mich nicht mal traue, ihren Körper anzusehen, weil ich sonst das Gefühl bekomme, ich würde sie bespannen, dadurch, dass sie so wenig am Leib trägt.

Doch ich winke nur lässig ab und drehe mich von ihr weg, halte Ausschau nach Charly und Benja, die verschwunden sind. „Jaja. Sag mir lieber, in welche Richtung meine Loserfreunde verschwunden sind."

Missbilligend hebt Florence den Finger und zeigt in Richtung der Küche, worauf ich nicke und mich bei ihr bedanke. Mir ist egal, was sie ständig über mich, meine Haare oder meinen Klamottengeschmack faselt, wirklich. Ich kenne sie schon seit dem Kindergarten und nach den paar Jahren gewöhnt man sich daran und lernt schnell die Schwachpunkte des Gegners. Zum Beispiel weiß ich, dass Florence in der sechsten Klasse mal ihren BH ausgestopft hat, weil ich sie in der Mädchenumkleide erwischte und noch dazu bin ich die Einzige, die das weiß. Florence weiß auch, dass ich es weiß. Und deswegen habe ich immer etwas gegen sie in der Hinterhand, wodurch sie oft die Klappe hält, denn sie will ja ihren guten Ruf in der Schule nicht verlieren und als Sockentitte dastehen.

Ich betrete die große Küche und entdecke auch schon Charly, Hardy und Benja tratschend mit Oscar und Carla. Auch zwei, die nicht zu der coolen Art von Mensch gehören, jedoch zu uns und wir sind ja wohl auch irgendwie super cool oder nicht?

Ich stelle mich zu ihnen, nachdem ich mir einen Becher mit Cola geholt habe. „Okay, wer will die Story mit Charlys Cousin noch hören oder hat Charly bereits alles in den letzten zwei Minuten ausgeplaudert?"

Carla und Oscar lachen. Carla ist übrigens von spanischer Abstammung und Oscar dagegen von indischer, gemischt mit einem leichten thailändischen Touch, den er von seinem Großvater hat. Wie seine Familie genau zusammengesetzt ist, weiß ich nicht und ich bin mir sicher, er weiß es selbst nicht so genau.

„Charly hat vorhin in der WhatsApp-Gruppe schon davon erzählt", sagt Oscar und trinkt von seinem Wasser. „Ich wusste ja, dass irgendetwas nicht mit ihm stimmt."

„Stimmt", sagt Carla. „Immerhin behauptet er von sich selbst, mit einem Haus, das nur mit Luftballons angehoben wurde, um die Welt geflogen zu sein."

„Ein wahrer *Oben*-Fan", grunzt Benja.

Wieder verdreht Charly die Augen und verschränkt die Arme. „Hallo? Ich kann ja echt verstehen, dass ihr Torben für einen Idioten haltet, aber er ist immer noch mein Cousin und damit Mitglied meiner Familie. Und meine Familie hat es nicht verdient, dass man sich über sie lustig macht, ihr Hirnis."

Wir alle lachen, weil Charly genau wie wir alle weiß, dass Torben ein Horst ist, es allerdings nicht zugeben will. Gerade als ich etwas darauf sagen will, erweckt jedoch etwas anderes meine Aufmerksamkeit.

Florences schrilles Gekicher ertönt und mein Blick fällt direkt zum Türrahmen der Küche, an der sie lehnt mit den Händen an dem Kragen eines Shirts, dessen Träger mir nur allzu bekannt ist. Wenn ich es nicht besser wüsste, würde ich behaupten, dass dieses T-Shirt, das er trägt, schon mindestens drei Jahre alt sein muss. Schon immer mochte er die *Rolling Stones*, weswegen er haufenweise von diesen T-Shirts hat. Zumindest hatte er es damals.

Ich muss einen Kotzreiz unterdrücken, als ich zusehe, wie der Kerl, den ich wahrscheinlich am meisten in meinem Leben verachte, grinsend seinen Arm neben Florence abstützt, während er – so sieht es zumindest aus – versucht, verführerisch zu sein, und mit ihrer blonden Haarsträhne spielt.

Jedes Mal muss ich mir diesen Anblick antun, wenn wir auf Partys sind, denn immer da, wo es eine Party gibt, ist Harry anwesend. Er ist überall, wirklich überall. Es reicht mir schon, dass ich ihn fünf Mal die Woche in der Schule sehen muss, aber nicht mal am Wochenende scheint mir die Ruhe vor ihm gegönnt zu sein. Und jedes Wochenende scheint er ein anderes Opfer für seine widerlichen Anmachsprüche zu haben. Hier mal eine Blondine, dann eine Brünette, am nächsten Freitag ist es dann die mit den roten Haaren, die niemand kannte, doch jeder haben wollte, weil sie so unerreichbar ist. Besser gesagt war. Das Schlimme und Ätzendste ist nämlich, dass all diese Mädchen auch noch darauf reinfallen und wirklich denken, dass er einer der netten Sorte Typ ist, der sie vergöttert wie eine Prinzessin. Aber nein, nicht mit Mister Obercool. Er lässt sie fallen wie jedes andere Mädchen.

Aber nicht denken, dass ich mit dieser Verachtung zu ihm, auf die Welt gekommen bin, nein. Harry, so heißt Mister Ober*kotz*cool, war vor vier Jahren noch mein bester Freund. Tatsache! Das letzte Mal habe ich richtig mit ihm gesprochen, da war er vierzehn und ein noch total anderer, besserer, liebevollerer Mensch. Ich habe ihn als aufmerksame und loyale Person in Erinnerung, aber nicht als arroganten Rüpel, der nicht weiß, wann Schluss ist.

Ich dachte immer, dass seine und meine Freundschaft ewig halten würde. Das dachte ich *wirklich*. Er war seit der Krabbelgruppe mein bester Freund, ging mit mir durch dick und dünn, war für mich da, als mein Vater meine Mutter, Rosy und mich verließ und guckte mit mir sogar bestimmt hundert Mal *Nemo*, weil ich den Film so mochte, obwohl er ihn nicht ausstehen konnte. Es ist so unglaubwürdig, dass dieser Kerl, der heute fast jedes Wochenende betrunken ist, mal der Junge gewesen sein soll, der damals für mich ein Paar Socken strickte, wo *V+H* eingestickt war. Natürlich waren sie total schlecht gestrickt, doch er war mein bester Freund und noch dazu mein persönlicher Held.

Aber heute will ich ihm jede Sekunde ans Schienbein treten, wenn ich ihn sehe. Zwar sieht er mich nie an und ich bin mir auch sicher, dass er mir, seitdem unsere Freundschaft von einem Tag auf den anderen ein Ende genommen hat, nicht mehr richtig in die Augen gesehen hat, aber das ist auch nicht nötig. Er ist heute niemand mehr, mit dem ich meine Zeit verbringen will und ich bin für ihn wahrscheinlich genauso ein Loser wie für Florence und den ganzen Rest. Mir jedoch vollkommen egal.

Als Harry nun Florence etwas schelmisch grinsend ins Ohr flüstert, worauf sie erneut kichert, verziehe ich angewidert das Gesicht. Gott, wieso tue ich mir das eigentlich an?

„Glaubt ihr, sie ist noch anwesend?"

„Warte."

Ich schrecke auf, als mich plötzlich jemand in den Arm zwickt.

„Au!", meckere ich und sehe Benja zornig an. „Musst du mich immer kneifen?"

„Du hast wieder gestarrt", sagt Charly und deutet hinter sich, wo Harry mit Florence rumknutscht.

Ich sehe gereizt weg. „Ich habe nicht gestarrt."

„Wie auch immer." Carla schiebt ihren Kopf in die Runde, worauf wir es ihr gleichtun, weil das das Zeichen ist, dass ein Geheimnis offenbart wird. „Ich habe gehört, sie sollen es schon im Schulklo getrieben haben."

„Wer?", fragt Oscar verwirrt.

„Na, Harry und Florence. Das hat mir Michelle heute nach der Schule erzählt. Der ganze Jahrgang spricht darüber."

Ich winke ab und interessiere mich nicht weiterhin für das Thema. „Hach, Gerüchte gibt es viele. Angeblich soll Florence auch schon mit unserem Sportlehrer geschlafen haben, aber das glaubt auch niemand."

Hardy hebt die Brauen. „Aber Florence *hat* mit dem Sportlehrer geschlafen."

„Oh, wow", lacht Charly. „Was eine überraschende Wendung."

Plötzlich ertönen laute Knalle und ein Junge unseres Jahrgangs steht auf der Küchentheke und haut mit einem Holzlöffel gegen einen Topf. „Aufgepasst! In fünf Minuten wird Flaschendrehen ohne Hemmungen im Wohnzimmer gespielt! Ich wiederhole! In fünf Minuten Flaschendrehen ohne Hemmungen!"

Carla schüttelt den Kopf. „Als wären wir an einem Flughafen."

Benja nimmt wieder Hardys Hand. „Los, wir spielen mit."

„Was?", fragen Charly und ich synchron.

„Vergiss es", blökt Charly als Erstes. „Am Ende muss noch jemand von uns irgendwelche unmenschlichen Aufgaben machen, wie den ekligen Derek küssen oder so!"

„Und noch dazu ist das echt ein bescheuertes Spiel", füge ich hinzu und verschränke die Arme, um meiner Verweigerung einen gewissen Nachdruck zu verleihen. „Das spielen nur die, die einfach jemanden zum Rummachen brauchen, aber wir nicht."

„Nun stellt euch mal nicht so an. Ich will wenigstens zugucken, wie sich die anderen blamieren."

Und weil die Schlagwörter „zugucken und blamieren" gefallen sind, stehen wir auch schon hinter dem kleinen Kreis an Freiwilligen, die sich dazu bereit erklärt haben, dieses infantile Spiel zu spielen, während der Rest gespannt zuguckt.

In der Runde mit dabei: Florence. Natürlich. Es sitzen sechs weitere Personen im Kreis. Vier Jungs, drei Mädchen mit Florence eingeschlossen. Echt bescheuert, wie sie sich trauen, sich inmitten der ganzen Leute zu setzen und sich anstarren zu lassen, während sie irgendwelche bescheuerten Dinge ausplaudern oder doofe Pflichtaufgaben bewältigen. Als wären wir in einem Zirkus, in dem dressierte Affen Unfug treiben, um die anderen zu bespaßen.

Florence dreht die Flasche und alle sehen gespannt darauf und warten ab, wen es als Erstes trifft. Es trifft Hastings. Ein schüchterner, mit Akne bestrafter Junge, der nur in dieser Runde sitzt, weil er denkt, er würde so mehr Freunde finden.

„Okay, Hastings", sagt Florence und greift sich die Flasche. „Wahrheit oder Pflicht?"

„Wahrheit", sagt er schüchtern.

„Hast du schon mal ein Mädchen geküsst?"

Bum. Genau ins Schwarze getroffen. Jeder weiß, dass Hastings noch nie etwas mit einem Mädchen hatte, auch wenn er siebzehn ist. Deswegen hasse ich dieses Spiel und Florence. Es ist einfach gemein.

Doch Hastings traut sich nach einer Weile, zu nicken.

„Hey, nicht lügen!", bellt ein Kerl aus der Runde und haut ihm auf den Hinterkopf. „Sonst kannst du dich gleich verpissen, klar?"

„O-Okay", stottert Hastings und direkt tut er mir leid. „Ich, äh ..."

„Du, äähh", ahmt Florence ihn genervt nach. „Los, sag schon. Es weiß sowieso jeder. Du hattest noch nie etwas mit einem Mädchen, so, fertig. Nächste Runde."

Mitleidig sehe ich zu Hastings, der knallrot anläuft. Es ist eine Schande, dass sich niemand einmischt und Florence mal gehörig die Meinung geigt. Wäre ich einer von diesen Leuten hier, würde ich es wahrscheinlich tun, doch ich bin nur Außenseiter, ich muss mich möglichst unauffällig verhalten.

Als Nächstes müssen sich zwei in der Runde küssen, dann muss Florence ihren roten Spitzen-BH präsentieren und als Nächstes wird ein Kaugummi von der Sohle eines Mädchens abgekratzt und anschließend darauf rumgekaut. Eigentlich witzig, solang man nur Zuschauer ist.

„Okay, Moment mal kurz", sagt Florence nach ein paar Runden und greift sich wieder bestimmend die Flasche. „Ich habe eine wunderbare Idee."

Alle hören ihr neugierig zu.

„Wir sollten mal ein Opferlamm von den Zuschauern auswählen, das für diese Runde mitmacht."

Ich hebe eine Braue. Wie kreativ du doch bist, Florence, ich wette, niemand sonst kam je auf diese Idee. Ist ja klar, dass sie immer irgendwen leiden lassen muss, damit ihre sadistische Ader gestillt werden kann.

„Und ich nehme ..." Florence zeigt mit der Glasflasche durch die Runde, schwenkt langsam und konzentriert von links nach rechts, gleitet ab und zu mal an mir vorbei. Und schließlich peilt sie mit der Flasche genau in meine Richtung. „Dich."

Ich runzle die Stirn und drehe mich um. Meint sie Benja hinter mir?

„Nicht er", sagt Florence jetzt feixend und sieht mir direkt in die Augen. „Ich meine dich, Violet Berry-Loser."

Entsetzt sehe ich sie an. „Was?"

Doch Florence zuckt nur arrogant mit den Schultern und legt die Flasche auf den Boden. „Keine Widerrede. Du bist auf unserer Party, also spielst du auch nach meinen Regeln."

„Ich will ihr eine Glatze rasieren", meckert Charly leise hinter mir und ich höre, wie Benja und Carla ihr zustimmen.

Ich würde gerne ebenfalls zustimmen, doch mein Blick ist zu gebannt auf die Flasche gerichtet, mit der Florence gerade Schwung holt. „Der, den die Flasche trifft, muss ... Hm ... Was will denn auf keinen Fall jemand hier in diesem Raum? Hach, ich weiß es." Sie dreht die Flasche. „Der, den die Flasche trifft, muss fünf Minuten lang mit Berry-Loser in die Abstellkammer."

Ich reiße die Augen auf. Rein theoretisch könne ich einfach abhauen und mich weigern, doch der Abend ist noch jung und gehen möchte ich auch nicht. Natürlich sorge ich nicht gerne dafür, dass Florence ihre gemeine Seite an mir ausüben kann, doch in Momenten wie diesen war sie schon immer die Mächtigere. Verdammt seien ihre Beliebtheit und ihre guten Partys.

„Und es kann übrigens jeden treffen", fügt Florence hinzu, als die Flasche immer langsamer wird.

Wie hypnotisiert starre ich auf die Flasche, die immer langsamer wird und immer langsamer und immer langsamer und ...

Sie stoppt.

Ich folge der Richtung, in die sie zeigt, und ersticke beinahe an meinem Entsetzen.

Auf keinen Fall werde ich mit Harry in eine verdammte Abstellkammer gehen. Auch nicht für fünf Minuten.

Manche im Raum atmen erleichtert auf, dass es sie nicht getroffen hat, und manche beginnen gehässig zu lachen und sehen zu Harry, der unbeeindruckt auf die Flasche vor sich sieht, während er lässig auf der Couch sitzt.

„Nein!", haue ich direkt raus und schüttle vehement den Kopf. „Vergiss es, Florence!"

Doch sie verschränkt die Arme und setzt sich weiter auf. „Du willst dich doch nicht etwa wehren? Entweder du tust es oder du kannst mit deinen anderen Freunden abhauen. Außerdem, wovor hast du Angst? Harry wird jemanden wie dich schon nicht anfassen."

Die Runde lacht und ich habe das Verlangen, ihr eine zu knallen. Sogar Harry lacht in sich hinein.

„Tu's einfach", flüstert mir Charly im Hintergrund zu. „Es sind nur fünf Minuten ... Wir wollen wirklich nicht gehen."

Erbost drehe ich mich zu ihr um. „Ich gehe doch nicht mit Harry Ich-bin-so-cool für fünf Minuten in einen geschlossenen Raum", zische ich. „Schon vergessen, dass wir uns *hassen*?"

„Bitte, Vy", bettelt Benja. „Versau uns doch den Abend nicht mit deinem zu großen Stolz."

„Genau, *Vy*", ahmt Florence ihn nach. „Also los jetzt. Wir werden hier auf euch warten."

Ich kämpfe mit mir selbst, als ich mich wieder umdrehe, kurz einen Blick auf Harry werfe, ihn dafür verfluche, dass er nichts dazu sagt und stattdessen über alles lacht, das gegen mich spricht. Hätten Charly und Benja nicht so loyal sein können und sagen, dass wir ein Team sind und niemand aus unserem Team Dinge tun muss, die er nicht will. Aber nein. Steht einmal eine Party im Mittelpunkt, muss die doofe Violet wieder irgendwelche doofen Dinge tun.

Und deswegen stehe ich auch schon dreißig Sekunden später in der dunklen Abstellkammer, die nur mit einer einzigen Glühbirne an der Decke beleuchtet wird und sowieso viel zu eng ist. Mir gegenüber Harry, der sich auf den Boden setzt und sich gelangweilt an die Wand lehnt.

Hier drin ist es völlig still und weil die Wände aus Beton sind, bin ich mir sicher, dass man kein Wort von draußen hören wird, zumal die Musik sowieso wieder läuft.

Wir schweigen. Ich sehe auf ihn herab. Ihm scheint es gar nichts auszumachen, dass wir uns gerade seit vier Jahren wieder auf weniger als einen Meter nähern. Er sitzt dort, als wäre ich niemand, nur ein dummes Mädchen aus seiner Schule.

Er sieht mich nicht mal an. Er hat mich sowieso kein einziges Mal angesehen, als wir hier hineingedrückt wurden.

Doch ich tue nicht so, als würde ich ihn nicht kennen. Zumindest tat ich das mal, bevor er sich um hundertachtzig Grad verändert hat.

Ich lehne mich an die Tür und lasse meinen Blick über das kleine Regal an der Wand schweifen, in dem ein paar Handwerkssachen liegen. „Hast dir wirklich eine tolle Freundin mit Florence geangelt", spreche ich die ersten neun Worte seit einer halben Ewigkeit zu ihm.

Mein Herz pocht. Jedoch nicht vor Nervosität oder Schwärmerei, sondern vor Verachtung.

Allerdings ignoriert er mich vollkommen.

„Was? Willst du jetzt fünf Minuten schweigend hier rumsitzen?"

„Hab gehört, so geht die Zeit schneller rum", erwidert er resigniert und spricht somit die ersten acht Worte seit Jahren mit mir.

„Eigentlich ist es genau andersrum", korrigiere ich ihn und betrachte sein Gesicht. Er war schon immer ein hübscher Junge, aber sein Charakter macht alles kaputt, wirklich alles. Was für eine Verschwendung.

Er lehnt seinen Kopf zurück und schließt die Augen. „Mir scheißegal. Es reicht, dass ich mit dir hier drin feststecke, mach es nicht noch ätzender."

Ich hebe die Brauen. Er versucht es nicht mal, angenehm zu machen, er macht es nur mit jeder Sekunde schlimmer, in der er abweisend und kalt ist. So wie er nun mal ist.

Ich schnaube und setze mich ebenfalls auf den Boden, jedoch weit genug von ihm weg. So weit, wie es nun mal möglich ist. „War ja klar, dass man mit dir kein normales Wort wechseln kann", murmle ich vor mich hin.

„Wie war das?"

„Ich sagte, dass man mit dir kein normales Wort wechseln kann", wiederhole ich mich, diesmal laut und deutlich, weil es mir vollkommen egal ist, ob er sich in irgendeiner Weise verletzt fühlt.

Sein ernster Blick trifft meinen. Das erste Mal seit ... Verdammt langer Zeit.

„Vielleicht liegt das daran, dass ich kein Wort mit dir wechseln *will*, schon mal darüber nachgedacht?"

Ich kneife die Augen zusammen und halte seinem Blick stand. „Wie schön, dann geh doch."

Es herrscht Stille. Die Glühbirne über uns fiept leise vor sich hin und von draußen hört man die lauten Bässe gemischt mit dem Geplaudere der anderen. Jedoch ist die Spannung in diesem kleinen Raum so heftig, dass ich das Gefühl bekomme, die Wände kommen näher. Er empfindet mindestens genauso wenig Sympathie für mich wie ich für ihn und keiner von uns scheint das verstecken zu wollen. Warum auch? Wir unterscheiden uns in jeglichen Aspekten.

Als er nichts darauf sagt, allerdings auch nicht geht, weil er wohl weiß, dass Florence sonst ausrastet, schweigen wir noch eine Weile.

Doch irgendwann sage ich dann, weil ich es endlich aussprechen will: „Welche Ironie, dass du es dir erlaubst, dich so idiotisch aufzuführen, während ich diejenige bin, die dich an den Pranger stellen könnte."

Aus dem Augenwinkel sehe ich, wie sich seine Stirn kraust und er zu mir sieht.

Ich blicke jetzt wieder in seine Augen, die hellblau strahlen, allerdings ein wenig rot durch den Alkohol sind.

Sein rechter Mundwinkel hebt sich spottend und er gibt zurück: „Dass du dich traust, auch noch *irgend*wen an den Pranger zu stellen, während du zu den größten Losern der Schule gehörst."

Ich beiße die Zähne aufeinander. Zwar habe ich schon oft das Wort Loser gehört und auch schon oft wurde ich als solcher betitelt, aber noch nie von ihm. Und ganz ehrlich? Er hätte es sich sparen können. Er ist derjenige, der alles versaut hat, indem er mich einfach von einem Tag auf den anderen nicht mehr beachtet hat, und nicht ich. Harry hat nicht das Recht dazu, mich so zu behandeln.

„Na und?", keife ich noch leise genug zurück, damit uns niemand belauschen kann. „Wenigstens betrinke ich mich nicht jedes Wochenende und schreibe gute Noten in der Schule. Was man von dir ja nicht behaupten kann."

Er lacht gehässig auf. „Oh, scheiße, ich vergaß, dass du noch ätzender als meine eigene Mutter bist."

„Und ich vergaß, dass du ein Arsch bist."

Wieder schließt er ausatmend die Augen und lehnt den Kopf unbeeindruckt zurück. „Sei für die nächsten zwei Minuten noch still, ich kann mir dein Gerede nicht mehr geben."

Ich balle wütend die Fäuste. Er kann sich mein *Gerede* nicht mehr geben? Wer glaubt er, wer er ist?

„Noch dazu gehen mir deine Strümpfe dermaßen auf den Sack", fügt er hinzu.

„Wie bitte? Was haben denn meine Strümpfe damit zu tun?"

Seine Augen sind weiterhin geschlossen. „Sie sehen scheiße aus, das haben sie damit zu tun. trägst sie jeden verdammten Tag."

Mir klappt die Kinnlade herunter. Niemand hat mir je gesagt, dass meine Strümpfe scheiße aussehen. Sie sind das, was mich von den anderen unterscheidet, und außerdem gehören sie schon immer zu meinem Leben. Er weiß ganz genau, er wusste es schon immer, wie sehr ich meine Kniestrümpfe liebe, und jetzt wagt er es sich tatsächlich, sie gegen mich zu verwenden?

„Schon vergessen, dass du mal sagtest, niemanden würden Kniestrümpfe so gut stehen wie mir?", hole ich eine alte Erinnerung von früher hervor, in der er mir schon als kleiner Junge das ständig gesagt hat.

Harry zuckt gleichgültig mit einer Schulter. „Da habe ich wohl gelogen."

Ich presse die Lippen aufeinander. Okay, er hat gelogen. „Ich verstehe schon", rede ich wütend vor mich hin und stehe auf, worauf er mich wieder ansieht. „Du bist und bleibst ein Arsch. Verrotte doch einsam in der Hölle." Ich klopfe mehrmals gegen die Tür, damit sie von außen aufgeschlossen wird. „Und weißt du noch was?", sage ich noch zu ihm, als ich von draußen höre, wie jemand den Schlüssel dreht. „Ich gönne es niemanden mehr, dass er so abgerutscht ist, wie dir."

Dann öffnet Florence die Tür und noch ohne einen weiteren Blick an Harry zu verschwenden, stürme ich aus der Abstellkammer, gebe Charly und Benja ein Zeichen, das bedeutet, dass wir ohne weitere Diskussionen gehen werden, und verschwinde dann schließlich mit ihnen.

Kapitel 2

„Eins ... Zwei ..." Ich zähle die Kopien für den Theaterkurs ab, auf dem meine selbst geschriebenen Dialoge stehen, und eile derweil schnell zur Theaterhalle. „Drei, vier, fünf ..." Schnell weiche ich einer Gruppe von Schülern aus, die mir im Schulflur entgegenkommen, und lasse beinahe meinen Ordner, der unter meinem Arm klemmt, fallen, doch kann ihn noch schnell auffangen. Ich schultere meine Tasche erneut und steuere wieder in die richtige Richtung, während ich noch mal von vorne anfangen muss, meine Blätter laut zu zählen.

„Dreizehn", sage ich schließlich seufzend, als ich genau vor der Tür des richtigen Raums stehe, und greife nach dem Türgriff. Ich will sie öffnen, doch …

Kurzerhand werden mir die Blätter aus der Hand gerissen und achtlos zu Boden geschmissen.

„Ups", macht Florence unschuldig, als sie sich die Hand vor den Mund hält und die Blätter auf dem Boden sieht. „Das wollte ich nicht."

Neben ihr Clarissa, auch bekannt als *Die Braue*. Ihre Augenbrauen sind nämlich mit Permanent-Make-up verschönert worden, jedoch viel zu weit oben und *viel* zu dunkel für ihre Haut und Haare. Es sieht grausam aus und lässt sie immer wie ein geschocktes Reh wirken, doch zu schämen scheint sie sich nicht deswegen.

Sofort ist meine Laune wieder auf dem Nullpunkt, als ich mich bücke, um die Blätter aufzuheben. „Hast du nichts Produktiveres zu tun?"

„Nein, warte, ich helfe dir", sagt Florence gespielt freundlich und bückt sich mit mir zu den Blättern, hilft mir, sie einzusammeln. „Das war doch nur ein Versehen."

„Ein Versehen", wiederhole ich spottend, als sie mir ein paar Blätter reicht und ich sie staple. „Selbst dir habe ich eine kreativere Ausrede zugetraut."

Sie kneift die Augen zusammen, als wir wieder stehen und ich meine Blätter mürrisch sortiere. „Sei nicht so frech, Berry-Loser. Ich kann dir gerne deine verdammten Strümpfe mit dem Faden, der dir da am Saum hängt, aufribbeln, wenn du willst."

Ich runzle die Stirn. Was redet sie denn jetzt wieder für seltsames Zeug?

Und noch bevor ich über ihre Worte nachdenken kann, um ihr auf die Schliche zu kommen, grinst sie dreckig und verschränkt die Arme. „Oh, Moment mal. Das tue ich ja schon."

Als ich ein leichtes Ziehen an meinem linken Bein spüre, blicke ich hinab. Ich muss leider feststellen, dass das Ziehen nicht von einem Muskelkater, sondern von einem Faden kommt, der gerade dabei ist, meinen schwarzen Strumpf von oben an aufzureißen.

Entsetzt drehe ich mich um, damit ich rausfinden kann, wer sich den Faden geschnappt hat, damit meine Socke immer kleiner wird. Clarissa läuft schnell und lachend mit dem schwarzen Faden in der Hand den Gang entlang.

„Hey!", rufe ich ihr hinterher und lasse meine Tasche einfach zu Boden fallen. Schnell schnappe ich mir den Faden und will daran ziehen, damit sie loslässt, doch mir bleibt nichts anderes übrig, als zu rennen. Mittlerweile hat meine Socke nur noch die Hälfte an Fadenreihen. Clarissa ist unberechenbar.

„Verdammte Scheiße", fluche ich vor mich hin, als Clarissa um eine Ecke verschwindet und ich ihr schnell hinterher will. Mein Strumpf wird immer kürzer und so langsam muss ich mir klarwerden, den Rest des Tages mit nur einer Socke zu verbringen.

Ich bin froh, dass nur wenige Schüler in den Fluren sind, weswegen diese Nummer weniger unangenehm für mich ist. Natürlich werde ich ausgelacht, während ich eilig einem Faden folge, doch das interessiert mich gerade nicht. Helfen tut mir selbstverständlich auch niemand, warum auch? Ist doch durchaus amüsant die ganze Szene. Zumindest als Beobachter.

Ich jogge gerade wieder um die nächste Ecke und will Clarissa zuschreien, dass sie gefälligst stehen bleiben soll, doch noch bevor ich überhaupt in den nächsten Gang komme, knalle ich unsanft gegen etwas Menschliches.

Sofort fliege ich zu Boden, genauso wie meine dreizehn Blätter, die wieder dreckig werden und sich im ganzen Flur verteilen.

„Autsch", brumme ich und reibe mir den Kopf, weil ich ihn mir gestoßen habe. Der Faden wird immer weiter gezogen und die Hoffnung, dass dieser Strumpf noch auf irgendeine Art und Weise zu retten ist, ist auch schon verloren.

Die Person, gegen die ich gestoßen bin, dreht sich zu mir um, sieht erst über mich hinweg, dann zu mir herab. Meine Augen treffen Harrys und ich habe das Gefühl, dass mein Tag kaum noch schlimmer werden kann. Hätte ich nicht gegen Mister Miller laufen können? Er hätte mich hier nach sofort nach Hause geschickt, weil er Angst haben würde, ich hätte mir etwas gebrochen.

„Pass das nächste Mal auf, wo du hinläufst", spricht Harry mir zu und dreht sich dann wieder desinteressiert zu seinen Freunden, die vor ihm stehen. Zweifellos wird er mir nicht hochhelfen oder sich erkundigen, ob ich mir wehgetan habe, aber das erwarte ich auch nicht. So ist Harry nun mal nicht.

„Du mich auch, Idiot", rede ich vor mich hin und in der nächsten Sekunde ist das letzte Stück Faden von meinem Strumpf entfernt und mein linkes Bein ist, bis auf das Stück in meinen Schuhen, komplett nackt. Gott, bin ich irgendwie verdammt? Muss mir so was auch noch direkt in Harrys Gegenwart passieren?

Seufzend rapple ich mich auf und beginne genervt, die Blätter vom Theaterkurs einzusammeln. Mittlerweile sind mehrere Fußspuren darauf zu erkennen, denn niemanden scheint es zu interessieren, dass diese Papiere eventuell wichtig sein könnten.

„Was soll das sein?", fragt Ethan, der bei Harry steht, und hebt einen Zettel vom Boden auf, um darauf zu sehen. „*Henriette & Victor*", liest er vor und verzieht das Gesicht. „Bullshit."

„Natürlich ist das für dich Bullshit", rufe ich ihm zu und sammle den vorletzten Zettel vom Boden auf. „Von Lyrik verstehst du nichts."

„Ach ja?", blökt er und zerknüllt kurzerhand den Zettel. „Hier, versteh *die* Scheiße, Borrymore." Er zerreißt den Zettel noch zweimal und dann werden mir die Schnipsel vor die Füße gepfeffert. „Da hast du deine Lyrik."

Ich balle die Fäuste, als ich auf den zerkleinerten Zettel vor meinen Füßen sehe und starre dann Ethan an, der lässig mit verschränkten Armen am Schließfach steht und mich gehässig auslacht. „Zufällig habe ich das noch gebraucht und zufällig spricht man meinen Namen *Berry*more aus und nicht *Borry*more!"

„Da ist wohl jemand empfindlich", feixt Lucas, ein weiterer Idiot von Harrys Freunden. „Stell dich nicht so an, niemanden interessiert deine Scheiße."

„Noch dazu fehlt dir da eine Socke", sagt Ethan und zeigt schief grinsend auf mein nacktes Bein. „Hat das Geld nicht für zwei gereicht?"

„Sei bloß still", fauche ich ihn an. „Oder hat das Geld nicht für ein Hirn gereicht?"

Ethan guckt jetzt weniger belustigt und stößt sich von dem Schließfach ab. „Halte die Klappe, Borrymore oder …"

„Berrymore", korrigiere ich ihn.

Noch wütender presst er den Kiefer aufeinander. Er schweigt kurz und scheint mich mit seinem Blick töten zu wollen und im nächsten Moment reißt er mir die Blätter aus der Hand und zerreißt sie in einem Schwung.

Entsetzt sehe ich zu, wie er die zerteilten Papiere durch den Flur schmeißt.

„Hier!", ruft Ethan böse. „Ich scheiß auf deinen Namen, Loser!"

Die Jungs in der Runde lachen und ich filtere Harrys leises Lachen heraus, als das Blut in mir noch mehr kocht. Ich habe echt Nächte mit diesen Dialogen verbracht und Ethan erlaubt sich einfach, sie zu zerreißen?

„Alter", flüstert jetzt ein weiterer Kerl aus der Gruppe und haut Ethan auf die Brust. Er nickt hinter uns, wo uns Misses Heath, die Schuldirektorin entgegenkommt und absolut nicht glücklich darüber aussieht, wie es hier im Flur zugeht.

„Scheiße", flucht Ethan und sieht mich ein letztes Mal böse an.

Und dann machen sie sich schnell auf den Weg um die nächste Ecke, während Misses Heath uns immer näher kommt.

Auch Harry will einen Abgang machen, doch Misses Heath ruft mit schriller Stimme: „Stehen geblieben, Mister Perlman!"

Harry bleibt gestresst stehen und dreht sich stöhnend um.

Misses Heath kommt auf uns zugeklackert, da sind Ethan und die anderen schon längst verschwunden. Sie stemmt die Hände in die Hüften, als ich die zerrissenen Blätter aufsammele, um einen elenden Eindruck zu machen, damit sie Mitleid mit mir hat. Harry kann gerne eine Strafe bekommen, auch wenn er rein theoretisch nichts gemacht hat. Mir egal. Er hat mich letzten Freitag beleidigt und das kann er jetzt gerne zurückbekommen.

„Was ist hier passiert?", kräht Misses Heath und starrt Harry böse an.

„Ich habe hiermit nichts zu tun", erwidert er.

Sie wird wütender und ihre Zornfalte größer. „Das sagen Sie immer, Mister Perlman. Was fällt Ihnen ein, einfach Miss Berrymores Arbeitszettel zu zerreißen?"

„Die übrigens enorm wichtig für mich waren", werfe ich noch ein.

Harry sieht erst mich böse an und dann Misses Heath. „Ich habe diese verdammten Zettel nicht zerrissen! Was kann ich dafür, wenn Violet nicht geradeaus gucken kann?"

„Was kann ich dafür, wenn du mitten im Weg stehst!", blöke ich ihn von der Seite an.

„Was kann ich dafür, wenn du deine Klappe nicht halten kannst?", meckert er sofort zurück.

Misses Heath wechselt den Blick zwischen Harry und mir hin und her. Sie scheint zu überlegen, während ich eingeschnappt die Arme verschränke. Er kann ruhig nachsitzen, das tut ihm gut. Vielleicht kommt er dann endlich mal zum Lernen und tut was für die Schule, außer nur blöd in den Gängen rumzustehen.

„Was ist mit deinem Strumpf passiert?", fragt Misses Heath.

„Jemand Nettes hat den Faden gelöst", erkläre ich missbilligend und wünschte, ich könnte Clarissas Augenbrauen abrasieren, jedoch sind sie ja permanent.

„Also wirklich", schnauft Misses Heath wieder und wendet sich entrüstet an Harry. „Sie wissen wirklich nicht, wann Schluss ist oder?"

Harry hebt ungläubig die Brauen. „Was? Ich habe den Faden ganz bestimmt nicht gezogen!"

„Natürlich haben Sie das nicht." Sie schüttelt mit dem Kopf und legt einen Arm um meine Schulter. „Ihr beide kommt mit mir ins Sekretariat, damit wir für Sie eine gerechte Strafe aussuchen können, Mister Perlman."

Er wirft die Hände fassungslos in die Luft. „Man, ich war das nicht! Nichts hiervon war ich! Violet sag's ihr, verdammt!"

Doch ich schweige und grinse nur leicht. *Tja, da hast du dich aber geschnitten, Mister Perlman.* Hoch lebe die guten Beziehungen zu den Lehrern. Ich lüge zwar in der Schule nie, was so was angeht, doch heute habe ich mir das mal verdient, nachdem ich einen Strumpf verloren habe.

Als Harry merkt, dass ich nichts darauf sagen werde, wird er noch wütender. „Ist das dein scheiß Ernst?"

„Gefluche wird Sie auch nicht mehr weiterbringen", sagt Misses Heath und zieht mich mütterlich in Richtung des Rektorenbüros. „Los, folgen Sie uns oder es gibt direkt den nächsten Eintrag ins Schulregister."

Zufrieden laufe ich mit Misses Heath zum Büro und ich höre, wie Harry noch kurz im Flur stehen bleibt, sich jedoch irgendwann dazu entscheidet, uns tatsächlich zu folgen, denn seine Akte im Schulregister ist schon ziemlich voll. Kein Wunder, dass ihm die Rektorin nicht glaubt, ich würde es auch nicht tun. Er stellt eine Gemeinheit nach der anderen an. Ärgert hier mal den Schulnerd oder kritzelt da mal ein paar Karikaturen von Lehrern an die Tafel. Früher hätte er so was nie getan, aber früher hätte er mir auch hochgeholfen, wenn ich hingeflogen bin. Also wundere ich mich über gar nichts mehr, was ihn betrifft.

Misses Heath setzt sich an ihren großen Schreibtisch und ich lasse mich auf einen der beiden Stühle fallen, die davor stehen. Trotzig blicke ich auf mein nacktes Bein. Ich komme mir echt bescheuert vor, vor allem weil ich noch den ganzen Schultag vor mir habe. Eigentlich habe ich mich auf die beiden Stunden im Theaterkurs gefreut, doch die erste Stunde kann ich mir wohl abschminken. Dann muss eben Benja heute die Leitung übernehmen.

„Schön, dass Sie es auch endlich geschafft haben", sagt Misses Heath zu Harry, der launisch die Bürotür hinter sich schließt.

Er sagt nichts, sondern setzt sich neben mich auf den Stuhl, lehnt seinen Kopf in seine rechte Hand, wodurch er mehr Abstand zu mir aufbaut.

Ich verschränke wieder die Arme und lehne mich ebenfalls weiter von ihm weg, jedoch ohne den Stuhl zu verschieben. Es ist, als wären wir zwei Magnete, die sich abstoßen.

„Also", fängt Misses Heath an und zieht sich ihre Lesebrille auf, bevor sie etwas beginnt zu schreiben. „Das ist dieses Halbjahr Ihre vierte Ermahnung, Harry."

Harry schweigt weiterhin und sieht unbeeindruckt zu ihr, als kannte er das alles schon. Na ja, tut er ja auch. Er saß hier mindestens genauso oft wie Misses Heaths heimliche Affäre Mister Miller.

„Wissen Sie, was das bedeutet?"

„Keine Ahnung", sagt Harry. „Darf ich diesmal endlich früher gehen, weil Sie mich suspendieren?"

Wie witzig du bist, Mister Obercool.

„Nein, ganz so einfach ist es dann doch nicht", redet Heath ruhig weiter und dreht sich mit verschränkten Fingern zu uns. „Um ehrlich zu sein, weiß ich nicht mehr, was ich mit Ihnen machen soll, wirklich nicht. Sie scheinen einfach nicht daraus zu lernen."

„Also kann ich *doch* gehen?"

Halt die Klappe.

„Nicht so voreilig", erwidert Misses Heath und zieht ihre Brille ab. Sie wendet sich an mich. „Violet, wie läuft es denn bei dir in deinem Theaterkurs?"

Ich blinzle, bin verwirrt über diese Frage. „Es läuft gut, denke ich ... Wir bereiten uns auf das Sommerstück vor und proben jeden Montag und Mittwoch."

Sie schmunzelt. „Wie schön. Ich bin mir sicher, ihr braucht noch jemanden, der euch bei dem Bühnenbau hilft."

Schockiert reiße ich die Augen auf und auch Harry richtet sich weiter auf. In welche Richtung soll dieses Gespräch nun gehen? Sie will mir doch nicht etwa anbieten, Harry als Bühnenbauer in meinen Kurs zu lassen. Da soll er lieber ohne Strafe davonkommen, aber nicht das. Die Theatergruppe war mein vorletzter Kurs, in dem ich ihn mal nicht sehen musste, das kann sie mir doch nicht einfach wieder versauen.

„A-Also, äh", sage ich deswegen und versuche, nicht unfreundlich zu klingen. „Eigentlich brauchen wir keine Hilfe mehr. Alles läuft prima. Jordan und Andre kümmern sie zuverlässig um den Bühnenbau und …"

„Schon okay, Violet", unterbricht Misses Heath mich liebevoll und scheint gar nicht zu verstehen, wie sehr ich mich gegen diesen Einfall sträube. „Andre ist für die nächsten Wochen krankgeschrieben, weil er die Mandeln rausbekommen hat, deswegen passt das ja." Sie wendet sich an Harry. „Also, Mister Perlman. Sie werden Violet in der Zeit, in der Andre nicht verfügbar ist, helfen und das ohne jegliche Beschwerden."

„Was?", fragen Harry und ich synchron. Unser Entsetzen ist nicht zu überhören.

„Bei allem Respekt, Misses Heath", versuche ich weiter, auf sie einzureden. „Harry ist ... Also wir bekommen das ohne Hilfe hin. Wirklich!"

„Ich spiel doch nicht irgendeinen minderwertigen Bühnenbauer, um mich herumschubsen zu lassen!", meckert Harry, jedoch unfreundlicher als ich. „Lieber gehe ich wieder zum Hausmeister, um die Kaugummis von den Tischen zu kratzen!"

„Und noch dazu kennt er sich doch gar nicht aus! Es würde Ewigkeiten dauern, ihn bei uns einzuweisen und ihm alles zu zeigen, und bis er das versteht, kann es Jahre dauern!"

Jetzt sieht Harry mich erbost an. „Was zur Hölle?"

Ich verdrehe die Augen. „Ist doch so."

„Was glaubst du, welchen IQ ich habe? Den eines Steins?"

„Frag lieber nicht."

„Für so eine scheiß Bühne muss man nicht besonders geistreich sein. Andre ist ein debiler Vollidiot, also tu nicht so, als bräuchte man dafür einen Durchschnitt von 1,0!"

„Nicht von 1,0, mindestens 3,5 sollte drin sein, aber dass *das* bei dir nicht drin ist, wissen wir beide, du Obergenie."

Sein Blick ist pures Gift. „Du verdammte …"

„Okay, die Entscheidung ist gefallen!", verkündet Misses Heath und unterbricht unsere Diskussion. „Violet, Sie werden Harry gleich der Theatergruppe vorstellen, und Harry, Sie werden sich benehmen. Wenn Sie nur einmal negativ auffallen, und glauben Sie mir, ich werde mich erkundigen, müssen wir ernsthaft über eine endgültige Suspendierung von der Schule nachdenken."

Verzweifelt flehe ich: „Misses Heath, ich bitte Sie ... So kurz vor dem Sommerstück können wir einen lästigen Neuankömmling wirklich nicht gebrauchen."

"Und ich kann mir wirklich Aufregenderes vorstellen, als in irgendeiner dummen Theatergruppe rumzuhängen", wirft Harry noch nachdrücklich ein.

Ich sehe ihn zornig an. "Dumme Theatergruppe? Hast du sie noch alle? Das …"

„Nein, tut mir leid, Violet", unterbricht die Rektorin mich. "Es geht hier nicht nur um Sie und Ihr

Wohlbefinden, sondern darum, dass Mister Perlman lernen muss, dass er nicht alles tun kann, was er will. Diese Gruppe ist seine letzte Chance."

Kapitel 3

Misses Heath die Idee, dass Harry nun wirklich in meiner Theatergruppe Mitglied sein soll, aus dem Kopf zu reden, ist unmöglich. Sie scheint richtig begeistert davon zu sein. Als wäre *das* die perfekte Strafe für so Rebellen wie ihn.

Und genau deswegen schleichen Harry und ich durch die Flure zum Schauspielraum. Er läuft zwei Meter hinter mir und ich höre seine Füße bis zu mir schlurfen, weil er genauso wenig Lust auf diese Sache hat wie ich. Nun muss ich ihn wirklich jeden Tag sehen. Und auch noch zweimal die Woche mit ihm arbeiten! Verdammte Misses Heath.

Als Harry nun schon zum dritten Mal durchatmet, weil er mir indirekt verklickern will, wie genervt er von meiner Präsenz ist, sage ich, als wir vor der Theatertür angekommen sind: „Hey, ich habe mindestens genauso wenig Lust darauf, dass du mir die nächsten Wochen um die Ohren springst, wie du, also stell dich nicht so an."

„Ich stelle mich an?" Er sieht mich böse an, als ich meine Tasche nehme, die noch vor der Tür lag. „Schon vergessen, dass ich ohne Grund hier bin? Du hättest Heath sagen sollen, dass ich deine verdammten Zettel nicht zerrissen habe, genauso wenig wie deine scheiß Socke."

„Du hättest Ethan ja sagen können, dass er das lassen soll, und vielleicht hätte ich dann die Wahrheit gesagt." Aber nur vielleicht.

Harry lacht auf und wendet sich ab. „Wohl kaum."

„Siehst du? Also hast du es dir doch selbst eingebrockt."

„Du hättest ihn ja nicht so dumm anmachen müssen."

„Wie bitte? Er macht mich fast täglich dumm an. Du glaubst doch nicht wirklich, dass ich mir das gefallen lasse."

Jetzt verdreht er die Augen, was mich fast zum Ausrasten bringt. „Öffne einfach nur die Tür, damit wir das schnell hinter uns bringen können."

Ich werfe ihm einen bösen Blick zu, doch tue ich, was er sagt. „Du solltest es hier mit deiner Coolness nicht so übertreiben, denn die ‚Loser' sind nun in der Überzahl."

Er folgt mir in den Raum, wo nur die Bühne vorne beleuchtet ist. „Schon klar", höre ich ihn murren.

Mein Blick fällt auf die paar Leute, die schon vorne verteilt auf der Bühne oder im Raum stehen. Wir sind nicht sonderlich viele Leute in der Theatergruppe, aber immer genug, dass wir jedes Jahr ein ganzes Stück auf die Beine stellen. Benja und ich haben die Gruppe vor drei Jahren selbst gegründet und sie kam immer gut bei den Eltern an. Die Stücke schreiben wir hauptsächlich selbst, was unsere Auftritte noch besonderer macht, jedoch auch mehr Arbeit für mich bedeutet, denn ich bin der alleinige Schreiberling.

Allerdings bin ich mir nicht sicher, ob die anderen sich so sehr über Harrys Anwesenheit freuen werden. Hier sind nämlich nur Menschen wie Benja, Charly und ich und keine oberprotzigen Machokerle, die jeden Tag Collegejacken tragen. Man könnte uns die Gruppe der Verlassenen nennen. Wir sind gemeinsam die Außenseiter.

Benja entdeckt Harry und mich auch schon, als wir an den Publikumsstühlen vorbeilaufen. Er runzelt die Stirn, was bedeutet, dass er sich nicht denken kann, wieso ich gerade *Harry Perlman* im Schlepptau habe. Auch Benja ist kein sonderlich großer Fan von ihm.

Und als hätte Benja ein stummes Signal gesendet, hören alle auf, die Bühne aufzubauen oder ihre Kostüme anzuprobieren. Wir werden regelrecht angestarrt. Beziehungsweise der Kerl hinter mir.

„Hallo Leute", unterbreche ich deswegen die Stille und schmeiße meine Tasche achtlos auf einen Stuhl neben der Bühne. „Tut mir leid für die Verspätung, aber Misses Heath hat mich aufgehalten."

Wahrscheinlich interessiert niemanden, wieso ich zu spät gekommen bin, sondern einfach nur, was Harry hier will.

„Ähm", macht Benja und kommt mit schnellen Schritten auf mich zu. Er zieht mich etwas weiter weg von Harry. „Vy, was zur Hölle sucht dieser Typ hier?" Heimlich sieht er zu Harry, der desinteressiert durch die Gegend guckt.

„Heath hat ihn für die nächsten drei Wochen dazu verdonnert, den Bühnenbauern zu helfen, weil Andre krank ist."

Benja macht große Augen. „Das kann sie doch wohl nicht ernst meinen. Der bringt die anderen nur durcheinander." Er blickt zur Gruppe hinter mir. „Vor allem Lara ... Sie bekommt bei gut aussehenden Kerlen jedes Mal einen Herzkasper."

„Benja." Ich verdrehe die Augen. „Uns bleibt sowieso nichts anderes übrig und mach die Situation nicht schlimmer, als sie sowieso schon ist."

Er atmet tief durch und lässt meinen Arm los. „Nun gut. Aber mach ihm klar, dass er hier nicht den Macho raushängen lassen muss, klar? *Er* ist jetzt der Außenseiter."

Ich nicke verständig und wir gehen zur Gruppe. Benja begibt sich wieder zu Carla, die sich gerade eine Männerperücke aufziehen will, um ihr zu helfen.

Widerwillig stelle ich mich in die Mitte, damit alle wissen, dass ich die Situation aufklären werde. Denn Harry wird noch immer angestarrt.

„Okay", sage ich lauter und sehe zu Harry, der gerade seine Schultasche neben die Bühne fallen lässt. „Wahrscheinlich wundert ihr euch, weshalb er hier ist."

Alle nicken perplex.

„Tja, die Sache ist die ... Harry ist ein Trottel, das wissen wir alle. Deswegen hat Heath ihn gezwungen, für die nächsten drei Wochen Mitglied in unserer Theatergruppe zu sein, weil er sonst …"

„Was?", meckert Carla, während Benja an ihrer Perücke herumzieht. „Wir können doch nichts dafür, wenn er ständig Mist baut!"

„Ja!", versuche ich, die Situation zu beschwichtigen. „Ich kann verstehen, dass das nicht alle toll finden werden, und ich kann auch verstehen, dass sich jeder fragt: *Warum gerade er?* Hätte es nicht Brandon mit den schönen blonden Locken sein können?"

Ein paar Mädchen seufzen schmachtend. Ja, Brandon ist wirklich ein Sahneschnittchen.

„Aber es ist nicht Brandon", komme ich direkt zum Punkt und deute auf Harry, der noch immer gelangweilt an der Bühne lehnt. „Er ist nun hier und außerdem wollen wir nicht schuld daran sein, dass er von der Schule fliegt, oder?"

„Auf *gar* keinen Fall", ruft James sarkastisch, der mit verschränkten Armen auf einem Stuhl sitzt. „Ich wette, es fällt mir leicht, die Tatsache zu verdrängen, dass er mir in der neunten Klasse die Freundin ausgespannt hat."

„Oder meinen Geldbeutel aus meiner Sporttasche geklaut", beschwert sich ein Mädchen.

"Oder mir auf Klassenfahrt im Schlaf die Haare abgeschnitten!", ruft ein weiteres Mädchen.

Ich verziehe nachdenklich den Mund. Es ist aber auch wirklich nachvollziehbar, dass hier niemand Harry ausstehen kann. Er hat sich aus vielen Gründen bei uns unbeliebt gemacht, auch wenn wir nicht sonderlich viele sind. Wieso musste er auch immer so viele Gemeinheiten fabrizieren?

Doch ich fühle mich, als wäre es meine Pflicht, ihn ein wenig in Schutz zu nehmen, obwohl er es nicht verdient. „Das mag ja alles sein, aber trotzdem bleibt uns nichts anderes übrig. Ich bin mir sicher, er wird euch nicht auf die Pelle rücken."

„Das will ich schwer hoffen", wütet James erneut und blickt Harry böse an. „Hier bist du nicht mehr der Beliebte, klar? Hier bist du mickrig. Vergleichbar mit einer Ameise, die man jeden Moment zertreten kann."

„Keine Sorge", sagt Harry und hebt leicht die Hände. „Ich werde mich benehmen. Das mit deiner Freundin tut mir übrigens leid."

James schnaubt und sieht weg. „Lass stecken. Damals hat es dir auch nicht leidgetan, als du ihr die Zunge in den Hals gesteckt und sie danach fallen gelassen hast."

Wieder schweigt Harry und ich kann nicht anders, außer die Brauen zu heben. Er sagte, er werde sich benehmen und noch dazu hat er sich für damals entschuldigt? Meine

Güte. Anscheinend kapiert er früher als gedacht, welchen Platz er hier hat. Nämlich den letzten.

„Es wäre besser für dich, dich wirklich zu benehmen", sagt nun Benja ernst zu Harry und lässt seine Finger von Carlas Perücke. Doch er sagt es nicht, als wäre es eine Warnung, sondern eher ein gut gemeinter Rat. Benja war nie jemand, der direkt in die Offensive geht und ist der liebevolle Mensch. Und das anscheinend auch gegenüber Harry, obwohl Benja weiß, was für ein Idiot er ist.

Harry nickt langsam und nach ein paar Sekunden löse ich die qualvolle Stille auf. „Okay, das war's, genug nur dumm rumgestanden. Das mit den Dialogen wird heute übrigens nichts, deswegen müssen wir die alten Szenen üben. Fangt schon mal an, ich zeige Harry vorher noch alles."

Alle nicken und machen sich wieder an ihre Arbeit. Ich deute Harry, dass er mir folgen soll und dann kommt er auch schon zu mir. Ich laufe mit ihm hinter die Bühne, wo die ganzen Dekorationen für die Auftritte stehen, zum Beispiel Bäume aus Pappe oder Steine.

„Unsere Hintergründe sind meistens sehr eintönig", erkläre ich und laufe bis zum Ende der Requisiten. „Viel Arbeit hast du theoretisch nicht. Auch wenn ich es dir wirklich gegönnt hätte, mal ganz nebenbei."

Harry verdreht hinter mir die Augen, während er mir folgt.

Ich bleibe vor zwei Bäumen stehen. „Eigentlich kannst du die gleich mal auf die Bühne schleppen und ich zeige dir, wie du sie anordnest, damit du alles richtig machst."

Man sieht ihm an, wie es ihm widerstrebt, nach dem Baum zu greifen und ihn zur Bühne zu tragen. „Ich tue das nur, weil ich es muss", raunt er, als er mit dem Baum im Arm zur Bühne läuft.

Ich winke ab und stelle mich inmitten der Bühne. „Jaja, mir egal, tu's einfach. Also ..." Ich zeige auf die Stelle, auf der der Baum immer steht. „Da muss er hin. Und die Blätter müssen zum Publikum zeigen, nur damit du ihn nicht falsch herum aufstellst. Eine braune Pappe will ja niemand sehen."

Harry presst gestresst von mir die Kiefer aufeinander und stellt den Baum unsanft auf den Fleck, den ich ihm gezeigt habe.

Gespielt nachdenklich reibe ich mir das Kinn. Das Gute an der Sache ist, dass ich ihm jeden Befehl geben kann und er muss ihn ausführen, weil ich mir sicher bin, dass er nicht von der Schule fliegen will. Und das nutze ich so was von aus.

„Was ist?", fragt Harry mich nach einer Weile, in der ich skeptisch den Baum betrachte.

Ich zeige auf die andere Ecke der Bühne. „Stell ihn mal hier hin. Ich glaube, das Licht ist hier besser."

Genervt stöhnt er auf und stellt den Baum in die andere Ecke. Er richtet sich wieder auf und sieht mich erwartungsvoll und gleichzeitig warnend an.

Wieder reibe ich mir das Kinn. „Hm ... Komisch. Irgendwas stimmt heute nicht. Das sieht immer noch so falsch aus. Stell ihn mal dort hin." Ich zeige in die andere Ecke der Bühne.

Wieder greift Harry sich den Baum und stellt ihn diesmal in die andere Ecke. Ich kann schwören, dass uns der halbe Kurs zuguckt, doch das scheint keiner von uns beiden richtig zu merken.

„*Jetzt* zufrieden?", fragt Harry zischend, als er den Baum abstellt.

Ich nicke schmunzelnd. „Ja, diesmal ist wirklich alles okay. So steht er perfekt."

„Ist auch besser so", höre ich ihn vor sich hin knurren und er will gerade wieder hinter die Bühne, als ich ihn aufhalte.

„Oder warte mal! Ich glaube, der Baum steht noch immer nicht ganz richtig. Mir fällt gerade auf, dass manche Schauspieler gestört werden könnten, wenn der Baum ganz vorne steht. Stell ihn bitte hinten links hin."

Ich grinse, als Harry mit geballten Fäusten zu dem Baum geht, ihn sich aggressiv schnappt, dann nach hinten links in die Ecke der Bühne läuft und ihn unsanft auf den Boden fallen lässt. Er stellt sich daneben und verschränkt sauer die Arme. „Und stört noch was? Zieht es hier hinten zu viel oder ist der Winkel zu schief? Vielleicht könnte ja ein Erdbeben einsetzen und weil hier der Boden am unebensten ist, würde der Baum sofort umfallen und das Stück ruinieren. Also. Sag schon!"

Beinahe muss ich auflachen, weil er mich so amüsiert. Ich mag es, endlich mal die Zügel in der Hand zu haben und ihn herumzukommandieren. Er hat in den letzten Jahren nichts anderes getan, außer mich zu ignorieren oder über die dummen Sprüche der anderen zu lachen, also kann ich jetzt auch mal gemein sein. Das hat er einfach verdient. Außerdem fand ich es damals, als wir Kinder waren, schon immer witzig, wie er beleidigt die Arme verschränkt, mit dem rechten Fuß aufstampft und dann meckert. Heute tut er genau das Gleiche, nur ist er jetzt jemand anders.

Zwar weiß ich noch immer nicht, wie all das passieren konnte, denn er hat mir nie eine Erklärung geboten oder war auch nur ein Funken daran interessiert, mit mir darüber zu sprechen, aber das ist mir mittlerweile egal. Ich bin mir keiner Schuld bewusst. Harry ist der Schuldige. Er fing an, gemein zu werden, ließ zu, dass sich die anderen über mich lustig machten.

Ich muss mir ein breites Grinsen unterdrücken und verschränke genauso wie er die Arme. „Tut mir leid, dass ich das jetzt so sagen muss, aber du hast vollkommen recht. Der Boden dort ist wirklich sehr uneben. Stell den Baum genau *dort* hin."

Harry wirft die Hände in die Luft. „Genau *da* stand er doch von Anfang an!"

Resigniert zucke ich mit einer Schulter und mache mich auf den Weg hinter die Bühne. „Ich achte nun mal auf Perfektion. Nun los."

Noch wütender als vorher reißt er den Baum vom Boden und stellt ihn mit einem lauten Knall auf den rechtmäßigen Platz.

Als ich ihn gerade anweisen will, den Stein auf die Bühne zu tragen, höre ich seine schweren Schritte hinter mir in dem dunklen Flur, in dem wir stehen.

„Okay", sagt er, als er aufgebracht auf mich zukommt und anderthalb Meter von mir entfernt stehen bleibt. „Du hältst dich echt für superwitzig, aber das bist du nicht, klar? Es mag sein, dass ich hier wegen der Rektorin bin, aber glaub ja nicht, dass ich mir diesen Unfug für die nächsten Wochen lang gebe!"

Unbeeindruckt hebe ich eine Braue. „Wow, ich dachte, du hältst länger durch. Das waren gerade mal fünf Minuten, Mister Obercool."

Harry wird wütender. „Mister Obercool? Ich gebe dir gleich deinen scheiß Mister Obercool! Du weißt ganz genau, dass ich nichts getan habe, also zieh nicht so einen Dreck ab!"

Jetzt schüttle ich den Kopf, als ich amüsiert aufschnaube. Er soll nichts getan haben? Er hat die ganzen letzten vier Jahre was getan und das sieht er nicht mal. Anscheinend hat Harry sich wirklich so sehr verändert, dass er seine Fehler nicht mehr sehen kann.

„Wieso, zur Hölle, findest du das witzig?", keift er mich an. „Hier ist absolut *gar* nichts witzig!"

Ich werfe mir ein paar weiße Bänder über die Schulter, die den Schnee am Baum darstellen sollen und laufe ruhig an ihm vorbei. „Ich finde es witzig, dass du denkst, du hättest nichts getan."

Er folgt mir. „Ich *habe* nichts getan! *Ethan* hat deine Zettel zerrissen und ich habe auch mit deinem kaputten Strumpf nichts zu tun!"

Locker lasse ich die Bänder über die Äste des Baums fallen. Es macht keinen Sinn, mit ihm zu sprechen. Eigentlich will ich das auch gar nicht. Er ist mir vollkommen egal. „Wie auch immer", sage ich, als ich meine innere Ruhe gefunden habe, und laufe wieder an ihm vorbei in den Flur. „Du hast recht, du hast nichts getan. Ich will dich sowieso nicht in diesem Kurs haben, genauso wie jeder andere."

Wieder folgt er mir. „Was soll das denn heißen? Du willst mich rausschmeißen?"

Wiederholt nehme ich mir ein paar Bänder. „Sieh es als Bitte. Du willst doch sowieso nicht hier sein und ich denke, ich kann Heath die Situation so erklären, dass sie es versteht, dass du nicht hier bist."

Harry lacht auf. „Ich glaube es nicht. Du willst mich ernsthaft rausschmeißen? Ich werde von dieser Schule fliegen, ist dir das bewusst?"

„Das ist dein Fehler, nicht meiner. Du hättest dich auch einfach immer benehmen können."

„Ich habe, wie gesagt, nichts Falsches getan! Ich habe nicht …"

„Ich rede nicht von meinen Zetteln oder dem Strumpf", unterbreche ich ihn und sehe ihn an. „Du bist schon seit längerer Zeit kurz davor, von der Schule zu fliegen, und trotzdem baust du jedes Mal Mist. Lernst du denn nicht daraus?"

Er sagt nichts.

"Noch dazu scheinst du nicht zu kapieren, dass du jedes Mal Mist baust, indem du über andere lachst oder sie niedermachst. Und das passiert oft. Deswegen, ja, denke ich, dass du es verdient hast."

Harry schweigt. Es liegen ihm Worte auf der Zunge, doch er spricht sie nicht aus. Seine Fäuste sind geballt und er ist angespannt, doch er starrt mich nur an.

„Na ja", sage ich seufzend und gehe wieder an ihm vorbei. „Du kannst gehen. Ich werde Heath die Situation erklären."

Als ich gerade die letzten Bänder über den Baum hänge, merke ich, wie er noch kurz in dem Flur steht, doch dann stampft er von der Bühne. Ich drehe ihm weiterhin den Rücken zu, als ich höre, wie er sich aggressiv seinen Rucksack neben der Bühne nimmt und zum Ausgang geht. Die Tür schmeißt er so laut zu, dass ein unglaublich lauter Knall durch die kleine Halle ertönt und alle schweigen schlagartig.

Gedankenverloren zupfe ich die Bänder zurecht und ignoriere die Stille. Jeder wird sich fragen, was eben vorgefallen ist, und ich gebe nur ungern eine Antwort darauf, denn, um ehrlich zu sein, weiß ich es selbst nicht so genau. Zwischen Harry und mir gab es nun mal schon jahrelang diese Spannung, obwohl wir nie miteinander geredet haben, und jetzt reden wir miteinander und nun scheint alles zu explodieren.

Doch ich finde es gut, dass er endlich weg ist. Ich genieße seine Anwesenheit nicht. Es plagt mich die Tatsache, dass dieser liebe Harry von früher sich so sehr verändert hat, dass ihn heute jeder normaldenkende Mensch als Arsch sieht. Auch ich. Früher hätte er nie James die Freundin ausgespannt oder Lara die Haare im Schlaf abgeschnitten, geschweige denn irgendwem Geld geklaut. Und am allerwenigsten hätte er es zugelassen, wie ich mit zerrissener Socke auf dem Boden liege, während Ethan mich beleidigt. Aber er hat es getan.

„Hey."

Ich schrecke auf und blicke nach links in Benjas Augen, die mich mitfühlend mustern. Ich habe gar nicht bemerkt, wie er näher gekommen ist und dass ich tatsächlich schon eine ganze Weile an den Bändern rumzupfe.

„Wieso ist Harry gegangen?", fragt Benja mich.

Ich versuche, mir meine schlechte Laune nicht ansehen zu lassen, und steuere den Flur an. „Hach, du weißt doch. Er ist ein Idiot und nur weil er sich nicht anstrengen kann, kam es zu Reibereien."

„Verstehe", sagt Benja und betrachtet mich skeptisch, als ich wieder mit einer anderen Requisite die Bühne betrete. „Und mehr war es nicht? Er hat nichts Böses gesagt oder so?"

Ich zucke mit den Schultern. „Nichts, was mich interessieren könnte."

„Okay." Er hilft mir, einen Stein richtig auszurichten. „Und wird er wiederkommen? Ich meine, Heath wird das wahrscheinlich nicht gutheißen, dass er einfach abgehauen ist."

„Ich habe ihm gesagt, er soll gehen. Er würde uns sowieso nur stören."

„Alles klar ... Wahrscheinlich hast du recht."

Ich spüre Benjas Blick weiterhin auf mir und ich weiß ganz genau, dass er versucht, mehr aus mir herauszubekommen. Er ist einer der wenigen Menschen, die mir sofort anmerken, wenn ich schlechte Laune habe.

„Ich hoffe, du weißt, dass du mit mir über alles reden kannst", sagt er nach einer Weile. „Auch über ihn."

Ich schürze die Lippen. Er erinnert sich an die vielen Tage und Nächte, die ich bei ihm zu Hause verbrachte, nachdem Harry einfach beschlossen hatte, ein Idiot zu werden. Damals weinte ich sehr viel, wirklich sehr, sehr viel. Ich war immer eine starke Persönlichkeit und so schnell bekommt mich nichts klein, aber die Sache mit Harry steckte mir damals sehr lange in den Knochen. Auch wenn wir gerade mal dreizehn Jahre waren. Ich kenne ihn von Geburt an und er war immer mein bester Freund, er wusste alles über mich und ich über ihn. Sogar heute weiß ich noch viele Dinge, die ich nie jemandem erzählen würde.

Aber so schnell ändern sich Dinge eben. Das ist das Leben. Ihn hat die Pubertät zu sehr geändert und damit muss ich klarkommen, was ich mittlerweile auch tue. Er ist nicht mehr der, der er einmal war. Ich vermisse nur sein früheres Ich, aber ihn, heute, kein Stück. Harry kann mir gestohlen bleiben.

Kapitel 4

Nachdem ich sechs Stunden Schule hinter mich gebracht habe und mir, zum Glück, Harry oder Misses Heath nicht mehr über den Weg läuft, fahre ich mit dem Schulbus nach Hause, wo mich auch schon meine kleine Schwester in Empfang nimmt.

„Du hast schon wieder deinen Schlüssel vergessen", sind die ersten sieben Worte, die sie heute zu mir spricht und das in einem Meckerton, den normalerweise nur eine Mutter so gut drauf hat.

„Schön, Rosy, du solltest Empfangsdame bei der Queen werden", erwidere ich sarkastisch und schließe hinter mir die Haustür, während Rosy wütend in die Küche stampft.

Rosy ist wahrscheinlich das anstrengendste und pubertierendste Kind, das ich kenne. Und das mit neun Jahren. Und ohne, dass es überhaupt schon die Pubertät richtig erreicht hat. Sie benimmt sich wie eine kleine, garstige Erwachsene, die mitten in den Wechseljahren steckt. Manchmal ist sie strenger als meine Mutter. Ja, tatsächlich ist sogar *streng* das richtige Adjektiv für sie. An manchen Tagen versucht sie mir zu verbieten, zu kurze Röcke zu tragen, und an anderen Tagen will sie nicht, dass ich alleine abends rausgehe, um Benja zu besuchen, der nur eine Straße weiter wohnt. Es ist seltsam. *Rosy* ist seltsam.

Ich schmeiße meine Schultasche in den Flur und gehe in die Küche, in der Mom am Herd steht und eine Suppe umrührt. „Ich bin zu Hause."

„Das nächste Mal denkst du an deinen Schlüssel", meckert Rosy weiter, die mittlerweile mit geschwellter Brust am Essenstisch sitzt und ihre blonden Haare zusammenbindet, wie sie es immer vor dem Essen tut, damit bloß kein Haar in ihr Essen gelangt. „Ich will nicht immer aufstehen, um dir die Tür aufzumachen."

Mom und ich werfen uns vielsagende Blicke zu. Auch sie findet es mindestens genauso merkwürdig wie ich, dass Rosy sich mütterlicher verhält als unsere eigene Mutter. Sogar gegenüber Mom ist sie manchmal eine Mom.

„Ich versprech's", sage ich zu Rosy, als ich mich ihr gegenüber an den Tisch setze. „Ich will doch nicht, dass deine alten Knochen strapaziert werden."

Rosy sieht mich giftig an. „Ärger mich nicht."

„Tue ich nicht. Tue ich nie."

„Mom!", ruft Rosy jetzt mit verschränkten Armen zu Mom, die seufzend die Suppe umrührt. „Sieh doch, wie Violet mich wieder ärgert!"

„Rosy", sagt sie und hebt den Topf hoch, um ihn auf den Tisch zu stellen. „Wenn du dich vielleicht mal wie ein neunjähriges Mädchen verhalten würdest, könnte ich deine Situation echt besser verstehen, aber so ..."

„Also willst du einfach zulassen, dass Violet so mit mir umgeht?", unterbricht sie Mom entsetzt.

Ich sage: „Komm mal runter. Ich wollte dich nicht kränken. Außerdem – hach, vergessen wir das." Es ist sowieso immer wieder das Gleiche. Rosy und ich sehen in den Topf, den Mom auf den Tisch gestellt hat, und verziehen gleichzeitig das Gesicht.

„Was soll das sein?", fragt Rosy angewidert und betrachtet die grüne, blubbernde Grütze.

„Bitte sag mir nicht, dass du wieder irgendwelche vegetarischen Rezepte ausprobiert hast", sage ich zu

Mom und rühre, genauso wenig begeistert wie Rosy, in der Suppe rum.

Mom setzt sich an den Tisch und schöpft uns was auf den Teller. „Nun stellt euch mal nicht so an. Das ist mit Sicherheit total lecker. Jamie Oliver meinte, dass das das gesündeste Essen für Kinder ist, weil alle Vitamine und Nährstoffe vorhanden sind."

Rosy runzelt die Stirn. „Aber wir sind doch keine Kinder mehr."

Ich lache. „Genau, Mom. Wir sind schon *neun* und siebzehn!"

„Hey", sagt Mom und stellt den Topf wieder hin. „Esst es einfach. Wenn es euch nicht schmeckt, dann esst es trotzdem. Es gibt nichts anderes."

Tief atmen Rosy und ich durch. Wir kennen das schon. Mom denkt tatsächlich, sie wäre die beste Köchin der Welt, nur weil sie täglich Jamie Oliver guckt und noch dazu jedes Buch von ihm in der Küche stehen hat. Manchmal kommt akzeptables Essen dabei raus und manchmal abscheuliches wie heute. Sie versucht immer, uns von McDonald's oder anderem Fast Food fernzuhalten, denn wenigstens etwas Ordentliches zu essen sollen wir bekommen. Sie muss das nicht tun, das sage ich ihr immer wieder, doch trotzdem steht sie stundenlang in der Küche.

Um sechs Uhr abends ziehe ich mir meine kuschligsten Kniestrümpfe an, die mit schwarzen Kätzchen bestickt sind. Diese sind meine absoluten Chillersocken und ich ziehe sie nur an, wenn ich weiß, niemand Wichtiges könnte mich heute damit sehen. Darüber trage ich noch meinen zu großen Pullover, den Dad mir hinterlassen hat, und eine kurze Shorts, damit ich nicht zu aufreizend aussehe. Für einen sechsjährigen Jungen und ein vierjähriges Mädchen muss man nicht gut aussehen.

Ich verabschiede mich von Mom und steuere Misses Heaths Zuhause ein paar Straßen weiter, an. Ich babysitte für sie schon seit der siebten Klasse, was merkwürdig sein mag, doch gleichzeitig auch ein gutes Taschengeld für mich bedeutet. Noch dazu bekomme ich in der Schule Pluspunkte, denn niemand sonst traut sich, ihre Kinder zu betreuen, vor lauter Angst, man könnte sie verärgern und Misses Heath könnte einen dadurch von der Schule werfen. Aber ich habe keine Angst. Ich liebe es, denn ich liebe Kinder und vor allem ihre Kinder.

Jeden Montag geht Misses Heath abends mit ihrem Mann essen, weswegen ich einmal die Woche – manchmal zweimal – hier aufkreuze, um mich um ihre Kinder zu kümmern.

Ich laufe an dem weißen Gartenzaun vorbei und blicke schon durch die Dunkelheit zum Haus, in dem bereits Licht brennt und ich Misses Heaths braunen Haarschopf entdecke, während sie hektisch umherläuft, wie sie es jeden Montag tut, wenn sie spät dran sind.

Ich klingele und höre von drinnen schon ihre Stimme. Die Tür wird geöffnet und ich setze mein nettestes Lächeln auf.

Doch mein Lächeln erstarrt, als mich zwei dunkelblaue Augen anstarren, die mir nur allzu bekannt sind.

Und noch bevor ich etwas sagen kann, wird die Tür vor meiner Nase wieder zugeschmissen, worauf ich einen Schritt zurückschrecke.

„Hey!", rufe ich durch die Tür. „Geht's noch? Mach die Tür auf!"

Ich verschränke die Arme, als die Tür wieder geöffnet wird und erneut Harrys Gestalt vor mir steht. Er sieht genauso unglücklich aus wie ich darüber, dass er hier ist, während ich auch hier bin.

„War eine Kurzschlussreaktion", sagt er und mustert mich skeptisch. „Was tust du hier?"

Ich hebe eine Braue. „Die bessere Frage ist doch wohl, was tust *du* hier?"

„Ich muss mich um Heaths Kinder kümmern. Also was tust *du* hier?"

Mir klappt die Kinnlade herunter. Wie bitte? Das kann er doch nicht ernst meinen. Beziehungsweise das kann Misses Heath doch nicht ernst meinen! Wie oft soll ich diesen Kerl noch in meinem Leben sehen? Erst die Partys, dann die Schule, dann mein Theaterkurs und jetzt auch noch hier? Irgendwas geht hier gewaltig schief, ich spüre das.

„Ich kümmere mich um Misses Heaths Kinder", erwidere ich sofort. „Und das schon seit Jahren!"

Auch Harry scheint die Situation gerade erst geblickt zu haben und mit einem Mal wirkt er noch genervter. „Nein. Einfach, verdammt noch mal, nein. Geh wieder."

Als er wieder die Tür vor meiner Nase zumachen will und ich entsetzt zurückbleibe, hält Misses Heath ihn auf, die neben ihm auftaucht. „Hey, ich sagte zwar, du sollst die Tür aufmachen, aber nicht, dass du Violet wieder wegschicken sollst." Sie lächelt mir zu. „Violet, komm doch rein, endlich bist du da."

Konsterniert gehe ich durch den Türrahmen und sehe erst Harry und dann Misses Heath an. „Misses Heath, Sie sagten doch, ich solle heute kommen, um auf die Kinder aufzupassen. Wieso …"

Sie schnappt sich ihre Handtasche auf der Kommode. „Du hast auch alles richtig gemacht. Allerdings konnte ich Harry nicht ganz ohne kleine Strafe davonkommen lassen, als er einfach wieder aus dem Theaterkurs abgehauen ist, deswegen leistet er dir heute Abend Gesellschaft."

Ich lasse meine kleine Tasche, die ich um die Schulter hängen ließ, einfach zu Boden plumpsen, weil ich nicht glauben kann, wie oft mich diese Frau noch in irgendwelche bescheuerten Situationen mit diesem Kerl stecken will. „Was? Aber ..."

„Moment mal", sagt Harry und hält sich nachdenklich die Hand an die Stirn. „Sie sagten, ich solle auf Ihre Kinder aufpassen und das bis zehn Uhr. Und weil das nicht schon Strafe genug ist, muss ich es auch noch mit Violet tun?" Er sieht Misses Heath an. „Ich würde gerne die endgültige Suspendierung von der Schule annehmen."

Misses Heath jedoch winkt nur ab und hakt sich bei ihrem Mann unter, als sie zur Tür laufen. „Ach, stellen Sie sich nicht so an, Mister Perlman. Das ist nur ein Abend, das wird jeder von euch überleben."

Schnell laufe ich ihr hinterher, als sie sich zur Tür begeben. „Misses Heath, können wir das nicht anders klären?"

Heath und ihr Mann schreiten aus der Tür hinaus und ich kralle mich verzweifelt an den Türrahmen. Heath lächelt mich nur an. „Violet, ich bin mir sicher, dass ihr euch einen schönen Abend machen könnt. Wir haben alles, was ihr braucht."

Am liebsten würde ich auf Knien rutschen. „Sie verstehen das nicht. Harry und ich ... Wir ... Also – bitte, Misses Heath!"

Doch ich habe keine Chance, denn sie und ihr Mann laufen gelassen die Treppen herunter zum Hof. „Viel Spaß, Violet! Ihr packt das!"

Ich seufze und sehe ihnen verstohlen hinterher. Da geht also meine letzte Chance auf einen wohligen Abend. So langsam bekomme ich das Gefühl, mein Karma muss unglaublich schlecht sein, damit ich so was verdient habe. Ist das vielleicht die Strafe dafür, dass ich Harry in der Schule einfach so habe auflaufen lassen?

Langsam und trotzig schließe ich die Tür, doch traue mich noch nicht, mich zu Harry umzudrehen, der noch im Wohnzimmer steht. Niedergeschlagen lasse ich meine Schultern hängen.

„Du kannst wieder gehen", sagt Harry hinter mir und ich höre, wie er meine Tasche vom Boden aufhebt.

Ich drehe mich um und direkt wird mir die Tasche vor die Brust gedrückt. „Ich soll gehen?"

„Natürlich sollst du gehen. Ich kann nicht gehen, sonst werde ich von der Schule geschmissen, deswegen wirst du diejenige sein, die geht."

Ich runzle die Stirn und nehme ihm die Tasche ab. „Du hast das nicht zu bestimmen. Das hier ist zufällig schon seit Jahren mein Nebenverdienst und Misses Heath verlässt sich auf mich."

Er schnaubt und geht in die Küche. „Was erwartest du von ihr? Einen Gute-Nudel-Stern? Es wird schon nicht so schlimm sein, wenn du verschwindest. Außerdem ist es besser für jeden von uns."

„Äh." Ich folge ihm in die Küche, wo er gerade eine Schublade öffnet, um einen Topf hervorzukramen. „Also erstens lasse ich mir von dir ganz bestimmt nichts sagen und zweitens bin ich nicht so wie du und tue einfach das, was ich will. Misses Heath will, dass ich mich um ihre Kinder kümmere, also tue ich das auch."

„Wie vorbildlich von dir." Er holt noch einen Topf hervor und ich sehe ihm skeptisch dabei zu. „Aber heute zählt dieser Mist nicht. Ich werde keinen Abend mit dir hier verbringen und von der Schule werde ich auch nicht fliegen, deswegen wirst du wohl gehen müssen."

Für ein paar Sekunden schweige ich und sehe zu, wie er ein paar Zutaten aus dem Kühlschrank holt. „Sag mal, was hast du vor? Ist es schon so weit gekommen, dass du die Küche unserer Rektorin verwüsten willst?"

„Sei nicht dumm. Heath meinte, ich solle kochen, weil du es nicht kannst."

Ich hebe die Brauen und lache ungläubig auf. „Wie bitte? Das hat sie nie im Leben gesagt."

Auf Harrys Lippen schleicht sich ein genugtuendes Grinsen, als er gerade Wasser in den Topf füllt. „Sie hat es genau *so* gesagt. Der Kleine hätte eine Lebensmittelvergiftung gehabt, nachdem sie dein Essen gegessen haben oder so."

Ich reiße die Augen auf. „Nein, du lügst! So war das nicht!"

„Okay, vielleicht hat sie es nicht *genau* so gesagt, aber es ging in diese Richtung." Harry dreht sich zu mir, als er beginnt, Wasser zu kochen. „Also wirst du jetzt gehen?"

Als ich gerade sagen will, dass er sich selbst mal vom Acker machen kann, damit ich meine Arbeit in Ruhe vollbringen kann, kommen jedoch zwei kleine Kinder die Treppe runtergestürzt.

„Vio!", freut sich die kleine Coco mit den beneidenswert langen, braunen Haaren und krallt sich an mein Bein. „Du trägst heute die Katzensocken!"

Ich grinse schlagartig, weil ich wusste, wie sich Coco über diese Strümpfe freuen wird. Ich trug sie einmal und sofort hat sie sich in sie verliebt. „Klaro, du sagtest doch, dass du sie magst, also blieb mir gar nichts anderes übrig."

„Ich find sie scheußlich", brummt jedoch Mikey, der sechsjährige Stinkstiefel und Cocos Zwilling, und zupft verächtlich an dem Stoff meiner rechten Socke. „Das sieht echt dumm aus mit den ganzen Katzen."

Harry lacht gehässig in sich hinein, während er eine Tomatensoße anrührt.

Ich funkle ihn an. „Lach nicht so doof, sondern konzentrier dich lieber auf dein doofes Essen."

„Genau!", stimmt mir Coco sofort zu und ich weiß jetzt schon, dass ich einen Kameraden auf meiner Seite stehen habe. Alles, was ich nämlich doof finde, findet sie auch doof und da ich Harry *ganz schön* doof finde, bin ich mir sicher, dass sie mir helfen wird, mit Harry diesen Abend zu überstehen.

„Ich wette, der kocht besser als du", meckert Mikey und stellt sich auf Harrys Seite. Er verschränkt die Arme.

Harry tut es ihm gleich und auch seine Arme sind verschränkt. „Tja, Kumpel, das denke ich auch."

Genervt von den beiden verziehen Coco und ich die Gesichter und steuern das Wohnzimmer an, in der wir es uns auf der Couch bequem machen. Das Doofe an der ganzen Sache ist, dass ich ganz genau weiß, dass Harry besser kochen kann als ich. Bedeutend besser. Ich erinnere mich, wie er früher immer für mich gekocht hat, weil er es liebte. Sogar gebacken hat er gerne. Ja, das würde man ihm heute nicht mehr zutrauen, aber es war tatsächlich so. Am liebsten waren mir immer seine

Tortellini mit Carbonarasoße. Oh, Gott, es war so unglaublich lecker, dass ich ihn manchmal regelrecht dazu zwingen musste, für mich Tortellini zu kochen. Mindestens einmal die Woche.

Doch ob er heute noch immer so leidenschaftlich kocht, ist eine andere Sache. Ich denke, nicht. In der Schule wird immer erzählt, dass er nach der Highschool irgendwo im Supermarkt arbeiten wird, weil er keine Lust auf studieren hat. Es wird auch erzählt, dass er mit dem Soccerspielen weiterkommen will, denn das hat er auch schon immer gerne gemacht. Allerdings bin ich mir nicht sicher, ob ich all diesen Gerüchten glauben kann, denn ich kenne Harrys Eltern und schon von klein auf wollten sie, dass aus ihm mal etwas ganz Großes wird. Und da ist Anwalt zu werden nur das kleinere Übel. Ich will gar nicht wissen, wie viel Ärger seine Eltern machen, weil er in der Schule so schlechte Noten schreibt.

„Ich werde Mama fragen, ob sie mir auch solche Strümpfe kauft", holt mich Coco aus meinen Gedanken und streicht über meine Katzensocken. „Ich find die echt schön."

„Ich kann dir gerne welche kaufen", biete ich ihr schmunzelnd an, weil sie supersüß ist. „Als Entschuldigung dafür, dass dieser Kotzbrocken in der Küche heute da ist."

Sofort verzieht Coco wieder das Gesicht, weil sie merkt, wie ich auf Harry reagiere. „Ja, echt voll der Kotzbrocken. Und Mikey ist auch ein Kotzbrocken."

Ich flüstere ihr zu: „Versprich mir, dass du sagen wirst, dass mein Essen besser ist als seins, egal wie gut es schmeckt, ja?"

Sie nickt. „Versprochen."

„Was sagst du?", höre ich Harrys Stimme aus der Küche.

Mikey sagt irgendwas, doch ich verstehe es nicht.

„Du musstest davon brechen? Man, das muss echt abartig gewesen sein."

Wieder sagt Mikey etwas Unverständliches.

„Oh, Gott, hör lieber auf, davon zu reden, mir wird gleich übel."

Beleidigt presse ich die Lippen aufeinander und versuche, ihr Gerede in der Küche zu ignorieren, zumal ich ganz genau weiß, dass Harry extra laut spricht, damit er mir noch mal unter die Nase reiben kann, wie schlecht ich koche. Idiot. Beide. Er und Mikey. Heute heißt es also zwei gegen zwei. Das ist fair.

„Und dann habt ihr alles wieder weggeschmissen?", fragt Harry Mikey wieder extra laut.

Ich will ihn treten.

„Was für eine Verschwendung. Da hat wohl jemand keine Ahnung von richtigem Umgang mit Lebensmitteln."

Jetzt reicht es mir. Zickig rufe ich zur Küche: „Mal so nebenbei: Wir können euch hören!"

„Ups." Ich höre Harrys Belustigung klar und deutlich. „Das war nicht unsere Absicht."

Ich murre leise: „Klar, du Vollidiot."

Coco sieht mich neugierig von der Seite an und ihre großen blauen Augen strahlen mir entgegen. Ein Wunder, dass sie so hübsch ist. Sie sieht kein Stück aus wie Misses Heath. Zumal Misses Heath sowieso viel zu alt für solch kleine Kinder ist. Zumindest verhältnismäßig.

„Wieso mögen wir ihn nicht?", fragt die Kleine mich.

Ich sehe weg und versuche, eine gute Antwort darauf zu finden. „Weil er doof ist."
„Aber wieso ist er doof?"
„Weil er gemein ist."
„Was hat er Gemeines getan?"
„Er ... Er ist *ständig* gemein. Sogar jetzt gerade ist er gemein."
„Weil er sagt, dass du nicht kochen kannst?"
„Zum Beispiel."
Nickend sieht sie nachdenklich weg. „Oh ... Also magst du ihn nur nicht, weil er sagt, dass du nicht kochen kannst?"
„Nein. Ich mag ihn nicht, weil er fies und gemein und unausstehlich ist." Ich würde ihn gerne als Arschloch betiteln, doch vor einer Sechsjährigen sollte ich solche Ausdrücke lassen.
„Hat er noch etwas anderes getan?"
Ich lache auf. „Sogar eine ganze Menge."
„Was denn?"
„Er hat …"
„Violet Lotta Berrymore", werde ich jedoch von Mikey unterbrochen, der mit erhobenem Kinn und gestreckter Brust vor der Couch steht, als wäre er ein Soldat. „Ich soll Sie bitten, Coco zum Tisch zu führen, damit sie das beste Essen der Welt essen kann."
„Und ich darf nichts essen?", frage ich.
Er schüttelt vehement den Kopf. „Ich tue nur, was mir gesagt wurde."
Wieder will ich Harry treten. Nicht nur, weil er mir sein Essen verweigern will, sondern weil er tatsächlich jemanden meinen Zweitnamen verraten hat. Er weiß ganz genau, dass ich diesen Namen hasse, und jetzt verwendet

er ihn als Waffe gegen mich. Aber na gut. Das Spiel kann ich auch spielen. Ich habe noch genug Dinge, mit denen ich ihn genauso ärgern kann.

„Okay", sage ich deswegen entschlossen und stehe auf. „Violet Lotta Berrymore und Coco werden kommen. Sag doch bitte Harold Jermaine-René Perlman Bescheid, ja?"

Ich erreiche genau das, was ich wollte. Mikey und Coco kichern genauso wie jeder andere, der Harrys vollen Namen zum ersten Mal hört. Ich habe mich damals auch totgelacht. Doch was er kann, kann ich auch. Sein Pech.

Als wir in die Küche kommen, sitzt auch schon der besagte Harold Jermaine-René Perlman mit bösem Ausdruck am Tisch und starrt mich niederschmetternd an. Ich bin mir sicher, dass er mitbekommen hat, wie ich eins seiner intimsten Geheimnisse ausgeplaudert habe. Gut so. Er hätte ja nicht verraten müssen, dass mein Zweitname Lotta ist.

„Guck doch nicht so beleidigt", ziehe ich ihn zufrieden auf und muss mich beherrschen, nicht gleich über das Essen herzufallen, weil es so wunderbar riecht.

„Ich hab dir gesagt, du sollst es niemandem verraten", knurrt er, als sich Mikey neben ihn setzt und Coco neben mich auf den Stuhl.

„Ach ja?" Ich sehe ihn mit erhobener Braue an. „Soweit ich mit entsinnen kann, habe ich dir auch gesagt, dass du meinen Zweitnamen für dich behalten sollst. Du hast angefangen."

„Du Kotzbrocken", verteidigt mich Coco noch nachdrücklich und verschränkt halbstark die Arme.

Harry sieht sie fast schon fassungslos an. „Was?"

„Sie nannte dich Kotzbrocken", wiederhole ich zufrieden mit Cocos Benehmen ihre Worte. „So wie es sich gehört."

Jedoch schaltet Mikey sich ein. „Und ihr seid komische Mädchen, die auf komische Katzenstrümpfe stehen!"

Jetzt grinst Harry selbstgefällig zu Mikey, auf den er bestimmt genauso stolz ist wie ich auf Coco. „Gut gemacht. Lass dich bloß nicht unterkriegen."

„Lass ich nicht", sagt Mikey erschreckend ernst und starrt uns an. „Das ist dafür, dass ich beim letzten Mal brechen musste, weil Violet nicht kochen kann!"

„Hey, so schlimm war es auch nicht. Du hast einfach einen zu empfindlichen Magen."

„Genau!", steht mir wieder Coco zur Seite. „Ich wette, das Essen hier schmeckt total ekelig!"

„Ich wette nicht", wirft Harry ein, worauf ich ihn wieder böse ansehe.

„*Ich* wette *doch*!", sage ich.

„Und *ich* wette *nicht*."

„Es schmeckt bestimmt wie Omas alte Füße!", meckert Coco weiter, jedoch nicht in Harrys Richtung, sondern in Mikeys, der wahrscheinlich am wenigsten für den Geschmack des Essens kann.

Aber Mikey kämpft tapfer zurück und beugt sich weiter über den Tisch. „Dann musst du ja oft von Omas alten Füßen probiert haben, du doofe Kuh!"

Beleidigt streckt Coco die Zunge heraus und ruft: „Wohl eher du! Du doofer Sack!"

So langsam bekomme ich das Gefühl, es läuft aus dem Ruder. Eigentlich wollte ich den Abend nicht damit verbringen, dass Coco und Mikey sich Schimpfworte an den Kopf werfen. Und Harry scheint das auch nicht zu wollen, denn auch er sieht etwas überfordert zwischen den beiden hin und her.

„Nenn mich nicht doofer Sack, du Blöde!", keift Mikey wieder und so langsam macht mir sein ernster Ausdruck Angst.

Coco lässt das nicht auf sich sitzen und beugt sich ebenfalls weiter über den Tisch. „Nenn du mich nicht doofe Kuh, du Doofer!"

„Hey", sage ich jetzt und hebe beschwichtigend die Hände. „Ist doch alles gut. Lasst uns lieber essen, bevor …"

„Genau", sagt Mikey, allerdings wieder in Cocos Richtung. „Lass uns das Essen essen, das viel besser als Violets Essen ist!"

„Nimm das zurück!", wütet Coco.

„Nö!"

„Doch!"

Und dann geht es zu schnell, bevor Harry oder ich reagieren können.

Coco greift in die Schüssel mit Nudeln und beschmeißt Mikey damit.

Wir halten alle inne.

Bitte, bitte, bitte lass das jetzt nicht ausarten.

„Okaaaay", sagt jetzt Harry und nimmt Mikey schnell die Nudeln aus den Haaren. „Ich denke, wir …"

„Ich zeig's dir!" Schließlich schmeißt sich Mikey auf den Topf mit Soße, hält seine Faust rein und bespritzt Coco damit, die aufkreischt.

Heilige Scheiße. Das artet *definitiv* aus!

„Mikey!", mahne ich ihn und wische Coco die Soßenspritzer vom Gesicht.

Misses Heath wird uns umbringen. Tomatensoße geht unmöglich wieder aus den Klamotten raus, noch dazu sind genug Spritzer auf den Boden gekommen, manche auf den Holztisch, wo ich schon sehen kann, wie sich die Soße von dem Holz eingesogen wird.

„Blödmann!", meckert Coco Mikey an, während ich ihre Hände zurückhalte, mit der sie ebenfalls in die Soße greifen wollte.

„Eure Mutter wird so sauer auf euch sein!", sage ich überfordert und blicke auf die vielen Soßenspritzer auf dem Tisch und dem Boden. Hastig bücke ich mich um ein paar Flecken aufzuwischen. Ich kann es nicht glauben. Da ist man mal einen Abend mit Harry zusammen, schon passiert so etwas. War ja klar, dass es eskalieren muss.

Ich richte mich wieder auf.

Und kneife sofort die Augen zusammen, denn jetzt habe ich einen Flatschen Soße mit Nudeln ins Gesicht bekommen.

Schockiert halte ich den Atem an und halte inne, während ich die warme Soße in meinem Gesicht spüre und die Nudeln langsam ihren Weg von meiner Nase auf meinen Schoß machen.

Für ein paar Sekunden herrscht Stille am Tisch. Sogar Mikey und Coco haben aufgehört zu streiten. Und auch, wenn ich nicht gesehen habe, wer mich mit den Nudeln beschmissen hat, bin ich mir sehr sicher, dass es der gehässig grinsende Kotzbrocken vor mir war.

Innerlich auf hundertachtzig schmiere ich mir die Soße von den Augen und sehe unmittelbar in Harrys Gesicht, der mich mit erhobenem Mundwinkel mustert.

„Das hast du nicht getan", zische ich ihn an.

Doch er scheint sich keiner Schuld bewusst und zuckt nur mit einer Schulter. „Mikey war's."

Nicht belustigt lache ich auf und schüttle den Kopf, während ich mir noch ein wenig Soße aus dem Gesicht wische. Mikey war es. Wer es glaubt, wird selig, du Vollspaten.

„War ich gar nicht", flüstert Mikey Harry zu, worauf ich Harry wieder böse ansehe.

Meine ganzen Klamotten sind versaut und noch dazu können wir hier nach Misses Heaths Küche sauber machen, der Kinder eingeschlossen. Cocos Haare sind voll mit Soße und Mikey sieht nicht weniger schlimm aus.

„Ich würde sagen, das Essen hat sich gelohnt", sagt Harry nach einer kurzen Pause und steht auf, um die schmutzigen Sachen wegzuräumen.

Ungläubig sehe ich ihm hinterher, wie er einfach verschwindet, als wäre nichts. Als hätte ich gerade keine Nudeln auf dem Schoß und der Rest am Tisch keine Soße im Gesicht. Und das lasse ich nicht auf mir sitzen. Er denkt, er kann mich mit Essen beschmeißen und vorher noch über Verschwendung von Lebensmitteln predigen?

Nein, da hat er sich geschnitten.

Mutig nehme ich meinen Löffel und mache Soße darauf. Ich will es nicht direkt übertreiben, ich will ihm einfach nur klarmachen, dass ich auch zurückschlagen kann. Coco und Mikey gebe ich ein Zeichen, dass sie mich nicht verraten sollen, und dann schleiche ich mich von hinten an Harry ran, der die beschmutzten Teller in die Spüle stellt.

„Hey, Harry."

Er dreht sich um – und schon landet die Soße von meinem Löffel mitten in seinem Gesicht.

Selbstgefällig grinse ich ihn an, während er genauso innehält wie ich vorhin und leicht auflacht, als könnte er es nicht glauben.

„Tja", sage ich nur und wende mich selbst an die Spüle, als er einen Schritt zur Seite geht. „Du hast angefangen, also wage es dich bloß nicht, dich zu beschweren." Ich lasse Wasser über die schmutzigen Teller laufen, um sie zu reinigen. „Außerdem kannst *du* das alles hier sauber machen. Und ich werde dir nicht helfen. Du hast – verdammte Scheiße!"

Weil mich plötzlich eine seltsame Wärme von Kopf bis Fuß trifft und es sich alles andere als angenehm und natürlich anfühlt, schreie ich auf und hüpfe einen Schritt zurück.

Beinahe rutsche ich auf dem Fußboden aus, der jetzt in roter Soße getränkt ist, und muss mich am Küchentresen festhalten, um nicht auf das Hinterteil zu knallen.

Mikey und Coco beginnen zu lachen, als ich zum zweiten Mal heute innehalte, um zu kapieren, was, zur verdammten Hölle, hier gerade passiert ist.

Außer mir sehe ich Harry an, der zufrieden mit dem Topf in der Hand neben mir steht. „Sag mal, hast du sie noch alle?", brülle ich ihn an und wische wieder durch mein Gesicht, allerdings tropft mir daraufhin sofort Soße von meinen Haaren auf meine Stirn und Nase. „Was ist nur los mit dir?"

Harry zuckt wieder resigniert mit den Schultern. „Du hättest es nicht provozieren dürfen. Dein Pech."

„Mein Pech?", keuche ich entsetzt. „Du glaubst doch nicht, dass –"

Diesmal überlege ich nicht lange. Ich schnappe mir den Topf, der noch gefüllt mit dem verkochten Wasser der Nudeln ist und hebe ihn über Harry, um ihn hemmungslos über seinen Kopf zu schütten.

„Das wagst du nicht!", wehrt sich Harry jedoch und will meine Arme weghalten.

„Und wie ich das wage!", keife ich und kämpfe gegen seine Stärke an.

„Los, Vio!", feuert mich Coco an und beugt sich neugierig über den Stuhl.

Für die beiden ist das wahrscheinlich die beste Abendunterhaltung der Welt, nicht mal Fernsehgucken könnte da mithalten, aber das ist nebensächlich. Ich konzentriere mich nur auf Harry, um endlich die Chance zu ergreifen, die zwei Liter Wasser über seinen Kopf zu kippen.

„Violet!", beschwert sich Harry, während wir miteinander rangeln und ich immer wieder versuche, den Topf für mich zu gewinnen.

Doch endlich schaffe ich es. Ihm rutscht der Topf aus der Hand, ich hebe ihn an und im nächsten Moment ist Harry komplett durchnässt.

„Ha!", freue ich mich und zeige mit dem Finger auf ihn. Dass ich auch etwas abbekommen habe, ist nicht wichtig, denn Harry hat mehr abbekommen. Er ist klitschnass.

Allerdings fackelt er nicht lange, sondern will einen Schritt auf mich zumachen, aber der nasse Boden macht ihm einen Strich durch die Rechnung.

Er rutscht mit seinem rechten Fuß aus, flutscht nach vorne und hinten. Harry will sich an mir festhalten, wogegen ich mich versuche zu wehren, damit er mich nicht mit sich in den Abgrund reißt, doch es ist zwecklos.

Wir knallen beide wie zwei eingelegte Heringe auf den Boden unter uns und liegen mitten in der Suppe aus Soße und warmem Wasser.

Harry fällt auf den Rücken und ich lande bäuchlings quer über ihm, sodass wir ein Kreuz darstellen. Wenigstens bin ich einigermaßen weich gelandet.

Doch wir scheinen beide total perplex zu sein, denn niemand bewegt sich. Meine Augen sind vor Erschöpfung geschlossen und auch Harry liegt ruhig, atmet nur tief durch.

So hatte ich mir das Babysitten nicht vorgestellt. Und noch weniger hatte ich mir vorgestellt, heute Abend noch mit Harry vollgeschmiert mit Lebensmitteln auf dem Boden zu liegen, weil wir einfach nicht miteinander klarkommen.

Es ist, als wären wir kleine Kinder. Fast noch schlimmer.

„Oh, Gott, Mama wird das nicht gefallen", holt mich Cocos Stimme aus meinem kurzen Koma und ich öffne die Augen, blicke direkt auf den schmutzigen Boden unter mir.

Ich blinzle. Gott, Misses Heath wird uns *so was* von umbringen. Es würde mich nicht mal wundern, wenn sie auch noch mich von der Schule schmeißt.

Harry murrt unter mir. „Geh runter." Kurzerhand schubst er mich von sich und wie ein nasser Sack rolle ich auf den Rücken in das Nass unter uns.

Mein Kopf tut höllisch weh, als ich mich aufrichte. Gott, wieso habe ich mich nur durch diesen Idioten zu so einem Mist verleiten lassen? Nicht mal den Anstand, mir aufzuhelfen, bringt er auf.

Als Harry wieder steht und ich mich neben ihn stelle, betrachten wir uns. Wir sehen beide schrecklich aus. Seine Haare sind nass und gefärbt durch die rote Soße. Sein olivgrünes T-Shirt klebt ihm auf der Haut und seine dunkle Jeans scheint noch enger zu sein, dadurch dass sie nass ist. Seine Haut ist ebenfalls befleckt mit roten Punkten. Man könnte meinen, er hätte eine Krankheit.

„Ihr seht echt witzig aus", kichert Coco und mustert uns beide.

Doch Harry scheint das gar nicht witzig zu finden. Er dreht sich wieder vorsichtig zur Spüle, damit er nicht ausrutscht. „Gut gemacht, Violet. Ich hoffe, Heath schmeißt nicht nur mich von der Schule."

Ich hebe die Brauen. „Was? Du gibst *mir* die Schuld?"

„Würdest du etwa nicht? Guck dir die Sauerei doch an. Du hättest das Wasser einfach stehen lassen sollen. Der Boden ist *komplett* nass."

„Du hast angefangen!"

Harry wird ebenfalls wütender und deutet auf den Boden unter uns. „Und das war dein Zeichen, die ganze Küche unter Wasser zu setzen?"

„Harry, du –" Mir fehlen die Worte. Was soll ich auch darauf sagen? Ich bin doch nicht die Schuldige hier, sondern er! Er hätte mich nicht mit den Nudeln beschmeißen sollen! Wenn er nicht angefangen hätte, wäre es nie so ausgeartet!

Wieder ruhiger beginnt Harry, sich am Wasserhahn die Soße aus dem Gesicht zu waschen. „Du wusstest noch nie, wann eine Grenze überschritten ist, also wundert es mich nicht."

Ich wusste noch nie, wann eine Grenze überschritten ist? Das sagt mir derjenige, der mindestens zwanzig

Einträge im Schulregister hat und außerdem mit achtzehn noch nicht den wahren Ernst des Lebens verstanden hat? *Harry Perlman* sagt mir das?

In mir braut sich eine unangenehme Wut zusammen und ich versuche, sie zu unterdrücken, indem ich die Fäuste balle, doch sollte er noch einen falschen Ton von sich geben, explodiere ich. Er hätte von vornherein nicht so unfreundlich in der Schule sein müssen, was ihn eine Menge Ärger erspart hätte. Aber er war unfreundlich und das schon immer, deswegen ist es seine Schuld.

Und plötzlich ertönt ein Geräusch, das mein Herz zum Bersten bringt. Die Haustür.

Scheiße, nein, bitte lass das jetzt nicht geschehen. Boden öffne dich. Bitte!

Hoffnungsvoll kneife ich die Augen zusammen.

„Was ist denn hier passiert?", ertönt die schrille Stimme von der Rektorin unserer Schule und meine Hoffnung ist verschwunden.

Ich drehe mich langsam und schuldbewusst zu ihr um. Wir müssen alle aussehen wie kleine Kinder. Beschmiert mit Tomatensoße und Nudeln in den Haaren.

Misses Heath läuft schon rot an und hält sich die Hände an den Kopf, während sie fassungslos die verdreckte Küche betrachtet. „Was habt ihr nur angerichtet? Die Wände! Der Tisch! Der Boden!" Sie sieht aus, als würde sie jeden Moment weinen. „Oh Gott, der Boden! Ihr habt alles unter Wasser gesetzt!"

„Es war Harrys Schuld!", haut Coco raus und zeigt auf Harry, der genauso stocksteif wie ich in der Küche steht. „*Er* ist der Kotzbrocken!"

Mickey klopft auf den Tisch. „Nein, es war Violets Schuld!"

Misses Heath schüttelt nur den Kopf und scheint ihnen gar nicht zuzuhören. „Geht sofort hoch."

Alle schweigen. Für einen Moment fühle ich mich angesprochen, weil Mom zu mir und Rosy auch immer sagt, wir sollen hochgehen, wenn wir etwas anstellen, aber Heath ist zufällig nicht meine Mom, also warten wir, bis Coco und Mickey die Treppen hochgetrottet sind.

In der Küche herrscht wieder Ruhe, als die zwei oben sind.

Ich traue mich als Erster die Stille zu unterbrechen, weil ich es nicht mehr aushalte. „Misses Heath, wir …"

„Nein", blockt sie ab und hält ihre Hand hoch. „Ihr beide seid ..." Sie schüttelt ungläubig den Kopf. „Ihr seid unmöglich ..."

Ich schlucke schwer. Gott, das endet nicht gut.

„Ich kann das erklären", versuche ich, mich zu erklären, obwohl ich nicht mal weiß, wie ich das alles erklären soll.

„Ihr seid mir keine Erklärung schuldig." Nun richtet sich Misses Heath entschlossener auf, nachdem sie tief durchgeatmet hat. „Anscheinend habe ich mich in Ihnen getäuscht."

Weil sie zu Harry sieht, fühle ich mich erst nicht angesprochen, doch dann sieht sie mich an.

„Violet, du wirst zukünftig nicht mehr meine Kinder betreuen. Ihr beide werdet nachsitzen. Für sehr, sehr lange Zeit. Morgen nach der Schule kommt ihr in mein Büro. Pünktlich. Um drei. Eure Eltern werde ich benachrichtigen und vielleicht, aber nur vielleicht, lernt ihr daraus." Sie sieht zu Harry. „Bei Ihnen habe ich zwar schon jegliche Hoffnung aufgegeben, doch Wunder gibt es immer. Über die Suspendierung werden wir uns noch unterhalten, Mister Perlman. Und jetzt ..." Sie zeigt aus der Küche nach draußen. „Verschwindet."

Ich presse die Lippen aufeinander und kann mich nicht bewegen. Man, so wurde ich ja noch nie von Misses Heath behandelt. „Misses Heath, ich bitte Sie ... Wir können ..."

„Raus hier!", kreischt sie nun wild und ist den Tränen nahe. „Bevor ich mich noch völlig vergesse!"

Daraufhin tue ich sofort, was sie sagt. Ich laufe an ihr vorbei, schnappe mir meine Tasche aus dem Flur und verlasse das Haus.

Was ein wunderbarer Start in die Woche. Und wahrscheinlich ist die Woche auch nicht darauf ausgelegt worden, besser zu werden, so wie Heath mit uns gesprochen hat.

Wütend auf mich selbst und auf Harry und allgemein jeden auf der Welt stampfe ich aus dem Hof vorbei an dem weißen Gartenzaun durch die Dunkelheit. Mit Soße beschmiert und nassen Klamotten.

Schlimmer kann es kaum werden. Kaum bin ich Harry näher als zwei Meter, habe ich jede Menge Probleme am Hals. Kein Wunder, dass er kein Bestandteil meines Lebens mehr ist.

„Violet!"

Ich drehe mich nicht um.

„Violet, jetzt warte doch mal!"

Schließlich bleibe ich doch stehen und drehe mich um. Wenn mich jemand ruft, muss ich einfach reagieren, auch wenn es nur Harry ist. Harry kommt mit schnellen Schritten auf mich zu, während ich höre, wie Misses Heath die Haustür laut zuknallt.

„Falls du dich bei mir entschuldigen willst, dann kannst du es stecken lassen", sage ich, noch bevor er bei mir ankommt. „Absolut nicht nötig, ich will es nämlich gar nicht hören."

„Ich hatte nicht vor, mich bei dir zu entschuldigen." Er bleibt vor mir stehen. „Ich soll dich nach Hause fahren."

Ich lache auf und drehe mich um, damit ich weiter den Weg nach Hause ansteuern kann. „Nie im Leben steige ich in dein Auto."

Stöhnend folgt mir Harry. „Violet, Heath bringt mich um, wenn ich dich jetzt nicht nach Hause bringe."

„Mir egal. Solange sie nicht *mich* umbringt."

„Wow, wie taktvoll von dir, so was zu sagen, während du gleich in meinem Auto sitzen wirst, das von *mir* gesteuert wird."

„Wie dumm von dir, zu denken, ich würde in dein Auto steigen."

„Dir bleibt nichts anderes übrig. Heath will sichergehen, dass du in mein Auto steigst."

„Mir egal. Du bekommst den Ärger, nicht ich."

„Ach, wirklich? Ich bin mir ziemlich sicher, dass es ihr – nachdem du ihre Küche verunstaltet hast – ziemlich egal ist, ob sie dich nun drei Wochen oder das komplette Schuljahr nachsitzen lässt."

Ich verdrehe genervt, davon, dass er mir immer noch hinterherläuft, die Augen. „Ich bin sowieso gleich zu Hause, also mach mal keinen Aufstand."

Ich höre, wie er hinter mir stehen bleibt, worauf ich mich zu ihm umdrehe, jedoch nicht aufhöre, weiterzulaufen. „Stimmt", sagt Harry und sieht sich in der Gegend um. Er weiß anscheinend noch ganz genau, wo ich wohne.

Und weil ich nur noch diese eine Straße entlanglaufen will, winke ich ihm halbherzig zu und drehe mich wieder nach vorne. „Blitzmerker. Und jetzt lass mich endlich nach Hause laufen."

Ich habe zwar größten Respekt vor Heath und ich kann mir auch vorstellen, dass sie nur möchte, dass Harry mich nach Hause fährt, weil es schon dunkel ist, aber ich steige nicht in sein Auto. Vor allem nicht, wenn mein Haus gerade mal zwei Straße weiter entfernt ist. Diese Minute in seinem Wagen kann ich mir sparen, wirklich. Viel lieber steige ich in das Auto eines Serienmörders.

Okay, das war vielleicht ein wenig übertrieben.

Aber ich steige nicht in Harrys Auto.

„Okay!", ertönt Harrys Stimme und es klingt, als hätte er sich mittlerweile von mir entfernt, was mich wieder über die Schulter blicken lässt. Er läuft wieder die Straße herunter zu Misses Heaths Haus.

Etwas verdutzt davon, wie einfach es war, ihn abzuwimmeln, sehe ich wieder geradeaus durch die dunklen Straßen. Wieso wundere ich mich darüber, wie einfach er meine Bitte, mich im Dunkeln nach Hause laufen zu lassen, angenommen hat? Vielmehr sollte es mich wundern, wie er für ein paar Momente hartnäckig versucht hat, mich in sein Auto zu bringen.

Na ja, wahrscheinlich will er einfach nicht noch mehr Stress mit Heath haben, als er sowieso schon hat. Es ist nur ungewohnt für mich, dass er einfach locker lässt, denn früher war er auch nicht so. Aber es sollte mich nicht wundern. Harry ist nun mal heute anders.

Als ich schon mein Haus sehen kann und meinen Schlüssel aus meiner Tasche krame, um die Tür aufzuschließen, scheinen mir von hinten Scheinwerfer zu.

Als mir dann auch noch das Auto entgegenhupt und links neben mir herfährt, erschrecke ich mich, als ich Harry hinter dem Steuer sehe.

„Was soll das werden?", frage ich ihn, als er seinen Motor stoppt und neben mir stehen bleibt.

Dadurch, dass er noch immer im Auto sitzt, höre ich seine Stimme nur gedämpft. „Ich fahre dich nach Hause!", ruft er.

Ich muss vor Belustigung lachen. „Du fährst mich nach Hause? Mein Haus ist fünf Meter von mir entfernt, falls du es noch nicht gesehen hast!"

„Das ist mir vollkommen egal, steig einfach ein, damit ich dich nach Hause fahren kann!"

„Das sind *fünf* verdammte Meter, Harry!"

„Steig! Ein!"

„Na-Hein!"

Harry rollt genervt die Augen. „Tu es doch einfach! Du ersparst uns beiden jede Menge Ärger!"

Ich schnaufe und schweige. Rein theoretisch hat er recht, denn Misses Heath war extrem sauer und das auf uns beide. Warum er allerdings noch immer so verrückt darauf ist, mich die letzten fünf Meter nach Hause zu fahren, verstehe ich noch immer nicht. Aber dann tue ich es halt. Ich will keinen Stress bekommen, deswegen öffne ich widerwillig die Autotür zu Harrys schwarzem Audi, um mich reinzusetzen.

Ich lasse mich in den Beifahrersitz fallen, der verdammt weich und bequem ist, und knalle die Tür zu. Es riecht nach Harry und Kokos. Ich weiß, dass Harry Kokos liebt, weswegen ich mir sicher bin, dass dieser Duft nicht von dem Parfüm eines Mädchens kommt, sondern ganz allein von ihm. Wahrscheinlich hat er auch noch irgendwo Kokosduftkerzen versteckt, damit es ständig so riecht.

„Schnall dich an", weist Harry mich an, als er den Motor startet.

„Ich muss mich nicht anschnallen, es sind, wie gesagt, nur verdammte fünf Meter."

„Violet", knurrt Harry. „Schnall dich an."

Ich stöhne auf und greife schließlich zum Gurt. Idiot.

Als ich angeschnallt bin, schaltet Harry in den ersten Gang und umgreift das Lenkrad. „Okay, halt dich fest, ich fahre los."

Ich verschränke nur die Arme und sehe gelangweilt aus dem Fenster. „Dann fahr mal die ganzen fünf Meter."

Ich höre, wie Harry ganz langsam die Kupplung kommen lässt und mit einem leichten Ruck fahren wir nach vorne.

Wir rollen.

Wir rollen.

Und eine Sekunde später tritt Harry wieder auf die Bremse und wir stehen.

„Sehr schön", sage ich und sehe ihn an, während er die Handbremse zieht. „Das hat sich fast gelohnt."

Harry ignoriert meine Worte und zieht sein Handy aus der Hosentasche. Er drückt etwas darauf herum und dann hält er es links von sich mit der Frontkamera in unsere Richtung.

„Äh", sage ich, als ich von dem Bildschirm seines Handys, wo wir beide zu sehen sind, zu ihm sehe. „Das Selfie kannst du dir sparen."

Harry hält das Handy immer noch hoch und sucht den perfekten Winkel. „Verdammt, es ist so dunkel, man sieht kaum was. Egal." Dann drückt er auf einen Knopf und schon ist ein Foto entstanden, auf dem ich ihn böse angucke.

Er hält sein Handy wieder in beiden Händen und scheint das Bild in WhatsApp verschickt zu haben. „Ist für Heath. Sie wollte einen Beweis dafür, dass ich dich nach Hause gebracht habe."

Deswegen wollte er also unbedingt die fünf Meter fahren.

„Wieso, zur Hölle, hast du ihre Nummer in deinem Handy?"

Er zuckt mit den Schultern, als er noch etwas unter das Bild schreibt. „Sie beschwert sich so verdammt oft, deswegen klären wir die meisten Dinge schon über WhatsApp."

Ich hebe eine Braue. „Das ist seltsam."

„Mag sein, aber ..." Er steckt das Handy wieder weg. „Du kannst jetzt aussteigen. Ich habe dich nach Hause gebracht."

Ohne viel über seine Worte nachzudenken, schnalle ich mich ab. Noch unfreundlicher hätte er mich auch nicht verabschieden können. Aber viel habe ich sowieso nicht erhofft, denn schlimmer kann der Abend kaum werden. Doch trotzdem fahre ich noch mal mit meiner Hand durch meine nassen, versauten Haare und schmiere es heimlich an den Sitz, damit auch er etwas von dem Abend hat.

„Ich wünsche dir eine gute Nacht", verabschiede ich mich von ihm, als ich neben dem Auto stehe. „Jermaine-René."

Harry funkelt mich von drinnen böse an, denn ich weiß, wie sehr er diesen Namen hasst. Er startet den Motor. „Gute Nacht, *Lotta*."

Kapitel 5

Gedankenverloren und fantasiert schmachte ich Brandon während des Englischkurses an. Ich liebe es, wie seine blonden Locken sein Gesicht umspielen und seinen weichen Gesichtszügen etwas Verspieltes geben. Leider sitze ich schräg hinter ihm, weswegen ich seine wunderbar braunen Augen nicht betrachten kann, aber ich bin mir sicher, sie glänzen wie jeden Tag. Ich liebe es sogar, wie lässig er in diesem Stuhl sitzt und es interessiert mich auch null, dass er dem Unterricht nicht zuhört, sondern an seinem Handy rumtippt, was eigentlich verboten ist. Er ist solch ein Rebell, das liebe ich.

Ich seufze, während das Ende meines Bleistiftes von meinen Zähnen bearbeitet wird.

Jeden Tag sehe ich ihn und jeden Tag wünsche ich mir, er wäre mein Angebeteter. Rein theoretisch ist er ja mein Angebeteter, allerdings bin ich nicht seine Angebetete. Traurig, ich weiß, aber so ist das schon seit zwei Jahren. Jedoch habe ich in den zwei Jahren auch nicht mehr als ein *Hey, was geht?* Oder ein *Brandon, ich heiße Violet, nicht Vivien* mit ihm ausgetauscht. Das reicht vollkommen. Ich kann ihn immer noch durchgehend im Unterricht beobachten, also verkümmere ich noch nicht. Ich habe mich schon längst damit abgefunden, dass ich für ihn nur Luft mit Kniestrümpfen bin und er für mich mein persönlicher Sexgott Schrägstrich Adonis mit einem Adoniskörper und Adonishaaren.

„Miss Berrymore!"

Ich schrecke auf und der Bleistift fällt mir aus der Hand, direkt auf meinen Schultisch.

Die ganze Klasse starrt mich an, genauso wie Mister Smith, unser Englischlehrer.

„Dürften wir erfahren, wo Sie gerade waren?", fragt Mister Smith mich verärgert und schiebt seine Lesebrille höher auf seine Nase.

„Äh", stammle ich und setze mich gerader hin. „Ich war gerade bei ... Bei Goethe?"

„Bei Goethe also. Was haben Sie denn mit ihm angestellt, hm?"

Ich überlege. Verdammt, was haben wir als Letztes in diesem Kurs durchgenommen?

„Ich habe mit ihm ein paar seiner alten Gedichte besprochen!", fällt mir ein.

Mister Smith schüttelt den Kopf. „Miss Berrymore, ich leite diesen Kurs nicht, damit Sie andere Männer betrachten können. Konzentrieren Sie sich auf meinen Unterricht oder verlassen Sie mein Klassenzimmer."

Sofort werde ich knallrot. Mister Smith hat nicht mehr alle Tassen im Schrank. Wie kann er mich nur so bloßstellen? Sogar Brandon lacht mit der ganzen Klasse über mich, obwohl er wahrscheinlich nicht mal weiß, dass er derjenige war, der für meine fehlende Aufmerksamkeit gesorgt hat.

Hinter mir höre ich Florence lachen, gemischt mit Harrys leiser rauen Lache. Zur Hölle mit ihnen.

„Aber ich habe aufgepasst!", versuche ich, mich aus der peinlichen Situation zu retten. „Wir haben über ein Gedicht von Goethe gesprochen!"

Mister Smith seufzt und dreht sich wieder zur Tafel, um etwas anzuschreiben. „Wie schön, Sie haben halbherzig zugehört. Lassen Sie mich meinen Unterricht weiterführen, ich werde Ihnen später die Sechs eintragen."

Ich reiße die Augen auf. Oh, Gott, das wird ja immer schlimmer. Eine Blamage vor meinem Schwarm und dann noch eine Sechs?

„So was von verdient", tuschelt Florence hinter mir und sofort will ich mich umdrehen, um ihr ins Gesicht zu schreien.

Doch stattdessen sage ich zu Mister Smith: „Sie können mir doch keine Sechs geben, Mister Smith. Nur weil ich einmal nicht aufgepasst habe!"

Wieder seufzt Mister Smith und dreht sich zu mir. „Mein Unterricht ist nicht zum Träumen da, sondern zum Lernen und Denken. Passen Sie auf, ist alles prächtig, aber Sie waren nicht anwesend und Sie waren auch nicht bei Goethe, also haben Sie die Sechs verdient."

Nervös umfasse ich meinen Bleistift. Gott, wie streng kann ein Lehrer nur sein? „Mister Smith, ich bitte Sie ..."

„Man, sieh es doch einfach ein!", blökt jetzt Florence hinter mir. „Du begaffst Brandon, also musst du auch dran glauben, Loser!"

Ist es möglich, noch röter zu werden als rot? Wie kann sie es wagen, begaffen und Brandon in einem Satz zu verwenden, um mich bloßzustellen? Sicherheitshalber sehe ich zu Brandon, um herauszufinden, ob er das mitbekommen hat. Er scheint nicht zuzuhören, was mich aufatmen lässt.

„Florence, kümmere dich lieber um deinen Lippenstift", meckert Charly am Tisch neben mir nach hinten. „Harry scheint die Hälfte in seinem Gesicht zu haben."

Wieder lacht die Klasse. Aber ich nicht. Ich lache nie, wann Harry lacht, denn er tut es gerade. Als wäre es so supertoll, Lippenstift von Florence im Gesicht zu haben. Das ist widerlich. Da kannst du auch einen Drogeriemarkt knutschen.

„Ruhe!", ruft Mister Smith, als die Klasse unruhiger wird. Er wendet sich an mich. „Sag mir ‚Wärst du da' von Goethe auf und die Sechs ist vergessen. Bei dieser Unruhe kann ich keinen Unterricht machen."

Ich atme durch. „Wärst du da" von Goethe. Ich krame tief in meinen Erinnerungen nach diesem Gedicht, blättere gedanklich ein paar Poesiealben durch und finde dann schließlich das, was ich brauche. Zum Glück liebe ich Goethe, weswegen die Sechs gleich schnell vergessen sein wird.

Die ganze Klasse schweigt, derweil Mister Smith mich abwartend anstarrt.

„Ich denke dein, wenn mir der Sonne Schimmer vom Meere strahlt", beginne ich das Gedicht und kneife währenddessen die Augen zu, damit ich mich besser konzentrieren kann. „Ich denke dein, wenn sich des Mondes Flimmer in Quellen malt.

Ich sehe dich, wenn auf dem fernen Weg der Staub sich hebt; In tiefer Nacht ... wenn auf dem schmalen Stege der Wandrer bebt.

Ich höre dich, wenn dort mit dumpfen Rauschen die Welle steigt. Im stillen Hain, da gehe ich oft lauschen, wenn alles schweigt.

Ich …"

„Langweilig", unterbricht Florence meine Konzentration und sofort bin ich raus aus dem Gedicht.

Verdammt, ich hatte es fast.

„Miss Hastings", meckert Smith sie an. „Wollen Sie die nächste Sechs?"

Sie schnaubt. „Das macht auch keinen Unterschied mehr. Außerdem habe ich nur meine Meinung gesagt. Violet trägt es vor wie eine weinerliche Schlafmütze."

Wieder feixt die Klasse. Harry mit eingeschlossen. Sogar Brandon lacht!

Ich will im Erdboden versinken. Die Sechs werde ich wohl behalten müssen.

„Was gibt es da zu lachen, Mister Perlman?", meckert nun Smith zu Harry, der neben Florence sitzt.

„Ich habe nicht gelacht", erwidert dieser.

„Spielen Sie sich nicht so auf oder Sie bekommen noch eine Sechs. Los, vollenden Sie das Gedicht."

Harry stöhnt auf. „Wir wissen beide, dass ich es nicht kann, also geben Sie mir schon die Sechs."

Smith haut mit der flachen Hand auf das Pult, über das er sich stützt. „Los, vollenden Sie das Gedicht!"

„Auch wenn sie schreien, kann ich es nicht."

Jetzt kneift Smith die Augen zusammen und mustert Harry skeptisch. Doch schließlich stützt er sich wieder auf und wendet sich zur Tafel. „Florence und Harry – Sechs. Miss Berrymore, Sie haben noch Glück gehabt."

Ich atme auf. Danke, du strengster Lehrer der Welt. Zwar sorgt die Sache mit Brandon noch immer für einen roten Kopf meinerseits, aber das ist mittlerweile Nebensache. Eine Sechs kann ich mir wirklich nicht leisten.

„Danke, Loser", zischt mir Florence von hinten zu und tritt gegen meinen Stuhl, worauf ich sie jedoch ignoriere. „Wie konntest du nur mit der da befreundet sein?"

Es ist offensichtlich, dass sie mit Harry redet.

Harry atmet nur tief durch und antwortet gleichgültig: „Keine Ahnung, nerv mich nicht wieder mit dem Mist."

Leicht grinse ich in mich hinein. Aber nur weil Florence eingeschnappt mit der Zunge schnalzt, denn so ein kleiner Korb von Harry kann Wunder bewirken. Ich liebe es, wenn sie sich aufregt.

„Fünf Minuten zu spät, Mister Perlman", lauten die ersten Worte von Misses Heath, nachdem wir genau vier Minuten in ihrem Büro um Punkt drei Uhr auf Harry gewartet haben.

Gleich bekommen wir gesagt, welche Strafe auf uns zukommt, nachdem wir ihre Küche verwüstet haben. Und ich stelle mich schon den ganzen Dienstag auf das Schlimmste ein, denn ihre Küche sah wirklich grausam aus. Ein Wunder, dass ich die ganzen Soßenreste gestern Abend noch aus meinen Haaren rausbekommen habe. Ich fand sogar ein Stück Nudel in einem meiner Strümpfe.

„Eigentlich sind es vier Minuten", korrigiert Harry unsere Rektorin und setzt sich in den gleichen Stuhl wie beim letzten Mal.

Ich sehe ihn ungläubig an. „Ja, mach es doch noch schlimmer, indem du frech bist. Das hilft uns mit Sicherheit."

Harry stemmt nur seinen Kopf in seine Hand an der Stuhllehne und schließt die Augen, als wäre er müde und erschöpft. „Es hilft uns sowieso nichts mehr."

Argwöhnisch betrachte ich ihn, wie er tief ein- und ausatmet. Es ist das erste Mal, dass ich ihm heute ins Gesicht schaue, und mir fällt sofort auf, dass er nicht nur müde scheint, sondern tatsächlich ziemlich müde ist. Seine Haare sind durcheinander (was bei ihm sonst nie der Fall ist). Sonst wirkt er immer ausgelassen, aber heute nicht. Das ist sehr ungewöhnlich.

„Richtig", sagt Misses Heath und setzt ihre Brille ab, um uns direkter ansehen zu können. „Wachen Sie auf, Mister Perlman, schlafen können Sie zu Hause."

Harry murrt vor sich hin und öffnet widerwillig die Augen, während er sich aufrichtet.

Mir bleibt nichts anderes übrig, außer ihn skeptisch von der Seite anzusehen. Solch eine Haltung ist so dermaßen untypisch für ihn. Und das kann ich sagen, obwohl ich ihn nicht mal mehr kenne. Ich frage mich, wieso er so schläfrig ist. Wahrscheinlich war seine Nacht mit Florence nicht sonderlich lang. Das wird es wohl sein.

„Ich habe mir wirklich lange und ausgiebig Gedanken um euch gemacht", bringt mich Heath wieder dazu, meinen Blick von Harry zu nehmen. „Violet, du bist eine gute Schülerin, jedem kann mal ein Fauxpas passieren, deswegen spare ich mir einen Eintrag im Schulregister."

Ich atme gedanklich auf. Eigentlich dachte ich, sie hätte mich auf dem Kieker, nachdem ich Harry aus dem Theaterkurs geschmissen habe.

„Aber trotzdem bist du noch nicht raus aus dem Schneider. Und zwar gibt es für euch beide eine Bedingung. Wir alle wissen, dass Harry kurz davor steht, das Schuljahr zu wiederholen, was natürlich für niemanden gut ist. Für ihn nicht, für die Schule nicht und für die Klasse nicht, in die er kommen würde."

„Ja, sparen wir uns das", unterbricht Harry sie gelangweilt. „Kommen wir zum Punkt."

Heaths Nasenflügel beginnen zu beben und ich sehe ihr an, wie sehr sie sich wünschen würde, Harry an den Haaren zu ziehen, doch sie führt fort: „Jeden Mittwoch und Freitag werdet ihr zwei nachsitzen. Und damit ihr euch nicht langweilt, wird Violet Ihnen, Mister Perlman, in Ihren schlechtesten Fächern Nachhilfe geben, damit Sie Ihren Abschluss auf der Highschool packen. Das Schuljahr hat nur noch drei Monate und ich möchte Sie nach diesen drei Monaten nie wieder sehen, deswegen werden Sie die Prüfungen bestehen. Verstanden?"

Mir stockt der Atem.

Wie bitte, was? Ich soll mit Harry zweimal die Woche eine Stunde in einem geschlossenen Raum sitzen? Und mit ihm lernen?

Ich spüre, wie die Hitze in meinem Körper steigt und ich einem Herzinfarkt immer näher komme. Gleich wird mir schwindelig, ich kann es fühlen.

Heath wendet sich nun an mich, als ich kurz davor bin zu kollabieren. „Aber damit du auch etwas davon hast, wird Harry trotzdem noch in deinem Theaterkurs sein. Auch wenn er beim letzten Mal einfach gegangen ist, wird das nicht noch mal passieren, denn dieses Verhalten war inakzeptabel."

Ich blinzle. Er hat ihr gar nicht erzählt, dass ich ihn rausgeschmissen habe? Verwundert blicke ich zu ihm, doch er verzieht keine Miene. Er sitzt noch immer mit müden Augen dort und hört Misses Heath zu, als hätte er schon die ganze Zeit gewusst, was auf uns zukommt.

„Es tut mir sehr leid, dass ich euch das antun muss, aber ihr habt mich beide maßlos enttäuscht." Heath wird ruhiger. „Und ich weiß auch, dass ihr euch nicht mögt, aber trotzdem hättet ihr euch verhalten können, wie sich eine Siebzehnjährige und ein Achtzehnjähriger nun mal verhalten, doch das habt ihr nicht. Ihr wart kindisch. Beide. Also vielleicht solltet ihr einfach *versuchen*, miteinander auszukommen, denn …"

„Ja, schon klar", unterbricht Harry sie und reibt sich die Stirn. Seine Augen wieder geschlossen. „Kann ich jetzt gehen?"

Heath seufzt. „Mister Perlman, ich tue das für Ihre Noten und nicht …"

„Ich habe gefragt, ob ich gehen kann."

Wieder blicke ich zu ihm. Wenn ich es nicht besser wüsste, würde ich sagen, er hat zu wenig gegessen, denn früher war er auch immer gereizt, wenn er hungrig war, doch heute könnte es alles sein. Und auch, wenn er öfter frech ist, kommt es mir heute anders vor. Es gibt mir zu denken, obwohl ich es nicht will.

„Ja, Sie können gehen", sagt Heath nach kurzer Pause zu Harry. Als Harry sofort aufsteht und seinen Rucksack packt, sagt sie noch zu mir: „Du auch, Violet."

Ich nicke, da ist Harry schon aus dem Büro verschwunden. „Ja, Misses Heath ... Es tut mir übrigens noch mal leid ... Das mit Ihrer Küche."

„Das macht es leider auch nicht mehr rückgängig und nachsitzen musst du trotzdem."

Und das auch noch jeden Mittwoch und Freitag. Mit Harry. Allein. Beim Lernen. Ich will mich übergeben, doch stattdessen folge ich Harry schnell durch die leeren Flure unserer Schule nach draußen zu den Parkplätzen, wo er von Weitem sein Auto aufschließt.

„Harry!", rufe ich ihm hinterher, als er seine Autotür öffnet.

Er ignoriert mich und schmeißt seinen Rucksack auf den Beifahrersitz.

Ich jogge zu ihm und komme schnaufend an. „Hey, warte kurz."

„Was willst du?", fragt er mich mit gereiztem Unterton und zieht sich eine Sonnenbrille auf, während er sich in seinen Wagen setzt. Jetzt kann ich seine müden Augen nicht mehr sehen.

Ich stelle mich neben seine Tür, doch komme ihm nicht zu nahe, damit er mich nicht umfahren kann, falls er das vorhat. „Vergiss nicht, dass wir morgen schon nachsitzen müssen", sage ich, doch versuche trotzdem, sein Gesicht näher zu betrachten, das ich nur von der Seite sehe. Sogar mit Sonnenbrille sieht er ermattet aus.

Harry greift nach dem Türgriff und schmeißt die Tür zu, doch er spricht noch zu mir, weil sein Fenster offen ist. „Ich vergesse es nicht."

„Gut." Kurz stehe ich einfach nur da und betrachte sein Profil. Es ist merkwürdig, ihn so zu sehen.

Ihm entgeht mein seltsames Gestarre natürlich nicht, deswegen wendet er sein Gesicht nun zu mir. „Hast du irgendein verdammtes Problem?"

Ich verziehe nachdenklich den Mund. „Sag mal, ist alles okay? Entweder bist du betrunken oder du hast die ganze Nacht nicht geschlafen."

Er wendet sich wieder von mir ab und startet genervt den Motor, weswegen ich einen Schritt zurückgehe. „Alles bestens", sagt er über den Klang des Motors. „Und jetzt geh einen Schritt zur Seite, wenn du nicht willst, dass ich dich umfahre."

Sofort tue ich, was er sagt. Er ist heute anscheinend noch genervter als sonst, aber diesmal ist es nicht amüsant. Es ist erschreckend und gleichzeitig sollte ich auch mit so was rechnen, denn er ist ständig unfreundlich zu mir, nicht nur heute.

Ich schultere meine Tasche erneut, als er schließlich an mir vorbeibraust in Richtung der Straße. Na, Halleluja. Hoffentlich ist er nicht so, wenn wir nachsitzen müssen oder er in meinem Kurs ist. Da schmiere ich mir mit ihm doch lieber Soße ins Gesicht, als so einen ausgelaugten Harry bei mir zu haben.

Kapitel 6

MOM

Ich mache heute Spinatpizza. Meinst du, es reicht eine oder soll ich gleich zwei machen? Deine Mutter.

Ich lege stöhnend den Kopf in den Nacken, als ich die Nachricht von Mom auf meinem Handy sehe, während ich mit Benja, Hardy, Charly und Carla in der Cafeteria der Schule sitze und sie sich über das kommende Wochenende unterhalten.

Schnell schreibe ich zurück, damit Mom bloß nicht auf komische Gedanken kommt.

Spinatpizza? Das klingt schon wieder viel zu gesund. Wie wäre es mit Pizza überbacken mit Käse über dem Käse?

„Aber die Musik dort ist immer so schrecklich", sagt Charly, während sie sich die wabbeligen Pommes der Cafeteria in den Mund schiebt. „Außerdem waren Discos noch nie unser Ding."

„Aber diesmal soll ein echt guter DJ da sein", versucht Hardy, sie zu überreden. „DJ Mäh."

Benja hebt skeptisch eine Braue. „DJ was zur Hölle?"

„Es könnte auch DJ Muh sein", sagt Charly wieder. „Ich werde nicht gehen. Zu so doofen Discos könnt ihr alleine gehen."

MOM

Ich habe schon alles vorbereitet. Es wird gut schmecken, versprochen. Also eine oder zwei? Deine Mutter.

„Ich finde, wir könnten dort mal hingehen", sagt nun Carla, während sie sich ihre schwarzen Haare zu einem Zopf bindet. „Wir sind immer auf irgendwelchen Partys, eine Disco wäre mal was anderes."
„Eben", meint Hardy. „Und wenn es euch nicht gefällt, können wir auch zu mir. Ich habe sturmfrei."

Ich antworte meiner Mom:

Es wird gut schmecken - das hast du bei den letzten hundert Versuchen auch gesagt. Rosy wird
noch eine Lebensmittelvergiftung von deinem Jamie Oliver Essen bekommen. Willst du das?

„Du hast sowieso immer was zu meckern", sagt Benja zu Charly. „Diesmal passt du dich uns an und nicht andersrum, du Diva."
Charly verdreht die Augen. „Ich wette, wir werden nicht länger als zwölf Uhr dort sein. Das lohnt sich nicht, denn im Nachhinein sind Klubs immer ätzend."
Ich klinke mich in die Konversation ein, während ich die nächste Nachricht von Mom lese. „Jetzt stell dich mal nicht so an. Das ist nur ein Abend."
„Ein Abend, der meine kostbare Zeit verschwenden könnte."

MOM

Violet, ich diskutiere nicht schon wieder mit dir. Ein oder zwei Pizzen? Ich will eine klare Antwort oder

ich mache direkt drei, damit wir morgen noch etwas davon essen können. Deine Mutter!

„Man, Mom", meckere ich leise vor mich hin, derweil ich meine Antwort eintippe.

Du willst also wirklich, dass Rosy irgendwann an einer Lebensmittelvergiftung krepiert. Ist akzeptiert. Sie stört sowieso unser geselliges Familienleben. Mach eine Pizza, das sollte reichen, um das Gift in ihrem Körper zu verteilen. Übrigens musst du nicht immer schreiben, dass du meine Mutter bist. Ich weiß, dass du meine Mutter bist. Deine Tochter

„Hast du mich gerade Mom genannt?", fragt mich Charly empört.

Ich sehe durcheinander von meinem Handy zu ihr und dann wieder zu meinem Handy. „Nein, ich habe nur – also – egal." Ich lege mein Handy weg. „Also gehen wir nun dieses Wochenende ins Red Flags oder nicht?"

Benja nickt. „Jap. Charlys Meinung zählt mittwochs nicht."

Wiederholt rollt Charly die Augen.

Ich will gerade etwas sagen, doch eine samtig weiche, zum dahinschmelzende Stimme taucht hinter mir auf und nimmt meine komplette Aufmerksamkeit ein.

„Violet."

Der ganze Tisch schweigt und alle sehen hinter mich, wo wahrscheinlich der hübscheste Junge der Schule steht.

Ich drehe mich mit wild klopfendem Herzen zu ihm um und blicke direkt in seine nussbraunen Teddybäraugen, die einem Fels in der Brandung gleichen. Gemischt mit seinem goldenen Haar wirkt er wie ein Prinz. Nein, wie ein König! Ein wunderschöner König, der bereit ist, mich durch Tal und Schlucht zu führen, um mich vor den bösen Drachen zu retten.

Sein Lächeln ist so rein und seine vollen Lippen so perfekt geformt, dass ich mich beherrschen muss, meinen Mund nicht direkt auf seinen zu pressen. Ich liebe es, wie perfekt seine Nase ist, und ich liebe sogar sein kleines Muttermal über der rechten Augenbraue.

Ich kann ihn sogar riechen.

Er riecht nach Mann. Nach echtem Mann.

Und ich stehe voll drauf.

„Violet!", zischt Charly mir zu, die mir auf den Oberarm haut.

Ich wache aus meiner Starre auf, in der ich mit Sicherheit schon begonnen habe, zu sabbern, während ich Brandon von hier unten betrachtet habe.

Brandon lacht sanft auf, als ich rot anlaufe und mich sofort gerade hinsetze.

„Ä-Ähm", stottere ich nervös und wische meine schwitzigen Hände an dem Saum meines Rocks ab. „Hi Brandon. Was gibt's?" Ich klinge lockerer, als ich dachte. Der Schauspielunterricht im Theaterkurs bringt es also doch.

Brandon lächelt wieder und steckt seine Hände in die Taschen seiner Jeans, sodass nur seine Daumen rausgucken. Es sieht so verdammt maskulin und heiß aus, ich will ihn ablecken. „Ich wollte wissen, ob du am Freitag zu DJ Mäh ins Red Flags gehst", fragt er mich.

Ich schwöre, mein Herz hört für eine Sekunde auf zu schlagen. Oder vielleicht doch für zwei Sekunden.

Fragt mich Brandon aka Brandon Adonisprachtkörper mit den Adonishaaren tatsächlich nach einem Date?

Oder Moment mal. Er hat mich doch nur gefragt, ob ich am Freitag ins Red Flags gehe, und nicht, ob ich mit *ihm* dort hingehe. Verdammt, ich wusste, ich mache mir viel zu viele Gedanken. Sogar gerade jetzt mache ich mir viel zu viele Gedanken.

Mit kratziger nervöser Stimme antworte ich: „J-Ja. Warum?"

Wie kann ein Kerl nur so schön sein wie er? Ich will, dass er mich hier und jetzt auf dem Tisch nimmt.

Ich halte den Atem von meinen eigenen Gedanken an. Was, zur Hölle, denke ich hier?

Brandon steht noch immer lässig vor mir und ist das komplette Gegenteil von mir. Wenn er nur wüsste, was ich denke und wie er mich zum Schwitzen bringt. „Cool", sagt er. „Ich auch. Hast du Bock, mit mir gemeinsam dort hinzugehen? Ich bekomme freien Eintritt, weil mein Cousin Barkeeper ist."

Wenn ich könnte und es nicht unpassend wäre, würde ich meinem Körper erlauben, das Bewusstsein zu verlieren und geradewegs von der Bank nach hinten zu kippen.

Er fragt mich tatsächlich nach einem Date. Brandon. Brandon fragt mich einem ... Oh, Gott, gleich kippe ich wirklich weg.

Weil ich mal wieder wie eingefroren bin und ihn nur verdutzt anstarre, antwortet Benja für mich: „Ja, sie geht gerne mit dir dorthin!" Er sieht mich mahnend an. „Nicht wahr, Violet?"

Brandon sieht von Benja zu mir und scheint gar nicht zu verstehen, warum ich nicht selbst antworten kann, aber wenn er nur in meinem Körper stecken würde, wüsste er es so was von. Von mir aus kann er gerne in meinem Körper stecken.

Um Himmels willen. Östrogene, hallo!

„Okay?", sagt Brandon etwas verwirrt über mein Verhalten. „Dann, äh, okay, cool. Ich hole dich um acht Uhr ab, wenn dir das passt."

Ich nicke langsam, weil meine Kehle noch immer zugeschnürt ist.

Bitte steck in meinem Körper, Brandon.

Brandon lächelt mir ein letztes Mal zu, was mich zum Schlucken bringt. „Dann bis dann."

Wir alle sehen ihm hinterher, als wäre er eine Gottheit. Oh, stimmt ja, er ist ja eine Gottheit. Gott der Liebe. Nein, Gott der Verführung. Oder nein! Gott der Geilheit.

„Was war *das* denn?", unterbricht Carla zuerst die Stille und ich beobachte, wie Brandon sich wieder an den Tisch setzt, an dem er mit seinen Freunden sitzt. Ich kann sogar Harry irgendwo dazwischen erkennen.

„Ich glaube, Brandon aka Sexgott hat Vy gerade nach einem Date gefragt", sagt Charly mindestens genauso überfordert mit der Situation wie ich.

Carla kichert. „Wahrscheinlich wollte er nach dem Englischkurs unbedingt mal seinen heimlichen Stalker kennenlernen."

Ich erwache aus meiner Starre und kneife Carla in den Unterarm. „Hey, das war nicht witzig."

„Es war zum Schreien", lacht Charly und Benja sagt: „Sei doch froh. Du hast ein Date mit *Brandon*!"

Ich seufze glücklich und grinse wie ein Vollidiot. „Hach, ja ... Das liegt bestimmt an dem neuen Rock, den ich trage."

Benja verdreht die Augen. „Ja, genau, es liegt mit Sicherheit nur an dem Rock. Vielleicht mag er dich auch einfach ohne den Rock."

Mein verknalltes Grinsen wechselt zu einem schmutzigen. „Er kann mich Freitag gerne ohne Rock mögen."

Charly sieht mich entsetzt an. „Wie bitte? Du willst doch nicht am Freitag mit ihm schlafen, oder?"

Auch Carla scheint total geschockt. „Wir haben doch unseren Schwur!"

Ich verdrehe die Augen und stopfe mir eine von Charlys Wabbelpommes in den Mund. „Macht mal halblang, das war doch nur ein Spaß. Ich werde schon nicht mit ihm schlafen."

Die beiden beruhigen sich wieder. Das Thema Sex ist in unserer Runde immer ein heikles Thema. Wir alle haben uns gegenseitig geschworen, erst mit jemandem zu schlafen, den wir wirklich lieben und daran halten wir uns. Benja war der erste, der den Schwur brechen durfte, denn dass er und Hardy sich lieben, steht mehr als fest.

Zwar hatte Charly schon Sex, aber sie bereut es, weswegen wir diesen Schwur überhaupt erst aufgestellt haben. Nachdem sie mit fünfzehn mit einem zwanzigjährigen Kerl geschlafen hat, von dem sie dachte, sie liebt ihn, passt sie bei uns allen extrem darauf auf, dass wir auch ja den Richtigen für unser erstes Mal finden.

Als ich Mom wieder eine Nachricht geschrieben habe und mein Handy hinlege, fällt mein Blick ungewollt nach vorne, wo ich Harry sehe, der gerade seine Wasserflasche in die Pfandkiste stellt. Florence hängt an seinem Arm wie ein Klammeräffchen.

Mit ihm hatte ich früher auch einen Schwur, aber dass dieser heute keine Bedeutung mehr hat, steht mehr als fest. Ich weiß noch, wie wir damals immer sagten, wir würden niemand anderen heiraten außer uns. Klar, wir waren Kinder und wussten noch nicht, was das zu bedeuten hatten, aber selbst als wir älter wurden, hat Harry immer aufgepasst, mit welchen Jungs ich Kontakt hatte und hat mir auch gesagt, wenn er sie blöd fand.

Meine Mundwinkel senken sich automatisch, während ich beobachte, wie er mit Florence im Schlepptau die Cafeteria verlässt. Ich muss ihn nur eine Sekunde sehen und direkt bekomme ich schlechte Laune, obwohl ich das nicht sollte. Ich sollte mich auf Brandon konzentrieren und nicht auf ihn.

„Zehn Minuten zu spät", sind die ersten vier Worte, die ich zu Harry sage, als er den Klassenraum betritt, indem wir nachsitzen müssen.

Vor mir habe ich schon jede Menge Blätter Unterlagen ausgebreitet, mit denen ich Harry beim Lernen helfen will. Misses Heath meinte, dass sie gute Noten bei ihm sehen will, und ich will keinen Ärger dafür bekommen, dass er diese ganzen Sachen nicht verstanden hat, weil ich zu unfähig war, sie ihm zu verklickern.

Harry schließt desinteressiert die Tür und setzt sich mir gegenüber an das Lehrerpult, auf dem ich die ganzen Sachen verteilt habe. „Was zur Hölle soll das alles sein?", fragt er mit gekrauster Stirn und mustert die ganzen Zettel.

Ich ziehe aus meiner Schultasche noch einen Ordner und lege ihn auf den Tisch. „Das, was wir heute lernen werden."

Er lacht ungläubig auf und nimmt sich einen der Zettel. „Ist das dein Ernst? Integralfunktionen? Du weißt schon, dass ich um einiges besser in Mathe bin als du?"

Ich ziehe ihm den Zettel aus der Hand und lege ihn wieder auf den Tisch. „Ach ja, wirklich? Dann würdest du ja nicht auf Fünf stehen und ich nicht auf Drei."

„Oh, du stehst auf Drei. Glückwunsch, du gehörst zum Durchschnitt."

Ich hebe amüsiert eine Braue. „Was ist das denn für ein Spruch? Und du bist besser als ich, weil du auf Fünf stehst und dadurch nicht zum Durchschnitt gehörst?" Ich lache. „Glückwunsch, Jermaine-René, du hast es unter den Durchschnitt geschafft."

Harry lehnt sich genervt zurück und verschränkt die Arme. „Ich kann den Dreck. Das hier ist Zeitverschwendung."

„Wenn du es können würdest, hättest du keine Fünf in Mathe, du Genie."

„Ich habe eine Fünf in Mathe, weil Heath mich hasst."

Wen wundert das? Mich nicht. „Nein", erwidere ich jedoch. „Du hast eine Fünf, weil du schlechte Noten schreibst und nicht aufpasst."

„Woher willst du wissen, ob ich aufpasse? Wir sind nicht im selben Kurs."

Ich runzle die Stirn und sehe ihn an. „Was? Wir sind schon seit der fünften Klasse im gleichen Kurs."

Jetzt hebt sich Harrys rechter Mundwinkel ein wenig und ein gehässiger Ausdruck schleicht sich auf sein Gesicht. „Oh. Du fällst mir nicht auf."

Beleidigt kneife ich die Augen zusammen und funkle ihn an. Ich falle ihm nicht auf? Idiot. Am liebsten würde ich den Spruch irgendwie kontern, doch mir fällt nichts Intelligentes ein. Stattdessen reiche ich ihm einen Zettel mit Matheaufgaben, die ich für ihn vorbereitet habe. Ich lege den Zettel genau vor ihn.

„Hier", sage ich, schon lange nicht mehr so gelassen wie vor dreißig Sekunden. „Wenn du das ja alles so gut kannst, dann mach diese Aufgaben."

Harry sieht auf den Zettel und ich auf die Uhr an der Wand. „Du hast zehn Minuten, keine Sekunde länger."

Er richtet sich auf und nimmt sich einfach so einen Stift aus meinem Mäppchen, den ich ihm jedoch sofort wieder aus der Hand ziehe.

„Hey, du hast deine eigenen Stifte", meckere ich und presse den Stift vor meine Brust. „Und außerdem kannst du noch ein wenig Freundlichkeit aufbringen und mich fragen, wenn ich schon bereit bin, dir zu helfen."

Harry atmet nur genervt auf und schnappt sich wieder den Kugelschreiber in meiner Hand. „Du bist nicht bereit, mir zu helfen, du *musst* mir helfen. Und es ist nur ein verdammter Stift, also mach keinen Aufstand, als würde es um eine Niere gehen."

In mich hineinknurrend beobachte ich ihn, wie er beginnt zu schreiben. Mit meinem violetten Kugelschreiber, der zufällig mein *Lieblings*kugelschreiber ist. Aber ab heute nicht mehr. Jetzt muss ich ständig daran denken, dass Mister Obercool ihn in den Händen gehalten hat.

Ich lehne mich zurück, während er die Matheaufgaben macht. „Du siehst echt schwul mit dem pinken Kugelschreiber aus."

Harry schreibt weiter und lässt sich nicht von mir ablenken. „Und du siehst aus wie ein Förster mit deinem braunen Rock."

Ich schweige und presse die Lippen aufeinander. Immer hat er etwas an meinen Klamotten auszusetzen, wenn wir uns sehen. Charly und ich haben uns den Rock gemeinsam gekauft und das erst letztes Wochenende. Jetzt will ich ihn nie wieder tragen. Dank Harry.

Ich schüttle mich. Nein, stop, ich werde ihn weiterhin tragen. Ich lasse mir doch von Harry nichts einreden. Dieser Rock ist absolut bombe und das lasse ich mir nicht versauen.

Deswegen sage ich: „Mit deinen engen Jeans könntest du Mitglied einer Boyband der Neunziger sein."

„Immer noch besser als auszusehen wie ein Förster."

„Du wärst das Boybandmitglied, über den jeder spekuliert, ob er wirklich schwul ist oder nicht."

Er schnalzt unbeeindruckt mit der Zunge. „*Immer noch* besser als ein Förster."

Nach ein paar Momenten reicht er mir den Zettel und ich sehe verdutzt darauf. „Schon fertig?"

Selbstgefällig zuckt er mit der Schulter. „Was? Dachtest du, schwule Boybandmitglieder können kein Mathe, Förster Lotta?"

Wieder knurre ich. Blitzschnell reiße ich ihm den Zettel aus der Hand und klatsche ihn vor mich auf das Pult. Ich werde jede kleinste Rechnung nach Fehlern absuchen und ich werde eiskalt und gnadenlos sein. Er kann das unmöglich in so kurzer Zeit gepackt haben, gerade mal

Ching Noi, unser asiatisches Mathegenie würde das packen, aber doch nicht Harry Perlman. Er ist dumm.

Ich überfliege schwer nachdenkend jede kleinste Ziffer und ärgere mich mit jeder Sekunde mehr, dass er keinen Fehler hat. Egal, wie oft ich nachsehe. Mein Finger, mit denen ich den roten Marker in meiner Hand halte, jucken schon, weil sie etwas anstreichen wollen, doch es scheint einfach nicht nötig zu sein.

Während ich die Aufgaben genauestens kontrolliere, sagt Harry irgendwann: „Brandon Brown, hm?"

Ich suche weiterhin auf dem Zettel nach Fehlern, um sie Harry mitten ins Gesicht drücken zu können. „Was ist mit ihm?", frage ich ihn nebenbei.

Aus dem Augenwinkel sehe ich, wie Harry sich auf dem Holzstuhl zurücklehnt und seine Hände hinter dem Kopf verschränkt. „Er hat erzählt, ihr geht am Freitag zusammen zu DJ Mäh."

„Ja, und? Willst du ihn mir jetzt schlechtreden?"

„Kein Stück. Ich musste es nur mit eigenen Ohren hören."

„Nun tu mal nicht so, als wäre es das siebte Weltwunder. Anscheinend mag mich Brandon nun mal."

„Es heißt *achtes* Weltwunder", korrigiert Harry mich. „Und doch, es *ist* das achte Weltwunder."

Ich lege verzweifelt den roten Stift beiseite und stemme meinen Kopf in die Hände. Er hat tatsächlich keinen einzigen Fehler gemacht. Jede Rechnung ist einwandfrei. Wäre das hier eine Arbeit, hätte er ein glattes A. Wieso zur Hölle kann er das?

„Was?", fragt Harry mich mit süffisantem Grinsen. „Kein Fehler gefunden?"

Ich schüttle hoffnungslos den Kopf. „Ich verstehe das nicht", sage ich und sehe mir weiterhin die fehlerfreien Aufgaben an. „Wieso kannst du das?"

„Ich bin ein geheimes Mathegenie und eigne mir insgeheim so viele Mathekenntnisse an, wie ich kann, damit ich irgendwann die Weltherrschaft übernehmen kann."

„Was?", krächze ich.

Worauf Harry anfängt zu lachen und sich wieder aufrichtet. „Ich kann das einfach, Violet. Mathe war schon immer mein stärkstes Fach."

Stimmt. Ich erinnere mich an die Zeit zurück, in denen Harry noch kein Arsch war. Er war früher immer gut in der Schule und ja, Mathe war definitiv sein stärkstes Fach, während ich in Englisch besser war. Wir konnten uns immer gegenseitig helfen, das war sehr praktisch.

Deswegen runzle ich fragend die Stirn. „Wenn du das kannst, wieso hast du dann im Zeugnis eine Fünf?"

Er zuckt mit einer Schulter und nimmt sich den Zettel, um ihn zusammenzuknüllen. „Keine Ahnung, es ist einfach so."

Etwas überfordert damit, wie schnell er plötzlich seine Laune geändert hat, sehe ich zu, wie er sich wieder seine Jacke anzieht. „Willst du gehen?"

Er sieht auf die Uhr seines Handys und steckt es dann wieder weg. „Ja, ich muss weg."

„Du musst weg? Wir sitzen nach, schon vergessen?"

„Mir egal, ich sitze mindestens dreimal die Woche nach. Heath wird das schon verstehen."

Ich stehe auf, als er aufsteht und sich seinen Rucksack nimmt. „Du kannst doch jetzt nicht einfach gehen! Ich werde Ärger bekommen, wenn du abhaust!"

Harry jedoch ignoriert meine Beschwerde und geht zur Tür. „Mir egal, ich habe schon genug Stress wegen dir bekommen. Sag Heath einfach, dass mir schlecht geworden ist oder so."

„Harry, du …"

Mir wird das Wort abgeschnitten, denn er schmeißt schon die Klassenzimmertür hinter sich zu und lässt mich einfach zurück. Ich bin mir nicht sicher, ob ich wütend oder erleichtert sein soll, dass er gegangen ist. Einerseits kann ich nichts dafür, dass er geht, und andererseits kann ich auch einfach gehen und meinen Tag produktiver nutzen.

Deswegen schnappe ich mir meine Sachen und verschwinde genauso wie Harry. Morgen werden wir dafür Ärger bekommen, aber es ist immer noch nicht meine Schuld, sondern Harrys. Heath wird das schon nachvollziehen können.

Kapitel 7

Schon seit geschlagenen drei Minuten halte ich vorsichtig die Gardine vom Wohnzimmer zur Seite, damit ich den perfekten Blick auf die Straße vor unserem Haus habe. Jeden Augenblick könnte Brandon mit seinem Auto kommen, um mich abzuholen. Denn heute ist Freitag und das bedeutet, heute ist endlich unser lang ersehntes Date. Ich habe die ganze Woche kaum noch was gegessen, damit ich bloß keinen Blähbauch habe, wenn wir unterwegs sind. Zwar musste ich dadurch auf ein paar Tortenstücke von Tante Giselas Geburtstag verzichten, aber das war es mit Sicherheit wert. Ich fühle mich dünn und gut. Zumindest so gut, wie es geht, denn ich bin extrem nervös.

„Oh, Gott, er kommt!", kreische ich auf, als ich Brandons weißen Wagen sehe, der vor unserem Gartenzaun hält. Schnell schiebe ich die Gardine wieder vor und renne zum Spiegel im Flur.

Mom kommt hektisch aus der Küche gelaufen. „Okay, hast du alles? Tampons, Puder, Kondome?"

Ich sehe sie mit riesigen Augen an, während ich meinen Dutt noch mal richte. „Mom! Ich sagte doch, dass ich heute noch nach Hause komme!"

Sie ist nicht weniger nervös als ich, so wie immer, wenn es um Kerle geht. Vor allem, wenn es um einen Kerl wie Brandon geht. „Ich will doch nur, dass du auf Nummer sicher gehst, Liebling!"

Es klingelt.

Hektisch atmend sehen wir uns an.

Und plötzlich überkommt mich eine riesige Angst. „Oh, Gott", flüstere ich verzweifelt. „Mom, ich werde das nicht packen! Ich werde mich hundert pro blamieren oder ihm ein Getränk über den Schoß kippen!"

Doch Mom schiebt mich zur Tür. „Nein, wirst du nicht. Du wirst einen tollen Abend mit diesem Jungen haben und ihr werdet Spaß haben."

Noch bevor ich die Tür öffnen kann, drehe ich mich zu ihr und umarme sie schnell. „Ich hab dich lieb, Mom."

Sie lächelt. „Ich hab dich auch lieb, mein Schatz. Du siehst toll aus und deswegen schnappst du dir jetzt diesen Hengst."

Ich werde wieder rot. „Mom!"

Sie lacht und geht in die Küche. „Viel Spaß!"

Ich öffne mit flatterndem Herzen die Tür und grinse breit, als ich den hübschesten Kerl der Schule sehe, der lässig am Türrahmen angelehnt auf mich wartet und sein coolstes Lächeln auf den Lippen trägt.

„Hi", grüßt Brandon mich mit seiner samtigen Stimme und mir fällt auf, dass seine Haare heute anders gestylt sind. Sie sind etwas nach hinten hinter seine Ohren gewischt und ich liebe es.

Mein Grinsen ist wie festgetackert und ich atme aus, weil ich ständig die Luft anhielt. „Hi."

Er stützt sich von dem Türrahmen ab und hält mir seine Hand hin. „Komm, lass uns gehen."

Überglücklich ergreife ich seine Hand. Brandon ist so verdammt anziehend, es macht mich irre.

„Du siehst übrigens hübsch aus", sagt er beiläufig, als wir Hand in Hand zu seinem Auto laufen.

Ich lächle zu ihm nach oben, weil er ungefähr einen Kopf größer ist als ich. „Danke. Du, äh, auch."

Brandon lacht leise und gleichmäßig heben sich seine Mundwinkel. „Danke, Viv… Violet."

Er öffnet mir wie ein wahrer Gentleman die Tür seines Autos und ich erröte noch mehr, weil ich so aufgeregt bin. Brandon Brown öffnet mir die Tür zu seinem Auto. Das Nichtessen die ganze Woche hat sich definitiv gelohnt.

„Danke", sage ich mit einer für meine Verhältnisse zu hohen Stimme und steige in sein Auto.

Er schmeißt die Tür wieder zu und mir kommt sofort ein ungewöhnlicher Geruch entgegen. Es riecht scharf, ein wenig nach Spirituosen. Ich kann es nicht genau zuordnen, aber ich denke mal, dass ihm hier drin wohl mal ein Getränk umgekippt sein muss. Es riecht nicht nach Kokos wie bei Harry, aber ich denke, bei keinem wahren Kerl riecht es nach Kokos.

Als Brandon die Tür zu Fahrerseite öffnet, wird mir klar, dass ich schon wieder Brandon mit Harry verglichen habe. Verdammt soll Harry sein. Ich will mich nur auf Brandon konzentrieren, nicht auf ihn und seinen seltsamen Fetisch, alles nach Kokos duften zu lassen.

Brandon fährt los und er schaltet das Radio aus.

„Wieso machst du die Musik aus?", frage ich ihn verwirrt.

Die Lichter der Laternen spiegeln sich in seinem Gesicht während er fährt und ich genieße jede Sekunde, in der ich sein schönes Profil betrachten kann. „Weil ich mich mit dir unterhalten möchte", sagt er. „Und Musik würde unsere Konversation stören."

Innerlich seufze ich schmachtend auf. Hach, Gott, Brandon. Für dich würde ich auch die nächsten zwanzig Jahre nichts essen.

„Dann sollten wir uns wohl unterhalten", sage ich und versuche, lockerer zu sein, denn sonst bin ich auch nicht so schüchtern.

Er schmunzelt. „Du hast recht. Erzähl mir etwas von dir, ich kenne dich ja kaum. Erklär mir doch mal, wieso du Gedichte von Goethe auswendig kannst."

Vor Scham halte ich mir die Hand vor die Augen und lehne den Kopf zurück. Er hat das alles im Englischkurs also doch mitbekommen. „Oh, ähm, ja ... Also ich stand schon immer total auf Epos und Lyrik und so was, weißt du? Literatur, Gedichte schreiben war schon immer voll mein Ding."

Beeindruckt nickt er. „Interessant. Also nehme ich an, dass ich eine wahre Poetin neben mir sitzen habe?"

Ich zucke schüchtern mit den Schultern und knibbel an meinen frisch lackierten Nägeln rum. „Ich weiß nicht. Wenn du es so nennen magst."

„Ich würde es gerne so nennen."

Ich sehe zu ihm. Er ist noch netter, als ich dachte. Er sieht nicht nur gut aus, sondern weiß auch noch, wie man freundlich und zuvorkommend ist. Der Abend verläuft besser, als ich dachte. Gerade wäre ich mit niemand anderem lieber hier als mit ihm.

„Was ist mir dir?", traue ich mich zu fragen. „Was machst du in deiner Freizeit?"

Brandon fährt sich wie ein Vogue-Model durch die blonden Locken. „Ich habe nicht sonderlich viel Freizeit. Mein Vater ist vor ein paar Jahren gegangen und seitdem muss ich oft auf meine kleine Schwester aufpassen, weil meine Mutter viel arbeitet."

„Oh", sage ich und fühle direkt mit ihm. „Ich kenne das. Mein Vater hat uns auch verlassen, als ich acht war und ich muss oft auf meine kleine Schwester aufpassen."

„Dann teilen wir ja sozusagen das gleiche Schicksal. Es ist schön, jemanden zu treffen, der einen versteht."

Ich lächle warm. „Ja, das ist es wirklich. Ich wette, du bist ein ausgezeichneter großer Bruder."

Kurz lächelt er mir zu. „Und ich wette, du bist eine ausgezeichnete große Schwester."

Brandon parkt neben dem Klub, wo ich schon von Weitem meine Freunde sehen kann. Charly, Benja, Oscar, Carla und Hardy stehen schon erwartungsvoll vor dem Eingang zwischen weiteren Leuten. Sie stechen überall heraus. Man sieht ihnen – bis auf Hardy – einfach an, dass sie hier nicht hingehören.

Als ich gerade die Autotür öffnen will, springt Brandon schon nach draußen und öffnet sie mir, bevor ich überhaupt dazu komme. Wieder grinse ich breit und mein Puls geht schneller. Er ist so verdammt zuvorkommend, dass es beinahe unwirklich ist.

„Danke", sage ich wieder zu schüchtern für meine Art und steige aus, passe aber gleichzeitig auf, dass mein Rock nicht zu hoch rutscht. Er ist ebenfalls neu. Zwar ist er in einem Schwarz, doch ich wollte mich nicht seltsam anziehen, wenn ich schon mal mit Brandon unterwegs bin. Er soll denken, ich bin elegant und erwachsen. Dazu trage ich noch meine typischen Kniestrümpfe, ebenfalls in Schwarz und einen hautfarbenen Pullover. Allerdings mussten meine Boots ausreichen, denn hohe Schuhe besitze ich nicht und Charlys Schuhgröße habe ich nicht.

„Liebend gerne", lächelt Brandon und schließt die Autotür hinter mir. Er kommt zu mir und legt seinen Arm um meine Taille, um mich zum Klub zu bringen, was mein Bauch ein wenig zum Prickeln bringt.

Ich wusste gar nicht, dass er schon so in die Offensive geht, und das beim ersten Date. Aber mir soll es recht sein. Ich schmachte ihn seit Ewigkeiten an, besser kann es für mich kaum laufen.

Charly und die anderen entdecken uns auch endlich, als wir zum Eingang laufen, und winken heftig. Ich muss mir ein Lachen verkneifen, denn sie wirken wie Bauerntrampel im Gegensatz zu den anderen. Aber ich liebe es, denn ich bin einer von ihnen.

„Da sind meine Freunde", sage ich zu Brandon, der wohl genauso wie ich Benja und die anderen entdeckt hat. „Sie wollen mit uns reingehen."

Jedoch hat Brandon einen anderen Plan, denn er zieht mich geradewegs an ihnen vorbei, ohne auch nur einen Blick zu ihnen zu werfen.

Verdutzt sehe ich von ihm zu Charly, die mir einen genauso verwirrten Blick zuwirft. Ich zucke nur mit den Schultern als Zeichen dafür, dass ich eigentlich gerne zu ihnen gekommen wäre, doch es heute nicht anders geht. Sie winkt daraufhin nur lässig ab und wendet sich an die anderen. Sie verstehen mich schon. Die Sache mit Brandon ist mir sehr wichtig.

„Wir werden den Abend mit meinen Freunden verbringen", sagt Brandon, als er einfach so gelassen an dem Türsteher vorbeigeht, denn er hat ja freien Eintritt.

„Oh." Ich bin etwas enttäuscht, allerdings ist es heute in Ordnung. Es stört mich nicht, neue Leute kennenzulernen, solange sie nett zu mir sind.

Brandon sieht zu mir. „Wenn das für dich in Ordnung ist, natürlich."

Ich nicke und versuche mein Widerstreben zu verstecken. „Ja, ist in Ordnung."

Er sieht wieder geradeaus und führt mich dann durch ein paar Leute in einen abgesperrten Bereich, wo ich schon Gesichter sehe, die ich nur ungern um mich habe. Clarissa, die Braue, chillt mit Florence auf einer weißen Couch und trinkt Sekt. Daneben ein paar Kerle, die ich zwar schon oft in der Schule gesehen habe, aber nie gesprochen habe. Sie sind eher die Partie Ethan und Harry, wenn ich mir ansehe, wie sie Florence und Clarissa anschmachten.

Die Musik ist auch nicht mein Geschmack und ich wette, Charly hätte jetzt genau das Gleiche gesagt. Diese Technobässe sind absolut nicht unser Ding und ich wünschte, es würde etwas Ruhigeres oder wenigstens etwas mit mehr Rock laufen. Aber damit muss man sich wohl in einem Klub zufriedengeben.

„Moment mal", sagt Florence, als Brandon und ich uns auf die weiße Couch zu den anderen in den Kreis setzen und er mich nahe an sich heranzieht. Sie zeigt missbilligend auf mich und lacht. „*Berry-Loser* ist dein Date?"

Brandon verstärkt seinen Griff um meine Hüfte. „Ja, ist sie. Das hat dich nicht zu interessieren, Florence."

„Natürlich hat mich das zu interessieren. Du kannst nicht einfach irgendeine deiner komischen Freundinnen hierherschicken und dann erwarten, dass wir das akzeptieren."

„Sie ist nicht eines meiner komischen Freundinnen. Und es ist mir eigentlich ziemlich egal, ob ihr das akzeptiert oder nicht. Ich sorge für die Getränke und den VIP-Bereich, also *hast* du es zu akzeptieren, ansonsten kannst du gehen."

Mein Herz springt, als Brandon diese Worte ausspricht. Er beschützt mich vor der Sockentitte. Und das, obwohl sie befreundet sind. Geht es eigentlich noch perfekter? Ich lächle ihn als Dankeschön an.

„Keine Sorge", flüstert er mir ins Ohr. „Ich achte darauf, dass dich niemand dumm anmacht."

„Warte nur darauf, bis Harry und Ethan kommen", blökt Florence wieder und rückt ihren Ausschnitt zurecht, der heute übrigens mal wieder fast nicht vorhanden ist, denn ohne Kleid gibt es auch keinen Ausschnitt. Es ist wirklich nur noch ein Stofffetzen. „Denen wird das auch nicht gefallen – oh, da kommen sie ja schon."

Ich folge Florences und Clarissas Blick nach rechts zu den Treppen, die zum VIP-Bereich führen. Und sofort trifft mein Blick Harrys, der sich gerade seine dunkelbraune Jacke über die Schultern zieht, worauf ein weißes T-Shirt zum Vorschein kommt. Mal wieder trägt er enge Jeans, jedoch heute eine hellere und keine schwarze mit Löchern. Es ist albern, dass ich ihn heute Abend als attraktiv einstufen kann. Aber zum Glück habe ich Brandon neben mir, der mindestens genauso attraktiv ist und noch dazu ein Jackett trägt, wogegen Harrys Street-Look abstinkt.

„Na, Baby", grüßt Florence Harry und zieht ihn, noch bevor er überhaupt die Chance hat, sich zu setzen, neben sich und drückt ihm direkt einen Kuss auf die Lippen.

Ich sehe weg. Das ist ja abartig. Sie muss ja nicht direkt jedem zeigen, dass sie vögeln.

„Heilige Scheiße", sagt nun Ethan, der sich neben Harry setzt, der aufgehört hat, mit Florence rumzumachen. Er scheint mich durch die flackernden Lichter kaum zu erkennen. „Ist das Borrymore?"

Diesmal traue ich mich nicht, gegen Ethan' Dummheit etwas zu sagen, denn ich befinde mich alleine auf feindlichem Terrain. Außerdem ist Brandon mit Ethan befreundet, weswegen ich erst recht nicht für Stress sorgen sollte, wobei Brandon heute Abend meinen Beschützer spielt und ich es genieße, wenn er sich für mich einsetzt.

Was Brandon auch sofort tut. „Sie heißt Vivien. Also nenn sie auch so!"

Und vorbei ist es mit dem Wunsch, Brandon würde sich für mich einsetzen. Vor Scham schlucke ich und hoffe, dass niemand hier verstanden hat, dass ich nicht Vivien, sondern Violet heiße. Wahrscheinlich kennt mich sowieso niemand aus der Gruppe als Violet, sondern als Berry-Loser oder Borrymore. Deswegen halte ich inne und hoffe, dass sich die Situation von alleine klärt.

Ich sehe zu Harry, denn bei ihm weiß ich, dass er meinen richtigen Namen kennt. Ich bete, er hat es nicht mitbekommen, doch stattdessen sieht er Brandon mit amüsiert erhobener Braue an, während Florence an seinem Arm klebt und seine Schulter küsst. Bitte blamier mich nicht, Harry, bitte.

„Was soll denn der Mist jetzt?", meckert Ethan, was mich insgeheim aufatmen lässt, weil die Konversation weitergeht, ohne dass Harry etwas gesagt hat. „Du hast keinen Ton davon gesagt, dass du *die* mitbringst!"

„Muss ich auch nicht", spielt Brandon weiter den Beschützer und steht auf. Er hält mir seine Hand hin.

„Komm, wir gehen an die Bar. Du könntest einen Drink gebrauchen, oder?"

Wieder geht mir das Herz auf. Zwar trinke ich keinen Alkohol, aber allein schon diese Geste erwärmt meinen Körper und lässt mich den Rest vergessen. Wie benebelt von seiner Schönheit nicke ich und ergreife seine Hand, wodurch er mich auf die Beine zieht.

Brandon dreht sich zu den anderen. „Wir gehen was trinken und stört uns bloß nicht."

Ich liebe es, wie er mich vor seinen Freunden beschützt, und das, obwohl es nur um mich geht.

Wir laufen gemeinsam die Treppen herunter und ungewollt wird mein Blick von Harrys aufgefangen. Er sieht uns hinterher, doch strahlt keine Emotion aus. Für ein paar Sekunden halten wir den Blick, als würden wir ein kurzes Gespräch führen. Ich sehe weg, als er sich zurücklehnt, um Florence in den Arm nehmen zu können. Gespräch beendet.

Heute Abend geht es nur um Brandon und mich und niemand anderen.

Brandon führt mich an der Hand durch die Menschenmenge, bis wir schließlich an der Bar ankommen. Ich fühle mich wohler, wenn ich mit ihm alleine bin, denn wahrscheinlich hätte ich keine weiteren fünf Minuten in der Ecke des Grauens mit Florence, der Braue und Ethan überlebt. Und Harry natürlich.

Brandon und ich setzen uns auf höhere Hocker und ungewollt fällt mein Blick zur Ecke des Grauens. Ich sehe Harry und wie Florence ihm etwas grinsend ins Ohr flüstert, während sie sich an ihn schmiegt. Allerdings sieht er diesmal nicht zu mir. Kaum zu glauben, dass er sich mit ihr abgibt. Früher hätte er so Mädchen wie sie verabscheut.

„Was möchtest du trinken?", holt mich Brandon wieder ins Hier und Jetzt. Er lächelt mich wieder so liebevoll an, was meine Gedanken an Harry fast vergessen lässt. „Wie wäre es mit Sekt? Oder Wodka?"

„Oh, nein, danke. Ich trinke ungern Alkohol. Bei mir reicht eine Cola."

Er nickt verständnisvoll, was mich überrascht. Wahrscheinlich hätte jeder andere Idiot von seinen Freunden mich blöd angeguckt, doch er tut es nicht. Brandon akzeptiert mich, wie ich bin. Und das bringt mich zum Schmunzeln, während er für sich und mich etwas zu trinken bestellt.

Brandon reicht mir meine Cola, während er sich sein Bier krallt. „Ich finde es beeindruckend, dass du keinen Alkohol trinkst. Jedes andere Mädchen hätte sich von mir jetzt den teuersten Cocktail spendieren lassen."

Ich zucke schüchtern grinsend mit der Schulter. „Na ja, du bekommst es doch sowieso umsonst, also macht es keinen Unterschied."

„Stimmt, du hast recht. Es tut mir übrigens leid, dass meine Freunde so ätzend zu dir waren. Normalerweise nehmen sie alle Leute gut auf."

Ich lache auf und drehe das Colaglas in meiner Hand im Kreis. „Du musst dich nicht entschuldigen. Florence und Ethan waren noch nie freundlich zu mir und ich habe es auch nicht erwartet."

„Wieso eigentlich?"

„Aus unerklärlichen Gründen. Es wird immer ein Mysterium bleiben."

„Und Harry?"

Ich runzle die Stirn. „Harry?"

„Ja, was ist mit ihm? Ich weiß, dass ihr euch größtenteils ignoriert, aber wart ihr früher nicht mal unzertrennlich?"

Ich weiß nicht, wieso, aber in diesem Moment sticht etwas für einen Herzschlag in meiner Brust. Wahrscheinlich ist es das Wort „unzertrennlich". Ich hasse dieses Wort, seitdem Harry und ich getrennte Wege gehen. Unzertrennlich wären wir gewesen, wenn er mir nicht einfach den Rücken zugedreht hätte, um jemand anderes zu sein. Wir waren nie wirklich unzertrennlich, denn im Nachhinein *sind* wir getrennt. Wegen ... Warum eigentlich? Und vielleicht ist dieses Unwissen der Grund, weshalb ich einen kurzen Schmerz spüre, als ich ein weiteres Mal an Harry denke, der gerade mit Ethan einen Shot runterkippt. Ich weiß nicht mal, wieso wir nicht unzertrennlich waren, und ich weiß auch nicht, wieso er sich so verändert hat. Diese Ungewissheit tut weh, aber es hält nicht lange an, als ich sehe, wie er Florence küsst.

Ich wende mich wieder an Brandon und versuche, Harry auszublenden. „Ich denke, wir haben uns mit der Pubertät einfach verändert. Er ist heute anders als früher und ich bin heute anders. Zumindest ein bisschen. Wahrscheinlich hat er dir schon jede Menge Mist über mich erzählt."

„Wieso sollte er das tun?"

„Weil er mich nicht ausstehen kann."

„Er kann dich nicht leiden, das weiß ich, aber er hat noch nie direkt ein Wort über dich verloren, soweit ich weiß. Zumindest nicht in meiner Gegenwart."

Ich blinzle total überrumpelt von dieser Tatsache. „Er hat nie über mich gesprochen? Kein einziges Wort?" Das kann ich nicht glauben.

„Nein, nie. Ich meine, du warst – bis auf die letzten Tage – nie ein großes Gesprächsthema in unserer Runde, aber trotzdem hat er nie über dich geredet."

Harry hat nie über mich gesprochen? Nicht mal im negativen Sinne? Wenn ich mir vorstelle, wie oft ich mit Benja und Charly gemeinsam über ihn hinter seinem Rücken gelästert habe, könnte ich fast ein schlechtes Gewissen deswegen haben. Er ist auch nicht Gesprächsthema Nummer eins bei uns, aber kam schon öfter zur Sprache, vor allem seitdem er so mit Florence rummacht. Und ich habe ihn in diesen Gesprächen mit Benja und Charly heftig beleidigt. Ich weiß nicht wieso, aber ich habe das Gefühl, ich sollte mich deswegen schuldig fühlen.

„Aber Florence hat in letzter Zeit öfter über dich gesprochen", redet Brandon weiter. Er lächelt. „Deswegen habe ich dich angesprochen. Ich habe dich das erste Mal richtig wahrgenommen und musste dich sofort nach einer Verabredung fragen."

Ich lächle, obwohl mir dazu gerade nicht zumute ist. „Ich hoffe, du bereust es nicht."

„Absolut nicht. Ich hoffe, du bereust es nicht, den Abend mit mir, anstatt mit deinen Freunden zu verbringen."

Charly und Benja fehlen mir, aber einen Abend muss ich nun mal ohne sie auskommen. Gleich morgen werde ich ihnen alles berichten. Deswegen sage ich: „Ich bereue es auch nicht."

Wir halten für ein paar Sekunden unsere Blicke und ich verliere mich in seinen schönen braunen Augen. Er ist so hübsch, es ist kaum vorzustellen, dass ich wirklich mit ihm hier bin, während ich ihn doch vor ein paar Tagen noch heimlich im Unterricht beobachtet habe. Ich kann nicht verstehen, womit ich diesen Abend mit ihm verdient habe, auch wenn wir nur in einem Klub sitzen und nicht in einem schicken Restaurant.

Brandon unterbricht unsere liebevollen Blicke und stellt sein leeres Bier auf die Theke. „Komm, lass uns tanzen."

Ich mache große Augen und frage mit krächzender Stimme: „Tanzen?" Um Himmels willen, der Abend ist geliefert.

„Ja, tanzen. Wir können doch nicht in einen Klub gehen, ohne mindestens mal kurz getanzt zu haben." Er steht auf und hält mir wieder seine große Hand hin. „Keine Angst, ich passe auf, dass dich niemand anfasst."

Und sofort klopft mein Herz schneller, als ich seine Hand ergreife, denn mir bleibt nichts anderes übrig. Tanzen tue ich normalerweise nur mit Benja und den anderen, weil ich weiß, dass sie genauso schlecht tanzen wie ich, aber ich wette, Brandon ist ein toller Tänzer. Neben ihm würde ich mich nur blamieren. Doch er sagte, er passe auf mich auf. Und nur deswegen lasse ich mich von ihm auf die Tanzfläche ziehen.

Und als würde das Schicksal auf unserer Seite stehen, läuft plötzlich ein langsameres Lied. Es ist nicht sehr langsam, doch im Verhältnis zu den Liedern davor langsam.

„Was ein Zufall", sagt Brandon, als wir inmitten der Tanzfläche zwischen zig Leuten stehen. Er dreht sich zu mir um und zieht mich urplötzlich an seine Brust. „Als hätte es Gott so gewollt."

Ich lache auf schüchterne und seltsame Art auf, als ich total verkrampft vor ihm stehe. Noch nie waren meine Gefühle so überfordert wie gerade. So schnell geht das alles also? Ich komme kaum hinterher.

„Mach dich locker", säuselt Brandon mir zu und legt seine Hände auf meine Hüften, was mich ein wenig beruhigt, doch nicht sonderlich viel. „Heute Abend sollst du Spaß haben."

Ich nicke und schlucke gleichzeitig. Unsicher lege ich meine Hände um seinen Nacken, während wir uns tief in die Augen blicken. Gott, ich bekomme weiche Knie. Mein Körper kann mit dieser Situation kaum umgehen.

Brandons Mundwinkel sind leicht gehoben, als wir uns sanft hin und her bewegen. „Du bist echt hübsch, Vivien", sagt er mit seiner samtigen Stimme. „Ich frage mich, wieso ich das nicht früher gemerkt habe."

Ich presse die Lippen aufeinander. Wieder nennt er mich Vivien. Dieses Vivien und die Tatsache, dass er nicht mal meinen Namen weiß, versaut so viel, obwohl ich das nicht will. Er sollte doch wenigstens meine Identität kennen, oder? Sonst wäre er perfekt.

„Weißt du", traue ich mich deswegen zu sagen, „eigentlich heiße ich ..."

„Violet", mischt sich jedoch eine tiefe Stimme ein und ich stocke.

Brandons und meine Blicke huschen nach rechts, wo Harry mit rot unterlaufenen Augen steht.

Ich runzle die Stirn und Brandon scheint genauso verwirrt über seine Anwesenheit zu sein.

Harrys Haare sind verwuschelter und er kommt – hin und her schwankend – auf uns zu. Er legt Brandon eine Hand auf die Schulter, um sich zu stützen. Jedoch ignoriert er mich vollkommen. „Ethan will, dass du uns zu Clarissa fährst", lallt er Brandon zu. „Und Vi-*Vivien* darfst du sogar mitnehmen."

Brandon verdreht genervt von Harry die Augen und haut seine Hand von seiner Schulter. „Ich fahre euch nicht. Ich bin gerade beschäftigt, siehst du's nicht?"

Als Brandon auf mich deutet, die noch immer ihre Hände um seinen Nacken hat, sieht Harry zu mir. Sein Blick ist total resigniert, gleichzeitig betrunkener denn je. Aber das wundert mich nicht. Er ist immer betrunken, wenn Wochenende ist.

Harry spricht wieder zu Brandon. „Aber niemand mehr von uns kann fahren."

„Harry, geh", knurrt Brandon und drückt Harry von uns weg und das so unsanft, dass er nach hinten stolpert. „Ich habe schon was getrunken und ihr müsst selbst klarkommen, wenn ihr euch so betrinkt."

Schwankend sieht Harry zu uns und nun kraust er auch seine Stirn. „Ist das dein Ernst? Du willst – wegen *ihr*?" Abwertend zeigt Harry auf mich.

Brandon schüttelt genervt von Harrys Verhalten den Kopf und dreht uns beide von ihm weg. „Verschwinde endlich. Dann fahrt halt besoffen, wenn ihr unbedingt noch zu Clarissa wollt."

Etwas in mir schreit Alarm. Vielleicht die Tatsache, dass jemand betrunken fahren will, oder vielleicht auch die Tatsache, dass *Harry* betrunken fahren will. Doch ich versuche, es zu ignorieren.

Weil ich Harry nicht mehr sehen kann, höre ich ihn nur vor sich hin fluchen und dann verschwindet er wieder in der Menge.

„Vergiss ihn", spricht Brandon mir zu, als ich versuche, über seine Schulter Harry hinterherzusehen. „Er ist ein Vollidiot, genauso wie die anderen. Jedes Wochenende ist es der gleiche Mist. Sie betrinken sich und ich darf sie umherkutschieren."

„Aber ihm zu sagen, dass er betrunken fahren soll, ist auch kein guter Ratschlag", weise ich Brandon an und meine es auch so. Auch wenn ich Ethan und Harry nicht mag, würde ich nie der Grund dafür sein wollen, dass sie einen Unfall bauen.

Brandon zieht mich enger an sich heran, was meinen Puls sofort wieder erhöht. Sein süffisantes Lächeln lässt alles um uns herum verschwimmen. „Ich weiß, so war es auch nicht gemeint. Aber ich wollte einfach mit dir alleine sein."

Ich kann mein verknalltes Grinsen nicht unterdrücken, weil ich immer noch nicht glauben kann, dass ich tatsächlich mit ihm hier bin. „Echt?"

„Ja, echt." Er hebt seine große Hand an und streicht mir eine Strähne von meinem Zopf hinter das Ohr, was meine Haut leicht kribbeln lässt. „Und außerdem wollte ich noch das tun."

Ich neige den Kopf ein wenig. „Was?"

Brandon kommt mir langsam ganz nahe und mir wird sofort klar, was gleich passieren wird.

Oh, mein verdammter Gott.

„Das", haucht er auf meine Lippen und küsst mich.

Er küsst mich so unerwartet, dass ich nicht mal richtig weiß, was ich tun soll. Doch trotzdem entfacht ein kleines

Feuer in meinem Körper, während er sanft seine Lippen auf meinen bewegt. Der Geschmack von Bier macht sich in meinem Mund breit, doch das interessiert mich nicht.

Brandon aka Sexgott aka Gott der Geilheit aka hübschester Junge der Welt küsst mich! Nur *das* interessiert mich!

Nach ein paar Momenten, in denen meine Knie leicht schwach werden, lässt er von meinem Mund ab, hält aber noch immer liebevoll meinen Kopf zwischen seinen Händen.

Wir sehen uns in die Augen, auch wenn ich kaum etwas erkenne durch das flackernde Licht und die Dunkelheit.

Brandon lächelt. „*Jetzt* ist der Abend perfekt."

Und ich lächle, sage mit heiserer Stimme: „Oh ja."

Schöner könnte das Date mit Brandon wirklich nicht laufen. Er macht mir ein Kompliment nach dem anderen, beschützt mich vor seinen Freunden und küsst mich auch noch vor allen anderen, während ich doch eigentlich zu den Losern der Schule gehöre und er zum kompletten Gegenteil. Wir sind so unterschiedlich, aber genau das macht es so interessant.

Kapitel 8

Dennoch ist der Abend nicht lang. Wir tanzen noch ein wenig, unterhalten uns sehr lange, bis er gehen muss. Um halb eins stehen wir vor dem Ausgang des Klubs, vor dem noch weitere Leute stehen Benja, Charly und die anderen habe ich den ganzen Abend nicht mehr gesehen. Wahrscheinlich sind sie früh gegangen, denn dass solche Klubs nichts für sie sind, war klar. Sie sind auch nichts für mich, aber für Brandon mache ich gerne mal eine Ausnahme. Oder zehn Ausnahmen.

„Und du bist dir sicher, dass ich dich nicht nach Hause fahren soll?", fragt Brandon mich zum dritten Mal heute, als wir vor seinem weißen Auto stehen.

Ich schüttle den Kopf und reibe meine Arme mit meinen Händen, weil es nachts auch im Frühsommer kühl ist. „Wirklich nicht. Meine Mutter holt mich, weil sie es nicht leiden kann, wenn ich nachts mit anderen Leuten fahre."

„Aber ich bin doch nicht einfach nur irgendein anderer, oder?"

Etwas lache ich, weil auch Brandon lächelt. „Nein, bist du nicht."

Sein amüsiertes Grinsen wird zu einem warmherzigen. „Okay. Wenn ich dich wirklich nicht mehr dazu überreden kann, dich sicher nach Hause zu bringen, werde ich jetzt fahren."

Etwas bin ich traurig, weil der Abend schon vorbei ist, aber er meinte, er müsse auf seine kleine Schwester nachts Acht geben, weil sie oft Albträume hat. Und da sage ich natürlich nicht Nein, denn er muss weiterhin den großen tollen Bruder spielen. Das macht ihn noch sympathischer für mich. „Ja, mach das. Ich will deiner kleinen Schwester nicht im Weg stehen."

„Tust du absolut nicht." Er kommt einen Schritt auf mich und legt seine Hand in meinen Nacken. Und als wäre es selbstverständlich, küsst er mich auf die Stirn, was meine Kopfhaut zum Prickeln bringt. „Ich würde das gerne wiederholen. Beim nächsten Mal vielleicht in einem Restaurant, in dem es ruhiger ist."

Total hin und weg von dieser ungewohnten Geste und seinen schönen Augen, nicke ich benebelt. „Ja", sage ich mit kratziger Stimme. „Liebend gerne."

Ein letztes Mal lächelt er mir zu und dann steigt er auch schon in sein Auto und fährt mit einem Winken davon.

Ich sehe ihm hinterher, als ich so auf dem Parkplatz in der Dunkelheit stehe. Weiter weg von mir ist der Eingang, wo manche betrunkene Jugendliche stehen, und diese schreckliche Technomusik hat noch immer kein Ende. Nur für Brandon würde ich mir einen Abend antun, an dem ich ständig diese eintönige Mucke höre. Grauenvoll ist das. Noch dazu piept mein Ohr.

Doch Beschwerden hin oder her.

Brandon hat mich geküsst. Und würde das alles gerne wiederholen.

Ich seufze grinsend, als ich mich näher zum Ausgang des Klubs stelle, weil Mom mich hier abholen möchte. Wenn ich das Charly und Benja erzähle. Sie werden ausrasten.

Ich bin unheimlich froh, dass der Winter vorbei ist und meine Kniestrümpfe mir noch mehr Wärme schenken, denn auf eine Jacke habe ich heute Abend verzichtet. Sonst würde ich mir den Arsch abfrieren und wenn ich eins hasse, ist es Kälte. Und Fisch. Mal so nebenbei.

Meine Gedanken schwinden wieder zu Brandon und den gemeinsamen letzten Stunden mit ihm. Nie hätte ich mir ausmalen können, irgendwann mal so von ihm geküsst und umgarnt zu werden. Und das einfach so, ohne dass ich etwas getan habe. Vielleicht ist das ja Schicksal. Er meinte, er habe mich vorher nie wahrgenommen, aber als er mich das erste Mal richtig gesehen hat, musste er mich kennenlernen. Und so war es bei mir auch, nur dass er mir sofort aufgefallen ist und nicht erst nach zwei Jahren im gleichen Englischkurs.

„Hey, pass doch auf, Idiot!", schimpft eine weibliche Stimme hinter mir, was mich umdrehen lässt.

Ein Mädchen in knappem gelben Kleid steht am Ausgang und hat einen kleinen Schluck von ihrem Getränk auf ihrem Kleid verschüttet. Anscheinend jedoch nicht von sich selbst, sondern von einer anderen Person, die aus dem Klub gestolpert kommt, weil sie sich durch die Menge gequetscht hat.

Ich runzle die Stirn, als ich Harry als diese Person identifizieren kann. Er ist immer noch hier? Sollte er nicht bei Florence sein?

„Tut mir leid", sagt er zu dem Mädchen und hebt die Hände. „Ich ..."

Doch das Mädchen scheint außer sich zu sein und rubbelt über den dunklen Fleck auf ihrem Bauch. „Nun ist alles ruiniert! Guck dir doch mein Kleid an! Das war genauso teuer wie dein komplettes Haus!"

Ich hebe eine Braue, als ich das Mädchen betrachte. So teuer wie Harrys Haus? Dieses Kleid kann nicht mehr als zehn Pfund gekostet haben. Bei so wenig Stoff, wäre es ja unzumutbar, tonnenweise Geld zu verlangen.

Auch Harry hebt eine Braue und betrachtet das Kleid des Mädchens. „Ich kann mir nicht vorstellen, dass Kleider in Größe eines Putzlappens sonderlich teuer sind."

Nun hebe ich beide Brauen. Hat er das gerade wirklich gesagt? Anscheinend ist er immer noch nicht ganz nüchtern, aber gut so. So unfreundlich, wie das Mädchen guckt, hätte ich wahrscheinlich nichts anderes gesagt.

Deswegen muss ich ungewollt in meine Hand lachen, als das Mädchen ihn entsetzt ansieht.

„Was?", fragt sie ihn erzürnt. „Was fällt dir ein? Das ist Gucci!" Und im nächsten Moment schüttet sie Harry ihren Drink ins Gesicht.

Mein amüsiertes Lachen wird zu einem schadenfrohen. Heiliger, *das* hat gesessen.

Harry hält inne und hält seine Augen noch geschlossen, während die Flüssigkeit sein Gesicht hinuntertropft und die Leute neben den beiden schon auf Abstand gehen, damit sie nichts von der Nässe abbekommen.

„Okay", sagt Harry und wischt sich durchs Gesicht und dann durch die Haare, worauf sie etwas mehr nach oben stehen. „Ich denke, das habe ich verdient."

„Und wie du das hast", zischt das Mädchen und stöckelt mit wackelndem Hinterteil davon. „Blöder Spaten!"

Ich muss mittlerweile schon die Luft anhalten, um nicht laut loszuprusten. Es ist urkomisch. Besser hätte der Abend nicht enden können. Harry ist durchnässt von einem klebrigen Getränk und ich kann heute Abend mit geküssten Lippen einschlafen.

Ein wahr gewordener Traum.

Doch anscheinend habe ich zu offensichtlich über Harry gelacht, denn sein Blick fällt auf mich. Trotzdem versuche ich nicht, weniger über ihn zu lachen. Er kann wissen, dass ich das gerade eben mitbekommen habe.

„So was findest du witzig?", ruft er mir zu.

Ich nicke glücklich. „Und wie!"

Daraufhin läuft er unerwarteterweise auf mich zu und wischt sich noch mal die Flüssigkeit mit dem Ärmel seiner braunen Jacke aus dem Gesicht. „Ich wollte sowieso zu dir."

Ich schiebe die Brauen zusammen, als er näher kommt. „Zu *mir*?"

Er nickt und bleibt vor mir stehen. Dann kramt er etwas aus seiner Hosentasche und hält es mir hin. Es ist ein Autoschlüssel. „Ich brauche jemanden, der mich nach Hause fährt und noch nichts getrunken hat."

Ungläubig betrachte ich ihn. „Ist das dein Ernst?"

„Ja."

„Nein."

„Doch."

„Nein, Harry. Meine Mutter holt mich gleich und außerdem …"

„Schreib ihr, dass du später kommst."

Ich verdrehe nun die Augen. „Nein, werde ich nicht. Wahrscheinlich ist sie schon unterwegs. Und außerdem: Wir mögen uns nicht, schon vergessen? Normalerweise tun Menschen, die sich nicht mögen, keine netten Dinge füreinander."

Harry nimmt den Schlüssel zurück. „Also willst du mich betrunken nach Hause fahren lassen?"

„Ich wette, du hast genug Freunde, die dich gerne abholen."

„Ich habe es bei jedem versucht."

„Was ist mit Ethan? Oder deiner ätzenden Freundin Florence?"

Etwas Durchdringendes, Selbstgefälliges schleicht sich auf Harrys Gesicht. „Meiner *ätzenden* Freundin Florence?"

Und weil mir dieser Blick absolut nicht gefällt, drehe ich mich um und entscheide, Mom entgegenzulaufen, damit ich schneller von hier wegkomme. Mit Harry so viel Zeit zu verbringen, macht mich verrückt. Wenigstens an den Wochenenden sollte mir Freizeit von ihm gegönnt sein, aber anscheinend habe ich das nicht verdient.

„Hey", ruft Harry mir hinterher und ich höre seine Schritte hinter mir. „Ich könnte einen Unfall bauen, wenn du mich fahren lässt! Noch bin ich nicht ganz nüchtern!"

Ich laufe einfach weiter und schlinge meine Arme um meinen Oberkörper. „Du wirst es schon überleben, Harry! Du hast mit Sicherheit schon Schlimmeres überlebt!"

„Ich bin noch nie betrunken Auto gefahren!"

„Dann ist es heute das erste Mal!"

„Das ist ziemlich fahrlässig von dir, einen Betrunkenen Auto fahren zu lassen! Ist das nicht irgendwie unterlassene Hilfeleistung oder so?"

Ich stöhne auf, weil er mir immer noch folgt und Mom einfach nicht auftaucht. „Hör auf, ruf deine Eltern an und frag, ob sie dich holen!"

„Violet", sagt Harry nun gestresster. „Das sind vielleicht drei Kilometer!"

„Drei Kilometer zu viel!"

„Ich bezahle dich!"

Ich lache auf und kann nicht glauben, was er gerade gesagt hat. Er scheint wirklich nicht betrunken fahren zu wollen. „Stell dich mal nicht so an! Das sind doch nur drei Kilometer!"

Harry sagt für ein paar Sekunden nichts, doch plötzlich höre ich ihn aufjammern. „Oh nein!", ruft er, während ich weiterlaufe und er mir immer noch folgt. Ich weiß sofort, dass er die Dramatik nur spielt, um mich überreden zu können. So wie er es früher auch immer tat. Jedes Mal. „Ich glaube, mein Gleichgewichtssinn lässt nach! So kann ich *unmöglich* fahren!"

Wieder rolle ich mit den Augen. Nicht mal ansatzweise schauspielern kann er. Vollidiot.

„Oh, Gott, das wird nicht gut gehen", redet er weiter vor sich hin und ich sehe über meine Schulter, wie er sich gespielt an einem Stromkasten festhält, um *noch* mehr Dramatik in die Szenerie zu bringen. „Scheiße, ich wette, ich fahre gegen einen Baum!"

Ich bleibe stehen, obwohl es mir widerspricht. Ich drehe mich zu ihm um, um mir diese Szene noch weiter anzusehen. Wenn er sich schon mal benimmt wie ein Waschlappen, dann sollte ich es wenigstens ganz sehen.

Harry hält sich nun die Hand an die Stirn. „Ich könnte ein Kind umfahren!"

Übertreib doch direkt, Mister Obercool.

„Oder noch schlimmer." Er sieht schockiert zu mir. „Eine Katze."

Sofort wird mir klar, dass er einen Schwachpunkt bei mir zu seinem Nutzen verwendet hat. Er weiß ganz genau, dass ich Katzen liebe und für sie sterben würde. Es war früher so und heute ist es noch immer so. Das weiß er noch. Verdammter Mist.

Harry scheint zu merken, dass ich beginne, schwach zu werden. „Ich würde nur ungern eine Katze totfahren", spricht er weiter. „Das hätten sie einfach nicht verdient ... Aber anscheinend muss es so sein."

Für einen Moment bin ich kurz davor, zu sagen, dass ich ihn fahre, doch dann fällt mir wieder ein, dass es hier um Harry geht. Und ich bin Violet. Harry und Violet hassen sich. Außerdem ist er ein Vollidiot und ich ein Loser. Ich sollte mich nicht so weichklopfen lassen. Vor allem nach diesem schönen Abend mit Brandon.

„Träum weiter", sage ich deswegen entschlossen zu Harry und drehe mich schnurstracks um. „Ich lasse mich nicht weichkriegen!"

„Stop!", ruft Harry mir hinterher, doch ich laufe weiter von dem Parkplatz herunter. „Violet!"

Ich ignoriere ihn.

„Violi-Ravioli, bleib sofort stehen!"

Und ruckartig bleibe ich stehen.

Eine mir nur allzu bekannte Wut auf diesen verdammten Namen kommt in mir hoch und ich balle die Fäuste.

Violi-Ravioli. Sein verdammter Ernst?

Harrys Name für mich, mit dem er mich als Kind dauerhaft aufgezogen hat. Er kennt meine Schwachpunkte anscheinend noch ganz genau und weiß, wie man sie einsetzt. Ich habe diesen Namen schon Jahre nicht mehr gehört und eigentlich wollte ich die Erinnerung daran verdrängen. Ist mir auch gut gelungen. Bis jetzt.

„Ich hasse diesen Namen", brumme ich.

„Oh, echt?"

Mit gefährlich engen Augen drehe ich mich um und werfe ihm tötende Blicke zu. Er steht einfach total unschuldig da und sieht mich an, als hätte er mir nicht gerade den schlimmsten Vorfall meiner Kindheit vor

Augen gehalten. Wieso ich diesen Namen so hasse? Und wieso er mich so nennt?

Kleine Zusammenfassung: Harrys und meine Familie waren essen. Harry und ich aßen Ravioli. Ich vertrug sie nicht. Ich blockierte für genau eine Stunde die Toilette und übergab mich volles Rohr vor den Füßen des Obers, der uns bediente. Harry lachte. Ständig. Jahrelang, um genau zu sein. Genau darüber. Deswegen nannte er mich ständig Violi-Ravioli.

„Wage es dich, noch einmal diesen Namen in den Mund zu nehmen", warne ich ihn bitterböse.

Doch Harrys Mundwinkel hebt sich ein wenig, was mich noch mehr kochen lässt. Schweig lieber, Perlman, wenn du den nächsten Morgen noch erleben willst.

Aber er wäre nicht Harry, wenn er es nicht provozieren würde. Deswegen öffnet er gehässig grinsend seinen Mund und sagt: „Violi ..."

Ich kneife meine Augen noch mehr zusammen.

„Ravioli."

Für ein paar Momente stehen wir einfach noch nur dort am Straßenrand und starren uns an. Er sagt mir mit seinem Blick, dass er das Ausgesprochene absolut nicht zurücknimmt und ich sehe ihn nicht mehr als jugendlichen Harry, sondern als kleinen, nervigen, frechen Harry, der mich mit dem Vorfall damals im Restaurant aufzieht, indem er mich Violi-Ravioli nennt. Und das mindestens zehn Mal am Tag. Damals schon hat er mich genauso angesehen, wie er es gerade tut, und ich habe es gehasst, aber gleichzeitig geliebt, weil ich wusste, dass er es niemals anderen erzählen würde.

Aber heute hasse ich es nur noch, denn nun muss ich wirklich Angst haben, dass er es weitererzählt. Vielleicht hat er es schon längst.

„Na ja", sagt Harry seufzend, als ich mich nicht rege, und dreht sich weg. „Also muss ich doch betrunken nach Hause fahren. Vielleicht treffe ich unterwegs ein paar Leute, denen ich von Violi erzählen kann."

Als er mir den Rücken zudreht, um in die andere Richtung zu laufen, werde ich nervös. Verdammt, er droht mir genau mit dem, was ich dachte. Aber er würde das doch nie tun, oder?

Doch ich halte es einfach nicht aus. Ich habe zu große Angst. Ich ziehe mein altes Motorola Klapphandy aus der Tasche meines Rocks und schreibe Mom eine SMS, dass sie mich noch nicht abholen muss.

Ob sie nun stinkig ist, hin oder her. Ich werde es nicht riskieren, dass irgendwer erfährt, wie ich damals das komplette Restaurant vollgereiert habe. Ein grausamer Gedanke plagt augenblicklich meinen Kopf. *Wenn er das Florence erzählt.* Dann weiß es die ganze Schule und ich kann direkt die Highschool wechseln. Oder doch besser das ganze Land.

Schnell stecke ich das Handy wieder weg und jogge Harry hinterher. „Harry, warte mal!"

Er läuft weiter, als ich bei ihm ankomme. „Schon okay, Violet", sagt er und beachtet mich kaum. „Ich hab gecheckt, dass du nicht fahren willst."

„Ich, ähm." Nervös spiele ich mit meinen Fingern. Ich darf es einfach nicht riskieren, dass irgendwer davon erfährt. „Ich fahre dich."

Und als hätte Harry schon damit gerechnet, zieht er wieder seinen Schlüssel aus seiner Hosentasche und schmeißt ihn mir zu, worauf ich ihn schnell auffange. „Okay, mein Wagen steht dahinten."

Überfordert blinzle ich und sehe in die Richtung, in die Harry hingezeigt hat. Es ist, als hätte er gewusst, dass ich einknicke. Na ja, so war es auch von ihm geplant. Verdammt sei Violi-Ravioli.

Und schließlich sitzen wir beide in seinem Wagen. Er schmeißt sich auf den Beifahrersitz und ich setze mich steif in den Fahrersitz. Eigentlich macht es mir nichts aus, ein Auto zu fahren, wirklich nicht. Aber es gibt ein kleines Problem meinerseits, was das Fahren von Autos angeht.

„Was ist?", fragt Harry, als ich noch immer total gehemmt in dem Sitz sitze und auf das Lenkrad vor mir starre mit den vielen Knöpfen. „Du tust so, als wärst du noch nie Auto gefahren."

Ich versuche, meine Angst zu unterdrücken, doch es gelingt mir nicht. Mein Puls steigt bis ins Unermessliche, weswegen mein Atem unkontrollierter wird. „Ich bin schon mal Auto gefahren", piepse ich aufgeregt und schlucke schwer.

„Okay, sehr gut. Dann fahr los."

Hektisch nicke ich und will den Schlüssel ins Zündloch stecken. Um Gottes willen, das hier ist so falsch.

Harry betrachtet mich nun skeptisch von der Seite, weil ihm anscheinend nicht gefällt, wie nervös ich bin. „Violet", sagt er in ernsterem Ton. „Du bist *wirklich* schon mal Auto gefahren, oder?"

Wieder nicke ich und nehme das Lenkrad in die Hand, obwohl nicht mal der Motor an ist. „Ja!", sage ich. „Ja, echt! Ich, äh, also es ist kompliziert, weißt du? Der Führerschein und ich wollen noch nicht so ganz und …“

„Das ist nicht dein Ernst", unterbricht Harry mich stöhnend und legt fassungslos den Kopf in den Nacken. „Du hast keinen Führerschein?"

Ich beginne, mich zu schämen. Mit siebzehn noch immer keinen Führerschein zu haben, ist mir schon immer unangenehm gewesen, seitdem jeder aus meinem Freundeskreis ihn bereits hat. Ich komme einfach nicht dazu, mich für das Autofahren zu interessieren oder dafür zu lernen. Ich hasse es. Es ist scheiße.

„Wieso, zur Hölle, willst du mich dann nach Hause fahren?", fragt Harry mich.

„Du hast mich dazu gezwungen!", antworte ich, halte immer noch das Lenkrad in meiner Hand. „Du kamst doch mit diesem Violi-Ravioli-Mist an!"

Er verdreht die Augen und fährt sich ungläubig durch die Haare. „Weil ich dachte, du kannst fahren! Bist du denn überhaupt irgendwann mal gefahren?"

„Ich bin einmal gefahren ..."

„Und?"

„Was und?"

„Kannst du's oder kannst du's nicht?"

Ich werde rot und sehe auf meinen Schoß. Vor Harry sollte mir das nicht peinlich sein, doch das ist es. „Meine Fahrlehrerin hat geweint, weil sie Angst hatte."

Harry sieht mich an, doch ich wende meinen Blick ab. Nun wird er wieder einen doofen Spruch bringen, ich weiß es.

Aber er atmet tief durch und schnallt sich wieder ab. „Okay, wir machen das anders." Dann steigt er aus und ich beobachte verwirrt, wie er um das Auto herumläuft und die Tür auf der Fahrerseite öffnet. „Steig aus, ich versuche, ein paar Meter zu fahren, und dann lösen wir das Problem."

Verdutzt blicke ich zu ihm auf und halte noch immer das Lenkrad verkrampft in meiner Hand. „Du willst fahren? Du hast getrunken."

„Ja, aber ich bin schon lange nicht mehr so betrunken, also steig aus."

„Das ist illegal, Harry."

„Ohne Führerschein oder jegliche Fahrkenntnisse zu fahren, ist auch illegal, also steig aus."

Ich seufze und lasse das Lenkrad los. Widerwillig steige ich aus und setze mich auf den Beifahrersitz.

Harry schnallt sich an und startet den Motor. „Wir fahren zum Uphill-Place, da ist nie jemand."

Ich runzle die Stirn. „Wieso?"

„Ich kann nicht riskieren, dass du kein Auto fahren kannst, wenn du mich das nächste Mal nach Hause fahren sollst, wenn ich betrunken bin", antwortet er und fährt konzentriert rückwärts aus dem Parkplatz heraus.

„Du willst mir Auto fahren beibringen?"

„Jap."

„Du bist betrunken und es ist mitten in der Nacht."

Er setzt sich wieder gerade hin, als wir auf die Straße zurollen, und jetzt merkt man, wie er sich konzentriert, um bloß keinen Unfall zu bauen. „Vergessen wir das kurz", sagt er und sieht sich überall um. „Ich versuche gerade, niemanden totzufahren."

Ängstlich kralle ich mich in den Sitz und sehe geradeaus, wo die Straße – zum Glück – komplett leer ist. Eine Chance weniger, uns umzubringen. „Gott, Harry, das geht nicht gut aus."

„Ich bekomme das mit Sicherheit hin", sagt er konzentriert und lehnt sich weiter nach vorne über das Lenkrad, als er auf die Straße fährt. Und das mit zwanzig Stundenkilometern. „Ich muss nur ..." - Er fährt so lahm wie eine Schnecke an einer Straßeninsel vorbei - „alles genau beobachten."

Nicht weniger aufgeregt als er halte ich Ausschau nach Dingen, die ihm in die Quere kommen könnten. „Ich kann nicht glauben, dass ich mit einem Betrunkenen Auto fahre. Meine Mutter würde mich umbringen."

„Pscht", mahnt mich Harry und sieht weiterhin aufmerksam auf die Straße. „Ich habe gerade voll die verschärften Sinne wie Spiderman. Mach das nicht kaputt."

Tief ein- und ausatmend sehe ich zu ihm und beobachte sein Profil. Genau diese Situation könnte auch passieren, wären wir noch Freunde. Irgendwann wären wir so risikobereit gewesen und wären betrunken Auto gefahren. Aber natürlich würde dann Harry fahren, denn er konnte solche Dinge schon immer besser. Wie man ja sieht.

Unruhig sehe ich wieder nach vorne und presse mich in den Sitz, obwohl wir immer noch extrem langsam fahren. „Okay ... Ich vertraue dir."

Und sofort halte ich die Luft an. Gott, was habe ich da gerade von mir gegeben?

Aus dem Augenwinkel erkenne ich, wie Harry zu mir sieht und Stille eintritt. Er soll einfach nicht darauf reagieren. Bitte.

Er sieht wieder nach vorne und umfasst das Lenkrad fester. „Okay", sagt er leise. „Dann werde ich keinen Unfall bauen."

Mit noch angehaltenem Atem kneife ich mir unauffällig in den Schenkel, während Harry langsam weiterfährt. Es ist seltsam, aber ich bekomme Herzrasen und kann nicht einordnen, wieso. Vielleicht ist es, weil er betrunken fährt und ich Angst habe. Vielleicht ist es aber auch nur wegen ihm und der Tatsache, dass ich ihm gerade wirklich vollkommen vertraue. Wieso, weiß ich nicht. Ich tue es einfach. Vielleicht aus alter Gewohnheit oder der Illusion, wir könnten eventuell die sein, die wir früher waren. Nur irgendwie ... anders.

Ich sollte ihm nicht vertrauen. Das sollte ich wirklich nicht. Aber ich tue es. Und das wirklich. Wenigstens für den Moment, in dem wir still hier sitzen und durch die Straßen Englands fahren.

„Okay, jetzt ist volle Konzentration gefragt", sagt Harry, als ich die Tür der Fahrerseite zuknalle und nun wieder das Lenkrad verkrampft umfasse.

Harry schnallt sich an und ich sehe mich in der Gegend um. Hier ist definitiv niemand. Wir stehen auf einem alten Parkplatz eines Krankenhauses. Noch abgelegener könnten wir kaum sein. Wir könnten also nicht gefunden werden, wenn ich uns totfahre. Verdammt, das habe ich vorher nicht bedacht.

Deswegen sage ich: „Das ist eine schlechte Idee, Harry."

„Nein, es ist eine gute Idee. Starte den Motor."

Mit zitternden Fingern drehe ich den Schlüssel und der Motor brummt auf. „Ich werde uns umbringen."

„Ich werde diesen Spruch jetzt ignorieren", sagt Harry ruhig und dreht den Schlüssel wieder, sodass der Motor ausgeht.

Verwirrt sehe ich ihn an. „Wieso …"

„Das war ein Test", erklärt er und lehnt sich zurück. „Und du bist durchgefallen."

„Ein Test?"

„Ja. Wieso solltest du den Motor starten, wenn du noch nicht angeschnallt bist? Oder die Spiegel richtig eingestellt hast? Oder deinen Sitz? So könntest du uns wirklich umbringen."

Und sofort bin ich genervt von ihm. Ich kenne diese Art von ihm, jemandem etwas beizubringen. Er wird dann zum Lehrer und ist noch anstrengender als vorher. Ich erinnere mich nur ungern an den Tag, an dem er mir in der sechsten Klasse Bruchrechnen beibringen wollte. Am Ende hatte er rote Striemen auf seinem Arm, weil ich ihn gekratzt habe, nachdem er seine „Tests“ durchgeführt hat. Anscheinend hat er sich in dieser Richtung nicht geändert. Schade eigentlich.

„Okay, Meister", sage ich deswegen augenrollend und greife zum Rückspiegel, stelle ihn richtig ein. Dann noch meinen Sitz und die Spiegel Nun berühren meine Brüste fast das Lenkrad, damit ich auch richtig an das Gas und die Bremse rankomme.

Harry schüttelt den Kopf, als er das sieht. „Das ist viel zu weit vorne. Du könntest dir die Arme brechen, wenn du eine Vollbremsung machst und noch dazu sieht das echt scheiße aus." Er zieht an dem Hebel, mit dem man meinen Sitz zurückstellen kann, und schiebt ihn weiter nach hinten. „So ist es besser."

Wieder einmal atme ich tief durch, weil es wieder heißt, den Motor zu starten. Ich bin immer noch der Meinung, dass diese Nacht nicht gut endet. Muss Harry so eine

Schnapsidee auch unbedingt nachts kommen? Hätte es nicht mitten am Tag sein können?

Ich schnalle mich noch an und dann starte ich auf Harrys Befehl wieder den Motor.

„Kupplung und Bremse", sagt er, als der Motor brummt.

„Kupplung und Bremse?"

„Tritt drauf."

„Äh." Ich sehe nach unten, betrachte die drei Pedale. Was davon ist nun die Kupplung? Schon damals wusste ich das nicht.

„Links und Mitte."

„Okay", krächze ich und trete auf die Pedale ganz links. Ich kann spüren, wie sich der Wagen ein wenig bewegt, und umfasse das Lenkrad sofort fester und presse mich mit dem Rücken in den Sitz. „Oh, Gott, hast du das gespürt?"

Harry jedoch bleibt ruhig und entriegelt die Handbremse mit einem Knopf. „Wenn du jedes Mal ausrastest, wenn hier irgendetwas passiert, dann muss ich dir den Mund stopfen."

Ich schlucke schwer. „Tut mir leid."

Er richtet sich weiter auf und sieht nach vorne. „Okay, zum Glück ist hier weit und breit nichts. Also ... Du lässt jetzt die Kupplung ganz leicht kommen und dabei lässt du die Bremse los."

„Die Bremse loslassen klingt immer ziemlich kacke."

„Violet, tu es einfach. Uns wird nichts passieren, solange du nicht ausrastest und grundlos aufs Gas trittst."

Überschüttet mit Adrenalin und purer Angst nicke ich und sehe geradeaus. Ein letztes Mal atme ich aus und dann lasse ich ganz langsam die Kupplung los. Der

Motor brummt noch mehr, was meinen Puls erhöht und nicht dazu beiträgt, mich beruhigen zu können.

„Du musst den Schleifpunkt finden", sagt Harry und hört genau hin. „Und genau in den Moment trittst du leicht aufs Gas und dann fahren wir."

„Du sagst das, als würde ich ein Bobbycar fahren", sage ich hektisch und lasse die Kupplung langsam immer mehr los.

Harry hört für ein paar Sekunden noch hin und dann sagt er: „Okay, jetzt kannst du aufs Gas treten."

„Jetzt schon?" Ich werde wieder nervös.

„Ja, jetzt. Los!"

Und weil er plötzlich so drängt, ich noch aufgeregter werde, trete ich schlagartig aufs Gas.

Für einen kurzen Moment denke ich, das Auto explodiert und der nächste Baum kommt uns gefährlich nah, doch es kommt ganz anders.

Wir fahren keinen Meter, stattdessen würg ich das Auto mit einem heftigen Ruck ab und der Motor schaltet sich aus.

Allerdings bin ich absolut nicht mehr im Reinen mit betriebenen Fahrzeugen. Ich dachte, das Auto flieg in die Luft und zerreißt uns.

„Oh, Gott!", rufe ich deswegen und sehe Harry außer mir an. „Was war das? Harry, ich kann das nicht, sagte ich doch!"

Harry drückt wieder auf den Knopf mit der Handbremse und hebt dann beruhigend seine Hand an. „Violet, ganz ruhig. Jeder würgt am Anfang ab, das …"

Doch ich schüttle weigernd den Kopf. „Nein, nein, nein! Das war nicht einfach nur abwürgen! Das war der Beweis dafür, dass ich nicht ans Steuer gehöre!"

„Es ist doch nichts passiert! Bleib locker!"

Verzweifelt blicke ich wieder nach vorne und versuche mich das erste Mal, richtig zu beruhigen. Das wird nichts, ich spüre das. Niemand kann mir das Autofahren beibringen, auch nicht Harry. Ich werde einfach später einen Mann heiraten, der mich umherfährt. Ich brauche so was nicht.

„Wir versuchen es noch mal, okay?", sagt Harry, als er merkt, dass ich ruhiger bin.

„Ich will nicht", jammere ich.

Wieder richtet Harry sich auf und hält seinen Finger über den Knopf der Handbremse. „Okay, zweiter Versuch. Tritt auf die Bremse."

Ich tue, was er sagt, auch wenn es mir missfällt.

Er drückt auf den Knopf und lehnt sich wieder zurück. „Mach alles genauso wie eben. Aber flipp nicht plötzlich aus und tritt aufs Gas. Mach es ganz, ganz ruhig, ja?"

Ich nicke und tue wieder, was er sagt. Mit aufeinandergepressten Lippen und den Händen fest um das Lenkrad lasse ich ganz langsam die Kupplung los und warte auf den Schleifpunkt, von dem Harry vorhin sprach.

„Jetzt tritt aufs Gas und lass die Bremse los", befiehlt Harry.

Ich trete langsam aufs Gas und lasse die Bremse los. Noch dazu gebe ich weniger Druck auf die Kupplung und wir rollen nach vorne.

Schlagartig pocht mein Herz noch wilder, als ich sehe, wie sich der Grund unter uns bewegt.

„Heilige Scheiße!", rufe ich hysterisch aus, als wir immer weiter fahren. In Höchstgeschwindigkeit. „Ich werde die Kontrolle verlieren!"

Harry will etwas sagen, doch ich unterbreche ihn aufgebracht, während ich weiterhin geradeaus starre und den Tod schon kommen sehe. „Ich werde mindestens tausend Katzen umfahren!"

„Violet!", sagt Harry. „Wir fahren *acht* Stundenkilometer!"

Hektisch schüttle ich den Kopf. „Was, geht es vielleicht *noch* schneller? Ich kann das nicht!"

„Acht! Stundenkilometer!"

Ich spüre, wie ich den Tränen nahe bin. „Ich halte das nicht aus! Wie konntest du mich nur dazu bringen, dieses verdammte Auto zu fahren?" Hoffnungslos halte ich mir beide Hände an den Kopf.

Harry reißt seine Augen auf. „Mach sofort wieder deine Hände ans Lenkrad!"

Erst jetzt fällt mir auf, dass ich tatsächlich freihändig fahre. Vor lauter Schock halte ich mir die Hände vor den Mund und sehe weiterhin geradeaus, wie wir die Welt hinter uns lassen. „Ich werde uns in den Tod stürzen!"

Jetzt stöhnt Harry auf und lehnt seinen Kopf zurück. „Man, wir fahren immer noch nur acht Stundenkilometer. Du könntest uns vielleicht in drei Stunden in den Tod reißen."

Entsetzt sehe ich ihn an. Wie kann er es wagen, die Augen von der Fahrbahn zu nehmen? „Wie kannst du so locker bleiben? Konzentrier dich gefälligst!"

„Fahr doch wenigstens schneller, damit du auch einen Grund hast auszurasten!"

Jetzt werde ich wütend und umgreife wieder das Lenkrad. „Okay!", sage ich entschlossen. „Du willst, dass ich schneller fahre?"

„Ja!"

„Du willst wirklich, dass ich schneller fahre? Du legst es also drauf an?"

„Man, Vy, ja!"

Wieder greife ich das Lenkrad fester und blicke gerade aus. Dann lasse ich einen Schrei raus, um gleich aufs Gas zu treten.

Und Harry beginnt auch zu schreien, weil ich schreie.

Wir schreien gemeinsam, während ich aushole, um auf das Gas zu treten.

Dann trete ich volles Rohr drauf und –

Im nächsten Moment würg ich das Auto wieder ab und mit einem weiteren, heftigen Ruck kommen wir zum Stehen.

Bedrückende Stille tritt ein.

Sind Harry und ich eigentlich bescheuert? Was, zur Hölle, ist hier gerade passiert? Wir brüllen uns wie Verrückte an, während wir gerade Mal drei Meter nach vorne gefahren sind.

Ich lehne mich benebelt von alledem zurück. Fühle einen Schock, aber gleichzeitig eine große Erleichterung in mir. Und dann realisiere ich, wie dumm ich bin. Und wie ich mich anstelle. Deswegen lache ich ganz leicht in mich hinein und halte mir die Hand vor die Augen. Oh, Gott, ich bin so eine Idiotin.

Es überrascht mich, dass Harry gleichzeitig mit mir anfängt zu lachen, wenn auch nur leicht. Sein Kopf ist an die Decke gerichtet und er scheint es selbst nicht glauben zu können.

Ich sehe ihn kurz an, während wir einfach vor uns hinlachen, weil die Situation so absurd ist. Das ist das erste Mal, dass ich ihn wieder richtig lachen höre.

„Die Fahrstunde ist beendet", sagt Harry amüsiert, als wir nach ein paar Sekunden aufhören zu lachen.

Ich muss grinsen und kann nichts dagegen tun, als ich mich zurücklehne. Es widerstrebt mir, doch ich genieße den Moment mehr, als ich sollte. Mit Harry zu lachen, fühlt sich so verdammt geborgen an, dass es mir Angst macht.

„Es tut mir leid, falls dein Auto nun bleibende Schäden davonträgt", sage ich und drehe meinen Kopf zu ihm, während ich ihn am Sitz anlehne.

Harry drückt wieder auf die Handbremse und lehnt sich ebenfalls zurück. Das Licht im Auto wird ausgeschaltet und nun werden wir beide nur noch vom Mond beschienen, der vor uns leuchtet, zwischen den ganzen Sternen.

„Wenigstens bin ich jetzt wieder einigermaßen nüchtern", sagt er und sieht geradeaus, während ich ihn ansehe. „So kann ich auch nach Hause fahren."

„Ich kann mir sowieso nicht vorstellen, dass du noch nie betrunken Auto gefahren bist."

„Wieso denkst du das?"

Ich zucke mit einer Schulter. „Weil du ständig betrunken bist und du bestimmt nicht immer mit anderen fahren kannst. Und es würde irgendwie zu dir passen."

„Aber ich bin noch nie betrunken gefahren. Na ja, bis auf heute."

„Und das auch noch wegen mir", feixe ich leicht.

„Ja", sagt Harry und sieht auch wieder nach vorne. „Aber ein paar Minuten brauche ich noch, um richtig zu Sinnen zu kommen."

„Kein Problem", sage ich und gähne in meine Hand hinein. „Wahrscheinlich wäre ich sowieso noch zu viel mit Adrenalin vollgepumpt, um jetzt schlafen zu können."

Harry beginnt neben mir, seinen Sitz zu verstellen, und stellt seine Lehne bis nach hinten, sodass er sich hinlegen kann.

Ich schiebe meine Brauen zusammen und sehe ihn skeptisch an, während er seine Hände hinter dem Kopf verschränkt und durch sein Dach nach oben sieht, das ein Stück nur aus Glas besteht, weswegen man die Sterne sehen kann. „Was machst du da?", frage ich ihn.

„So ist es bequemer und wir werden noch eine Weile hier oben bleiben."

„Oh", sage ich und sehe wieder nach vorne. „Aber, ähm." Ich sehe mich auf dem Sessel um, auf dem ich sitze. „Dann will ich meinen Sitz aber auch so verstellen – man, wo ist denn dieser verdammte –"

„Hier", unterbricht Harry mich und drückt ein Knöpfchen an meinem Sitz, damit meine Lehne sich genauso wie seine nach hinten schiebt. Und das automatisch.

Langsam fährt mein Sitz zurück und schließlich bin ich mit Harry wieder auf einer Augenhöhe und habe genau den gleichen Blick wie er auf die Sterne über uns. „Dieses Auto muss wirklich teuer gewesen sein, wenn sich die Sitze sogar elektronisch verstellen lassen", sage ich, während wir nach oben sehen.

„Keine Ahnung", sagt Harry daraufhin monoton. „Meine Eltern haben es bezahlt."

Ich drehe meinen Kopf zu ihm und wage zu behaupten, unnatürlich viel Resignation in seiner Miene zu erkennen. Noch gut erinnere ich mich daran, dass er nie das beste Verhältnis zu seinen Eltern hatte. Seine Mutter und sein

Vater sind beide erfolgreiche Geschäftsleute, wodurch Harry zwar immer alles bekam, was er wollte, allerdings ständig damit leben musste, dass seine Eltern von ihm verlangten, genauso zu werden wie sie. Und zwar reich und erfolgreich.

Und jetzt gerade erlebe ich ihn in einem Moment, den ich zwar schon öfter mit ihm erlebte, doch heute ist er anders. Als ich ihn früher nach seinen Eltern fragte oder sie auch nur zu Wort kamen, reagierte er genervt und wollte sofort das Thema wechseln, aber jetzt scheint er einfach desinteressiert zu sein. Als hätte er sich im Alter daran gewöhnt, ein gestörtes Verhältnis zu seinen Eltern zu haben.

Außer seine Eltern haben sich um hundertachtzig Grad geändert und sie verstehen sich.

„Dann wird es ihnen bestimmt nicht gefallen, dass du betrunken damit umherfährst", versuche ich, die Situation aufzulockern, obwohl es mir egal sein sollte, wie Harry sich mit seinen Eltern versteht. Ist es nicht. Irgendwie.

„Ist mir eigentlich vollkommen egal", erwidert Harry genauso neutral wie vorher. „Wenn ich es kaputt fahre, können sie mir mit Sicherheit ein Neues kaufen."

Ich sage nichts darauf. Mit Harry ein Gespräch über ein solches Thema zu führen, war nie eine gute Idee und eigentlich will ich – wenigstens für eine Nacht – nicht, dass die Stimmung kippt. Denn auch wenn ich es ungern zugebe, fühle ich mich wohl mit Harrys Anwesenheit. Es fühlt sich alles, jedes Wort, das wir reden, es fühlt sich alles an wie früher, als wir jünger waren. Natürlich ist es nicht das Gleiche, aber vielleicht könnte es für eine Nacht das Gleiche sein.

Harry und ich sehen nach oben ins Dunkle der Nacht und schweigen für eine Weile. Ich kann nicht einschätzen, welche Art von Schweigen es ist. Während dieser stillen Minute schießen mir zu viele Gedanken und Erinnerungen in den Kopf. Ich denke kurz an Brandon. Ist es unartig von mir, mit Harry nachts in einem Auto zu liegen, während ich vor nicht mal zwei Stunden ein Date mit dem Kerl meiner Träume hatte?

Und ist es unartig von Harry, mit mir hier zu liegen, während er doch eigentlich mit Florence zusammen ist?

Ist es allgemein falsch, was wir hier tun? Sollten wir uns nicht anbrüllen und uns sagen, wie abscheulich wir uns finden, weil alles, was wir einmal hatten, einfach so in die Brüche gegangen ist?

Irgendwann richtet Harry sich auf und schiebt einen USB-Stick in sein Radio. Dann drückt er ein paar Knöpfe. „Es ist zu still ohne Musik", sagt er und dann geht auch schon ein Lied an.

Ich kenne es nicht, doch es sind ruhige Gitarrenklänge. Die ruhige Art von Rock, die ich schon immer mochte und Harry genauso. Eine Sache, die wir gemeinsam hatten. Unsere Musik.

Harry lehnt sich wieder zurück und verschränkt seine Hände hinter dem Kopf, während er nach oben sieht. Er wirkt nicht weniger nachdenklich als ich.

Und schließlich traue ich mich zu sprechen. „Was denkst du gerade?"

„Ich überlege gerade, ob es wirklich so schlimm wäre, angetrunken Auto zu fahren."

Ich verdrehe die Augen. „Sag die Wahrheit."

Etwas lacht Harry, doch schon nach zwei Sekunden stirbt sein Lachen und er sieht wieder nachdenklicher aus.

„Ich weiß nicht", sagt er deswegen ruhig. „Ich denke an Florence."

Oh. Ein ungewolltes Zuschnüren meiner Kehle ist zu spüren. Es stört mich auf seltsame Art und Weise, dass er an ein Mädchen denkt, während wir hier gemeinsame Stunden verbringen, doch dann fällt mir ein, dass ich gerade ebenso an Brandon dachte. „Verstehe", sage ich mit kratziger Stimme und versuche, mir nicht anmerken zu lassen, wie unzufrieden mich seine Antwort macht. „Wahrscheinlich vermisst du sie."

Harry zuckt mit einer Schulter. „Ich …“

Wir werden von einem Klingelton gestört. Und da es definitiv nicht meiner ist, richtet Harry sich auf und greift nach dem Handy, das vorne in der Ablage liegt, um zu sehen, wer ihn erreichen will.

Neugierig sehe ich unauffällig auf das Display seines Handys, weil er erst zu überlegen scheint, ob er rangeht. Ich erkenne definitiv den Namen *Florence* darauf. Das kann wohl nur Schicksal sein. Anscheinend vermisst sie ihn wirklich. Zumindest um ein Uhr nachts.

Ich stelle mich schon mal darauf ein, dass Harry abheben wird und mich dann rausschmeißt, weil Florence nach ihm verlangt.

Doch er überrascht mich, indem er den Anruf wegdrückt, sein Handy in die Ablage legt und sich wieder zurücklehnt. Wieder ist er nachdenklich und ich bin mir nicht sicher, ob er nicht gerade seine Entscheidung bereut, diesen Anruf abgelehnt zu haben.

„Wer war es?", tue ich so, als hätte ich den Namen nicht gesehen.

„Meine Mutter", antwortet Harry und sieht weiterhin nach oben. Seine Stirn ist angestrengter als vorher gekraust. „Wahrscheinlich macht sie wieder unnötig Stress."

Ich nicke verständig, obwohl ich weiß, dass er lügt. Es wundert mich, dass er überhaupt wegen so etwas lügt. Würde ich Brandons Anruf auch wegdrücken, wenn er mich jetzt anrufen würde? Diese Frage an mich selbst verwirrt mich so sehr, dass ich beinahe nicht mitbekomme, welches Lied gerade von Harrys Stick abgespielt wird.

„Oh mein Gott", sage ich deswegen und richte mich schlagartig auf. „Ich liebe diesen Song."

Harry sieht mich an, als ich ein wenig an dem Rädchen drehe, um die Musik lauter zu machen, allerdings nicht zu laut, damit wir uns noch normal unterhalten können. „*River*?", fragt Harry, als ich mich wieder zurücklehne und die Augen schließe.

Ich lächle, weil der Klang dieser Musik und die vielen sanften Stimmen des Chors im Hintergrund, Glückshormone in mir auslösen. „Ja", sage ich. „Leon Bridge ist einer meiner Lieblingssänger."

Ich spüre, dass Harry seinen Kopf noch zu mir gedreht hat, doch trotzdem öffne ich meine Augen nicht. „Das wusste ich gar nicht."

„Du weißt vieles nicht mehr über mich, Harry."

Er dreht seinen Kopf wieder hörbar nach vorne, damit er in den Himmel sehen kann. Für eine Sekunde scheint er tief in Gedanken zu sein, doch dann sagt er: „Ich weiß noch, dass du früher total auf Madonna standst."

Oh Gott nein, Momentkiller, ahoi. Augenblicklich erröte ich und halte mir die Hände über das Gesicht. „Erinnere mich bitte nicht …"

„Und wie du ständig versucht hast, ihre Tanzschritte zu lernen, die sie in *Hung Up* gemacht hat." Harry lacht.

„Harry, bitte", flehe ich ihn an, weil ich nicht ertragen kann, wie peinlich mir diese Situation ist. Wieder ruft er etwas aus meiner Vergangenheit hervor, was ich doch eigentlich schon längst verdrängt habe.

„Ich erinnere mich noch ganz genau, wie du damals die komplette Tassensammlung deiner Granny aus dem Regal gefegt hast, weil dir diese verdammte Drehung nicht gelungen ist."

Ohne viel zu überlegen, boxe ich ihn gegen seine Schulter, weil er nicht aufhören will, mich aufzuziehen. „Lass das, ich will mich nie wieder daran erinnern, klar?"

Harry hört langsam auf zu lachen, weil er wohl merkt, wie ernst es mir ist. „Okay, tut mir leid."

Wieder herrscht Ruhe.

Und dann sage ich murrend: „Außerdem habe ich diese verdammte Drehung irgendwann noch gepackt."

Ich höre, wie Harry lächelt. „Nach diesem harten Training sollte man das auch erwarten."

Mit einem Augenverdrehen richte ich mich auf, um *River* von Leon Bridge erneut abspielen zu lassen. Meinetwegen könnte es den ganzen Abend laufen.

„Sag mal", sage ich zu Harry, als ich mich wieder mit geschlossenen Augen zurücklehne und sein Blick wieder nach oben zu den Sternen gerichtet ist, „wie schaffst du es eigentlich, dass es hier dauerhaft nach Kokos riecht? Ich habe es schon letzte Woche gerochen."

„Das werde ich dir nicht verraten."

„Wieso?"

„Weil es mein Geheimnis ist."

Ich gähne kräftig und mache es mir in dem Sitz gemütlicher, weil mich eine intensive Müdigkeit übermannt. „Okay ... Ich wette, ich finde es noch heraus."

„Ich denke nicht."

„Doch, ich bin mir ganz sicher." Leicht drehe ich mich auf die Seite in Harrys Richtung. „Ich habe immer all deine Geheimnisse herausgefunden."

Harry schweigt kurz, wodurch ich das wunderschöne Lied besser hören kann.

„Du weißt weniger, als du denkst", lauten die letzten Worte, die ich noch wahrnehme und dann falle ich in einen wohligen Schlaf.

Ein unangenehmer Ruck weckt mich auf und ich öffne langsam die Augen. Unmittelbar sehe ich auf Harry, der neben mir am Steuer sitzt und gerade seinen Motor ausschaltet. Mit einem leichten Schmerz in der Wirbelsäule stütze ich mich auf und kratze mich verschlafen am Kopf. Mein Dutt ist auf jeden Fall total im Arsch. Es würde mich nicht wundern, wenn meine Wimperntusche bröckelig unter meinen Augen verteilt ist.

„Wir sind bei dir zu Hause", sagt Harry, sieht mich jedoch nicht an. Sein Blick ist nach vorne gerichtet und etwas an seinem Ton macht mich skeptisch.

„Okay?", sage ich argwöhnisch und drehe mich um, wo ich auch schon unseren weißen Gartenzaun erkennen kann. „Wie viel Uhr haben wir? Ich habe total die Zeit ..."

„Es ist kurz vor drei", unterbricht Harry mich und drückt einen Knopf, wodurch die Türen aufgeschlossen werden. Er greift nach meinem Handy, das zwischen den

Sitzen lag, und reicht es mir, sieht mich jedoch immer noch nicht an. „Hier."

Mit einem unguten Gefühl und dem Verdacht, dass sich seine Laune in der letzten Stunde, die ich geschlafen habe, radikal verändert hat, nehme ich ihm das Handy ab und betrachte ihn. „Ist alles okay?"

„Violet, ich will nach Hause, also steig einfach aus."

Ich hebe beide Brauen und komme beinahe vom Glauben ab. So ist er also, wenn er müde ist? Soll das normal bei ihm sein? Oder hat er diese nervigen pubertären Stimmungsschwankungen immer noch nicht hinter sich gelassen? Aber ich beschließe, es zu ignorieren und auszusteigen. Höchstwahrscheinlich ist er einfach erschöpft, so wie es nun mal nach einem Alkoholrausch ist.

„Auch wenn du dich gerade wieder verhältst wie ein Arsch", sage ich noch zu ihm und bücke mich ins Auto, als ich auf dem Bürgersteig stehe, „danke ich dir trotzdem, dass du mich nach Hause gefahren hast. Und für die Fahrstunde." Ich lache bei der Erinnerung, wie wir rumgeschrien haben. „Das war witzig, oder?"

Harry antwortet nicht, sondern lehnt sich nur – mit einer Hand am Lenkrad – im Sitz zurück und stemmt seinen Kopf an seine Hand.

„Na ja", sage ich deswegen und lasse seine schlechte Laune durch die Müdigkeit nicht an mich heran. „Wir sehen uns am Montag. Und vergiss nicht die Theatergruppe." Ich schmeiße die Tür zu und schon dampft Harry mit zu hoher Geschwindigkeit ab.

Verwirrt sehe ich ihm hinterher. Was ist denn nun los? Saßen wir nicht eben gerade noch locker wie Freunde in seinem Auto und haben uns über Gott und die Welt unterhalten? Doch irgendwie interessiert es mich gerade nicht, dass er schlechte Laune hat. Mich interessiert, wie lustig unsere gemeinsamen Stunden waren. Und mich interessiert, dass ich das Gefühl bekomme, es könnte vielleicht wie früher werden. Harry und ich kommen anscheinend noch immer gut miteinander aus und auch, wenn ich das vorher nie zugegeben hätte, mag ich das.

Seufzend laufe ich zur Haustür und schließe sie leise auf, damit ich Rosy oder Mom nicht aufwecke. Normalerweise bleibe ich nie so lange weg, schon gar nicht, ohne Mom direkt Bescheid zu geben, aber sie wird es verstehen. Ich bin alt genug, ich weiß, was ich tue. Bei Rosy jedoch würde ich mir mehr Sorgen machen, sie könnte mich anmeckern.

„Violet?", ertönt die leise Stimme meiner Mutter, was mich aufzucken lässt, als ich gerade den Türgriff der Haustür loslasse. Mom kommt im hellblauen Bademantel und zerzausten braunen Haaren die Treppen runter. „Wieso kommst du erst so spät nach Hause?"

Ich lege meinen Schlüssel auf das Regal neben der Tür und ziehe meine Boots aus. „Ich war noch mit Harry unterwegs", antworte ich wahrheitsgemäß.

„Mit Harry?", fragt sie gähnend und bleibt auf der letzten Treppenstufe stehen. „Hattest du nicht ein Date mit diesem Brandon?"

„Hatte ich auch", sage ich, kann jedoch nicht aufhören, darüber nachzudenken, wieso Harry eben gerade so komisch war. Eigentlich sollte ich mich eher darüber wundern, wieso er vorhin so locker war und nicht, warum er komisch war, denn es ist doch üblich, dass er gereizt ist, wenn er in meiner Nähe ist.

„Und wie war es?", fragt Mom, als sie meine Laune bemerkt.

Nachdenklich atme ich tief ein und aus und gehe an ihr vorbei die Treppe hoch, bleibe jedoch in der Mitte stehen, um zu sagen: „Es war gut. Also das Date mit Brandon. Er hat mich geküsst."

Mom neigt den Kopf und sieht mich mit verschlafenen Augen an. „Das ist doch toll. Wieso bist du so nachdenklich? Was war denn mit Harry?"

Ich zucke mit den Achseln und drehe mich wieder nach oben. Eigentlich möchte ich nicht darüber reden, denn ich kann mir selbst noch keinen Reim daraus machen, was das heute mit Harry war. „Keine Ahnung ... Ich bin müde, Mom. Gute Nacht, ja?"

Sie nickt verständig, weil sie zu begreifen scheint, dass ich mich nicht wohl mit diesem Thema fühle. So was merkt sie sofort, was ich sehr an ihr schätze. „Klar, Schatz. Gute Nacht."

Ich laufe in mein Zimmer und schließe leise die Tür hinter mir, um auch bloß nicht Rosy im Raum neben mir zu wecken. Ihre Beschwerde, ich sei mal wieder *unerträglich* laut gewesen, nachdem ich von meinen „ständigen Partynächten“ nach Hause komme, kann ich mir sparen.

Ich verweile kurz auf meine Sockenschublade starrend, an der Tür lehnend. Meine Gedanken sind zwiegespalten. Könnte ich jetzt meine violetten Socken wieder hervorziehen? Könnte ich mir wieder erlauben, mit ihnen Nächte und Tage zu verbringen, weil ich sie eigentlich nie vergessen habe? Noch stecken sie ganz tief hinten in meiner Schublade, aber nach heute Abend ... Ich würde sie gerne noch mal tragen. Vielleicht fühlt es sich ja so warm und geborgen an wie früher.

Unsicher gehe ich zu meiner Schublade und stelle mich davor. Soll ich es wirklich tun? Ich habe diese verdammten Socken seit Jahren nicht mehr angefasst. Bin ich mir wirklich sicher, dass – nur weil ich mit Harry einmal ein paar witzige Momente hatte – ich sie wieder hervorziehen will?

Meine Finger greifen nach dem Griff, um die Schublade aufzuziehen. Verdammt, ich könnte einen riesigen Fehler machen. Ich könnte wieder verletzt werden und erneut nächtelang weinen, weil ich den Verlust nicht ertragen könnte, wenn ich irgendwann spüre, dass diese Socken doch nicht mehr das sind, was sie einmal waren.

Ich presse die Lippen aufeinander und lasse den Griff wieder los. Ich traue mich nicht. Diese verdammten violetten Socken, die Harry mir damals mit unseren Initialen eingestickt machte, bringen mich noch irgendwann zur Weißglut. Wieso verbinde ich ihn auch immer noch damit? Nun habe ich das Gefühl, ich müsste skeptisch gegenüber Harry sein, weil ich mich nicht mal wage, diese verdammten Socken aus meiner Schublade zu ziehen.

Erschöpft von alledem lasse ich mich in mein Bett fallen, um endlich einzuschlafen und für die nächste zwölf Stunden nicht mehr aufzuwachen, ansonsten droht mein Kopf zu platzen. Ich denke an Brandon und daran, wie er mich geküsst hat, und daran, dass er mich wiedersehen will. Dann frage ich mich, wie er nun in der Schule mit mir umgehen wird, und schlafe ich ein.

Kapitel 9

„Und ihr saßt tatsächlich zusammen im Auto, ohne euch die Augen auszukratzen?", fragt Charly nun schon zum zehnten Mal, während Andre und ich einen Baum für die Bühne aufstellen.

Ich verdrehe die Augen, weil Charly und Benja mich ungläubig ansehen. „Ja, wirklich! Ich denke, wir sind jetzt wieder Freunde."

Benja schüttelt den Kopf. „Das kann ich mir nicht vorstellen. Nach vier Jahren purem Hass und Verachtung ist alles vergessen? Nach einer Nacht, in der ihr mal ein bisschen geredet habt?"

„Ich sagte doch, dass ich selbst nicht verstehen kann, wie so was passieren konnte", sage ich locker und werfe Charly ihre Perücke zu, die auf einem Stuhl lag. „Aber ist doch auch vollkommen egal. So ist es auch ruhiger während des Theaterkurses, wenn er hier ist."

„*Wenn* er mal endlich hier ist", sagt Benja und sieht auf seine Armbanduhr. „Er ist bereits dreizehn Minuten zu spät."

„Er kommt öfter zu spät, wahrscheinlich hat er einfach verschlafen oder so."

„Wie bitte?", sagt nun Charly und sieht mich mit gerunzelter Stirn an, während sie sich die blonde Perücke über ihre schwarzen Haare aufsetzt. „Du rechtfertigst ihn auch noch? Hat dir Brandon das Hirn weggeknutscht?"

Ich sehe sie böse an und stemme die Hände in die Hüften. „Was? Ich habe doch nur gesagt, dass …"

Ich werde durch den lauten Knall der Eingangstür unterbrochen und alle drehen sich in die Richtung der

Tür. Harry kommt mit schweren Schritten und schlecht gelaunter Miene in den Raum gelaufen.

„Von wegen, nun ist es ruhiger", murmelt Benja und verschwindet hinter der Bühne, weil er sich den grimmigen Harry nicht antun will.

Ungewiss darüber, wieso Harry hier einfach so reinplatzt und mit solch einer Miene umherläuft, verfolge ich seine Schritte vorbei an den Zuschauerstühlen in die erste Reihe, wo er aggressiv seine Tasche zu Boden schmeißt. Anscheinend hat er es nicht nötig, mich zu grüßen.

„Hey", grüße ich ihn deswegen und gehe vorsichtig an den Rand der Bühne.

Es ist unverkennbar, dass alle anderen sich lieber in ihren Ecken verstecken, als sich hier in diese Szene einzuklinken.

„Wieso bist du zu spät gekommen?", frage ich Harry, als er nichts erwidert.

„Das muss dich nicht interessieren", feuert er zurück und setzt sich, weit nach hinten gelehnt, auf einen der Sitze. „Sag mir einfach, was ich tun soll, damit dieser Müll hier schnell rum geht."

Wie vor den Kopf gestoßen blicke ich ihn an. „Wie bitte?" Ist er auf Drogen?

„Du hast mich verstanden." Seine Augen funkeln wie ein böses Feuer. „Also. Sag mir, was ich tun soll."

Und wie auf Knopfdruck ändert sich meine Ansicht. Ich merke schnell, dass nicht mehr der Harry von Samstagnacht vor mir sitzt, sondern der Harry, der er eigentlich ist. Harry, Mister Ich-bin-zu-cool-für-die-Welt. Wie hätte es auch anders sein können? Und ich dachte ernsthaft, wir könnten wieder Freunde sein? Es klingt ja beinahe schon erbärmlich, wie ich mir ständig Gedanken darüber gemacht habe.

„Okay", sage ich deswegen wütender, doch gleichzeitig noch beherrscht, denn ich lasse mich nicht ein weiteres Mal dazu bringen, ihn anzuschreien, nachdem ich mir peinliche Hoffnungen machte, alles könnte wie früher sein. Denn er beweist mir, dass nichts wie früher sein kann. „Da du es anscheinend nicht für nötig gehalten hast, pünktlich zu kommen, waren wir gezwungen, die Arbeit zu tun, die du eigentlich tun solltest. Deswegen wirst du hier sitzen bleiben. Für die nächsten zwei Schulstunden."

Harry sieht mir tief in die Augen und scheint gar nicht zu versuchen, mich nicht mit seinem Blick aufzuspießen. Es zeigen sich tiefe Schatten unter seinen Augen, aber das ist mir egal. Er ist mir egal.

Doch ich kenne diesen Blick bereits. Es ist die alte Leier. Er will dieses verdammte Spiel weiterspielen, das kann er haben. Ein zweites Mal werde ich mich nicht so weichklopfen lassen und denken, es könnte doch noch etwas von dem alten, besseren Harry in ihm stecken.

„Und denk bloß nicht, dass ich dich wieder rausschmeiße, damit du gehen kannst", füge ich noch hinzu und drehe mich von ihm weg. „Das war das erste und letzte Mal. Halt am besten die ganze Zeit deine Klappe, denn was Produktives kommt bei dir sowieso nicht raus und jetzt ..." Ich laufe in Richtung der Umkleiden hinter der Bühne. „Sei still und stör unsere Probe nicht." Angespannt laufe ich hinter die Bühne, wo ein paar unserer Schauspieler mit Benja und Charly stehen, die sich alle auf die Probe vorbereiten. Alle stoppen in ihren Vorbereitungen, als ich durch den kleinen Gang zu ihnen laufe. Man merkt mir wohl an, dass etwas absolut nicht stimmt.

Doch ich darf das alles nicht schon wieder an mich heranlassen. Ständig wegen Harry wütend zu sein, macht auf Dauer keinen Sinn und deswegen muss ich mich auf die Dinge konzentrieren, die momentan am wichtigsten sind. Und das ist das Theaterstück, das in drei Wochen fertig sein muss.

„Lara", sage ich, als mich immer noch alle anstarren.

Lara, unser kleines Mauerblümchen, schreckt auf und sieht mich an, als wäre ich ihre Chefin.

„Bist du fertig? Ich würde gerne anfangen."

Sie nickt eifrig und rückt noch mal ihr Kleid zurecht, das Benja extra für das Stück gekauft hat. Lara spielt Henriette, den Hauptcharakter in meinem Stück. Es hat uns alle gewundert, dass sie sich überhaupt auf die Bühne getraut hat, immerhin ist sie extrem schüchtern. Doch schauspielern kann sie eigentlich gut. Zumindest ist sie die Beste in unserer Gruppe.

„Okay", sage ich seufzend und winke alle zur Bühne, die dort hinmüssen. „Wir spielen Szene vier, wie besprochen. Lara, John, ihr wisst ja, wo ihr steht."

Lara und John stellen sich auf ihre Positionen und ich geselle mich zu Benja an den Bühnenrand, damit wir alles von außen betrachten können. Ich beginne, einen tiefen Kopfschmerz zu spüren, weswegen ich mir gestresst die Schläfen reibe, um mich besser konzentrieren zu können. Dass Harry auch noch hier im selben Raum sitzt und uns zuguckt, macht mich noch gereizter.

„Alles okay?", flüstert Benja mir zu und sieht mich mit seinen blauen Augen skeptisch an.

Ich nicke nur und atme durch. „Ja, geht schon. Ich habe Kopfschmerzen."

„Können wir anfangen?", fragt Lara mich vorsichtig, als sie schon mit John auf ihren Plätzen zwischen den Pappbäumen steht.

„Ja, ihr könnt anfangen."

Sie nickt und dreht sich von John weg, der sich räuspert, um die Szene zu beginnen. Lara setzt ein trauriges Gesicht auf und faltet ihren Zettel mit dem Text auseinander.

„Henny", sagt John traurig, genauso wie es im Skript steht, und geht vorsichtig einen Schritt auf sie zu. „Vergib mir, meine liebe Henny ... Ich kann nicht sein, wenn Ihr mich verlasst."

Lara seufzt und schiebt Johns Hand, die auf ihrer Schulter lag, von sich. „Nenn mich nicht Henny, Victor ... Ihr nanntet mich so, als ich noch dachte, Ihr wolltet mich, doch nun weiß ich, Ihr liebt eine andere. Ich kann Euch diese Schandtat, die mein Herz brach, niemals vergeben."

John wirkt noch trauriger und kommt Lara bittend wieder einen Schritt näher, die ihm noch geknickt den Rücken zudreht. „Ich liebe sie nicht", sagt er zu ihr. „All die Jahre wollte ich immer nur Euch. Ihr seid meine Liebe, meine Muse ... Diese Frau bedeutete mir nichts. Sie war ein Fehler und ich bereue jede Sekunde, die ich mit ihr verschwendete. Henriette, ich wollte immer nur Euch."

Jetzt dreht Lara sich mit einer Träne im Auge um. Weinen auf Knopfdruck konnte sie schon immer gut. „Wie könnt Ihr sagen, ich sei Eure Muse, wenn Ihr doch begehrtet die Lippen einer anderen? Mein Herz weiß nicht, wie es denken soll, seitdem ich sah, wie Ihr sie ..." Lara dreht sich wieder weg und schließt die Augen. „Ihr müsst gehen, Victor ... Mein lieber Victor."

John sieht wieder traurig auf Laras Rücken. „Ihr wollt wirklich, dass ich gehe?"

„Ja", haucht Lara und schnieft. „Unser ‚Für immer' ist nicht länger von Bedeutung."

„Aber Henriette ... Ich liebe Euch."

Nun hebt Lara überrascht den Kopf und sieht über ihre Schulter zu ihm.

Ich liebe es, wie gut sie das alles spielen kann.

„Was redet Ihr da?", spricht sie zu John und dreht sich zu ihm um.

John sieht ihr tief in die Augen. „Ich sagte, ich liebe Euch, Henriette."

Und nun spiegelt sich perfekt in Laras Augen wider, wie verliebt ein Mensch gucken kann, wenn er diese drei Worte von dem Geliebten hört. „Ihr sagt, Ihr liebt mich?", sagt sie zu John.

Mein Blick fällt unauffällig zu Harry, der noch immer mit verschränkten Armen und breitbeinig auf einem Platz im Publikum sitzt. Mich interessiert sein nachdenklicher Ausdruck nicht.

Doch dann sehe ich wieder zu John, der auf Lara einen Schritt zugeht. „Ja, Henny ... Ich liebe Euch. Ich liebe Euch, wie den Tag und wie die Sonne, die lässt Eure Haut strahlen. Erlaube mir, dich ewig zu lieben, meine liebe Henny ... Ich werde dich glücklich machen."

Und dann lächelt Lara, wie geschrieben. „Oh, Victor", sagt sie glücklich. „Ich liebe Euch auch, mein lieber Victor." Sie geht auf John zu, um mit dem Kuss das Stück zu beenden.

„Was zur verdammten Hölle soll diese Scheiße sein?", hält sie jedoch eine hallende Stimme auf und alle Köpfe schwenken nach rechts zu Harry, der noch immer auf dem Sessel im Publikum sitzt und ungläubig zu uns sieht.

Lara und John sehen zu mir, weil sie nicht wissen, was sie sagen oder machen sollen.

Deswegen rufe ich genervt zu Harry: „Gibt's ein Problem, Mister?"

Harry lacht ironisch auf und steht auf. „Ob es ein Problem gibt?" Er geht durch die Reihe und läuft auf die Bühne zu. „Wer hat diesen Dreck geschrieben?"

„Äh", sage ich fassungslos und verfolge seine Schritte, mit denen er der Bühne näher kommt. „Ich. Deswegen nennst du meine Texte gefälligst nicht mehr Dreck!"

Er läuft die Treppe zur Bühne nach oben und schüttelt fassungslos den Kopf. „Das ist der unlogischste Schwachsinn, den ich je gesehen habe, und ich habe Filme wie *Sharknado* geguckt. Wer, zur Hölle, springt einem sofort um den Hals, der einen betrogen hat, nur weil er sagt, er liebt sie?"

Ich werde wütend. Nun kritisiert er auch noch mein Stück? Das, wofür ich ganze Nächte durchgeschrieben habe, um es zu perfektionieren. Will er es darauf anlegen, dass ich ihm eine knalle oder ist er einfach lebensmüde?

„Henriette, falls du es noch nicht gemerkt hast!", sage ich deswegen aufgebrachter und zeige auf Lara, die stocksteif auf der Bühne steht und – wie die anderen auch – nicht zu wissen scheint, was sie tun soll.

Harry bleibt mir drei Meter gegenüber auf der Bühne stehen und verschränkt die Arme. „Ach ja? Dann muss Henriette ja wirklich strohdumm sein. Niemand würde so handeln wie sie, das ist absoluter Unfug."

„Du weißt es anscheinend besser", meckere ich. „Wie sollte sie denn deiner Meinung nach reagieren, hm?"

„Na ja, wie wäre es mit: Fick dich, du hast mich betrogen, du Wichser, verpiss dich und ich hoffe, du bekommst Genitalherpes von dieser Schlampe?"

Entsetzt schnappe ich nach Luft und auch Benja beginnt neben mir, vor Schreck zu husten, wodurch er sich auf die Brust klopfen muss. „Geht's noch?", frage ich Harry. „Das hier ist ein Theaterstück und kein Hollywoodfilm! Zufällig liebt Victor Henriette wirklich und das weiß sie nun! Wieso sollte sie ihm nicht verzeihen?"

Harry hebt unbeeindruckt von meiner Rage eine Braue. „Ist das dein scheiß Ernst? Victor fickt eine andere und du lässt zu, dass sie am Ende rummachen und sich auf ewig lieben? Niemand würde ihm verzeihen, mal ganz davon abgesehen, dass natürlich wieder nur der Mann in dem Stück fremdgeht. Warum geht denn nicht Henriette fremd? Warum immer die Männer?"

Ich spüre schon, wie mein Kopf rot wird und für einen kurzen Augenblick vergesse ich meine Kopfschmerzen. „Statistisch gesehen gehen Männer öfter fremd als Frauen und außerdem ist Henriette keine Schlampe, die umhervögelt!"

„Und Victor soll die Schlampe sein? Ich dachte, er liebt sie so? Wieso sollte er eine andere vögeln?"

„Weil er eben ein Mann ist!", sage ich wütend und so laut, dass es durch den ganzen Raum hallt.

Jeder sieht uns zu, doch das ist mir egal. Harry kann sich nicht alles erlauben, vor allem nicht hier.

„Das ist der Grund?", feixt Harry. „Weil er ein Mann ist, bumst er eine andere? Und dann soll ihm Henriette auch noch verzeihen nach einer mickrigen Liebeserklärung? Wie primitiv."

„Er hat sie seine Sonne genannt!", verteidige ich mein Stück.

„Er könnte sie seine verfluchte Herzklappe nennen, es wäre nicht weniger idiotisch!" Nun wird auch Harry lauter. „Fakt ist, dass das alles hier nur vor Naivität trieft und das ist Scheiße! Ich bin nur Zuschauer und wollte John sofort ins Gesicht hauen, dafür dass er so einen Schwachkopf spielt, und dann wollte ich auch noch Henriette von der Bühne schubsen, weil sie so verdammt stupide ist! Ist es *das*, was du in deinen Zuschauern hervorrufen willst? Hass auf die Protagonisten?"

Ich balle die Fäuste und stampfe auf. „Nenn mein Stück gefälligst nicht idiotisch! Du weißt doch gar nicht, wie es ist, so hintergangen zu werden oder jemanden richtig zu lieben! Henriette und Victor verkörpern wahre Monogamie und davon hast du keine Ahnung! Misch dich gefälligst nicht ein, wenn du keine Ahnung von irgendetwas hast, klar?"

„Keine Ahnung von irgendetwas?", brüllt mich Harry an und kommt mir einen Schritt näher. „Victor wird eine weitere Schlampe ficken, weil er ganz genau weiß, dass Henriette strohdumm ist, und das weiß auch jeder Zuschauer, nachdem man genaustens beobachten durfte, wie verdammt leichtgläubig diese Alte ist! Es wäre realistischer gewesen, hätte sie ihm einen Kopfschuss gegeben!"

„Vielleicht liebt sie ihn ja!", brülle ich zurück. „Schon mal *darüber* nachgedacht?"

„Vielleicht sollte sie ihn ja auch genau deswegen verlassen!"

„Okay, stop!", brüllt nun Benja ungewöhnlich laut für seine Verhältnisse und stellt sich zwischen uns. Er hebt seine Hände, um zwischen Harry und mir mehr Abstand zu schaffen. „Verdammte Scheiße, was geht denn mit euch ab? Das hier ist nur ein verdammtes Theaterstück!"

„Harry hat angefangen!", stelle ich sofort klar und zeige auf Harry, der die Augen verdreht.

„Tut mir leid, dass ich dachte, wir leben in einer Demokratie und in keiner Violet-Berrymore-Diktatur", sagt Harry. „Ich habe lediglich meine Meinung gesagt, jetzt wo ich hier sowieso die nächsten Wochen rumhängen muss."

Nun stöhnt Benja genervt auf. „Es ist mir so was von egal, wer angefangen hat oder was für Probleme ihr habt, aber stört dadurch nicht unsere Proben. Violet, du weißt, wie wichtig das für uns ist und die Zeit wird knapp. Außerdem –"

„Entschuldigung", unterbricht Lara Benja mit ihrer leisen Stimme und hebt schüchtern die Hand.

Wir alle sehen sie an.

„Ich würde gerne etwas sagen", fiept sie. „Wenn es niemanden stört."

„Du kannst reden, wann du willst, Lara", sage ich zu ihr und gebe ihr ein Zeichen zu reden.

Doch Harry singt leise vor sich hin: „Diktatuhuur."

Ich will ihm ins Gesicht treten, allerdings räuspert sich Lara und atmet tief ein und aus, um anfangen können zu reden. Ein Wunder, dass sie auf der Bühne ihren Text über die Lippen bekommt, in echt aber Angst vor allem hat. „Um ehrlich zu sein, fand ich das, was Harry gesagt hat ... also ... ich fand das gar nicht so schlecht."

Überrascht hebe ich die Brauen. Und Benja auch. Harry auch.

„Also", führt Lara fort, als sie merkt, dass keiner darauf antwortet. „Ich meine, keine Ahnung ... Vielleicht sollten wir das Stück wirklich realistischer machen. Ich spiele zwar Henriette, aber kann viele Verhaltensweisen von ihr nicht nachvollziehen."

Verhöre ich mich gerade? Sie gibt Harry recht?

„Ich stimme zu", sagt nun Andre, der neben der Bühne steht. „Das alles war sowieso viel zu kitschig."

„Und außerdem könnte wirklich mal die Frau fremdgehen", fügt nun Charly hinzu, die sich mittlerweile mit auf die Bühne gestellt hat.

Entgeistert sehe ich sie an. Auch sie stellt sich auf Harrys Seite? Bin ich hier im falschen Film?

„Und wir haben ja noch drei Wochen Zeit", sagt nun Lara wieder und sieht mich unsicher an. „Vielleicht könnten wir ... Also vielleicht können wir ja zusammen mit Harry ein paar Änderungen am Stück vornehmen."

Ich kann es nicht glauben. Ich will es nicht glauben. Ich saß verdammte Tage an diesem Stück und dann wollen sie es ändern, nur weil Harry ein paar doofe Sprüche losgelassen hat? Wie oft will dieser Kerl mein Leben eigentlich noch auf den Kopf stellen?

Ich muss Harrys selbstgefälligen Blick ignorieren, damit ich auch nicht auf die Idee komme, ihn direkt rauszuschmeißen, weil ich keinen Ärger mit Misses Heath haben will. Allerdings sage ich nichts auf all das. Ich bin einfach zu entsetzt.

„Ich kann Harry zwar absolut nicht ausstehen", schaltet sich nun John widerwillig ein. „Aber er hat trotzdem recht. Wir sollten so einiges ändern."

Benja sieht erwartungsvoll zu mir und jeder scheint auf meine Meinung zu warten. Doch ich stehe nur stocksteif da. Was soll ich auch tun? Jetzt zu sagen, ich will nicht, dass Harry in diese ganze Sache involviert wird, während alle anderen dafür sind, wäre falsch. Und außerdem bin ich keine Diktatorin. Ich bin so was von demokratisch, deswegen sage ich gegen meinen Willen seufzend: „Okay."

Alle lächeln zufrieden und ich beginne schon jetzt, meine Entscheidung zu bereuen, als ich Harrys gehässiges Grinsen sehe. Mal wieder hat er bei so was gewonnen. Ich verachte ihn dafür nur noch mehr.

Benja kommt zufrieden auf mich zu und klopft mir liebevoll auf die Schulter, weil meine eigene trotzig nach unten hängt. „Kopf hoch, es sind nur ein paar Wochen. Und du weißt, dass Harrys Meinung in solchen Sachen, oftmals nicht die falsche war."

Schon zum vierten Mal sehe ich ungeduldig auf die tickende Uhr an der Wand des Klassenzimmers, in dem Harry und ich gemeinsam nachsitzen müssten. Wir *müssten*. Wäre er hier. Die Stunde hat um zwei Uhr begonnen und es ist bereits zehn nach zwei. Fünf Minuten zu spät kommen, ist in Ordnung, solange es einmal passiert, aber er kommt immer und überall zu spät. Wahrscheinlich kommt er gar nicht mehr.

Es nervt mich.

Ich lasse mich hier nicht wie der letzte Vollidiot sitzen, bereite den ganzen Lernstoff für ihn vor und dann erscheint er nicht, weil er denkt, er hat Wichtigeres zu tun. Ich warte weitere sieben Minuten und dann reicht es mir. Wenn er denkt, er kann so mit mir umspringen, hat er sich geschnitten.

Zuerst versuche ich, ihn per Handy zu erreichen. Seine Mailbox.

Ich schreibe ihm eine Nachricht, dass er gefälligst hier aufzutauchen hat, doch wieder kommt nichts.

Und dann beschließe ich, eine andere Schiene zu fahren. Ich packe meine Sachen zusammen, verlasse heimlich das Schulgebäude und mache mich auf den Weg zu ihm nach Hause. Harry hat mir heute schon die Theaterstunden mit seinem Neunmalklugverhalten versaut, noch mal tue ich mir das nicht an. Und wenn er meint, er ist zu cool, um nachzusitzen, dann komme ich zu ihm nach Hause. Hoffentlich ist er nicht da, damit ich mal mit seinen Eltern sprechen kann.

Ich bin mir ziemlich sicher, ihnen wird nicht gefallen, dass Harry die Schule schwänzt. Wenn nämlich ein Elternpaar streng ist, dann sind es Harrys Eltern. Zumindest kenne ich sie nur so. Ich fange jedes Mal an, meine Mutter zu schätzen, wenn ich seine Mutter und seinen Vater antreffe. Vor allem seine Mutter, sie ist noch schlimmer. Hoffentlich öffnet sie mir die Tür, damit ich sie mit einem „Guten Tag, Misses Perlman, Ihr Sohn schwänzt die Schule, darf ich reinkommen?“ begrüßen kann.

Schließlich komme ich an seinem Haus an, was übrigens in der Villenstraße steht. Ich habe selten solch ein schönes Haus wie das der Perlmanfamilie gesehen, aber ich habe mich bereits daran gewöhnt, seit ich kleiner bin und jedes Wochenende hier übernachtete. Mir fällt auf, dass der Garten nicht mehr so schön bepflanzt ist wie früher und viele Blumen am Verwelken sind, aber mit

Sicherheit hat sich sowieso so einiges geändert. Jahrelang war ich hier schon nicht mehr. Man könnte sagen, ich bin aufgeregt. Zumindest ein bisschen.

Ich klingele an der Haustür, auf der Perlman eingraviert ist. Es regt sich erst nichts, doch dann höre ich klackernde Schuhe und einen schrillen Schrei, der „Harry, kannst du vielleicht ein einziges Mal die Tür öffnen?“ ausruft und sofort wird mir klar, dass Harry wohl zu Hause sein muss, wenn seine Mutter ihm so was zuschreit. Sie klingt noch genauso ätzend wie früher.

Die Tür wird geöffnet und Anette, Harrys Mutter, sieht mich – mit leicht gestresstem Ausdruck – an. Sie hat blond gefärbte Haare, mit einem leichten Ansatz und noch dazu trägt sie einen perfekt anliegenden Hosenanzug in Hellblau. Ich wette, er ist maßgeschneidert.

„Violet", sagt sie überrascht und beginnt automatisch zu lächeln. „Was machst du denn hier?"

Guten Tag, Miss Perlman, Ihr Sohn schwänzt die Schule, darf ich reinkommen? So lautete doch mein Text oder?

Doch ich sage nur: „Hallo ... Ich, ähm, ich wollte –ist Harry da?"

Anette nickt seufzend und dann geht sie zur Seite, um mich hereinzulassen. „Er ist in seinem Zimmer." Sie schließt hinter mir die Tür und betrachtet mich von oben bis unten, während ich unbequem im Flur stehe. „Wie kommt es, dass du hier bist? Du warst ja schon Ewigkeiten nicht mehr bei uns."

„Harry und ich lernen …"

„Sag bloß, du und Harry seid wieder Freunde", unterbricht sie mich genauso wie früher. Ständig.

„Nein, also wir lernen …"

„Das freut mich wirklich zu hören", unterbricht sie mich erneut und schiebt mich ins Wohnzimmer. Sie grinst wie früher und ich hasse es auf Anhieb. Genauso wie früher. „William", ruft sie durch das Wohnzimmer zu Harrys Vater und zieht mich vorsichtig zu einer riesigen Couch. „Violet Berrymore ist mal wieder zu Besuch!"

Mir bleibt das Herz stehen, als ich Harrys Vater nach vier Jahren das erste Mal wieder zu Gesicht bekomme. Er liegt wie ein dürres Skelett mit bleicher Haut, tiefen Augenringen und leerem Gesicht auf der Couch und einer weißen Decke über dem Körper. Seine Haare sind fast nicht mehr vorhanden, nur noch Fusseln hängen ihm am Kopf.

Das hier ist William? Der William, mit dem Harry und ich früher Fußball im Garten gespielt haben?

Er sieht grauenvoll aus. Was ist mit ihm passiert?

Ich bekomme kein Wort heraus, als William seinen Kopf in unsere Richtung dreht und ein Lächeln sein Gesicht schmückt. Er wirkt weniger müde, als ich dachte, als er sagt: „Violet. Wie kommen wir zu der Ehre?"

„Ääh", stottere ich mit krächzender Stimme und versuche die Fragezeichen in meinem Kopf zu vergessen. „Also, ähm, Harry und ich lernen immer zusammen und ... Ich wollte deswegen zu ihm."

William richtet sich ein wenig auf, wodurch seine nackten Arme unter der Decke hervorkommen und man sieht ihm an, dass er krank ist. Ich verstehe die Welt nicht mehr. „Harry lernt", lacht William mit brummiger Stimme auf und lehnt sich stöhnend nach hinten an die Sofalehne. „Dass ich das noch erleben darf."

Ich nicke nur, weil ich zu bestürzt von Williams Erscheinung bin.

Anette neben mir sieht auf ihre Armbanduhr. „Oh, schon so spät, ich muss unbedingt wieder an die Arbeit." Sie d rückt mich zur Treppe und öffnet dann die Haustür. „Tschüss, Liebling, und tschüss, Violet! Richte meinem Sohn mal schöne Grüße aus, damit er nicht vergisst, dass er noch eine Familie hat."

Blinzelnd lässt sie mich mit Harrys Vater im Wohnzimmer stehen und knallt die Tür zu. Ich rege mich kein Stück, weil ich zu perplex bin. Ich kann immer noch nicht glauben, in welcher Verfassung William ist. Das letzte Mal habe ich ihn gesehen, da sah er noch gesund und munter aus, hatte genug auf den Rippen und volles dunkles Haar. Heute erkenne ich ihn kaum wieder.

„Harry ist wahrscheinlich in seinem Zimmer", ertönt Williams Stimme von der Couch und ich erwache aus meiner Starre, traue mich fast nicht, ihn anzusehen. Er legt sich wieder seufzend hin und schließt die Augen. „Sag ihm, er soll runterkommen, damit er sich um mich kümmern kann, nachdem seine Mutter weg ist. Er braucht gar nicht erst versuchen, sich zu drücken."

Ein wenig schockieren mich seine Worte und mit welchem Ton er sie ausspricht. Ich wusste, dass William eine disziplinare Persönlichkeit hat, aber ob man so noch sein sollte, wenn man so krank ist wie er? Ich bin mir nicht sicher, ob ihm das guttut.

Doch ich nicke schnell und greife nach dem Treppengeländer. „Okay, Mister, ähm, Mister Perlman."

Ich will die Treppen hoch, doch William sagt noch lächelnd: „Violet, du kennst mich schon, seit du geboren wurdest, nenn mich ruhig Willy wie früher."

Wieder nicke ich einverstanden. „Okay ... Ich werde jetzt hochgehen. Also zu Harry."

„Mach das, aber vergiss nicht, ihm zu sagen, dass er gefälligst runterkommen soll."

Schwer schluckend nicke ich wieder und dann laufe ich auch schon mit schnellen Schritten die Treppe nach oben. Ich weiß noch ganz genau, wo Harrys Zimmer ist, weswegen ich direkt die Tür ganz links ansteuere. Ich greife nach dem Türgriff und reiße die Tür auf, ohne Rücksicht auf irgendetwas. Die Sache mit William kratzt mich zu sehr auf.

Und sofort sehe ich Harry, der mit den Händen hinter dem Kopf verschränkt auf seinem Bett liegt, Kopfhörer in seinen Ohren hat und mit geschlossenen Augen taktgleich zu der Rockmusik mitwippt, die man leise hören kann. Anscheinend ist seine Musik so laut, dass er nicht mal meinen explosionsartigen Aufmarsch in seinem Zimmer mitbekommt.

Deswegen schließe ich die Tür hinter mir und nutze die Chance, mich in seinem Raum umzusehen. Es hat sich so einiges geändert. Früher hatte er Spielzeugautos in seinen Regalen stehen, heute sind es leere Energydrinkdosen, irgendwelche Bücher, Filme und Musikboxen. Ist das eine leere Zigarettenschachtel?

Trotzdem wünschte ich, ich besäße sein Zimmer. Es ist riesig im Vergleich zu meiner kleinen Abstellkammer zu Hause. Er hat riesige Fenster und noch dazu einen Plasmafernseher an der Wand. Harry hat wirklich alles, was er braucht. Einen iMac auf dem Schreibtisch, dann noch einen Laptop, bei dem der Stand-by-Modus angeschaltet ist. Es herrscht eine leichte Unordnung, doch ich bin mir sicher, dass er es gar nicht richtig schafft, alles unordentlich zu machen, weil täglich eine Putzfrau vorbeischneit, die wieder für Ordnung sorgt.

Schließlich wende ich mich wieder an Harry, der immer noch seelenruhig auf seinem Bett liegt und seine Musik hört. Wie kann er es sich erlauben, so gelassen hier zu liegen, während er eigentlich in der Schule sein sollte, um zu lernen? Es scheint ihn wirklich absolut nicht zu interessieren.

Ich setze mich auf seinen scheißbequemen Schreibtischstuhl und greife mir einen Wutball, der auf seinem Tisch liegt, um ihn nach Harry zu werfen, damit er mich endlich bemerkt.

Der Ball trifft Harrys Kopf und sofort schreckt er auf. Er setzt sich ruckartig auf und reißt sich die Kopfhörer aus den Ohren, wodurch man seine Musik noch lauter hört. Schwer atmend entdeckt er mich und sofort ist er wütend. „Hast du sie noch alle?", keift er mich an. „Was zur Hölle hast du hier zu suchen?"

Ich lehne mich nur unbeeindruckt von seiner Wut zurück. „Ich dachte, wenn du schon nicht zum Nachsitzen in die Schule kommst, kommt das Nachsitzen eben zu dir."

Harry atmet genervt aus und setzt sich auf seine Bettkante, während er an seinem Handy die Musik ausschaltet und es dann weglegt. „Ich konnte nicht zum Nachsitzen bleiben."

„Das habe ich gemerkt. Du scheinst alle Hände voll zu tun zu haben."

Er stemmt gestresst seinen Kopf in seine Hände. „Violet, verschwinde. Du kannst nicht einfach bei mir auftauchen. Wie kommst du überhaupt hier rein?"

„Deine Mutter hat mich reingelassen", sage ich beiläufig, während ich sein Zimmer noch ein wenig betrachte und mich mit dem Schreibtischstuhl drehe. Mein Blick fällt auf ein Poster von Kurt Cobain. „Und dein Vater will, dass du –" Ich stoppe in meinem Satz. Harrys Vater. Ich drehe mich wieder zu Harry und all meine Gehässigkeit ist verschwunden.

Harry sieht mich mit den Ellenbogen auf den Knien an. „*Was* will er?"

Ein kleiner Kloß wächst in meinem Hals, als ich an Williams Gestalt denke. „Er, ähm, er wollte, dass du zu ihm – Harry, was hat dein Vater?", platze ich einfach mit der Frage heraus.

Harry steht auf und steckt sich sein Handy in die Hosentasche. „Kann dir egal sein, weswegen du jetzt wieder gehen wirst."

„Du willst mich rausschmeißen?"

„Ja. Ich werde auch gehen, deswegen hast du hier nichts mehr zu suchen." Er schnappt sich seine Jacke, die über einem Stuhl neben seinem Bett liegt, und zieht sie sich an. „Außer natürlich du willst ein paar nette Stunden mit William verbringen."

Ich bin überrascht davon, dass er beschließt zu gehen, während er doch genau weiß, dass er seinem Vater helfen soll. „Aber dein Vater meinte, dass du zu ihm kommen sollst, um ihn zu versorgen", sage ich deswegen und sehe zu, wie er sich seine schwarzen Schuhe anzieht.

„Schön für ihn, ich werde trotzdem gehen." Harry öffnet seine Zimmertür und ich bleibe verdutzt von seinem Verhalten sitzen, weswegen er sich zu mir dreht. „Violet", drängt er mich ungeduldig.

Seufzend stehe ich auf, weil mir sowieso nichts anderes übrig bleibt. So viel zum Nachsitzen und Lernen. Mal wieder läuft es nicht so, wie ich mir das vorgestellt hatte, allerdings war mir die letzte Variante, in der wir uns ständig angemeckert haben, lieber als diese hier, in der Harry vor seinem kranken Vater flüchtet.

„Harry!", ruft William mit kratziger Stimme durch das Wohnzimmer, als wir die Treppe herunterlaufen. Er klingt zornig. „Komm gefälligst her, deine Mutter hat dir schon vor einer halben Stunde gesagt, du sollst endlich aus deinem Zimmer kommen!“

Ich bleibe im Flur vor der Haustür stehen, während Harry mit neutralem Ausdruck in die Küche geht und in ein paar Sachen herumwühlt.

„Harry!", meckert William wieder laut und hustet daraufhin kläglich. „Du weißt, dass du zu erscheinen hast, wenn deine Mutter weg ist! Wie oft sollen wir dir das noch sagen?"

Harry knurrt in der Küche etwas Unverständliches vor sich hin und dann verfolge ich auch schon seine Schritte ins Wohnzimmer zu seinem Vater, während er ein Tablett mit einer Tasse, einem Teller und einer Box liegen hat. Er stellt es unsanft auf den Tisch vor der Couch, worauf die Tasse umfliegt, und richtet sich dann angespannt wieder auf. „Hier. Sonst noch was?"

„Sonst noch was", wiederholt William kopfschüttelnd und richtet sich mehr auf, um sich an die Lehne des Sofas zu lehnen. „Irgendwann wird dich deine freche Ader noch um die Ecke bringen, du undankbares Kind. Und jetzt reich mir den Tee oder soll ich ihn mir selbst holen?"

Wie automatisch greift sich Harry die Tasse, die er umgeschmissen hat, stopft einen Teebeutel hinein und füllt dann von der Teekanne, die er in der Küche angerichtet hat, Wasser hinein.

„Violet", sagt William, während ich konsterniert zusehe, wie Harry seinem Vater den Tee macht. „Meine Frau hat mich eben angerufen und mich gebeten, dich zu fragen, ob du, deine Mutter und deine Schwester Lust auf ein gemeinsames Essen haben. Es war ein spontaner Einfall."

„Ich muss meine Mutter fragen", sage ich mit heiserer Stimme, weil ich so fassungslos von alldem bin. „Sie wird sich mit Sicherheit melden."

William nickt zufrieden und dann reicht ihm Harry auch schon die Tasse. Doch William sieht nur mit erhobener Braue auf die Tasse und dann zu Harry hinauf. „Was soll das?"

Harry runzelt die Stirn. „Was?"

„Du hältst mir nicht den Henkel hin? Willst du, dass ich mich verbrenne?"

Ich sehe genau, wie Harry aggressiv die Lippen aufeinanderpresst und dann dreht er die Tasse so in seiner Hand, dass er nun die glühend heiße Seite in der Hand hält, damit sein Vater zufrieden ist.

William nimmt sich jedoch immer noch nicht die Tasse, sondern sieht seinen Sohn mit zusammengekniffenen Augen an. „Na, tut es weh? So hätte es sich angefühlt, wenn ich sie genommen hätte, weil du zu unfähig bist, mir ordentlich den Tee zu servieren."

Ich kann nicht glauben, was ich hier gerade sehe. Was ist mit William los? So kenne ich ihn nicht. Er war immer streng, aber das hier geht zu weit.

„Nimm es endlich", presst Harry zwischen seinen Zähnen hervor und hält William weiterhin die Tasse entgegen.

Letzten Endes nimmt sich William die Tasse, wirkt jedoch nicht weniger erbost. Harry ballt die Hand, mit der er die Tasse gehalten hat. Sie ist sichtlich errötet.

„Irgendwann wirst du es lernen", sagt William und nippt an dem Tee. „Nicht mal vor Violet kannst du dich wie ein Mensch verhalten."

Ich würde gerne einspringen und William sagen, dass er sich nicht vor mir benehmen braucht und Harry schon immer ein besserer Mensch war als er, doch dann fällt mir ein, dass Harry und ich keine Freunde mehr sind und uns nicht mal ansatzweise mögen. Ich darf die Fakten nicht vergessen.

„Ich werde gehen", sagt Harry nur darauf und dreht sich von seinem Vater weg. Er kommt mit schnellen Schritten auf mich zu. „Und ich werde vor heute Nacht nicht nach Hause kommen, also nervt mich nicht." Er drückt mich die Haustür nach draußen und ich höre William etwas rufen, allerdings knallt Harry bereits die Tür hinter uns zu.

Ich stehe total überfordert mit alledem vor seinem Haus, während er stapfend zu seinem Auto läuft, das im Hof steht. „Harry, warte mal!", rufe ich und folge ihm schnell.

„Ich will nichts hören", ruft er mir geladen zu. „Geh einfach nach Hause und dann reden wir nie wieder darüber!"

Doch so schnell lasse ich mich nicht abwimmeln. Es geht hier immerhin nicht nur um die Sache mit seinem Vater, sondern auch um die Schule. Deswegen bin ich doch hier. „Du schwänzt trotzdem noch die Schule!", sage ich deswegen, während er schon seine Autotür aufreißt. „Du kannst nicht ständig das Nachsitzen verweigern! Misses Heath bringt uns um und außerdem stehst du kurz davor, von der Schule geschmissen zu werden, schon vergessen?"

Allerdings hört Harry keine Sekunde auf mich und steigt in seinen schwarzen Wagen. Er knallt die Tür lautstark zu und unmittelbar danach startet er auch schon sein Auto.

„Hey!", rufe ich und klopfe wild gegen die Scheibe der Beifahrerseite. „Ich rede mit dir!"

Wiederholt tut er so, als würde er mich nicht hören, und fährt schnell rückwärts aus dem Hof heraus. Mal ganz davon abgesehen, dass er mir fast über den Fuß gefahren ist, kann er mir wenigstens eine ordentliche Ausrede sagen, womit ich Heath beruhigen kann, um zu erklären, weswegen er nicht zum Nachsitzen erscheinen konnte. Denn ich konnte mir schon beim letzten Mal eine Standpauke von ihr anhören, weil wir früher gegangen sind.

„Du fährst einfach weg?", schreie ich über den Klang des Motors zu Harry, der mittlerweile auf der Straße steht. Ich jogge zu ihm und stelle mich eiskalt vor seinen Wagen, weil er kurz steht. „Rede mit mir!"

Durch die Frontscheibe erkenne ich Harrys wütende Augen. „Geh von der scheiß Straße runter!", schreit er mir entgegen, doch ich höre seine Stimme nur leise.

„Nein!", schreie ich zurück und breite die Arme raus, damit er auch bloß keine Chance hat, zu entkommen. „Ich lasse nicht zu, dass ich wegen dir Ärger mit der Rektorin bekomme!"

„Violet! Ich fahre dich um!"

„Mach doch! Dann hast du noch mehr Ärger am Hals!"

„Alles klar!" Ganz, ganz langsam beginnt er nach vorne zu fahren.

Ich reiße die Augen auf. Er will mich wirklich umfahren? So war das eigentlich nicht geplant.

„Ich bewege mich nicht vom Fleck!", stelle ich klar, obwohl mein Herz mit jedem Meter, den er mir näher kommt, schneller pocht. „Diesmal gewinnst du nicht!"

Doch Harry kommt mir immer näher. Mittlerweile ist es nur noch etwas mehr als ein Meter. „Das ist deine letzte Chance!"

„Ich bleibe stehen!"

„Wie du meinst!" Und dann gibt er Gas.

Vor lauter Schock reagiere ich nicht schnell genug.

Kreischend lasse ich mich auf seine Motorhaube fallen, halte mich an den Seiten fest und das Nächste, das ich sehe, sind Harrys aufgerissene Augen, die mir direkt ins Gesicht starren, weil er wohl selbst nicht dachte, dass ich auf seiner Motorhaube lande.

„Halt an!", schreie ich ihm verzweifelt zu, weil ich spüre, wie meine Finger von den Seiten wegrutschen. „Halt an, halt an, halt an!"

Er schreit irgendwas, doch ich verstehe es nicht. Ich kneife die Augen vor Angst zu. Ich werde sterben, ich werde so was von sterben!

Doch dann spüre ich, wie er sein Auto nach links lenkt, direkt in die Wiese der Nachbarn. Er macht eine Vollbremsung, was mir absolut nicht zugutekommt.

Denn nun rutsche ich mit voller Wucht von der Motorhaube und rolle auf den Rasen, wodurch ich heftig auf dem Gesicht lande und schon das frischgemähte Gras in meinem Mund schmecken kann.

Heilige Mutter Maria. Wie trostlos mein Leben manchmal ist, denke ich mir, während ich wie eine flache Flunder auf dem Rasen liege und für drei Sekunden über mein Leben nachdenke.

„Verdammt!", höre ich Harry mit einem lauten Piepen in meinem Ohr schreien und wie er seine Autotür zuknallt. „Ich dachte, du gehst zur Seite!"

Ich rolle mich mit Schmerzen in meinem rechten Arm auf den Rücken und halte mir die Hand über den Ellenbogen. Das fühlt sich absolut nicht gesund an.

„Man, Violet", sagt Harry, der sich hektisch neben mich kniet und mich aufrichtet. „Wieso musst du nur jedes Mal so stur sein?"

Ich ziehe scharf die Luft ein, als ich versuche, meinen Arm zu bewegen, es allerdings einen höllischen Schmerz auslöst. „Mecker mich nicht an, du hast mich gerade umgefahren."

Harry seufzt und hält sich unruhig die Stirn, als er auf meinen Arm sieht. „Die letzten fünfundvierzig Sekunden war die ungeplantesten Sekunden meines Leben. Ich kann es nicht fassen."

Böse sehe ich ihn an. „Und ich kann nicht fassen, dass du mich *umgefahren* hast. Hoffentlich ist mein Arm gebrochen, damit du ein richtig schlechtes Gewissen hast."

„Glaub mir, das ist nicht mal nötig", sagt Harry und hilft mir auf die Beine. Vorsichtig nimmt er meinen Arm in die Hand und sieht darauf. „Oh Gott." Er reißt die Augen auf und blickt schlagartig weg. „Du blutest."

Als er sich auch noch die Faust über den Mund hält und beginnt zu schlucken, grinse ich. Harry hasst Blut. Ich weiß noch, wie er meiner Mutter mal in die Blumen gebrochen hat, weil meine Schwester einen Fahrradunfall auf der Straße hatte. „Das tut mir aber leid", sage ich gehässig und halte ihm noch mehr meinen Arm entgegen, worauf er sofort mehrere Schritte zurückgeht. „Du hättest mich nun mal nicht umnieten sollen."

„Violet, lass das", sagt Harry, doch er klingt, als müsste er sich jeden Moment wieder in den Blumen übergeben. „Ich bring dich zum Arzt, aber halt mir dieses Zeug vom Leib. Du weißt, dass …"

„Ja ja, schon klar." Ich folge ihm zu seinem Auto und sehe auf meine Wunde am Ellenbogen. Die Wunde an sich ist nicht sonderlich schlimm, es ist nur das viele Blut, das es heftig aussehen lässt. Viel übler dagegen ist der Schmerz am Knochen.

Harry und ich setzen uns in sein Auto und mir fällt auf, wie er ständig versucht, nicht auf meinen Arm zu sehen, als er den Motor startet. Er hat schon richtig viel Farbe aus seinem Gesicht verloren. „Tut es sehr weh?", fragt Harry mich mit dem Blick auf die Straße.

Ich nicke und muss feststellen, dass ich einen Blutfleck auf meinem cremefarbenen Rock habe. „Ja, ziemlich." Ich versuche, mich mit meinem linken Arm anzuschnallen, doch das gelingt mir nicht sonderlich gut, weil mein rechter Arm im Weg ist und dadurch der Schmerz durch meinen Körper zuckt. „Autsch", jammere ich kläglich und schließe die Augen, als ich den Gurt in den Anschnaller stecke. „Hoffentlich ist er nicht gebrochen." Wieder drehe ich meinen Arm so, dass ich die Wunde betrachten kann, worauf mich jede Menge Blut anguckt.

„Uää", ertönt sofort von Harry und kurz kommt er von der Straße ab, doch lenkt augenblicklich wieder geradeaus. „Mach das weg, das ist ja grauenhaft!"

„Du musst ja nicht gucken."

„Grandiose Idee."

Zehn Minuten später sitze ich auch schon in der Notaufnahme und wackle mit den Beinen, als ich auf einer Liege sitze und auf den Arzt warte, der mich versorgen soll. Harry sitzt total nervös auf einem Stuhl neben mir und wippt mit seinem Bein auf und ab. Er ist blass und ich bin mir sicher, wenn er könnte, würde er sich übergeben, aber das kann er nicht. Schon früher war ihm sein unnormal starker Ekel vor Blut unangenehm.

„Ich hasse Krankenhäuser", sagt er irgendwann und verdeckt sich die Augen, derweil er sich in dem Stuhl zurücklehnt.

„Ich auch. Es stinkt immer so nach Tod."

„Nicht nur das. Hörst du das?"

„Was meinst du?"

„Hör genau hin", sagt Harry und hebt stumm einen Finger.

„Ich höre nichts, außer dieses Tropfen der Infusionsgefäße."

„Genau", sagt Harry und sieht sich in dem Raum um. „Das hört man *ständig*, aber wo kommt das her? Hier ist kein einziger Flüssigkeitsbehälter! Irgendwas stimmt mit Krankenhäusern nicht."

Ungewollt muss ich kichern. In Momenten wie diesen erinnert er mich an den alten, besseren Harry von früher. Wahrscheinlich hätte dieser genau das Gleiche gesagt.

„So!", ertönt eine Stimme von der Tür und ein Mann im weißen Kittel kommt uns entgegen. „Wo ist denn die Verletzte?"

„Hier", melde ich mich. Mein Blick fällt auf eine Person, die nach dem Arzt den Raum betritt, und mir entweicht jegliche Luft aus den Lungenflügeln. „Brandon?"

Brandon kommt zu uns, nachdem er die Tür geschlossen hat, und scheint genauso überrascht zu sein, mich anzutreffen. „Vivien", sagt er und hebt die Brauen. „Was für eine Überraschung."

„Violet", korrigiert Harry Brandon und sieht mit aufeinandergepresstem Kiefer zu Boden.

„Oh, natürlich", sagt Brandon daraufhin und lächelt mir liebevoll zu. „Violet."

„Ihr kennt euch?", fragt der Arzt, während er sich hellgrüne Gummihandschuhe überzieht.

„Ja", antwortet Brandon. „Wir gehen auf dieselbe Schule. Violet ist eine sehr gute Bekannte von mir." Bei dem letzten Satz zwinkert er mir zu, was mein Herz zum Springen bringt.

„Was machst du denn hier?", stelle ich die Fragen aller Fragen, während der Arzt meine Wunde säubert, was ein wenig brennt. „Arbeitest du hier oder so?"

Brandon lacht und sieht dem Arzt zu. „Nein, nein. Mein Onkel wollte mir das Krankenhaus zeigen, weil ich selbst nächstes Jahr am College Medizin studieren will. Und du bist meine erste Patientin."

Ich bin mir so was von sicher, dass man mir die Herzen in den Augen ansieht, als ich zu Brandon aufsehe. Er will Arzt werden. Könnte er noch perfekter sein? „Was für ein Arzt willst du denn werden?"

„Kinderarzt", antwortet Brandon und hält auf Befehl seines Onkels meinen Arm ein wenig nach oben. „Den jungen Menschen muss am ehesten geholfen werden, finde ich."

Ich will ihn knutschen.

„Ich will kotzen", wirft Harry ein und alle Blicke liegen auf ihm.

„Was?", fragt der Arzt, Brandons Onkel.

„Weil ich kein Blut sehen kann."

„Oh", macht Brandon und greift nach einer Tüte auf dem Schreibtisch. „Hier, damit sollte es gehen, falls es hart auf hart kommt."

Harry reißt ihm die Tüte beinahe schon zu fest aus der Hand und wirft ihm einen bösen Blick zu.

„Also", sagt schließlich der Arzt und tastet meinen Arm ab. „Gebrochen ist er nicht, Violet, aber ziemlich stark geprellt. Ich wickle dir ein Verband um und dann belastest du ihn für mindestens sechs Tage nicht mehr, damit die Prellung verheilen kann."

Ich nicke seufzend.

„Wie konnte so was eigentlich passieren?", fragt der Arzt, nachdem er meinen Arm eingewickelt hat.

Harry und ich werfen uns sofort vielsagende Blicke zu. Mental führen wir ein Gespräch miteinander.

Soll ich ihm die Wahrheit sagen?, frage ich Harry mit meinem Blick.

Er schüttelt sofort leicht den Kopf. *Scheiße, nein, du kannst ihm doch nicht sagen, dass ich dich umgefahren habe.*

Es ist doch immer noch dein Fehler!

Violet, ich bitte dich!

Ich seufze und verdrehe die Augen. *Na gut, du Penner.*

„Ein Rabe hat mich angegriffen", sage ich daraufhin zu dem Arzt.

Harry sieht mich entsetzt an. *Violet, spinnst du?*

Ich hätte ihm ja auch die Wahrheit sagen können!

Okay, tut mir leid!

„Ein Rabe?", fragt mich Brandon verdutzt.

„Ja! Er ist einfach aufgetaucht und hat mich verfolgt. Dann bin ich gestolpert und BUMM, lag ich. Zum Glück hat Harry mich aufgegabelt."

„Der Retter in der Not, hm?" Der Arzt klopft Harry auf die Schulter, der endlich beruhigt auf meinen Arm sehen kann, weil das Blut entfernt ist und ein Verband meinen Arm schmückt.

„Ja", lacht Harry nervös auf, weil er ganz genau weiß, dass es *kein* Rabe war.

Der Doktor zieht sich die Handschuhe wieder aus und dann verschwindet er auch schon, doch Brandon bleibt noch.

„Hey Violet", sagt er, als ich von der Liege hüpfe. Er stellt sich, im Nacken kratzend, vor mich und scheint unsicher zu sein. Er wird immer süßer. „Ich wollte fragen, ob das mit unserem zweiten Date noch steht."

Wie auf Knopfdruck nicke ich und habe das Verlangen, ihm um den Hals zu fallen. „Klar, das steht noch!", sage ich aufgeregt und grinse breit. „Ich dachte, du hättest es schon vergessen."

Brandon lächelt sein unschuldigstes und gleichzeitig heißestes Lächeln. „Ich habe ständig den perfekten Moment abgewartet, um dich danach zu fragen, und in der Schule, dachte ich, wäre es bescheuert. Und dann kann das hier ja nur Schicksal sein."

Ich grinse wie ein Vollidiot. Er hat solch eine poetische Ader.

Er geht wieder zur Tür und dreht sich noch mal zu mir um. „Ich hole dich am Freitag um sieben ab. Zieh dir was Schönes an, Violet."

Mit offenem Mund sehe ich ihm hinterher, als er aus der Tür verschwindet. Ich soll mir was Schönes anziehen? Das bedeutet, dass er mich diesmal nicht in einen Klub ausführen will, sondern in etwas Nobleres, ein Restaurant, wie er beim letzten Mal schon andeutete. Und ich bin so was von bereit dafür.

Ich kann mir jetzt schon ausmalen, wie unser zweiter Kuss ablaufen wird. Ich werde Soße an meinem Mundwinkel hängen haben, dann wird er sie mit seinem Daumen wegwischen, wir werden uns tief in die Augen sehen, meine Haut wird durch seine Berührung zu kribbeln beginnen, dann beugt er sich über den Tisch und dann –

„Können wir jetzt gehen?", stört Harry meine wunderbare Vorstellung von Brandons und meinem zweiten Date.

Ich schüttle mich kurz. Ich muss damit aufhören, ständig so offensichtlich über Brandon zu fantasieren, das ist nicht mehr normal.

„Violet."

Diesmal sehe ich zu Harry und er steht schon wartend im Türrahmen. Doch auch als ich mit ihm das Krankenhaus verlasse, kann ich mir mein Grinsen nicht verkneifen. Diese Sache mit Brandon ist einfach zu aufregend.

„Ich fahr dich jetzt nach Hause", sagt Harry, als wir wieder in seinem Auto sitzen. Er sieht auf sein Handy und schreibt jemandem eine Nachricht.

Weil er genervt wirkt, runzle ich die Stirn. „Was ist?"

Er legt sein Handy wieder weg und startet den Motor. „Was soll sein?"

„Eben warst du noch nicht so genervt."

„Eben dachte ich ja auch noch, dein Arm wäre gebrochen", gibt er zurück und fährt los. „Und außerdem habe ich nur gesagt, dass ich dich nach Hause fahre."

„Oh, sehr schön, Mister Großkotz kommt wieder raus." Ich würde jetzt gestresst die Arme verschränken, allerdings würde mir das wehtun, weswegen ich einfach aus dem Fenster sehe. „Hoffentlich machst du wenigstens was Produktives, damit du Misses Heath auch erklären kannst, weshalb du nicht da bist."

„Mache ich", sagt er und ich höre, wie er grinst. „Ich fahre zu Florence."

Ich schnaube, weil ich direkt einen tiefen Hass verspüre, allein nur, wenn ich diesen Namen höre. Florence kann in der Hölle schmoren. „Dann viel Spaß mit Satan", spucke ich, doch sehe aus dem Fenster.

„Werde ich haben."

„Schön", werfe ich hinterher.

„Ja, *schön.*"

Ab da herrscht Stille. Und ab da überkommt mich ein komisches Gefühl. Ich stelle mir vor, was Harry und Florence machen werden, wenn er gleich zu ihr fahren wird. Dann kommt mir ein Bild in den Kopf, in dem sie beide rumknutschen, er sie berührt und es ihr gefällt.

Und verdammt.

Dann erwische ich mich bei dem Wunsch, er würde jetzt nicht zu Florence fahren.

Ich klingele an unserer Haustür und sehe Harry hinterher, der unsere Straße verlässt. Es ist merkwürdig, wie wir uns immer mit einem schlechten Gefühl verlassen, aber wenn wir zusammen sind, verstehen wir uns für ein paar Momente. Im Krankenhaus haben wir uns auch verstanden. Zumindest für eine halbe Stunde.

„Violet, ich halte das nicht mehr aus", sagt meine kleine Schwester aufgebracht, als sie mir die Tür öffnet. „Das nächste Mal lasse ich dich vor der Tür stehen, wenn du erneut deinen Schlüssel vergisst!"

Ich drücke die kleine Meckerrosy rein, damit ich unser Haus betreten kann. „Dann werfe ich eben Steine an dein Fenster, bis du mir aufmachst."

„Aber ich werde nicht aufmachen!", meckert sie und verschränkt die Arme, wie ich es immer tue, wenn ich zickig bin.

„Okay, tut mir leid, Königin Rosalinda", sage ich mit rollenden Augen und streife mir meine Schuhe von den Füßen. „Es wird nie wieder vorkommen."

„Das hast du schon Millionen Mal gesagt!"

„Und diesmal meine ich es wirklich ernst."

„Was hast du denn gemacht?", fragt mich Mom, die gerade aus der Küche kommt, und sieht auf meinen Arm. „Wie konnte das passieren?"

Ich entziehe ihr vorsichtig meinen Arm, den sie zwischen ihre Finger genommen hat. „Ich hatte einen kleinen Unfall in der Schule", lüge ich. „Sport, weißt schon. Mister Miller hat es heute mal wieder übertrieben."

Mom schüttelt ungläubig den Kopf und stemmt die Hände in die Hüfte. „Ich glaube, ich muss mal mit Mister Miller reden. Das sieht echt schlimm aus."

„Nein!", sage ich sofort. „Es ist – äh – wirklich, das ist halb so wild! Der Arzt meinte, in einer Woche ist alles wieder gut!"

„Sie lügt", sagt nun Rosy und betrachtet mich skeptisch, während sie mit ihrem Fuß auf dem Boden tippt.

„Ja, das denke ich auch", meint Mom und geht wieder in die Küche. „Aber dagegen können wir wohl nichts tun."

Ich folge den beiden in die Küche und muss zum hunderten Mal ein seltsames Gericht auf dem Tisch erspähen. Seufzend setze ich mich und blicke auf einen komischen Auflauf, bei dem Pilze rausgucken. Ich hasse Pilze. „Mom", sage ich und versuche, meinen Blick von diesem Monsterauflauf zu wenden. „Anette will mit uns essen gehen."

„Anette?", fragt sie und setzt sich mit an den Tisch. „Ich habe sie schon monatelang nicht mehr gesprochen, wie kommt sie denn darauf? Und wo hast du sie getroffen?"

„Ich war bei Harry, weil ich ihm die Hausaufgaben bringen sollte", lüge ich erneut. „Und da hat sie mich gebeten, dich danach zu fragen. Besser gesagt, William hat mich gebeten." Ich runzle nachdenklich die Stirn, als ich mich an William erinnere. „Sag mal, wusstest du, dass er krank ist?"

Mom schürzt traurig die Lippen, während sie Rosy einen Flatschen von dem Auflauf auf den Teller macht. „Ja. Hirntumor, der Arme. Ganz grausam."

Mir bleibt die Spucke weg. Ich dachte mir zwar schon, dass es Krebs ist, aber es so zu hören, ist etwas anderes, intensiveres. Harrys Vater hat tatsächlich Krebs. „Wieso wusste ich davon nichts?", frage ich sie beinahe schon beleidigt.

„Keine Ahnung, du hast mit Harry nichts mehr zu tun und ich habe mich nicht verpflichtet dazu gefühlt, es dir zu sagen, wenn er es dir damals nicht sagen wollte."

Wieder kann ich ihren Worten nicht ganz folgen. „Wie, er wollte es mir damals schon nicht sagen?"

„Der Tumor bei William wurde an deinem dreizehnten Geburtstag festgestellt, das weiß ich noch", erzählt Mom und tut mir etwas auf den Teller. „Da warst du noch mit Harry befreundet. Und er wusste es damals auch."

Meine Laune sinkt. Ich erinnere mich an die Zeit meines dreizehnten Geburtstags und muss feststellen, dass zwischen Harry und mir alles perfekt lief. Es gab für ihn keinen Grund, mir nicht zu erzählen, dass sein Vater Krebs hat. Wieso hat er es mir nie erzählt? Er hat mir sonst alles erzählt und ich ihm.

Dennoch wechsle ich das Thema, indem ich Mom frage, was sie für das Abendessen mit den Perlmans anziehen wird. Eines ihrer Lieblingsgesprächsthemen.

Kapitel 10

Ich habe uns einen tisch für 2 im Lovegold Restaurant reserviert. 8 Uhr. Ich freue mich schon auf den gemeinsamen abend
Brandon x

Mein Grinsen ist kaum zu stoppen, als ich die SMS lese, die mir Brandon geschrieben hat. Zwar weiß ich nicht, woher er meine Nummer hat, aber er muss wohl irgendwen danach gefragt haben, was bedeutet, er interessiert sich für all dieses Zeug, genauso wie ich.

Ich freue mich auch schon. Aber komm bloß nicht auf die Idee, du müsstest alles bezahlen x

Ich lege nach meiner Antwort das Handy zur Seite, um mich im Spiegel zu betrachten. Mom würde es nicht gefallen, wenn wir die Perlmanfamilie mit Jogginghose und Schlabbershirt in Empfang nehmen, deswegen habe ich eine volle Stunde an meinem Aussehen gearbeitet.

Doch weil ich nicht zu schick sein will, damit Harry auch ja nicht denkt, ich würde mich für ihn extra gut anziehen, ziehe ich mir meine grün-weiß gestreiften Kniestrümpfe an, mit schwarzem Rock und weißer Bluse. Ich weiß, dass er meine Strümpfe hasst, weswegen er diese hier noch mehr hassen wird. Aber ich liebe sie total.

Mein Handy piept erneut und ich lese Brandons Nachricht.

BRANDON

Wir werden noch sehen, wer bezahlt. was treibst du gerade? Du fehlst mir irgendwie

Mamma Mia, ich fehle ihm. Mein Herz springt ein klein wenig, weil diese Offenbarung so plötzlich kommt. Doch er fehlt mir auch. Irgendwie.

Ich will ihm gerade antworten, da springt mir etwas in meiner Sockenschublade ins Auge. Das, was mir immer ins Auge springt, wenn ich vor dieser verfluchten Schublade stehe. Diese verdammten violetten Socken von Harry. Ich hasse es, dass sie mich auch nur für eine Sekunde aufhalten, Brandon zu antworten, und meine Aufmerksamkeit bekommen.

Dennoch versuche ich, sie zu verdrängen.

Ich schiebe die Schublade fest zu und lasse mich auf mein Bett fallen, während ich Brandon schreibe, dass er mir auch fehlt. Die violetten Socken können mich mal kreuzweise.

Die Klingel unserer Haustür hallt durch mein Zimmer und ich sehe ein letztes Mal in den Spiegel. Wie immer trage ich einen Dutt und meinen Pony locker über meiner Stirn. Ich rümpfe die Nase. Irgendwie ist das alles zu streng. Ich mache es so, wie Benja es tat, und zupfe ein paar dunkelblonde Haarsträhnen aus meinen Zopf, damit ich ein klein wenig aufgepeppter aussehe. Dann noch ein paar Mal durch den Pony wuscheln und – immer noch öde.

„Violet!", ruft meine Mutter nach mir und ich höre, wie Anette irgendetwas zu ihr sagt.

Ich seufze und sehe auf die Uhr über meiner Tür. Es ist Punkt sieben Uhr. Natürlich kommen sie keine Minute zu spät, das würde Anette sich niemals erlauben. Ein Wunder, dass sie nicht zehn Minuten früher dran sind. Doch trotzdem schnappe ich mir mein Handy, falls Brandon antwortet, und dann laufe ich die Treppe nach unten.

Im Flur stehen Anette mit Mom und Harry. Im Gegensatz zu uns allen sehen die beiden aus, als würden sie in das teuerste Restaurant auf Erden gehen wollen, denn Anette trägt hohe Schuhe mit einem schicken schwarzen Kleid, perfektem Make-up und Harry ein weißes Hemd mit Krawatte.

Ich muss mir ein Lachen verkneifen, als ich ihn sehe und ich allein an seinem Gesichtsausdruck erkennen kann, dass er gezwungen wurde, diese Sachen anzuziehen. Schon früher haben seine Eltern darauf bestanden, schick auszusehen, wenn sie essen gehen. Harry hat es gehasst. Und anscheinend hasst er es noch heute. Allerdings ist sein Vater heute nicht dabei, was ich gut nachvollziehen kann. Wer weiß, ob er seine Couch überhaupt noch verlassen kann.

Rosy rennt an mir vorbei, worauf ich fast die Treppe herunterfalle, damit sie vor mir in der Küche ankommt. „Rosy, pass doch auf!", meckere ich ihr hinterher, doch sie streckt mir nur die Zunge raus. Jetzt plötzlich kann sie sich wie ein Kind verhalten.

Harrys und meine Blicke treffen sich, als ich an der letzten Stufe ankomme, aber wir sagen nichts. Noch immer herrscht eine gewisse Spannung zwischen uns, seitdem er mich gestern vom Arzt nach Hause gebracht hat. In der Schule ignorierten wir uns wie immer, weshalb dieses Essen hier doppelt so unangenehm ist.

„Hübsch siehst du aus", sagt Anette zu mir und lächelt. Dann fällt ihr Blick auf meine Strümpfe, die mein komplettes Outfit crashen und ihr Lächeln erfriert. „Und, äh, deine Socken sind auch sehr, also, sehr hübsch, wirklich."

Ich grinse gespielt, weil ich genau weiß, dass sie ihrer Tochter nie erlauben würde, so was zu tragen. „Danke, ich wusste doch, dass sie dir gefallen."

Im Hintergrund höre ich Harry leise auflachen, weil er wahrscheinlich der Einzige hier im Raum ist, der diese Lüge gerade eben entlarvt hat.

„Ja", sagt Anette immer noch mit diesem gezwungenen Lächeln und wendet sich dann an meine Mom, die sofort reagiert.

„Das Essen ist schon fertig", sagt sie und winkt uns in die Küche, weswegen wir ihr alle folgen. „Ich habe mir heute extra viel Mühe beim Kochen gemacht."

Rosy sitzt schon auf ihrem Platz am Tisch und ich setze mich neben sie und sehe auf die Schüssel in der Mitte des Tisches, die wohl die Extramühe meiner Mutter sein soll. Es sieht grauenvoll aus.

Doch Mom scheint total stolz darauf zu sein und schiebt Anette einen Stuhl zurück, damit sie sich mir gegenüber setzen kann. „Anette, ich weiß ja, dass du gerne Fisch isst, deswegen habe ich Bouillabaisse gemacht."

„Oh", sagt Anette und sieht glücklich in den Topf. „Eines meiner Lieblingsgerichte."

„Harry, setz dich doch zu Violet", weist meine Mutter Harry an, der noch immer neben dem Tisch sitzt und genauso skeptisch auf die Suppe sieht.

Er nickt nur und setzt sich neben mich, allerdings sieht er mich nicht an. Und ich nicht ihn. Wenn er mich ignorieren kann, kann ich das auch. Harry trägt hier die Krawatte, nicht ich. Er hat definitiv den Kürzeren gezogen.

„Was genau soll das sein?", fragt Rosy mutig die Fragen aller Fragen, als Mom ihr vorsichtig etwas in den Teller schüttet.

„Eine sehr leckere Fischsuppe", antwortet Anette für meine Mom und schneidet ihr damit das Wort ab. Leute unterbrechen kann sie gut. „Deine Mutter hatte schon immer einen sehr guten Geschmack, Rosalinda."

„Ach, du lügst doch", witzelt meine Mutter und schüttet Harry und mir was in die Teller.

Angewidert sehe ich auf die Pampe mit irgendwelchen Stückchen und einer so unappetitlichen Farbe, die sonst nur Erbrochenes haben kann. Anette muss wirklich lügen, wenn sie das hier lecker findet. Es riecht fürchterlich, mal ganz davon abgesehen, dass ich Fisch *hasse*. Und das weiß Mom.

„Na dann." Mom sieht lächelnd in die Runde, nachdem jeder etwas auf dem Teller hat. „Dann können wir ja beginnen. Ich stand drei Stunden in der Küche, also ich will hier nach keine Beschwerden hören."

Das werden wir noch sehen, will ich sagen, doch behalte es für mich, damit sie vor Anette nicht doof dasteht. Denn ich weiß ganz genau, wie wichtig es ihr immer war, vor den Perlmans kultiviert rüberzukommen, weil diese es nämlich sind und wir nicht.

Rosy beginnt zu essen und ich sehe, wie sie es sich reinzwingen muss, während Mom und Anette über Anettes Job reden.

Aus dem Augenwinkel sehe ich, wie Harry vorsichtig nach dem Löffel greift und ihn langsam in die Suppe tunkt. Wahrscheinlich findet er all das genauso wenig reizvoll wie ich.

Auch ich greife widerwillig nach dem Löffel und bin froh, dass Mom und Anette abgelenkt sind. Heimlich flüstere ich zu Harry: „Hey Harry. Probier es und sag mir, ob du Anzeichen einer Vergiftung spürst."

Erst sagt er nichts, weil Mom und Anette eine kurze Gesprächspause haben, bald beginnen sie wieder und dann flüstert er: „Witzig. Iss du doch. Immerhin ist es deine Mutter."

„Aber du bist der Gast. Du darfst nicht unfreundlich sein. Außerdem dürfen doch Leute mit Krawatte erst recht nicht unfreundlich sein, oder?"

Man sieht, wie Harry angespannt durchatmet. „Ich *musste* sie anziehen."

Ich grinse schelmisch. „Ich weiß doch."

„Harry, hast du keinen Hunger?", fragt plötzlich Mom und sieht ihn mit geneigtem Kopf an.

Auch Anette sieht ihn abwartend und gleichzeitig warnend an. Sie scheint genau zu merken, dass er sich weigert, doch was sie auch weiß, ist, dass er es besser essen sollte, wenn er nicht noch mehr Ärger mit ihr haben will.

„Nein, ähm", sagt Harry darauf und rührt weiter in seinem Teller rum, um sich was auf den Löffel zu tun. „Ich war nur kurz in Gedanken." Und ohne zu zögern, schiebt er sich den Löffel in den Mund, worauf ich ihn schadenfroh ansehe.

Als Mom und Anette sich wieder abwenden, bemerke ich, wie Harry innehält und sich nicht traut, zu schlucken.

„Na, was ist?", frage ich ihn leise. „Bist du immer noch nur in Gedanken?"

Für zwei Sekunden hält er diese Grütze noch im Mund und dann schluckt er mit verzerrtem Gesicht. Er versucht, sich nicht anmerken zu lassen, wie abscheulich es geschmeckt hat, doch ich merke es. Man sieht es ihm quasi an. „Gar nicht so schlecht", sagt er mit kratziger Stimme. „Du solltest es probieren."

„Niemals. Meine Mutter weiß, dass ich Fisch hasse."

„Ja, ich habe Violet erst gestern davon erzählt", weckt Mom plötzlich meine Aufmerksamkeit, weil ich meinen Namen höre, und ich hebe den Kopf. Sie wirkt betroffen.

Anette nickt traurig. „Ja, es ist grausam, was der Krebs mit ihm anstellt. Wir sind sehr froh, dass man es seinem Verhalten noch nicht anmerkt, allerdings ist er nur noch selten fähig, alleine irgendwo hinzugehen. Er ist sehr schwach."

Harry neben mir beginnt, auf seiner Innenwange rumzukauen. Sein Blick ist weiterhin auf den Teller gerichtet.

„Es tut mir so unglaublich leid", meint meine Mutter wieder und ich wünschte, wir würden nicht darüber sprechen. Das senkt die Stimmung. „Wie geht es dir dabei? Es muss sehr schlimm für dich sein, all das mitzuerleben."

Anette wirkt noch trauriger. „Ich versuche, irgendwie damit klarzukommen. Mich um ihn zu kümmern, fällt mir oft sehr schwer."

„Weswegen du es nicht tust", mischt sich Harry ein, doch hebt seinen Kopf noch immer nicht.

Wir alle sehen ihn verwirrt an, aber niemand geht darauf ein. Seine Mutter wirft ihm einen giftigen Blick zu und sagt dann wieder zu Mom, die ebenfalls mehr als verwirrt zu sein scheint. „Scheinbar hat er heute wieder einen schlechten Tag, ignorier ihn einfach. Wie auch immer ... Weißt du, ich bin oft arbeiten und deswegen habe ich selten Zeit für William. Aber ich versuche, so oft wie möglich Urlaub zu nehmen, damit er nicht alleine ist, wenn er vom Krankenhaus nach Hause kommt."

„Verstehe", sagt Mom darauf und ich habe das Gefühl, man sollte Anettes Worten keinen Glauben schenken. „Es ist schön zu hören, wie du noch immer für ihn da bist. Viele Frauen können das nicht und verlassen ihre Männer, wenn diese ärztliche Hilfe benötigen. Aber du scheinst sehr gut damit umgehen zu können. Das ist bewundernswert."

„Vielen Dank." Anette wischt sich eine nicht vorhandene Träne aus dem Augenwinkel. „Ich könnte William nie verlassen. Ich liebe ihn noch genauso wie früher und daran wird sich nie etwas ändern. Bis dass der Tod uns scheidet, so hieß es schließlich in der Kirche."

Harry lacht leise, jedoch noch hörbar neben mir auf. Es klingt, als würden ihre Worte ihn amüsieren.

„Wirklich beeindruckend", sagt Mom wieder und lächelt. „Ich wünschte, ich könnte jemandem so beistehen."

„Wenn man mit ‚beistehen' Männer anderer Frauen vögeln meint, dann ist es wirklich beeindruckend", sagt Harry wieder, aber hebt immer noch nicht seinen Kopf.

Ich reiße die Augen auf, genauso wie Mom. Was sagt er denn da? Ist er verrückt?

„Verdammt, Harry", zischt seine Mutter böse. „Wenigstens bei einem Essen solltest du dich benehmen."

„Ich soll mich benehmen?", fragt Harry sie und sieht sie das erste Mal an. „Du erzählst hier den größten

Schwachsinn und dann sagst du mir, ich soll mich *benehmen*?"

Anette kneift die Augen zusammen. „Sei still oder ich sorge dafür, dass du rausgeschmissen wirst."

„Dann bitte. Wenigstens muss ich mir dann nicht mehr deinen Dreck geben."

„Harry", warnt sie ihn noch mal streng. „Das ist die letzte Warnung."

Unsicher sehen Mom und ich uns an. Niemand weiß, was zu tun ist. Diesmal weiß ich es wirklich nicht. Weswegen wir nur hilflos zusehen, wie sich die Spannung staut.

Harry sieht seine Mutter genauso scharf an wie sie ihn. „Sag mir das noch mal, wenn du dich von einem deiner tausend Assistenten vögeln lässt, während Dad zu Hause verreckt, du bewundernswerte Ehefrau."

Und mit einem Ruck steht Anette auf und schmeißt beinahe den Stuhl um. Sie ist von null auf hundertachtzig geladen und wird knallrot. „Das reicht!", schreit sie Harry an und zeigt zur Tür. „Du gehst! *Sofort*!"

„Schön!", schreit Harry zurück und steht ebenfalls ruckartig auf, worauf der Tisch wackelt. Er knallt den Löffel auf den Tisch und tritt seinen Stuhl etwas weg. „Ich kann mir diese Scheiße sowieso nicht mehr geben! Du hast noch den ganzen Abend, um dich durch die nächsten Stunden zu lügen, hier nach wird dir sowieso niemand mehr glauben!"

„Du redest so nicht mit mir!", brüllt Anette ihn wieder mit erhobenem Finger an, worauf er nur gereizt die Augen verdreht. „Ich bin deine Mutter und keiner deiner Freunde aus deinem erbärmlichen Dasein! Spuck keine großen Töne, wenn du nichts anderes kannst, außer frech zu sein!"

Wieder lacht Harry rau auf und geht zur Tür der Küche. „Alles klar", sagt er. „Ich verpiss mich und glaub bloß nicht, dass ich die nächste Zeit nach Hause komme."

Er verschwindet im Flur und wir alle sehen ihm total überfordert hinterher. Zumindest Mom, Rosy und ich. Anette schreit noch ein „Ich will dich gar nicht mehr zu Hause sehen!“ hinterher und setzt sich dann tief durchatmend hin.

Eine eisige Stille herrscht, nachdem Harry mit einem lauten Knall das Haus verlässt.

Nun hasse ich Anette noch mehr. Nicht nur, weil sie eine viel zu strenge Frau ist, sondern weil ich Harry sofort glaube, was er behauptet hat. Sie geht William fremd, während dieser an Krebs leidet. Ich weiß, dass Harry bei so was nie lügen würde, und zuzutrauen ist es Anette auf jeden Fall.

Und irgendwann halte ich es nicht mehr aus. Ich kann Harry nicht einfach so gehen lassen. Auch wenn ich es nicht tun sollte, lege ich meinen Löffel weg und sage, noch nicht ganz sicher über meine Entscheidung: „Ich, ähm, ich glaube, ich werde gehen."

Mom scheint überhaupt nicht überrascht über meine Aussage zu sein, sondern nickt nur seufzend, während Anette mich strafend betrachtet, als ich aufstehe. „Ist gut, Liebling ... Bitte komm nicht zu spät nach Hause, ja?"

Ich nicke und lächle ihr kurz zu, weil sie wohl zu wissen scheint, dass ich wegen Harry gehe. Im Flur ziehe ich mir schnell meine Boots an und stopfe meine Schnürsenkel einfach in die Seite, damit ich Harry noch kriege. Er wird wahrscheinlich nicht mit Anettes Auto gefahren sein, weswegen ich mir nicht sicher bin, welche Richtung er nun ansteuert. Ich knalle die Haustür hinter mir zu und jogge zum Bürgersteig, sehe mich links und rechts an der Straße um. Und als ich ihn am Ende der Straße laufen sehe, lenke ich nach links und jogge ihm hinterher.

Weil er meine Schritte hört, dreht er sich zu mir um, derweil er die Hände lässig in den Hosentaschen seiner schwarzen Jeans hat. Doch er sieht erneut nach vorne, als ich noch zwei Meter von ihm entfernt bin.

„Hey, Ha – AH!" *Bum!* Ich stolpere über einen meiner Schnürsenkel und fliege volles Rohr hinter ihm auf die Nase. Verdammt, das tat ja noch mehr weh als die Landung auf dem Rasen von Harrys Nachbarn.

Harry bleibt stehen und dreht sich zu mir um, während ich, auf dem Bauch liegend, meine Nase befasse, um sicherzugehen, dass sie nicht blutet. Zum Glück kein Blut.

„Ich sollte das nicht witzig finden", sagt Harry und hilft mir vorsichtig auf die Beine. Er grinst. „Aber es ist schon ein bisschen witzig."

Ich ziehe scharf die Luft ein, als ich mal wieder meinen Arm falsch halte und ihn betrachte, um auch hier sicherzugehen, dass nirgends Blut zu sehen ist. „Ausnahmsweise erlaube ich dir, darüber zu lachen. Aber nur, weil du dich eben mit deiner Mutter gestritten hast."

Harry atmet aus und steuert wieder seine vorherige Richtung an, nur mit dem Unterschied, dass ich jetzt neben ihm herlaufe. „Sie interessiert mich nicht. Wir streiten uns täglich."

„Aber das war ja schon fast kein Streit mehr", sage ich beiläufig und inspiziere meine Arme und Beine nach möglichen Schürfwunden. „Ihr habt euch richtig angebrüllt. Ich habe meiner Mutter schon angesehen, wie sie Angst davor hatte, jemand greift gleich zum Messer."

„Ich werde sie mit Sicherheit nicht abstechen, aber das alles hat sich in den letzten Tagen schon aufgestaut. Ich hasse es einfach, wie sie vor allen anderen auf heilige Maria macht, in echt aber die größte Schlampe ist."

Ich sage nichts darauf. Ich kann ihm nicht zustimmen und seine Mutter Schlampe nennen, denn dann würde ich mir seltsam vorkommen, immerhin ist sie seine Mutter und wenn jemand sie Schlampe nennen darf, dann auch bitte nur ihr Sohn.

„Hey", sagt Harry, nachdem wir ein paar Meter schweigend in irgendeine Richtung gelaufen sind. „Was machst du jetzt?"

Ich zucke mit den Achseln. „Dir folgen, denke ich."

„Dann gehen wir zu mir."

Überrascht hebe ich die Brauen. Er sagt es, als wäre es selbstverständlich, dabei ist es das absolut nicht. Selbstverständlicher wäre es, wenn er sagen würde, er gehe jetzt zu Florence, weswegen ich mich aus dem Staub machen soll. „Zu dir?", frage ich deswegen, um wirklich zu verstehen, dass er das ernst meint.

„Ja, zu mir. Mein Vater ist seit heute Morgen im Krankenhaus und meine Mutter wird vor zwei nicht nach Hause kommen, weil sie noch zur Arbeit muss. Also, was sagst du?"

„Ich weiß nicht. Wäre das nicht irgendwie ... falsch?"

Nun sieht Harry mich an und sein rechter Mundwinkel ist leicht gehoben. „Ich könnte kochen."

Und sofort hat er meine komplette Aufmerksamkeit. Wenn Harry vom Kochen redet, war das schon immer gut. Vor allem nach dem Reinfall mit Mamas seltsamer

Fischsuppe. Als würde mein Magen zu mir sprechen, knurrt er auf Anhieb. „Was würdest du denn kochen?", frage ich ihn und spüre, wie mir schon die Spucke im Mund zusammenfließt.

Harrys Ausdruck wird selbstgefällig. „Du weißt *genau*, wovon ich spreche."

Wenn er mir das Glitzern in den Augen und den Wasserfall, der gleich regenbogenartig aus dem Mund schwabbt, nicht ansieht, muss er blind sein. Ich fühle mich schon jetzt in der Zeit zurückversetzt, weil ich *wirklich* genau weiß, wovon er redet. Wie ein kleines hungriges Kind sehe ich zu ihm auf, als wäre er der Gott der Köche. „Tortellini?", frage ich vorsichtig und schlucke schwer, weil ich sonst beginne zu sabberen. „M-Mit Carbo-Carbo…"

„Ganz recht", sagt Harry und nickt, als würde er wissen, was er gerade mit mir anstellt. „Tortellini alla Carbonara."

Ein lang ersehnter Traum geht in Erfüllung. Wie lange dürste ich nach diesem Gericht? Zwar habe ich schon oft Tortellini in den letzten Jahren gegessen, aber nicht von Harry und wenn man einmal Harrys Gerichte probiert hat, ist alles danach die reinste Grütze. Deswegen will ich keine Zeit verlieren und laufe drei Schritte schneller, worauf Harry beginnt zu lachen. „Lach nicht!", rufe ich über meine Schulter. „Es geht hier um jahrelangen Entzug!"

Kapitel 11

„Okay", sagt Harry, als wir die riesige und für mich viel zu luxuriöse Küche von seinen Eltern betreten. „Zwei Möglichkeiten: Du hilfst mir, versuchst dir dabei aber nicht die Finger abzuschneiden, oder du siehst zu und wir riskieren keine abgeschnittenen Fingerkuppen im Essen."

Mit rollenden Augen setze ich mich an den schwarzen Tisch, der mit Sicherheit aus Kirschholz besteht, und ziehe mir die Boots von den Füßen. „Keine Angst, ich helfe dir nicht. Allerdings musst du wissen, dass ich in den letzten Jahren viel gelernt habe, seit meine Mutter so schreckliches Zeug kocht."

Harry zieht sich ebenfalls die Schuhe von den Füßen und schmeißt sie einfach irgendwo in die Küche. „Ist deine Mutter immer noch auf diesem Jamie-Oliver-Trip?", fragt er und lockert seine Krawatte und reißt sie sich vom Hals. „Gott, ich hasse diese Scheißteile." Und dann landet auch die schwarze Krawatte bei seinen Schuhen in der Ecke.

„Ich glaube, von diesem Jamie-Oliver-Trip kommt sie auch nicht mehr runter", sage ich seufzend und setze mich in den Schneidersitz. Ich stütze den Kopf in meine Hand und beobachte Harry, der am Herd steht und die nötigen Utensilien aus den Schränken zieht. „Manchmal wünschte ich, ich könnte auch kochen, damit ich nicht immer ihre ekligen Biosabfallsachen essen muss."

„Ich kann zwar kochen, aber koche nie", sagt Harry und füllt Wasser in einen Topf. „Schon seit Jahren nicht mehr."

„Wieso das denn?"

Er zuckt mit den Schultern und stellt den Topf auf den Herd. „Es war nie nötig und irgendwie habe ich die Lust daran verloren."

„Und das, obwohl du später unbedingt Koch werden wolltest?" Diese Aussage von ihm schockiert mich, um ehrlich zu sein. Noch vor Jahren hätte er so was niemals von sich gegeben. Harry liebt das Kochen und alles, was damit zusammenhängt.

Er lacht ein wenig, als er Mehl und Eier in eine Schüssel tut. „Koch? Das habe ich schon lange aufgegeben."

„Wie bitte?"

„Das war ein Kindheitstraum, Violet. Außerdem konnte ich mir dieses scheiß Gerede meiner Eltern nicht mehr anhören, in dem sie mir vorhielten, wie wenig man als Koch verdient und dass ich auch direkt obdachlos werden kann, wenn ich schon so einen minderwertigen Beruf ausübe."

Mir klappt die Kinnlade herunter. „So was sagen sie?"

„Früher ständig." Er krempelt sich die Ärmel seines Hemdes hoch, um den Teig für die Nudeln zu kneten. „Aber heute ist es mir egal, weil, wie gesagt, kochen für mich nur noch ein altes Hobby ist."

„Und was ist mit deinem Traum vom eigenen Restaurant? Oder Chefkoch irgendwo zu sein? Harry, ernsthaft jetzt, ich bin fassungslos."

Wieder lacht er etwas, auch wenn es geknickt klingt. „Es ist echt süß, wie du denkst, alles wäre wie früher. Violet, *alles* hat sich geändert, falls es dir noch nicht aufgefallen ist."

Diese Aussage lässt mich nachdenken, weil es perfekt auf den Punkt trifft. Es tut zwar ein wenig weh, zuzusehen, wie viel sich verändert hat, aber ich muss es wohl oder übel akzeptieren. Heute sind wir andere Menschen als vor vier Jahren. Harry will kein Koch mehr werden und ich stehe nicht mehr auf Madonna. Wir sind keine Kinder mehr und stecken mitten im Leben. Und anscheinend hat uns dieses Leben in den letzten vier Jahren ziemlich getroffen. Vor allem ihn.

„Darf ich dir eine persönliche Frage stellen?", frage ich Harry nach einer Weile, in der er schon die Füllung für die Nudeln vorbereitet.

„Du darfst."

„Dein Vater wird sterben ... Richtig?"

Ich beobachte genau Harrys Reaktion darauf. Er scheint neutral zu bleiben, während er die Füllung umrührt, doch trotzdem schweigt er für einen Moment, bis er schließlich antwortet: „Wahrscheinlich wird er das tun, ja."

Ich schürze unglücklich die Lippen. Ja. Wahrscheinlich wird er das wirklich. Ich wusste es zwar schon, aber trotzdem empfinde ich nicht weniger Mitgefühl für Harry. „Darf ich dir noch eine Frage stellen?", traue ich mich ein zweites Mal.

„Du darfst erneut."

Unsicher spiele ich mit dem Saum meines Rockes. „Meine Mutter meinte, der Krebs wäre an meinem dreizehnten Geburtstag festgestellt worden ..." Ich vollende meine Frage nicht, weil ich hoffe, er versteht sie auch so. Abwartend sehe ich zu Harry.

Er allerdings beginnt, nur den Schinken für die Soße zu schneiden, und lässt sich weiterhin keine Emotion anmerken. „Ich verstehe deine Frage, aber eigentlich will ich nicht darüber sprechen."

Sofort nicke ich verständig, weil ich wirklich nachvollziehen kann, weshalb er nicht antworten will. Ich wollte ihn fragen, weshalb er es mir nie erzählen wollte. „Das ist in Ordnung. Ich dachte nur ... Keine Ahnung. Ich dachte einfach."

Leicht heben sich Harrys Mundwinkel, was mich beruhigt. „Kein Problem. Gib mir noch eine halbe Stunde und ich bin fertig."

Es dauert zwar etwas länger als eine halbe Stunde, bis Harry fertig ist, aber das ist halb so wild, denn wir unterhalten uns. Und zwar mit Niveau. Klar, hin und wieder kommt ein alberner Scherz, aber wir beleidigen uns nicht und das schätze ich gerade sehr. Die Sache mit seinem Vater und seiner Mutter hat mich ziemlich aufgebracht und ich denke ihn genauso, weswegen wir einen Abend wie diesen vielleicht brauchen, um uns abzulenken.

Jedes Mal, wenn wir gemeinsam über etwas lachen, geht mein Herz auf. Es macht mir Angst, aber heute Abend ist mir das einfach total egal. Noch immer ist nicht alles vergessen, was in den letzten Jahren zwischen Harry und mir passiert ist, wie viele Schimpfworte wir uns an den Kopf geschmissen haben, aber es war nie etwas irrelevanter als die Tatsache, dass wir noch ein zweites Leben führen, in dem wir uns abgrundtief hassen. Jetzt gerade sind wir einfach nur Harry und Violet, die zwei Freunde, die einen guten Abend miteinander verbringen.

Ich weiß natürlich, dass es nicht echt ist, aber es fühlt sich echt an. Bald wird es wieder anders sein.

Während Harry schon zwei Teller mit den selbst gemachten Tortellini füllt und wie ein Profi die Soße darüber schüttet, lege ich zwei Gabeln und stelle Gläser auf den Tisch. Mein Magen knurrt höllisch. Ich kann es kaum noch erwarten, endlich wieder diesen wunderbaren Geschmack in meinem Mund zu spüren.

„Bist du bereit?", fragt Harry, während ich mich schon aufgeregt an den Tisch setze.

„Ich war noch nie bereiter", sage ich und sehe zu, wie er einen Soßentropfen vom Tellerrand wischt. Er hat das alles wirklich drauf. Und vor allem beim Kochen hat er immer auf Perfektionismus geachtet.

„Okay, aber du musst die Augen zumachen."

„Warum muss ich ..."

„Augen zu, Violet."

Ich seufze und schließe widerwillig die Augen. „Na gut."

Ich höre, wie Harry einen Teller hochnimmt und sich neben mich stellt.

Mein Herz klopft unglaublich wild, doch ich schiebe es auf den Hunger, weil es schon die ganze Zeit so lecker riecht.

„Noch nicht gucken", mahnt Harry mich, als ich kurz spicke, und dann ertönt ein Geräusch, das mir sagt, er stellt den Teller nun vor mich.

Doch wieder versuche ich, ein Auge ein wenig zu öffnen. Ich halte es einfach nicht aus. Allerdings hält Harry mir direkt von hinten die Augen zu, worauf ich nur schwarz sehe und seufze. „Harry!" Ich lege den Kopf in den Nacken. „Ich will es endlich sehen, das ist Folter!"

„Einen Moment noch." Er nimmt eine Hand von mir weg und hält mir mit einer Hand beide Augen zu. Irgendetwas legt er oben auf das Gericht drauf und dann sagt er: „Okay. Jetzt kannst du gucken."

Harry nimmt seine Hand von meinen Augen und ruhelos blicke ich auf den Teller vor mir. Und es ist perfekt. Sogar der Dampf, der von der Soße kommt, ist perfekt. Es ist genauso angerichtet wie früher und das bringt mich dazu, mich zu verlieben. In dieses verdammte Essen. Jedes Stück Schinken ist gleichmäßig geschnitten und die Tortellini sehen so perfekt unperfekt aus. Ein kleines, grünes Basilikumblatt liegt oben drauf.

Niemals hätte ich gedacht, dass ich so etwas irgendwann noch mal sehen werde. Vor allem von Harry.

Harry setzt sich mit seinem Teller um die Ecke mir schräg gegenüber und grinst, als wüsste er ganz genau, wie sehr ich es liebe. „Nun iss schon."

Wie benebelt nehme ich mir die Gabel neben dem Teller und traue mich fast nicht, ein Tortellini aufzupieksen, weil ich dieses Meisterwerk nicht zerstören will, doch ich muss einfach. Und im nächsten Moment landet sie auch schon in meinem Mund.

Von Dopamin übermannt, atme ich auf. So viele Erinnerungen kommen mir in den Kopf, die ich mit diesem einzigartigen Geschmack verbinde. Erinnerungen an Zeiten, in denen Harry jeden Sonntag für mich gekocht hat, und Erinnerungen, in denen Harry mein Gesicht in den Teller voller Soße getunkt hat, weil ich ihn mit seiner neuen Frisur aufgezogen habe. Erinnerungen, an die ich mich nie wieder erinnern wollte, doch trotzdem nie vergaß.

„Ich habe es also immer noch drauf", holt mich Harrys Stimme wieder ins Hier und Jetzt, weswegen ich ihn ansehe. Er grinst und isst gelassen die Nudeln. „Bei diesem Gesichtsausdruck weiß ich, dass ich alles richtig gemacht habe."

Ich grinse ebenfalls und esse die nächste Nudel. „Und wie du alles richtig gemacht hast. Das vermisse ich schon seit vier Jahren."

„Dafür kannst du den Abwasch machen. Das hasse ich nämlich."

„Versprochen", sage ich mit vollem Mund. „Du hast es dir verdient. Ich bin sehr stolz auf dich. Anscheinend bist du doch nicht so nutzlos, wie ich dachte."

Skeptisch lacht er. „Warum soll ich nutzlos sein?"

„Na ja, du weißt schon. Du bist nicht wirklich nutzlos, aber ich spiele auf die Schule an und den ganzen Kram." Weil er mich darauf nur fragend ansieht, sage ich: „Die Tatsache, dass du fast ein komplettes Vierer- und Fünfer-Zeugnis hast?"

Jetzt verdreht Harry die Augen. „Wow, tolles Thema. Ich war froh, dass wir nicht drüber gesprochen haben."

„Aber mich interessiert das", sage ich und schiebe mir den nächsten leckeren Tortellini in den Mund. „Früher warst du doch auch nicht so schlecht, was ist passiert?"

„Weiß ich doch nicht, es ist eben passiert."

„Es ist dir echt egal, dass du in der Schule total versagst?"

„Ja, Violet." Er sieht mich an. „Es ist mir egal. Können wir das Thema wechseln? Ich muss mir diese Scheiße den ganzen Tag von meinen Eltern geben, das muss ich mir auch nicht noch von dir anhören."

„Wow, tut mir leid." Wieder kommt ein Tortellini in meinen Mund. „Anscheinend kam mit der Pubertät nicht nur der Bartwuchs, sondern auch die Stimmungsschwankungen."

„Violet, das –" Er atmet durch. „Hör auf. Es gibt einfach Themen, die nerven mich, und es gibt Themen, die sind in Ordnung. Du willst dir bestimmt auch nicht den ganzen Tag anhören, wie sich jemand über deine Strümpfe beschwert, oder?"

„Du hast selbst mal gesagt, dass du sie nicht leiden kannst."

Harry sieht etwas unter den Tisch und betrachtet meine Beine mit den grün-weiß gestreiften Kniestrümpfen. Jetzt sind sie mir definitiv doch unangenehm. „Du kannst sie wenigstens tragen. Bei anderen stelle ich es mir schlimmer vor."

Wissend sehe ich ihn an und grinse. „Ist das ein Kompliment für meine Kniestrümpfe, die du ja eigentlich so hasst?"

„Ich habe nur gesagt, dass …"

„Du magst sie", unterbreche ich ihn und muss feststellen, dass mich diese Tatsache zufriedener macht, als ich dachte.

Harry lacht daraufhin nur und schüttelt den Kopf, was gleich bedeutet, ich hatte recht. Er mag sie tatsächlich. Sonst hätte er spätestens jetzt das Gegenteil behauptet. Zum Glück.

Ich blinzle, als ich die nächste Nudel aufspieße. Habe ich gerade *Zum Glück* gedacht? Es kann mir doch total egal sein, ob er meine Socken mag oder nicht. *Violet, dreh mal nicht durch. Das hier ist nur Harry.*

„Aber eigentlich habe ich diese Strümpfe nur wegen deiner Mutter angezogen", sage ich und schiebe mir die Nudel in den Mund.

„Echt? Warum?"

„Weil ich weiß, sie würde sie hassen."

Harry sieht mich an und sein Blick fällt auf meinen Mundwinkel.

Ich wische mir über den rechten Mundwinkel, weil ich denke, dort ist irgendetwas.

Aber er schüttelt leicht den Kopf und mit einem Mal liegt etwas Sinnliches in seinen Augen, was mich dazu bringt, still zu halten, als er seine Hand zu meinem Gesicht hebt. „Nein", sagt er leise und legt seine große Hand um meine Wange, bis in den Nacken. „Hier."

Er wischt mir mit seinem Daumen die Soße vom Mundwinkel.

Ich halte den Atem an und starre in seine Augen, während er auf meinen Mund sieht. Etwas unglaubliches Warmes, Geborgenes, Liebevolles liegt in seinem Ausdruck.

Gegen das heftige Schlagen meines Herzens kann ich nichts tun. Und noch weniger kann ich etwas gegen dieses verdammte Kribbeln auf meiner Wange tun, während er mich berührt.

Wie schnell hat sich diese Stimmung gerade gewendet. Saßen wir eben nicht noch wie zwei alte Freunde am Tisch und haben in Erinnerungen geschwelgt?

Und verdammt, sollte *Brandon* mir nicht die Soße vom Mundwinkel wischen und meine Haut zum Kribbeln bringen? Nicht mal in meiner Fantasie hat sie so heftig gekribbelt, als er mich berührte. Bei Harry ist es tausend Mal intensiver, was mich beinahe um den Verstand bringt.

„Ist es weg?", hauche ich Harry entgegen, während er noch immer seine Hand auf meiner Wange liegen hat und mir nun in die Augen sieht.

Wieso ist mir nie aufgefallen, wie sinnlich dieses Blau ist?

„Ja", sagt er und will langsam seine Hand von meiner Wange nehmen, doch ich halte ihn auf, indem ich meine Hand auf seine lege.

Ich mag dieses Gefühl. Es hypnotisiert mich und jetzt gerade will ich, dass es nicht aufhört.

Und dann beuge ich mich langsam zu ihm, weil ich das Bedürfnis habe, es zu tun. Mit jedem Zentimeter, den ich ihm näher komme, birst mein Herz mehr und die Hitze in meinem Körper steigt, doch trotzdem breche ich den Blickkontakt mit ihm nicht ab.

Ich halte an, als sich unsere Köpfe fast berühren, weil ich Angst habe, er könnte es nicht wollen. Er beugt sich mir nicht entgegen und das beängstigt mich für einen kurzen Moment.

Und als ich seinen Atem auf meinen Lippen spüre, kommt er mir entgegen und küsst mich.

Tausend Gedanken durchfluten meinen Kopf, als sich unsere Lippen treffen, doch schon nach den ersten zwei Sekunden, in denen mir viel zu warm wird und mein Herz viel zu schnell pocht, beende ich diese Gedankenüberflutung und zucke vor Harry zurück, als hätte ich einen Stromschlag von seinen Lippen bekommen.

Was zur Hölle ist gerade mit mir passiert? Hat sich mein Hirn für die letzten zehn Sekunden ausgeschaltet oder warum zur Hölle küsse ich Harry?

Wie erstarrt sehe ich Harry an, der sofort seine Hand von meinem Kopf genommen hat, weil ich mich ruckartig von ihm entfernt habe. Er sieht mich an und scheint auf irgendeine Reaktion von mir zu warten.

Und dann frage ich mich, was ich eigentlich hier tue. Wieso zum Teufel bin ich überhaupt mit zu ihm gegangen? Er und ich, wir hassen uns, wir verbringen keine Stunden zusammen, in denen wir lachen oder füreinander kochen. Das ist absurd. Das alles ist absurd. Und vor allem küssen wir uns nicht. Das ist das Absurdeste.

Gerade will ich etwas sagen, um diese höchst unangenehme Stille zu unterbrechen, doch mein Handy beginnt zu klingeln. Es vibriert und hüpft etwas auf dem Tisch rum.

Wir beide sehen darauf und ich lese, dass Brandon mich anruft.

Verdammt. Brandon. Wieso küsse ich Harry, während ich doch eigentlich von Brandons Lippen fantasieren sollte? Ich bin doch keine Florence!

„Ich fass es nicht", sage ich deswegen zu mir selbst und schnappe mir das Handy. Mit einer schnellen Bewegung stehe ich auf, während Harry mich mit gekrauster Stirn beobachtet. „Was tue ich hier eigentlich?"

„Gute Frage", erwidert Harry darauf mit monotoner Stimme und sieht zu, wie ich mir mit zitternden Händen meine Boots auf dem Boden schnappe. „Vielleicht solltest du rangehen, jemand verlangt nach dir."

Giftig sehe ich ihn an, als ich mich wieder aufrichte. „Sei bloß still, verstanden? *Du* bist hier das Arschloch von uns."

Mit leichter erhobener Braue sieht er mich an und mit einem Mal sitzt nicht mehr der Harry neben mir, der eben noch für mich gekocht hat, sondern Harry, wie ich ihn in den letzten vier Jahren kenne. „*Ich* bin das Arschloch?", fragt er mich.

„Ja, *du* bist das Arschloch." Ich schiebe aggressiv meinen Stuhl an den Tisch. „Du hast eine Freundin, schon vergessen? Das ist das Letzte!"

„Und du datest Brandon, soweit ich das mitbekommen habe. Noch dazu hast *du mich* geküsst und nicht andersrum."

Weil mein Handy immer noch klingelt und es mich immer nervöser macht, drücke ich Brandon einfach weg. Ich werde ihn gleich zurückrufen, aber erst mal muss ich von Harry verschwinden, wenn ich keinen Nervenzusammenbruch erleiden will. „Ich hab dich nicht geküsst", lache ich auf und schüttle den Kopf. Ich laufe aus der Küche raus, weil ich nicht ertrage, wie weich er mich gemacht hat. „Das war eine Kurzschlussreaktion, mehr nicht!", rufe ich, als ich durch den riesigen Flur laufe.

„Eine Kurzschlussreaktion", wiederholt Harry und folgt mir in den Flur. Er verschränkt die Arme und lehnt sich ruhig an die Wand, um mir zuzugucken, wie ich mir so schnell wie möglich die Boots anziehe. „Es ist immer wieder amüsant, wie naiv du bist."

Ich presse die Lippen aufeinander, weil ich nicht glauben kann, wie er mit mir spricht. „Ich verstehe schon, ich hätte dich vorher durchschauen müssen. Dein Plan mit den Tortellini und dem Kochen und so, das war schon ziemlich raffiniert von dir."

„Nicht wahr?"

„Nur leider wird Florence es nicht freuen, wenn ich ihr erzähle, was hier gerade abgelaufen ist", sage ich gehässig und stehe wieder auf, worauf ich ihm in die Augen sehe.

Harry wirkt viel zu desinteressiert dafür, dass er gerade noch für mich gekocht hat. „Du darfst nicht vergessen, dass du Berry-Loser bist, *Berry-Loser.* Niemand würde dir auch nur ein Wort glauben, außerdem verzeiht Florence mir alles." Nun hebt sich sein rechter Mundwinkel etwas. „Aber ob Brandon mit alledem so einverstanden ist, ist eine andere Sache. Wart ihr nicht für Freitag verabredet? Anscheinend bist du doch nicht so klug, wie du denkst."

Wütend betrachte ich ihn und balle die Fäuste. Das hier ist definitiv wieder Harry, wie ich ihn kenne. Er kennt meine Schwächen und hat sie gegen mich verwendet.

Angewidert von ihm und seiner ganzen Gestalt, wie er redet und sich nonverbal ausdrückt, schüttle ich den Kopf. „Fahr doch zur Hölle, Harry." Ich drehe mich zur Haustür und reiße sie auf, doch nicht, ohne vorher mich noch mal zu ihm zu drehen. „Glaub bloß nicht, dass ich eines der tausend Mädchen bin, die du um den Finger gewickelt hast. So etwas wie heute Abend wird nie wieder vorkommen und noch etwas ... Rede keinen Ton mehr mit mir, wenn es nicht nötig ist." Ein letztes Mal sehe ich ihn an, wie er im Flur steht, noch immer an die Wand gelehnt und mir zuhört.

Dann gehe ich aus der Tür und noch bevor ich sie zuschmeiße, ruft er: „Kinder mit Kniestrümpfen waren noch nie mein Typ!"

Außer mir vor Wut knalle ich die Tür hinter mir zu und stampfe aus Harrys Hof. Er denkt, er kann es sich erlauben, mich um seinen blöden Finger zu wickeln, bis ich ihn küsse und dann am besten noch mit ihm ins Bett springe, wie bei all seinen anderen Mädchen? Oder Florence? Ich bin nicht Florence, ich bin Violet. Ich bin nicht dumm. Ich bin Violet, verdammt! Ich küsse nicht einfach so aus Reflex irgendwelche dahergelaufenen Jungs, nur weil sie für mich kochen und mich mit ihren blauen Augen so liebevoll ansehen! Vor allem küsse ich nicht Harry!

Während ich mich frage, weshalb er all das überhaupt getan hat und was wirklich sein Plan war, ziehe ich mein Handy hervor und rufe Benja an. Ich muss mit jemandem reden, dringend. Die Sache mit Harry ist schon zu lange unausgesprochen und ich brauche jemanden, der mich versteht. Und er und Charly verstehen mich immer.

Wie konnte ich so verdammt kindisch sein und mit ihm nach Hause gehen, obwohl ich genau weiß, wie Harry ist?

„Benjamin Wilkinson", meldet sich Benja.

„Benja", sage ich ernst. „Krisensitzung. Jetzt. Ruf Charly an."

Er seufzt. „Ist es eine Krise-Krise oder nur eine Krise? Weil eigentlich wollten Hardy und ich jetzt …'

„Es ist eine *Krise*-Krise, Benja. Ich bin in zehn Minuten bei dir."

„Verstanden ... Kakao und Sahne?"

Kapitel 12

Wie abgemacht, stehe ich zehn Minuten später auch schon vor Benjas Haustür und klingele. Charly scheint noch nicht da zu sein, denn ihr Fahrrad steht nicht vor dem Gartenzaun. Meine Gedanken sind noch genauso durcheinander wie in dem Moment, in dem ich Harry ... Ich will gar nicht daran denken. Ich nerve mich selbst mit jeder Sekunde, die ich an ihn und das Szenario eben gerade denke. Und dann hat er mich auch noch Berry-Loser genannt. Das allererste Mal.

Benjas Mutter öffnet mir die Tür und dann stampfe ich die Treppe nach oben in sein Dachgeschoss, von wo ich den Kakao bereits rieche. Eines unserer kleinen Rituale, wenn ein Krisengespräch Anlass ist. Kakao und Sahne ist das A und O, wenn wir über unsere Probleme und Sorgen sprechen.

„Wow!", sagt Benja, als ich in sein Zimmer gestürmt komme und er gerade eine dritte Tasse Kakao auf den Boden zu den vielen Decken und Kissen stellt, die ebenfalls ein Teil des Rituals unserer Krisengespräche sind. „Es muss wirklich eine Krise sein, wenn du so reingeplatzt kommst."

„Und wie es eine Krise ist", sage ich noch immer wütend, obwohl ich nicht weiß, ob ich auf mich oder Harry wütend sein soll. Ich schmeiße meine Boots in die Zimmerecke und setze mich auf ein Kissen am Boden. Vor mir steht bereits der Kakao. „Wo ist Hardy?"

„Ich habe ihn nach Hause geschickt", antwortet Benja und setzt sich ebenfalls in den Kreis von Kissen und Decken auf den Boden. „Du klangst ziemlich aufgebracht und das wollte ich ihm nicht antun."

Ich lache bitter. „Wenn du nur wüsstest, Benja. Wo bleibt Charly? Ich platze gleich."

„Immer mit der Ruhe", sagt Charly, die gerade abgehetzt das Zimmer betritt und ihren Fahrradhelm abzieht. „Leider kann ich auch nicht schneller als zwanzig km/h fahren, wenn es bergauf geht." Sie seufzt und setzt sich dann zu uns in den Kreis. „Man, es sollte besser wichtig sein, denn es läuft gerade Vampire Diaries."

„Es ist eine *Krise*-Krise", sagt Benja und reicht Charly eine Tasse Kakao mit Sahne.

„Eine Krise-Krise?" Charly sieht mich fragend an. „So schlimm?"

Ich nehme mir die Tasse Kakao, die vor mir steht, und schließe kurz die Augen, um alles sacken zu lassen. Ich sollte einfach damit rausplatzen. Um den heißen Brei herumzureden, war nie sinnvoll in einem unserer Krisengespräche. Deswegen sage ich: „Harry und ich haben uns geküsst."

Stille.

Benja schlürft nur mit großen Augen seinen Kakao und Charly ist erstarrt und sieht mich an.

Ich spüre, wie ich nervöser werde, weil ich die letzten Stunden so sehr bereue. „Bitte guckt nicht so."

„Ihr habt euch … geküsst", sagt Charly und sieht mich an, als hätte ich ihr gesagt, ich hätte gerade eben den Mount Everest bestiegen. „So richtig?"

„Ich weiß nicht", sage ich und lege meine Hand auf die Stirn. „Nicht so *richtig*-richtig. Nur ein oder zwei Sekunden."

„Und du willst uns nun offenbaren, dass du mit Harry zusammen bist oder ...?", fragt Benja vorsichtig.

„Um Himmels willen, nein! Ich will euch damit sagen, dass ich Harry geküsst habe, er ein riesiges Arschloch ist und wir uns jetzt – irgendwie – noch mehr hassen und alles in letzter Zeit aus dem Ruder läuft!" Ich beginne schneller zu atmen, weil mich diese ganze Sache mehr aufregt, als es sollte.

„Warte", analysiert Charly. „*Du* hast *ihn* geküsst?"

„Ja, aber das tut doch nichts zur Sache oder? Die Hauptsache ist, dass er mir nun durch Heath ständig am Hals hängt und ich ihn nie wieder sehen will!"

„Ist er nicht irgendwie mit der Sockentitte zusammen?", fragt Charly mich wieder.

„Ja, ist er und deswegen ist er ein noch größerer Arsch, als ich dachte, und jetzt ist er auch noch bei uns im Theaterkurs, ich muss mit ihm nachsitzen und wenn ich ehrlich bin, habe ich auf dem Weg hierher kurz darüber nachgedacht, auszuwandern."

„Hä, aber wieso küsst du ihn denn?" Charly ist total überfordert. „Hast du sie noch alle?"

Ich will gerade etwas sagen, doch Benja schneidet mir das Wort ab, derweil er seine Tasse zu Boden stellt. „Violet steht auf Harry, so lautet meine Hypothese."

Das ist der Moment, in dem ich aus allen Wolken falle und mit einem Genickbruch zu Benja sehe. Was hat er da gerade gesagt?

„Was ist?", fragt Benja mich, als ich ihn entsetzt anstarre. „Du weißt, wir müssen immer die Wahrheit sagen, wenn wir Krisensitzungen haben, und das ist meine Wahrheit."

„Schon vergessen, dass Harry und Violet Erzfeinde sind?", erinnert ihn Charly mit gerunzelter Stirn. Sie steht wohl auf meiner Seite. „Also macht deine Hypothese echt keinen Sinn, wobei Violet sowieso auf Brandon abfährt."

„Ich stehe auch auf Johnny Depp", sagt Benja nun zu Charly. „Ich würde mit ihm vielleicht mal rummachen, aber ich bin mir sicher, wenn er seinen Mund aufmacht, dann gefällt er mir nicht mehr so gut. Er nuschelt ziemlich, das vergesse ich aber, wenn ich mir Bilder von ihm ansehe."

„Was soll das denn heißen?", platzt Charly heraus, während ich nur zwischen den beiden hin und hersehe. „Violet steht seit *zwei Jahren* auf Brandon und er ist nicht so ein Idiot wie Harry, der sie ständig niedermacht. Hast du schon die Szene im Theater vergessen?"

„Habe ich nicht."

„Na also! Wieso sollte sie auf Harry stehen, während Mister Sexgott sie zu Dates einlädt? Benja, du verstehst Mädchen wohl doch nicht so, hm?"

Benja lacht. „Charly, ich bitte dich. Hast du noch nie ernsthaft darüber nachgedacht, wie Violet eventuell für Harry noch fühlt? Oder er für sie? Sie standen früher schon aufeinander."

Ich lege den Kopf in meine Hände. Oh Gott, ich will mich übergeben.

„Schwachsinn", schnaubt Charly und verschränkt die Arme. „Violet ist nicht so dumm wie Florence und verknallt sich in Mister Obercool. Ein Kuss hat noch lange nichts zu heißen. Außerdem wäre sie nicht hier, wenn sie es toll gefunden hätte."

„Oder vielleicht ist ja auch genau *deswegen* hier."

Ich schalte mich wieder ein, während ich zu Boden starre. „Oder vielleicht verliert sie auch einfach nur den Verstand."

Beide sehen mich an und verstummen.

Ich seufze tief. „Nicht mal eine Sekunde will ich darüber nachdenken, ob ich auf Harry stehe oder nicht, denn selbst wenn es so wäre, wäre es falsch und deswegen", ich stehe auf und gehe zum Fenster, um es zu öffnen, „will ich diesen Abend ein für allemal vergessen."

„Was machst du da?", fragt mich Benja verwirrt, als er beobachtet, wie ich mir meine Kniestrümpfe von den Füßen ziehe.

„Harry meinte, ich könnte sie tragen", sage ich und ziehe meinen zweiten Kniestrumpf aus. „Und deswegen hasse ich diese Teile ab sofort und alles, was ich mit ihnen verbinde." Ich reiße das Fenster auf.

„Moment mal! Schmeißt du jetzt deine Socken aus meinem Fenster?"

„Ich muss es tun", sage ich und halte die beiden Socken nach draußen. „Wenn ich das tue, ist der Abend vergessen und somit auch der Kuss."

„Hast du was geraucht?", fragt mich Charly nun, doch ich schüttle den Kopf.

„Nein, Charly. Ich versuche gerade, eine Metapher mit Harry und diesen Strümpfen herzustellen."

„Idiotisch. Die Socken sind nämlich eigentlich schön."

„Und sie aus meinem Fenster in meinen Garten zu schmeißen, wird dir auch nicht viel bringen", sagt Benja.

Aber trotzdem lasse ich die erste Socke fallen, worauf sie nach unten flattert. „Jetzt ist die Hälfte schon vergessen."

„Sie hat definitiv was geraucht", meint Charly.

Und dann erinnere ich mich noch mal an den Kuss mit Harry, wie er für mich gekocht hat und wie wir uns unterhalten haben, als wären wir noch immer Freunde. Dann denke ich ernsthaft darüber nach, wie ich fühle, wenn ich an ihn denke, doch dann erinnere ich mich, wie er mich Berry-Loser nannte und mich beleidigt aus seinem Haus hat stürmen lassen.

Die nächste Socke flattert zu Boden. Somit auch die Erinnerung und der Kuss.

„Toll", stöhnt Benja, als ich über den Fensterrahmen nach unten sehe, um ein letztes Mal die zwei gestreiften Socken zu sehen, die nun in einem Kartoffelbeet liegen. „Meine Mutter wird sich wundern, warum Strümpfe in ihrem Garten liegen. Hoffentlich hat es dir was gebracht."

„Und wenn wir am Samstag schon einkaufen gehen, sollten unsere Kleider bis nächste Woche fertig geschneidert sein", erzählt Charly, während ich seufzend meinen Spind zuknalle. Sie blättert in ihrem Terminkalender herum. „Wir müssen nur endlich mal die Sache mit der Bezahlung klären. James, Carla, Rene und Marcus haben immer noch nicht bezahlt."

Ich lehne mich mit dem Rücken an die Wand und muss feststellen, dass ich das erste Mal in meinem Leben keine Lust auf die gleich kommenden Theaterstunden habe. Die Laune darauf wurde mir gestern Abend von Harry verdorben.

„Bis jetzt haben wir nur zweihundertdreißig Pfund", sagt Charly wieder und schreibt etwas in ihr Buch. „Das wird nie im Leben reichen."

Eigentlich würde ich darauf etwas sagen, doch mein Blick wird von einer Gruppe Leute abgelenkt, die gerade durch den Haupteingang den Schulflur betreten. Sofort höre ich Charly nur noch halbherzig zu, als ich deren

Schritte verfolge. Florence, die Braue, Brandon, Ethan, Liam und die Person, die ich gerade am wenigsten sehen will, schreiten gemeinsam durch den Flur, als wüssten sie genau, welchen Rang sie hier haben. Alle haben erhobene Köpfe, sehen niemanden um sich herum an, während Florence an Harrys Arm hängt, Ethan daneben mit den anderen läuft. Wäre das hier ein Teeniefilm, würde jetzt eine Zeitlupenfrequenz daraus gemacht werden, in der man genau beobachten kann, wie ich sie alle verstohlen anblicke, niemand von ihnen jedoch *mich* auch nur eine Sekunde beachtet, um klarzumachen, dass ich der Loser bin und sie die Coolen.

Jedoch ist das hier kein Teeniefilm, deswegen versuche ich zwar wegzugucken, doch trotzdem treffen meine Augen auf Harrys. Ich wusste, dass es mit dem Rausschmiss meiner Socken aus Benjas Zimmer nicht getan ist und ich somit unseren kleinen Kuss nicht vergessen kann, aber trotzdem wünsche ich mir in diesem Moment, ich würde nicht an das Gefühl seiner weichen Lippen auf meinen denken. Ich will es vergessen, wirklich, aber wenn ich so in seine Augen sehe, scheint es unmöglich.

Ich bin mir nicht sicher, aber während Harry mich ansieht und ich ihn, fühlt es sich an, als würden wir wieder eine kurze Konversation führen. Allerdings ist es diesmal ziemlich unnett, was wir uns zurufen. Er wirkt extrem resigniert, woraus man auch schließen könnte, dass ich mir dieses Gespräch nur einbilde. Wahrscheinlich tue ich das. In seinem Ausdruck liegt null Interesse. Es ist, als würde er mich von oben herab betrachten und mir weismachen, dass ich wirklich nur der Loser in diesem Szenario bin. Womit er ja auch recht hat.

Jetzt gerade bin ich für ihn niemand mehr von Bedeutung, sondern nur ein Stück vom langweiligen Rest in diesem Flur.

Weswegen er den Blickkontakt als Erstes wieder abbricht, seinen neutralen Ausdruck beibehält und seinen Arm um Florences Schultern legt, die sich sofort grinsend an ihn kuschelt. Sie laufen genau an mir vorbei und zwei Sekunden später ist die Zeitlupenfrequenz vorbei.

Zwei Finger, die genau vor meiner Nase mehrmals schnipsen, holen mich wieder in die Realität und mein Kopf schwenkt zu Charly, die mich skeptisch ansieht. „Hörst du mir eigentlich zu oder bist du nur auf Brandons Hinterteil fixiert?"

Ich runzle die Stirn. „Auf Brandons Hinterteil?"

„Ja." Sie deutet auf Harry und den ganzen Rest. „Kaum läuft Brandon hier vorbei, bist du gar nicht mehr anwesend."

Ich blinzle. Mir scheint total entgangen zu sein, dass Brandon auch dabei war. Früher habe ich immer nur ihn angestarrt, als er mit ihnen vorbeigelaufen ist, selten sah ich zu Harry. Anscheinend haben der Kuss und der Streit mit Harry mehr in mir durcheinandergebracht als ich dachte.

„Wie auch immer, du scheinst echt verloren zu sein", meint Charly und steckt ihr kleines Buch in die Tasche. „Bereit fürs Theater?"

Nein, bin ich nicht. Doch ich nicke und gemeinsam laufen wir zum Theaterkurs und ich stelle mich schon mal auf den nächsten Streit mit Harry ein. Oder vielleicht ignoriert er mich auch komplett. Ich bin mir nicht sicher, welche Variante mir besser gefällt.

„Violet", hält mich eine bekannte Stimme auf, als ich gerade die Tür zum Theaterraum öffnen wollte. Misses Heath kommt auf mich zu, sie wirkt gestresst. „Ich möchte kurz mit dir sprechen."

„Oh, oh", macht Charly im Hintergrund und öffnet die Tür. „Ich mach mal einen Abgang, bis gleich."

Ich seufze nur und sehe von Charly, die hinter der Tür verschwindet, zu Misses Heath, die jetzt genau vor mir steht. Ich kann mir bereits vorstellen, was sie mir zu sagen hat. Auch ihr wird nicht entgangen sein, dass Harry und ich bisher nur einmal richtig nachgesessen haben.

Misses Heath verschränkt die Arme. „Ich bin mir sicher, du weißt, weshalb ich hier bin, und das mit äußerst schlechter Laune."

Unschuldig sehe ich sie an. „Sie haben gestern Kaffee über ihr Poesiebuch geschüttet und fragen mich jetzt nach einem Leihbuch?"

„Sehr witzig, Violet. Du und Harry; keiner von euch scheint es für nötig zu halten, wie besprochen beim Nachsitzen zu erscheinen. Klingelt da was?"

„Ich denke, es klingelt was."

„Denkt ihr, mir entgeht so was? Auch wenn Harry in der letzten Matheklausur ein A hatte, heißt das nicht, dass das Nachsitzen beendet ist. Noch dazu ist mir zu Ohren gekommen, dass ihr eure Zeit im Theaterkurs eher mit Streiten anstatt konstruktiver Arbeit am Stück verbringt."

Harry hat ein A geschrieben?

„Stimmt das, Violet?", fragt mich Misses Heath nachdrücklich, als ich nicht antworte.

„Ich denke schon. Irgendwie. Also wir haben einmal diskutiert und ..."

„Du weißt, dass das Stück bald fertig sein sollte", unterbricht mich Heath ungeduldig. „Und deswegen werdet ihr heute – wie besprochen – nachsitzen, allerdings unter Beobachtung, damit auch keiner von euch auf die Idee kommt, wieder die Fliege zu machen. Ihr werdet an dem Stück arbeiten und ich will vorgelegt bekommen, was ihr erarbeitet habt. Es tut mir leid, Violet, aber ihr wollt nicht auf mich hören. Ich dachte, ich kann mich auf euch verlassen."

Ich lasse die Schultern hängen. Mich gegen die Rektorin aufzulehnen, war noch nie eine gute Idee, und außerdem weiß ich, dass es nichts bringt. Noch dazu verstehe ich mich eigentlich mit ihr und das will ich mir nicht verscherzen. Trotzdem nervt es mich. Ich will nicht noch mehr Zeit mit Harry verbringen müssen. Vor allem nicht nach dem, was passiert ist.

Misses Heath seufzt und lässt wieder die Arme locker. „Ich weiß, dass du und Harry nicht mehr miteinander zurechtkommt, aber ich muss konsequent sein, was das angeht. Es tut mir wirklich leid."

„Schon okay", gebe ich trotzig zurück und versuche, all das nicht zu sehr an mich heranzulassen. Harry würde wahrscheinlich jetzt auch nur eine desinteressierte Miene aufsetzen, wieso kann ich das nicht?

„Vielleicht versteht ihr euch nach einer Weile wieder besser", versucht Heath, mich aufzumuntern, und zeigt mir damit wieder ihre mütterliche Seite. „Wenigstens so, dass ihr euch nicht vor allen anderen anbrüllt."

Ich schüttle den Kopf und sehe zu Boden. „Das dachte ich auch mal, aber so läuft das anscheinend in unserer Generation nicht."

Zu meiner Überraschung legt sie ihre Hand auf meine Schulter, worauf ich sie ansehe. Sie lächelt warmherzig. „Versucht, das Beste daraus zu machen."

Ich danke ihr, höre allerdings immer noch die Stimme im Hinterkopf, die mir sagt, dass das Beste nicht ausreichend wäre, um all das, was zwischen Harry und mir passiert ist und momentan passiert, so zu gestalten, damit es ertragbar wird. Es ist eine Situation, mit der ich leben kann, aber sie beschäftigt und belastet mich sehr. Auf eine seltsame Art und Weise. Mir geht all das nicht aus dem Kopf, auch wenn ich eigentlich meine Socken aus Benjas Zimmer geschmissen habe, um Harry vergessen zu können, damit ich mich Brandon widmen kann.

Ich betrete den Theaterraum und sehe bereits die Mitglieder, die die Bühne aufbauen, ihre Kostüme anziehen oder sich über den Text unterhalten. Als ich meine Tasche auf den Boden vor den Publikumssitzen fallen lasse, erkenne ich Harry, der sogar ohne Beschwerde einen Styroporstein auf die Bühne trägt, um ihn richtig zu platzieren. Rene gibt ihm ab und zu Anweisungen, doch er scheint sich tatsächlich nicht dagegen zu wehren.

„Da bist du ja", ruft Benja und springt von der Bühne zu mir, worauf ich meinen Blick von Harry nehme, der hinter dem roten Vorhang verschwindet. Benja hält mehrere Zettel in der Hand und sieht darauf, als er auf mich zukommt. „Ich habe mit den anderen besprochen, dass wir die letzte Szene ändern. Wir haben abgestimmt und beschlossen, dass Henriette Victor nicht verzeiht. Und außerdem – hey, was ist los?"

Ich sehe von den Zetteln in Benjas Hand überrascht zu Benja. „Was meinst du? Was soll sein?"

Kritisch betrachtet er mich und kneift etwas die Augen zusammen. „Irgendwas stimmt mit dir nicht. Ich kenne diesen Blick."

„Ne, den kennst du nicht", sage ich und drehe mich sofort weg, um zur Bühne zu gehen. Benja folgt mir die Treppe nach oben und ich sage: „Misses Heath hat mich eben nur zum weiteren Nachsitzen verdonnert und deswegen ist das mein Ich-wäre-viel-lieber-am-Strand-Blick."

„Wenn du das sagst", meint Benja hinter mir und stellt sich dann neben mich, während ich beobachte, wie die Bühne weiter von Rene aufgebaut wird. „Ich würde sagen, das ist dein Ich-hab-schrecklichen-Liebeskummer-bitte-umarme-mich-Benja-Blick, aber ich weiß selbst nicht, wie ich darauf komme."

Ich schnaube, will sagen, dass er mich mal kreuzweise kann, doch dann erscheint Harry wieder auf der Bühne mit einem Pappbaum unter dem Arm. Er sieht mich nicht ein einziges Mal an, als hätte er mich noch gar nicht bemerkt.

„Harry", sage ich deswegen, damit er aufhören kann, mich zu ignorieren. Denn ich wette, Heath hat noch nicht mit ihm wegen des Nachsitzens geredet. „Ich muss kurz mit dir reden."

Er stellt den Baum auf, sieht mich jedoch immer noch nicht an. Währenddessen sagt er: „Du kannst es mir hier sagen, es ist mir sowieso egal."

Ich balle meine rechte Faust und presse die Lippen aufeinander. Wieso hasse ich diese Antwort so verdammt sehr? „Heath", sage ich allerdings nur und versuche locker zu bleiben. „Wir sollen heute nachsitzen und an dem Stück arbeiten. Unter Beobachtung. Ich dachte, du solltest es vielleicht wissen, bevor du wieder nicht auftauchst."

Harry begibt sich resigniert hinter die Bühne und erwidert nur: „Jap."

Vor lauter Verzweiflung halte ich mir die Hände vor das Gesicht. Am liebsten würde ich losschreien und alles klein hacken, was mir in die Nähe kommt. Diese Gefühle in mir bringen mich auf die Palme, denn ich kann sie nicht einschätzen. Harrys Visage soll aus meinem Kopf verschwinden. Er soll aus diesem Kurs verschwinden.

Und als ich mich auch noch daran erinnere, dass ich zugelassen habe, dass er befugt dazu ist, etwas an dem Stück zu ändern, schreie ich kurz in meine Hände und lege den Kopf in den Nacken. Fühlt es sich so an, Harry wieder in seinem Leben zu haben? Ich will das nicht mehr.

„Okay?" Benja sieht mich verwirrt an, als ich die Hände von meinem Gesicht nehme. „Dich scheint das Nachsitzen wohl echt auf die Palme zu bringen."

Ich lasse mich auf einen Requisitensessel auf der Bühne fallen und lege hoffnungslos den Kopf in die Hand. „Frag nicht."

Kapitel 13

BRANDON

Wann hast du heute schulschluss? Ich würde dich gerne noch mal vor freitag sehen x

Ich lese Brandons Nachricht, während ich durch den leeren Schulflur zum Nachsitzen laufe. Antworten tue ich:

Ich muss nachsitzen. Vielleicht können wir uns morgen sehen. In der Cafeteria oder so. ☺

BRANDON

Bis dahin halte ich es nicht aus. Ich muss dich heute sehen. Irgendwie

Bei diesem Irgendwie muss ich schmunzeln. Ich mag dieses Irgendwie. Es ist so zurückhaltend und gleichzeitig unglaublich süß.

„Sieben Minuten zu spät", sind die ersten Worte, die ich höre, als ich die Tür zum Nachsitzzimmer betrete. Harry sitzt in der ersten Reihe, verschränkte Arme, böser Blick. Wahrscheinlich freut es ihn, dass ich zu spät bin.

Vor ihm sitzt Miss Harper, unsere Geschichtslehrerin, am Pult und schiebt ihre Lesebrille höher. „*Ich* bin immer noch für die Predigten zuständig, Mister Perlman, also zügeln Sie sich." Sie sieht zu mir. „Setz dich, Violet. Misses Heath meinte, ihr hättet viel zu tun."

Ich nicke nur und begebe mich an den Tisch neben Harrys und setze mich auf den Stuhl. Meine Tasche lasse ich zu Boden fallen und dann krame ich auch schon meinen Ordner mit den Texten für das Stück hervor.

„Hast du dir schon Gedanken über den Verlauf gemacht?", frage ich Harry, sehe ihn jedoch noch immer nicht an, als ich zur letzten Seite blättere.

„Nope."

„Sehr gut, dann hat sich deine Beschwerde ja gelohnt", murmle ich vor mich hin und hole noch einen Stift heraus, um die letzte Szene wegzustreichen.

„Du bist doch für das Schreiben zuständig, nicht ich", gibt Harry zurück und lehnt sich etwas nach vorne. „Ich hab nicht mal einen Plan, um was es in dem Stück geht."

„Henriette und Victor sind Kinder zweier verschiedener Königreiche, füreinander bestimmt, wollen ausreißen, jedoch ist Victor irgendwann ein Idiot und schläft mit Henriettes Dienstmädchen, worauf Henriette jemand anderen heiraten will", fasse ich alles kurz zusammen.

„Und am Ende verzeiht Henriette ihm und alles soll vergessen sein."

„So wollte ich es, bevor du dich eingemischt hast, ja."

Harry lehnt sich wieder zurück und verschränkt die Arme. „Zum Glück habe ich mich eingemischt. Dann lass mal deine Fantasie spielen und schreib eine neue Endszene."

„Wir sind hier, um *gemeinsam* daran zu arbeiten, schon vergessen?"

„Richtig", mischt sich Miss Harper ein und sieht Harry über ihren Brillenrand an. „Diesmal können die Streber nicht alles für Sie machen, Mister Perlman. Sie werden nun überwacht."

Verdutzt sehe ich sie an. „Miss Harper, haben Sie mich gerade Streber genannt?"

Ich missachte Harry leises Lachen.

„Natürlich nicht, Violet", sagt Miss Harper und holt ein Buch hervor. „Arbeiten Sie jetzt."

„Okay", beginnt Harry. „Wie fangen wir an?"

„Ich weiß nicht", sage ich unsicher und sehe auf das Papier vor mir. „Ich habe noch nie mit jemand anderem geschrieben. Normalerweise mach ich das alleine."

„Jetzt musst du es aber tun, also; ich würde sagen, Victor braucht einen längeren Text."

Ich sehe ihn an.

„Er rennt doch Henriette hinterher, die er angeblich so liebt, deswegen muss er mehr betteln. Es bringt nichts, wenn er sie seine Sonne nennt, sagt, dass er sie liebt und sie sofort darauf anspringt."

„Und Henriette? Sie soll sich das anhören und am Ende einfach gehen oder was?"

„Natürlich nicht. Henriette liebt Victor, verlässt ihn aber trotzdem. Der Dialog muss persönlicher werden. Detaillierter, verstehst du?"

„Du meinst, sie sollten Dinge sagen, die nicht jeder andere sagen könnte?"

„Ja. Vielleicht hat Henriette einen dritten Arm, den Victor unglaublich toll fand."

Ich verdrehe sofort die Augen und stöhne auf. „Harry, so wird das nichts. Du musst ernst sein."

„Wieso muss ich dir so was eigentlich sagen? Schüttel dir doch einfach irgendetwas aus dem Ärmel."

Mal wieder verzweifelt lege ich den Kopf auf den Tisch. „Eigentlich würde das auch klappen, aber es geht einfach nicht. Es ist wie eine Blockade, die nicht verschwinden will."

„Das ist ziemlich ungünstig. Ich kann so was nämlich absolut nicht."

Mein Kopf verweilt auf der Platte, während ich zur Uhr über der Tür sehe. Noch fünfundfünfzig Minuten muss ich mit Harry hier sitzen und so was Ähnliches wie kreativ sein. Schlimmer kann es kaum werden. Wenn doch wenigstens Benja hier wäre oder Charly. Sie könnten mir sofort sagen, was ich schreiben soll oder mich aufmuntern, damit mein Schreibfluss wieder läuft. Aber Harry ist dafür der Falsche. Er macht mich nur nervöser und verunsichert mich in allem, das ich tue.

Für eine halbe Minute schweigen wir einfach nur, in der ich dem Zeiger auf der Uhr beim Ticken zusehe. Ich habe das Gefühl, er wird immer langsamer, um mich zu provozieren. Es kann sich nur noch um Stunden handeln.

„Mir vorzustellen", ertönt nach einer Weile Harrys Stimme hinter mir, worauf ich die Augen nach kurzer Zeit wieder öffne, „mir vorzustellen, du würdest, nein, *Ihr* würdet ... Du musst ja so scheiße gehoben schreiben ..." Er seufzt. „Mir vorzustellen, Ihr würdet gehen und mich hier stehen lassen, während mir nichts anderes übrig bleibt, außer nach Eurer Liebe zu verlangen, es ... es bringt mich um. Henriette. Oder ... Henny."

Ich spitze die Ohren. Spricht er gerade einen Text für Victor oder verhöre ich mich?

„Ich will nicht denken, dass nun der letzte Moment gekommen ist, in dem ich Eure Schönheit, Eure schönen blauen Augen sehen darf ... Ich will nicht denken, dass ... Scheiße – ich wünschte, Ihr wüsstet, wie sehr ich Euch liebe. Denn wenn Ihr es wüsstet, würdet Ihr nicht gehen. Ihr würdet mir verzeihen, mir erlauben, jeden Tag Euer blondes Haar zwischen meinen Fingern zu spüren, Euer

Muttermal auf Eurem linken Schulterblatt zu küssen und Ihr würdet mir erlauben, Euch zu halten, wenn Ihr fallt."

Ich traue mich noch immer nicht, meinen Kopf zu ihm zu drehen, weil ich wie erstarrt bin.

Ich höre, wie er seinen Kopf in seine Hände stützt und kurz durchatmet. „Meine Liebe, Henny, wisst Ihr eigentlich, wie Eure Augen glänzen, wenn Ihr lacht und wie sehr ich mich in ihnen verliere? Jedes Mal? ... Ich weiß, dass ... Ich weiß, dass diese Frau für eine Nacht zu lieben, ein Fehler war, doch wenn ich gewusst hätte, dass es der größte Fehler meines Lebens sein wird, hätte ich sie nie geliebt, sie nicht auch nur eine Sekunde berührt."

Die besten Dialoge entstehen dann, wenn sie echt sind, denke ich mir.. Deswegen sage ich, sehe Harry aber immer noch nicht an: „Aber Ihr habt es getan."

Harry schweigt. Ich habe die Befürchtung, dass er mich auslachen wird, weil ich mich als Henriette ausgebe, aber ich hoffe, er begreift, was ich hiermit bezwecken will.

Weil er immer noch nichts sagt, füge ich noch leise hinzu: „Ihr könnt sprechen die ganze Nacht, doch werde ich Euch nicht verzeihen können, Victor ... Ihr seid nicht das, was ich dachte."

Wieder herrscht eine unangenehme Stille, in der ich mir sicher bin, dass Harry laut auflachen wird.

Doch er überrascht mich, als er sagt: „Ich weiß, Ihr werdet gehen ... Ich weiß, Ihr werdet mich verlassen müssen, doch lasst mich Euch bitte sagen, dass ich Euch liebe. Das tue ich, ich tue es wirklich."

„Ihr liebt mich nicht ausnahmslos ... Ihr liebt mich manchmal, doch nicht ständig. Eure Worte möchte ich nicht hören, wenn ich nicht weiß, an wen sie wirklich gerichtet sind. Eure Taten sprachen mehr als hundert Eurer Gedichte es je sprechen könnten."

„Ich merke schon, liebe Henny ... Ein gebrochenes Herz ist nicht mehr zu heilen, vor allem nicht vom Täter. Doch trotzdem möchte ich, dass Ihr wisst ... Es würde ein besseres Ende für unsere Liebe geben."

„Es gibt nur ein Ende, Victor ... Unseres."

„Ich weiß ... Ich weiß. Aber doch wünsche ich mir, Eure Schritte würden mir näher kommen und mich nicht weiter frieren lassen. Ihr entfernt Euch immer mehr."

Ich kann nicht glauben, was Harry und ich gerade von uns geben.

Doch trotzdem rede ich weiter. „Ihr wisst nicht, wie es ist, Victor ... Ihr wisst nicht, wie es ist, von der Person auch nur für einen Herzschlag nicht geliebt zu werden, für die Ihr sterben würdet. Es verband uns so viel ... Wie konntet ihr all das zugrunde gehen lassen?"

„Ich weiß, wie es sich anfühlt, Henny. Jetzt gerade fühle ich es."

„Sagt, ist es grausam?"

„Es ist schlimmer als tausend bittere Tode."

Kurz schweige ich und dann schließe ich die Augen, weil mir diese Szene gerade viel zu nahe geht. Gott, wächst da gerade ein Kloß in meinem Hals? „Sagt ... Habt Ihr Hoffnung für uns?"

Harry schweigt ebenfalls kurz. „Dieses kleine Stück Hoffnung in mir wird niemals vergehen, Henny ..."

„Ihr möchtet, dass Euch verzeihe, Victor?"

„Ich flehe Euch an. Ich verkümmere, sterbe, nein, verrecke jämmerlich, wenn Ihr nun geht."

„Victor", sage ich mit heiserer Stimme, doch sehe Harry noch immer nicht an. „Ich liebe Euch. Ich liebe Euch, wie ich sonst niemanden liebe."

Harry schweigt, als würde er wirklich darauf warten, dass ich ihm verzeihe, zumindest dass ich Victor verzeihe.

„Doch möchte ich, dass Ihr nun geht", spreche ich die letzten Worte. „Geht ... Und dann ... Dann ..." Ich finde nicht die richtigen Worte.

„Dann liebt wen anders", vollendet Harry meinen Satz.

„Ja", hauche ich und hebe den Kopf. Ich fühle mich etwas duserig, verwirrt und ich brauche eine Sekunde, um zu realisieren, dass ich wieder im Hier und Jetzt bin. „Dann liebt wen anders."

Und dann tritt erst mal ein peinliches Schweigen ein. Harry sieht mich nicht an und ich sehe Harry nicht an. Der Dialog ist gut, besser als alles, was ich je alleine hinbekommen hätte. Deswegen atme ich leicht durch und greife nach dem Stift auf meinem Tisch und beginne das aufzuschreiben, was wir gerade gesprochen haben.

„Wie bist du auf die blonden Haare und das Muttermal gekommen?", frage ich Harry leise, während ich schreibe.

„Florence", antwortet er nur, sieht aus dem Fenster.

Er hat scheinbar ständig an die Sockentitte gedacht. Kein Wunder, dass alles so ehrlich rüberkam.

Jemand schnieft und Harry und ich heben die Köpfe, um nach vorne zu sehen. Miss Harper sitzt mit einem Taschentuch und verweintem Gesicht hinter dem Pult und wischt sich Tränen von ihren Augen.

„Miss Harper", sage ich verdutzt, „ist alles in Ordnung? Wieso weinen Sie?"

„Ach", sagt sie und steckt schniefend ihr Taschentuch weg. „Ihr habt das so toll gemacht. Als hättet ihr all das ernst gemeint."

Ich blinzle und Harry schnappt sich nur seinen Rucksack auf dem Boden und steht auf, worauf der Stuhl knarrt. Er sieht zu Harper. „Dann wird es höchste Zeit zu gehen. Wir sind fertig. Miss Harper?"

Ein letztes Mal schnieft Harper und nickt. „Ja, Sie können gehen. Aber nur, weil ihr das so schön gemacht habt."

Er verdreht die Augen und ich verfolge seine schnellen Schritte zur Tür. Harry lässt mich wieder einfach hier sitzen und die ganze Arbeit machen? Beim Schreiben hätte er mir ruhig helfen können.

Doch er öffnet die Tür, sieht mich nicht an und knallt sie hinter sich zu.

Nachdem ich versucht habe, all das, was Harry und ich eben gesprochen habe, wortgetreu auf Papier zu bringen, hat Miss Harper mich ebenfalls freigestellt. Die ganze Zeit, in der ich schrieb, verlor ich mich so dermaßen in Harrys gesprochenen Worten, dass ich kurz vergaß, wer wir eigentlich sind. In dem Moment, in dem wir den Dialog sprachen, waren wir Henriette und Victor, doch in echt ist es anders. In echt lieben wir uns nicht, in echt verachten wir uns, weil das Leben nun mal manchmal so spielt. Es passiert so viel, dass es uns immer wieder auseinanderreißt, auch wenn es oftmals nur daran liegt, dass ich diese Abneigung für Harry nicht unterdrücken kann. Und er mir gegenüber nicht. Das ist unverkennbar.

Ich verlasse mit einem tiefen Kopfschmerz das Schulgebäude und hole direkt meine Sonnenbrille hervor, weil die Sonne so grell in mein Gesicht scheint. Zum Glück habe ich heute auf meine Kniestrümpfe verzichtet, ansonsten würde ich wohl jetzt – selbst mit Rock – schwitzen. Als ich gerade mein Handy hervorziehe, um Brandon eine Nachricht zu schreiben, weil ich noch nicht geantwortet hatte, fällt mein Blick jedoch auf zwei Kerle, die sich angeregt unterhalten.

Und ich bleibe stehen, als ich erkenne, dass es Harry und Brandon sind. Sie stehen zwischen Harrys schwarzem und Brandons weißem Wagen. Brandon verdreht gerade die Augen, während Harry ihm etwas sagt, das wohl nicht so freundlich zu sein scheint, denn er wirkt angespannt.

Ich stecke mein Handy wieder weg, um Brandon begrüßen zu können. Denn immerhin fehlt er mir und ich ihm. Ich hoffe, er ist extra wegen mir noch mal in die Schule gekommen, denn er schrieb immerhin, dass er mich heute unbedingt sehen müsse. Zumindest irgendwie.

„Hey", mische ich mich in die Konversation, als ich auf die zwei zulaufe.

Harry hört sofort auf zu reden und verschränkt genervt die Arme. Nur zu gerne würde ich wissen, worum es ging. Doch Brandon ist gerade wichtiger, denn seine blonden Locken glänzen so schön in der Sonne und sein schönes Gesicht verzückt mich direkt mit seinem schönen Lächeln, das er mir zuwirft. Im Gegensatz zu Harry scheint er froh zu sein, mich zu sehen.

„Endlich bist du da", sagt Brandon und zieht mich an der Hand zu sich. Er küsst mich liebevoll auf die Schläfe, worauf ich sofort erröte und weggucke. „Ich habe etwas für dich."

„Du hast etwas für mich?", frage ich noch mal und beobachte Brandons Griff in seine Lederjacke, die übrigens perfekt auf seinen breiten Schultern sitzt.

„Ja." Er holt ein kleines dunkelblaues Kästchen hervor und hält es mir hin. „Meine kleine Schwester wollte, dass ich sie dir gebe, nachdem ich ihr ein Foto von dir gezeigt habe. Für Freitag."

Überrascht nehme ich ihm das Kästchen ab und versuche gleichzeitig, Harrys Blick aus dem Weg zu gehen. Kann er nicht verschwinden? Irgendwie ist mir all das unangenehm vor ihm. Ich öffne jedoch das Kästchen und eine goldene Kette mit einem kleinen Herz als Anhänger blinkt mir entgegen.

Mir klappt die Kinnlade herunter. „Für mich?", krächze ich und fasse vorsichtig das Herz an. Das sieht unglaublich teuer aus.

„Ich dachte, sie gefällt dir", sagt Brandon und ein unsicherer Ton schwingt in seiner Stimme mit.

„Sie gefällt mir!", sage ich sofort und sehe ihn an. „Sie ist wirklich wunderschön. Sag deiner kleinen Schwester danke von mir."

„Und sag ihr am besten noch, sie soll aufhören, mich ständig anzurufen", sagt Harry im Hintergrund und sieht Brandon scharf an. „Deine kleine *Schwester* kann einem wirklich auf den Sack gehen."

Mit gerunzelter Stirn sehe ich von Brandon zu Harry und dann wieder zu Brandon, der Harry einen genauso warnenden Blick zuwirft.

„Mach ich", sagt Brandon knurrend zu Harry. „Musst du nicht irgendwo hin? Zu Florence oder so?"

Harrys rechter Mundwinkel hebt sich ein wenig, als er sich nun zurück an sein Auto lehnt und selbstgefällig die

Hände in die Hosentaschen schiebt. „Nein, ich habe Zeit. Macht ruhig weiter. Es gibt gerade nichts Interessanteres."

Eigentlich würde ich Harry jetzt sagen, dass er sich mal vom Acker machen kann, aber ich möchte vor Brandon nicht wie eine Schreckschraube wirken. Noch dazu versuche ich, mir nicht anmerken zu lassen, wie unangenehm sein Geschenk für mich ist. Ich mag Geschenke, ich denke, das tut jeder, aber auf Schmuck fahr ich absolut nicht ab. Das tat ich nie. Vor allem Schmuck, der glitzert und glänzt oder gar teuer ist. Allerdings sollte ich mich freuen. Diese Kette ist eine schöne Aufmerksamkeit von Brandon und noch dazu ist er extra meinetwegen zur Schule gefahren, um mir sie zu überreichen.

„Wie auch immer", murmelt Brandon und sieht wieder zu mir herab. Er schmunzelt. „Ich würde mich freuen, wenn du sie Freitag trägst. Ich wette, sie sieht toll an dir aus." Ich halte den Atem an, als er seine Hand zu meinem Hals führt und leicht darüber streicht. Heilige Maria. „Du kannst sie danach auch gerne behalten. Wahrscheinlich würde meine Schwester ausflippen, wenn ich sie dir wieder abnehme."

Ich muss grinsen. „Deine kleine Schwester scheint ganz schön nett zu sein."

„Oh, sie ist die *Netteste*", schaltet sich Harry wieder ein und ich schließe die Augen, um mich zu beruhigen. Er soll gefälligst den Rand halten.

Brandon sieht kurz über meinen Kopf hinweg zu Harry, dann wieder zu mir. „Ja, sie ist supersüß. Ich bin mir sicher, du würdest sie mögen."

Harry lacht wieder im Hintergrund. „Da bin ich mir auch sicher."

Jetzt atmet Brandon gestresst aus und nimmt seine Hand von meinem Hals, was mich dazu bringt, die Schultern zu senken. „Harry", sagt er ernst. „Verpiss dich. Wir haben alles beredet, was beredet werden musste, also geh endlich."

Harry sieht auf die Uhr seines Handys und stößt sich von seinem Auto weg. „Du hast recht, viel länger hätte ich mir diese Schnulzenscheiße eh nicht geben können." Er wirft seinen Autoschlüssel einmal in die Luft und fängt ihn dann wieder auf, bevor er aufschließt. Gespielt grinsend sieht er zu Brandon. „Brandon." Dann sieht er zu mir, als er die Tür öffnet. „Vivien." Er setzt sich hinein. „Wir sehen uns."

Brandon atmet genervt aus, als Harry davonfährt und ich ihm hinterhersehe. Für dieses Vivien hätte ich ihm am liebsten eine verpasst. Er hätte es verdient.

„Er kann es einfach nicht lassen", beschwert sich Brandon, worauf ich mich wieder zu ihm drehe, als Harry hinter einer Ecke verschwindet. „Nur weil ich einmal deinen Namen vergessen habe, muss er es ständig in den Dreck ziehen. Verdammter Pisser."

Eigentlich hat er meinen Namen nicht nur einmal vergessen, doch das behalte ich für mich. Immerhin hat er mir gerade die Kette seiner Schwester geschenkt. „Ich dachte, ihr seid Freunde", sage ich daraufhin zu Brandon und schließe das Kästchen in meinen Händen.

„Sind wir. Aber er ist einfach trotzdem zu oft ein Arschloch. Er hat keine Ahnung, wann Schluss ist, noch dazu versteht er diese ganze Sache nicht."

„Welche Sache?"

„Na, dich und mich." Brandon sieht mich wieder an. „Für ihn bist du eben immer noch Violet Berry-Loser und nicht Violet, wie sie wirklich ist. Ich habe ihm schon oft versucht, zu verklickern, dass du anders bist, aber er will es einfach nicht verstehen. Ich hasse es, dass er so oberflächlich denkt."

Ich hebe die Brauen. „So was sagt er?"

„Ständig. Wenn ich von dir rede, kommt sofort ein dummer Spruch und dann fetzen wir uns, weil es mich nervt, wie er über dich redet. Die Zeiten, in denen er andere runtermacht, sollten irgendwann ein Ende nehmen. Und das will er einfach nicht akzeptieren, deswegen läuft es zwischen Harry und mir in letzter Zeit ziemlich scheiße."

Die Tatsache, dass Harry tatsächlich versucht, mich bei Brandon schlechtzumachen, verletzt mich mehr, als es sollte. Doch ich versuche, es zu ignorieren, indem ich sage: „Er soll sich mal nicht so aufführen. Er ist mit Florence zusammen, schlimmer kann er es kaum treffen."

Brandon runzelt kurz die Stirn, als hätte er nicht verstanden, was ich gesagt habe, doch dann nickt er. „Ja, du hast recht. Mit Florence rumzumachen, ist schon ziemlich abartig." Wir lachen beide und dann hat er wieder ein unglaublich süßes Lächeln auf den wohlgeformten Lippen. „Ich bin froh, dass ich *dich* habe und nicht Florence."

Ich sehe schmunzelnd zu ihm auf. „Noch hast du mich ja nicht."

„Aber ich hoffe bald."

Mein Grinsen wird breiter und ich versuche, Harrys Gesicht aus meinem Kopf zu bekommen. „Das hoffe ich auch."

Brandon hebt seine Hand an und streicht mir eine Strähne hinter das Ohr, was mich dazu bringt, auf meine Unterlippe zu beißen. „Auch wenn ich deine Augen gerade nicht durch die Sonnenbrille sehen kann, bin ich mir sicher, dass sie wunderschön sind."

Ich muss einen schmachtenden Seufzer unterdrücken, als ich in Brandons braune, klare Augen sehe. „Oh, man. Du bist toll ... Irgendwie."

„Du auch. Irgendwie."

„Und er hat sie dir einfach so geschenkt?", fragt Charly, während sie an ihrem Eis leckt und sich in den Schneidersitz setzt.

Ich nicke und packe das Kistchen mit der Kette in meine Tasche, die ich neben die Mauer, auf der wir sitzen, lege. „Ja, einfach so. Er meinte, seine kleine Schwester wollte, dass ich sie bekomme. Ist das nicht supersüß?"

„Klingt echt toll", sagt Benja monoton, der auf der Mauer liegt und seine Hände hinter dem Kopf verschränkt, derweil er die Sonne in sein Gesicht knallen lässt.

„Ja, klingt *echt* toll", sagt Charly und sieht auf mein Handy in meiner Hand. „Und jetzt schreibt er dir gerade?"

Ich grinse und zeige ihr die Nachricht, die Brandon mir geschickt hat, nachdem er mich nach Hause gefahren hat.

„Meine Freude auf Freitag ist kaum zu beschreiben", liest sie vor. „Irgendwie." Sie wackelt mit ihren Augenbrauen und sieht mich an. „Mannoman, dem hast du aber den Kopf verdreht. Und dieses Irgendwie scheint wohl euer Ding zu sein. Echt heiß."

„Ja, total", wirft Benja, genauso monoton wie eben, ein.

„Er ist einfach klasse", seufze ich und sehe ein letztes Mal auf die Nachricht in meinem Handy. „Ich hätte nie gedacht, dass es Kerle gibt, die gut aussehen und dazu noch einen tollen Charakter haben. Hardy natürlich ausgeschlossen."

„Ich auch nicht", sagt Charly und leckt wieder an ihrem Erdbeereis.

„Harry hat einen tollen Charakter", mischt sich Benja erneut ein, worauf ich mich knurrend zu ihm umdrehe.

„Benja, willst du heute auch mal was sagen, was niemanden dazu bringt, hier direkt die Brücke runterzuspringen?"

Er runzelt die Stirn, doch ich sehe seine Augen nicht, weil er eine Sonnenbrille trägt. „Was? Meine Einwände sind konstruktiv und effektiv. Sonnenstrahlen bringen mich eben dazu, die Wahrheit zu sagen. Auch wenn die ersten zwei Einwände eher mit Sarkasmus getränkt waren."

Ich drehe mich wieder zu Charly und muss eine Beleidigung unterdrücken. „Primitiv und unproduktiv trifft es eher."

Ich verstehe wirklich nicht, wie Benja ständig so auf Harrys Seite stehen kann. Seitdem Harry in unserer Theatergruppe ist, kommt aus Benjas Mund kein einziges schlechtes Wort mehr über Harry. Obwohl Benja früher oftmals schlechter über ihn gesprochen hat als ich oder Charly und im Lästern sind Charly und ich die Besten. Jetzt nervt er mich nur noch mit solchen Aussagen wie eben.

„Auch wenn du Brandon nicht magst", sagt Charly zu Benja und sieht ihn, an mir vorbeiguckend, an, „kommst du am Freitag, oder? Das wäre sonst wirklich eine Schande."

„Jaja." Benja macht eine wegwerfende Handbewegung. „Ich komme schon, keine Angst. Ich darf ja nicht zulassen, dass Miss Ich-steh-auf-wen-anders-aber-will-es-nicht-einsehen am Freitag scheußlich aussieht."

Ich rolle mit den Augen und schiebe mir meine Sonnenbrille auf die Nase. „Vollidiot."

Kapitel 14

„Ich würde sie aufmachen", sagt Benja und tippt sich nachdenklich ans Kinn, als er mich betrachtet, als wäre ich ein Ausstellungsstück.

„Nein, nach hinten geklemmt sind sie schöner", erwidert jedoch Charly und sieht mich genauso eindringlich an. „Das bringt ihre Augen mehr zur Geltung."

Ich, die auf dem Stuhl vor den beiden sitzt, sehe zu ihnen hinauf und warte auf eine Entscheidung. Schon seit fast zwei Stunden basteln wir an mir herum, damit ich für das Date mit Brandon gut aussehe, so wie es geplant war. Ich erwarte viel von dem Abend, deswegen erwarte ich auch viel von meinem Aussehen.

„Aber sie hat ihre Haare ständig geschlossen." Benja fährt mit verzogenem Mund durch die Locken, die er mir in die dunkelblonden Haarspitzen gezaubert hat. „Außerdem stehen Männer auf langes, offenes Haar. Brandon wird da mit Sicherheit keine Ausnahme sein."

„Ich bin immer noch für die Klammern in den Haaren, doch du bist hier der Meister", sagt Charly und legt die Klammern auf meinen Schreibtisch. „Wenigstens mit dem Make-up bin ich zufrieden."

Benja verdreht die Augen, als er meinen Pony noch mal so richtet, dass er etwas zur Seite fällt, um meine Augen von den Fransen zu befreien. „Schön, dass ich dich glücklich machen konnte, Königin Charlotte." Er lächelt mich an, als er schlussendlich die Finger von mir nimmt. „Du siehst toll aus, Vy. Stell dich mal hin."

Ich stelle mich glücklich hin, knicke jedoch sofort wegen der Absätze meiner hohen Schuhe zur Seite, weswegen Benja mich schnell hält. Ich lache. „Diese Scheiße habe ich wirklich noch nicht drauf."

„Selbst mit hohen Schuhen drückst du dich noch nicht wie eine Lady aus", feixt Charly im Hintergrund und verschränkt die Arme. „Aber wenigstens siehst du wie eine aus. Ich steh total auf das Kleid."

„Und ich würde total auf *dich* stehen, wenn ich nicht schwul wäre", sagt Benja und sieht mich von oben bis unten an.

Seufzend betrachte ich mich im Spiegel und muss zugeben, dass ich mich hübsch finde, jedoch denke, dass heute wahrscheinlich der einzige Tag sein wird, an dem ich so etwas tragen werde. Hohe schwarze Schuhe, ein schwarzes, an den Hüften locker sitzendes Kleid von Charly, was zwar null Ausschnitt hat, jedoch meinen halben Rücken präsentiert und außerdem bis zu meinen Ellenbogen reicht. Es sitzt perfekt und die Schuhe lassen meine Beine länger wirken, was mir noch mehr gefällt. Sogar das Make-up, das Benja mir ins Gesicht gemalt hat, passt einwandfrei zum Rest. Dunkle Augen und konturierte Wangen. Und auch, wenn ich es nicht gewohnt bin, offene Haare zu tragen, steh ich darauf, wie sie lockig über meine Schulter fallen und mein Gesicht umrahmen. Ich bin so was von bereit für Brandon.

„Oh, oh, da kommt er", sagt Charly hektisch und geht von meinem Zimmerfenster weg. „Los, Jacke an!"

Schnell greift sich Benja meine Tasche und stopft ein paar schwarze Kniestrümpfe hinein mit schwarzen Converse. „Das ist, falls etwas passiert und du frieren musst. Aber du weißt, du kannst mich anrufen und Hardy und ich holen dich, wenn er dich irgendwo stehen lässt oder so."

Ich schnappe mir die Tasche und verdrehe die Augen. „So was wird aber nicht passieren."

„Wie auch immer." Er drückt mich in den Flur. „Halte uns auf dem Laufenden und jetzt hab den Spaß deines Lebens."

Und dann befinde ich mich auch schon in Brandons Wagen, während Brandon um das Auto herum läuft, um mir die Tür zu öffnen. Vor uns sehe ich schon die goldene Schrift des *Lovegold* Restaurants, in das er mich einlädt. Die ganze Fahrt über hat er mir gesagt, wie toll ich aussehe und wie stolz er ist, so ein schönes Mädchen wie mich zu einem Essen einzuladen. Ich genieße jedes seiner Worte, denn das ist genau das, was ich mir immer erträumte, als ich ihn im Englischunterricht begafft habe.

„Mylady", sagt Brandon schmunzelt, als er mir die Tür von seinem Auto aufhält und mir seine Hand entgegenhält, um mir herauszuhelfen.

Ich grinse breit und lasse mir aus dem Auto helfen, indem ich seine Hand ergreife. „Monsieur."

„Ich kann immer noch nicht fassen, wie unglaublich du heute Abend aussiehst. Jeder wird mich beneiden."

„Gott, Brandon", nuschle ich schüchtern und bin mir sicher, man würde mir die Schamesröte ansehen, wäre ich nicht so dick geschminkt.

Er legt seine Hand um meine Hüfte und wirft mir sein schönstes Lächeln zu, derweil er mich zum Eingang führt. „Ich sage bloß die Wahrheit. Wir sollten öfter schick essen gehen, damit ich diesen Anblick genießen kann."

Ich atme tief ein und aus. Noch nie hat mir jemand so viele Komplimente zu meinem Aussehen gemacht wie er. Zumindest nicht an einem Abend. Zwar hat Harry mir damals an einem Tag mal gefühlte Millionen Mal Komplimente zu meinem Konfirmationskleid gemacht, doch das zählt nicht mehr. Zu der Zeit waren wir jung und er meinte es mit Sicherheit nicht so, wie Brandon es heute meint. Brandon ist ein Gentleman und weiß, was er sagt. Außerdem sieht er auch toll aus. Saubere Jeans, schwarzes Sakko, schwarzes Hemd. Und natürlich perfekt gestylte Haare mit perfektem Lächeln. Auch mich werden die Frauen in diesem Restaurant beneiden, da bin ich mir sicher.

„Brown", sagt Brandon zu dem Ober hinter dem Eingang so graziös wie noch nie. „Ich hatte reserviert für zwei."

Der Ober nickt sofort und führt uns zu einem Tisch. Er bleibt davor stehen und legt vier Karten darauf. „Bitte schön, die Dame und der Herr. Nehmen Sie Platz."

Zeitgleich runzeln Brandon und ich die Stirn.

„Wieso ist das ein Vierertisch?", spricht Brandon meine Gedanken aus. „Ich hatte für *zwei* reserviert, nicht für vier."

Der Ober blinzelt und sieht auf das Reservierungsbuch in seiner Hand. „Es tut mir sehr leid, aber unter Brown wurden vier Plätze reserviert. Für sieben Uhr."

„Dann muss ein Fehler gemacht worden sein." Brandon klingt unfreundlicher, als erwartet. „Vielleicht sollten Sie am Telefon besser zuhören. Wir werden uns nicht mit Fremden den Tisch teilen."

„Seit wann sind wir denn Fremde?", ertönt eine mir nur allzu bekannte Stimme hinter uns und ich würde meinen Kopf am liebsten sofort in den Eiskübel auf dem Tisch links von uns tunken. Bitte nicht sie. Bitte nicht die Sockentitte.

Brandon dreht sich mit mir um und dann sehe ich auch schon zwei Gestalten, die wohl geradewegs aus der Hölle gesandt worden sind. Harry und Florence. Und mir klappt die Kinnlade herunter, als ich sehe, wie unfassbar gut Florence aussieht. Ihre langen blonden Haare sind perfekt gelockt, ihr Make-up ist tausend Mal aufwendiger und schöner als meins, sogar ihr schwarzes Kleid ist sexyer. Alles an ihr sieht besser aus. Sogar ihre Pumps sind geputzt und glänzen. Nicht mal ihr dunkelroter Lippenstift sieht heute nuttig aus. Es sieht klassisch-gut aus.

Nun will ich mich übergeben. Direkt vor ihre Füße.

Vor allem weil Harry diesmal nicht mit Krawatte zu einem Essen kommt, sondern mit schwarzer Jeans und schwarzem Hemd, das oben aufgeknöpft ist. Und wie seine Haare gestylt sind. Es sieht nicht mal so aus, als hätte er sich viel Mühe mit seinem Aussehen gegeben, er sieht einfach attraktiv aus. Die beiden bilden das perfekte Paar.

Gott, mir wird schwindelig. Ich sollte wegrennen. Wirklich. Wie konnte ich auch denken, ich sei heute Abend einmal Mitglied der hübschen Personen im Raum? Nichts da.

„Was sucht ihr hier?", fragt Brandon gereizt, als der Ober sich vom Acker macht. „Ihr habt hier nichts zu suchen."

„Wir leisten euch Gesellschaft, Brandy", trällert Florence und bleibt mit Harry vor uns stehen, wodurch mir ihre meterlangen, dünnen Beine auffallen. „Das stört euch doch nicht, oder?"

„Doch tut es", knurrt Brandon und sieht böse zu Harry, der seine Hände in den Hosentaschen hat, während

Florence sich wieder in seinen Arm hakt. „Du hast das eingefädelt, richtig?"

Harry jedoch zuckt nur mit den Achseln. „Es war nicht meine Idee."

Jetzt kneife ich missbilligend die Augen zusammen und sehe ihn an. „Du lügst doch. Du wusstest ganz genau, dass ich mit Brandon heute hier bin."

Harrys Blick fällt das erste Mal auf mich und direkt scannt er mich von oben bis unten. Allerdings sieht sein Blick nicht verzückt aus wie der von Brandon, sondern neutral, als würde ich ständig so aussehen. Es würde mich nicht wundern, wenn er mir geradeheraus sagt, wie scheußlich ich in hohen Schuhen und mit offenen Haaren aussehe.

„Nein", antwortet er jedoch nur und sieht ein letztes Mal auf meine Beine, dann wieder zu Brandon. Ohne meine Strümpfe an den Beinen fühle ich mich ungewöhnlich nackt. „Es war Florences Idee. Wäre es nach mir gegangen, hätten wir den Abend anders verbracht, glaub mir."

Florence kichert in Harrys Schulter. „Tut mir ja leid, aber du weißt, wie gerne ich Brandys Dates störe. Ich kann es eben nicht lassen."

Brandon atmet tief durch und wendet sich mit der Hand über der Stirn zu mir. Er ist genervt, genauso wie ich. „Tut mir leid, so war das wirklich nicht geplant. Wollen wir es einfach hinter uns bringen? Vielleicht wird es ja – was ich zwar bezweifle –, aber vielleicht wird es ja doch noch ganz witzig."

Am liebsten würde ich heftig protestieren, indem ich auf die Knie rutsche, mich an sein Bein klemme und ihn anflehe, woanders hinzugehen, damit ich die Visagen von

Florence und Harry nicht ansehen muss, doch ich seufze nur ergeben. Ich wollte den Abend mit Brandon verbringen und das kann ich auch, wenn zwei Störenfriede dabei sind. Noch dazu wird Florence ihre Sprüche hoffentlich lassen, wenn Brandon dabei ist. So wie beim letzten Mal.

„Komm schon, Violet", sagt Florence lächelnd und ich sehe, wie sie ihren Griff um Harrys Arm verstärkt. „Das wird bestimmt lustig. Ich werde mich zurückhalten und nichts über dein grässliches Kleid sagen."

Ich presse die Lippen aufeinander und sehe zu Harry. Er sieht mich immer noch ausdruckslos an, doch trotzdem scheint er auf eine Reaktion zu warten. „Na schön", presse ich schlussendlich zwischen meinen Zähnen hervor. „Setzen wir uns."

Mich überkommt das dringende Bedürfnis, mir die Schläfen zu reiben, als ich am Tisch sitze und genau beobachte, wie Florence sich mir gegenüber setzt. Brandon gesellt sich neben mich und Harry sitzt ihm gegenüber. So sehen also Doppeldates aus. Eigentlich interessant, wäre da nicht die Tatsache, dass geplant war, heute mit Brandon alleine zu sein, und mir kotzübel wird, wenn ich Harrys oder Florences Gesicht nur sehe. Ich frage mich, woher sie überhaupt wissen, dass wir hier sind und wie sie auf die gottverdammte Idee gekommen sind, sie könnten uns einfach mal Gesellschaft leisten. Was geht in Florences Kopf eigentlich schief? Hat sie den auch mit Socken ausgestopft?

„Was möchtest du trinken?", fragt Brandon mich und lächelt mir beruhigend zu. Er weiß genau, wie ich zu Harry und Florence stehe, deswegen bin ich froh, dass ich ihn hier noch habe.

„Cola reicht mir", sage ich und lasse meinen Blick über die Speisekarte gleiten, während ich nicht versuche, Harry über den Rand der Karte anzusehen. Am liebsten würde ich ihm tötende Blicke zuwerfen, aber nicht mal diese hat er verdient.

„Wie immer also." Brandon hebt seinen Arm. „Aber ich bestelle das Essen. Ich bin mir sicher, es wird dir schmecken."

Einen Seufzer unterdrückend nicke ich und lege die Karte weg.

„Ich hätte gerne zweimal die vierundvierzig mit Zitronenscheiben und ein Wasser. Eine große Cola für me potite Jolie neben mir."

Der Ober nickt und wir alle reichen ihm die Karten. Harry sieht zu Brandon, als auch er dem Ober seine Karte reicht. „Es heißt *ma petite* Jolie. Zum Glück ist das hier kein französisches Restaurant, hm?"

Ich werfe Harry einen bösen Blick zu, als Brandon sagt: „Wenn interessiert das? Dann habe ich mich eben versprochen."

„Ich wollte dich bloß darauf aufmerksam machen."

„Sei doch nicht direkt so gereizt", mischt sich Florence grinsend ein und rückt näher zu Harry. „Wenn du dich so unfreundlich verhältst, vermittelst du Violet noch einen falschen Eindruck und das wollen wir doch nicht. Oder Violet?"

„Keine Sorge", zische ich und würde am liebsten ihren Kopf auf den Tisch knallen. „Versprechen kann sich jeder." Falscher als ihre Wimpern und ihre verdammten Sockentitten kann hier sowieso nichts sein.

„Schön, wie verständnisvoll du gegenüber Brandy bist", sagt Florence und lehnt ihren Kopf an Harrys Oberarm, der ihn auf den Tisch gestützt hat. „Anscheinend sind Harry und ich nicht mehr das einzige Traumpaar an der Schule."

Ich presse die Lippen aufeinander und sehe zu, wie Harry ihre Nähe zulässt und sie dabei auch noch ansieht. Hoffentlich hat er Make-up-Flecken an seinem Hemd, wenn sie fertig damit ist, ihr Gesicht an ihm zu reiben. Es sei ihm gegönnt. Doch wenn die beiden hier so rumflirten können, kann ich das schon lange. Deswegen greife ich nach Brandons Hand, die auf dem Tisch liegt und verschränke unsere Finger ineinander.

„Tut mir ja echt leid für euch", sage ich ironisch und ziehe Brandons Hand provokativ zu mir, um mehr Nähe zu ihm aufzubauen. Ich merke ganz genau, wie Harry mich ansieht und hoffe, dass er sieht, wie egal es mir ist, dass er mit Florence vor mir rumkuschelt. Ich kann all das auch.

Brandon sieht überrascht zu mir, dann auf unsere Hände.

„Das sieht ziemlich schmerzhaft aus", sagt Harry, als er auf meine beiden Hände sieht, die Brandons Hand fest umschließen.

Erst jetzt fällt mir auf, dass ich meine Nägel unangenehm fest in Brandons Fleisch gepresst habe. Ich bin zu angespannt. Man darf mir nicht anmerken, wie scheußlich ich all das finde.

„Schon okay", lächelt Brandon mir zu und reibt mir beruhigend über die Hand, als ich den Griff lockere. „Es hat nicht wehgetan."

Ich schmunzle und rücke näher, nicht jedoch ohne Harrys Blick aus dem Augenwinkel zu scannen. „Tut mir trotzdem leid."

Verknallt sehen Brandon und ich uns an, doch werden sofort wieder von Florence unterbrochen, die nach ihrem Weinglas vor sich greift. „Oh, ich sehe es schon kommen. Gleich werde ich wieder beginnen zu hicksen. Alkohol kann solch ein Teufelszeug sein."

„Vom Alkohol zu hicksen ist ein dummer Mythos", erwidere ich. „Und passiert nur in Kinderserien wie *Lucky Luke*."

„Seit wann das denn?" Harry sieht mich mit erhobener Braue an. „Alkohol irritiert die Nervenstränge und verursacht somit Schluckauf. Wüsste man, wenn man in Biologie aufpasst. Aber …"

„Aber du trinkst keinen Alkohol, also kannst du das nicht wissen", unterbricht Florence ihn gehässig und trinkt von ihrem Wein. Dann schmiegt sie ihren Kopf säuselnd in seine Halsbeuge. „Ich finde es so scharf, wenn du debile Menschen korrigierst."

Harry hält seinen Kopf ein wenig von ihr weg und geht meinem Blick aus dem Weg.

Brandon schüttelt den Kopf, als wir Florence beobachten, die beinahe über Harry herfällt. Nicht mal in der Öffentlichkeit kann sie sich benehmen. Dann sieht Brandon zu mir und flüstert mir zu: „Übrigens sieht die Kette toll an dir aus. Ich wusste, sie würde dir stehen."

Ich drücke seine Hand etwas fester. „Danke. Ich mag sie auch."

Er will gerade etwas sagen, jedoch kommt der Ober wieder zu unserem Tisch und stellt unser Essen vor uns, weswegen ich gezwungenermaßen Brandons Hand loslassen muss.

Und ich halte den Atem an, als ich auf meinen Teller sehe. „Was ist das?", frage ich mit krächzender Stimme und pikse mit der Gabel in das Auge des Dings, von dem ich hoffe, dass es nicht wirklich das ist, was ich denke.

„Karpfen", erklärt Brandon stolz und rollt sein Besteck aus der Serviette. „Du hast noch nie besseren Fisch gegessen, das verspreche ich dir."

Besser gesagt, würde ich noch nie schneller brechen müssen, wenn ich das hier esse. Fisch ist mein Erzfeind. Meerestiere sind allgemein meine Erzfeinde. Und deswegen ist dieser Karpfen, der mich mit seinem linken Auge anbettelt, ihn bitte nicht zu verspeisen, auch mein Erzfeind. Nicht mal die Zitronenschreiben daneben könnten mich dazu bringen, ihn zu mögen.

Und wie erwartet lacht Harry leise und rollt ebenfalls sein Besteck aus seiner Serviette. Er weiß genau, wie sehr ich Fisch hasse. Er weiß es und deswegen liebt er es wohl gerade.

„Magst du es nicht?", fragt Brandon mich von der Seite, als ich noch immer wie hypnotisiert in das Auge des Fisches sehe.

„Doch, ich, ähm, alles gut. Ich freue mich schon, ihn zu essen."

„Ihn? Du bist witzig, Violet. Zum Glück konnte ich dich zufriedenstellen."

„Eigentlich", sagt allerdings Harry und an seinem Ausdruck erkenne ich sofort, dass er Brandon erklären will, wie sehr ich Fisch hasse, deswegen schalte ich mich augenblicklich ein.

„Nein", halte ich ihn böse auf, weswegen sich unsere Blicke treffen. „Mach es nicht schlimmer, als es sowieso schon ist, okay?"

„Warum? Du weißt nicht, was ich sagen wollte."

„Du weißt ganz genau, dass ich weiß, was du sagen wolltest, und ich will, dass du einfach mal den Rand hältst, damit wir in Ruhe essen können. Kümmer dich lieber um Florence."

„Genau", sagt Florence und schmiegt sich wieder an ihn. „Kümmer dich um mich, Baby."

Für einen Augenblick halten Harry und ich noch den Blickkontakt, doch dann ändert sich etwas in seinen Augen und er sieht zu Florence. Er hebt seinen Arm und legt ihn um Florences Schultern, wodurch er sie noch näher zu sich zieht.

Und ich schlucke, als er sie auf die Schläfe küsst.

Meine Faust sollte sich unter dem Tisch nicht ballen, doch sie tut es. Verdammt. Hör auf, Violet. Du weißt, dass du dir die Eifersucht nur einbildest. Du hast *Brandon*. Den Brandon, auf den du schon seit Jahren stehst. Der blonde tolle Locken hat und außerdem die schönsten Augen auf Erden. Harry ist nur ein dummer Idiot, der schlecht in der Schule ist und keine Ahnung vom Leben hat. Konzentrier dich.

Deswegen wende ich mich an Brandon und greife erneut seine linke Hand, um sie auf mein Bein zu legen. Ich will nicht dieses seltsame Gefühl in meinem Herzen bekommen, wenn ich sehe, wie Harry mit Florence schmust, ich will Herzklopfen bekommen, weil Brandon mich berührt. All das ist nur wegen Benja. Er redet mir ständig irgendwelche Flausen in den Kopf, das muss ein Ende haben.

Brandon kneift mir leicht in den Schenkel und zwinkert mir zu, was mich nur noch unbehaglicher fühlen lässt. Nie wäre ich auf die Idee gekommen, die Hand eines Kerls so offensichtlich auf mein nacktes Bein zu legen.

Vor allem nicht beim zweiten Date. Aber es muss sein. Ich muss mich auf Brandon konzentrieren und nicht auf Harry und Florence, die ihn gerade den Hals küsst, während er sie schief angrinst und ihr im Haar spielt.

Ich muss mich zwingen wegzugucken. Gott, wie kann er mich dazu nötigen mir so etwas anzugucken? Der Abend hätte so schön verlaufen können.

„Wollt ihr nicht endlich mal essen?", unterbricht Brandon zu meinem Glück diese Rummacherei von Harry und Florence. „Das ist echt abartig."

Sie trennen sich und sofort fällt Harrys Blick auf Brandons Arm, der unter dem Tisch auf meine Seite fixiert wird, weil seine Hand noch immer auf meinem Bein liegt. Für mich ist es sehr unangenehm, denn diese Nähe ist neu, doch solange es hier irgendwen am Tisch provoziert, kommt es mir zugute.

Doch so schnell wie Harry auf Brandons Arm sieht, sieht er auch wieder auf seinen Teller. „Lass es dir schmecken, Violet."

Ich will ihn umbringen.

Dann beugt er sich zu Florence und säuselt ihr verführerisch ins Ohr: „Und lass es dir auch schmecken. *Baby*."

Und das ist der Moment, in dem alle Sicherungen bei mir durchbrennen. Ich hasse es, wie er versucht, mich mit Dingen aufzuziehen, die sonst niemand am Tisch versteht, wie die Tatsache, dass Brandon nicht weiß, dass ich Fisch hasse. Und ich hasse es, wie er einfach hier auftaucht, Brandon schlechtmacht und somit meinen Abend versaut. Außerdem hasse ich sein verdammtes Hemd und am meisten *hasse* ich es, dass er mir einfach nicht erlaubt, mit Brandon glücklich ein Essen zu genießen.

Und ich hasse Florence.

Deswegen knalle ich meine Gabel auf den Tellerrand, stoße Brandons Hand von meinem Schenkel und stehe ruckartig auf, wodurch mich alle bis auf Harry verdutzt ansehen.

„Was ist los?", fragt Brandon mich, als ich den Stuhl nach hinten schiebe.

Niemanden sehe ich an, ansonsten würde man sofort erkennen, dass irgendetwas in meinem Blick danach schreit, sofort hier und jetzt zu verschwinden. „Ich gehe kurz auf die Toilette", rede ich mich heraus und dann laufe ich zu den WCs.

Mit schnellen Schritten laufe ich durch die vielen Tische hindurch und bete gleichzeitig, dass mir niemand ansieht, in welcher Rage ich mich befinde. Ob man diesen Zustand Rage nennen kann, ist etwas, das mich genau in dem Moment verwirrt, in dem ich die Tür der Toiletten hinter mir schließe und meinen Rücken daran lehne, um tief durchzuatmen. Wie erstarrt sehe ich geradeaus an die weißen Fliesen an der Wand.

Beginne ich, den Verstand zu verlieren?

Ich flüchte vor dem Bild von Harry und Florence, weil ich es nicht ertrage, wie ...

Es bildet sich ein Kloß in meinem Hals, der mich dazu bringt, mich selbst zu hassen.

... weil ich es nicht ertrage, wie er sie ansieht und mich dabei vergisst.

Ich sollte so nicht denken. Ich sollte nicht denken, dass ich eifersüchtig bin, nur weil Florence hübscher und

Harry noch immer auf irgendeine Art und Weise in meinem Herzen ist, doch ich tue es. Wie frustrierend. Ich sollte an Brandon denken und wie hübsch *er* ist, wie zuvorkommend und charmant, doch trotzdem blitzt nur das Bild von Harry und Florence vor meinem geistigen Auge auf, in dem er sie auf die Schläfe küsst und ihr liebliche Blick zuwirft.

Ich atme tief ein und halte den Atem an, um zu verhindern, dass ich schluchze, während ich zum Waschbecken laufe und schnell Handtücher aus dem Spender ziehe. Ein Tuch nach dem anderen ziehe ich hektisch hervor und versuche währenddessen mir immer wieder einzureden, dass das alles nur eine Phase ist. Dass ich Harry hasse und dieses Gefühl in mir nur erscheint, weil Benja ständig mein Hirn manipuliert.

Ich bin nicht eifersüchtig.

Und ich stehe nicht auf Harry.

Doch als ich mich im Spiegel ansehe, meine geschminkten Augen betrachte, meine dunkelblonden lockigen Haare und das Kleid sehe, das Florence als grässlich bezeichnet hat, schluchze ich plötzlich auf und halte mich am Rand des Waschbecken vor mir fest.

Ich kneife die Augen zusammen und halte erneut den Atem an. Ich will nicht weinen, ich will es wirklich nicht. Vor allem nicht wegen Harry. Ich bin zu stark, um in solch einen schwachen Moment zu geraten.

Ich will, dass es mir egal ist, was aus Harry und mir geworden ist, doch jetzt gerade ist es mir nicht egal. Jetzt gerade wünsche ich mir einfach, dass alles anders wäre. Mein Kopf schwankt zwischen dem Wunsch, Harry niemals bei Misses Heath damals verpfiffen zu haben, wodurch ich erst so viel Zeit mit ihm verbringen musste, und dem Wunsch, noch mal dreizehn zu sein, um genau wissen zu können, was ich gerade wirklich fühle. Damals wusste ich, dass Harry für mich alles war, doch heute weiß ich gar nichts mehr. Heute stehe ich hier zwischen Hass und Eifersucht und weiß nicht, wohin mit meinen Gedanken.

Ich hasse es, wie ich ständig an Harry denke und nicht an Brandon, während ich doch hier bin, um mich in Brandon zu verlieben und nicht, um herauszufinden, dass ich noch Gefühle für Harry habe, die schon lange nicht mehr da sein sollten. Es soll nicht so verdammt wehtun, ihn zu sehen. Jetzt gerade sollte es wirklich nicht wehtun, doch es überkommt mich wie eine verdammte Flutwelle voller Erinnerungen, in denen Harry und ich mal anders waren. In denen er vor mir nie ein anderes Mädchen geküsst und mich niemals so bloßgestellt hätte.

Was ist nur aus uns geworden?

Das Geräusch der Tür erschreckt mich und sofort drehe ich meinen Kopf zur Wand. Will er es noch schlimmer machen, indem er mir auf die Damentoilette folgt?

Ich höre, wie er die Tür hinter sich schließt und in das große Bad tritt, als wäre es normal für einen Kerl, in die Frauentoilette zu kommen. Sein Glück, dass hier sonst niemand ist, der ihn sehen könnte.

Ich will nicht, dass er sieht, was er aus mir macht, deswegen atme ich tief durch, um die angestauten Tränen verschwinden zu lassen, die zum Glück noch nicht mein Make-up versauen konnten. Er sagt nichts, doch im Augenwinkel kann ich erkennen, wie er mich durch den großen Spiegel vor uns betrachtet, als ich mich von ihm wegdrehe.

„Was willst du hier, Harry?", frage ich ihn und versuche zu klingen, als wäre ich gerade nicht kurz davor gewesen, in Tränen auszubrechen.

„Ich bin einfach nur hier", antwortet Harry, doch rührt sich nicht.

Ein kleines Schniefen kann ich nicht unterdrücken, doch ich hoffe, dass er es nicht gehört hat. Ich tupfe möglichst unauffällig die Flüssigkeit aus meinem Augenwinkel, als ich sage: „Sehr schön. Du hast es übrigens geschafft, mir den Abend mit Brandon zu versauen. Danke dafür."

„Nein. Du hast ihn dir selbst versaut. Es ist nicht meine Schuld, dass du hier stehst und weinst."

„Ich weine nicht." Ich schmeiße das mit kleinen Tränen befleckte Tuch in den Mülleimer und murre leise: „Idiot."

Kurz schweigt er, dann sagt er: „Schon mal von Nadine Young gehört?"

Seufzend drehe ich mich zum Spiegel und betrachte mich. Man sieht mir kaum an, dass ich kurz davor war, in Tränen auszubrechen. „Jeder hat von der Nacktschnecke gehört, Harry. Das hier ist übrigens eine Damentoilette, falls du es noch nicht gemerkt hast."

„Weißt du, warum man sie Nacktschnecke nennt?"

„Weil sie Nacktbilder von sich herumgeschickt hat. Harry, ernsthaft. Das hier ist eine Frauentoilette."

„Sie hat diese Bilder nicht rumgeschickt", sagt er jedoch noch genauso ernst wie vorher. „Brandon war es."

Ich runzle die Stirn und treffe seine Augen im Spiegel. Warum erzählt er mir das?

„Nadine war in Brandon verliebt und er konnte dadurch solche Bilder verlangen. Sie war naiv, hat sie ihm geschickt und keine zwei Tage später hatte die ganze Schule diese Bilder auf dem Handy."

„Das glaube ich dir nicht", versuche ich, seine komische Geschichte zu stoppen. „Nadine war einfach nur blöd. Brandon ist nicht so ... so ..."

„Brandon ist ganz *genau* so, Violet." Er sieht mich ungläubig an. „Glaubst du wirklich, er ist einer von den Guten?"

Jetzt drehe ich mich zu ihm um. Was glaubt er, was er da von sich gibt? Er folgt mir einfach auf die Toilette, nachdem er mein lang ersehntes Date mit Brandon stürmt und nun erlaubt er es sich, mir irgendwelche Lügengeschichten über ihn zu erzählen? Anscheinend bettelt Harry nur darum, ihn noch mehr zu verachten.

„Was soll das werden?", keife ich ihn an. „Es mag ja sein, dass du Brandon nicht leiden kannst, aber das bedeutet noch lange nicht, dass du mir so einen Schwachsinn erzählen musst!"

„Schwachsinn?" Harry geht mit erhobenen Brauen einen Schritt zurück, lässt sich jedoch nicht aus der Ruhe bringen. „Ich war damals dabei und hab zugesehen, wie er ein Mädchen nach dem anderen in den Abgrund gerissen hat, indem er so eine Scheiße abgezogen hat."

„Und du willst, dass ich dir glaube, oder was? Du bist kein Stück besser, Harry! Soll ich mal damit anfangen, was du alles schon abgezogen hast?"

„Das hat damit rein gar nichts zu tun", zischt er. „Er …"

„Rein zufällig hat Brandon mir nämlich letztens erst erzählt, dass du anscheinend mehr als nur ein Problem damit hast, dass er und ich uns treffen!", meckere ich weiter und balle die Fäuste. „Du redest genauso schlecht über mich bei ihm und nun versuchst du das Gleiche bei mir! Aber so läuft das nicht!"

„Ich …"

„Du kannst hier nicht einfach mit dieser verdammten Florence auftauchen, meinen Abend versauen und dann auch noch versuchen, mir alles zu vermasseln, indem du mir solche Sachen über Brandon erzählst! Was suchst du eigentlich hier? Solltest du nicht bei deiner supertollen Freundin da draußen sein? Du machst es nur schlimmer!"

„Ich habe nie auch nur ein Wort über dich verloren, vor allem nicht bei Brandon!", feuert Harry jedoch zurück und diesmal ist er mindestens genauso laut wie ich. „Und was ist mit *dir*? Solltest *du* nicht bei deinem supertollen Brandon sein, anstatt hier heulend im Klo zu stehen? Ihr könnt euch doch kaum noch loslassen oder wie war das eben?"

„Wir machen wenigstens nicht ständig rum wie zwei hormongesteuerte Teenager! Schon mal was von Erregung öffentlichen Ärgernisses gehört? Du und Florence sollte man einsperren! Eklig!"

„Eklig?", lacht Harry auf. „Ihr zwei verhaltet euch wie die letzten Vollidioten, schenkt euch Ketten, schreibt euch stupide SMS und dann nennst du mich und Florence *eklig*? Du kennst diesen Typ da draußen wie lange? Drei Wochen?"

„Wenigstens hat Brandon noch einen Schimmer von Romantik! Du würdest Florence wahrscheinlich nie eine Kette schenken oder gar süße SMS austauschen!"

„Oh, würde ich das wirklich nicht? Weißt du, was ich nie würde? Dich zum ersten Date in eine verdammte Disco einladen und beim zweiten Date Fisch bestellen!"

Ich rümpfe sauer die Nase. „Na und? Er konnte nicht wissen, dass ich Fisch nicht mag! Florence hingegen benimmt sich am Tisch einfach nur wie die letzte Schlampe, ist dir das nicht peinlich?"

„Was interessiert es dich, was Florence und ich am Tisch machen? Ich könnte sie genau dort heiraten, es hat dich einen Scheiß zu interessieren!"

„Es interessiert mich ja auch einen Scheiß! Heirate sie doch, ich halte dich bestimmt nicht auf! Währenddessen verschwinde ich mit Brandon zu ihm nach Hause!"

„Tu das! Es wäre mir nichts weniger egal!"

„Schön, dann tue ich das genau jetzt! Ich habe sowieso die Schnauze voll von dir und Miss Ich-brauche-alle-Aufmerksamkeit-der-Welt!"

„Was? *Du* bist doch diejenige, die nach Aufmerksamkeit bettelt! Wer rennt denn einfach auf die Toilette und steht heulend vorm Spiegel! Ganz bestimmt nicht Florence!"

„Ach ja? Wer ist denn derjenige, der mir einfach auf die Toilette folgt und mir dann irgendeinen Scheiß über Nadine und Brandon erzählt und macht zufällig noch den Aufstand seines Lebens? Ganz bestimmt nicht Brandon!"

„Und wer betitelt Florence als Schlampe und macht sie ständig schlecht? Dir scheint es wohl echt am Herzen zu liegen, dass ich genauso scheiße über sie denke wie du!"

„Vielleicht will ich ja auch, dass du schlecht über sie denkst! Und du willst, dass ich schlecht über Brandon denke, so ist es doch, oder Harry? Dir scheint es wohl doch nicht so egal zu sein, mit wem ich zusammen bin und mit wem nicht!"

„Und dir scheint es wohl echt nicht egal zu sein, mit wem ich rummache und mit wem nicht!"

„Vielleicht ist es mir ja nicht egal!"

„Schön, vielleicht ist es mir ja auch nicht egal!"

„Klasse! Trotzdem ist es mir vollkommen egal, mit wem du rummachst!"

„Und mir ist egal, mit wem du zusammen bist! Scheiße, warum steh ich überhaupt noch hier?" Sich wild die Haare raufend wendet sich Harry von mir ab und stampft zur Tür.

Wütend sehe ich ihm hinterher und trete mit dem Fuß auf. „Genau, geh endlich! Zufällig ist das hier immer noch die *Frauen*toilette, Jermaine-René!"

Wahrscheinlich würde Harry die Tür zuknallen, wären wir nicht in einem Restaurant, doch er lässt sie einfach ins Schloss fallen, worauf ich mich wieder zum Spiegel drehe und mich tief durchatmend betrachte. Ich sollte mich beruhigen, deswegen atme ich noch ein paar Mal ein und aus.

Egal, wo und welcher Situation Harry und ich uns befinden – ich ende wütend.

Wir küssen uns – ich ende wütend.

Er hilft mir bei der Endszene von Henriette & Victor – ich ende wütend.

Gott, es scheint, als wäre er dazu gemacht, mich auf die Palme zu bringen.

Doch jetzt nicht mehr. Ich richte meine Haare im Spiegel und rede mir zu, dass ich toll bin und Harry ein Arsch. Er ist ja auch ein Arsch. Zwar kaufe ich mir nicht ganz ab, dass ich toll bin, aber trotzdem ist Harry immer noch ein Arsch. Nach ein paar Momenten stolziere ich wieder aus der Toilette und mit neuem Willen, den Abend zu einem besseren zu machen, mir nichts mehr gefallen zu lassen und Harry Kontra zu geben, wenn er einen Spruch reißt. Einen schwachen Moment wie den, in dem ich dachte, ich müsste wegen ihm und Sockentitte Tränen vergießen, darf ich nicht noch mal erleben. Ich muss mich aufrappeln und zur Besinnung kommen.

Und das tue ich, als ich Brandon sehe, der mir schon von Weitem zulächelt. Er ist toll, egal, was Harry sagt.

„Alles okay?", fragt Brandon mich, als ich mich neben ihn setze. Seine Hand legt er wieder auf mein Bein und das ist gut so.

Ich nicke zufrieden und rücke ihm näher, ignoriere Harry vollkommen. „Es könnte nicht mehr okay sein."

„Ich dachte echt für einen kurzen Moment, ich müsste denken, ihr schiebt eine Nummer auf der Toilette", sagt Florence und rückt zu Harry. „Aber auf Violet eifersüchtig zu sein, ist so unwahrscheinlich wie die Tatsache, dass Harry mit jemanden wie *ihr* etwas anfangen würde."

„Da hast du wahrscheinlich recht", sage ich und grinse. „Harry würde dir doch niemals fremdgehen. Vor allem nicht mit mir."

„Würde er auch nicht. Er ist zu gut für dich."

Ich erinnere mich daran, wie Harry unseren Kuss zugelassen hat. „*Viel* zu gut."

Florence kneift die Augen skeptisch zusammen, doch wendet sich dann wieder an Harry, der gerade nach etwas in der Tasche seiner Jacke zu suchen scheint. „Sag mal, was machen wir nachher noch? Wir könnten …"

Harry jedoch unterbricht sie unfreundlich, indem er mit ernster Miene den Finger hebt und sich sein Handy ans Ohr hält. „Hallo?"

Ich runzle die Stirn und sehe zu, wie sich die Falte zwischen seinen Brauen mit jedem Wort, das der Sprecher an der anderen Leitung seines Telefons sagt, verengt. Irgendetwas scheint nicht zu stimmen.

„Wann?", fragt er wieder in sein Handy und steht dabei schnell auf, krallt sich seine Jacke.

Florence, die ihn bis eben eigentlich noch festgehalten hat, sieht verdutzt zu ihm auf. „Baby, was ist …"

„Ich komme", ignoriert Harry Florence und legt dann auf. Er schiebt seinen Stuhl an den Tisch und nimmt sich seine Autoschlüssel, die auf dem Tisch liegen.

„Wo gehst du hin?", fragen Florence und ich synchron.

„Du musst mit Brandon fahren", sagt Harry allerdings nur zu Florence. „Ich muss weg."

Als ich Harry hinterhersehe, der gerade aus der Ausgangstür verschwindet, richte ich mich ruckartig auf. Ich hasse es, aber ich will wissen, was passiert ist. Er war ziemlich in Eile und ich wage zu behaupten, dass es etwas Schlimmes gewesen sein muss, wenn er so reagiert. Nervös tippe ich mit meinem Finger auf dem Tisch.

„Arschloch", flucht Florence und ich sehe sie an. Sie verschränkt beleidigt die Arme. „Ständig lässt er mich für seinen dummen Vater sitzen. Das ist so typisch."

„Es ist etwas mit seinem Vater?", frage ich sie.

„Wahrscheinlich." Sie ist genervt. „Immer wenn er schnell verschwindet, ist irgendetwas mit ihm. Würde mich nicht wundern, wenn er sich den ganzen Abend nicht mehr blicken lässt."

Und wie auf Knopfdruck springe ich auf. Mit William muss etwas passiert sein. Ich würde Florence zwar am liebsten die Ohren abreißen, dafür dass sie so verdammt herzlos ist, aber ich schnappe mir meine Tasche, die über meinem Stuhl hängt.

„Du gehst?", fragt Brandon mich überfordert.

Ich nicke schnell. „Ja, ich muss. Weißt du, ich bin sehr gut mit Harrys Vater befreundet und deswegen – ich muss auf jeden Fall gehen. Es tut mir sehr, sehr leid."

„Oh", macht Brandon und steht auf. Er wirkt traurig. „Dann ... Hoffe ich, dass wir das hier sehr schnell nachholen."

Ich schmunzle, als ich mir die Tasche über die Schulter hänge. „Ich verspreche es dir, Brandon."

„Aber eine Sache muss ich noch klären, bevor du gehst." Er stellt sich genau vor mich und legt seine Hand in meinen Nacken, wodurch sich eine leichte Gänsehaut auf meinem Körper verteilt. „Irgendwie ... Würde ich dich ab sofort gerne als meine Freundin betiteln."

Ich öffne den Mund, um etwas zu sagen, doch es kommt nichts heraus. Er will mich als seine Freundin betiteln? Irgendwie?

Oh Gott, noch unterwarteter hätte er all das auch nicht machen können. Bin ich dafür schon bereit? Wäre es richtig, mit Brandon zusammenzukommen, während ich vor zehn Minuten noch dachte, ich wäre eifersüchtig wegen Harry?

Aber dann fasse ich wieder einen Entschluss. Verdammt, natürlich ist es richtig, mit Brandon zusammenzukommen. Harry ist immer noch ein Arsch. Er beleidigt mich und versaut mir alles. Brandon ist der Richtige.

Deswegen lächle ich. „Irgendwie ... Will ich das auch."

Brandon lächelt liebevoll zurück und dann küsst er mich. „Okay", haucht er gegen meine Lippen. „Dann geh jetzt. Meine Freundin."

Schnell drücke ich ihm noch einen Kuss auf die Lippen und dann jogge ich aus dem Restaurant. Ich kann mich nicht darauf konzentrieren, dass Brandon aka Sexgott und ich nun ein Paar sind. Ein waschechtes Liebespaar. Es geistert nur noch Harry in meinem Kopf herum. Nicht, weil ich mir ihn anstatt Brandon als meinen Freund vorstelle, sondern einfach nur, weil ich wissen will, was passiert ist und wo er hingeht.

Als ich draußen vor dem Restaurant stehe, sehe ich mich auf den Parkplätzen um. Erst nach kurzer Zeit entdecke ich Harrys Wagen, der gerade aus dem Parkplatz auf die Straße fährt. Im Dunkeln sehe ich ihn kaum, wie er am Steuer sitzt, doch ich bin mir sicher, er ist gestresst.

Ich renne schnell zur Straße und erlebe ein Déjà-vu, als ich mich direkt vor sein Auto auf die Straße stelle, als er losfahren will. Mein Herz pocht, denn diesmal kann ich mir nicht mal sicher sein, ob er mich nun umfährt oder nicht. Beim letzten Mal bin ich wegen solch einer Situation auf der Motorhaube gelandet.

Harry bleibt stehen und schaltet ein helleres Licht an seinem Auto an, damit ich besser zu sehen bin. Er beugt sich ungläubig nach vorne und ruft dann: „Das ist nicht dein verdammter Ernst!"

Ich jedoch bewege mich keinen Zentimeter und kralle meine Finger in die Tasche, die um meine Schulter hängt. Ich bin unsicher, um ehrlich zu sein. Eben haben wir uns noch gestritten und jetzt soll er mich einfach mitnehmen? „Ich will mit dir fahren!", rufe ich zu ihm.

Harry fährt sich gereizt durch die Haare. „Violet, du –" Er verdreht die Augen und hält sein Lenkrad wieder fest. „Steig gefälligst ein!"

Ich atme erleichtert auf und tipple dann schnell von der Straße herunter, denn hinter Harrys Auto hat sich schon ein weiteres zum Davonfahren angestellt. Ich öffne seine Autotür und lasse mich dann in den Sitz fallen.

Sofort kommt mir wieder ein himmlischer Geruch von Kokos entgegen. Ich steh mittlerweile total auf Kokos. Ich wünschte, in Brandons Auto würde es auch danach riechen.

„Und du denkst, du kannst dich ab sofort jedes Mal vor mein Auto stellen, wenn dir was nicht passt?", raunzt Harry mich an, als ich die Autotür schließe und er losfährt.

„Es hat bis auf einmal immer gut funktioniert." Ich ziehe mir meine hohen Schuhe von den Füßen und krame dann in meiner Tasche nach den Kniestrümpfen und den Converse, die Benja mir eingepackt hat. Noch länger hätte ich es sowieso nicht in diesen Mörderhacken ausgehalten. Das ist Körperverletzung.

„Warum? Was willst du hier?"

Ich ziehe mir die Kniestrümpfe über die Beine und bemerke Harrys argwöhnischen Blick auf mir. „Florence hat den totalen Aufstand gemacht, nachdem du einfach gegangen bist und deswegen wurden wir rausgeschmissen. Allerdings hat Brandon nur einen Sportwagen und deswegen konnte er nur sie heimfahren." Dumme Lüge, aber ihm zu sagen, dass ich ihm hinterher bin, weil ich ... einfach nur da sein will, ist zu unangenehm. „Und ich habe gesagt, dass meine Mutter mich abholt und …“

Harry atmete durch. „Klappe, Violet, ich weiß, dass du lügst."

Perplex halte ich in der Bewegung, in der ich gerade meinen zweiten schwarzen Kniestrumpf über mein Knie ziehe. „Gar nicht ...?"

„Scheiß drauf", murrt er leise und dann: „Wir fahren ins Krankenhaus."

Ich schürze die Lippen, weil sich die Vermutung, etwas stimmt mit Harrys Vater nicht, bestätigt hat. Ich kenne keinen anderen Grund, weshalb er sonst so eilig ins Krankenhaus fahren würde. „Ist etwas mit deinem Vater passiert?", frage ich ihn vorsichtig.

„Ja", antwortet er deswegen genauso leer wie seine Augen sind.

„Und ... was?" Ich hoffe für ihn, dass er nicht gestorben ist. Das wäre grausam.

„Ich weiß es noch nicht. Deswegen fahre ich jetzt hin."

Etwas in seinem Ton macht mich nachdenklich. „Ich wollte dir nicht auf die Pelle rücken. Wenn du nicht willst, dass ich dabei bin, dann kannst du …"

„Nein", unterbricht Harry mich schnell. Vielleicht etwas zu schnell. „Nein ... Es ist okay."

Ich sehe ihn an, während er weiter auf die Straße sieht. Ich bin froh, dass ich mit ihm gekommen bin.

Kapitel 15

Harry und ich laufen mit schnellen Schritten durch die Gänge des Krankenhauses. Er kennt sich hier anscheinend bestens aus, deswegen führt er uns in den fünften Stock. Ich frage mich, ob seine Mutter auch benachrichtigt wurde. Es ist Freitagabend, normalerweise arbeitet kaum jemand um die Uhrzeit.

„Harry", ruft eine männliche Stimme durch den Flur und wir sehen einen jüngeren Arzt, der mit blauen Arztklamotten auf uns zuläuft. Als er bei uns ankommt, sieht man ihm erst an, wie geschafft er aussieht. Er hat schwarze, kurze Haare, etwas Bart. „Dein Vater liegt im C-Bereich. Komm mit mir."

Harry nickt und wir folgen dem Arzt. „Wahrscheinlich muss ich nicht fragen, ob meine Mutter da ist", sagt Harry, als wir durch die Gänge laufen.

Der Arzt schüttelt seufzend den Kopf. „Wir haben sie versucht zu erreichen."

Bitter auflachend schüttelt Harry den Kopf. „Typisch."

„Sie kommt also nie", sage ich und verfluche Anette innerlich. Ich hasse sie nun noch mehr. Anscheinend kommt sie häufiger nicht, wenn es Probleme gibt.

„Sie hat Wichtigeres zu tun", sagt Harry. „Irgendein scheiß Kerl scheint nach ihr zu rufen."

Am liebsten würde ich ihm sagen, wie ätzend ich Anette finde und er alles Recht hat, wütend auf sie zu sein, doch ich schlucke es runter. Ich hätte es gesagt, wären wir noch Freunde. Aber das sind wir nicht.

„Redet möglichst leise", weist uns der Arzt an, auf dessen Namensschild ich Dr. Adams lesen kann, als er die Tür zu einem Zimmer öffnet. „Er steht zwar unter

Beruhigungsmitteln, aber könnte dennoch aufwachen, wenn sie nachlassen."

Harry und ich nicken verständig und gemeinsam betreten wir den Raum. Und direkt blicken wir auf das Krankenbett von William, in dem er mit vielen Schläuchen verbunden liegt und die Augen geschlossen hat. Er sieht nicht schlimmer aus als beim letzten Mal, jedoch macht mir das Piepen der Maschinen Angst. Es erscheint vieles noch sehr surreal für mich, was seine Krankheit angeht. Ich muss mich erst daran gewöhnen.

„Harry, schön, dass du kommen konntest", grüßt uns ein weiterer Arzt, diesmal im weißen Kittel. Er lächelt, auch wenn es nicht echt wirkt. Er ist älter, vielleicht Anfang sechzig. „Und du hast Begleitung mitgebracht."

„Ja", bremst Harry die startende Konversation ernst ab und stellt sich neben das Bett seines Vaters. „Was ist passiert?" Als er so auf ihn herabsieht und seinen kranken Vater betrachtet, könnte man meinen, er würde trauern, geknickt aussehen, doch Harry ist es nicht. Er ist noch immer vollkommen neutral. Als würde ihn all das kaltlassen.

Der ältere Arzt seufzt traurig und stellt sich auf die andere Seite des Bettes. „Es haben sich cerebrale Metastasen in Williams Gehirn gebildet. Sie haben einen epileptischen Anfall ausgelöst, der beinahe schlimm geendet hat."

„Schon wieder?", fragt Harry und sieht den Arzt an. „Was ist mit dem Antiepileptika, das er nimmt?"

„Die Dosierungen werden langsam zu schwach. Die NPfundlogie kümmert sich schon um neue Tabletten, damit so etwas demnächst nicht mehr vorkommt. Aber ... Harry, es war wirklich knapp. Mittlerweile sind es keine singulären Metastasen mehr. Sie breiten sich im kompletten Nervensystem des Gehirns aus. Die Reservekapazität deines Vaters lässt nach und er ist zu schwach, um die vielen Ausfälle der Areale zu kompensieren."

Ich verstehe wirklich nur Bahnhof, doch Harry nickt, als würde er verstehen, wovon hier die Rede ist. Ich will mir gar nicht vorstellen, wie oft er schon in solchen Situationen gesteckt hat in den letzten Jahren. Und das ständig alleine, ohne seine Mutter.

„Die Chemotherapie wirkt, doch können wir die vielen Mikrometastasen nicht aufhalten", sagt der Arzt wieder, als Harry schweigt. „Es sind einfach zu viele ..."

Unglücklich sehe ich von dem Arzt zu Harry. Ich habe nicht den Durchblick, doch trotzdem habe ich verstanden, dass der Arzt Harry gerade versucht zu sagen, dass es keine Hoffnung mehr für William gibt. Und das steigert das Verlangen in mir, Harrys Hand zu nehmen und ihn zu drücken. Ich will für ihn da sein, ihn trösten, doch er sieht aus, als würde er es nicht brauchen. Seine Mimik ändert sich kein Stück.

„Okay", lautet Harrys Reaktion darauf, dass er nun die Bestätigung bekommen hat, dass sein Vater sterben wird. Er sieht auf seinen schlafenden Vater und schweigt kurz, denkt viel nach. „Wie lange wird er noch hierbleiben?"

Der Arzt sieht Harry mitleidig an. „Wir werden uns nach dir und deiner Mutter richten. Wahrscheinlich ist die Zeit gekommen, ihn dauerhaft nach Hause kommen zu lassen ... Damit er ..."

„Das wird meiner Mutter nicht gefallen", sagt Harry. Ein wahrhaftig trübseliger Unterton macht sich breit.

Das scheint auch der Arzt bemerkt zu haben, deswegen wirft er dem Assistenzarzt einen Blick zu und begibt sich zum Ausgang. „Wir lassen euch erst mal alleine ... Ruft uns, falls ihr Fragen habt oder etwas benötigt."

Harry sagt nichts, sondern setzt sich nur auf den Holzstuhl neben dem Krankenbett.

Deswegen nicke ich dem Arzt freundlich zu, als Zeichen, dass sie nun gehen können. Nachdem sie die Zimmertür hinter sich schließen, wende ich mich wieder niedergeschlagen an Harry. Mich lässt die ganze Sache absolut nicht kalt, auch wenn ich gar nicht direkt betroffen bin. Ich wünschte nur, ich könnte irgendeine Emotion bei Harry ablesen. Er wirkt so resigniert, das ist ungewohnt. Wenn er wenigstens gereizt oder wütend wäre. Egal was, aber nicht dieses Desinteresse. Das ist schrecklich.

Langsam gehe ich auf die andere Seite des Bettes und setze mich auf den Stuhl dort. Unsicher sehe ich zu Harry, der noch seinen Vater ansieht. „Was denkst du gerade?", frage ich ihn nach einer Weile leise.

„Was ich denke", sagt er darauf und betrachtet die Hand von William, die neben seinem Körper liegt. Kurz schweigt Harry noch, dann sagt er: „Wusstest du, dass er mir nie auf die Schulter geklopft hat?"

Ich runzle die Stirn. Ich verstehe nicht, worauf er hinauswill.

Mit kaltem Ausdruck schüttelt Harry wieder den Kopf und sieht in Williams Gesicht. „Er hat mir noch nie gesagt, dass er stolz auf mich ist." Harry sieht mich an. „Wusstest du das?"

Ich schüttle den Kopf. „Nein, das wusste ich nicht."

„Ich weiß, dass ich in den letzten Jahren nichts geleistet habe, worauf er stolz sein könnte, aber selbst als Kind habe ich mich von ihm gehasst gefühlt. Er war ein grauenvoller Vater."

Ich presse die Zähne aufeinander. *Oh Gott, Harry.*

„Er war so ein verdammt grauenvoller Vater", wiederholt Harry, diesmal mit mehr Verachtung in seinem Gesicht, als er seinen Vater ansieht. „Ich weiß noch, wie ich vor ein paar Jahren für ihn gekocht habe und er mir das Essen an den Kopf geschmissen hat, weil ich nicht wusste, dass er Sodbrennen von Tomaten bekommt."

Nun schlucke ich schwer.

„Er ist schon lange krank und er leidet viel, aber, man ... Ich hasse ihn so sehr."

Ich habe keine Worte.

„Ich sollte traurig sein, ich weiß, aber ich bin es nicht. Es ist mir nicht egal, dass er stirbt, aber ich habe mich einfach damit schnell abgefunden. All die Jahre hat er mich behandelt wie ein Stück Dreck. Es wäre eine Lüge, wenn ich sage, er wird mir in irgendeiner Art und Weise fehlen. Das Einzige, womit ich nicht klarkomme, ist die Tatsache, dass ich mit dieser ganzen Scheiße alleine bin."

Ich sehe ihn direkter an. Er denkt, er sei alleine?

„Meine Mutter interessiert sich nicht für meinen Vater, genauso wenig wie für mich. Ich habe keine Geschwister, ich bin mit dieser ganzen Scheiße einfach alleine."

„Du bist nicht alleine", erwidere ich leise. „Du hast ... Florence. Und all die anderen."

Harry sieht mich nicht an, doch lacht bitter auf. „Florence. Und all die anderen. Glaubst du, ich würde auch nur ein Wort über meinen Vater irgendwem von diesen Leuten erzählen?"

Ich blicke etwas verwirrt drein.

„Diese Leute sind Menschen, mit denen ich am Wochenende feiern gehe und in der Schule rumhänge. Mehr nicht. Florence ist ... Niemanden hat es zu interessieren, was sich in meinem Privatleben abspielt."

„Wenn du niemandem davon erzählst, wirst du immer alleine damit bleiben."

„Ich habe dir davon erzählt."

Ich halte inne, als er mich anschaut.

„Ich weiß, dass wir beide ... was auch immer sind. Aber ich weiß, dass es in Ordnung ist, dass du es weißt. Und ich weiß, ich würde niemals mit jemand anderen so darüber sprechen, auch wenn viele Dinge nicht so laufen, wie sie damals mal waren. Ich denke, ich ... Ich habe einfach gehofft, dass du mitkommst."

Ein kleiner Druck bildet sich in meinem Hals, als er weiter vor sich hin redet. Es fühlt sich seltsam an, wenn er mir solche Dinge sagt. Es fühlt sich gut an, gleichzeitig aber auch so verdammt falsch. Harry sollte mir solche Dinge nicht sagen. Auch nicht, wenn es um seinen Vater geht.

Doch nach einer Weile, in der wir einfach nur stumm hier sitzen, in dem Raum, der vor Kummer trieft, atmet Harry tief durch und steht auf. „Wir sollten gehen. Ich kann hier drin nicht mehr sitzen."

Ich wollte schon von Anfang an nicht mehr in diesem Raum sitzen. Es ist zu bedrückend. Nicht nur wegen der Tatsache, dass William sterben wird, sondern auch wegen der seltsamen Spannung zwischen Harry und mir. Sie ist nicht gut. Vor allem nicht, während ich noch Brandons braune Augen im Hinterkopf habe, die mich vorhin noch verknallt angesehen haben, nachdem er mich geküsst hat.

Harry sieht nicht noch mal zu seinem Vater, als wir das Krankenzimmer verlassen.

Ab da herrscht eine bedrückte Atmosphäre, in der kein Ton gesprochen wird. Nicht, dass ich unbedingt mit Harry sprechen wollte, doch es ist unangenehm. Es scheint, als schwebten unausgesprochene Worte zwischen uns.

„Harold!", ertönt eine bekannte Stimme, als Harry und ich das Krankenhaus verlassen und zu den Parkplätzen laufen.

Wir drehen uns beide nach rechts und entdecken Anette, die aufgebracht mit hohen Schuhen auf uns zugelaufen kommt. Sie sieht ziemlich unzufrieden aus. Ihre Haare sind durcheinander und ihr Kajal ist ein wenig verschmiert. Wenn ich es nicht besser wüsste, würde ich sagen, sie hat gerade in ihrem Auto eine Nummer geschoben.

„Was bildest du dir eigentlich ein?", keift Anette, als sie näher kommt.

Ich sehe verwirrt zu Harry, der nur die Augen gestresst verdreht.

„Was ist?", fragt Harry sie desinteressiert und dreht sich nicht mal zu ihr.

Anette bleibt zwei Meter von uns entfernt stehen und verschränkt wütend die Arme. „Ist es schon wieder so weit, dass du mich nicht mal normal begrüßen kannst?"

Harry sagt nichts, sondern sieht genervt abwartend geradeaus, beißt sich auf der Innenlippe herum.

„Wieso hast du mich nicht angerufen?", meckert Anette weiter. „Denkst du, du bist wichtiger als ich? Dein Vater bekommt einen Krebsanfall und du empfindest es nicht für nötig, mich davon in Kenntnis zu setzen?"

„Es war ein *epileptischer* Anfall", korrigiert Harry sie. „Du würdest es wissen, würdest du dich dafür interessieren."

„Fang nicht wieder so an, du weißt, ich interessiere mich dafür!" Anette stampft auf. „Und sei nicht wieder so rotzfrech! *Du* machst einen Fehler nach dem anderen, nicht ich!"

Ich runzle die Stirn. Was redet Anette denn da?

„Das Krankenhaus hat dich angerufen", sagt Harry wieder locker, sieht seine Mutter jedoch immer noch nicht an. Er kommt zu mir und zieht mich leicht am Arm mit sich, was bedeutet, wir gehen zu seinem Auto. „Und jetzt werden wir gehen."

„Bleib gefälligst hier, wenn ich mit dir rede, Harold!", wütet seine Mutter uns hinterher und ich höre ihre Schritte, die uns folgen. „Du hättest mehrmals versuchen sollen, mich zu erreichen, du weißt, dass ich arbeite und nicht ständig erreichbar bin!"

„Okay", gibt Harry nur zurück und zieht mich weiter zu seinem Auto, als ich mich immer wieder zu Anette umdrehe, weil ich absolut nicht nachvollziehen kann, wieso sie ihn so anschreit. Vor allem jetzt nachdem Harry vorhin so offen mit mir über William und sie geredet hat, habe ich noch ein schlechteres Bild von ihr im Kopf.

„Du denkst wirklich, du kannst dir alles erlauben!", schreit Anette weiter, als wir an Harrys Auto ankommen und er schon die Fahrertür öffnet. Er scheint sich wirklich null für seine Mutter zu interessieren. „Sieh mich an und rede mit mir, wie man mit seiner Mutter zu reden hat! Soll ich Doktor Adams sagen, dass er ab sofort nur noch mich benachrichtigen soll, wenn etwas mit William passiert? Dann siehst du ihn gar nicht mehr! Vielleicht sollte ich dir den Geldhahn zudrehen, damit du endlich aufwachst!"

"Ich bitte dich darum", erwidert Harry.

"Du wirst sowieso nie wieder so viel Geld sehen, wenn du endlich auf dem College bist! Nicht mal so etwas Belangloses wie gute Noten kannst du schreiben!"

Ich sehe über Harrys Auto hinweg zu ihm und wie er mit leerem Ausdruck in sein Auto sieht, jedoch nicht einsteigt.

„Verstehst du denn den Ernst der Lage nicht? Dein Vater ist krank und dich interessiert es seit Jahren nicht! Wenn ich gewusst hätte, wie nutzlos du bist, hätte ich dich nie bekommen!"

Und dann klappt mir die Kinnlade runter. Verdammte Scheiße, was hat sie gerade von sich gegeben?

Mein Puls steigt von 100 auf 1000 und ich balle mit einem Mal fest die Fäuste. Ja, Anette ist streng, ja, ihre Situation ist eventuell nicht leicht, aber, verdammt. Harry so derartig zu beleidigen, ist selbst für sie zu hart. Vielleicht wehrt Harry sich nicht dagegen, vielleicht hat er es schon etliche Male gehört, aber ich kann nicht hier rumstehen und zulassen, wie sie mit ihm redet. Sie redet mit ihm, als wäre er ein dummes Kind, dabei ist er das nicht. Er ist ihr Sohn, verflucht.

„Stop!", schreie ich deswegen so laut ich kann und sehe böse ich kann zu Anette, die mich entsetzt anblickt. Ich stampfe um das Auto herum, bin froh, dass ich meine

Converse trage und bleibe einen Meter vor Misses Teufelin stehen. „Sie reden so nicht mit ihm!"

Anettes Stirn legt sich erzürnt in Falten. „Du schreibst mir nicht vor, wie ich mit meinem Sohn rede, Violet! Das hier ist eine Sache zwischen Harry und mir!"

„Ach ja?", keife ich sie genauso unfreundlich an wie sie mich. „Ihr Sohn, Anette, war zufällig der Erste, der hier aufgetaucht ist, nachdem er informiert wurde! Wo waren Sie, hm?"

Mir liegt die Antwort auf der Zunge.

Anette schnalzt jedoch nur auf. „Ich war arbeiten. Das, was Erwachsene tun, wenn sie einen guten Schulabschluss haben."

„Arbeiten also", lache ich bitter. „Soll ich Ihnen sagen, wo Sie waren? Irgendein bekloppter Jungassistent hat Sie auf Ihrem Schreibtisch oder am besten noch in Ihrem Auto gevögelt, *da* waren Sie!"

Ihr Blick ist fassungslos, doch daher weiß ich, dass ich recht habe.

„Wissen Sie, wie wir so was in unserer Sprache nennen? Schlampe! Und wissen Sie, wie wir noch Mütter nennen, die ihr Kind alleine mit der Krankheit ihres Vaters verkümmern lassen? Miststück!"

„Violet", höre ich Harrys zischende Stimme im Hintergrund und wie er einen Schritt auf mich zugeht, doch ich ignoriere ihn.

Ich hatte diese Worte schon seit dem Abendessen mit Anette und meiner Mutter auf der Zunge.

„Wie können Sie sich wagen, so mit Harry zu reden?", wüte ich weiter und zeige mit dem Finger auf sie. „Sie interessieren sich einen Scheißdreck für ihn und dann erwarten Sie noch von ihm, dass er sich einen

Scheißdreck für *Sie* interessiert? Sie haben ihn als Sohn nicht verdient, wissen Sie das? Er ist so viel besser, als Sie denken, also werfen Sie nicht mit Vorwürfen und Worten um sich, die nicht gerechtfertigt sind!"

Anette steht weiterhin einfach stocksteif auf dem Fleck und starrt mich an.

„Ihr Mann wird sterben!" Mir platzt gleich eine Ader in der Stirn. „Sterben! Harrys *Vater* wird sterben! Verstehen Sie denn nicht, was das bedeutet? Und Sie lassen ihn damit alleine, kümmern sich um alles, außer um ihn! Gott, wie können Sie sich nur im Spiegel betrachten?"

Ich zucke auf, als ich einen festen Handgriff an meinem Arm spüre, als ich noch eindringlich den Blick mit Anette halte. Harry zieht mich nach hinten und zischt: „Violet, hör auf. Wir fahren."

Als ich für eine Sekunde in Harrys Augen sehe, beruhige ich mich ein wenig, wenn auch nur ein kleines Stück. Dann sehe ich noch mal zu Anette, die wie festgewurzelt auf der Stelle steht und mir hinterhersieht, wie ich zur Beifahrertür stampfe. Anette sieht nicht wütend aus. Es ist eine Mischung aus einem Schock und ... Trauer?

"Schön, ich habe alles gesagt!", haue ich noch raus und öffne die Autotür. „Tut mir ja echt leid!", sage ich noch immer erzürnt, als ich im Auto sitze und Harry gerade die Tür zuschmeißt. Zornig raufe ich mir die Haare. „Aber deine Mutter ist – ich habe keine Worte! Argh!"

Harry startet stumm, doch etwas angespannt den Motor seines Wagens und als wir von dem Parkplatz fahren, sehe ich Anette im Rückspiegel, wie sie noch immer auf der Stelle steht und uns hinterhersieht. Ich könnte schwören zu sehen, wie sie sich über die Nase wischt, als würde sie weinen.

Als wir um die erste Ecke biegen und ich mich ein klein wenig beruhigt habe, sehe ich zu Harry, der noch immer nichts gesagt hat. Er tippt mit seinem Finger auf dem Lenkrad, als wir an einer Ampel stehen. Man merkt, wie er über etwas nachdenkt, doch ob es so positiv ist, kann ich nicht sagen. Er sieht nicht mehr resigniert aus, sondern fast sauer.

War es vielleicht falsch, dass ich mich eingemischt habe? Ich dachte, ich würde ihm damit helfen, weil er sich nie getraut hat, Anette so etwas zu sagen. Mit jeder Sekunde, die er noch schweigt, steigt die Unsicherheit in mir und ein leichtes Schamgefühl. Ich habe Angst, dass ich übertrieben habe. Aber eigentlich war doch all das richtig, was ich gesagt habe.

Deswegen sage ich irgendwann ängstlich: „Es ... Es tut mir leid. Ich bin irgendwie – keine Ahnung – durchgedreht."

Wieder sagt Harry nichts, was mich noch nervöser macht.

„Aber sie hat so schlimme Dinge gesagt", versuche ich, mich weiter zu erklären. „Sie – ich meine, sie hat gesagt, dass sie dich am liebsten nie bekommen hätte! Und dass du nutzlos bist! Ich konnte es einfach nicht anhören, einfach weil ..."

„Violet", unterbricht Harry mich mit beinahe beängstigend ruhiger Stimme, „hör einfach auf."

Ich sehe auf meine Finger, die unruhig miteinander spielen. Ich wusste, es war ein Fehler. Jetzt wird er mich noch mehr hassen.

„Ich werde dir nicht dafür danken, dass du das getan hast, aber wahrscheinlich kannst du das nachvollziehen." Kurz sagt er nichts, dann: „Aber du warst noch nie sonderlich gut darin, dich aus irgendwelchen Dingen herauszuhalten."

Er wird mich rausschmeißen.

„Ich muss mich nur an meine Grundschulfreundin erinnern, der du damals an den Haaren gezogen hast, weil sie meinen besten Freund geküsst hat."

Ich sehe ihn wieder an. Ist das ein Zucken an seinem Mundwinkel? Er nimmt es mit Humor?

Etwas lacht er, wenn auch nur leicht. „Oder allgemein jedem Mädchen, mit dem ich etwas zu tun hatte. Irgendwann musste es wieder so weit kommen."

Bei der Erinnerung an unsere frühere gemeinsame Zeit muss ich grinsen, wenn auch ein wenig aus Scham. Ja, ich kann mich auch noch genau daran erinnern. Ich mochte seine Freundinnen aus dem Kindergarten bis zur achten Klasse nie, egal, wie nett sie manchmal waren. „Sie hatte es verdient", sage ich deswegen und sehe etwas errötend weg. „Den Jungen, den sie geküsst hat, konnte ich auch nicht leiden."

„Ich auch nicht, glaub mir."

Ich sehe aus dem Fenster und seufze. Harry und ich schwelgen so oft in Erinnerungen, wenn wir zusammen sind. Ist das normal? Ständig reden wir über die Vergangenheit und was damals alles passiert ist. Meistens allerdings nur über die lustigen Dinge. Ich würde zum Beispiel nie auf die Idee kommen, ihn daran zu erinnern, wie seine Eltern ihn damals heftig angeschrien haben, weil er und ich die Küche schmutzig gemacht haben. Das sind diese Momente, in denen mir klar wird, dass es Harry nie leicht mit seiner Familiensituation hatte. Jetzt bin ich noch glücklicher darüber, dass ich Anette die Meinung gesagt habe.

„Ich habe eine Frage", beendet Harry irgendwann die Ruhe, als wir durch die dunklen Straßen Belfasts fahren. Ich weiß nicht, wo er hinfährt, wahrscheinlich hat er nicht mal ein Ziel.

„Dann frag mich", sage ich und sehe ihn erwartungsvoll an. Sein Profil ist schön. Gerade ist es *zu schön.*

„Wie bist du auf die Geschichte von *Henriette & Victor* gekommen?"

„Wieso fragst du das?"

„Es interessiert mich einfach. Früher hatten deine Geschichten auch immer irgendwelche seltsamen Hintergründe."

Ich seufze und sehe wieder aus dem Fenster. „Ich bin mir nicht sicher, um ehrlich zu sein. Ich denke einfach, dass viele ihre Geschichte nachvollziehen können. Da ist dieser Junge und dieses Mädchen, sie lieben sich noch immer, aber wenn es endete, dann endete es und deswegen liegen sie in verschiedenen Betten, vermissen sich, sind aber beide zu ängstlich, es sich gegenseitig zu sagen oder zu beweisen. Auch wenn Victor in dem Fall der Schuldige ist. Es ist einfach etwas, das jeder auf gewisse Art und Weise schon mal erlebt hat."

„Verstehe." Harry klingt grübelnd.

„Ich bin mir nicht mal sicher, ob *Henriette & Victor* einen direkten Hintergrund hat. Ich wollte es einfach schreiben."

„Schreibst du noch andere Dinge außer deine Theaterstücke?"

Ich sehe ihn mit erhobener Braue an. „Das interessiert dich?"

„Ja. Ich weiß, dass du immer Schriftstellerin werden wolltest, deswegen interessiert es mich."

„Na ja", sage ich und sehe mit nachdenklich verzogenem Mund auf meinen Schoß. „Ich habe nichts, worüber ich schreiben könnte, außer meine Stücke, deswegen sind meine Notizbücher lange nicht mehr so voll. Und ich denke, dass ich nicht gut genug bin."

Harry runzelt die Stirn. „Wieso denkst du das?"

Ich zucke mit einer Achsel und beginne, mit meinen Fingernägeln zu spielen. „Du hast doch selbst angefangen, *Henriette & Victor* zu kritisieren. Weswegen wir es neu schreiben mussten. Erinnerst du dich noch?"

„Das habe ich getan, weil ich dich auf irgendeine Art und Weise provozieren wollte. Mal ganz davon abgesehen, dass es leider am Ende etwas seltsam wurde, war es gut."

„Ja, das Provozieren hast du wirklich gut drauf." Ich klinge ernster, als ich es vorhatte. Ich erinnere mich an die tausend Streitgespräche mit Harry in letzter Zeit und direkt frage ich mich, weshalb ich überhaupt mit ihm hier bin. Doch diese Frage verschwindet dann wieder schnell aus meinem Kopf. „Ein Wunder, dass du überhaupt bei uns in der Theatergruppe so gut aufgenommen wurdest, nach dem ganzen Scheiß, den du mit James' Freundin oder den anderen abgezogen hast."

Wieder sagt Harry erst nichts darauf und in seinem Ausdruck ändert sich etwas, auch wenn ich es nicht definieren kann. „Ja", sagt er. „Es hätte schlimmer laufen können."

Als ich gerade etwas sagen will, klingelt plötzlich mein Handy. Ich sehe darauf und lese Brandons Name. Mein Herz springt kurz, doch ich bekomme das Gefühl, es springt nicht wegen des Grunds, dass ich mich freue, dass er anruft, sondern der Tatsache, dass ich mit Harry hier bin, während ich eigentlich bei Brandon sein sollte.

Sofort nehme ich ab und bekomme ein schlechtes Gewissen. „Hi."

„Hey, Hübsche", sagt Brandon und diesmal springt mein Herz, weil ich mich daran erinnere, wie süß er ist. „Ich wollte fragen, ob du schon zu Hause bist. Nur damit ich sicher sein kann, dass dir nichts passiert ist."

„Ähm", sage ich und denke nach, ob ich Brandon anlügen sollte oder nicht. Ich möchte nicht, dass er wütend wird, weil ich weiß, wie es momentan zwischen ihm und Harry läuft. „Ich bin schon zu Hause, ja. Alles gut."

„Sehr schön, ich dachte schon, ich hätte allen Grund zur Eifersucht. Ich kenne Harry ja, er macht keinen Halt vor vergebenen Mädchen."

Ich sage nichts darauf und schlucke. Gott, ich bin ein schlechter Mensch.

„Aber jetzt wünsche ich dir eine gute Nacht", sagt Brandon. „Träum was Schönes und ... Du bist toll. Irgendwie."

Ich muss schmunzeln. „Wünsche ich dir auch. Irgendwie."

Kurz sind wir noch in der Leitung, dann legt Brandon auf. Ich sehe auf mein Handy und denke darüber nach, ob es wirklich so gut war, Brandon zu belügen. Und das noch am selben Tag, an dem wir zusammengekommen sind. Und vorhin habe ich Anette noch als Schlampe bezeichnet.

„Irgendwie?", fragt Harry mit erhobener Braue, worauf ich mein Handy wegpacke. „Einfach nur irgendwie?"

„Ist so ein Insider-Ding zwischen Brandon und mir, keine Ahnung ..." Vor Harry ist es mir unangenehm.

„Anscheinend läuft es gut zwischen euch."

Weil er so kühl klingt, sage ich etwas zu zickig: „Ja, läuft es. Wir sind zusammen."

„Oh." Harry hebt die Brauen und nickt, als wäre er beeindruckt. „Dann viel Glück. Ich wette, er wird dich glücklich machen."

„Wird er auch", gebe ich patzig zurück und verschränke die Arme. „Ich mag ihn wirklich."

„Oder du magst ihn *irgendwie*, hm?"

Ich verdrehe die Augen. „Okay, war ja klar, dass man sich nicht lange mit dir unterhalten kann, ohne dass du wieder ätzend wirst."

„Nein, ich kann Brandon einfach nur nicht ausstehen, das ist alles. Für mich klingt alles, was er macht, zum Kotzen."

„Komisch, wenn man bedenkt, dass ihr eigentlich Freunde seid."

„Wir *waren* Freunde."

„Und wieso seid ihr keine Freunde mehr? Brandon meinte, du würdest mich bei ihm schlecht machen, deswegen streitet ihr euch ständig."

„Ja, das wird es wahrscheinlich sein."

Es herrscht Ruhe.

„Hast du eigentlich jemals", frage ich Harry vorsichtig und hoffe, er ist ehrlich, „hast du jemals jemanden von Violi-Ravioli erzählt?"

„Denkst du denn, dass ich es getan habe?"
Ich zucke mit den Schultern. „Ich weiß es nicht, ehrlich."
„Hast du jemals jemanden von meinem Ekel vor Blut erzählt?"
„Nein, wieso sollte ich das tun?"„Siehst du. Ich habe niemals jemanden von Violi-Ravioli erzählt."
Ich atme auf. Gott sei Dank. Davor hatte ich viele Nächte Angst, seitdem er mich damit aufgezogen hat. „Danke. Wirklich."
„Ich danke dir, wirklich."
Und im nächsten Moment stoppt Harry den Motor und erst jetzt fällt mir auf, dass wir vor meinem Hof stehen. Er hat mich tatsächlich nach Hause gefahren. Irgendwie möchte ich noch nicht gehen, aber gleichzeitig weiß ich, dass ich es muss. Mit Harry zu sprechen, bereitet mir auf seltsame Art und Weise Freude, weil wir lange nicht so ausgiebig und ehrlich miteinander geredet haben. Wir streiten ständig, deswegen sollte ich Momente wie diese ... genießen?
Ich steige aus dem Auto aus und zu meiner Überraschung, steigt Harry ebenfalls aus. Schweigend laufen wir zu meiner Haustür. Es fühlt sich seltsam an. So gewohnt, doch gleichzeitig so verdammt seltsam. Er vermittelt mir das Gefühl, dass er mich zur Tür bringt, weil er nett sein will, doch insgeheim weiß ich, dass wir noch einen tiefen Groll aufeinander haben.
„So", sage ich seufzend und ziehe meine Schlüssel aus meiner Tasche. Ich drehe mich nicht zu Harry um, als ich an meinen Schlüsseln herumkrame.
„Es war ... nett", sagt Harry hinter mir, worauf ich nicke und ihn über die Schulter ansehe.

„Sehr aufregend", füge ich noch hinzu. „Das mit deiner Mutter tut mir trotzdem leid."

„Schon okay. Sie wird es überstehen."

Ich stecke den Schlüssel in die Tür und dann höre ich schon, wie Harry sich wegdreht.

„Gute Nacht, Violet", sagt er noch und dann läuft er die drei Treppen herunter über unseren Weg zum Gartenzaun.

Ich bleibe auf der Stelle stehen und starre auf den Schlüssel, der bereits in der Tür steckt. Mich überkommt das Verlangen, noch einmal zu wollen, dass Harry ehrlich ist, denn ich kann unsere Situation nicht einschätzen. Ich will nicht durcheinander einschlafen, ich will ruhig einschlafen und wissen, was abgeht.

Deswegen drehe ich mich noch mal um und sehe zu Harry, der gerade durch das Gartentor zu seinem Auto will. „Harry", sage ich laut, ängstlich.

Er bleibt stehen.

Ich lecke mir aufgeregt über die Lippen und kneife mir leicht in den Arm. „Ich, ähm ... Ich habe auch eine Frage."

Wieder sagt er nichts, er scheint nur zu warten.

Unsicher sehe ich zu Boden. „Wird ab morgen ... Also ... Wird ab morgen alles wieder anders sein?"

„Wie meinst du das?"

„Ich meine – keine Ahnung – ich denke, ich will einfach nur Gewissheit darüber haben, ob wir ab morgen wieder die sein werden, die wir vor ein paar Stunden noch waren."

Ob wir uns wieder hassen werden.

Für einen kurzen Augenblick schweigt Harry und ich sehe, wie er tiefer ein- und ausatmet. Dann legt sich ein ehrlicher Ausdruck in seine Augen. „Ja, Violet", sagt er. „Ja. Ab morgen wird alles wieder anders sein."

Ich nicke, spüre, wie mir diese Antwort nicht gefällt, obwohl ich hätte damit rechnen sollen. „Okay", sage ich hauchend. „Ich verstehe."

„Nein, tust du nicht."

Wieder hebe ich den Blick.

„Genau deswegen sind wir die geworden, die wir gerade sind. Aber all das ist vollkommen egal." Er wendet sich von mir ab, geht zu seinem Auto, schließt es auf. Er öffnet die Tür und bleibt ein letztes Mal stehen. „Es wird immer alles anders bleiben."

Kapitel 16

Es wird immer alles anders bleiben, sagte Harry. Er hat recht. Aber er hat unrecht. Ich will, dass er recht hat, wirklich, denn auch ich will, dass immer alles anders bleibt, aber während ich die Tür zu meinem Zimmer hinter mir schließe, habe ich das Gefühl, dass ich will, dass wir wieder Freunde sind, aber im nächsten Moment wiederholt sich sein Satz *Es wird immer alles anders bleiben* in meinem Kopf und dass ich eigentlich mit Brandon zusammen bin und dann bekomme ich das Gefühl, verrückt zu werden.

Der Abend heute hat so viele verschiedene Gedanken und Empfindungen in mir hervorgerufen, die ich gerade nicht zuordnen kann. Ich bin mit Brandon zusammen. Etwas, das mich glücklich machen sollte. Nein, etwas, das mich glücklich *macht.* Ich war mit Harry bei seinem Vater und habe auch noch seine Mutter beleidigt, worauf er mir sagte, dass wir ab morgen wieder die sein werden, die wir vor vierundzwanzig Stunden noch waren. Feinde. Etwas, das mir egal sein sollte. Nein, etwas, das mir egal *ist.*

Ich atme tief ein und aus.

Das alles verwirrt mich so sehr, ich kann jetzt nicht alleine damit sein. Es sollte mich nicht belasten oder gar traurig machen, ich sollte einfach bedingungslos glücklich sein, dass ich nun mit Brandon zusammen bin. Doch irgendwie belastet es mich doch, deswegen laufe ich durch den Flur vorbei an Moms Zimmer.

Wahrscheinlich schläft Mom schon, deswegen will ich sie nicht wecken. Sie würde sowieso viel zu viele Fragen stellen und versuchen, den Psychiater für mich zu spielen.

Deswegen öffne ich leise die Tür, an der *Rosy* in rosa Buchstaben steht.

„Rosy?", flüstere ich leise in ihr Zimmer. „Bist du wach?"

Keine Antwort.

„Rosy-Bosy."

Sie brummt unter der Decke auf. „Jetzt schon."

„Kann ich bei dir schlafen?"

Rosy hebt den Kopf und sieht mich verstrubbelten Haaren und zerknautschtem Gesicht an. Anscheinend war sie im Tiefschlaf. „Nein, Violet, darfst du nicht. Geh wieder."

„Bitte. Ich will nicht alleine sein."

„Du bist siebzehn."

Ungeduldig tipple ich auf meinen Füßen rum und fühle mich wie ein kleines Kind, das bettelt, um bei ihren Eltern im Bett schlafen zu dürfen, dabei stehe ich einfach nur im Türrahmen meiner achtjährigen Schwester. „Biiitte, Rosy."

Rosy lässt ihren Kopf wieder in ihr Kissen fallen und seufzt genervt. „Na schön. Aber mach die Tür wieder richtig zu."

Ich grinse leicht und schließe die Tür hinter mir. Vorsichtig tapse ich durch das Dunkel und versuche nirgends gegenzustoßen, obwohl ich genau weiß, dass das in Rosys Zimmer unmöglich ist, denn ihr Zimmer ist stets perfekt aufgeräumt. Als ich an ihrem Bett ankomme, quetsche ich mich hinter Rosy und lege meinen Arm um ihren kleinen Körper, drücke sie kurz an mich, worauf sie aufquiekt.

„Violet, ich habe mindestens zwanzig Kuscheltiere in meinem Bett liegen", faucht sie leise und macht mir unter ihrer Bettdecke Platz.

Zu zweit quetschen wir uns nun darunter und ich muss zugeben, dass es früher einfacher war, mit Rosy in einem Bett zu schlafen, denn diese neunzig Zentimeter Breite machen es ganz schön knapp. Aber mir egal. Ich bin froh, dass ich nicht alleine bin.

Ich kuschle mich wieder von hinten an Rosy, von der ich direkt spüre, wie unpassend sie das findet, doch es schließlich zulässt, denn ich kann sie sowieso festhalten, wenn ich das möchte.

Für eine Weile sagen wir gar nichts, in der ich viel nachdenke.

„Wo warst du heute Abend?", fragt mich Rosy mit einem Ton, der aussagt, dass sie zu merken scheint, dass ich nicht ohne Grund in ihrem Bett liege.

„Ich hatte ein Date mit Brandon."

„Wie ist es gelaufen?"

„Wir sind jetzt ein Paar."

„Tut mir leid."

Ich runzle die Stirn. „Wieso tut dir das leid?"

„Weil du es sagst, als wäre es etwas Schlechtes."

„Nein, nein. Es ist etwas Tolles. Brandon ist toll."

„Oh. Dann freue ich mich für dich."

„Ja."

„..."

„Und ich war mit Harry unterwegs."

„Mit Harry?", hakt sie nach.

„Ja, Harry Perlman."

„Du hast wieder etwas mit ihm zu tun?"

Ich seufze. „Nein, eigentlich nicht. Er ist heute Abend einfach aufgetaucht und dann war etwas mit seinem Vater und irgendwie ... Keine Ahnung."

Kurz sagt Rosy nichts. Dann: „Fehlt er dir?"

„Nein."

„Okay."

„Doch."

„Was denn nun?"

„Er fehlt mir nicht."

Rosy seufzt. „Violet, das ist nicht hilfreich."

Ich presse meine Stirn enger an Rosys kleinen Rücken und würde am liebsten in Tränen ausbrechen, weil mich all das noch zur Weißglut treibt. „Ich weiß doch auch nicht, was mit mir los ist."

„Was ist denn mit diesem Brandon? Ist er nett?"

„Ja, er ist sehr nett."

„Also bist du froh, dass du mit ihm zusammen bist?"

„Eigentlich schon."

„Eigentlich habe ich auch keine Kiemen."

„Du verstehst das nicht", sage ich trauriger. „Ich hatte noch nie einen Freund und ich kenne das einfach noch nicht so. Vielleicht fühlt es sich ja so an, das erste Mal eine Beziehung zu führen. Ich bin eben sehr unsicher."

„Meinst du, Granny und Grandpa haben sich so gefühlt, bevor sie ihr ganzes Leben lang zusammen waren?"

„Ich weiß es nicht."

„Ich glaube nicht."

„Aber das hat damit nichts zu tun."

Rosy atmet tief durch. „Ich will nie ein Teenager werden. Was für eine schreckliche Seifenoper."

„Ich glaube, die Phase hast du sowieso schon übersprungen."

„Weißt du, Violet, ich weiß, dass du hierherkommst, wenn du traurig bist, aber wenn du selbst nicht weißt, was dich traurig macht, kann ich dir nicht helfen."

Ich will weinen. „Ich kann es dir nicht erklären. Ich kann niemandem erklären, was gerade mit mir passiert. Ich kann es nicht mal mir selbst erklären. Ich stecke fest zwischen *Vielleicht waren die letzten vier Jahre ohne Harry die schlimmsten meines Lebens* und ich habe es nie gemerkt und *Was kann ich tun, um Harry endlich aus meinem Leben zu streichen*?"

„Dann hast du ein großes Problem."

Wieder presse ich mich enger an Rosy, wogegen sie sich normalerweise wehren würde. „Ich weiß."

Wieder ist es kurz still.

„Mom und ich haben irgendwann mal einen Liebesfilm geguckt", sagt Rosy irgendwann. „Und ich habe sie irgendetwas gefragt und dann hat sie gesagt, dass Liebe und Beziehungen nicht einfach so passieren. Sie passieren, weil es so sein soll und weil es sich richtig anfühlt, und dass man weiß, wann es sich richtig anfühlt und dass man auch weiß, wann es falsch ist, jemanden zu mögen, den man eigentlich gar nicht mag, während man jemand anderen mag, der einen vielleicht nicht mag. Aber nur weil der andere einen nicht mag, heißt das ja nicht, dass man ihn plötzlich nicht mehr mag und deswegen ist man traurig und sucht sich jemanden, mit dem man sich einbilden kann, so etwas wie eine Beziehung zu haben, in der man glücklich sein soll, in der man den anderen aber nicht mag, es sich aber einredet, damit alles echt erscheint. Aber tief im Inneren weiß man, dass Liebe und Beziehungen nichts sind, das man sich einreden kann. Es passiert einfach und man weiß, man kann nur richtig glücklich sein, wenn man es mit dem Richtigen sein kann."

Ich will nicht viel über Rosys Worte nachdenken, deswegen erlaube ich mir, einzuschlafen.

„Hach, dass ich das noch erlebe!"

Sofort schrecken Rosy und ich auf und sehen unmittelbar in das glückliche Gesicht unserer Mutter, die mit einer Tasse Kaffee im Türrahmen steht.

„Na", sagt sie grinsend. „Habt ihr zwei gut geschlafen?"

„Sie ist einfach in mein Zimmer gekommen!", stellt Rosy sofort fest und zeigt auf mich. Dann gibt sie mir einen kräftigen Schubs und ich fliege aus dem Bett.

Noch total verschlafen reibe ich mir den nun pochenden Kopf und sehe über die Bettkante zu Rosy nach oben. „Danke, du Monster. Deine späteren Bettgeschichten tun mir jetzt schon leid."

Rosy scheint total schockiert und sieht zu Mom. „Mom!"

Mom lacht und ich rapple mich auf. „Jaja, schon gut. Ich verschwinde ja schon."

Wir verlassen ihr Zimmer und ich muss feststellen, dass mein Kleid total verknittert ist. Vielleicht hätte ich mich wenigstens umziehen sollen.

„Du warst gestern aber nicht betrunken, oder?", fragt Mom mich, als wir durch den Flur laufen.

„Nein, war ich nicht. Ich wollte einfach nur mal eine Nacht im Zimmer meiner kleinen Schwester verbringen."

„Das hast du schon Jahre nicht mehr gemacht."

„Dann wurde es mal wieder Zeit."

Als ich bei meiner Zimmertür ankomme und sie öffne, bleibt Mom stehen und betrachtet mich mit diesem mütterlichen Blick, mit dem sie wohl zu durchschauen scheint, was mit mir nicht stimmt. „Schatz, ist alles in Ordnung?"

Ich will die Tür schließen und stehe schon in meinem Zimmer, doch kann ihr schlecht die Tür vor der Nase zuknallen. „Ja, es ist alles in Ordnung."

Sie neigt leicht ihren Kopf. „Das letzte Mal hast du bei Rosy geschlafen, als Harry dich verlassen hat."

Ich beende unseren Blickkontakt. An diese Nächte muss sie mich nicht erinnern.

„Und ich weiß, dass du in letzter Zeit wieder öfter mit ihm zu tun hast. Ist mit euch alles in Ordnung?"

„Ja, alles bestens, Mom", wiederhole ich genervter. „Übrigens bin ich mit Brandon zusammen. Ist das nicht toll?"

Sie blinzelt und hebt überrascht die Brauen. „Oh, wirklich?"

„Ja, wirklich. Ist das nicht *toll*?", frage ich erneut.

„Ja, es ist – ich denke, das ist toll."

„Gut, dann sind wir uns endlich einig." Und dann knalle ich die Tür zu.

Es läuft klasse. Montagmorgen habe ich noch ein wenig Angst, als ich in die Schule gehe, erstens wegen Harry und zweitens wegen Brandon. Ich bin mir noch sehr unsicher, doch als Brandon mich morgens auf den Parkplätzen vor Schulbeginn abfängt und mir einen leidenschaftlichen Kuss aufdrückt, schwebe ich direkt im siebten Himmel und alle Bedenken sind wie weggeblasen.

Harry und ich ignorieren uns die ganze Woche. Ab und zu kommt uns mal ein Satz über die Lippen bezüglich des

Theaterstückes, doch mehr ist es nicht. Er sieht mich nicht an, ich sehe ihn nicht an.

Zwar diskutiere ich deswegen öfter mit Benja, weil er nicht verstehen kann, wie ich einfach mit Brandon zusammenkommen kann, während ich doch ganz offensichtlich etwas für Harry empfinde. Ich sage ihm dann jedes Mal, dass ich nichts für Harry fühle, und dann zeige ich ihm alibimäßig ein paar SMS von Brandon und mir, die beweisen, wie verrückt wir nacheinander sind. Charly und die anderen sind von mir genervt, weil ich entweder über seine SMS schwärme, die er mir heimlich im Unterricht oder in der Cafeteria schickt, oder gerade am Tippen bin. Mir jedoch ist es vollkommen egal. Brandon ist toll und da kann mir niemand dazwischenreden. Diesmal auch nicht Benja.

Und weil all das berechtigt ist und ich glücklich bin, vergrabe ich meine Hände direkt noch mehr in Brandons Haaren, während wir knutschend an seinem Schließfach stehen. Wir sind völlig alleine, weil alle anderen in Unterricht sind. Für ihn komme ich gerne mal zehn Minuten zu spät.

„Was ist das für ein Geschmack?", fragt er nach einer Weile und küsst weiter meine Lippen.

„Kirsche", sage ich grinsend und fahre weiter durch sein schönes blondes Haar. „Mein Labello. Gefällt er dir?"

Brandon drückt mir einen letzten Kuss auf die Lippen. „Total. Aber das …", er nimmt schmunzelnd meine Hände aus seinen Haaren, „musst du lassen, Baby. Ich stehe morgens extra dafür früher auf."

Ich muss kichern, als er meine Hände mit seinen verschränkt und mich enger an sich zieht. „Tut mir leid", sage ich und stelle mich auf die Zehen, um ihn wieder küssen zu können. „Es ist einfach zu verlockend."

Wir lassen uns wieder in eine leichte Knutscherei sinken, in der ich dem Drang widerstehe, ihm nicht ins Haar zu fassen. Hach, wenn ich gewusst hätte, wie toll es ist, ihn zu küssen, hätte ich ihn schon viel früher angesprochen.

„Was machst du eigentlich dieses Wochenende?", fragt Brandon wieder nach einer Weile gegen meine Lippen.

„Weiß nicht, wieso?"

„Komm mit mir zu Clarissas Geburtstag am Freitag. Ich hätte dich gerne dabei."

Ich lasse von ihm ab und sehe ihn an. „Clarissa, die Braue?"

„Clarissa, *die Braue*? Ich rede von Clarissa Mickhacks."

„Na toll, die Braue. Ich mag sie nicht."

„Ich weiß, aber Florence magst du ja auch nicht und zu ihren Partys gehst du auch immer." Als ich meinen Kopf abwende, legt Brandon seine Hand auf meine Wange und dreht ihn zu sich, damit ich ihn wieder ansehe, was mein Herz zum Schmelzen bringt. „Bitte. Clarissa besteht darauf, dass ich komme, aber ich will meinen Freitagabend auch nicht ohne dich verbringen."

„Ich weiß nicht", murmle ich widerwillig. „Die sind alle immer so gemein und ohne Benja und Charly fühle ich mich wie in einem Löwenkäfig."

„Ich bin doch da, niemand wird irgendetwas Dummes zu dir sagen. Und Hardy ist auch da, dann ist Benjamin mit Sicherheit auch nicht weit." Brandon drückt mir wieder einen sanften Kuss auf die Lippen. „Bitte, Baby. Ich würde dich den ganzen Abend vermissen."

Und dann seufze ich und lasse die Schultern hängen. Natürlich sage ich nicht Nein. Er bettelt ja förmlich und außerdem will ich Freitagabend auch bei ihm sein. „Okay", sage ich deswegen.

„Sehr schön." Ein letzter Kuss und dann schnappt er sich seine Schultasche, die auf dem Boden liegt. „Aber jetzt muss ich zu Physik, Bender bringt mich sonst noch um."

Ich lehne mich ihm hinterhersehend an die Schließfächer, als er um die Ecke zu seinem Unterricht joggt. Brandon macht mich unglaublich glücklich, ich frage mich, wie ich unsere Beziehung je hinterfragen konnte. Ich hoffe, dass Benja das auch bald sieht und Harry außen vor lässt. Denn ich bin wirklich glücklich.

Das Knallen eines Schließfaches holt mich aus einer leichten Starre, in der ich an Brandons weiche Lippen gedacht habe, und mein Blick fällt auf den Ursprung des Knalles mir schräg gegenüber. Harry wirft sich gerade seine Schultasche um die Schulter, mit zwei Büchern unter dem Arm und geht dann an mir vorbei, als hätte er mich gar nicht gesehen. Ich habe ihn auch nicht gesehen, bevor er geknallt hat, also sich unsere Situation aus. Hoffentlich hat er gesehen, wie glücklich ich mit Brandon bin.

Ich verschränke missbilligend die Arme, als er weiter an mir vorbeiläuft, und achte nicht mal darauf, ihm unauffällig hinterherzusehen. Er kann ruhig spüren, wie ich nun von ihm denke. Nämlich gar nicht mehr.

„Dein Schuh ist offen!", spiele ich eines meiner kleinen Spielchen mit ihm.

„Nein, ist er nicht", gibt er nur zurück und läuft desinteressiert um die Ecke

Wütend presse ich die Lippen aufeinander und stoße mich von den Schließfächern ab. Jeder kauft mir den Mist ab, außer er.

Grün oder Schwarz, Grün oder Schwarz, Grün oder Schwarz, Grün oder Schwarz? Seit mindestens drei Minuten halte ich nun zwei Röcke in die Höhe und versuche herauszufinden, für welchen es sich mehr lohnt, die dreißig Pfund hinzublättern. Nach der Schule habe ich noch mal die Chance genutzt und bin in die Stadt gefahren, damit ich für Freitagabend etwas Neues zum Anziehen habe, was Brandon an mir noch nicht kennt. Er macht mir immer so viele Komplimente, das soll nicht aufhören.

Man, verdammt, Grün oder Schwarz. Kann nicht von irgendwo ein Zeichen kommen?

„Violet?"

Mein Blick fällt von den zwei Röcken nach vorne zu einer Gestalt, der ich eigentlich nie wieder begegnen wollte. Mir trocknet der Mund aus. „Torben", krächze ich und sehe mich nach dem nächstmöglichen Fluchtweg um. Der Ich-Reime-Für-Mein-Leben-Gerne-Idiot und Charlys Cousin.

Er grinst und schon von drei Meter Entfernung kann ich den Geruch von Männerdeo und Schweiß riechen. Nicht mal der Chemiegeruch der vielen Klamotten kann das übertönen. „Was ein Zufall, dich hier zutreffen", sagt er und klopft mir so fest auf die Schulter, dass ich einen Schritt nach vorne stolpere.

Anscheinend hat er keinen Liebeskummer, weil ich ihn einfach sitzen gelassen habe. Für ihn sind wir wohl ... Kumpels.

„Ja, voll der Zufall", sage ich und versuche freundlich zu klingen. „Was, ähm, was machst du denn hier so?" Verdammt, wieso fange ich eine Konversation mit ihm an?

„Ach, ein bisschen nach Klamotten Ausschau halten." Er kratzt sich am Kopf und sieht auf meine Röcke. „Kannst du dich nicht entscheiden?"

„Nicht wirklich."

„Nimm den Schwarzen, der sieht besser aus. Sag mal, du gehst ja auf die Brandford Highschool, kennst du dann auch Clarissa Mickhacks?"

„Ja, kenne ich", antworte ich und schmeiße unauffällig den grünen Rock in meinen Einkaufskorb, damit ich den schwarzen weghängen kann. Torben sagt Schwarz, also nehme ich Grün.

„Gehst du auf ihren Geburtstag am Freitag?"

„Äh", mache ich und sehe ihn vorsichtig an. „Wieso?" Bitte sei nicht da, bitte sei nicht da, bitte sei nicht da, bitte sei nicht –

„Ich bin nämlich auch da und vielleicht können wir ja zusammen einen trinken. Wie wäre das?"

Natürlich ist Torben da.

„Oh, ja, klar, einen trinken, zusammen, natürlich, liebend gerne." Unauffällig versuche ich mich, durch die Gänge von Klamottenständern zu quetschen, damit ich schnell von diesem widerwärtigen Geruch entschwinden kann. „Aber jetzt muss ich gehen, Torben! Also, du weißt schon, Max ruft!"

„Ach, deine Fledermaus!", ruft Torben mir die Hand hebend hinterher und nickt. „Wir sehen uns Freitag, Violet-Flaschenetikett!"

Ich drehe mich von ihm weg und steuere die Kasse an. Wenn er mit diesen Reimen wieder anfängt, kann ich nicht garantieren, dass mir nicht die Hand ausrutscht.

„Ich hab wieder ein paar Reime auf Lager, Violet!", ruft er mir durch den ganzen Laden hinterher. „Ich habe das noch nicht vergessen!"

Kapitel 17

„Wieso hast du deine Haare heute nicht aufgemacht wie beim letzten Mal?", fragt Brandon mich, als wir vor Clarissas Haustür stehen, um ihren Geburtstag zu feiern.

Instinktiv fasse ich mir an den Zopf, als müsste ich ihn beschützen. „Keine Ahnung, ähm, ich trage eigentlich immer einen Dutt. Stört es dich?"

Brandon schüttelt den Kopf und lässt meine Hand los, um zu klingeln. „Nein, ich wollte nur fragen. Du musst doch nicht immer gleich denken, dass mich etwas stört, wenn ich es hinterfrage."

Ich sehe ihn von der Seite an. Das hat er unfreundlicher gesagt, als er es wahrscheinlich gemeint hat. Aber hat er recht. Ich bin in seiner Gegenwart immer viel zu unsicher, ich sollte das abstellen. Bei niemand anderem sonst bin ich so.

Die Tür wird uns von jemandem geöffnet, den ich nicht kenne, aber auch nicht die Braue ist. Er klatscht Brandon ab und lässt mich komplett außen vor, als wäre ich durchsichtig. Deswegen bin ich wohl diejenige, die hinter uns die Haustür schließen muss, weil Brandon schon reingegangen ist. Anscheinend hat Brandon heute nicht die beste Laune.

Ich stelle mich wieder neben Brandon, als der Kerl verschwunden ist. „Wo ist denn Clarissa?"

„Was willst du bei Clarissa?"

„Ihr vielleicht gratulieren?", frage ich genauso unfreundlich. „Immerhin ist das hier ihr Geburtstag."

Brandon schüttelt den Kopf und nimmt meine Hand. „Niemand gratuliert ihr, ihr Geburtstag ist nur ein weiterer Grund, eine Party zu schmeißen." Er läuft in

Richtung des Wohnzimmers an ein paar Leuten vorbei und sieht sich dort um. „Willst du nachher eigentlich bei mir schlafen?"

Beinahe schockiert von dieser Frage starre ich ihn an. „Bei dir ... schlafen?"

„Ja. Ich wollte heute was trinken und du trinkst ja eh nichts, deswegen könntest du fahren."

„Also, äh, keine Ahnung, ich habe keinen Führerschein." Und vor allem nach Harrys Fahrstunde habe ich die Lust aufs Fahren erst recht verloren.

„Du hast keinen Führerschein?" Brandon sieht mich an, als könnte er es nicht glauben.

Beschämt nicke ich. „Ja ... Tut mir leid. Ich …"

„Egal." Er hebt seinen Arm, um jemandem zuzuwinken, dann zieht er mich auch schon an der Hand durch die Menge zu zwei Couchen, die sich gegenüberstehen.

Ich sehe ein paar Leute, die ich nicht kenne, ein paar, die ich mal flüchtig irgendwo gesehen habe, und ein paar, denen ich am liebsten die Augen auskratzen würde. Unter anderem Florence, Ethan, die Braue. Zu meinem Glück kein Harry.

„Endlich!", sagt Ethan, als Brandon sich ihm gegenüber auf die Couch fallen lässt und mich dadurch neben ihn zieht. Er schiebt drei Shots zu Brandon. „Ich warte schon seit Ewigkeiten! Können wir endlich anfangen?"

„Geht nicht", brummt Brandon genervt. „Violet hat keinen Führerschein."

Ich halte den Atem an. Gott, musste er das jetzt einfach so rausposaunen? Hat er wirklich so schlechte Laune, dass er nicht mal mehr Feingefühl hat? Ich erwarte einen doofen Spruch von Florence, doch von ihr kommt nichts. Deswegen sehe ich zu ihr. Sie wirkt geknickt, lehnt ihren

Kopf an Clarissas Schulter, die genauso geknickt wirkt. Übrigens verschwindet so langsam ihr Permanent-Make-up, wodurch ihre Brauen verblassen. Sieht witzig aus. Ich würde lachen, wenn es nicht höchst unpassend wäre.

„Klasse", meckert Ethan und lehnt sich verärgert zurück. Er trägt mal wieder eine Collegejacke. „Dann hab ich meine Alten ja ganz umsonst angebettelt, dass sie mich holen. Alleine betrinken ist unlustig. Was soll denn die Scheiße?"

„Ich kann doch nichts dafür", verteidigt Brandon sich und ich fühle mich unglaublich unwohl. „Ist sowieso nicht so schlimm." Er sieht zu mir und lächelt etwas, lässt jedoch meine Hand dabei los. „Dann können wir uns noch normaler unterhalten."

Ich schmunzle. „Wie nett von dir."

„Selbstverständlich."

„Hört sofort auf!", unterbricht uns plötzlich eine weinerliche Stimme und mit einem Mal springt Florence auf. Sie weint. Moment mal. Sie weint? „Könnt ihr nicht Rücksicht auf die nehmen, die gerade verlassen wurden? Ihr seid echt unfair!"

Und dann stampft sie heulend davon, lässt uns perplex zurück.

Die Braue seufzt und stemmt ihren Kopf in ihre Hand. „Oh mann ey. Dramaqueen."

Stimmt ja. Menschen wie Florence und die Braue sind zwar Freunde, lästern aber übereinander. Hatte ich fast vergessen.

„Florence wurde verlassen?", frage ich Clarissa mutig, weil ich es einfach nicht lassen kann.

„Sie wurde nicht *verlassen*", sagt Clarissa. „Sie will einfach nur nicht verstehen, dass sie nie eine Beziehung mit Harry hatte. Er hat ihr hundert Mal gesagt, dass sie nicht zusammen sind, und deswegen verkraftet sie es nicht, wenn er heute Abend was mit einer anderen hat."

Ich hebe überrascht die Brauen. „Die waren nic zusammen?" Dann hat Harry mich die ganze Zeit belogen.

Brandon neben mir lacht gehässig mit Ethan. „Natürlich nicht. Florence ist einfach nur strohdumm und Harry ein Arsch."

„Oder höchst intelligent", mischt sich jemand ein, der sich als Harry rausstellt und sich gerade rückwärts über die Couchlehne fallen lässt und mit seinem Kopf in Clarissas Schoß landet. Er sieht glücklich aus. Fast schon zu glücklich. Mit gerunzelter Stirn sieht er zu Clarissa auf, die die Augen verdreht. „Hey, was ist mit deinen Augenbrauen passiert?"

Clarissa atmet genervt durch, schüttelt den Kopf und beachtet ihn gar nicht.

Doch Harry hebt die Hand und will ihre Augenbrauen anfassen, kommt jedoch nicht weit, weil sie seinen Arm wegstößt und aufsteht, worauf er fast von der Couch fliegt, sich aber noch halten kann.

„Ich kümmere mich um Florence", verabschiedet sich Clarissa und verschwindet in der Menge.

Ich sehe zu Harry, der mich jedoch nicht anschaut, sich nur richtig auf die Couch setzt und lässig seine Füße auf den Tisch stellt und seine Arme auf die Rückenlehne legt. „Wo ist Florence eigentlich?", fragt er in die Runde und sieht sich um. Er wirkt benebelt.

„Die heult wegen dir, du Wichser", lacht Ethan und tritt Harry leicht gegen das Bein. „Wo hast du denn deine Kleine gelassen? Schon abgeschrieben?"

„Nenn es nicht abgeschrieben, das klingt so harsch", gibt Harry zurück und sieht zu einem Mädchen, das neben unserer Couch steht. „Hey, Brandon, hast du jemanden gefunden, der uns fährt?"

Harry beachtet mich gar nicht. Keine Sekunde. Als wäre ich einfach nicht da. Und mit Brandon redet er auch ganz normal. Als wäre nie etwas gewesen.

„Nope", sagt Brandon und verschränkt die Arme, als wäre er wieder beleidigt. „Kein Alkohol für mich."

Erneut fühle ich mich schlecht. Man, ich kann doch auch nichts dafür, wenn ich kein Auto fahren kann. Deswegen rutsche ich näher zu ihm. „Es tut mir wirklich leid", sage ich kleinlaut. „Ich konnte das doch nicht wissen."

„Schon okay. Ich bin nicht sauer, ich hätte es einfach nur gerne gewusst."

„Du hättest doch einfach vorher fragen können."

„Hab ich aber nicht."

„Sorry ... Bitte sei nicht sauer."

„Ich sagte, ich bin nicht sauer."

„Okay." Ich will vorsichtig nach seiner Hand greifen, weil ich mich immer unwohler fühle. Hier sind nur Menschen, die mich nicht mögen, er sollte mir den Beistand leisten, den ich benötige. Aber Brandon hält seine Hand von mir weg, als ich danach greifen will. Ich seufze und nehme meine Hand wieder zurück. Der Abend kann ja echt noch witzig werden.

„Dafür werde ich jetzt trinken", sagt Ethan und nimmt sich zwei Shots auf dem Tisch. Einen davon hält er Harry hin.

Harry jedoch nimmt seinen Blick von meinem Knie und hebt die Hand. „Nein, ich will heute nichts trinken."

„Ist das dein scheiß Ernst?", meckert Ethan. „Du hast mir solche Versprechungen gemacht!"

„Es geht jetzt aber nicht mehr."

„Wieso soll – ah." Ethan grinst verständig und stellt die Shots hin. „Du kleiner Bengel, du."

Harry grinst gleichermaßen. „Ich kleiner Bengel, ich."

„Borrymore!", wendet sich nun Ethan an mich und zeigt auf die Shots. „Harry hat mit Johnny gechillt, deswegen trinkst du jetzt mit mir."

„Nichts da", sagt Brandon, bevor ich überhaupt zu Wort komme. „Du füllst sie nicht ab."

„Will ich doch gar nicht. Ich will nur einen oder zwei oder sieben mit ihr trinken, mehr nicht. Vielleicht versteht man sich ja."

„Nein heißt nein", wiederholt Brandon erboster. „Keiner von euch wird mit ihr trinken, klar? Keiner!" Er warnt mit seinem Blick jeden Einzelnen, der hier in der Runde sitzt.

Ich bin mir nicht sicher, wie ich diese Warnung aufnehmen soll. Ist das Brandons Beschützerinstinkt? Oder will er mir verbieten, etwas zu trinken, weil er nichts trinken kann? Ich sehe zu Harry. Er sieht Brandon unbeeindruckt an. Mir sollte all das nicht peinlich sein, doch das ist es mir. Brandon verhält sich nicht normal.

„Sie ist keine Florence, die ihr abfüllen und dann vögeln könnt!", führt Brandon seine Rede fort und legt fest, zu fest, seinen Arm um meine Schulter. „Auch nicht du, Harry! Verstanden? Mir relativ wie breit du bist!"

Ethan verdreht die Augen, genauso wie der Rest der Runde und Harrys Mundwinkel hebt sich gehässig. „Was auch immer du sagst, Chef. Wen interessiert schon Violets Meinung?"

Ich kneife in meinen eigenen Handballen. Jap. Wen interessiert schon meine Meinung? Ich sollte mich mehr beweisen.

Brandon neben mir seufzt und drückt mich enger an sich. Er küsst meinen Hals, was ich allerdings nach dieser Ansprache nicht mehr so genieße wie noch vor ein paar Stunden. „Ich will nur, dass dich niemand anfasst", flüstert er mir ins Ohr. „Das verstehst du doch. Oder?"

Ich nicke nur. Natürlich verstehe ich das. Oder? Brandon ist halt eifersüchtig.

„Aber bitte mach deine Haare auf." Er greift nach meinem Dutt und zieht einfach so mein Haargummi heraus, noch bevor ich es aufhalten kann. Er schmunzelt mir zu. „So ist es viel schöner."

Ich traue mich nicht mal, ihn anzusehen, während ich meine Haare ein wenig richte. Eigentlich mochte ich meinen Zopf. Aber nun ist er eh ruiniert. Als ich aufblicke und meine Haare auf eine Seite meiner Schulter lege, treffen sich Harrys und meine Blicke. Er sieht mich an, doch in seinem Ausdruck spiegelt sich keine Emotion. Er sieht mich einfach an.

Und dann steht er auf. „Ethan. Beerpong ruft unsere Namen. Hast du's gehört?"

Ethan steht ebenfalls tatkräftig auf und klopft Harry auf die Schulter. „Klar und deutlich. Lass uns gehen."

Die beiden ziehen davon und jetzt, wo sie weg sind, fühle ich mich bei Brandon noch unwohler. Wieso muss er sich auch so seltsam verhalten? Kann er nicht wieder so süß sein wie die ganze Woche über? Ich will nach Hause.

„Hey, Baby, ähm", sagt Brandon und sieht über seine Schulter Harry und Ethan hinterher, die in der Küche verschwinden. „Macht es dir etwas aus, wenn ich mit ihnen gehe?"

Ich sehe ihn verdutzt an. Das kann er jetzt nicht ernst meinen, oder? „Du willst mit ihnen gehen?"

„Ja. Ich werde nichts trinken, aber ich liebe Beerpong. Ich mach immer alle fertig."

„Ich weiß nicht ... Ich wäre dann ganz alleine hier. Und du sagtest, du würdest mich nicht alleine lassen."

Doch Brandon steht schon und wirft mir nicht mal mehr einen letzten Blick zu. „Sorry, aber Pläne ändern sich. Schreib mir eine SMS, wenn irgendwas nicht stimmt. Unterhalte dich mit ..." Er sieht sich kurz um. Dann zeigt er auf ein Mädchen, das rotzbesoffen auf einem Stuhl in der Ecke sitzt und vor sich hin vegetiert. „Da. Laura. Sie unterhält sich bestimmt gerne mit dir. Also bis später."

Ich sehe ihm flehend hinterher, als auch er in der Küche verschwindet, doch anscheinend ist das nutzlos.

Vollkommen alleine gelassen von scheinbar der ganzen Welt sehe ich mich im Wohnzimmer um. Ich will mich in Luft auslösen, einfach verschwinden, damit niemand sehen kann, wie erbärmlich ich von meinem Freund sitzen gelassen wurde. Gerade jetzt denke ich, dass Brandon echt ein Arsch ist. Er hat mir gesagt, er würde den ganzen Abend bei mir bleiben und hat mich quasi auf Knien angebettelt, damit ich mit ihm zu diesem doofen Geburtstag komme. Und wofür? Damit er sich aus dem Staub machen kann und mich hier vergammeln lässt.

Verdammte Scheiße, wäre er nicht Brandon, hätte ich ihm schon längst die Meinung gegeigt. Aber ich traue mich einfach nicht. Ich traue mich nicht mal zu verschwinden und ihn genauso sitzen zu lassen wie er mich. Vielleicht kommt er ja doch noch schnell zur Besinnung und der Abend wird weniger ätzend.

Es vergehen vierunddreißig Minuten. Vierunddreißig Minuten! In denen ich einfach nur wie ein verlassener Idiot hier rumsitze und darauf warte, dass ein Wunder passiert, in dem Brandon möglicherweise wieder zurückkommt. Laura sitzt immer noch betrunken auf ihrem Stuhl, mittlerweile schläft sie schon. Ich sehe ab und zu mal zu ihr rüber und überlege, zu ihr zu gehen, mich einfach neben sie zu stellen, damit ich nicht so alleine aussehe.

Das tue ich schließlich auch. Ich stehe auf, schnappe mir einen Stuhl und setze mich neben sie. Natürlich bemerkt sie mich nicht, sie schläft tief und fest. Von Nahem erkennt man erst den Spuckefaden, der aus ihrem Mundwinkel hängt. Würde mich normalerweise anekeln, tut es gerade aber nicht. Mir ist jede Zweisamkeit recht.

Ich lehne mich zurück und habe den Blick über das Wohnzimmer mit den vielen Leuten, die sich unterhalten oder tanzen. Ich wünschte, ich wäre auch betrunken wie Laura. Dann würde mich hier nichts mehr interessieren.

„Ich bin Violet", sage ich zu Laura, die immer noch schläft. Ich weiß, dass sie nicht reagieren wird, aber mir egal. Es sieht zumindest so aus, als würden wir uns unterhalten. „Wie lange bist du hier schon?"

Keine Antwort.

„Echt? So lange? Man, das hätte ich nicht ausgehalten."

„..."

„Warum, fragst du? Oh man, weißt du, mein Freund lässt mich sitzen und mein anderer früherer bester Freund ist, glaube ich, high und interessiert sich einen Scheiß für mich und außerdem stinkt es hier widerlich."

„..."

„Keine Ahnung, ich meine, die ganze Woche war er supersüß und all das und jetzt benimmt er sich wie ein Volltrottel. Nicht mal meinen Zopf konnte er mir lassen. Das ist wie Identitätsklau."

„Idendidädsglau", murmelt Laura zu meinem Entsetzen vor sich hin und hickst auf. Sie scheint wohl doch nicht ganz weg zu sein.

Kurz halte ich inne und betrachte sie, dann höre ich sie wieder schnarchen. „Ich meine, es ist ja nicht so, als würde ich mich noch für Harry interessieren", rede ich weiter. „Er ist ein Arsch, das ist er wirklich. Er hat Florence heute Abend anscheinend einen Korb gegeben und sich direkt die Nächste gesucht. So was ist arschig, oder? Früher hätte er so was nie gemacht. Okay, früher war er noch jünger und so, aber ... trotzdem."

Ich schweige kurz und sehe geradeaus zu den vielen Leuten.

„Aber weißt du, manchmal reden wir total normal miteinander, als wäre nie etwas gewesen und im nächsten Moment hassen wir uns wieder. Das ist doch ... paradox! Wir haben uns sogar einmal geküsst! Sag das aber bitte nicht Brandon, ja? Oh man, Brandon. Der ist immer noch nicht da. Ich hasse ihn."

Laura schmatzt.

„Stop, ich hasse ihn nicht. Er ist mein Freund, ich liebe ihn. Oder so." Ich seufze total durcheinander und dann fällt mein Blick auf die Shots, die Ethan noch an unserem Tisch stehen gelassen hat. „Hey, Laura, denkst du, es wäre schlecht, wenn ich mir die Kante gebe?"

Keine Antwort.

„Meine Mom würde mich wahrscheinlich umbringen, aber damit kann ich leben. Noch dazu wäre Brandon wütend auf mich. Ich würde mich wahrscheinlich blamieren." Ich seufze. „Mist." Dann stehe ich auf. „Ich sehe mal nach Brandon. War schön, mit dir zu plaudern."

Mit der miesesten Laune, aber mit ein klein wenig Hoffnung gehe ich in die Küche, wo ich schon mehrere Kerle grölen hören kann. Die haben wohl mehr Spaß als ich. Ich bleibe im Türrahmen stehen und zuerst entdecke ich Harry, der gerade konzentriert einen Ball auf die Platte schmeißt und der Ball dann direkt in einem weißen Becher landet, der gefüllt ist.

Alle grölen erneut und schubsen Harry vor Euphorie um.

Ich schüttle verächtlich den Kopf. Gott, zum Glück bin ich ein Mädchen.

Doch dann entdecke ich den Kerl auf der anderen Seite der Tischtennisplatte, der sich gerade den Becher nimmt, den Harry getroffen hat. Es ist Brandon. Er ext den Becher und klopft dann damit auf die Platte, worauf wieder alle glücklich Beleidigungen rufen oder andere Dinge, die es nicht wert sind, hier erwähnt zu werden.

Brandon sieht so was von scheiße besoffen aus, dass ich ihm direkt eine knallen will.

Aber ich überlege es mir anders. Anstatt zu ihm zu gehen, ihm eine zu pfeffern (die er verdient hätte), stampfe ich ins Wohnzimmer, vorbei an Laura und setze mich auf die Couch, wo ich mich zwischen ein paar Leute quetsche, die ich nicht kenne.

„Hat jemand Bock mit mir gemeinsam meinen Körper mit Ethanol zu vergiften?", frage ich in die Runde.

Alle sehen mich nur perplex an.

„Ich meinte, ob jemand Bock hat, sich mit mir zu besaufen." Schwachmaten.

Allerdings kommt diese Frage nicht so gut an, wie ich dachte, denn die ersten zwei verschwinden augenverdrehend.

„Kenn ich dich?", fragt mich ein Kerl und sieht mich abwertend an.

„Ne, wahrscheinlich nicht. Oder sagt dir Berry-Loser was?"

„Nein." Auch er steht auf und zieht seine Freundin mit. „Aber wir danken ab."

„Wir auch", sagen die zwei Mädchen neben mir und machen sich vom Acker.

Worauf ich wieder völlig alleine an diesem verdammten Tisch sitze und mir noch mickriger und minderwertiger vorkomme als noch vor einer Stunde. Wäre ich doch einfach nur zu Hause geblieben. Oder bei Benja und Charly.

Aber das ist jetzt irrelevant. Brandon betrinkt sich und ich kann mich auch betrinken. Alleine oder mit mehreren. Mir egal. Deswegen greife ich nach dem Waldmeisterschnaps, der neben dem Tisch steht und einem Shotglas, aus dem ich den Wodka ausschütte, weil Wodka eklig ist. Wenn ich mich schon mal betrinke, dann nur auf die Pussyart. Mit Waldmeisterschnaps.

Ich bin in Rage, als ich mir direkt noch die anderen Shotgläser schnappe, damit ich nicht so viel Zeit mit dem Einschenken verschwende. Ich sollte möglichst schnell betrunken werden, damit mir auch alles schnell egal wird. Ich schenke die grüne Flüssigkeit in alle vier Shots, die vor mir stehen und dann geht es los.

Ich atme noch mal tief durch und dann kippe ich den ersten runter.

Nach jedem Shot sage ich mir Dinge wie: *Der war dafür, dass Brandon so ein Arsch ist.*

Der war dafür, dass Brandon mich so scheiße behandelt.

Der war dafür, dass Brandon so ein Arsch ist.

Der war dafür, dass Brandon mich hier sitzen gelassen hat.

Ich schenke nach.

Der war dafür, dass Brandon sich betrinkt, es mir aber verbieten will.

Der war dafür, dass er so ein verdammter Arsch ist.

Der war dafür, dass er so ein Arsch ist.

Und der war dafür, dass Harry so ein Arsch ist.

Okay, ich bin mir nicht sicher, ob ich nun stolz auf mich sein oder mich hassen sollte. Acht Shots in einer Minute. Ich spüre den Alkohol direkt und ich bereue es ein bisschen, aber ich hoffe, gleich setzt die Wirkung ein, mit der mir alles vollkommen egal ist. Das sollte zumindest bald passieren, denn depressiv will ich nicht durch den Alkohol werden.

Deswegen schenke ich wieder nach. Meine Motorik lässt zu wünschen übrig und ich schütte viel daneben, aber ist ja egal. Ich hab noch genug von dem grünen Zeug.

Ich kichere, als ich mir den nächsten Shot nehme. Grünes Zeug.

Ich kippe ihn runter.

Der war dafür, dass Harry so ein Arsch ist.

„Ih", sage ich und nehme mir den nächsten Shot. Langsam wird's unangenehm. Und auch der nächste wird runtergekippt. „Ih, ih, ih."

Ich blicke ins Wohnzimmer und muss schlagartig feststellen, dass der Alkohol seine Wirkung so was von entfaltet. Die Menschen drehen sich und ich muss mich an der Couchlehne festhalten, um nicht mit meinem Gesicht geradewegs auf den Tisch zu knallen.

Ich habe das Bedürfnis, noch mehr zu trinken, obwohl mein Gehirn schon schreit, dass es besser für Violet Lotta Berrymore wäre, jetzt aufzuhören.

Aber ich scheiß auf mein Gehirn. Scheiß Gehirn, ich scheiß auf dich.

Deswegen greife ich wackelig nach dem nächsten Shot. Mich hält ja eh keiner auf, niemand interessiert sich für mich.

Ich setze gerade das Glas an, da plumpsen vor mich zwei Gestalten, die miteinander kichern und sich aneinanderschmiegen. Sie liegt auf ihm und er drückt sie an sich, vergräbt sein Gesicht in ihrem braunen Haar.

„Hey", meckere ich mit schwerer Zunge, weil ich mich gestört fühle. „Ich fühle mich gessört!"

Beide sehen zu mir und als ich Harrys Visage erkenne, kippe ich den Shot in meiner Hand herunter. Es wird immer besser.

„Violet?", fragt er mich und richtet sich auf, worauf das Mädchen von ihm runtergeschubst wird.

„Harry!", rufe ich aus und knalle volles Rohr das Shotglas auf den Tisch. „Ichabe jetzt echt laaange nachedacht."

„Heilige Scheiße", sagt Harry und betrachtet mich kritischer. „Du bist rotzbesoffen."

„Offensichtlich", schnaubt das Mädchen, das er nicht mehr beachtet. „Harry, wir wollten gerade …"
„Koitus!", unterbreche ich sie und zeige mit dem Finger auf sie. „Koitus ist die Antwort! Richtich?"
Sie wirft mir einen unmissverständlichen Blick zu, der mir jedoch vollkommen egal ist.
Sie will etwas sagen, doch Harry unterbricht sie. Er sieht nicht mal zu ihr, als er sagt: „Lilly, das wird heute nichts mehr. Lass uns bitte alleine, ja?"
„Was?" Nun ist die kleine Lilly traurig. „Aber das meinst du doch nicht ernst."
„Wir schreiben nachher, okay?"
Traurig nickt die kleine Lilly und dann küsst sie feucht seine Wange.
Ich verziehe angewidert das Gesicht. „Widerlich."
Lilly sieht mich ein letztes Mal giftig an und dann zieht sie ab, worauf ich noch rufe: „Guck nich so! Lillyfee war auch nie so!" Sie zeigt mir den Mittelfinger und ich greife murrend nach dem nächsten Shot. „Verdammde Elfen."
Harry setzt sich mir genau gegenüber, als ich den Shot zu meinen Lippen führe. „Und du sitzt hier und betrinkst dich ganz alleine?"
Mir ist schon relativ übel, deswegen muss ich mich zwingen, den Shot an meinen Mund zu halten. „Ja", nuschle ich an den Glasrand. „Haldmich nich auf."
„Tu ich nicht. Dein wievielter ist das?"
„Haldmich nich auf, Harry", wiederhole ich und neige meinen Kopf schon ein wenig nach hinten, damit der Alkohol in mich hineinfließen kann.
„Okay, tu ich nicht, wie gesagt."
Und weil er mich nicht aufhält, bin ich wohl gezwungen, auch diesen Shit runterzukippen. „Der war

dafür, dass Harry so'n Arsch is'", sage ich leise und lasse den leeren Shot auf den Tisch fallen.

„Also", sagt Harry und beobachtet, wie ich den nächsten Shot nehme. „Du sagtest, du hast nachgedacht. Erzähl mal."

Ich nicke und kippe schnell den nächsten Shot runter. „Ichabe wirklich nachedacht, Harry. Ich sitze hier schon best-bestimmt fünf Stundn und ichlaube, ich habe viel, viel, *viel* nachedacht."

Er nickt verständig, kann sich jedoch ein amüsiertes Grinsen nicht unterdrücken.

„Alssso", sage ich und hebe einen Finger. Mit schwachen Augenlidern sehe ich zu Harrys drei Köpfen. „Brandon."

„Ja?"

„Brandon is'n Arsch."

Harry lacht auf. „Zu der Erkenntnis bist du schnell gekommen, meinen Glückwunsch."

„Ja, aber weißu", füge ich noch mit erhobenem Finger hinzu, während ich hin und her schwanke. „Es is nich nur die Tadsache, dass er 'n Arsch is. Ich habe da so eine hö-höst interessante Deorie aufestellt, die evenduell erklären könn-te, wesalb er michier einfach sitzenelassen hat. HARRY, HÖRSU MIR ZU?"

Harry, der noch immer aufmerksam vor mir sitzt, betrachtet mich ungläubig. „Ich höre dir schon die ganze Zeit zu."

„Okay, sehr, sehr, sehr gut", lalle ich und halte mich an der Couchlehne fest. „Äääh. Wo war ich? Ah! Die Deorie!"

„Hat die Theorie einen Namen?"

Mit schiefem Kopf sehe ich Harry an. „Wat?"

„Na, einen Namen. Es gibt Relativitätstheorie, die Es-gibt-schwarze-Löcher-Theorie von Hawkings."

Ich kneife die Augen zusammen. „Ichlaube nich, dass man es Es-bt-schwarse-Löcher-Deorie nennt."

„Ist doch vollkommen egal. Erzähl mir von deiner Theorie."

„Meine Deorie, genau", sage ich und hebe erneut tatkräftig den Finger. „Harry. Hasu schon mal was von Monogmi ehört?"

„Monogmi? Du meinst Mono*gami,* oder?"

„Monogmi, enau. Also ich!" Ich zeige auf meine Brust. „Ich laube an Monogmi. Und Brandon!" Ich zeige wütend auf die Küche. „Nich!"

„Und das ist die Theorie, die du …"

„Stop, stop, stop, stop, stop!", unterbreche ich ihn sofort. „Ichin noch nich fertig! Harry, HÖRSU MIR ÜBERHAUPT NOCH ZU?"

„Ja, immer noch."

„Okay, sehr, sehr, sehr guuut. Also. Ich! Bin überseugt davon, dass Brandon ein Arsch is. Und ichlaube, dass er und ich sowieso nieeemals ein gutes Pärchen hädden werdn könn, weil ... weißu, wir sin wie Batterien."

„Wie ... Batterien", wiederholt Harry vorsichtig.

„Wie. Batterien." Ich nicke überzeugt. „Ichin irnwie das Plus un Brandon is aber, rein aus Prinsib, auch das Plus, aber, Harry, jeder weißoch, dass Batterien nur funsionieren, wenn plus und minus sich …" Ich haue meine Fäuste mehrmals aneinander, um meine Metapher anschaulicher zu machen. „Sie müssn sich vereinen, Harry!"

Ich beachte Harrys argwöhnischen Ausdruck nicht und rede weiter.

„Brandon war su gut, um wahr zu sein", sage ich seufzend. „Er warsu plusig."

„Was zur Hölle redest du da?", fragt Harry schließlich und anscheinend versteht er wirklich nicht, was ich von ihm will. „Das ergibt absolut keinen Sinn."

Ich bin traurig. Ja, Brandon war wirklich zu gut, um wahr zu sein. Ich hätte auf Benja hören sollen. „Und das is der Grund, weshalb Brandon ein Arsch is. Jetzt bin ich wieder traurig. Wie soll ich ne monogmische Besiehung führ'n, wenn Brand'n nich' …"

„Du bist nur traurig, weil du betrunken bist. Wärst du nüchtern, würdest du jetzt mit Beleidigungen um dich schmeißen."

Ich schüttle traurig den Kopf und lasse mich nach hinten in die Couch sinken. Trotzig sehe ich auf den verschütteten Waldmeisterschnaps vor mir. „Nein, ich süre die Trauer. Tief ... tief in meim Hers. Wie Henrie-Henriette in meim Stück."

Harry atmet tief ein und aus und sieht mich an, als hielte er mich für verrückt. Dabei bin ich einfach nur betrunken und traurig. „Kannst du nicht weiter über irgendwelche Theorien sprechen? Das war lustiger."

Ich will gerade sagen, dass ich doch kein verdammtes Zirkuspferd bin, das ihn unterhalten soll, sondern Violet Berrymore, die gerade ihr Herz ausschüttet. Doch dann entdecke ich einen dunkelbraunen Haarschopf, vor dem ich mich schon den ganzen Abend fürchte.

Ich reiße die Augen auf und richte mich ruckartig auf. „Tor'n."

Harry dreht sich um, weil ich wie hypnotisiert dort hinstarre, doch wendet sich dann wieder an mich. „Was ist Tor'n?"

„Torb'n!", versuche ich mich besser auszudrücken und schmeiße mich vor die Couch, um mich unter dem Tisch zu verstecken. Mit wild pochendem Herzen und der Angst, Torben könnte mich noch mehr blamieren, als ich es schon selbst tue, knie ich mich auf den dreckigen Boden. „Scheise", murmle ich vor mich hin und starre auf den Boden. „Scheise, scheise, scheise."

Von links taucht Harrys Kopf unter dem Tisch auf. „Violet, ich bin mir sicher, es gibt einen wirklich ernst zu nehmenden Grund, weshalb du dich dort unten unter dem Tisch versteckst, aber du willst nicht wissen, wie viele Leute hier schon hingekotzt haben."

„Scheise", sage ich erneut und sehe entsetzt auf den Boden unter mir, wo ich schon so einige Flecken mit komischer Farbe sehe. „Ichin nirgens sicher!"

„Wovor denn, man?"

Ich denke schnell nach. Dann handle ich und krabble unter dem Tisch hervor, in Harrys Richtung, der sich verwirrt wieder aufrichtet, als ich nun vor ihm knie wie ein Hund. Als ich kurz aufblicke, treffe ich sofort auf Torbens Augen, der mir entgegengrinst.

„Verammt!", flüstere ich leise und krabble auf die Couch, indem ich mich in Harrys Schenkel kralle. Ich schmeiße mich bäuchlings auf seinen Schoß und verstecke meinen Kopf in seiner schwarzen Sweatshirtjacke, worauf er den Arm heben muss, weil dieser im Weg ist.

„Okaaay", sagt Harry und betrachtet mich, wie ich mit dem Bauch auf seinem Schoß, mit den Beinen über der Couch und dem Kopf unter seiner Achsel hänge. „Erklärst du dich noch? Oder belassen wir es dabei?"

„Tor-Torben", flüstere ich leise gegen den Stoff seiner Sweatshirtjacke, gegen den ich meinen Kopf presse. „Er darf mich nich …"

„Violet?", bringt mich Torbens Stimme beinahe reflexartig zum Weinen.

Ich halte inne, sage nichts und hoffe, dass er einfach wieder verschwindet. Er hat mein Gesicht noch nicht gesehen, vielleicht denkt er ja, ich bin eine von Harrys Knutschtussen. Die halt unter seiner Achsel in seiner Jacke hängt.

„Violet, was machst du da?", fragt Torben lachend und ich höre, wie er seinen Becher auf den Tisch stellt.

„Ichlaube, er hat mich noch nich gesehen", nuschle ich in Harrys Jacke, damit Harry Bescheid weiß.

Worauf Harry Torben fragt: „Hey, wer bist du?"

„Oh, klar", sagt Torben mit seiner torbenmäßigen Stimme. „Ich bin Torben. Violet und ich hatten mal was."

Ich hebe leicht den Kopf, doch zeige mein Gesicht nicht. „Was?", zische ich.

„Ihr hattet mal was", sagt Harry und ich spüre, wie er nickt.

„Ja, ich habe ihr ein paar meiner Reime aufgesagt und ich glaube, das fand sie ziemlich gut." Torben lacht wieder und ich kann mir seine Fresse schon genau vorstellen. „Ich war mit ihr hier auch verabredet. Ich habe sie gestern beim Shoppen in der Mall getroffen. Hey, wie heißt du eigentlich?"

„Harry."

Sofort ruft Torben: „Harry-Library!"

Harry sagt nichts darauf.

„Wiktionary!"

Ich spüre, wie Harrys Brust sich etwas mehr hebt und senkt. Und dann sagt er, nachdem er wohl verstanden hat, wie seltsam Torben ist: „Okay, ich verstehe schon. Schon mal was von schwarzen Löchern gehört, Torben?"

„Schwarze Löcher? Die Dinger im All?"

„Du hast es erfasst, die Dinger im All! Also pass mal auf. Nach der Allgemeinen Relativitätstheorie verformt eine ausreichend kompakte Masse die Raumzeit so stark, dass sich ein schwarzes Loch bildet. Und schwarze Löcher verschlingen alles, was ihnen in die Quere kommt, cool oder? Und gerade heute Morgen habe ich in der Zeitung gelesen, dass man diese schwarzen, coolen Löcher selbst machen kann, damit man Dinge in irgendwelchen Galaxien verschwinden lassen kann."

„Was?", sagt Torben total interessiert und ich höre, wie er sich auf die Couch gegenüber setzt. „Man kann einfach dann irgendwelche Sachen in verschiedenen Galaxien verpuffen lassen?"

„Ja, pass auf. Wie wäre es, wenn du irgendwo hingehst, du schnappst dir ganz viele Dinge, am besten alles, was du finden kannst und schiebst es zusammen. Du schiebst und drückst es so fest zusammen, wie du kannst, ruf deine ganzen Freunde zusammen. Und vertrau mir: Es dauert nicht lange und ihr habt euer eigenes schwarzes Loch. Und weißt du, was noch saucool ist? Du kannst dich einfach drin verschwinden lassen!"

„Heilige Scheiße!", ruft Torben aus und nun höre ich, wie er enthusiastisch aufsteht, sich seinen Becher krallt. „Ich will unbedingt in verschiedenen Galaxien verschwinden!"

„Ja!", sagt Harry. „Wer will das nicht? Also Torben-Gehirn abgestorben! Lass dich nicht aufhalten!"

„Du hast recht", sagt Torben und dann steht er neben der Couch. „Tschau, Harry. Ich danke dir. Und tschau, Violet!"

Ich sage nichts, während Harry seine Sweatshirtjacke von meinem Kopf nimmt und zu mir hinabsieht. „Du kannst dich wieder richtig hinsetzen."

Perplex nicke ich und dann setze ich mich wackelig auf, lasse mich einfach neben Harry in die Couch fallen. Wäre ich nüchtern, wäre ich ihm viel zu nahe, aber das bin ich nicht. Wie benebelt sehe ich ihn an.

„Was ist?", fragt er mich kritisch und beäugt mich.

„Du bis ... so schlau", sage ich und sehe in seine blauen, schönen Augen. Am liebsten würde ich ihn anfassen, weil die Art, wie er Torben verscheucht hat, unglaublich cool war. Harry ist cool. Wie konnte ich nie sehen, wie absolut schön seine Wangenknochen sind?

Doch Harry unterbricht unseren Augenkontakt, weil anscheinend jemand hinter mir auftaucht. Ich folge seinem Blick. Und direkt wird mir kotzübel. Brandon.

„Violet!", ruft Brandon in meine Richtung und man hört, dass er nicht weniger betrunken ist als ich. Er stützt sich über die Couch und beugt sich zu mir herunter. „Baby, wo bist du denn?"

Ich wende meinen Kopf von ihm ab. „Arsch-Brandon."

„Was?", säuselt er und schmiegt seinen Kopf von der Seite in meine Halsbeuge. „Ich wollte nichts trinken." Als ich ihn jedoch immer noch ignoriere und meinen Kopf von ihm weghalte, ändert sich etwas in seiner Miene und er sieht zu Harry, der desinteressiert an seinem Handy rumtippt. „Was suchst du eigentlich hier, Harry?"

„Ich habe auf deine Freundin aufgepasst, Brandon", antwortet er, nimmt seinen Blick nicht von seinem Handy.

„Und wer hat dir das befohlen?", meckert Brandon und schlägt Harry unsanft das Handy aus den Händen, worauf es zu Boden fliegt.

Harry seufzt nur und sieht seinem Handy hinterher. „Okay, tu das nicht noch mal, das war teuer."

„Ich scheiß drauf! Lass die Finger von meiner Freundin!"

Nach seinem Handy bückend, sagt Harry: „Brandon, du ziehst den Kürzeren, wenn du das hier weiter ausbaust, also halt besser die Fresse."

Brandon ist schlagartig still und presst wütend die Lippen aufeinander. Er schaut zu Ethan, der ihn von dort wegzieht. „Ethansy, wir trinken noch einen. Ich hab keinen Bock auf die Scheiße."

Harry setzt sich wieder gerade hin, als Brandon mit den anderen abzieht. Ich verstehe absolut gar nichts mehr, verspüre eine aufkommende Übelkeit in mir und dass der Raum sich plötzlich immer mehr dreht, trägt auch nicht dazu bei, dass ich nüchterner werde.

„Wie kommst du eigentlich nach Hause?", fragt Harry mich, seine Augen aber weiterhin auf sein Handy gerichtet.

Ich reagiere nicht, weil ich das Gefühl habe, jeden Moment in Ohnmacht zu kippen.

„Violet." Jetzt sieht Harry zu mir und sofort merkt er, dass was nicht stimmt. „Alles okay?"

Ich versuche, mich auf seine Augen zu konzentrieren, die mich aufmerksam ansehen, und säusle: „Du bis echt hübsch, Jermaine-René."

Und dann lande ich mit meinem Kopf in seinem Schoß und ich schwöre, dass das absolut nicht mein Ziel war, wenn ich schon mal in Ohnmacht kippe.

Kapitel 18

Oh mein Gott. Mein Kopf. Es fühlt sich an, als würde ein Storch mit seinem Riesenschnabel auf meine Stirn picken. Heilige Scheiße, mir tut sogar mehr als nur mein Kopf weh. Ich fühle mich, als wäre ich eine Klippe heruntergefallen. Von hundert Meter Höhe. Ohne Fallschirm, ohne nichts.

Ich fasse mir an die Stirn, weil das Picken des Storches in meiner Stirn nicht aufhört. Himmel, diese Schmerzen. Ich trinke nie wieder Alkohol. Ich will die Augen nicht öffnen, aber ich muss es tun.

Ich sehe an meine Zimmerdecke. Ein seltsames Poster, das ich nicht kenne, wird mir präsentiert. Verwirrt neige ich meinen Kopf. Ist das Kurt Cobain? Anscheinend träume ich noch. Gestern Abend war das erste Mal, dass ich so richtig betrunken war, nach Charlys sechzehntem Geburtstag, an dem wir uns mit Sekt die Kante gegeben haben. Ich sollte es zukünftig lassen. Vor allem mit Waldmeisterschnaps. Wenn ich nur daran denke, wird mir übel.

Mein Kopfschmerz wird immer schlimmer, als ich meinen Kopf zur Seite drehe, um dem Tageslicht aus dem Weg zu gehen, das in mein Gesicht scheint.

Ich reiße entsetzt die Augen auf.

Harry liegt schlafend neben mir.

Einfach so.

Sofort sehe ich wieder an die Decke. Kurt Cobain war nicht geträumt. Der guckt mich *wirklich* an!

Verflixte Scheiße. Wie bin ich in Harrys Bett gelandet?

Ich merke erst, dass ich vor Schock den Atem angehalten habe, als Harry neben mir grummelt und langsam die Augen öffnet. Ich traue mich nicht, ihn anzusehen.

Kurz ist er noch still, dann sagt er mit rauer Stimme: „Guten Morgen, Hübsche."

Und nun stockt mir wieder der Atem. Wie hat er mich genannt?

Er dreht sich auf den Rücken und streckt sich ein wenig. „Wie fühlst du dich? Hast du Schmerzen?"

„Kann man so sagen", sage ich noch immer unklar über die Situation.

„Oh, echt? Wo denn?"

„Im Kopf?" Ich sehe ihn misstrauisch an. „Wo soll ich denn sonst Schmerzen haben?"

Er dreht sich wieder auf die Seite und zuckt mit einer Schulter. Seine Haare sind total verwuschelt, aber trotzdem sieht er viel zu attraktiv aus. Viel zu attraktiv. „Na, du weißt schon", sagt er. „Da unten."

„Was?"

„Das muss dir nicht unangenehm sein. Das ist vollkommen normal."

„WAS?", kreische ich nun hysterisch auf und springe schlagartig aus dem Bett. „Harry, bitte sag mir, dass das nicht wahr ist!"

Er jedoch ist total verwirrt und setzt sich auf, wodurch die Decke weiter nach unten rutscht und ich seine gleichfalls viel zu attraktive Leistenlinie sehen kann. „Was ist? Du hast mich quasi auf Knien angebettelt. Eigentlich *hast* du mich sogar buchstäblich auf Knien angebettelt, wenn ich mich recht entsinne."

Ich fasse mir fassungslos an den Kopf und will mir die Haare rausreißen. Bitte lieber Gott, ich kann doch nicht mein erstes Mal mit Harry gehabt haben! Und das betrunken! Ohne Erinnerung!

„Kannst du dich nicht daran erinnern?", fragt Harry mich.

Wie benebelt und mit den Händen immer noch in den Haaren schüttle ich den Kopf.

Harry lacht etwas und schmeißt sich die Decke vom Körper. Er trägt eine Boxershorts. Doch nicht nackt. „Oh, dann hast du aber ganz schön was verpasst", sagt er und steht auf, öffnet seinen Kleiderschrank.

„Was hab ich denn verpasst?", keuche ich und beobachte, wie er sich ein T-Shirt aus dem Schrank zieht.

„Na ja." Er zieht sich sein Shirt über. „Zuerst haben wir richtig heftig vor Brandon rumgemacht, worauf er ausgeflippt ist und wir schließlich bei mir gelandet sind. Dann – oh man, Violet, das war so witzig – wolltest du erst, dass ich dich schwängere, damit wir auf ewig eine Verbindung haben. Aber ich konnte dich noch zu einem Kondom überreden. Aber da hat es gerade erst angefangen."

Ich habe das Gefühl, gleich erneut in Ohnmacht zu fallen. „Das war erst der Anfang?"

„Absolut", feixt Harry und nimmt sich ein grünes Stoffteil vom Boden, das sich als mein Rock rausstellt. „Kennst du den noch?" Dann steckt er eine Hand durch ein Loch, das definitiv nicht zum Rock gehört. „Du wolltest, dass ich ihn dir vom Körper reiße, und dann wolltest du, dass ich dich mit deinen Socken ans Bett fessle. Echt verrückt, aber saugeil."

Gleich übergebe ich mich.

„Aber selbst *das* war dir nicht genug!", redet Harry weiter und legt den Rock wieder weg. „Du wolltest ...

Nun ja, wie sage ich das am formalsten? Du wolltest, äh, unbedingt das Hintertürchen ausprobieren."

Augenblicklich schnürt sich mir die Kehle zu. „Das Hintertürchen?", wimmere ich und habe das Verlangen, direkt in die Kirche zu rennen, um zu beichten.

„Volles Rohr ins Hintertürchen! Ich habe echt schon so einige Dinge getrieben, aber das mit dir, Violet, meine Fresse, es war, als wärst du von einem Dämon besessen. Von einem Sexdämon!"

Total ausgelaugt und enttäuscht von mir und der ganzen Welt lasse ich mich einfach auf Harrys Schreibtischstuhl fallen. Das kann doch alles nicht passiert sein. „Ein Sexdämon", hauche ich. Ich will es immer noch nicht wahrhaben.

„Du kannst das T-Shirt übrigens behalten", sagt Harry, als er ein paar schmutzige Klamotten in den Wäschekorb neben der Tür schmeißt. Er grinst. „Als kleines Andenken."

Ich sehe an mir herab und muss feststellen, dass ich tatsächlich sein schwarzes T-Shirt von gestern trage. Und nur das schwarze T-Shirt. Mit Unterhose, aber keinen Rock. Ich bin eine Hure. Eine absolute Hure. Ich habe Brandon betrogen. Ich habe mich selbst betrogen. Ich habe mit Harry geschlafen.

Als ich zu Harry blick, der gerade sein Handy vom Nachttisch nimmt, grinst er immer noch, weswegen ich die Stirn krause. „Wieso grinst du so? Ich befinde mich gerade in einer absoluten Selbsthassphase. Ich denke an Selbstmord und du grinst hier so doof rum."

„Hach, Violet", sagt er und geht zur Zimmertür, um sie zu öffnen. „Du bist so naiv."

Er verschwindet nach draußen und ich folge ihm verwirrt durch den Flur. „Du hältst mir das auch noch vor?"

„Wir hatten keinen Sex", sagt Harry, als er die Treppe runterläuft. „Denkst du wirklich, ich würde noch mit dir schlafen, nachdem du in unseren Vorgarten gekübelt hast?"

„Jetzt komme ich nicht mehr mit."

Wir kommen in die Küche, wo eine kleine Frau am Herd steht und etwas kocht. Der Tisch ist schon gedeckt. Ich kenne sie noch von früher. Estefania, ihre Haushälterin.

„Guten Morgen", grüßt sie uns beide mit einem strahlenden Lächeln. „Ich habe Frühstück gemacht."

„Danke, Fanny", sagt Harry und setzt sich an den Tisch, nimmt sich das Glas Orangensaft.

Ich setze mich ihm gegenüber. Mich interessiert es komischerweise null, dass ich keine Hose trage. „Rede schon. Lass mich nicht in dem Gedanken, dass in meinem Innersten ein komisches Sexmonster schlummert, das sich mit Socken würgen will."

„Ich wollte dich nur ein bisschen auf den Arm nehmen. Du kannst dich anscheinend echt an gar nichts mehr erinnern, oder?"

Ich schüttle frustriert den Kopf und stütze ihn in meine Hände. „Ich weiß noch, wie Brandon kam und dich doof angemacht hat. Dann ist alles weg. Nur noch verschwommene Bilder. Außerdem bringt dieser nervige Storch mich um."

„Der Storch?"

„Der, der mir in die Stirn pickt."

„Ah, alles klar. Fanny, bringst du Violet Kopfschmerztabletten?"

Fanny nickt und geht schnell ins Wohnzimmer zu einem Schrank.

„Ich will ja echt nicht unfreundlich klingen", sage ich zu Harry und hebe missmutig den Kopf. „Aber wie, zur Hölle, konnte ich in deinem Bett landen? Was ist mit Brandon?"

„Brandon", sagt Harry und ein verachtender Ausdruck schleicht sich in Harrys Gesicht. „Er war irgendwann so voll, dass er bei Clarissa pennen musste. Mit ihm war nichts mehr zu machen und als ich dich gefragt habe, ob du bei ihm bleiben willst, wolltest du nicht. Weil – und diesen Satz hast du mindestens tausend Mal gesagt – er ein Arsch sei."

„Oh", mache ich und erinnere mich, wie ich das wirklich tausend Mal gesagt habe. Er war aber auch ein Arsch.

„Du warst echt so scheiße voll, dass du Florence aus irgendeinem unerfindlichen Grund die Haare rausreißen wolltest, als sie irgendwas gesagt hat. Ich weiß es nicht mehr. Aber ich hab den Helden gespielt und dich aufgehalten. Ich hab ein paar Kampfnarben, aber konnte dich irgendwann in das Auto von Ethan' Eltern zerren, die uns nach Hause gefahren haben. Man, Violet, warum hast du dich so weggeschossen?"

Ich seufze und nehme dankend die Kopfschmerztablette von Fanny an. „Ich denke, ich war einfach ... frustriert."

„Ach, echt? Du meintest, du seist so traurig wie die Henriette aus *Henriette & Victor*. Außerdem, ich erinnere mich, hattest du noch ein total schlechtes Gewissen diesem komischen Torben gegenüber, dass du geweint hast."

„Ich hab geweint?" Es wird immer schlimmer.

„Du hast geflennt wie ein Baby. Es war irgendwann echt peinlich."

Schämend halte ich mir die Hände vor das Gesicht, als würde das irgendetwas besser machen. Dabei habe ich mir all das selbst eingebrockt. Ich hätte nicht so viel trinken sollen. „Herr im Himmel."

„Das Essen", sagt Estefania und bringt uns zwei Pfannen an den Tisch, der übrigens außerordentlich schön gedeckt ist. Und das Essen wird auch schmecken. Sie hat immer beinahe so gut gekocht wie Harry. Aber nur beinahe.

Harry und ich lächeln ihr als Dankeschön zu und dann setzt sie sich zufrieden ins Wohnzimmer.

„Aber ich weiß noch was", sage ich und spieße Rührei auf. „Du warst nie mit Florence zusammen."

„Das interessiert dich? Du willst nicht wissen, ob du überhaupt noch mit Brandon zusammen bist?"

„Das wäre meine nächste Frage gewesen."

„Schon klar", murmelt er. „Aber nein, ich war nie mit Florence zusammen. Hab ich auch nie behauptet."

„Aber du hast es auch nie abgestritten.

Er zuckt mit den Achseln. „Ich wusste, es hat dich angekotzt, deswegen wollte ich dich in dem Glauben lassen. Aber eigentlich solltest du wissen, dass ich nie Beziehungen führe."

„Stimmt, du bist ja Harry, der Aufreißer."

„Harry, der *Ober*aufreißer, der Mädchen in Schultoiletten vögelt und Wände bekritzelt."

„Wieso sagst du es, als würde es nicht stimmen?"

„Weil es nicht stimmt."

Ungläubig lache ich auf und nehme einen Schluck von meinem Orangensaft. „Genau."

„Du glaubst mir nicht?"

„Wie auch? Als du die Wände vom Physikkurs bemalt hast, hast du sogar deinen Namen drunter gesetzt. Das war übrigens ziemlich clever, das muss ich schon sagen."

Harry sagt nichts, sondern isst nur.

„Und gestern", rede ich deswegen weiter. „Du hast Florence abgeschossen und hast sofort was mit irgendeiner komischen Lola angefangen."

„Eigentlich heißt sie Lilly", korrigiert Harry mich beiläufig.

„Und ich wette, diese komische Lola ist nicht weniger hohl als Florence."

„Also eigentlich, Violet, geht *Lilly* nächstes Jahr auf die Harvard-University, um zu studieren. Sie ist wirklich nett."

„Mir egal", sage ich und stopfe mir den Mund mit Ei voll. „Um Lola ging es ja jetzt sowieso nicht."

Harry schnauft, als wäre er amüsiert von mir. Es sieht aus, als wollte er gerade etwas sagen, doch wir werden von der Haustür, die zugeschmissen wird, unterbrochen.

Anette kommt ins Wohnzimmer. Wie gewohnt trägt sie einen Hosenanzug, der perfekt auf ihren Schultern sitzt. Ihre blonden Haare liegen wie frisch vom Friseur auf ihren Schultern, kein ungewohnter Eindruck. Sie lächelt, als sie uns sieht und ihren Arbeitskoffer auf einen Stuhl neben Harry stellt.

„Was für eine Überraschung", sagt sie und sieht mich an. „Violet. Ich hätte mit jedem Mädchen gerechnet, aber nicht mit dir."

Ich versuche, zurückzulächeln. Das letzte Mal, als ich sie gesehen habe, beschimpfte ich sie aufs Übelste. Wie kann sie wieder so nett sein? „Ja", sage ich und hoffe, dass der Kopfschmerz endlich aufhört. „Spontane Sache."

Harry ignoriert seine Mutter vollkommen und isst einfach weiter. Selbst als sie ihre Hand auf seine Schulter legt. „Harry, Liebling, was hast du denn hier gemacht?" Sie dreht seinen Kopf ein wenig, wodurch ein Kratzer an seinem Hals zum Vorschein kommt.

Er zieht sofort genervt seinen Kopf aus ihren Händen. „Lass das."

„Sieht ja aus, als hättest du letzte Nacht mit einem Tiger gekämpft", sagt Anette und lacht dann in meine Richtung, als wüsste ich, dass ich schuld an den Kratzern bin. Sie legt wieder tätschelnd ihre Hand auf Harrys Kopf, streicht ihm durch das Haar. „Aber kämm dich doch wenigstens, wenn du Besuch hast. Sonst sieht man deine hübschen Augen nicht."

Harry atmet genervt durch und schlägt ihre Hand aus seinen Haaren. „Man, lass das. Hast du nicht irgendwas zu tun?"

Anette seufzt frustriert, als er sich wieder zu seinem Teller dreht. „Das Morgenmuffelsein hast du definitiv von deinem Vater geerbt. Aber du hast recht." Sie greift sich wieder ihren Koffer vom Stuhl und lächelt mir zu. „Ich werde in mein Büro gehen. Falls ihr was braucht, dann kommt einfach kurz vorbei. Schönen Tag wünsche ich euch, Kinder."

Ich sehe Anette verdutzt hinterher, als sie aus der Küche verschwindet. Für sie ist es, als wäre tatsächlich nie etwas passiert. Nicht mal der Streit mit Harry hängt ihr noch in den Knochen. Oder die Tatsache, dass William stirbt. Sie scheint einfach glücklich zu sein.

„Und ich dachte, sie würde mir den Hals umdrehen", sage ich zu Harry, als Anette außer Hörweite ist.

Er atmet gereizt aus. „Keine Sorge, vor anderen tut sie immer so, als wäre alles bestens. Wenn du jetzt nicht da gewesen wärst, wäre das Gespräch nicht so harmonisch abgelaufen."

„Ich glaube dir sofort." Und im nächsten Moment klingelt mein Handy. Aber es kommt nicht von mir, denn ich trage gar keine Hose, sondern von Harry.

Er greift in seine Jogginghose und zieht wahrhaftig mein Handy hervor, worauf ich die Brauen hebe.

„Du schleppst mein Handy mit dir rum?", frage ich ihn, als er es mir reicht.

„Du meintest, ich soll darauf Acht geben, bis du wieder nüchtern wirst, damit du Brandon keine, ich zitiere: Du-Bist-Ein-Arsch-SMS schreibst."

Ich seufze und nehme es ihm ab. Benja ruft mich an. „Schade, ich hätte es bestimmt nicht bereut."

Harry lacht etwas in sich hinein, als er sich wieder seinem Speck widmet. „Ich auch nicht."

Doch schließlich nehme ich Benjas Anruf an und halte mir das Handy ans Ohr. „Guten Mo…"

„Du hast es vergessen", unterbricht Benja mich gehetzt. „Violet, du sagtest, du vergisst es nicht!"

„Was habe ich vergessen?"

„Oh Gott, du hast es wirklich vergessen! Guck sofort auf die Uhr!"

Ich sehe auf die Uhr, die über dem Herd hängt. Und dann fällt es mir wie Schuppen von den Augen. „Scheiße! Es ist schon halb eins!"

„Genau!", sagt Benja genauso laut. „Halb! Eins! Wo bleibst du?"

„Scheiße, scheiße, scheiße." Ich stehe vom Tisch auf. Harry sieht mich verwirrt an. „Ich komme sofort! Ich lasse euch nicht im Stich!"

„Du hast noch eine halbe Stunde, Violet Lotta Berrymore!"

„Nenn mich nicht beim vollen Namen, das macht es nur schlimmer!"

Doch Benja hat schon aufgelegt, weswegen ich mein Handy zuklappe und zu Harry sage, der gar nicht zu verstehen scheint, was los ist: „Ich muss sofort in die Stadt."

Er runzelt die Stirn. „Warum?"

„Benja, Charly, Hardy, Carla, Oscar und ich belegen immer am dritten, jeden dritten Monat einen Kochkurs und heute findet der Kochkurs im absolut besten Restaurant der Welt statt", erzähle ich und raufe mir die Haare. „Das darf ich nicht verpassen."

„Ein Kochkurs", lacht Harry und steht auf, um unsere Teller wegzuräumen.

Als er aus der Küche läuft, sehe ich ihm perplex hinterher. „Wo gehst du hin? Ich verfalle gerade einer Panikattacke!"

„Es wäre produktiver, du würdest dich umziehen", ruft Harry mir zu, als er die Treppen hochläuft. „Ich fahre dich hin!"

„Bitte verlang nicht von mir, dass ich in deiner Schuld stehe oder so", sage ich zu Harry, als er auf dem Parkplatz vor dem besten Restaurant auf Erden parkt.

„Denn Versprechen und so was waren noch nie meine Stärke. Außerdem will ich nicht in deiner Schuld stehen."

„Schon okay", sagt Harry und schnallt sich ab, nachdem er seinen Schlüssel aus dem Zündloch zieht. „Ich wusste gar nicht, dass das *ToToes* Kochkurse anbietet."

Ich verfolge skeptisch seine Bewegungen, die extrem auffällig werden. „Tun sie aber. Was machst du da?", frage ich, als er die Tür öffnet.

„Ich komme mit dir", sagt er und knallt die Tür zu, wodurch ich nur noch seine Hüfte durch das Fenster sehen kann.

Wie vor den Kopf geschlagen, sehe ich zu ihm nach draußen. „Er kommt mit mir", sage ich zu mir selbst. Ich bin im falschen Film.

Harry öffnet wieder die Tür seines Wagens, weil ich mich nicht rege. Seine Haare konnte er innerhalb von dreißig Sekunden im Bad noch stylen, wodurch sie halb verwuschelt, halb perfekt auf seinem Schädel sitzen. „Los, Benja steht schon vor dem Eingang und wartet mit rotem Kopf. Er explodiert gleich."

Schnell nicke ich und steige aus. Ich laufe um das Auto herum, worauf Harry mir zum Eingang folgt. „Ich kann nicht glauben, dass du einfach mitkommst", sage ich zu ihm.

„Soll ich nicht?"

„Doch." Was?

Er grinst und sieht geradeaus, wo Benja uns wütend ansieht und die Arme verschränkt.

„Okay, drei Fragen", sind seine ersten Worte, als wir vor ihm stehen bleiben. Er sieht zu mir. „Du weißt, ich hasse es, wenn ich mich aufführe wie Rosy, aber, Gott verdammt, Violet, das ist das dritte Mal, dass du unseren

Kurs vergisst! Und dabei hatten wir gerade mal zwei! Wieso?"

Ich presse schuldbewusst die Lippen aufeinander.

„Nächste Frage. Wieso sind deine Kniestrümpfe schmutzig und wieso riechst du wie eine Alkoholfabrik?"

„Ich …“

„Und wieso hast du mir nicht gesagt, dass du Harry mitbringst?"

„Also …"

„Aber wir haben keine Zeit", unterbricht Benja mich zum dritten Mal. Er seufzt und öffnet die Eingangstür. „Hallo Harry. Tut mir leid, dass du mich so erleben musst."

Harry und ich folgen Benja nach drinnen und ich wundere mich, dass Benja ihn einfach so aufnimmt. Es ist fast, als wüsste er, dass ich Harry mitschleppe. Ich bin mir sicher, bei Brandon hätte er nicht so reagiert. Wahrscheinlich wäre er eher direkt nach Hause gegangen.

„Weißt du, Benja", sage ich zu Benja von hinten. „Du bist viel strenger als Rosy."

„Ne, bestimmt nicht. Sie hätte dir selbst jetzt noch eine Predigt gehalten."

„Das stimmt wahrscheinlich", mischt sich Harry ein.

Wir betreten einen Raum, wo schon mehrere Leute an mehreren Küchentheken stehen. Nur einer von ihnen trägt eine schwarze Kochuniform, er ist anscheinend der Kochlehrer. Wir sind nicht viele Leute. Vielleicht zehn oder zwölf. Außerdem ist das Ambiente atemberaubend. In keinem Restaurant, in denen die Kurse vorher stattgefunden haben, war es so schön wie hier. Das ToToes ist einfach der absolute Wahnsinn.

„Violet, du hast es noch geschafft", sagt der Koch zu mir und lächelt sympathisch. Er hat dunkle Haare, dunkle Augen, vielleicht Anfang vierzig. Einen italienischen Touch. „Und du hast jemanden mitgebracht."

Ich blinzle, als wir uns zu Charly und den anderen stellen. „Sie kennen meinen Namen? Wie cool."

Der Koch lacht und stellt sich hinter einen Herd, worauf schon jede Menge Utensilien und Zutaten liegen. Wir Schüler stehen auf der anderen Seite. „In den letzten zehn Minuten war ständig von einer Violet die Rede, die – wie immer – zu spät kommt. Ich dachte mir, das könntest vielleicht du sein."

Ich werde rot. Manchmal hasse ich meine Freunde. „Oh man, okay, verstehe schon."

„Aber auch dich begrüße ich", sagt der Koch zu Harry, der dicht hinter mir steht. „Wie heißt du?"

„Harry."

Der Koch nickt freundlich. „Hallo Harry." Dann klatscht er in die Hände. „Okay, lasst uns anfangen. Am besten verteilen wir uns pärchenweise an den Arbeitsflächen. Es sollte genug Platz für alle sein."

Kapitel 19

Benja stellt sich mit Hardy an einen Platz und Charly sieht mich von der Seite an, was wohl bedeuten soll, dass ich mit ihr ein Paar bilden soll. Aber um ehrlich zu sein, widerstrebt es mir heute, weshalb ich sie unschuldig anlächle und auf Harry hinter mir deute, der sich überall ein wenig interessiert umsieht. Charly verdreht die Augen und geht widerwillig zu einer Frau, die ebenfalls keinen Partner hat.

„Haben sich alle gefunden?", fragt der Koch und ich laufe zu einem der freien Plätze, worauf Harry mir folgt, als wäre es nichts Neues, dass wir ein Paar bilden. Dabei ist es gerade das Merkwürdigste, das wir tun könnten.

Als alle nicken, nimmt sich der Koch ein großes Messer. „Sehr schön. Übrigens bin ich Lewis. Lassen wir das mit dem Nachnamen und den Höflichkeiten. Das hier ist eine ganz lockere Runde."

Er ist mir sofort sympathisch.

„Wir werden heute Risotto-Radicchio-Vino-Rosso kochen. Ja, das klingt erst mal ziemlich ätzend, aber, glaubt mir, ihr werdet es lieben. Es ist das perfekte Abendessen, falls es mal romantischer werden soll. Und wenn ihr euren Partner damit nicht überzeugt, dann tut es mir leid – macht Schluss. Niemand kann Risotto-Radicchio-Vino-Rosso widerstehen. Vor euch findet ihr schon die ganzen Zutaten und Anleitungen mit den verschiedenen Schritten und Vorgehensweisen."

Harry nimmt sich interessiert den Zettel und sieht darauf. Ich beobachte ihn dabei und hoffe, dass er weiß, was zu tun ist. Ich kann nämlich nichts kochen, was ich nicht aussprechen kann.

„Aber ich möchte euch kurz erklären, wie man mit dem Radicchio umgeht, das ist mir sehr wichtig. Nehmt euch bitte alle den Radicchio", sagt Lewis, worauf alle rumkramen, doch ich keinen Plan habe, was das überhaupt ist.

„Okay", sage ich und sehe zu Benja und Hardy, um sicherzugehen, dass ich nicht die Einzige bin, die jetzt schon ins Schwitzen kommt. „Soll ich Radicchio googlen oder …"

„Violet, ich habe ihn schon längst", unterbricht Harry mich und hält ein lila-weißes Kohlding in die Höhe. „Mach dir mal keine Gedanken, ich kenne das Gericht."

Ich atme erleichtert aus und sehe wieder nach vorne. „Mein Glück. Du schaukelst das schon."

„Klar, ich schaukel das schon", sagt Harry mit spottendem Unterton.

„Und jetzt", spricht Lewis weiter und hält den Kohl ein wenig auseinander. „Riechen wir alle mal ganz kräftig daran."

Der ganze Raum schweigt und sieht Lewis perplex zu, wie er erwartungsvoll seine Nase in den Kohl steckt. Er scheint es wirklich ernst zu meinen, weshalb er uns abwartend ansieht. Mit dem Kohl im Gesicht.

Harry dreht sich zu mir und hält mir den Kohl vor die Nase. „Hier. Riech dran."

Ich nehme meinen Kopf ungläubig zurück. „Du spinnst. Ich steck doch nicht meine Nase wie ein Hund in irgendein komisches Kohlteil."

„Aber du sollst es tun", sagt Harry und kommt mir mit dem Kohl wieder vorsichtig näher.

„Ich tue es ganz bestimmt nicht."

„Nun sträub dich nicht", sagt er schließlich und drückt mir den Kohl eiskalt ins Gesicht, worauf ich tatsächlich kurz riechen kann wie dieses Ridoch ... io ... riecht. Nach absolut nichts.

Ich nehme einen tiefen Atemzug, als er den Kohl wieder zufrieden zurücknimmt, und sehe ihn entsetzt an. Er tut mal wieder Dinge, die sonst niemand tun würde. Ist ja vollkommen egal, ob wir das noch essen wollen.

„Hast du's gerochen?", fragt Harry mich und grinst. „Oder willst du …"

„Ich hab's gerochen", unterbreche ich ihn und halte meine Hand in die Luft, damit er mir den Kohl vom Leibe hält. „Echt toll. Jetzt du."

„Bestimmt nicht."

„Warum? Lewis meinte …"

„Okay, Leute ihr könnt aufhören, ich hab euch nur ein wenig auf den Arm genommen!", verkündet Lewis und amüsiert sich. „Ist nur ein kleines Aufnahmeritual. Fast alle haben bestanden."

Ich werfe Harry einen giftigen Blick zu. „Du wusstest das."

Er sieht nach vorne und legt belustigt den Kohl weg. „Natürlich. Radicchio ist geruchsneutral."

Die Augen verdrehend, hören wir noch den Schlussworten von Lewis dem Koch zu und dann beginnt die Tortur. Ich bin ein hilfloses Reh am Herd, während Harry die komplette Kontrolle hat. Ich beobachte ihn dabei, wie er all die Dinge händelt, die zu diesem Gericht gehören. Er schneidet das Gemüse, während er wie ein Profi Puderzucker karamellisieren lässt. Aber natürlich nur auf *kleinstem* Feuer, ansonsten wird der Puderzucker *viel* zu schnell braun und dadurch *viel* zu schnell hart, wodurch er unnütz und zum *Kotzen* eklig wird.

So Harrys Worte.

Ab und zu schweifen meine Blicke zu den anderen, die sich jedoch nicht mal halb so gut anstellen, wie wir. Beziehungsweise Harry. Lewis kämpft damit, Charly beizubringen, wie man den Radicchio richtig schneidet und Benja bekommt fast einen Heulkrampf, weil er zu viel Tomatenmark in die Soße gemacht hat.

Ab und zu gibt Harry mir Anweisungen wie »Gib mir mal das« oder »Gib mir mal das«, aber viel mehr bewege ich mich auch nicht vom Fleck. Außer natürlich, wenn er mir sagt, ich soll noch mehr Puderzucker hinzugeben.

Ich schnappe mir den Puderzucker, der in einer Schüssel ist, und überlege nicht viel. Die Chance muss ich einfach nutzen. Kurzerhand stecke ich mein Gesicht einfach in den Puderzucker und richte mich dann wieder auf.

Ich wende mich an Harry, der gerade irgendetwas aufkochen lässt, was auf jeden Fall schon verdammt gut riecht. „Hey, Harry."

„Hm?", macht er und sieht konzentriert auf den Herd.

„Hab ich was im Gesicht?"

Er sieht zu mir und noch kurz ist er schockiert, doch dann beginnt er automatisch zu lachen.

Ich sehe ihn weiterhin unwissend an, obwohl ich ganz genau weiß, dass ich puderweiß im Gesicht bin. „Wieso lachst du? Machst du dich über mich lustig?"

„Wow, ich sehe ein Geist", ertönt eine Stimme links neben mir und mein Kopf schwenkt zu Lewis, der amüsiert über mein Aussehen zu sein scheint. Er stellt sich gegenüber unserem Herd und sieht, was Harry schon alles fabriziert hat. „Mal ganz davon abgesehen, dass

Violet voll mit Puderzucker ist, der übrigens zwanzig Pfund kostet – wie läuft es?"

„Prima!", sage ich und grinse, wodurch der Puderzucker so langsam von meinen Wangen bröckelt.

Lewis sieht mich nur an, als wüsste er, dass ich absolut nichts tue, und sieht dann zu Harry. „Ich frage lieber dich. Wie läuft es? Brauchst du Hilfe oder hilft dir der Puderzuckergeist?"

„Alles bestens", sagt Harry locker und streut irgendein Gewürz in die blubbernde Soße. „Sie hilft mir mehr, als du denkst."

„Na, da bin ich mal gespannt", sagt Lewis und betrachtet Harrys Hände, die zielgenau nach irgendwelchen Dingen greifen. „Du kochst öfter."

Harry zuckt mit den Schultern, sieht nicht mal auf. „Nicht sonderlich oft."

„Verstehe." Lewis wendet sich von uns ab, weil jemand nach ihm ruft. Er sieht noch mal zu Harry. „Aber du machst das gut."

Und dann geht es weiter. Ich weiß nicht, wie lange wir schon an dieser ganzen Scheiße stehen, aber anscheinend braucht man für dieses Gericht gefühlte Stunden, weswegen es irgendwann echt langweilig werden kann. Ich habe einfach nichts zu tun, will aber gleichzeitig auch nichts tun.

Deswegen entscheide ich mich, auf die andere Seite der Arbeitsplatte zu gehen, meinen Kopf in meine Hände zu stützen und Harry zu beobachten, während er den Lauch schneidet. Ich mag seine Hände und seine Finger, wie sie sich bewegen und anscheinend genauso Wissen über das Kochen haben wie Harry. Es ist höchst interessant und genau deswegen fühle ich mich für die paar Minuten, in denen ich über der Kochplatte hänge, wie früher.

Früher, als ich ihm auch immer beim Kochen zugeschaut habe. Klar, damals hat er nicht solche Gerichte gekocht, aber egal, was er gekocht hat, ich habe zugesehen und es genossen. Alles, was wir heute tun, erinnert mich an früher. Und es fühlt sich an wie etwas, das mir lange gefehlt hat. Zwar weiß ich noch immer nicht, wie wir überhaupt hier landen konnten, weil wir uns gestern quasi noch hassten, aber ... Irgendwie ist mir gerade nichts weniger egal.

„Lauch macht ziemlichen Mundgeruch", sage ich zu Harry, der sich den letzten Stängel Lauch nimmt und dessen Mundwinkel sich darauf wie automatisch erheben.

„Aber es schmeckt gut", erwidert er und beginnt zu schneiden.

„Ich mag es nicht sonderlich."

„In Kombination mit dem Eintopf und dem angekochten Rotwein schmeckt es ziemlich gut."

„Ich denke nicht, dass du es mir schmackhaft machen kannst."

Harry sieht mich mit dem Gesicht noch nach unten gerichtet an und scheint etwas zu überlegen. Er hat schon die ganze Zeit dieses leichte Lächeln auf den Lippen. Als wäre ich nicht die Einzige, die gerade jede Sekunde genießt.

„Moment", sagt Harry schließlich und legt das Messer weg. Er nimmt sich einen kleinen Löffel und tunkt ihn in den Eintopf. Dann greift er durch den Dampf eines anderen Topfes durch zu dem Lauch, nimmt ein paar Ringe und rieselt sie über den Löffel. Dann stützt er sich an die Kante der Kochplatte und hält mir den Löffel entgegen. „Ich bin mir so was von sicher, dass dich das hier umstimmt."

„Aber ich mochte Lauch noch nie."

„Violet", drängt Harry und stützt sich nun genau wie ich mit dem Ellenbogen auf die Platte. „Probier es. Du musst es eh essen. Es wird dir schmecken."

„Wenn wieder etwas passiert wie mit Violi-Ravioli, geht das auf deine Kappe", sage ich und dann lasse ich zu, dass Harry mir den Löffel in den Mund schiebt. Mein Herz pocht, als ich es schmecke. Und mein Herz pocht, als sich Harrys und meine Blicke treffen, als er den Löffel vorsichtig wieder rauszieht.

Sein Lächeln ist verschwunden, genauso wie meins. Aber meins ist nicht verschwunden, weil es nicht schmeckt, sondern einfach, weil mich gerade diese Hitze in meiner Brust so sehr schockiert, dass ich das Gefühl habe, jeden Moment in Ohnmacht zu fallen.

Gott, es schmeckt so gut, ich will weinen. Noch dazu will ich weinen, weil ich zu viel Spaß mit Harry habe.

Harry nimmt den Blick nicht von mir, als er den Löffel weglegt. „Und?", fragt er leiser.

Ich schlucke die Masse in meinem Mund herunter und bin die erste, die unseren Blickkontakt beendet. „Es schmeckt ... aushaltbar."

Nun schmunzelt Harry wieder ein wenig, was bedeutet, diese angespannte Stimmung ist vorbei. „Aushaltbar ist genügend."

Ich stelle mich wieder richtig hin und atme unauffällig tief durch, als sich Harry kurz mit jemand anderen unterhält. Gott, es fühlt sich so falsch an, so etwas derart Intensives zu spüren, wenn Situationen wie diese entstehen. Ich fühle mich so verdammt wohl wie schon lange nicht mehr. Das ist nicht normal.

„Okay, Geschmacksprobe", sagt Lewis, der wieder bei uns steht, als wir so gut wie fertig sind. Beziehungsweise als Harry so gut wie fertig ist. Er nimmt sich einen Löffel und kostet von dem Eintopf, der noch kocht. Er runzelt die Stirn, als er den Löffel wieder aus dem Mund nimmt. „Wow."

Ich hebe die Brauen und sehe ihn erwartungsvoll an. Wow – gut oder wow – zum Kotzen?

„Das ist", sagt Lewis wortkarg und sieht zu dem Eintopf. „Was ist das? Ist das ... Oregano?"

Harry nickt und kratzt sich am Hinterkopf. „Ja. Ich weiß, im Rezept stand etwas anderes, aber Oregano ist meiner Meinung nach das beste Gewürz, um den bitteren Nachgeschmack der Petersilie zu kompensieren."

„Oregano", sagt Lewis und schüttelt den Kopf, als könnte er es nicht glauben. „Er hat einfach Oregano reingemacht." Gerade, als ich denke, er reißt uns beiden den Kopf ab, wendet er sich an Harry und klopft ihm auf die Schulter, worauf dieser überrascht ist. „Junge. Wir müssen uns nach der Stunde sprechen."

„Ich bin bereit, mich hier und jetzt auf diesem Parkplatz zu übergeben", sagt Charly, die sich zu Benja und Hardy und mir auf den Parkplatz gesellt. Ihre Hand hat sie gequält auf dem Bauch liegen. „Ist jemand dabei?"

„Absolut nicht", sagt Benja und lehnt sich an Hardys Auto, das neben Harrys steht, der gerade vor der Eingangstür des Restaurants mit Lewis spricht. „Dieses Gourmetessen kotz ich doch nicht einfach aus."

„Weise Entscheidung", sagt Hardy und legt lässig einen Arm um Benjas Schulter. „Dieses ‚in der Öffentlichkeit kotzen' musst du dir abgewöhnen."

Benja verdreht die Augen, während ich weiter neugierig beobachte, wie Harry und Lewis sich unterhalten. Sie reden schon fünf Minuten und ich verstehe leider kein einziges Wort. Nur zu gerne wüsste ich, was Lewis von Harry will. Ich tippe immer noch darauf, dass er ihm einen Job anbietet. Harry war sich da nicht so sicher, aber ich bin mir mehr als sicher.

„Das war vielleicht einmal", sagt Benja zu Hardy. „Und außerdem ein Unfall."

„Oder vielleicht doch vier Unfälle", feixt Charly und knöpft sich die Hose auf. „Hat mich gewundert, dass der Rotwein im Essen heute verträglich für dich war. Du Pussy."

„Vy verträgt noch weniger als ich", sagt Benja und ich bemerke nicht, wie er zu mir sieht, weil meine Augen weiterhin auf Harry gerichtet sind. „Vy!"

Mein Kopf schwingt automatisch zu Benja und ich sehe ihn böse an. „Was ist?"

Er hebt eine Braue. „A-*ha*?"

„Aha, aha, aha, *aha*", fügt nun auch Charly hinzu und stupst mich von der Seite an. Sie stellt sich neben mich und sieht ebenfalls zu Harry. „Ob das Brandon so gefällt, wenn du Harry von der Ferne anschmachtest?"

„Ich hoffe doch nicht", sagt Benja und noch immer hat er diesen wissenden Blick drauf.

„Hört auf mit dem Mist. Waren wir nicht eben gerade noch bei *Benja verträgt keinen Alkohol*?"

„Sie haben gerade erst angefangen", sagt Hardy und wirft mir einen mitleidigen Blick zu.

„Hach, Vy." Benja seufzt und schüttelt den Kopf. „Du musst denken, dass wir hohl sind, wenn wir nicht merken, wie du auf Harry abfährst."

Ich sehe ihn entsetzt an.

„Volle Kanne", sagt Charly. „Und er auf dich! Meine Fresse, ihr wart süßer als der Puderzucker!"

Nun sehe ich sie entsetzt an. „Äh. Hallo?"

„Nein, ich hab's!", ruft Charly aus und hebt den Finger. „Du und Harry. Ihr seid süßer als ... Benja und Hardy."

Schlagartig sieht Benja nicht mehr so amüsiert aus. „Moooment mal, Charlotte. Deine Neigung zur Übertreibung kommt zur Geltung."

„Ich bleibe bei meinem Wort. Ihr zwei seid langsam ausgelutscht."

Benja will gerade etwas sagen, da sehe ich, wie Harry auf uns zukommt. Ich hebe die Hand als Zeichen, dass jetzt Schluss mit solchen Themen ist. „Hört auf. Seid einmal nicht peinlich und fahrt einfach nach Hause."

„Mein Gott", sagt Benja und dreht sich zu Hardys Auto. „Kaum ist sie verknallt, hat sie Ansprüche."

Ich werfe jedem einen bösen Blick zu, als sie nach und nach verschwinden. Dann sehe ich zu Harry, der zu mir kommt. Aus seiner Mimik kann ich nicht lesen, was aus dem Gespräch mit Lewis geworden ist.

„Und?", frage ich ihn und lehne mich an sein Auto, um cooler rüberzukommen. „Hatte ich recht?"

Harry schließt sein Auto von Weitem auf und ich gehe auf die Beifahrerseite. „Du hattest recht", bestätigt er und wir öffnen gleichzeitig die Türen, um uns hineinzusetzen. „Er hat mir einen Job angeboten."

Ich grinse. Ich wusste es. Harry ist ein Job in solch einem krassen Schuppen echt gegönnt. Er hat es einfach verdient.

„Was heißt einen Job", redet Harry weiter und fährt los. „Probearbeiten. Wenn ich mich dort gut anstelle, könnte ich schon im Sommer mit der Ausbildung anfangen."

„Das ist doch toll! Doch keine Juristenschule, wie deine Eltern das wollten, hm?"

„Ich habe abgelehnt."

Entgeistert sehe ich ihn an. „Du hast *abgelehnt*?"

„Ja. Ich denke, ich – was hätte ich davon? Als Koch verdiene ich absolut nichts, noch dazu gehört Kochen nicht mehr zu meinen größten Interessen."

„Was soll das denn heißen? Also heute sah es so aus, als würdest du dich mächtig dafür interessieren. Und um den Verdienst geht es in erster Linie auch nicht, zumal das ToToes Gerichte bis zu vierhundert Pfund verkauft. Das ist das beste Restaurant in Belfast. Und Belfast ist groß."

„Du verstehst das nicht."

„Nein, das tue ich wirklich nicht." Zumal Harry sowieso schlechte Noten in der Schule hat und diese Ausbildung ihm gerade wirklich zugutekommen würde. Mit seinem Zeugnis ein gutes College zu finden, ist beinahe unmöglich. „Ich verstehe nicht, wie du dich von deiner Mutter so lenken lassen kannst."

Die Aussage fand er wohl nicht cool, deswegen raunzt er: „Was? Ich lasse mich doch nicht von meiner Mutter lenken."

„Klar tust du das. Wenn sie und William dir nicht sagen würden, wie mickrig dieser Job ist, hättest du ihn angenommen. Aber das tust du nicht, weil du dir von deinen Eltern schon immer alles hast einreden lassen."

„Anscheinend hast du den *totalen* Durchblick", sagt Harry ironisch und mit einem Schuss Abweisung.

„Du weißt, dass ich recht habe. Du weißt es ganz genau. Das ist genauso, als du damals Gitarre lernen wolltest, deine Eltern den Einfall aber als unnötig einstuften und du es dir sofort aus dem Kopf geschlagen hast. Das ist so bescheuert. Selbst mit achtzehn lässt du dir das noch gefallen."

„Violet." Er ist noch gereizter. „Meine Eltern haben damit absolut nichts zu tun. Hör auf, so einen Schwachsinn zu reden."

Ich schnaube auf und sehe aus dem Fenster. „Schwachsinn. Ich hab recht."

Harry sagt nichts mehr darauf, weswegen wir schweigend zu mir nach Hause fahren. Ich weiß, dass ich recht habe und er weiß es auch. Harry hat zwar ein gewisses Maß an Selbstbewusstsein, aber seine Eltern wussten schon immer, wie man einem Jungen Träume zerstört. Es ist schon zu oft passiert und jedes Mal meinte Harry, es würde nichts mit seinen Eltern zu tun haben, aber ich wusste, dass er lügt. Vielleicht glaubt er ja mittlerweile selbst, was seine Eltern sagen und handelt deswegen so, aber insgeheim weiß er, dass es nur an seinen verdammten Eltern liegt.

„Heiliger", keuche ich, als ich mein Haus von Weitem sehen kann.

Brandon sitzt auf der Treppe vor meiner Haustür und sieht trübselig auf sein Handy. Neben ihm liegt der wahrscheinlich mächtigste Rosenstrauß, den ich je gesehen habe. Und er sieht gut aus. Und heiliger. Ist das ein Teddybär neben dem Strauß?

„Ach du Scheiße", sagt Harry belustigt, als wir in meinen Hof fahren. „*Ach* du Scheiße."

Ich sehe ihn mit offenem Mund an und dann sehe ich wieder zu Brandon, der den Kopf hebt, weil er uns gehört hat. Ich bin sprachlos. Was soll ich auch dazu sagen? Brandon sitzt wie Romeo vor meiner Tür. Mit einem Blumenstrauß.

Wie benebelt steige ich aus Harrys Wagen und knalle die Tür hinter mir zu. Brandon steht sofort auf und nimmt sich den Strauß mit dem Teddy daneben. Er lächelt schüchtern, als ich ihm näher komme.

„Endlich bist du da", sagt er, als ich wie hypnotisiert von diesem Mörderstrauß die Treppe hochlaufe. „Ich warte schon Ewigkeiten auf dich."

Ich schlucke schwer und kann Brandon fast nicht sehen, weil der Strauß im Weg ist.

„Du musst nichts dazu sagen", redet Brandon weiter und hält den Strauß zur Seite, damit wir uns besser ansehen können. Er atmet tief durch. „Es tut mir schrecklich leid, Violet."

Ich blinzle.

„Und, ähm." Er fährt sich nervös durch die Haare. „Ich war ein vollkommener Idiot gestern Abend. Es war echt beschissen von mir, dass ich einfach so viel getrunken habe, und wie ich mit dir umgegangen bin. Ich habe dir den ganzen Morgen Nachrichten geschickt, aber du hast nicht geantwortet, deswegen musste ich hierherkommen, um mich persönlich zu entschuldigen."

Aus dem Augenwinkel sehe ich, wie Harry näher kommt. Er sieht uns interessiert zu.

Brandon sieht kurz zu Harry, dann wieder zu mir. „Aber, ähm. Du musst meine Entschuldigung nicht annehmen und ich kann verstehen, wenn du es nicht tust, aber trotzdem musst du wissen, dass es mir leidtut. Ich mag dich, Violet. Ich mag dich wirklich. Und ich möchte das nicht versauen, weil ich solch ein Idiot war."

Er drückt mir den Strauß in die Hand und ich bekomme sofort mehrere Stiche ins Gesicht, weil die Dornen mich pieksen. Gott, das Teil ist schwer.

„Und ich würde das gerne wiedergutmachen", redet Brandon wirr weiter. Er zerknautscht den Teddy in seiner Hand total, weil er so aufgeregt ist. „Vielleicht könnten wir unser Essen wiederholen, ins Kino gehen, irgendetwas. Aber bitte sei mir nicht böse. Ich bereue alles, was ich gestern getan habe."

„Ich weiß nicht, was ich sagen soll", sage ich und ich weiß *wirklich* nicht, was ich sagen soll. Ich sehe zu Harry, der neben der Treppe steht und sich an den Pfosten lehnt. Es sieht aus, als fände er diese Szenerie hier ziemlich unterhaltsam. Vor ihm ist mir Brandon immer wieder aufs Neue unangenehm, aber trotzdem zeige ich Mitgefühl. „Brandon, also ... Das ist echt süß und so."

Brandon sieht mich erwartungsvoll an und ich bin für einen Moment kurz davor, ihm all das zu verzeihen, weil seine Entschuldigung so rührend ist.

Doch ich sage: „Aber was du gestern gemacht hast, war wirklich ziemlich scheiße."

Seine Kinnlade fällt schlagartig und auch Harry stellt sich wieder gerade hin. Damit hat wohl niemand gerechnet.

Ich sehe auf den Strauß und dann wieder zu Brandon, der jeden Moment auf die Knie fällt. „Ich denke, ich brauche ein wenig Zeit, Brandon. Ich kann das nicht einfach vergessen, wenn ich mir nicht sicher sein kann, dass so was nicht noch mal passiert."

Brandon nickt deprimiert und lässt den Kopf hängen. „Okay ... Das verstehe ich."

„Tut mir echt leid", sage ich und muss damit kämpfen, ihn nicht zu sehr zu bemitleiden. Er war der Arsch gestern, nicht ich. „Aber sieh es positiv. Jetzt hast du einen Teddy!"

Jedoch seufzt Brandon nur traurig und sieht auf den Teddy in seinen Händen. Er hält ihn mir hin. „Du kannst ihn behalten, schließlich habe ich ihn für dich gekauft." Dann sieht er mich ein letztes Mal traurig an und schlurft die Treppe nach unten.

„Kopf hoch", sagt Harry und ich sehe genau, wie gehässig sein Grinsen ist, als Brandon an ihm vorbeigeht. „Jetzt kannst du dir endlich eine Freundin mit offenen Haaren suchen."

Brandon funkelt Harry böse an, doch geht weiter. Als er am Gartenzaun ankommt, hat sich Harry schon zu mir auf die Veranda gesellt. Ein letztes Mal dreht Brandon sich um. „Ich bin immer da", ruft er mir zu. „Sag mir einfach Bescheid. Okay, Violet?"

Ich nicke mit geschürzten Lippen. Am besten er verschwindet ganz, ganz schnell. Das kann echt peinlich vor den Nachbarn werden. „Okay, Brandon!", sage ich und dann fährt er auch schon unglücklich davon.

„Rosen *und* ein Teddy", sagt Harry beeindruckt und sieht auf den riesigen Strauß, der mittlerweile ziemlich schwer und nervig im Gesicht wird.

„Gott, bitte nimm ihn", schnaufe ich und drücke Harry den Strauß in die Hand, weil er mir beinahe aus der Hand rutscht, dadurch dass ich noch den Teddy trage. Harry nimmt ihn und ich krame meinen Schlüssel raus. „Das eben war nur ein bisschen peinlich."

„Kaum", feixt Harry und versucht, sich mit dem großen Strauß zu arrangieren. Er riecht daran. „Dafür hat er ganz schön geblecht."

Ich seufze und öffne die Tür. Ich gehe einen Schritt zur Seite, damit Harry eintreten kann. „Bitte bring ihn in die Küche, da müsste eine leere Vase stehen."

Er nickt und tritt ein, geht unmittelbar in die Küche. Ich schließe die Haustür hinter mir und versuche, alles sacken zu lassen. Gott, was ist eben gerade passiert? Ich kann nicht fassen, wie Brandon sich ins Zeug gelegt hat. Und noch weniger kann ich fassen, dass ich ihm nicht verziehen habe. Irgendetwas stimmt nicht mit mir.

„Da wird sich deine Mutter aber freuen", sagt Harry und versucht, die Rosen so zu stellen, damit die Vase unter dem Druck nicht umkippt. „Sie hasst Rosen."

„Ich weiß", erwidere ich und lehne mich in den Türrahmen der Küche. „Aber da muss sie wohl durch."

Harry dreht sich um und geht an mir vorbei zur Tür. „Ich glaube, das alles kratzt nun ziemlich an seinem Ego."

Ich zucke nur mit einer Schulter. Ich bin müde.

„Ich denke nicht, dass irgendein Mädchen ihm jemals solch einen heftigen Korb gegeben hat."

Die Belustigung in seinem Ausdruck provoziert mich ein wenig. „Du bist ziemlich schadenfroh, weißt du das?"

„Bin ich. Danke übrigens für den Kochkurs."

„Danke für den Kochkurs? Du hast dich selbst eingeladen."

Er sagt nichts, zuckt nur mit einer Achsel.

„Aber jetzt geh, bevor meine Mutter noch denkt, die Rosen wären von dir."

„Denke nicht, dass sie das denken würde", sagt er und öffnet die Tür. „Sie weiß, dass ich dir niemals Rosen schenken würde. Den Teddy vielleicht, *aber Rosen*?"

„Harry. Geh."

„Okay, ich gehe. Sehen wir uns morgen im Theaterkurs?"

Mir verschlägt es schlagartig die Sprache. Harry beendet *so* unseren Tag? Mit der Frage, ob wir uns morgen sehen? Ich dachte, wir würden die ganze Sache wieder so beenden, dass wir ... auseinandergehen. Aber nicht so. Er wird morgen also genauso mit mir umgehen wie heute?

„Ich, ähm", sage ich wortkarg. „Ich denke schon."

Er lächelt. Und dann geht er.

Kapitel 20

„Das Glück, das dir am meisten schmeichelt, betrügt dich am ehesten."

„Das ist einfach", sagt Benja lässig und beißt in den widerlichen Cafeteriaburger. „Kafka. Charly, wenn du ständig nur Kafka-Zitate nimmst, macht es das nur einfacher."

Charly legt frustriert ihren Kopf auf die Tischplatte, wodurch ihre Baskenmütze etwas von ihrem Schädel rutscht. „Tu doch wenigstens so, als wüsstest du es nicht."

„Niemals. Ich verliere doch nicht in diesem Spiel, nur weil du zu primitiv bist. Ich bin dran." Er legt seinen Burger weg und tippt sich nachdenklich ans Kinn. Dann zeigt er auf mich. „Vy. Du bist dran."

Ich nicke nur halbherzig und dann fällt mein Blick hinter Benja, wo Florence, Brandon und Harry mit den anderen am Tisch sitzen. Brandon sieht öfter mal geknickt zu mir rüber, schon die ganze Pause lang, aber ich muss sagen, dass mich seine Blicke nicht ansprechen. Irgendwie ist es komisch, weil ich vor ein paar Wochen noch verrückt nach ihm war, aber jetzt könnte er mich auf Knien anbetteln, nichts würde sich ändern. Auch nicht seine vielen Nachrichten von gestern, die aus *Violet, es tut mir schrecklich leid* oder *Wo bist du? Bitte lass uns reden, ich vermisse dich so doll* bestanden, können mich dazu bringen, ihm auch nur in geringster Weise zu verzeihen.

Es interessiert mich sogar so wenig, dass ich lieber zu Harry sehe, der gerade mit Ethan über irgendetwas lacht. Ich hatte heute noch keinen Unterricht mit ihm, deswegen kann ich nicht einschätzen, wie er auf mich reagiert. Aber er wirkt ausgeglichen, was ein gutes Zeichen ist. Gefasst bin ich trotzdem auf alles. Er könnte mich wieder anmaulen, wie er es beim letzten Mal getan hat, als ich dachte, wir seien wieder Freunde, und er könnte sich normal mit mir unterhalten. Ich bin bereit.

Auch wenn das gestern Abend noch anders aussah. Nachdem er gegangen ist, war mal wieder einer dieser Abende, in denen ich mit Kopfhörern in den Ohren in meinem Bett lag und nachdachte.

Was, wenn Harry und ich wirklich wieder Freunde werden?

Wird alles so wie früher?

Werde ich mich vielleicht in ihn verlieben?

Wird Harry mich wieder einfach so verlassen, wie er es damals getan hat?

Es waren viele Fragen und ich wusste, ich kannte die Antworten nicht. Ich habe Angst vor jeder Antwort, doch trotzdem hätte ich sie gerne.

Und gestern Abend war auch wieder einer dieser Abende, an denen ich mit dem Song *Have It All* von Jeremy Kay vor meiner Sockenschublade stand und es tatsächlich wagte, sie zu öffnen. Nicht, weil ich meine Socken wechseln wollte, sondern weil ich nach diesen verdammten Strümpfen ganz hinten in der Schublade greifen wollte. Ich zog sie tatsächlich raus. Nach wie vielen Jahren? Vier. Vier Jahren.

Ich sah sie an, fühlte ihren Stoff und dann traute ich mich, sie auseinanderzufalten, um das Muster zu sehen. Mit schwarzen Faden gestickt, erkennt man noch genau die Initialien *V+H* und, um ehrlich zu sein, brachte mich das beinahe zum Weinen. Aber nur beinahe. Ich weinte nicht, aber es machte mich traurig, weil immer wenn ich diese violetten Socken in der Hand halte, Erinnerungen in meinen Kopf kommen, in der ich einer Welt lebe, in der ich glücklich war und zufrieden und hatte, was ich wollte.

Ich dachte, ich könnte diese Socken wieder anziehen, aber ich habe mich noch nicht getraut. Meine Angst, dass das zwischen Harry und mir wieder höllische Nächte bereiten könnte, war zu groß. Deswegen legte ich die Socken wieder weg.

„Wir denken zu viel und fühlen zu wenig."

Ich sehe von Harry zu Benja, der mich erwartungsvoll ansieht. „Benja, heute gewinne ich", verkünde ich und grinse selbstsicher. „Charlie Chaplin aus *Der große Diktator*. Buhja!"

„Zum Glück gewinnt Benja nicht", stöhnt Charly und nimmt ihren Kopf wieder hoch, während Benja aus allen Wolken zu fallen scheint. „Dieses selbstgefällige Grinsen verfolgt mich schon in meinen Träumen."

Die Schulklingel ertönt, was bedeutet, dass die Pause um ist. Alle Schüler erheben sich einzeln und gehen aus der Cafeteria. Also auch Harrys Tisch.

„Jetzt pass mal auf, Charlotte", sagt Benja wütend zu Charly und hebt seinen Finger. „Ich ..."

Ich höre nicht mehr zu. Viel mehr haftet mein Blick auf Harry, der sein Essenstablett wegstellt und dann seine Schultasche richtig schultern. Er will sich gerade zur Ausgangstür wenden, dann treffen sich unsere Blicke.

Mein Herz setzt ungewollt aus.

Ich weiß nicht, wie ich reagieren soll, das weiß ich wirklich nicht.

Doch Harry zeigt mir, dass all meine Gedanken unwichtig sind, denn er lächelt wieder und schließlich dreht er sich etwas weg, sieht mich jedoch immer noch an. Er sieht aus, als würde er mir etwas sagen wollen, deswegen runzle ich die Stirn. Sein Nicken zum Ausgang verrät alles.

Die Cafeteria leert sich immer mehr und ich höre noch ein wenig Benjas und Charlys typischen Diskussionen zu. Beide streiten sich täglich. Nichts Neues für uns. Hardy ist mittlerweile schon verschwunden.

Als wir die Cafeteria verlassen, gehen Charly und Benja nach rechts, doch ich bleibe stehen. Charly sieht mich verwundert an. „Was ist? Wir haben Englisch."

Ich denke nach und sehe nervös nach links, in die Richtung, in der Harrys Schließfach ist. „Ja, aber – also ich muss noch irgendwo hin."

Benja zieht Charly mit sich. „Sie will zu ihrem Victor, Charlotte, lass uns gehen."

Charly entzieht sich sofort Benja, doch folgt ihm trotzdem, ohne zu quengeln. „Hör auf, mich ständig Charlotte zu nennen, Benjamin. Ansonsten ..." Die beiden verschwinden im nächsten Gang.

Ich atme tief durch und dann laufe ich auch schon mit schnellen Schritten nach links. Nur noch vereinzelte Schüler sind in den Gängen, weswegen ich eigentlich schon sicher bin, dass Harry bereits im Unterricht ist. Allerdings kommt er gerne zu spät, deshalb kann es gut sein, dass er irgendwo in irgendeiner Ecke hängt. Ich muss einfach nachsehen, ob er an seinem Schließfach steht.

Und als ich um die letzte Ecke laufe, steht er tatsächlich gelangweilt an seinem Schließfach lehnend im Flur und wartet. Ein Grinsen schleicht sich auf meine Lippen, als er zu mir sieht. Ich mag, wie er heute aussieht. Seine

Haare sitzen perfekt unperfekt, stehen kreuz und quer nach oben, aber seine Jeans schmeichelt seinen langen Beinen und seiner schmalen Hüfte. Sogar sein eigentlich ödes dunkelgraues T-Shirt, das einen leichten Ausschnitt hat, sieht stylish aus. Und wie lässig er auch noch sein grün-blau kariertes Hemd an den Ärmeln hochgekrempelt hat. Gemischt mit den schwarzen Schuhen sieht er viel zu gut aus, um Harry zu sein.

„Ich dachte schon, du kommst gar nicht mehr", begrüßt mich Harry und stößt sich von dem Schließfach ab. „Was hast du jetzt?"

„Die netteste Begrüßung *ever*", sage ich und verschränke die Arme. Witzig, dass ich heute auch ein kariertes Hemd trage. „Ich habe jetzt Englisch und zufällig hast *du* das jetzt auch. Wüsstest du, würdest du dich für die Schule interessieren."

„Schon klar, wir lassen Englisch sausen", sagt Harry und nimmt sich seinen Rucksack, der auf dem Boden lag. „Außer natürlich du lässt den Streber raushängen."

„Ich bin kein Streber."

„Ich sage, wir lassen Englisch sausen und das Einzige, das du hörst, ist dass du ein Streber bist. Also, was ist?" Er geht an mir vorbei und dreht sich beim Laufen zu mir. „Kommst du?"

Ich sehe ihm verunsichert hinterher. „Ich weiß nicht", rufe ich. „Das wäre eine unentschuldigte Fehlstunde und ich glaube nicht, dass meine Mutter mir für so etwas eine Entschuldigung schreibt!"

„Mach dir nicht ins Hemd!" Er geht um die Ecke, seine Stimme höre ich nur noch hallend. „Das könnte der beste Tag deines Lebens werden!"

Ich seufze und lasse ergeben die Schulter hängen. Widerwillig, aber irgendwie auch total willig tapse ich Harry hinterher.

„Könntest du mir wenigstens sagen, wo wir hingehen?", frage ich Harry, als er bis in den dritten Stock läuft, indem absolut kein Schüler mehr ist. Ich hoffe die ganze Zeit, dass uns kein Lehrer erwischt.

„Ich zeig dir den Schrank, durch den wir nach Narnia kommen", antwortet Harry genervt von meinen Fragen.

Ich sehe ihn skeptisch an.

Er verdreht die Augen und wir laufen vorbei an den vielen Klassenräumen zu einer Tür, bei der ich noch nie war. „Violet, wenn ich wollte, dass du es sofort weißt, hätte ich es dir gesagt." Aus seiner Hosentasche kramt er seinen Schlüsselbund hervor und mir fallen die Augen aus dem Kopf, als ich sehe, wie er einen dieser Schlüssel in das Türschloss steckt.

Sofort sehe ich mich überall um, damit ich sicher sein kann, dass das wirklich niemand sieht. Ich zische ihm leise zu: „Harry, spinnst du? Wo hast du denn den Schlüssel her?"

Er öffnet leise die Tür und sieht sich dann ebenfalls um. „Hab ich vor Jahren mal dem Hausmeister geklaut, als er unachtsam war. Geh rein."

„Du hast sie doch nicht mehr alle. Der Raum ist bestimmt nicht umsonst abgeschlossen."

Doch Harry zögert nicht lange und schubst mich einfach in den Raum. Hinter uns schließt er die Tür wieder zu und ich sehe mich um. Es sieht aus wie eine Abstellkammer, nur in groß. Eine Leiter führt durch die Decke.

Harry steckt seinen Schlüssel wieder in die Hosentasche und zieht seinen Rucksack richtig an. Er sieht nach oben in das Loch, wo die Leiter durchführt. „Okay, bist du bereit, nach Narnia zu gehen?"

Ich jedoch ignoriere seine dumme Frage und schubse ihn an der Schulter, worauf er mich verdutzt ansieht. „Schubs mich gefälligst nie wieder."

Er lacht und dann sieht er wieder nach oben. „Okay, nie wieder. Willst du als Erstes oder ich?"

„Was ist denn da oben?"

„Narnia."

„Harry. Was ist da oben?"

„Das Schuldach. Hört sich langweilig an, aber ist es nicht. Also willst du zuerst oder ich?"

„Ich will zuerst", antworte ich und bin überrascht über meine Tatkraft, obwohl ich nicht überrascht sein sollte. Früher habe ich mit Harry ständig solche Dinge getan. Ich werfe meine Umhängetasche ebenfalls um meinen Nacken, damit sie mir nicht von der Schulter rutscht. „Damit ich auf dich drauffalle, falls ich abrutsche."

„Grandiose Idee."

Ich greife nach der Metallleiter und sehe nach oben, als ich den ersten Schritt mache. Vielleicht war es nicht ganz so praktisch, als Erstes zu gehen, wenn ich einen Rock trage, aber das ist mir egal. Komischerweise.

Ich klettere weiter und es wird immer dunkler um mich herum, während ich höre, wie Harry mir folgt. Wir befinden uns auf engstem Raum, ganz oben sieht man Licht, ich bin nur froh, dass ich nicht an Platzangst leide. Sonst wäre das hier nicht so witzig.

„Siehst du was?", frage ich Harry, weil es schon ziemlich dunkel ist.

„Ich sehe nur grüne Punkte."

„Grüne Punkte?"

„Ja, grüne Punkte. Passt echt kein Stück zu deinem braunen Rock."

Und sofort wird mir klar, was Harry meint. Meine Unterhose hat grüne Punkte. Oh Gott, jetzt ist es mir definitiv doch peinlich. Er hat aber auch wirklich null Schamgefühl, er haut es einfach raus, als wäre es alltäglich. Dabei gehört das absolut nicht zum Alltag. Zum Glück kann er zu den grünen Punkten nicht noch mein rotes Gesicht sehen.

„Aber ich komm klar", sagt Harry noch. „Du musst oben einen Deckel öffnen, der ist ein wenig schwerer, packst du das?"

„Ich denke schon", fiepe ich, noch immer mit zu vielen Mengen Blut im Kopf. Und dann komme ich an und sehe den Metalldeckel, der in der Mitte aus Glas besteht. Ich drehe an einem Rädchen und drücke ich so fest ich kann. Doch er ist zu schwer, egal, wie fest ich drücke. Der Halt ist einfach zu mickrig auf dieser Leiter, ich könnte abrutschen.

„Geht's?", fragt Harry nach.

„Er ist zu schwer!"

„Versuch's noch mal."

Ich drücke noch mal fest und dann bekomme ich fast einen Herzinfarkt, weil Harry plötzlich von unten drückt. Direkt gegen mein Hinterteil. Einfach so! Es ist hilfreich, weil der Deckel nun nach oben springt, samt mir, aber sein fester Druck auf meinen Allerwertesten spüre ich noch, als ich aus dem Loch auf das Dach krabble. Himmel.

Ich stehe auf dem Dach und sofort knallt die schöne Frühsommersonne auf meinen Kopf. Es ist verdammt gutes Wetter, das perfekte Maiwetter. Und außerdem ist die Aussicht von hier oben Bombe. Komisch, dass ich nicht wusste, dass man hier hochkommen kann. Ich sollte Hausmeister werden.

Harry krabbelt ebenfalls aus dem Loch und dann schließt er den Deckel wieder. Er klopft sich etwas Dreck von der Jeans und dann legt er seinen Rucksack ab. „Willkommen in Narnia."

„Ich hatte mir Narnia anders vorgestellt", sage ich und laufe ganz an den Rand des Gebäudes, von wo man auf den riesigen Schulhof sehen kann, vorbei an ein paar Feldern bis hin zum Horizont, wo Wolken schweben, Vögel fliegen und die Sonne scheint. „Etwas mehr ... narnianischer."

„Das liegt daran, weil du vom falschen Blickwinkel guckst", erwidert Harry und ich höre seine Schritte im Kies, die zur Mitte des Daches zu einer kleinen Erhöhung laufen. „Hier ist es besser."

Ich drehe mich zu ihm und beobachte ihn, wie er sich auf die hohe Steinplatte legt und aufseufzt, als würde er am Strand liegen. Ohne viel nachzudenken, laufe ich zu ihm, lege meine Tasche neben die Erhöhung und geselle mich neben ihn. Zwischen uns ist noch so viel Platz, dass wir uns nicht berühren. Trotzdem ist es gemütlich. Mehr als das.

Wir sehen in den Himmel, er verschränkt seine Arme hinter dem Kopf. Die paar Wolken, die den Himmel schmücken sind in einem perfekten Weiß und die Vögel, die umherfliegen, singen die perfekten Töne. Der Wind, der uns ein wenig erfrischt, ist übrigens auch perfekt.

„Es gibt nur noch eine Sache, die das hier perfekter machen kann", sage ich.

„Welche?"

Ich richte mich auf und greife nach meiner Tasche. Ein Schmunzeln schmückt meine Lippen, als ich meine Brotdose herauskrame. Jetzt liebe ich meine Mutter dafür, dass sie mir jeden Morgen etwas zu essen macht, das ich mitnehmen kann, obwohl ich es sowieso immer an Benja oder Charly verschenke. Vor allem heute hat sie das perfekteste vom Perfekten eingepackt.

Breit grinsend halte ich Harry meine geöffnete Dose hin, wo schon Moms geliebte Zitronencookies drinliegen. „Kekse!"

Harry öffnet die Augen und sieht auf die Dose. Auch er lächelt amüsiert, als er reingreift. „Verdammt, das ist wirklich perfekt."

Ich lege mich wieder hin und die Dose auf meinen Bauch. Nach einem Keks greifend, sage ich: „Es gibt ja echt viele Dinge, die meine Mutter nicht kochen kann, aber diese Kekse hat sie voll drauf. Die sind so scheiße sauer, dass du …"

„Woooow", macht Harry neben mir und ich drehe meinen Kopf zu ihm, um zu sehen, wie er sein Gesicht verzieht, weil die Kekse so sauer sind. Er schüttelt sich und schluckt es runter. „Verdammt, sind die geil."

Ich sehe wieder in den Himmel. Mein Grinsen ist wie festgetackert, genauso wie dieses Wohlfühlgefühl, das mich überkommt wie eine Flutwelle. Ich beiße in den Keks. Auch ich verziehe das Gesicht, bin aber trotzdem glücklich. „*Verdammt* geil."

Es herrscht für ein paar Momente Stille, in der wir einfach essen und in den Himmel sehen. Ich genieße das

Hier und Jetzt. Ich genieße es so sehr, dass es gruselig ist. All das fühlt sich an wie eine Zeit, in der Harry und ich noch ein Herz und eine Seele waren, und ich weiß, ich mochte diese Zeit, deswegen friere ich nicht mehr, wenn ich mich jetzt gerade daran erinnere, was wir früher alles erlebt haben. Dinge wie die, einfach mal auf das Schuldach zu klettern, wäre so alltäglich für uns gewesen, dass es nicht mal in die Kategorie Momente, die ich nie vergessen möchte, eingestuft werden könnte.

Aber dieser Moment gerade gehört definitiv in diese Kategorie. Einfach nur, weil ich mich jetzt gerade unheimlich wohlfühle.

„Kennst du das Spiel Zitate erraten?", unterbreche ich irgendwann in die Stille, in der wir fast schon alle Cookies gegessen haben.

„Ich denke, man errät Zitate in diesem Spiel", sagt Harry mit vollem Mund.

„Richtig. Willst du's spielen?"

„Ich bin so verdammt schlecht in so einer Literaturkacke, ich denke nicht, dass das Sinn machen würde."

„Bitte. Ich nehme auch ein ganz einfaches Zitat."

Harry stöhnt auf, schließt die Augen. „Meinetwegen. Danach spielen wir das Spiel Zylinderanzahl erraten."

„Was? Das ist bescheuert, ich kenne mich null mit Autos aus."

„Ach, echt? Fang schon an."

„Okay." Ich sehe wieder in den Himmel. „Hmm. Wie wäre es mit ‚Ich bin nur eine kleine schwarze Regenwolke, die unter dem Honigbaum schwebt‘."

„Was zur Hölle? Keine Ahnung."

Ich rolle die Augen. „Winnie Puuh, du Idiot. Du hast ja nicht mal nachgedacht."

„Noch eins."

„Okay." Ich denke nach. Ich weiß, dass Harry Winnie Puuh gut kennt, ich weiß es einfach. Es ist genauso wie Nemo. Er mochte es nie, aber er musste es immer gucken, weil seine Eltern ihn dazu gezwungen haben, denn Pokémon wäre schlecht für seine Bildung gewesen. Ich war zwar diejenige, die ihn immer zu Nemo gezwungen hat, aber das ist Nebensache. „Ich hab eins. Manchmal nehmen die kleinsten Dinge den größten Platz in unserem Herzen ein."

Harry schweigt. Ich hoffe, er denkt nach. Diesmal muss er darauf kommen, da führt kein Weg vorbei.

Aber: „Verdammte Scheiße, ich habe keine Ahnung."

„Es war wieder ein Zitat aus Winnie Puuh. Du bist schlecht in dem Spiel, lass uns lieber über Autozylinder reden."

„Stop, ich habe auch ein Zitat für dich. Wenn du das nicht errätst, hast du leider verloren."

„Ich bin bereit." Ich rücke mich etwas bequemer, weil wenn Harry schon mal ein Zitat nennt, dann kann es nur etwas Simples sein. Er kennt sich null mit solchen Dingen aus. Gut für mich, schlecht für ihn.

„Ich seh dich an und ich bin zu Hause", sagt Harry. „Bitte. Ich will dieses Gefühl nicht verlieren. Ich will nicht wieder vergessen."

Ich runzle die Stirn. Mein Kopf rattert, aber findet nichts. Das kann unmöglich sein Ernst sein. „Das hast du dir gerade ausgedacht."

„Nope." Er greift nach einem weiteren Keks und beißt selbstgefällig ab. „Tut mir leid, aber du hast leider verloren."

„Ich habe nur eins nicht erraten, du zwei nicht."

„Verloren, Violet."

Als Harry sich aufrichtet, um seine Jacke auszuziehen, blitzt mir plötzlich was entgegen. Auf seinem Unterarm ist etwas, das ich noch nie zuvor gesehen habe. Direkt unter seiner Elle. Ich kneife die Augen zusammen, um es besser erkennen zu können, doch er bewegt sich zu schnell.

„Was zur …", sage ich, als er seine Jacke weglegt. Ich setze mich auf und schnappe nach seinem linken Arm. Lachend drehe ich das Tattoo zu mir. „*Was* ist *das*? Du hast ein Tattoo?"

Harry entzieht mir seinen Arm und man merkt sofort, dass es ihm unangenehm ist. Er legt sich wieder hin und hält sich den Arm vor die Augen. „Bitte vergiss das wieder sofort."

„Kannst du knicken", feixe ich und drehe seinen Arm wieder. „Du hast dir eine ... Was soll das sein? Eine Blaubeere? Auf einen Pfeil gespießt?"

Er seufzt ergeben und sieht ebenfalls auf sein Tattoo am Arm. „Es ist eine lila Liebesperlenbeere, keine Blaubeere, klar? Und ich hab's mir an meinem Achtzehnten stechen lassen. Ich war total besoffen."

Ich lache und lege mich auf den Rücken neben ihn. Nun berühren sich unsere Schultern. „Oh, scheiße, eine Liebesperlenbeere? Wie kommt man auf so was?"

„Ich werde nicht weiter drauf eingehen", brummt Harry gespielt genervt. „Ich will …"

„Verdammt, wieso nicht eine Erdbeere?", lache ich weiter und bekomme mich gar nicht mehr ein. Meine Hand lege ich auf meinen Bauch, weil er beginnt zu schmerzen. „Eine Liebesperlenbeere!"

„Violet, halt die Klappe."

„Wie konnte ich das nicht früher sehen? Hast du noch eins? Vielleicht irgendwo eine Kirsche oder einen Apfel?" Jetzt tut mein Bauch definitiv weh vom Lachen. Das ist einfach zu komisch.

Nun dreht sich Harry zu mir und hält mir die Hand vor den Mund. Er kann sich ein Grinsen nicht mehr verkneifen. „Man, hör auf", sagt er, als ich gegen seine Hand lache. Seine Brust berührt meine Schulter. „Ich muss schon damit leben, mach es nicht noch schlimmer!"

Ich schüttle vehement den Kopf und lache weiter, worauf Harry mein Gesicht mit beiden Armen an seine Brust drückt. Ich lache gegen seine Brust, mir egal. Es ist immer noch zum Totlachen. Auch wenn ich nun sein einzigartiges Parfum rieche.

„Wenn du jetzt nicht aufhörst, schubse ich dich vom Dach", warnt Harry mich, drückt mich noch fester gegen seine Brust. „Leg es besser nicht darauf an, ich habe dich auch schon umgefahren."

Und weil ich wirklich nicht will, dass er mich vom Dach schubst, versuche ich, ruhiger zu atmen, spüre aber trotzdem die Lachtränen in meinen Augenwinkeln, als er mich wieder langsam loslässt und ich nun seitlich neben ihm liege. Noch schnappatmend wische ich mir die Tränen aus den Augen. „Tut mir leid", sage ich ungewollt lachend. „Aber es ist zum Schreien."

„Schon okay", sagt Harry und verdreht die Augen. Weil auch er seitlich liegt, sind wir uns so nahe, dass ich seinen Atem auf meinem Gesicht spüre. „Man gewöhnt sich an den Schmerz."

„An den Schmerz", kichere ich wie ein Kleinkind. „Oh man, es tut mir wirklich leid."

„Ich merk's schon." Er lacht und dann streicht er mir ein paar verirrte Haare aus dem Gesicht, um sie hinter mein Ohr zu klemmen.

Und mit einem Mal verändert sich die Situation.

Verdammt, was hat er denn jetzt getan?

Sofort werde ich ruhiger, mein Puls geht schneller. Ich sehe ihn an, als er seine Hand noch in meinem Nacken liegen lässt.

Er sieht mich auch an.

Ich schlucke. Oh Gott, küssen wir uns jetzt? Ist nun der Moment gekommen, in dem wir uns küssen? Wirklich? Jetzt? Auf dem Schuldach? Unter freiem Himmel?

Es ist so verdammt perfekt, dass ich heulen will. Aber will ich Harry wirklich küssen? *Harry*?

Mein Atem wird flacher, als Harry beginnt, mit dem Daumen leicht über meine Wange zu streichen. Er sieht auf meine Lippen, seine sind etwas geöffnet. Ich spüre, wie er mir näher kommt, und ich spüre, wie ich ihm näher komme.

Mein Herz springt mir jeden Moment aus der Brust, so aufgeregt bin ich. Scheiße, ja, natürlich will ich Harry küssen. Ich will nichts lieber tun. Ich will diesen Kerl mit dem verdammten Liebesperlenbeerentattoo küssen wie keinen anderen.

Langsam, vorsichtig nähern sich unsere Gesichter, es sind vielleicht noch zwei Zentimeter zwischen unseren Lippen, bis sie sich berühren. Was wird passieren, nachdem wir uns geküsst haben? Werden wir wieder beste Freunde? Oder mehr? Nein, nicht mehr. Aber auch nicht weniger. Scheiße, was passiert hier? Ich kollabiere!

Und dann spüre ich, wie Harry seine Hand fester in meinen Nacken legt, mir näher kommt, wir kurz davor sind, die einzig wahren Funken der Wiedervereinigung sprühen zu lassen, doch dann …

„Hey, was sucht ihr hier?"

Ich schrecke sofort auf und wende meinen Kopf von Harry ab, in die Richtung, aus der die Stimme kam.

Harry brummt gereizt auf und legt den Kopf zurück, als ich mich ruckartig aufrichte und seine Hand von meiner Wange verschwindet. Verdammt, wer hat uns denn nun erwischt?

Als ich mich mit wild pochendem Herzen umdrehe, sehe ich den Hausmeister, der mit schweren Schritten auf uns zustampft. Er sieht absolut nicht glücklich aus, weswegen ich sofort aufstehe und stramm stehe. Oh, Gott, wir sind geliefert. So was von geliefert.

„Hätte ich mir ja denken können!", raunzt der Hausmeister und bleibt zwei Meter von uns entfernt stehen, stemmt seine schmutzigen Hände in die Hüften. „Harry, wie oft habe ich dir gesagt, du sollst gefälligst nicht mehr auf mein verdammtes Dach steigen?"

„Schon ziemlich oft", sagt Harry und stellt sich ebenfalls auf. Er zieht sich sein kariertes Hemd wieder über. „Es ist doch nichts passiert. Wie immer."

Ich sehe ihn entsetzt an. Wie kann er so ruhig mit dem Hausmeister reden? Der Hausmeister sieht aus, als würde er uns gleich eigenhändig vom Dach schmeißen wollen!

„Du weißt, dass immer etwas passieren kann!", meckert der Hausmeister. „Ich habe dir einmal erlaubt, hier hochzukommen, aber das bedeutet nicht, dass du nun jeden Tag hier auftauchen kannst! Und vor allem sollst du es niemandem zeigen!"

„Hank, bleib locker", beschwichtigt Harry die Situation und ich kann es nicht fassen, dass er seinen Vornamen kennt. „Wir werden gehen, wenn du das verlangst, aber reg dich einfach nicht auf."

„Mich nicht *aufregen*?" Hank, der Hausmeister ballt sauer die Fäuste. „Das hast du schon beim letzten Mal gesagt! Diesmal kneife ich kein Auge zu! Zur Direktorin!"

Harry hebt ungläubig die Mundwinkel. Er lacht auf. „Komm schon. Das kannst du nicht ernst meinen."

Doch anscheinend meint der Hausmeister Hank das so was von ernst, denn keine fünf Minuten später sitzen Harry und ich auf genau den gleichen Stühlen, auf denen wir gesagt bekommen haben, dass er in meinem Theaterkurs teilnehmen wird. Genau vor dem Schreibtisch von unserer Direktorin Misses Heath. Es ist amüsant, dass wir beim letzten Mal noch wie Magnete waren, die sich abstoßen, doch heute sitzen wir nah beieinander und warten darauf, was Misses Heath uns zu sagen hat, nachdem wir unerlaubterweise auf das Dach gestiegen sind.

Wie schnell sich die Dinge doch ändern können. Wie schnell sich alles doch ändern kann.

Ich tippe nervös auf meiner Stuhllehne herum, während Heath uns nachdenklich über ihre Lesebrille betrachtet. Auch Harry wartet ab.

„Ich weiß nicht, was ich sagen soll", sagt Misses Heath nach einer ganzen Weile. „Ich weiß es wirklich nicht."

Ich presse die Lippen aufeinander. Gott, hoffentlich lässt sie uns nicht wieder nachsitzen.

„Aber ich stelle euch eine ernst gemeinte Frage." Sie zieht seufzend ihre Brille ab. „Was ist nur los mit euch?"

Überrascht von dieser Frage hebe ich die Brauen. Auch Harry scheint verwirrt zu sein.

„Das letzte Mal saßt ihr hier, weil ihr euch lauthals im Flur gestritten habt, und nun muss ich euch ermahnen, weil ihr gemeinsam auf dem Schuldach geschwänzt habt? Ich bin schon viele Jahre Lehrerin, aber so etwas derart Seltsames ist mir noch nie untergekommen."

Wir sagen nichts darauf.

„Wo soll das noch hinführen?", redet Misses Heath weiter. „Was passiert als Nächstes? Werdet ihr zu gemeinsamen Drogendealern und dreht den Schülern Marihuana an?"

„Eigentlich keine schlechte Idee", sagt Harry.

Ich kichere in meinen Ärmel. Ich *kichere*. Und als mir das bewusst wird, höre ich sofort auf und sehe Misses Heath wieder an, die mich verdutzt ansieht. Sie findet das wohl wirklich nicht lustig.

„Ihr missachtet jegliche Regeln", sagt sie. „Ihr erscheint nicht zum Nachsitzen und ich bekomme keine Auskunft, wie es im Theater läuft. Violet. Findest du all das richtig?"

Ich kann wieder nichts darauf sagen. Natürlich finde ich das nicht richtig, das weiß sie genau. Die Schule ist mir wichtig, aber ich hatte nun mal viel Spaß.

Heath schüttelt ratlos den Kopf und lehnt sich in ihrem Stuhl zurück. „Ich finde es toll, dass Harry wieder aktiver im Unterricht mitarbeitet, aber ihr habt beide geschwänzt und das sollte Konsequenzen nach sich ziehen."

Oh man, bitte nicht schon wieder irgendeinen Mist.

„Habt ihr eine Idee?", fragt Heath uns. „Ich bin nämlich absolut überfordert mich euch. Ich weiß nicht mehr, was ich tun soll."

Stille.

Schließlich atmet sie tief durch und wendet sich von uns ab. „Geht in euren Unterricht. Ihr macht mich fertig."

Ich sehe Harry an und er sieht mich an. Er zuckt mit den Schultern und dann steht er auf, als wäre es ihm egal. Wahrscheinlich ist es ihm auch egal. Ich sehe zu, wie er aufsteht und sich seinen Rucksack nimmt. Er kennt das, ich aber nicht. Ich mochte Heath immer. Sie so zu sehen, belastet mich, aber trotzdem stehe ich auf und nehme mir meine Tasche.

Harry verschwindet schon aus dem Büro und ich drehe mich an der Tür noch mal zur Rektorin um, sehe, wie sie sich mit ihrem Bürostuhl halb zur Wand dreht und die Augen schließt.

„Es tut mir leid, Misses Heath", sage ich zu ihr, weil ich das Gefühl habe, ich müsste es. „So etwas wird nicht noch einmal vorkommen, wirklich."

Sie sagt erst noch nichts, doch dann dreht sie sich wieder etwas zu mir. „Weißt du, Violet. Es frustriert mich nicht, dass ihr den Unterricht geschwänzt habt."

„Nicht?", frage ich überrascht.

„Nein, das ist es nicht", sagt sie ausatmend. „Es frustriert mich, dass ich zufriedener mit eurem Verhalten bin, als ich sollte."

Ich runzle die Stirn.

„Ich mag euch beide, egal, was alles passiert, und ich mag auch Harry, egal, wie viel Unfug er anstellt. Und ihr beide strahlt. Ich bin zwar nur eure Rektorin, aber wer auf dem Schuldach erwischt wird und *immer noch* so strahlt wie ihr ... Das ist einfach etwas, das mich auf irgendeine Art und Weise bei euch zufrieden macht."

Ich muss schmunzeln.

„Aber jetzt geh besser in den nächsten Unterricht." Heath ist wieder ernster. „Das hier bleibt unser Geheimnis, Miss Berrymore."

Artig nicke ich und öffne die Tür. „Versprochen, Misses Heath."

Ich sehe Harry den ganzen Schultag nicht mehr, nachdem wir das Gespräch mit Heath beendet haben. Die Zeit während des Unterrichts denke ich viel nach. Allerdings nicht über den Unterricht. Ich denke an Harrys und unseren Beinahe-Kuss und um ehrlich zu sein, bleibt mir auch gar nichts anderes mehr übrig. Es ist so verdammt seltsam, wenn ich mir daran erinnere, wie verrückt ich darin war, ihn zu küssen, und wie heftig meine Haut gekribbelt hat. Ich denke an unseren Kuss in seiner Küche. Damals ging es auch ganz schnell. Plötzlich übermannten mich tausend undefinierbare Gefühle und ich wollte meine Lippen auf seine drücken.

Ich kenne so etwas nur im Zusammenhang mit Brandon, auch wenn Brandon immer weniger in meinem Kopf eine Rolle spielt. Aber trotzdem *spielt* er noch eine Rolle und das verwirrt mich auf eine Art, die ich beginne, unglaublich zu hassen.

Kapitel 21

Ich schreibe Harry eine SMS, derweil ich auf der Rückbank von Hardys Auto sitze, Benja und Charly mir die Ohren vollquatschen, wie toll das auf uns zukommende Stadtfest wird.

Gehst du heute aufs Stadtfest?

„Dieses Jahr wird es auf jeden Fall nicht so langweilig wie letztes Jahr!", versucht Benja uns immer mehr von der Idee, auf das verflixte Stadtfest zu fahren, zu überzeugen. „Ich verspreche es euch! Die *Red Hot Chili Peppers* kommen!"

„Benja", stöhnt Charly und setzt sich ihre Baskenmütze auf. „Lüg nicht, ich weiß, dass das eine Coverband ist."

„Aber die Lieder sind doch die gleichen. Bitte freut euch mit mir."

„Ich freue mich mit dir", sage ich und warte auf eine Nachricht von Harry. „Auch wenn ich es nicht befürworten kann, dass überhaupt irgendwer die *Red Hot Chili Peppers* covert."

„Die Band soll auch total schlecht sein", stimmt Hardy ein.

Benja sieht ihn böse an. „Was soll das? Du fällst mir in den Rücken?"

Mein Handy piept und sofort klappe ich es auf. Jedoch steht nicht Harrys Name auf meinem Bildschirm, sondern Brandons. Ich öffne seine Nachricht.

BRANDON

Kommst du heute aufs Stadtfest?

Innerlich seufze ich auf. Meine Gefühle ihm gegenüber sind noch sehr gemischt. Ich mag ihn, aber trotzdem bin ich noch wütend, irgendwie. Manchmal erwische ich mich selbst dabei, wie ich ihn in der Cafeteria ansehe.
Ich schreibe ihm dennoch zurück.

Ja. Wirst du auch da sein?

Benja und Hardy beginnen zu diskutieren und mein Handy piept genau in der Sekunde, in der ich Brandons Antwort verschicke. Ich muss grinsen, wenn ich sehe, wie ich ihn eingespeichert habe. Das war dann wohl die wütende Lotta.

JERMAINE-RENÈ
Hab bereits den besten Blick auf Red Hot Fake Chili Peppers. Kommst du?

Freudig antworte ich:

Werde sonst von Benja vermöbelt. Sind sie gut?

Im nächsten Moment piept mein Handy erneut und ich öffne Brandons Nachricht.

BRANDON
Ich bin auch da. Können wir dort reden? bitte...

Aus Reflex will ich Nein sagen, aber mein Gewissen hält mich auf. Aber Ja werde ich auch nicht schreiben.

Vielleicht sollte ich einfach gar nichts schreiben und alles auf mich zukommen lassen.

Doch noch bevor ich antworten kann, piept mein Handy erneut.

JERMAINE-RENÉ

Sie haben noch nicht begonnen. Du bist der einzige Mensch, den ich kenne, der SMS verschickt.

Wie retro.

Ich verdrehe die Augen. Das musste ja irgendwann kommen. Benja und Charly beschweren sich auch ständig, weil mein Handy so eine Klapperkiste ist und ich so etwas wie WhatsApp nicht besitze.

„Sag mal, mit wem schreibst du da eigentlich ständig?", fragt mich Charly und lehnt sich neugierig zu mir, um auf mein Handy zu sehen. „Ich wusste gar nicht, dass du noch andere Freunde hast außer uns."

Ich klappe mein Handy zu, noch bevor sie die Nachricht lesen kann. „Habe ich aber. Ich bin beliebt."

„Du bist beliebt." Sie lacht gehässig. „Guter Witz. Scheiße, sind hier viele Leute."

Wir sehen alle durch die Scheiben des Autos und müssen feststellen, dass das Stadtfest wirklich ziemlich voll dieses Jahr ist. Anscheinend dachten die Leute, dass die *wahren* Red Hot Chili Peppers auftreten. Schade, dass sie enttäuscht werden. Wir fahren zum Parkplatz und steigen aus, von Weitem hört man schon die Musik, allerdings noch irgendwelche belanglose Melodien und nichts wie *Hey Ya* oder *Can't Stop*. Man sieht eine große Holzbühne und viele Stände mit Essen oder Spielen.

Unbewusst sehe ich mich in der Menge um, als wir zu ein paar Bänken laufen. Ich sehe Harry noch nicht und Ethan oder Florence kann ich auch nicht erblicken. Von Brandons blonden Locken ganz zu schweigen. Hier jemanden zu finden, scheint unmöglich.

Wir setzen uns auf die Bänke, Charly neben mich und Benja und Hardy uns gegenüber. Das Wetter heute ist wieder grandios und leider zu warm, um meine Lieblingskniestrümpfe zu tragen. Sie sind zu dick, deswegen trage ich meine dünnsten, die in einem bleichen Orange sind, zusammen mit einem schwarzen Rock und einem weißen T-Shirt. Rosy hat sich beschwert, der Rock wäre viel zu kurz, um so in die Öffentlichkeit zu gehen, aber meine Mutter hat sich für mich eingesetzt. Rosy hat es schließlich erlaubt. Rosy ist seltsam.

„Hol uns Bier", brummt Benja zu Hardy und verschränkt beleidigt die Arme. Er ist so verdammt schnell eingeschnappt, wenn man nicht seiner Meinung ist.

„Aber du bist doch erst siebzehn, Liebster", sagt Hardy gespielt empört.

Benja funkelt ihn böse an. „Beweg dich. *Liebster.*"

Einen Kuss auf Benjas Wange drückend, steht Hardy auf und geht davon, um uns Bier zu kaufen. Er ist der Einzige, der schon achtzehn ist, also ist er unser Alkoholbesorger. Wie immer. Auch wenn ich Bier hasse, trinke ich heute eins. Ein Bier auf dem Stadtfest zu trinken, ist Tradition bei uns, seitdem wir dreizehn sind. Damals waren wir alle sofort betrunken. Nette Erinnerung. Solche Vorfälle sind übrigens auch der Grund dafür, dass wir hier Bier erst ab achtzehn bekommen. Teenager, die Charly, Benja und Violet heißen, die betrunken und total lustig sind, werden hier wohl nicht mehr gerne gesehen. Spielverderber.

„Okay, ich frage dich jetzt nur einmal", sagt Benja zu mir und atmet durch. „*Wonach* suchst du?"

„Nach deiner guten Laune", antworte ich und lasse meinen Blick weiterhin durch die Menge schweifen. Ob ich nun Brandon oder Harry suche, weiß ich gar nicht.

„Ich helfe dir", sagt Charly und sieht sich ebenfalls um. „Nix zu sehen."

„Hört auf." Benja schmollt. „Ich will doch nur, dass das heute lustig wird und ihr Spaß habt."

„Den würden wir haben, wenn du dich nicht wie ein pubertierendes Mädchen verhalten würdest", sagt Charly und ich nicke zustimmend. „Wo bleiben eigentlich die Red Hot Chili Peppers?"

„Violet", sagt Benja nun zu mir. Er klingt ernster. „Du, ähm. Kommt Harry auch?"

„Er meinte, er sei da, wieso?"

Für eine Sekunde sehe ich, wie Benjas Blick unauffällig hinter mich gleitet und dann wieder zu mir. „Habt ihr euch verabredet? Hier? Also, wie ist das bei euch jetzt eigentlich?"

„Keine Ahnung. Ich denke, wir verstehen uns wieder. Sehr gut, würde ich sagen." Ich werde skeptischer, weil Benja so komisch ist. „Benjamin. *Wieso*?"

Benja schluckt und sieht zur Bühne. „Nur so."

Doch irgendetwas stimmt absolut nicht, sogar Charly merkt das. Deswegen drehe ich mich um, genau dahin, wo Benjas Blick hinging. Erst erkenne ich vor lauter Leuten nichts und wieder mal wundere ich mich, was Benja nur wieder meint.

Doch dann sehe ich es. Ich sehe ihn.

Ich erstarre, als ich genau sehe, wie er seinen Arm um Florence gelegt hat und sie lachend an sich drückt, um ihr etwas ins Ohr zu flüstern.

Ethan, Brandon und die Braue sind auch dabei. Ein paar andere ebenfalls.

Ich gebe nichts von mir, als ich auch noch beobachte, wie sich Florence schmunzelnd an ihn drückt. Und er es zulässt.

Nicht mal wegsehen kann, dabei will ich doch unbedingt wegsehen. Alles, was ich tun kann, ist hinsehen und versuchen, das Stechen in meinem Herzen zu unterdrücken.

Es sollte mich nicht interessieren. Ich hatte es einfach nur nicht erwartet. Es überkommt mich wie eine Flutwelle, in der ich zu ertrinken drohe.

„Hey", sagt Charly neben mir und stupst mich leicht von der Seite an. Sie klingt ungewöhnlich sanft. „Sieh nicht hin. Das ist es nicht wert."

Aber ich sehe weiterhin hin. Ich kann nicht anders. Es kommt mir so surreal vor. Lagen Harry und ich heute Mittag nicht noch auf dem Schuldach und haben uns fast geküsst? Wie kann er jetzt bei Florence stehen, sie küssen und so tun, als wäre davon nichts existent gewesen? War all das vielleicht für ihn nur ein Ding für zwischendurch? Bin ich für ihn auch nur irgendein *Ding* ... für zwischendurch? Oder reicht es ihm, dass wir uns einfach nur verstehen?

„Vy", redet Benja genauso fürsorglich auf mich ein, als sich Hardy mit vier Biergläsern zu uns setzt. „Sieh weg."

Ich sehe von Harry zu Brandon, der regungslos an einem Stand lehnt und die Hände in den Hosentaschen hat. Er sieht genau in diesem Moment auch zu mir, weswegen er sich aufrichtet. Doch ich sehe von ihm weg und überwinde mich dazu, mich zu Benja zu drehen. Mein Blick ist auf die Tischplatte gerichtet.

Wieso tut Harry das? Scheiße.

„Er ist ein Idiot." Charly streichelt mir über den Rücken. „Das war er schon immer."

„Diesmal muss ich Charly recht geben", fügt Benja hinzu. „Konzentrier dich nicht darauf."

Ich schüttele Charlys Hand von meinem Rücken, weil ich nicht einsehe, dass mich diese Sache so aus der Bahn wirft. Wenn Harry Florence weiterhin küssen will, dann soll er das tun. Er und ich waren immer nur Freunde. Und jetzt verstehen wir uns nur. Wieso sollte ich mich dafür interessieren, was er in seiner Freizeit mit irgendwelchen Sockentitten veranstaltet?

„Schon okay", sage ich und nehme mir das kühle Bier. „Er ist ein Idiot. Wie gesagt."

Benja sieht mich mitleidig an, aber ich ignoriere es. Seine Blicke kann ich mir sparen, genauso wie irgendwelche dummen Kommentare darüber. Harry ist nun mal Harry. Ist doch klar.

Ich will gerade etwas sagen, da spüre ich, wie mir jemand von hinten auf die Schulter tippt. Ich drehe mich um und sehe direkt in zwei braune Augen, die mich unsicher mustern. „Brandon", sage ich überrascht.

„Hey." Er vergräbt seine Hände wieder in seinen Hosentaschen. Er sieht gut aus mit seiner engen Jeans und dem lässigen orangen T-Shirt. „Ich, ähm ... Also du hast mir nicht geantwortet."

Ich überlege, dann fällt es mir ein. „Oh, tut mir leid. Ich habe es irgendwie vergessen. Was, also, was war denn?"

„Ich würde gerne noch mal mit dir reden."

Am liebsten würde ich frustriert aufschreien, doch stattdessen schließe ich kurz die Augen. Ich habe momentan keine Antworten mehr auf irgendetwas. Ich weiß nicht mal, ob ich auch mit Brandon reden möchte. Ich weiß gar nichts mehr.

Doch einfach aus Instinkt sage ich: „Brandon ... Wir haben schon geredet."

„Ich weiß", sagt er unglücklich. „Aber ich will noch einmal mit dir reden. Bitte, Violet."

Ich schüttle jedoch den Kopf und wende mich von ihm ab. Ich will niemanden mehr sehen. „Ich hab dir gesagt, dass ich Zeit brauche. Ich bin sowieso gerade nicht in Stimmung."

Brandon steht noch für ein paar Sekunden hinter mir, doch dann höre ich seine Schritte, die sich von mir entfernen.

Jetzt will ich noch lieber schreien. Und ich will nach Hause. In Rosys Bett.

„Ich hätte nie gedacht, dass du Brandon aka Sexgott mal einen Korb gibst", sagt Charly und sieht Brandon hinterher. „Und ich hätte nie gedacht, dass er dir mal so hinterherrennt."

„Es hat sich anscheinend so einiges geändert", sagt Benja zu Charly, sieht jedoch mich an. Ich weiß, dass er merkt, wie elend ich mich fühle. „Vy, willst du gehen?"

Schnell schüttle ich den Kopf, obwohl ich am liebsten nicken würde. „Nein, schon okay. Ich will kein Spielverderber sein." Das Bild von Harry und Florence muss endlich aus meinem Kopf verbannt werden.

„Aber du …"

„Hallo", ertönt plötzlich eine bekannte Stimme durch die Boxen, die überall aufgestellt sind.

Wir alle heben die Köpfe und sehen zur Bühne.

Entsetzt reiße ich die Augen auf, als ich sehe, wie Brandon an der Kante der Bühne steht und durch die Menge sieht. Was tut er da oben? *Was* tut er da oben?

Die Menge wird leiser, als er sagt: „Ich würde gerne etwas sagen."

Mein Herz pocht heftig gegen meine Brust.

„Also erst mal tut es mir leid, dass ich euch störe", sagt Brandon. „Und mir ist das gerade auch verdammt unangenehm, aber ich muss es tun." Er atmet tief ein und aus und dann sieht er direkt in meine Augen. „Violet Berrymore. Du willst mir nicht zuhören, deswegen sage ich jetzt hier oben, was ich denke. Es tut mir leid. Alles tut mir leid. Du kannst dir nicht vorstellen, wie sehr mir all das leidtut, Violet ... Und weißt du, was du dir noch nicht vorstellen kannst? Wie absolut scheiße es mir in den letzten Tagen ging, seitdem du mich verlassen hast. Ich dachte nicht, dass ich dich so dermaßen mögen könnte. Ich dachte nicht, dass ich überhaupt irgendwen so dermaßen mögen könnte. Aber ich tue es, Violet. Ich tue es wirklich."

„Heilige Scheiße", sagt Benja leise und sieht wie das ganze Publikum benebelt zur Bühne.

Brandon redet weiter. „Ich mag dich. Irgendwie. Ich mache mich zum Vollidioten, aber ich tue es, weil ich dich mag. Weil ich mit dir zusammen sein will und weil du mir fehlst und weil ich an nichts anderes denken kann, außer daran, wie hübsch du heute aussiehst und wie gerne ich dich küssen würde. Violet, du fehlst mir so unglaublich. Irgendwie ... Bitte verzeih mir."

Meine Kinnlade landet auf dem Boden und ich schwöre, ich könnte so für die nächsten hundert Jahre auf der Bank sitzen und Brandon anstarren, der mir verzweifelt von der Bühne in die Augen sieht.

Ich scheine in einem Hollywoodfilm zu leben. Er steht gerade echt auf der Bühne. Vor all diesen Leuten.

Brandons Blick ist so flehend und mittlerweile sieht nicht nur er mich an. Viele Leute drehen sich zu mir, flüstern mir zu, dass ich dem Jungen doch noch eine Chance geben solle und das Einzige, das ich tue, ist mich zu Harry zu drehen. Er sieht nicht zu mir, doch Florence tut es. Er sieht nach vorne zu Brandon, während er diesmal an einem Stand lehnt. Aus seiner Miene kann ich nichts ablesen, was für mich wie eine indirekte Antwort ist.

„Okay", hauche ich und nehme meinen Blick von Harry.

„Hast du was gesagt?", fragt Brandon beschämt lachend ins Mikrofon. „Du musst lauter sprechen."

Ich sehe ihn an, schlucke und nicke. „Okay!"

Und Brandon grinst. Er grinst breit. „Okay?"

„Ja, okay!"

Er legt sofort das Mikrofon weg und die Leute um uns herum beginnen zu lachen und zu klatschen und ich habe das Gefühl, gleich in Ohnmacht zu kippen, als Brandon von der Bühne springt und auf mich zujoggt. Um uns herum herrscht Unruhe, viel Trubel, ich kann mich kaum konzentrieren, als ich aufstehe.

Brandon kommt näher, ist glücklich und für eine einzige Sekunde sehe ich Harrys Gesicht in Brandons, als er seine Hände um mein Gesicht legt und mich küsst.

Mein Herz springt. Es springt tatsächlich.

Es war richtig, Brandon zu vertrauen. Ich weiß es.

„Und nun zur Feier des Tages", ertönt wieder eine Stimme durch das Mikrofon, worauf Brandon aufhört mich zu küssen, mich aber immer noch mit funkelnden Augen ansieht. „Spielen wir – die Red Hot Chili Peppers – unseren ersten Song. Wer hat Bock auf *Scar Tissue*?"

Ich sehe in Brandons Augen, überlege, ob es sich falsch anfühlen würde, wenn ich lächle.

Die Menge buht plötzlich, als Brandon mich wieder küsst und schreit Dinge wie: *Ihr seid nicht die Richtigen RHCPs!* oder *Lügner!* oder *Betrüger!*

Aber dann lässt Brandon von meinen Lippen wieder ab und sie beginnen, zu spielen. Und ich lächle auch. Ich mag das Lied und ich mag Brandon. Und ich weiß, dass er es verdient hat, dass ich ihm verzeihe. Immerhin stand er auf der Bühne und hat sich blamiert vor all diesen Leuten. Das würde sonst niemand machen.

„Danke", sagt Brandon zu mir und lächelt. „Du wirst es nicht bereuen, ich verspreche es dir."

Kurz sehe ich ihn einfach nur an, betrachte seine schönen Augen, sein schönes Gesicht, das ich schon seit Jahren liebe. „Willst du dich zu uns setzen?"

Brandon lacht, dann lässt er mich los und sieht zu den anderen, die uns total eingefroren anstarren, als könnten sie es nicht fassen. „Wenn deine Freunde nichts dagegen haben."

„Haben sie nicht", antworte ich für sie und setze mich wieder auf die Bank, ziehe Brandon neben mich. Ich halte seine Hand. Er hält meine Hand, wie er es auf der Party damals nicht wollte. Das bedeutet, dass nun alles besser wird.

„Hardy, du bist ja auch hier", grüßt Brandon Hardy.

„Er ist ja auch mein Freund", sagt Benja in ungewöhnlich unfreundlichem Ton.

„Das weiß ich", sagt Brandon dennoch nett. „Cool, dich kennenzulernen."

„Nimm es ihm nicht übel", sagt Hardy und legt seinen Arm fest um Benjas Schultern, drückt ihn an sich. „Er hat heute einen schlechten Tag."

Brandon nickt und ich schmunzle, als er sich an Charly wendet. „Du bist Charlet, richtig?"

„Charly", korrigiert sie ihn wie hypnotisiert von seinen Augen. „Aber wenn du willst, kannst du mich auch Charlet nennen."

„Charly", sage ich mit rollenden Augen.

Brandon zieht mich enger an sich und lacht, wodurch mein Herz das erste Mal heute wieder ein wenig aufgeht.

„Violet", sagt Benja, sieht dabei allerdings Brandon mit verengten Augen an. „Holst du mir eine Apfelschorle?"

Ich runzle die Stirn. „Du hast noch ein halbes Bier vor dir stehen."

Ohne zu zögern, greift er sich das Bier und setzt es an. Ich hebe die Brauen, als er es sich wirklich unter Qualen auf ex runterwürgt. Er stellt das Glas mit verzogenem Gesicht wieder hin. „Es ist leer", rülpst er.

Hardy scheint genauso verwundert über Benjas Verhalten zu sein wie ich. „Echt beeindruckend, Süßer, aber was sollte das?"

„Violet", ignoriert Benja ihn und ich weiß sofort, dass Benja es ernst meint, wenn er mich Violet nennt. „Ich hätte gerne eine Apfelschorle. Ich habe dir beim letzten Mal auch eine geholt, du bist dran."

Ergeben seufzend wende ich mich an Brandon. „Ich muss kurz aufstehen. Bleibst du hier?"

„Ich bleibe hier", sagt er und ich schmunzle, küsse ihn auf die Wange, als ich aufstehe.

Mit einem Grinsen im Gesicht gehe ich zum Getränkestand und bin mir diesmal absolut sicher, dass ich die Sache mit Brandon nicht bereuen werde. Er ist zur Vernunft gekommen, das merke ich. Außerdem war sein Auftritt auf der Bühne zwar unangenehm, doch supersüß. Das würde er nicht für jedes Mädchen machen.

„Eine Apfelschorle, bitte", sage ich zur Kassiererin und hole direkt zwei Geldmünzen aus meinem Rock. Hach, mir könnte nichts mehr die Laune versauen.

Jemand lehnt sich neben mich mit dem Rücken an die Theke des Standes, doch ich sehe zu dem Tisch, an dem wir sitzen, beobachte Brandon und wie er sich mit Hardy unterhält. Er sieht so verdammt gut aus, jedes Mädchen würde bei ihm einknicken, nicht nur ich.

„Es ist echt witzig", sagt die Person neben mir und sofort ist meine Laune auf dem Tiefpunkt. „Erst gestern habe ich darüber nachgedacht, was wohl die peinlichste Art sein könnte, jemanden um Verzeihung anzubetteln."

Ich sehe ihn nicht mal an, sondern sehe zu, wie die Kassiererin den Deckel der Apfelschorlenflasche öffnet.

„Ich denke, ich habe meine Antwort."

Die Kassiererin überreicht mir die Flasche und ich ihr das Geld. „Das freut mich für dich", sage ich resigniert und dann wende ich mich auch schon von Harry ab, ohne ihn eines Blickes zu würdigen.

Er jedoch folgt mir, das höre ich. „Du hast nicht auf meine Nachricht geantwortet."

„Vergessen, sorry."

„Vergessen", wiederholt er und ich bin gezwungen, um die Menschenmenge zu laufen, weil ich mich nicht dadurchquetschen möchte.

„Jepp", erwidere ich desinteressiert.

„Wieso hast du Brandon verziehen?"

Wir laufen an einem Kinderkarussell vorbei, müssen kurz stehen bleiben, weil eine Kindergartentruppe gerade zur Kasse geführt wird. „Ich mag Brandon", antworte ich Harry, der nun neben mir steht. „Und außerdem war sein Auftritt toll. Nicht jeder würde so etwas tun."

„Man braucht keinen großen Auftritt, um jemanden zu überreden, einen zu mögen."

„Aber er hat es geschafft. Außerdem sind große Auftritte romantisch."

„Er hat dich dazu *überredet*, dich zu mögen?"

„Was? Er hat mich nicht *überredet*."

„Aber das hat sich gerade so angehört."

„Dann hast du dich verhört." Ich laufe wieder los, weil die Kinder vorbeigegangen sind. „Du musst mir übrigens nicht folgen, denn ich werde jetzt wieder zu ihm gehen, und ich weiß ja, dass du ihn nicht magst."

„Stimmt, ich mag ihn nicht", sagt Harry und wieder folgt er mir wie ein Hund. „Weißt du, was auch superwitzig ist? Dass du mich erst heute beinahe geküsst hast und jetzt Brandon in die Arme rennst."

Für einen Herzschlag setzt alles in mir aus, trotzdem laufe ich weiter. Wie bitte?

„Wahrscheinlich liegt es an diesem *Irgendwie*. Ich sollte mir auch so eine Masche ausdenken."

Ich presse wütender die Lippen aufeinander, meine Schritte werden schwerer, die Flasche in meiner Hand droht zu explodieren.

„So was wie ich mag dich *vielleicht* oder *eventuell* könnte ich dich auf *irgendeine* Art und Weise, also echt nur vielleicht ganz *okay* finden. Oder wie wäre es mit Joa, du bist echt in Ordnung, *vielleicht* könnten wir *gegebenenfalls* abhängen."

Und jetzt explodiere ich. Mit rotem Kopf drehe ich mich um und Harry bleibt augenblicklich stehen. „Weißt du, was *auch* superwitzig ist?", fauche ich ihn an, komme ihm einen gefährlichen Schritt näher, worauf sich seine Augen weiten. „Dass du denkst, du kannst mich einfach so verlassen, dich jahrelang wie ein verdammtes Arschloch verhalten, einfach wieder zurückkommen, mich auf dieses verdammte Schuldach bringen und im Endeffekt einen Scheiß auf alles geben, indem du diese verdammte Florence küsst!"

Harry öffnet seinen Mund, um etwas zu sagen, doch er schweigt.

Ich spüre, wie ich immer aufbrausender werde, und bin froh, dass gerade um uns herum nicht so viele Leute stehen. Ich zeige mit dem Finger auf ihn, komme ihm noch einen Schritt näher. „*Du* bist derjenige, der oberpeinlich ist, nicht Brandon, verstanden? Wie kannst du nur so ..." Ich kneife kurz die Augen zusammen, weil ich spüre, wie sich vor Frustration tatsächlich Tränen ansammeln. Scheiße, nein, ich weine doch jetzt nicht wegen Harry.

„Violet", sagt Harry und sieht mich mit einer Mischung aus Sorge und Hilflosigkeit an. Aber mehr als ein *Violet* kommt nicht von ihm, keine Entschuldigung, nicht mal eine verdammte Erklärung, denn er weiß, dass ich recht habe.

Und das frustriert mich noch mehr, als wenn er hier und jetzt sagen würde, dass er mit Florence zusammen ist und alles nur ein Spiel für ihn war. „Was ist?", frage ich ihn laut, versuche so gut wie möglich, die Tränen zu unterdrücken. „Du knutschst mit Florence rum und jetzt, wo ich mit Brandon zufrieden bin, kommst du zu mir, um mir alles wieder zu versauen!" Vor lauter Verzweiflung schubse ich ihn nach hinten, worauf er noch überforderter ist. „Wenn *du* mich nicht glücklich machen kannst, dann lass mich wenigstens anderweitig glücklich sein, klar?"

„Das meinst du nicht ernst", ist das Einzige, das Harry ruhig von sich gibt. Es scheint, als würde er versuchen, etwas in meinen Augen ablesen zu können.

Mich so dermaßen über ihn aufzuregen, ist zwecklos. Deswegen beruhige ich mich und sage einfach: „Du hast ja keine Ahnung, was ich alles ernst meine."

Wir schauen uns mit Blicken an, die ich niemals definieren könnte. Ich spüre, dass mehr gesagt werden könnte. Aber niemand wagt es sich, irgendetwas auszusprechen.

Deswegen wende ich mich von ihm ab und atme tief durch. „Keine Ahnung, was du jetzt vorhast, aber ich …"

Weiter komme ich nicht, denn Harry zieht mich am Arm zu sich und küsst mich.

Nicht mal für einen Moment schaffe ich es, das explosionsartige Feuer in mir zu unterdrücken, als ich Harrys Lippen auf meinen spüre. Er hält meine Handgelenke fest, ich bin wehrlos, mental und körperlich. Einfach wehrlos. Ich führe einen Kampf gegen mich selbst, kämpfe gegen den Drang, weiter zuzulassen, dass Harry mich küsst, und gegen die Schwäche meiner Knie, die beinahe einknicken.

Doch schon nach zwei kurzen Sekunden blitzt das Bild von Brandon in meinem Kopf auf und sofort schubse ich Harry von mir weg, der zurückstolpert.

Es ist mehr eine Kurzschlussreaktion als eine geplante Handlung, als ich aushole und ihm meine flache Hand auf die Wange klatsche. Er sagt kein Wort, als sein Kopf nach rechts schwingt und seinen Kiefer aufeinanderpresst.

Mit wild pochendem Herzen gehe ich einen Schritt zurück, sehe ihn überfordert mit all diesen Emotionen an und halte mir die Finger an die Lippen. Scheiße. Ihn zu küssen, sollte kein Feuer in mir entfachen. Ihn zu küssen, sollte mich nicht dazu bringen, weiche Knie zu kriegen, und scheiße, verdammt, ihn zu küssen, sollte nicht das Verlangen in mir wecken, ihn *noch mal* küssen zu wollen.

Ich finde keine Worte, als ich noch immer stocksteif auf der Stelle stehe, nachdenke und beobachte, wie Harry sein Gesicht wieder langsam zu mir dreht, während seine Wange schon rot anläuft.

„Wow", sagt er. „*Das* tat scheiße weh."

Am liebsten würde ich ihn anbrüllen, ihm sagen, was für ein Idiot er ist, was er sich einbildet, mich einfach zu küssen, und ich ihn hasse für all das, was er mir antut, immer und immer wieder, aber die Luft in meinen Lungen ist komplett entwichen. Meine Finger liegen noch immer wie betäubt auf meinen Lippen, auf denen ich nach wie vor seinen Mund spüren kann, seinen Duft riechen kann.

Meine Stimme ist schwach, mein Gehirn schaltet sich aus und das Bild von Brandon verschwindet, als ich in Harrys Augen sehe. „Tu es noch mal."

Er schiebt leicht die Brauen zusammen, als hätte er mich nicht verstanden. „Was?"

Nun nehme ich die Finger von meinen Lippen, vertraue einmal in meinem Leben auf das, was mein Herz verlangt, und sage mit heiserer Stimme: „Küss mich noch einmal."

Harry sieht mich überlegend an, doch auch seine Überlegungen gehen schnell vorbei, denn er kommt auf mich zu, umfasst mein Gesicht und küsst mich, wie ich es verlangt habe.

Ich kralle mich an seinem T-Shirt fest, weil ich das Gefühl habe, ich breche sonst zusammen. Die Stimme in meinem Hinterkopf, die mir sagt, dass das hier falsch ist, ignoriere ich und lasse zu, dass Harry mich sinnlich küsst, unsere Lippen sich zueinander bewegen, unsere Herzschläge sich synchronisieren und alles um uns herum in Vergessenheit gerät. Unser Kuss trieft vor Leidenschaft, schmeckt nach Sehnsucht und fühlt sich an wie die pure Verzweiflung.

Es interessiert mich nicht, dass Leute uns sehen können, als Harry mit seinen Händen in meine Haare fährt und es interessiert mich auch nicht, dass die *falschen* Leute uns sehen können, als er mich enger an sich presst, unsere Zungen sich streifen. Jetzt gerade interessiert mich gar nichts mehr außer Harry.

Aber irgendwann beenden wir diesen Kuss, atmen beide schwer und suchen nach Worten, die irgendetwas erklären können. Ich finde keine, deswegen genieße ich weiterhin das leichte Streifen Harrys Nasenspitze an meiner und seinen warmen Atem auf meinen Lippen. Was anderes bleibt mir nicht übrig.

„Es tut mir leid", sagt Harry als Erstes, lässt mich jedoch immer noch nicht los.

„Was tut dir leid?"

„Ich weiß es nicht." Seine Stimme ist leise und rau. „Aber es tut mir leid."

Ich entferne meinen Kopf langsam von ihm und sehe ihm in die Augen. Seine Pupillen sind geweitet, meine Spiegelung ist zu erkennen. Und als ich auch noch meine Hand gegen seine Brust drücke, um ihn von mir zu entfernen, blitzt etwas wie Unsicherheit in Harrys Augen auf, als ich noch einen Schritt zurückgehe. Er lässt die Schultern hängen, wartet ab, was ich tue und sage.

„Ich muss zu Brandon", sage ich geknickter, als ich es sein sollte, und wende mich von ihm ab. „Er wartet mit Sicherheit schon auf mich." Ich sehe nicht noch mal in seine blauen Augen, als ich mich umdrehe und gehen will. Ich bin ein Miststück.

„Violet", ruft Harry und ich höre, wie er mir einen Schritt näher kommt, worauf ich stehen bleibe. „Du weißt, dass er es nicht ist."

Ich kann mich nicht dazu überwinden, mich zu ihm zu drehen. Gequält von diesen tausend Gefühlen in mir schließe ich die Augen und senke meinen Kopf. „Woher willst du das wissen?"

„Ich weiß es einfach und du weißt es auch." Kurze Pause. „Du hast jemand Besseres verdient."

„Jemand Besseres", wiederhole ich seine Worte und kann dieses unglückliche, leise Lachen nicht unterdrücken, als ich mich zu ihm drehe. „Jemanden wie dich?"

Harry sagt nichts, sieht mich nur an.

„Du verletzt mich immer wieder", sage ich. „Genauso wie heute. Du tauchst mit ihr hier auf und dann küsst du mich. Wieso sollst *du* etwas Besseres sein?"

„Du bist nicht die Einzige, die nicht versteht, was hier passiert", erwidert Harry. „Ich verstehe rein gar nichts mehr, außer dass du plötzlich wieder da bist und damit kann ich nicht umgehen. Violet, es ist auch für *mich* seltsam, nicht nur für dich. Ich versuche, mit alldem klarzukommen, und das ist meine Art, mit *irgend*etwas klarzukommen. Genauso wie du zu Brandon gegangen bist und wie du jetzt wieder zu ihm gehst."

„Aber wenn du mit alledem nicht klarkommst", sage ich leiser, „wieso lässt du mich dann nicht einfach zufrieden?"

Erst sagt Harry nichts, dann: „Wieso hast du mir gesagt, ich soll dich küssen?"

Ich wende meinen Kopf von ihm ab. Was für eine unangenehme Frage. „Keine Ahnung."

„Ich habe auch keine Ahnung."

Niemand von uns hat eine Ahnung. Wir wissen nicht, was passiert, und wir wissen nicht, *was* mit uns passiert. Wir rennen hin und her, wechseln von Hass zu Vergnügen und Verlangen, haben Spaß und verachten uns wieder. Aber wieso ist das so? Keine Ahnung. Wieso können wir nicht einfach befreundet sein, uns irgendwann verlieben und einfach glücklich sein? Keine Ahnung. Tausend Blockaden halten uns auf, Gedanken, die wir nicht steuern können, Erinnerungen und Streitgespräche, in denen Dinge gesagt werden, die vielleicht gar nicht so gemeint sind. Aber sie werden gesagt. Und das ist das Problem. Wir haben einfach keine Ahnung.

Deswegen drehe ich mich wieder von Harry weg, sehe auf den Boden, wo die verschüttete Apfelschorle liegt. „Bitte erzähl Brandon hiervon nichts", bitte ich ihn noch, bevor ich gehe. „Bitte."

Ich sehe nicht mehr seine Reaktion, denn diesmal gehe ich wirklich. Mein Herz sinkt auf den Grund meiner Fußsohlen, als ich Benja eine neue Schorle kaufe und schon von Weitem Brandon und die anderen auf der Bank sehe. Niemand sieht mich vorwurfsvoll an, woraus ich schließe, dass niemand Harry und mich gesehen hat. Ich ekele mich vor mich selbst, beginne, mich zu verachten, als ich mich neben Brandon setze und er mit einem Lächeln seine Hand auf meinen Schenkel legt.

Ich zucke vor dieser Berührung etwas zurück und sehe auf seine große Hand. Wie verkorkst muss ich sein, Harry zu küssen, während ich doch gerade erst Brandon verziehen habe? Wie krank ist all das eigentlich? Noch vor ein paar Wochen hätte ich mir selbst eine Ohrfeige gegeben, anstatt Harry. Wir hätten beide diese Ohrfeige verdient.

„Das hat echt ewig gedauert", sagt Benja und nimmt sich mit einem süffisanten Grinsen die Apfelschorle. „Die Schlange war wohl ziemlich lang, hm?"

Ich schlucke den Kloß in meinem Hals herunter, versuche, mir nicht anmerken zu lassen, wie elend ich mich fühle. „Ja ... Sie war ziemlich lang."

Brandon erhöht den Druck auf meinem Bein und ich wünsche für einen Moment, er würde seine Hand dort wegnehmen. „Ist alles okay?", fragt er mich leise. „Ist irgendetwas passiert?"

Ihn nicht ansehend, schüttle ich den Kopf, denke nur noch an Harry und unseren Kuss und wie nuttig ich bin und wie wenig Brandon eine fremdgehende Freundin verdient hat. „Nein, es ist nichts passiert. Ich bin einfach nur müde ... denke ich."

„Verstehe." Mein Freund küsst mich liebevoll auf die Schläfe, drückt mich an sich. „Wenn du willst, kann ich dich nach Hause fahren."

„Du willst schon gehen?", fragt nun Charly.

Wieder schüttle ich schnell den Kopf, versuche zu lächeln. Diesmal fühlt es sich falsch an. „Nein, ich bleibe noch. Diese gute Covermusik kann ich mir doch nicht entgehen lassen."

„Wäre ja auch echt eine Schande. Sie spielen schon zum zweiten Mal *Californication.*"

Wir lachen ein wenig und mein Blick fällt hinter Charly, wo ich Harry in der Menge entdecke. Er läuft durch die Menschenmenge und mein Lachen stirbt. Als er bei Ethan ankommt, hebt er das erste Mal seinen Kopf, weil er mit ihm über irgendetwas spricht. Ich sehe zu, wie Ethan nickt und dann verschwinden sie zu den Parkplätzen.

Ich drehe meinen Kopf wieder zu meinen Freunden, erlaube es mir nicht, Harry weiterhin hinterherzusehen. Es wäre das Beste, wenn ich all das vergessen würde. Wenn ich vergessen würde, wie wir uns geküsst haben, und dass er und ich überhaupt Erinnerungen teilen. Aber ich kann es nicht. Und das weiß ich selbst dann noch, wenn ich am Abend im Bett liege, die Decke anstarre und mir wünschte, dass eine Antwort auf all diese Fragen in meinem Kopf an meiner Zimmerdecke stehen würde. Doch sie steht dort nicht, und das killt mich.

Kapitel 22

Am nächsten Morgen beschließe ich, nicht in die Schule zu gehen. Ich bin nicht dazu aufgelegt, den halben Tag so zu tun, als wäre ich glücklich, obwohl ich das nicht bin. Ich meine, irgendwie bin ich es, wiederum auch absolut nicht. Ich habe gestern Abend noch lang mit Brandon telefoniert, mit ihm gesprochen, ihn besser kennengelernt. Er hat mir viel von seiner kleinen Schwester erzählt und wie viel Spaß die zwei zusammen manchmal haben. Als ich ihm von Rosy erzählt habe, mussten wir lachen. Bald werde ich ihn mit nach Hause nehmen, um ihn Rosy und Mom vorzustellen. Damit unsere Beziehung ernster wird.

„Aber du weißt, dass das nicht immer so laufen kann", sagt Mom nervös am Telefon, während ich ausgeschlafen und noch im Schlafanzug die Treppen herunter in die Küche watschle. „Das ist wirklich nur eine Ausnahme. In Zukunft wirst du nur zu Hause bleiben, wenn du *krank* bist."

„Ja, ist ja gut, Mom", stöhne ich auf, weil sie mir das schon zum vierten Mal sagt. „Es ist eine Ausnahme, ich hab's kapiert."

„Sehr gut. Eine Ausnahme. Aber wenn du sowieso nichts zu tun hast heute, dann kannst du mir auch direkt einen Gefallen tun."

„Unbedingt, der wäre?" Ich greife nach den Cornflakes, die auf dem Kühlschrank stehen.

„Geh bitte heute zu William, um ihn zu besuchen."

Mit gekrauster Stirn halte ich in der Bewegung, eine Schüssel aus dem Regal zu ziehen, inne. „Ich soll zu William?"

„Ja, ich bitte dich darum. Vielleicht kannst du ja Rosy mitnehmen. Du weißt, er stirbt und er ist ein alter Bekannter und ich finde, er hat es verdient, noch mal ein paar Gesichter zu sehen. Und früher habt ihr euch mit ihm auch gut verstanden."

„Mom", quengle ich, obwohl ich das nicht tun sollte.

„Du machst das, Violet", bestimmt meine Mutter nun. „Schenk ihm ruhig ein paar von Brandons Rosen, sie verwelken sonst nur trostlos in der Küche. Wir sehen uns heute Abend, Schatz."

Noch bevor ich erneut quengeln kann, legt sie auf und ich klappe seufzend mein Handy zu. Super, so hatte ich mir meinen freien Tag eigentlich nicht vorgestellt. Ich wollte im Bett liegen, Filme gucken und für einen Tag depressiv sein, aber doch nicht zu Harry nach Hause gehen, um seinen todkranken Vater zu besuchen. Nicht, dass ich keine todkranken Menschen sehen will, aber ich will Harry nicht sehen.

„Guten Morgen, Violet", begrüßt mich meine Schwester, die in ihrem rosa Lillifeeschlafanzug in die Küche kommt. Gähnend setzt sie sich an den Tisch. „Was hat Mom gesagt?"

„Dass es Zeit für einen neuen Schlafanzug wird", sage ich zu ihr und hole ihr ebenfalls eine Schüssel aus dem Regal, um Cornflakes reinzufüllen. „Deiner wird dir langsam zu klein."

„Sag schon, was sie gesagt hat."

„Wir sollen nachher zu William." Ich nehme die beiden Schüsseln, nachdem ich sie mit Milch gefüllt habe und stelle ihr eine hin. „Harrys Vater, du weißt schon."

„Ich weiß, wer William ist", erwidert Rosy und rollt die Augen. Man, morgens ist sie noch unerträglicher.

Eigentlich müsste sie auch in der Schule sein, aber Mom meinte, dass, wenn ich zu Hause bleiben darf, Rosy auch zu Hause bleiben darf. Verdammte Demokraten. „Aber ich kenne ihn eigentlich kaum. Ich habe ihn vielleicht ein- oder zweimal gesehen."

„Mom zwingt mich", sage ich schulterzuckend. „Und deswegen zwinge *ich dich*."

Und weil ich Rosy zwinge, sind wir auch schon zwei Stunden später, um elf Uhr morgens, auf dem Weg zu William. Wir haben uns ordentlich angezogen, weil wir wissen, dass in dieser Familie Jogginghosen oder Ähnliches absolut nicht erwünscht sind. Leider. Als wir in ihren Hof laufen, atme ich erleichtert auf, als ich sehe, dass Harrys Auto nicht dort steht. Zum Glück ist er in der Schule.

Rosy klingelt an der Tür und wir warten, bis uns jemand aufmacht. Anette ist auch nicht zu Hause, deshalb frage ich mich, ob uns *überhaupt* jemand aufmachen kann. Doch meine Skepsis wird beendet, als uns Estefania entgegengrinst.

„Violet", sagt sie erfreut und sieht zu Rosy. „Und das kleine Mädchen. Wie nett."

„Wer ist da?", höre ich Williams kratzige Stimme aus dem Wohnzimmer und wieder mal klingt er absolut nicht freundlich.

„Violet und ihre Schwester!" Estefania wendet sich wieder an uns. „Kommt rein, por favor, ich habe Muffins gebacken."

Rosy und ich lächeln ihr dankbar zu und nun können wir ins Wohnzimmer sehen, wo William auf der Couch liegt, Fernsehen guckt und mich schockiert, weil er noch schlimmer aussieht. Ich bemitleide ihn sehr und hasse es trotzdem, hier zu sein. Es macht keinen Spaß, mit einem Menschen zu sprechen, der sterben wird, vor allem wenn man ihn eigentlich nicht mag. Vor allem nachdem Harry mir etwas mehr über ihn erzählt hat.

„Violet, Rosy", begrüßt uns William und lächelt schwach. Er trägt eine weiße Mütze, die seine wahrscheinliche kahle Haut verdeckt, und ist bis zum Kinn zugedeckt. Seine Augen sind umrandet von einem tiefen Schwarz und stehen im Kontrast zu seiner unnatürlich bleichen Haut. Grauenvoll. „Wie komme ich zu der Ehre?"

„Wir haben Blumen", sage ich und deute auf Rosy, die fünf Rosen in der Hand hält und nickt. „Außerdem dachten wir, wir könnten dich mal besuchen."

„Blumen, wie schön." William sieht zu Rosy. „Gib sie Estefania, sie stellt sie in die Küche."

Rosy nickt wieder und geht mit Estefania in die Küche.

Ich atme unauffällig durch und gehe zur Couch. Abgenommen hat William auch. Es ist unverkennbar, dass er bald ... Nun ja.

„Schön, endlich mal wieder ein anderes Gesicht zu sehen", sagt William leise, als ich mich auf die Couch setze, jedoch noch weit von ihm weg. „Aber wieso bist du hier und nicht in der Schule?"

„Ich fühle mich nicht besonders gut", antworte ich ehrlich und zucke mit einer Schulter.

„Du siehst nicht krank aus."

„Man sieht es mir nicht an."

„Oh, ich verstehe." Er lacht leise. „So geht es mir auch, auch wenn man es mir ansieht."

Ich runzle die Stirn. „Wie meinst du das?"

„Na ja." Einmal hustet er. „Ich sterbe, meine Frau betrügt mich und mein Sohn hasst mich. Es wäre ein Wunder, würde ich als ein glücklicher Mann gehen."

Mir fallen beinahe die Augen aus dem Kopf, als ich ihm zuhöre. „Ähm", sage ich total konsterniert. „Also ... Du *weißt* es?"

„Natürlich, Violet. Sie hat mich schon betrogen, bevor Harry geboren wurde. Und nun hat sie die besten Chancen."

Ich kann nicht fassen, was ich da höre. „Wow."

„Ja. Wow."

„Aber wieso – ich will dir nicht zu nahe treten, es geht mich auch eigentlich gar nichts an."

„Nein, schon okay, frag ruhig. Ich habe nichts zu verlieren."

Unsicher kaue ich auf meiner Lippe rum und kneife in meinen Schenkel. Das alles hier ist so seltsam. „Wie kannst du mit Anette zusammen sein, wenn du weißt, dass sie dich betrügt? Ist das nicht grauenvoll?"

Für eine Weile schweigt William und ich denke, ich bin zu weit gegangen, doch dann antwortet er, ohne mich anzusehen: „Sie ist alles, was ich noch habe ... Und ob es grauenvoll ist? Natürlich ist es das. Aber ich liebe sie und das macht es noch grauenvoller."

„Aber du hast noch Harry. Er ist hier, wenn Anette ... nicht da ist."

Kummer breitet sich in seinem Gesicht aus und ich bereue es, mit ihm über so etwas zu sprechen. Doch er hat damit angefangen, deswegen denke ich, dass er es sich von der Seele reden möchte. „Ich weiß, dass du weißt, wie Harry über mich denkt, machen wir uns nichts vor."

Ich sage nichts.

„Und ich weiß auch, dass ich ... eine sehr große Belastung für ihn bin, aber ja, du hast recht, er ist da, wenn meine Frau es nicht ist. Aber er ist nicht da, weil er es da sein will. Zuzugucken, wie dein eigener Sohn es verabscheut, dich in den Tod zu pflegen, tut weh, aber weißt du, Violet, es tut noch mehr weh ... wenn man weiß, dass man selbst daran schuld ist." William sieht mich wieder an, lächelt. „Aber lass uns über etwas anderes sprechen. Erzähl mir etwas aus deinem Leben."

Genau in diesem Moment piept mein Handy und beschämt ziehe ich es hervor, sehe, dass Brandon mir eine SMS geschrieben hat.

BRANDON

Soll ich heute nach der schule zu dir kommen? Ich würde dich gerne sehen xx

Ich seufze auf und starre auf die Nachricht. Wieder kann ich ihm nicht antworten, weil ich nicht weiß, was ich will. Es ist zum Verrücktwerden. Vor allem, nachdem Harry und ich uns gestern geküsst haben.

„Was ist los?", fragt William, als er meine unglückliche Miene sieht. „Du siehst traurig aus."

Ich sehe weiter auf die Nachricht, würde am liebsten schreien. „Es ist so skurril. Mein Freund schreibt mir eine Nachricht und du sagst, ich sehe dabei traurig aus. Sollte ich nicht grinsen, wenn er mir schreibt?"

Erst bekomme ich keine Antwort, weil William mich eindringlicher ansieht. „Du liebst ihn nicht?"

„Doch", sage ich sofort, obwohl ich selbst nicht weiß, wieso. „Also keine Ahnung. Ich weiß es nicht."

„Du weißt nicht, ob du ihn liebst?"

„Ich weiß nicht, wie es sich anfühlt, überhaupt jemanden zu lieben, außer meine Mutter und meine Schwester. Wenn es bedeutet, jemanden zu mögen, auch wenn er einen betrügt, will ich gar nicht verliebt sein."

„Das bedeutet es nicht", sagt William. „Es bedeutet einfach nur ... sich ein Leben ohne diese Person nicht vorstellen zu können. Kannst du dir ein Leben ohne ihn vorstellen?"

Ich denke nach. „Ich weiß es nicht ... Ich denke schon."

„Dann hast du deine Antwort ... Es geht nicht immer nur darum, sich von einem Geliebten verletzen zu lassen, um ihm zu beweisen, dass man ihn liebt. Du gibst ihm die Macht, dich zu verletzen, aber er tut es nicht, wenn er dich liebt. Das findet man selten, aber es ist möglich. Er kennt deine Schwachstellen und nutzt sie trotzdem nicht gegen dich."

„Aber eigentlich ist er schon ziemlich nett ... Ich mag ihn."

„Manchmal ist nett sein nicht genug. Du magst jemanden wegen der kleinen Dinge, vielleicht wegen der Tatsache, dass er alles von dir kennt und dich trotzdem liebt. Nicht, weil er nett ist."

„Wenn du so darüber denkst", sage ich nachdenklich. „Dann verstehe ich nicht, wieso du dir keine Frau gesucht hast, die dich wirklich liebt."

„Weil ich dumm war, Violet. Es gab eine Frau, die hat mich geliebt und ich habe sie auch geliebt, das weiß ich heute, aber ich habe sie für Anette fallen lassen, weil ich dachte, sie wäre besser für mich. Heute weiß ich ... es war der schlimmste Fehler meines Lebens."

Mein Kopf schwingt blitzartig zur Haustür, in die ein Schlüssel gesteckt wird. Rosy ist noch immer mit Estefania in der Küche. Und gerade als ich denke, Anette kommt nach Hause, betritt Harry das Haus und schmeißt die Tür hinter sich zu. Er sieht erst zu mir, dann zu seinem Vater, seine Brauen sind zusammengeschoben.

„Violet ist zu Besuch", sagt William in einem strengeren Ton, komplett anders als die Art, mit der er eben noch mit mir gesprochen hat. „Begrüß sie wenigstens."

Harry sieht zu mir, er zerquetscht in seiner Faust seinen Autoschlüssel. „Hallo."

Ich sehe schüchtern von ihm weg. „Hallo."

„Ich werde hochgehen", sagt Harry danach und geht zur Treppe.

„Seit wann hast du um elf Uhr Schule aus?", ruft William mit schwacher Stimme hinterher.

Aber Harry antwortet nicht, verschwindet im oberen Stock und durch das Knallen seiner Zimmertür zucke ich leicht auf. Gibt es überhaupt noch Situationen, in denen die beiden normal miteinander sprechen?

„Immer wieder das Gleiche", stöhnt William vor Schmerz, weil er sich etwas anders auf die Couch legt.

Ich sehe zu ihm. „Vielleicht ... Vielleicht wäre es anders, wenn du netter mit ihm reden würdest."

Er sagt nichts darauf und kurz denke ich, ich habe das Falsche gesagt, weswegen ich mir auf die Zunge beiße. Doch er legt sich ordentlich hin und sagt: „Ich will nur, dass er nichts vermisst, wenn ich weg bin."

„Also bist du extra streng?"

„Nicht ganz, Violet, ich habe schon immer eine disziplinierte Erziehung als wichtig empfunden. Aber ich weiß, dass ich in manchen Situationen *zu* streng bin. Seitdem ich jedoch Krebs habe und weiß, dass ich sterben werde ... Ich will nur nicht, dass Harry unglücklich wird, wenn ich nicht mehr da bin. Das hat er nicht verdient."

Nein, das hat er wirklich nicht, denke ich mir und verurteile William für diese Erklärung. Er macht Harry sozusagen die letzten Jahre das Leben zu einer Tortur und das mit einer gewissen *Absicht*? Das ist krank. Ich würde es William gerne vorhalten, doch gerade habe ich anderes im Kopf. Und zwar Harry. Er schwänzt die Schule, das ist unverkennbar und außerdem hatten wir heute Theaterkurs. Ich könnte ihn danach fragen, mich erkundigen, wie es so läuft. Einfach eine Konversation starten, irgendetwas.

Deswegen stehe ich auf, streiche meinen Rock glatt.

„Es war klar, dass du zu ihm gehst", sagt William schwach. „Aber ich werde dich nicht aufhalten."

„Es geht um die Schule", rede ich mich raus.

„Sag ihm, dass ich nach ihm gefragt habe."

Ich nicke und schürze die Lippen. Ich weiß jetzt schon, wie Harry darauf reagieren wird. Vulgär. Deswegen sage ich Rosy Bescheid, die in der Küche mit Estefania Muffins isst, und dann gehe ich mit zwei Muffins in der Hand hoch zu Harrys Zimmer. Einer ist aus Schokolade, der andere aus Vanille. Seltsam, dass ich jetzt schon weiß, dass Harry sich für Vanille entscheiden wird.

Vor seiner Zimmertür atme ich noch mal tief durch. Dann klopfe ich vorsichtig.

Mein Pulsschlag geht heftig, beinahe zu heftig. Ich habe keine Ahnung, was auf mich zukommt, wenn ich mit Harry rede. Können wir normal reden? Oder werden wir uns anbrüllen? Oder werden wir uns wieder ... Nein. Ich denke gar nicht daran.

Ich zähle gedanklich bis zehn, die Tür öffnet sich immer noch nicht. Deswegen beschließe ich sie vorsichtig zu öffnen und mein Kopf durch den Türspalt zu schieben. Sofort sehe ich, wieso Harry mich nicht gehört hat. Er hört wieder Musik durch seine Kopfhörer, nur liegt er diesmal nicht in seinem Bett, sondern scheint irgendetwas an seinem Schreibtisch zu suchen. Ich schließe die Tür hinter mir und sehe zu, wie er ein paar Zettel herauskramt, sie kurz ansieht und sie dann zweimal zerreißt, um sie dann noch mal zu zerknüllen und den Papierball einfach in die Ecke seines Zimmers schmeißt.

Weil er mich fast trifft, gehe ich schnell einen Schritt zur Seite und sehe auf den Papierhaufen. Er scheint ziemlich schlecht gelaunt zu sein, was auch erklärt, wieso er jetzt tief durchatmet, die Augen schließt und sich über seinen Tisch beugt. Die wilde Rockmusik, die durch seine Kopfhörer ertönt, höre ich bis zu mir.

Ich bin wie festgewurzelt, stehe wie ein Depp mit diesen zwei Muffins zwei Meter hinter ihm und starre ihn an. Beim letzten Mal, als ich einfach in seinem Zimmer aufgetaucht bin, war er auch nicht freundlich und jetzt wird er es erst recht nicht sein, ich habe das im Gefühl. Da können auch die Muffins die Stimmung nicht aufheitern.

Und dann dreht er sich auch schon zu mir. Er erschreckt sich, wodurch ich mich auch erschrecke und den Kopf einziehe, als er sich die Kopfhörer aus den Ohren reißt. „Scheiße, Violet!", sagt er laut. „Wieso tust du das immer wieder?"

„Ich wollte dich nicht erschrecken", sage ich kleinlaut und hebe leicht die Muffins an. „Aber ich habe Muffins."

Jedoch ignoriert er die Muffins total. „Was tust du hier?"

„Meine Mutter wollte, dass ich deinen Vater besuche und …"

„Ich meinte, was du *hier* tust."

Ich schlucke die Furcht vor seiner Wut herunter und lasse die Muffins sinken. „Ich, ähm ... Ich wollte einfach gucken, was du machst."

Harry schaltet die Musik an seinem Handy aus und zieht sich die Jacke aus, um sie auf sein Bett zu schmeißen. „Ich bin in meinem Zimmer", sagt er kalt und setzt sich auf seinen Schreibtischstuhl.

„Das sehe ich."

„..."

„Wieso bist du nicht in der Schule?"

„Wieso bist *du* nicht in der Schule?", gibt er die Gegenfrage.

„Ich wollte nicht."

„Nun."

Ich muss einen frustrierten Seufzer unterdrücken, weil diese Konversation so verdammt deprimierend ist. Ich hätte nicht herkommen sollen, aber jetzt ist es sowieso zu spät. Deswegen setze ich mich auf Harrys Bett und lege vorsichtig die zwei Muffins neben mich. „Was hast du da zerrissen?"

„Violet, was soll das werden?"

Ich sehe ihn verwirrt an.

„Du weißt genau, was ich meine. Was willst du hiermit bezwecken? Es gibt nichts zu besprechen."

Bedrückt sehe ich auf meine Finger, die miteinander spielen. „Ich wollte einfach ... Mit dir reden. Denke ich."

„Worüber?"

Ich zucke beschämt mit den Schultern. Nun komme ich mir vor wie ein Vollidiot.

„Was ist mit Brandon?", fragt Harry mit bitterem Unterton. „Hast du es ihm gesagt?"

Stumm schüttle ich den Kopf.

„Also seid ihr noch zusammen."

Ich nicke.

„Gott, Violet, du ...", presst Harry zwischen seinen Zähnen hervor und er streicht sich gereizt durch das Gesicht. Doch dann lehnt er sich auf seine Knie und etwas ändert sich in seinem Ausdruck. „Okay, nein, machen wir das anders." Er steht auf, schnappt sich wieder seine Jacke und zieht sie sich über. „Ich werde gehen, um ehrlich zu sein, ist mir gerade absolut nicht danach, mit dir zu sprechen."

Total überfordert mit seinem plötzlichen Abgang und seinen Worten sehe ich zu, wie er sich die Schuhe anzieht. „Harry", ist das Einzige, das ich sagen kann.

Er reagiert nicht, bindet sich weiter die Schuhe zu.

„Es tut mir leid."

Schließlich sieht er zu mir, richtet sich auf. Er wirkt noch immer sauer. „*Was* tut dir leid?"

„Dass alles so ist, wie es ist."

„Wie ist es denn?"

Verdammt, er ist so verdammt kühl und distanziert, es tut beinahe weh. „Ich weiß es nicht", sage ich wortkarg. „Ich weiß es nicht ... Aber, bitte, ich – kannst du mich denn nicht verstehen?"

Harrys Miene wird skeptisch, er hört mir jedoch immer noch zu, was mich verwundert.

Ich lege verzweifelt meinen Kopf in meine Hände. „Ich weiß selbst nicht, was ich tue und was ich will, das musst du mir glauben. Ich weiß nicht, wieso ich dich gestern geküsst habe, ich weiß nicht mal, wieso ich überhaupt mit Brandon zusammen bin und ich weiß auch nicht, wieso, zur Hölle, ich hier bin, obwohl ich das nicht sein sollte."

Erneut sagt Harry nichts.

Ich kneife die Augen zu, weil mich die Frustration auffrisst. „Ich habe das Gefühl, ich mache einen Fehler nach dem anderen."

„Du hast recht", sagt Harry nach einer kurzen Weile, worauf ich zu ihm aufsehe. „Ich kann dich wirklich nicht verstehen." Er geht zur Tür. „Aber wie du gestern schon sagtest. Ich bin nicht besser als irgendwer. Es macht keinen Sinn mehr, über irgendetwas zu sprechen, es wurde genug gesagt, mal ganz davon abgesehen, dass ich schon vor vier Jahren gegangen bin." Als er die Tür öffnet, fügt er hinzu: „Übrigens musst du zukünftig nicht mehr herkommen. Mein Vater wird ab nächster Woche im Krankenhaus sein und dort wird er sterben, es ist also unnötig."

Er knallt die Tür zu und lässt mich mit zitternder Unterlippe zurück. Die Papierkugel rollt mir auf dem Boden entgegen und ich sehe trübselig darauf.

So schnell ändern sich die Dinge also wieder. Erst gestern lagen wir noch auf dem Schuldach und haben uns am Abend geküsst. Und nun sitze ich verlassen in Harrys Zimmer mit zwei Muffins und trauere, weil ich das Gefühl habe, alles läuft es dem Ruder. Ich wusste, es war ein Fehler, zu William zu gehen. Es ist immer ein Fehler,

Harrys Haus zu betreten. Es ist ein Fehler, überhaupt mit Harry zu reden, während Brandon auf eine Antwort in meinem Handy wartet.

Allerdings lässt mich die Neugierde nicht los. Ich höre, wie Harry unten die Haustür zuschmeißt, und dann greife ich nach der Papierkugel. Ich falte sie auseinander und halte vier Stücke in der Hand. Sachte lege ich sie vor mir auf den Boden und streiche das Papier glatt.

Ich lese die Überschrift.

Arbeitsvertrag

Arbeitsvertrag?

Ich lese weiter und als mir auffällt, dass oben links das Logo vom ToToes Restaurant abgebildet ist, falle ich aus allen Wolken. Harry hat sich dort doch noch einen Arbeitsvertrag geholt?

Ich lese ein wenig den Text und ganz unten ist die Zeile, in der Harry unterschreiben muss, um zu bestätigen, dass er bereit ist, nach diesem Sommer dort die Ausbildung zu beginnen.

Er hatte sogar schon unterschrieben.

Doch das ist jetzt wohl nichtig, denn er hat es zerrissen. Einfach so.

Ich nehme meinen entsetzten Blick von dem Papier, als mein Handy wieder piept. Brandon hat mir erneut geschrieben.

BRANDON

Willst du heute abend zu mir kommen? Ich kann dich abholen ☺

Mindestens dreißig Sekunden sitze ich auf Harrys Boden, sehe auf die Nachricht und denke nach. Was habe ich zu verlieren? Ich habe absolut nichts mehr zu verlieren. Außerdem ist Brandon mein Freund, ich freue mich.

Deswegen schreibe ich:

Sehr gerne.

Kapitel 23

Ich weiß nicht, was ich erwartet habe, als ich am Wohnzimmertisch sitze und abends auf Brandon warte, damit er mich abholt. Es ist schön zu wissen, dass ich den Abend nicht alleine verbringe, aber so richtig freuen kann ich mich nicht. Nachdem Harry vorhin gegangen ist, habe ich viel nachgedacht. Ich habe darüber nachgedacht, dass ich zu viel für ihn empfinde und dass es falsch ist, allgemein etwas für jemand anderen zu empfinden, während ich doch eigentlich einen Freund habe. Nicht mal über so etwas nachdenken sollte ich. Es bedrückt mich, dass ich ständig an Harry denke, obwohl ich an Brandon denken sollte. Aber ich kann nicht bestimmen, wie ich fühle, nichts kann ich kontrollieren, es passiert einfach. Ich kann mir nur einreden, was das Beste für mich ist und ich kann mir nur immer wieder einreden, dass Harry doch jahrelang ein Arsch zu mir war, gestern erst mit Florence geflirtet hat, und mich daran erinnern, wie viele gemeine Dinge er mir schon an den Kopf geworfen hat, nachdem wir uns nicht mehr so nahe standen. Außerdem denke ich daran, dass er damals einfach gegangen ist und zugelassen hat, dass ich nächtelang um ihn weine. Er ist schlecht mit mir umgegangen, das ist der Grund, weshalb ich nicht zulassen kann, dass mein Herz ihn ... liebt. Klar, ich habe noch immer keine Kontrolle, aber ich tue mir all dies nicht noch einmal an. Ich werde kein weiteres Mal wegen ihm weinen und keine weiteren Jahre zulassen, dass er mich verlässt, weil er sich verändert. Ich habe zu viel Angst davor, er könnte mich mit Florence verletzen und mein Herz brechen. So wie er es damals getan hat. Er war derjenige, der mich immer als Loser betitelte, er war derjenige, der zuließ, dass seine Freunde mich schikanierten und er war derjenige, der immer und immer wieder vor meinen Augen mit Florence rumgemacht hat. Während ich zugesehen habe. Er hat zugelassen, dass ich zusehe. Und

das killt mich ein weiteres Mal.

„Brandon kommt", sagt meine Mutter und sieht aus dem Fenster des Wohnzimmers.

Ich nicke, sage nichts und stehe auf. Es fühlt sich dumm an, Zeit mit Brandon zu verbringen, während mich solche Gedanken quälen, aber ich mag ihn und ich bin mir sicher, dass ich ihn irgendwann *richtig* mögen kann. Ich hoffe es. Für ihn habe ich mich wieder hübsch gemacht, habe meine Haare aufgemacht und etwas mehr Make-up aufgelegt. Sogar eine Hose trage ich heute. Es scheint, als wäre ich ein anderer Mensch und ich habe Angst, dass das der Wahrheit entspricht.

„Liebling", sagt meine Mutter, als ich gerade wortlos die Tür rausgehen will, weil Brandon diesmal nicht klingelt. Sie kommt mit geknickter Miene zu mir und legt mir ihre warme Hand auf die Wange. „Ich weiß nicht, weshalb du so traurig bist, aber du musst das hier nicht tun."

Ich sehe zu Boden, hinab an meinen Beinen, die in eine helle Jeans gequetscht sind. „Ich begehe sowieso nur noch Fehler, das macht jetzt auch keinen Unterschied mehr."

Mom seufzt traurig. „Bitte mach heute Abend keinen Fehler."

Ich sehe sie an, direkt in ihre blauen, klaren Augen, die mich anbetteln, das Richtige zu tun. Dabei weiß ich nicht mal, was das Richtige überhaupt sein soll. „Ich werde jetzt gehen", sage ich zu ihr, dann sitze ich auch schon in Brandons Auto und fahre mit zu ihm nach Hause.

Er meinte, ich würde hübsch aussehen, verändert, aber hübsch. Während der Fahrt spreche ich kaum, höre ihm zu, wie er über seinen Schultag redet und erzählt, wie sich heute zwei Schüler lauthals gestritten haben. Die ganze Zeit höre ich nur halbherzig zu, sehe den vorbeiziehenden Lichtern zu, stelle mir vor, was wäre, wenn Harry mich nie verlassen hätte, und was wäre, wenn ich Harry nie bei Misses Heath verraten hätte, wodurch wir erst wieder zueinandergefunden haben. Es ist merkwürdig zu begreifen, dass ich genau weiß, dass, wenn all das, die Sache mit dem Theaterkurs und dem gezwungenen Nachsitzen, wenn all das nie passiert wäre, ich Harry nie geküsst hätte und wir immer noch so tun würden, als hätten wir nicht unsere komplette Kindheit miteinander verbracht. Es tut weh, gleichzeitig wünsche ich mir trotzdem, wir würden immer noch so tun, als hätte all das nie existiert. Es würde so viel einfacher machen und ich könnte jetzt einfach mit Brandon zusammen sein, ohne ständig an Harrys Augen zu denken.

„Ist bei dir niemand zu Hause?", frage ich Brandon, als ich sein Haus betrete, er hinter mir die Tür schließt.

„Nein, wir sind alleine", sagt Brandon und zieht sich die Schuhe aus.

„Wo ist denn deine kleine Schwester?"

„Oh." Er nimmt mir meine Jacke ab. „Sie ist mit meiner Mutter unterwegs oder so. Ich weiß es nicht."

„Verstehe", sage ich und sehe mich ein wenig bei ihm um. Sein Haus ist schön, aber nichts Besonderes. Es ist

alles größer als bei uns zu Hause, aber trotzdem normal.
„Was machen wir?"

„Ich dachte, wir könnten in mein Zimmer.“

Ich nicke wortlos und ergreife seine Hand, damit wir gemeinsam die Treppe hochlaufen können. Das ist das erste Mal, dass ich bei ihm zu Hause bin und das lässt mein Herz schneller pochen. Ich weiß nicht, was mich gleich erwartet, und um ehrlich zu sein, fürchte ich mich.

Brandon führt mich durch einen kleinen Flur und dann öffnet er eine Holztür, die zu seinem Zimmer führt. Ich betrete hinter ihm den Raum und sofort muss ich mir eine Schnappatmung unterdrücken, als ich Kerzen sehe, die auf dem Fensterbrett stehen. Es ist dunkel, eine kleine Lichterkette unter dem Bett erhellt das Zimmer und lässt es in einem sanften Orange strahlen.

„Es ist ein wenig kitschig, ich weiß", sagt Brandon und schließt die Zimmertür, als ich wie erstarrt auf sein gemachtes Bett sehe und die kleinen Kerzen, die daneben stehen. „Aber meine Schwester meinte, so wäre es romantischer."

Ich schlucke schwer, nicke wie benebelt. „Ja", krächze ich. „Sehr ... romantisch."

„Also ..." Brandon stellt sich etwas verunsichert auf die andere Seite des Bettes und schiebt seine Hände in die Hosentaschen. „Du kannst – also, wenn du willst, kannst du dich setzen. Du kannst dich natürlich auch an den Schreibtisch setzen, wie du möchtest."

Eingeschüchtert von dem ganzen Ambiente traue ich mich, mich auf das Bett zu setzen. Es ist zu romantisch. Es ist *viel* zu romantisch, das gefällt mir nicht.

Brandon schmunzelt und setzt sich nah zu mir. Er hebt seine Hand und streicht mir meine Haare hinter das Ohr. „In diesem Licht bist du noch viel hübscher."

Ich sage nichts, starre ihn nur an, weiß nicht, was ich tun und nicht tun soll.

Dann küsst er mich sanft auf den Kiefer, kommt mir näher, während ich komplett regungslos bin, die Augen schließe. „Und ich bin froh, dass du uns noch eine Chance gibst", flüstert er gegen meine Haut, küsst mich weiter. „Ich war wirklich nie der Typ für Beziehungen, aber du bist ..." Er legt seine Hand auf meine Taille, zieht mich näher zu sich. „Du bist einfach so anders."

Mein Atem geht flacher, allerdings weiß ich nicht, ob es wirklich daran liegt, dass mir das hier gefällt. Ich weiß nicht, was ich mit meinen Händen tun soll, deswegen lege ich sie auf Brandons Schultern, als er sich mehr an mich schmiegt.

„Es ist so schön zu wissen, dass ich endlich ein Mädchen kenne, das nicht auf Äußerlichkeiten achtet", redet Brandon weiter und im nächsten Moment drückt er mich auf das Bett, sodass ich neben ihm liege, wehrlos bin. Er sieht zu mir hinab, legt seine Hand auf meinen Bauch. „Wenn du nur wüsstest, wie schön du bist, Violet, ich glaube, das weißt du gar nicht."

Ich zwinge mir ein Lächeln hervor, worauf er auch lächelt und mich dann küsst. Seine Lippen schmecken nach Minze und sein Kuss ist sanft, dennoch zu stürmisch. Alles hier ist zu stürmisch. Mein Puls beschleunigt sich, als er mit seiner Hand unter mein T-Shirt fährt, mit seinen Fingern über meine Haut streichelt und mich das Bedürfnis überkommt, aus dem Fenster zu springen. Zwar ist das hier genau das, was ich immer wollte, doch jetzt gerade will ich es nicht. Ich will es absolut nicht mehr.

„Violet", brummt Brandon gegen meinen Hals, als ich weiterhin die Augen zusammenkneife und hoffe, dass irgendein Wunder passiert, was mich dazu bringt, mich in Luft auflösen zu können. „Hast du schon mal ... Du bist Jungfrau, richtig?"

„Wieso?", hauche ich verängstigt.

„Ich muss das wissen", sagt er leise und zieht mein T-Shirt höher, bis es fast über meinen BH liegt. „Nur zur Sicherheit."

Ich nicke schnell, zu schnell, zu beunruhigt. „Ja. Ja, ich bin noch Jungfrau."

Jetzt keucht Brandon auf, als würde ihn diese Antwort freuen und im nächsten Moment setzt er sich auf seine Knie und zieht mir das T-Shirt über den Kopf. Er schmeißt es einfach neben das Bett und ich will mich übergeben, als er links und rechts von meinem Kopf eine Hand platziert und mich somit einschließt. Seine Augen zeigen mir, wie sehr er das hier will.

Und ich wette, wenn er klar denken könnte, würde er in meinen Augen sehen, wie sehr ich das hier absolut *nicht* will.

„Ich muss dir etwas sagen", raunt Brandon und er klingt sanft, nur nicht für mich. „Und das meine ich ernst."

Mir steigen fast die Tränen in die Augen, als ich zu ihm aufsehe.

„Ich kann nicht mit dem Gewissen mit dir schlafen, dass ich dich angelogen habe, deswegen muss ich es sagen."

Oh, Gott, ich will sterben.

„Das alles ..." Brandon sieht kurz weg, denkt nach. „Weißt du, du musst wissen, dass ich dich *wirklich* mag, du bedeutest mir sehr viel. Aber ich will, dass du weißt, dass ... Also ... Ich habe dich nicht angesprochen, weil du mir erst später aufgefallen bist."

Meine Stimme ist nur noch ein unsicheres Flüstern. „Was?"

„Es war ein ... wie soll ich das sagen? Ich will nicht behaupten, es sei eine Wette gewesen. Aber es war … Nun ja. Es war ein Experiment."

Was?

Brandon spricht einfach weiter, als würde mir seine folgenden Worte nicht aggressiv die Kehle zuschnüren. „Ich sollte Bilder von dir machen. Wie du … Irgendwie nackt bist.“

„Du solltest mich fotografieren?“, schaffe ich es, zu fragen, ohne den Verstand zu verlieren.

„Ich habe ein Foto von dir gesehen und dann ist es in eine dummen Gespräch passiert. Wir wollten wissen, ob du wirklich so leichtgläubig bist, wie viele erzählen.“

Ist das der Zeitpunkt, in dem ich mich auflösen darf?

„Aber das bedeutet nichts mehr! Wirklich!", stellt Brandon sofort klar und küsst mich schnell auf den Mund. „Es war dumm, ich weiß, aber jetzt ist das total nichtig, ich bin einfach nur froh, dass ich dich kennengelernt habe."

Wie erstarrt lasse ich zu, dass er weiter meine Haut küsst, höre seinen Worten zu, die ich nicht wahrhaben will. Er hat mich kennengelernt, um … meinen Körper jedem zu präsentieren.

Brandon führt seine Hand zu meinem Hosenbund und noch bevor überhaupt irgendetwas passieren kann, öffnet sich plötzlich die Zimmertür. Sofort springen wir auf und ich bekomme das Bedürfnis zu kotzen oder zu sterben.

Nichts davon ist schlimm genug, um meine Gefühle zu beschreiben.

Florence steht im Türrahmen und sieht uns erst verwirrt und dann mit einem breiten Grinsen an.

„Florence!", motzt Brandon sofort und setzt sich vor mich. „Verschwinde!"

Was, zur Hölle, tut sie hier? Was passiert hier?

„Ich dachte echt nicht, dass du das wirklich durchziehst", sagt Florence und lacht. „Und dann auch noch mit Kerzen und so?"

Brandon knurrt. „Verpiss dich einfach, wo ist Dad?"

„Dad?", frage ich Brandon verwirrt. Sagte er nicht, dass sein Vater abgehauen ist?

Er sieht mich an und sofort merke ich, dass ich ihn ertappt habe. *Heilige Scheiße. Bitte nicht.*

„Oh nein, die Lügen fliegen auf", feixt Florence weiter und ist gar nicht gewillt zu gehen, während ich spüren kann, wie alles in mir bricht. „Du hast die Scheiße echt knallhart durchgezogen! Was ist, Berry-Loser? Du hast ihm echt geglaubt, dass er eine kleine Schwester hat und sein Vater abgehauen ist? Wäre doch ein zu großer Zufall, oder?"

Nun spüre ich, wie mir die Tränen in die Augen schießen. Was anderes kann ich nicht tun, als ich schnell aufstehe und mir schluchzend mein Shirt nehmen will, um meinen Oberkörper zu bedecken. Jetzt gerade würde es mich nicht mal stören, wenn mich jemand erschießt.

Doch Florence ist schneller und schnappt mir das T-Shirt weg, hält es von mir entfernt. „Hey, das brauchst du doch nicht. Du willst doch nicht etwa mit Klamotten von meinem Stiefbruder ablichten lassen, oder?"

„Stiefbruder?", sage ich entsetzt und sehe von ihr zu Brandon, der total überfordert auf dem Bett sitzt und nicht weiß, was er sagen soll. „Du hast mich ständig belogen?"

Brandon will etwas sagen, doch Florence mischt sich wieder ein, lehnt sich in den Türrahmen. „Hach, eigentlich schade, dass ich euch unterbrochen habe. Dieses Wer-Sieht-Sie-Schneller-Nackt-Experiment war eigentlich wirklich kreativ. Sorry, dass ich dir das versaut habe, Brandy."

Daraufhin fließt die erste peinliche Träne über meine Wange und ich wische sie schnell weg. Das hier ist zu grausam. Das hier ist einfach zu grausam. Ich blende Brandon komplett aus, das Einzige, das ich will, ist verschwinden. Ich will Florence nicht mehr sehen, ich will niemanden mehr sehen, ich will einfach nur gehen, irgendwohin, wo ich schreien kann, weil ich so verdammt dämlich bin.

„Violet, bitte!", höre ich Brandon rufen, als ich an Florence vorbeistürme, die Treppe runterrenne.

Dennoch ignoriere ich ihn, ignoriere alles, schnappe mir meine Jacke und ziehe sie mir über die nackten Schultern. Erniedrigender kann es gar nicht mehr werden. Wie konnte ich so dumm sein? Wie konnte ich denken, dass jemand wie Brandon mich nicht benutzt? Wie konnte ich überhaupt denken, dass sich *überhaupt* jemand solche Mühe für mich macht?

Alles war eine verdammte Lüge.

Die Show auf der Bühne, alles.

Mit angehaltenem Atem reiße ich die Haustür auf, während ich im Hintergrund noch Florences Lachen und

Brandons schnelle Schritte auf der Treppe höre. Aber ich höre nicht hin, ich schmeiße die Tür zu und renne von seinem Hof. Und als ich in die nächste Straße biege, weit weg genug bin, meine Lungen schlappmachen, lasse ich mich einfach zu Boden fallen und weine.

Ich weine, weil ich denke, dass ich das vielleicht verdient habe. Ich weine, weil ich mir hätte denken sollen, dass so etwas passiert, und ich weine, weil es verdammt noch mal wehtut. Zusammengekauert lehne ich mich an einen Zaun vor einem fremden Haus und vergrabe meinen Kopf in meinen angezogenen Knien. Scheiße, ich hasse mich. Ich hasse alles.

Vielleicht habe ich es wirklich verdient. So rede ich es mir ein. Ich habe Brandon betrogen, auch wenn er mich angelogen hat, und ich hätte zugelassen, dass er mit mir schläft und mich vielleicht heimlich fotografiert, nur damit ich mir einreden kann, dass all das hier richtig ist. Aber nichts hiervon ist richtig und das lässt mich das Schicksal nun spüren.

Trotzdem bleibt mir nichts anderes übrig, außer mein Handy zu zücken, bevor ich an meinen Tränen ersticke. Ich weiß nicht, wo ich hin soll, ich bin so verdammt verloren und verlassen, dass ich denke, niemand würde mich verstehen, während ich mich nicht mal selbst verstehe, aber jetzt gerade will ich irgendwo sein, wo ich sein kann, wer ich bin.

Deswegen scrolle ich durch meine Kontakte, sehe die Buchstaben kaum und komme schließlich bei meinem Ziel an. Meine Hände zittern, als ich mir weinend das Handy ans Ohr halte.

Die Angst, die ich spüre, als es tutet, ist groß, doch ich kann nicht anders. Gerade tue ich einmal das, was mein

Herz will, auch wenn er mich ablehnen wird. Ich bin so verzweifelt, ich tue Dinge, die ich noch vor einer halben Stunde als falsch empfunden habe.

Ich gebe fast die Hoffnung auf, als es bereits eine halbe Minute tutet und ich meine Tränen nicht aufhalten kann.

Aber dann nimmt er ab. „Was?", ertönt Harrys tiefe Stimme in der Leitung, was mich gleich noch mehr heulen lässt. Sogar seinen unfreundlichen Ton habe ich verdient.

Die ganze Zeit will ich Wörter bilden, ihm irgendetwas sagen, obwohl ich nicht mal weiß, was ich sagen will. Der Kloß in meinem Hals ist einfach zu groß, um mehr zu tun, als einfach nur bitterlich in die Leitung zu weinen.

„Violet", sagt Harry nach ein paar Sekunden, diesmal in einem anderen Ton. „Was – wo bist du?"

Ich atme mit zitterndem aus und ein. „I-Ich sitze vor einem schlecht gestrichenen Z-Zaun", schluchze ich.

„Wo?"

„I-Ich weiß es nicht. Eine Straße weiter von –" Allein bei der Erinnerung an Brandons Namen heule ich wieder bitterlich los, kann nicht weitersprechen.

Ich höre, wie bei Harry im Hintergrund etwas knallt, und dann sagt er: „Ich bin gleich da."

Kapitel 24

Ich zähle jede Minute, die vergeht, nachdem ich aufgelegt habe.

1 ... 2 ... 3 ... 4 ... 5 ... 6 ... Ich weine noch immer ... *8 ...*

Und dann hebe ich den Kopf, als mir zwei Scheinwerfer entgegenblenden und ich Harrys Nummernschild erkenne. Mit immer noch total verweinten Augen blicke ich zu ihm, als er vor mir stehen bleibt und aussteigt. Er sieht mich an, wie ich so auf dem Boden kauere, und schmeißt seine Autotür hinter sich zu. Mir ist all das peinlich, mir war selten etwas weniger peinlich. Ich bin kein Mensch, der schnell weint, aber ich halte all das nicht mehr aus. Es musste irgendwann so kommen.

Harry sagt nichts und ich sage nichts, als er sich einfach neben mich auf den Boden setzt und sich an den Zaun hinter uns lehnt.

Ich muss schrecklich aussehen. Verschmierte Schminke, durcheinandergeratene Haare, noch dazu ist es echt unangenehm, nur mit Jacke und einem BH hier zu sitzen. Ich fühle mich so dermaßen erniedrigt, ich widere mich selbst an. Auch wenn ich es nicht ganz schaffe, aufzuhören zu weinen, atme ich etwas ruhiger, selbst wenn weiterhin die Tränen fließen.

Meine Knie ziehe ich noch enger an meine Brust, als ich mit heiserer Stimme sage: „Du hattest recht."

Harry dreht seinen Kopf zu mir, erwidert aber nichts.

„Brandon hat ..." *Wieder* dieser Name. Abermals kneife ich die Augen zusammen, weil ich bereits spüre, wie ich jeden Moment erneut anfange zu flennen wie ein Kind. „Harry, er hat – und – ich –"

Im nächsten Moment breche ich in Tränen aus, denn Harry zieht mich an sich, worauf ich mir erlaube, an seiner Brust zu weinen. Sofort wird mir klar, dass ich gerade niemand anderen bei mir haben will als Harry, als er beide Arme um mich legt und mich fest an sich drückt, derweil ich mich verzweifelt in seinen Hoody kralle.

Ich weine und weine, ich kann nicht aufhören. Selbst als er mir über sanft über das Haar streichelt, seinen Kopf tief durchatmend auf meinen legt, kann ich nicht aufhören daran zu denken, weshalb ich hier wirklich weine. Es ist nicht mal die Tatsache, dass es ein „Experiment“ war, das Brandon und mich zusammengebracht hat, es ist die Tatsache, dass ich, immer wenn ich jemanden mein Vertrauen schenke, einen Schlag in die Fresse bekomme, weil ich so naiv war, zu denken, diese Person könnte vielleicht genauso viel fühlen wie ich. Und es ist die Tatsache, dass ich mich so oft wegen Brandon mit Harry gestritten habe, obwohl es vielleicht nicht mal nötig war. Es ist diese scheiß Tatsache, dass ich denke, ich habe es verdient.

„Willst du irgendwo hin?", fragt Harry nach einer Weile, in der ich nichts anderes getan habe, außer in seinen Pullover zu weinen.

„I-Ich weiß nicht", sage ich mit noch schwacher Stimme und bleibe, auch wenn ich ruhiger bin, noch an seiner warmen Brust, denn hier fühle ich mich gerade sicherer, als an jedem anderen Ort der Welt.

„Wir sollten aufstehen."

Ausgelaugt von alledem nicke ich und löse mich das erste Mal nach einer Viertelstunde von Harry, der mich noch ansieht, als ich mir ein paar schwarze Tränen von den Wangen wische. Verflucht, ich muss wirklich scheußlich aussehen. Doch ihm scheint das egal zu sein, deswegen steht er auf und hält mir die Hand hin.

Ich sehe zu ihm auf und danke ihm gedanklich dafür, dass er hier ist. Es war so unwahrscheinlich, dass er kommt oder gar meinen Anruf annimmt, aber er hat es getan. Einfach so.

Er zieht mich auf die Beine und wir setzen uns in sein Auto. Der Duft, der mir entgegenkommt, als ich mich in den Sitz fallen lasse, lässt mein Herz springen, und um ehrlich zu sein, hebt er meine Laune, obwohl das kaum möglich ist. Dieser verdammte, tolle Kokosgeruch, von dem ich immer dachte, er wäre schrecklich, obwohl ich genau wusste, dass ich ihn liebe. Und das schon immer.

„Können wir irgendwohin, wo niemand ist?", frage ich Harry schniefend, als er losfährt. Was ein Déjà-vu. Genau das habe ich früher immer zu ihm gesagt, wenn ich wegen irgendetwas traurig war. Und er wusste immer genau, wo ich hin wollte.

„Ja", sagt Harry und steuert die Richtung an, von der ich hoffte, dass er dort hinfahren würde.

Während wir fahren, wird kein Ton gesprochen. Es läuft keine Musik, wir schweigen einfach und ich genieße den Duft, gemischt mit Harrys Anwesenheit. Ich kämpfe dauerhaft mit dem Bild, das ich in meinem Kopf habe, als Florence vor mir stand, mir mein T-Shirt klaut und die Wahrheit ans Licht bringt. Wenn ich daran denke, wie Brandon mich die ganze Zeit belogen hat und ich ihm geglaubt habe, kommt mir die Galle hoch, deswegen versuche ich, nicht daran zu denken, auch wenn es mir schwerfällt.

Als Harry den Motor stoppt, registriere ich erst, dass wir schon da sind. Ich sehe geradeaus und direkt scheint uns das Glitzern des Sees entgegen, bei dem wir als Kinder fast jede Woche waren, sobald die Sonne schien. Hier ist niemand, absolut niemand. Der Mond spiegelt sich im Wasser, es ist still, all das, was ich gerade brauche, nichts anderes. Und Harry wusste, was ich gerade brauche.

Deswegen sage ich, traue mich aber nicht, ihn anzusehen: „Danke."

Aus dem Augenwinkel erkenne ich, wie er zu mir sieht, und dann drückt er auf einen Knopf an seinem Radio, wodurch etwas Musik gespielt wird. Alles wirkt nun weniger angespannt.

„Du kannst deine Jacke ausziehen, wenn du willst", sagt Harry und dreht die Heizung etwas auf. „Es ist warm."

Direkt laufe ich rot an, als ich mich erinnere, dass mein T-Shirt immer noch bei Brandon liegt. „Nein, lieber nicht."

„Wieso?"

Ein weiterer Kloß bildet sich in meinem Hals, weil ich es hasse. Weil ich gerade *alles* hasse. „Mein T-Shirt liegt noch bei ..." Ich will seinen Namen nicht mehr aussprechen.

Harry runzelt die Stirn und kurz sagt er nichts, scheint über meine Worte nachzudenken. Und dann wird die Falte zwischen seinen Brauen größer, als er sich nach vorne wendet. „Bitte sag mir nicht, dass ihr miteinander geschlafen habt."

„Nein, haben wir nicht, wirklich nicht. Er wollte, aber ... So weit kam es nicht." An die Augen von Brandon denkend, wie er sich über mich stützt, presse ich wieder meine Knie an meine Brust und versuche, nicht mal zu stoppen, dass ich weine. Es macht sowieso keinen Sinn mehr. „Es war so widerlich", schluchze ich in meine

Knie. „Und das Schlimmste an der Sache ist, dass es eine bescheuertes Spiel war und Florence kam und ich so verdammt erbärmlich bin und ihm geglaubt habe, obwohl es so unwahrscheinlich war, dass er mich mögen könnte. Ich bin so verdammt dumm."

Seit vier Jahren ist es das erste Mal nicht peinlich, vor jemanden zu weinen.

„H-Harry, er hat mich ständig belogen, es war einfach alles gelogen. Die Sache mit seinem Vater, seiner Schwester, er hat so getan, als hätten wir das gleiche Schicksal, dabei hatten wir absolut gar nichts, das uns verbindet. E-Es – verdammt, hättest du mich nicht warnen können?"

Er spricht deutlich, aber nicht unfreundlich. „Ich *habe* dich gewarnt."

Ich sehe ihn nicht an, weine leise weiter in den Stoff meiner Jeans.

„Damals in der Toilette. Ich hab versucht, dir zu sagen, dass er ein verdammter Wichser ist, aber du wolltest es nicht hören."

Stimmt. Harry hat mir damals schon gesagt, dass Brandon keiner von den Guten ist, und ich wollte ihm nicht zuhören. Er hat versucht, mir zu sagen, dass Brandon ein Fehler ist, aber ich war stur und dachte, er wollte mich anlügen, dabei war Brandon der Lügner. *Er* war ständig der Lügner.

„Außerdem war es so offensichtlich", redet er weiter. „Er ist zwischenzeitlich so respektlos mit dir umgegangen und du hast es nicht gesehen. Keine Ahnung, was du an ihm fandest."

Ich bin der dümmste Mensch auf Erden, es ist offiziell. Und Harry hat nie ein Wort gesprochen, nie. Er hat einfach zugesehen, wie ich in den Abgrund laufe und mir dort die Knochen brechen lasse, genauso wie ich es verdient habe.

„Wieso bist du hier?", ist das Einzige, das ich Harry frage, als weitere Sekunden vergehen. Ich sehe ihn unglücklich an. „Wieso hast du meinen Anruf nicht einfach weggedrückt?"

Harry sieht von mir weg und tippt mit seinem Finger auf dem Lenkrad. Die Falte zwischen seinen Brauen ist deutlich. „Violet, das ..." Er atmet aus, entspannt sich mehr. „Ich würde deine Anrufe immer annehmen, egal, was ist."

Eine wohlige Wärme überkommt mein Herz, als ich seine Worte höre.

„Vor allem weiß ich, dass du mich nicht anrufen würdest, wenn nichts passiert ist. Zwar hatte ich gehofft, es wäre nichts passiert und es wäre mir lieber gewesen, wenn du mir gesagt hättest, dass du dich nur verwählt hast, aber du ..." Er sieht mich an. „Glaubst du wirklich, ich könnte dich alleine lassen, wenn du mich anrufst und weinst?"

Für einen Moment schaue ich in seine blauen Augen, spüre eine warme Träne, die sich den Weg zu meinem Kinn bahnt, dann blicke ich geradeaus zum See, der so schön glänzt und Erinnerungen weckt, in denen Harry das erste Mal seinen Arm um meine Schulter gelegt hat, als wir hier waren. „Ich weiß nicht, was ich glauben soll. Im Moment will ich einfach nur ... Hier sein."

Harry nickt leicht und dann lehnen wir uns beide in den Sitzen zurück, sehen zum schwarzen See, zu den Sternen, die glitzern. Ab und zu schniefe ich noch, sage mir selbst, dass es gut ist, dass ich hier bin und nun alles vorbei ist.

Ich bin bei Harry und bei Harry bin ich sicher. Das sagt mir mein Herz. Es schreit es mir quasi zu.

Nach ein paar Momenten höre ich Gitarrenklänge aus den Boxen, die mein Herz erweichen.

River.

Und als hätte Harry gewusst, dass ich diese Musik gerade brauche, dreht er die Lautstärke höher und ich schließe die Augen, versuche zu unterdrücken, wieder zu weinen. Ich konzentriere mich auf die Musik, auf den Fakt, ich bin hier, der Abend mit Brandon ist vorbei und das Morgen dauert noch lange an. Und Harry ist hier.

Als Leon beginnt zu singen, überkommen mich plötzlich unheimliche Gefühle. Zwar habe ich schon oft darüber nachgedacht, doch jetzt gerade wünsche ich mir, Harry hätte mich nie verlassen. Ich wünschte, wir wären noch immer die, die wir früher waren und ich wünsche mir, dass wir gemeinsam lachen können und Spaß haben. Ich wünschte, wir könnten wie früher in diesen See springen und die sein, die wir nun mal sind, unsere Insiderwitze reißen und einfach glücklich sein.

Aber es wurde zerstört. Einfach so. Wie ein Meteoritenschlag hat es uns auseinandergerissen, zerspalten in zwei Teile und alles hat sich geändert. Zwar dachte ich immer, es hätte sich nichts geändert außer, dass Harry nun kein Bestandteil meines Lebens ist, aber es ist mehr. Die Wahrheit ist – und das wird mir jetzt klar, als ich so hier mit ihm sitze –, dass sich *alles* geändert hat.

Ich schreibe keine Gedichte mehr über die Liebe und ich schaue seither kein *Nemo* mehr, habe sogar angefangen, den Film zu hassen, weil er mich immer an

Harry erinnerte. Seit Harry weg ist, hasse ich Madonna, esse keine Tortellini mehr und trage täglich einen Zopf, weil ich wusste, dass Harry es mag, wenn ich offene Haare trage. Bücher, in denen der Name Harry drin vorkommt, fasse ich gar nicht erst an und Musik, in der darüber gesungen wird, wie schön es sein kann, verliebt zu sein, sind meine Erzfeinde.

Alles, verdammt, alles hat sich geändert.

Ich schreibe Theaterstücke über Liebende, die sich anlügen, und Liebende, die sich beginne zu hassen, weil Fehler gemacht werden. Doch das ist, was ich tue. Ich denke nicht daran, dass Liebe gut sein kann, nicht mal ansatzweise. Ich schwärme für Kerle, die blond sind, anstatt braunhaarig, und braune Augen haben, anstatt blaue und lieber „Irgendwie“ sagen, anstatt „Wirklich“.

Und ich ignoriere den Menschen, der mir einst alles bedeutet hat, und sehe zu, wie er jemand wird, der er nie sein wollte. Ich versuche, mir einzureden, es sei mir egal, was er tut, doch ich weiß, dass es mir nicht egal ist. Es war mir nie egal. Ich habe ihn ständig beobachtet, zugesehen, wie er ein Mädchen nach dem anderen geküsst hat, und dachte auch noch, ich könnte das Ziehen in meiner Brust nicht spüren, das ich jedes Mal fühlte, wenn er eine andere küsste.

Es ist ein trostloses Leben und es hat sich geändert, nachdem Harry mich verlassen hat. Und das wollte ich nie verstehen.

„Take me to your river", singe ich leise die Worte des Liedes mit, lasse weiterhin die Augen geschlossen. „I wanna go."

Rosy selbst sagte zu mir, dass man es weiß, wann es richtig sein soll, jemanden zu mögen. Aber wieso wusste ich es nie? Wieso habe ich ständig dagegen angekämpft? Wieso konnte nie jemand zu mir kommen, mich an den Schultern packen und mich anschreien, mir sagen, dass ich mehr darunter leide, dass Harry gegangen ist, als ich je dachte. Dass ich die Augen aufmachen soll.

„Oh, I wanna be near and give ya", singe ich leise weiter, schwenke meinen Kopf zu dem langsamen Rhythmus. „And give you every part of me."

Noch immer weiß ich nicht genau, was ich denken und fühlen soll, aber was weiß ich überhaupt? Der Himmel ist blau und der Ozean ist weit. Ich weiß nicht, wieso all das passiert ist, und ich weiß nicht, wieso Harry zugelassen hat, dass solche Dinge mit mir passiert sind. Ich weiß nichts, absolut nichts.

Aber ich weiß, dass Harry immer noch die Musik lauter macht, wenn er hört, dass mein Lieblingslied kommt. Und vielleicht ist das gerade alles, was ich wissen muss.

„But there's blood on my hands ... And my lips aren't clean."

Ich höre, wie Harry seinen Kopf zu mir dreht, und leise sagt er: „Ich mochte es schon immer, wenn du singst."

Wie auf Knopfdruck muss ich den Atem anhalten, weil ich spüre, wie ich den Tränen erneut nahe bin. Ich höre auf zu singen, wage es mich nicht, die Augen zu öffnen, sonst fließen sie wieder.

„Auch wenn ich weiß, dass du nur singst, wenn du kurz davor bist, auszuflippen."

Und dann schluchze ich leise auf, kann es einfach nicht zurückhalten. „Harry", sage ich leise, gequält. „Wie konntest du nur zulassen, dass uns so etwas passiert?"

Als ich Harry so ansehe und er seinen Blick von mir abwendet, stumm nach draußen zum See blickt, denke ich, dass er selbst keine Antwort hat. Vielleicht weiß er selbst nicht, wie so was passieren konnte, und vielleicht lag es tatsächlich nur daran, dass er sich verändert hat.

„Wie konntest du mich damals einfach verlassen?", frage ich ihn, weil er immer noch schweigt. „Was ist nur mit uns passiert?"

„Die Dinge haben sich nun mal geändert", ist das Einzige, das Harry dazu zu sagen hat. „Und damals ... hat sich *zu viel* geändert."

Verzweifelt versuche ich, seinen Blick aufzufangen, doch er schaut weiterhin weg. „Aber was? Ich weiß bis heute nicht, wieso du einfach ... gegangen bist." Weil Harry erneut nichts sagt, meine ich noch: „Lag es an dir oder an mir? Ich habe es nie verstanden, nie."

Sekunden vergehen, in denen ich mir schon sicher bin, dass er nicht darüber sprechen wird, genauso wie er mir bei sich in der Küche nicht sagen wollte, wieso er mir damals nie erzählt hat, dass sein Vater Krebs hat. Aber Harry überrascht mich. Mal wieder.

„Es lag an dir", spricht er schließlich aus.

„Was?", hauche ich leise.

„Du hast damals eine Menge Scheiße zur falschen Zeit gebaut. Ich bin nicht ohne Grund gegangen."

„Was habe ich getan?" In meinem Kopf suche ich nach Dingen, die ich damals falsch gemacht haben könnte, aber mehr Taten als diese, in denen ich Harrys Fußball kaputt gemacht habe, fallen mir nicht ein.

Kurz herrscht Gesprächspause und dann sagt Harry: „Kurz vor deinem dreizehnten Geburtstag habe ich dir meinen Cousin Berry vorgestellt, erinnerst du dich noch daran?"

Ich nicke.

„Ich baue das alles jetzt nicht aus, aber es hat mich abgrundtief gestresst, wie sehr du auf ihn abgefahren bist. Er ist nach Belfast gezogen und es war so verdammt nervig, wie oft du über ihn gesprochen hast. Ich hab es dir nie gesagt, aber ich konnte ihn absolut nicht ausstehen, nicht mal ansatzweise. Aber mir blieb natürlich nichts anderes übrig, außer zu akzeptieren, dass ihr euch gut versteht. Ich meine, im Endeffekt sollte es mir doch sowieso egal sein oder? Aber – das klingt so kindisch, aber damals waren wir eben noch Kinder – du hast mich irgendwann angelogen und mich versetzt, um mit Berry abzuhängen. Ich wusste es, aber habe es schließlich hingenommen."

„*Deswegen* hast du mich verlassen?", frage ich Harry beinahe vorwurfsvoll.

Er lacht auf, es klingt bitter. „Nein, ich bin noch nicht fertig. Die Situation war ziemlich angespannt und dann, an deinem dreizehnten Geburtstag, wurde bei meinem Vater Krebs diagnostiziert. Und du hast dich doch gefragt, wieso ich es dir damals nicht erzählt habe. Die Wahrheit ist, ich *wollte* es dir erzählen."

Ich höre weiter gespannt zu.

„Ich kann mich noch genau daran erinnern", sagt Harry, versunken in Gedanken. „Wir waren in der Schule, du standest im Flur und ich hatte die Nacht davor nicht geschlafen, weil meine Mutter mich genervt hat und die Sache mit meinem Vater natürlich ziemlich kacke war. Du hast dich mit Berry unterhalten und ich stand hinter dir, war das absolute Wrack, aber als hätte meine

Gesamtsituation nicht schon gereicht, habe ich zugehört, wie du zu Berry gesagt hast, dass ... *Harry wäre nie meine erste Wahl ... Er ist nur irgendein Idiot, den ich schon zu lange kenne. Ich müsste bescheuert sein, würde ich wirklich mögen.*" Harry verzieht das Gesicht, als würden ihm diese Worte wieder wehtun. „Scheiße, Violet, ich glaube, du kannst dir nicht vorstellen, was du damit in mir angerichtet hast."

Kein Ton kommt über meine Lippen. Ich sitze einfach nur eingekauert in dem Sitz und erinnere mich genau daran, wie ich das zu Berry gesagt habe.

„Ich wollte dir sagen, dass mein Vater Krebs hat, ich war am Ende und du hast mir den letzten Schuss gegeben, mal ganz davon abgesehen, dass mich die Sache mit Berry sowieso schon genervt hat. Vielleicht hätte ich damals mit dir reden sollen, dich fragen, warum du so etwas auch nur aussprichst, aber um ehrlich zu sein, konnte ich dich nicht mal mehr ansehen, ich wollte *niemanden* mehr ansehen. Du warst damals alles für mich und dann hast du's versaut." Er sieht von seinem Lenkrad wieder auf den See. „Und das zur falschen Zeit. Deswegen habe ich nicht mehr mit dir gesprochen, nicht weil ich dich nicht cool genug fand oder Ethan besser war, du hast es einfach nur geschafft, dass ich mich noch beschissener gefühlt hab als die ganzen Wochen davor."

Ich weiß noch genau, wie diese Szene damals entstehen konnte. Und ich weiß noch, wie ich Harry damals tatsächlich ständig von Berry erzählt habe. Aber ich begriff nie, dass es Harry so gestört hat. Ein wenig stand ich auf Berry, das muss ich zugeben, aber ich war jung und Berry war erfrischend. Deswegen sage ich: „Ich wollte dich nie verletzen."

„Du hast es aber getan. Heute spielt es keine Rolle mehr, aber es ist passiert."

„Aber ich", versuche ich mich zu erklären, „ich hatte das nie so gemeint. Du warst immer mein bester Freund, aber ich war bescheuert. Berry meinte ständig, er fände es doof, dass du und ich so viel Zeit miteinander verbringen und irgendwie hat es sich hochgeschaukelt und keine Ahnung. E-Es war seltsam, ich …"

„Du musst dich nicht erklären", unterbricht Harry mich kälter. „Wir waren jung, wen interessiert es, was früher passiert ist?"

Ich seufze frustriert und lehne meinen Kopf zurück. Das ist ein Desaster. Nun muss ich auch noch mit der Tatsache leben, dass ich diejenige war, die dafür gesorgt hat, dass alles den Bach runtergegangen ist. Es tut so verdammt weh, aber, wie gesagt, ich habe es verdient. Sekunden, in denen wir nichts sagen, nur denken, verstreichen.

Bis ich mich leise wieder zu Wort melde. „Wieso hast du es mir nie gesagt?"

Er dreht seinen Kopf zu mir.

„Wieso hast du mir in den ganzen letzten Wochen nie gesagt, weshalb du gegangen bist? Du hättest es mir jederzeit sagen können."

„Du hast nie danach gefragt", antwortet Harry. „Ich hatte nicht das Gefühl, dass es dich interessiert."

Stimmt. Ich habe Harry nie gefragt, habe nicht mal darüber nachgedacht, was vielleicht der Grund für seine Veränderung sein könnte. Ich habe es einfach akzeptiert und weitergemacht. Mein Kopf hat schon zu lange ohne Harry gelebt. Es war Alltag, ohne ihn zu sein, und von daher habe ich nicht mal mehr versucht, für irgendetwas zu kämpfen. Es war zu normal für mich.

„Und deswegen hast du dich so verändert", sage ich nach ein paar ruhigen Moment. „Deswegen bist du so ... verkorkst geworden?"

„Ich würde nicht sagen, dass ich verkorkst bin, aber seit du nicht mehr in meinem Leben bist, habe ich mich stark verändert, das stimmt."

„Wie diese ganzen Dinge, die du gemacht hast ... Den Mädchen die Haare abschneiden, Brieftaschen klauen."

„Das war ich nicht."

Ich runzle die Stirn und sehe ihn an. „Was?"

„Nichts von dem ganzen Schwachsinn war ich. Ich habe nie irgendwelche Bilder an die Wände gemalt oder sonstiges. Es war immer Ethan. Ich habe nur für ihn eingestanden."

Jetzt richte ich mich mehr auf. *Was zur Hölle?*

Harry zuckt resigniert mit einer Schulter. „Ethan war immer ein ziemliches Arschloch und so einen Freund zu haben, kam mir gelegen. Klar, ich hatte ein paar Geschichten mit irgendwelchen Mädchen, das bestreite ich nicht, aber ich würde nie irgendwelche Leute mobben oder gar Diebstähle begehen. Ich wusste, dass meine Eltern es hassen würden, wenn ich es tue, und deswegen habe ich die Schuld immer auf mich genommen. Das ist der Grund, weshalb ich nur noch schlechte Noten schreibe."

„Du schreibst schlechte Noten, weil deine Eltern dann wütend auf dich werden?"

„So ungefähr. Du weißt, dass sie immer wollten, dass ich Jura studiere, aber darauf habe ich keine Lust, deswegen verkack ich alles, was sich verkacken lässt. Sie haben mich lang genug rumkommandiert, das alles geht mir nur noch am Arsch vorbei. Mehr als dich, hatte ich sowieso nicht mehr zu verlieren."

Ich öffne den Mund, um etwas zu sagen, doch bekomme kein Wort über die Lippen. Das alles schockiert mich. Jahrelang hatte ich solch ein schlechtes Bild von Harry, habe ihn sogar erst letztes Wochenende damit aufgezogen, dass er gemeine Karikaturen von Lehrern an die Wände gemalt hat. Er hat nie gesagt, dass er es gar nicht war. Er hat alles einfach hingenommen. Als wäre ihm alles komplett egal. Sogar die Leute in meinem Theaterkurs haben ihm Vorwürfe gemacht, als er das erste Mal da war, nie hat er sich gewehrt.

„Ich habe dich nie wirklich gehasst, aber ich mochte dich nicht", redet Harry weiter. „Anfangs war es schwer, vor allem weil ich dich immer in den Fluren gesehen habe und du einfach ... glücklich warst. Du hast Charly und die anderen kennengelernt und hast mich nie vermisst. *Das* hat mich am meisten abgefuckt."

„Aber ich *habe* dich vermisst", traue ich mich mit leiser Stimme zu sagen, sehe auf meine Knie, die ich noch an meine Brust drücke. „Ständig."

Harry sagt nichts.

Ich muss mich anstrengen, um nicht wieder anzufangen zu weinen. „Du kannst dir nicht vorstellen, wie sehr ich dich vermisst habe, Harry." Ich schüttle langsam den Kopf, versinke in Erinnerungen, in denen ich nächtelang an ihn gedacht habe. Nun fließt doch wieder eine Träne über meine Wange. „Ich habe jede Nacht bei Rosy im Zimmer geschlafen, weil ich nicht alleine sein konnte. Ich konnte nicht aufhören zu heulen und dann sah ich dich. Es schien, als wärst *du* glücklich. Du hattest so viele

Freunde, du hattest Spaß, alles schien so einfach für dich zu sein, während ich wochenlang vor mich hingelebt habe und mir nichts anderes übrig blieb, außer zu hoffen, dass du entweder irgendwann zurückkommst oder ich dich vergesse." Mit zitterndem Atem lege ich mein Kopf auf meinen Knien ab und sage: „Dich zu verlieren war etwas, womit ich nicht umgehen konnte."

Wieder herrscht Stille. Tausend Worte durchfluten meinen Kopf. Dinge, die ich Harry immer sagen wollte, doch nie konnte, weil er weg war und Dinge, die ich immer aussprechen wollte, mich aber nie getraut habe, weil ich wusste, es würde keinen Sinn machen. Wie diese eine kleine Wahrheit, dass ich erst nach Harrys Verschwinden gemerkt habe, wie viel er mir wirklich bedeutet hat. Nämlich alles.

„Weißt du, wie oft ich nachts vor deinem Haus stand?", unterbricht Harry irgendwann die Stille. Er lacht rau auf. „Es war immer so bescheuert. Manchmal bin ich einfach an den Wochenenden zu dir gelaufen, als ich von den Partys total besoffen nach Hause gegangen bin. So oft stand ich vor deinem verdammten Gartenzaun und wollte klingeln, weil ich dich sehen wollte, aber ich habe es nie getan. Manchmal wollte ich mit dir reden, einfach nur, um dich anzuschreien. Ich wollte dir Vorwürfe machen und sagen, dass du endlich aus meinem verdammten Kopf verschwinden sollst. Und manchmal wollte ich dir sagen, dass ich dich vermisse und mir dein Lachen fehlt, niemand so ist wie du, aber ... ich bin immer wieder gegangen."

Scheiße. Mein Herz weiß nicht, ob es bluten oder pochen soll.

„Ich war viele Nächte betrunken und hab vergessen, wo ich war, aber ..." Kurze Pause. „Ich denke, ich wusste immer, wo ich sein wollte."

Ich wende meinen Kopf langsam zu ihm, betrachte sein Profil, das nur leicht vom Mond beleuchtet wird. „Es tut mir leid", sage ich und meine es zu hundert Prozent ernst. Mir tut alles leid.

„Mir tut es auch leid", sagt Harry. „Ich habe viele Fehler gemacht in den letzten Jahren und das tut mir leid. Auch dass ich dir vor zwei Jahren im Sportunterricht die Jeans geklaut hab."

„Wie bitte? Du hast mir – *du* warst das?"

Harry grinst. „Jap."

„Ich fass es nicht!" Ich lache. „Ich bin den ganzen Tag mit meiner viel zu kurzen Sporthose rumgelaufen und das im tiefsten Winter!"

„Wie gesagt", sagt Harry und hebt die Hände. „Es tut mir leid!"

Ich verdrehe die Augen, sehe aus dem Fenster, fühle mich aber gleichzeitig besser und um Mengen befreiter. Ich lache lieber mit Harry, als vor mich hin zu weinen, egal, in welcher deprimierenden Situation wir stecken.

„Außerdem mochte ich deine Jeans eh nie."

Nun schnaube ich. „Na danke."

„Ich mochte nun mal deine Socken."

Das Grinsen, das nun meine Lippen ziert, ist nicht zu unterdrücken. Er sagte, er mochte meine Socken. Das ist das absolut schönste Kompliment, das er mir jetzt gerade machen konnte. „Also ich erinnere mich noch ganz genau, wie du meintest, sie seien schrecklich. In der Abstellkammer. Klingelt da was?"

Harry verdreht die Augen. „Mein Gott, dachtest du, ich mach dir da drin Komplimente? Du hast mich ziemlich genervt."

Ich grinse weiter, es geht nicht anders. Es tut beinahe in den Wangen weh. „Ich habe sogar noch deine Socken."

„Meine Socken?"

„Ja. Die violetten, die du mir mal gestrickt hast. Weißt du noch?"

Er denkt kurz nach, dann fällt es ihm ein und er hält sich die Hand an den Kopf. „Oh man, diese Teile. Diese Scheißsocken zu stricken, war die größte dreiwöchige Zeitverschwendung meines Lebens. Zumal die echt schrecklich aussahen."

„Ich hab sie geliebt. Und ich konnte sie nie wegschmeißen."

„Das wäre auch eine Schande gewesen“, meint er ironisch.

Ich lache, dann spiele ich mit einem Stück Faden an meiner Jeans rum. „Ich war oft kurz davor, sie wieder anzuziehen, aber ich habe mich nicht getraut."

„Du hast dich nicht *getraut*?"

Unsicher darüber, ob ich das nun wirklich sagen will, sehe ich weg. Ich sage es einfach. „Irgendwie habe ich dich immer mit ihnen verbunden. So metaphorisch, weißt du?"

Harry sagt erst nichts und dann: „Das ist ... echt bescheuert."

Sofort laufe ich rot an. Ich wusste, es war dumm, solche Dinge irgendwelchen Leuten zu erzählen. Verdammt sei meine verrückte Seite. „Ja", lache ich peinlich berührt auf. „Echt bescheuert."

„Aber du könntest ja", sagt Harry wieder, sieht von seinem Schoß zu mir. „Also wenn du willst ... Wie cool wäre das, wenn du sie wieder anziehen würdest?"

Ich sehe tief in seine blauen, schönen Augen, verliere mich in ihnen und ihrer Schönheit, die ich viel zu spät erkenne. „Ja … Wie cool wäre das?"

Harrys rechter Mundwinkel hebt sich. „Das wäre sehr cool."

„Okay", sage ich grinsend und muss mir auf die Unterlippe beißen, damit mein dümmliches Grinsen weniger dümmlich aussieht. „Also ... Was bedeutet das jetzt?"

„Was hoffst du denn, was es bedeutet?"

„Ich hoffe, dass es bedeutet, dass wir ... einfach das machen, was wir wollen."

„Einverstanden." Er wendet sich wieder nach vorne. „Eigentlich echt dumm. Ich hatte uns schon mal eine zweite Chance gegeben."

„Echt? Wann?"

„Nachdem du Brandon vor deiner Haustür abgeschossen hast. Ich war so verdammt stolz auf dich, da blieb mir gar nichts anderes mehr übrig, außer zuzulassen, dass wir wieder Freunde werden."

„Und dann hast du mich sofort nach Narnia geschleppt."

„Richtig."

„Und dann hast du's wieder versaut, indem du Florence geküsst hast."

Harry seufzt und lässt die Schultern hängen. „Richtig. Aber dafür hat es auch ziemlich geklatscht."

Ich lasse die Beine hängen und beginne mich wohlzufühlen. Ich denke nicht mehr an Brandon oder Florence. Das Einzige, das nun in meinem Kopf vorgeht, ist das Wissen, Harry und ich nutzen nun unsere zweite Chance. Und es wird klappen. Diesmal wird es klappen. Wir haben beide Fehler gemacht und haben uns alle verziehen. Das Leben hat uns nun lang genug getrennt, es wird Zeit, wieder die zu sein, die wir einst waren. Nur ein wenig älter und verkorkster.

Ich schnalle mich an, als Harry den Motor startet. „Du hattest die Ohrfeige verdient. Man küsst keine vergebenen Mädchen."

Er sagt nichts darauf, sondern schmunzelt nur in sich hinein.

Und ich schmunzle auch. Ich komme nach Hause und lächle. Ich lächle, als ich Mama auf die Wange küsse, ihr sage, dass ich keinen Fehler begangen habe, und als ich Rosy küsse, die sich genervt von mir wegdrücken will, ich sie jedoch trotzdem küsse. Ich danke ihr dafür, dass sie so eine tolle Schwester ist, und ich danke ihr dafür, dass sie mit mir gesprochen hat, als ich traurig war.

Dann liege ich am Abend in meinem Bett, starre die Decke an und lächle weiter. Noch vor ein paar Tagen habe ich die Antwort auf all meine Fragen hier gesucht, jetzt weiß ich, dass all meine Fragen schon längst beantwortet wurden.

Kapitel 25

„Mom!", schreie ich durch das Haus, als ich am nächsten Morgen total gehetzt im Wohnzimmer stehe und hoffe, dass ich meinen Bus nicht verpasse. „Mom, sag Rosy, sie soll sich gefälligst beeilen!"

„Sag es ihr doch selbst!", schreit Mom zurück, die gerade im Bad ist. „Du bist alt genug!"

Ich stöhne gestresst und rufe deswegen Rosy: „Rosy! Bewegung! Jeden Morgen das Gleiche!"

„Violet, du bist diejenige, die immer Stunden braucht!", schreit sie von oben. „Bleib bei den Fakten!"

„Ich geb dir gleich Fakten, wenn wir wegen dir den scheiß Bus verpassen!"

„Mom! Violet flucht wieder!"

Jetzt reicht es mir. Ich verdrehe die Augen und öffne die Haustür. Wegen Rosy habe ich schon etliche Male den Bus verpasst, nur weil sie Angst hat, morgens alleine zu fahren. Sonst ist sie immer die Erwachsene, aber geht es um andere Kinder, ist sie plötzlich wieder die schüchterne neunjährige, arme Rosy.

Ich schmeiße die Tür hinter mir zu und noch in der gleichen Sekunde haue ich mir die Hand an die Stirn. Mein Schlüssel! Verdammt sei meine Schusseligkeit. Während ich vehement die Klingel betätige, krame ich eilig in meiner Tasche herum, um zu checken, ob ich vielleicht doch schlau genug war, um ihn einzupacken. Doch es sieht echt schlecht aus. Rosy killt mich.

„Rosy!", brülle ich durch die Tür und klopfe. „Mach auf, ich hab meinen Schlüssel vergessen!"

Ich vernehme, wie Rosy ihr Zimmerfenster öffnet und herauskeift: „Ich habe dir gesagt, ich öffne sie nicht, wenn du noch mal deinen Schlüssel vergisst!"

„Willst du mich – Rosy, ich petz es Mama!"

„Mach doch, du stehst vor der Tür!"

„Argh!", rufe ich aus und drehe mich auf den Fersen um. Ich gehe wütend die drei Treppenstufen herunter und schnappe mir eine Handvoll Kieselsteine, die neben Moms Blumenbeet liegen. „Ich hab dich gewarnt, Rosalinda!" Dann gehe ich ein paar Schritte zurück und peile Rosys Zimmerfenster an.

Und dann schmeiße ich auch schon den ersten Stein. „Mach auf!"

Nichts passiert, also werden ein paar mehr Steine geschmissen. „Mein Bus fährt in vier Minuten, ich schwöre dir, ich erzähle Toby von nebenan, dass du auf ihn stehst!"

Und schon nach kurzer Zeit sehe ich Rosys Gestalt am Fenster, die mich entsetzt ansieht. Aber als ich die nächsten Steinchen schmeiße, verschwindet sie und ich bin mir sicher, dass ich richtig Ärger von Mom bekomme, ist mir jedoch egal. In den ersten zwei Stunden habe ich Theaterkurs und den verpasse ich nicht, vor allem wenn Harry da ist.

Sauer schmeiße ich den Rest meiner Kieselsteinchen an Rosys Fenster und schreie auf. „Petze!"

„Ach du Scheiße", ertönt plötzlich eine gerade so was von unerwünschte Stimme hinter mir und ich kreische entsetzt, drehe mich zu Harry, der aus seinem Auto aussteigt und sich über mich amüsiert. „Du schmeißt schon so früh am Morgen Steinchen?"

Ich halte mir fassungslos die Hand über das Herz und beruhige mich. „Das war gerade ein sehr intimer Moment mit meiner Schwester, was tust du hier?"

„Ich nehme dich mit", sagt Harry, als wäre es selbstverständlich. „Früher bin ich auch jeden Morgen vorbeigekommen, schon vergessen?"

Erleichtert atme ich aus. Nun muss ich doch nicht den Bus verpassen. Ich laufe zu ihm und schon ist das Problem mit meinem Schlüssel vergessen. „Fand es früher mit den Fahrrädern aber irgendwie cooler."

„Kann dir leider nur das hier bieten", sagt Harry, als wir in sein Auto einsteigen und es wieder wunderbar nach Kokos duftet. „Busfahren ist sowieso der größte Müll."

„Das stimmt", sage ich und bin glücklich. Ich sehe mich in Harrys Auto um und runzle die Stirn, als er losfährt. „Wir sind ja wieder Freunde. Deswegen muss ich dich jetzt einfach fragen: Warum, verdammt, riecht es hier immer nach Kokos?."

„Du willst es wirklich wissen?", geht er sicher und mir fällt auf, wie sehr ich seine Klamotten heute liebe. Enge helle Jeans mit einem lockeren braunen Pullover. Es ist so einfach, aber ich stehe total drauf.

„Ja, sag es mir endlich", dränge ich ihn, gleichzeitig fällt mir auf, wie sehr ich auch auf seine wuscheligen braunen Haare stehe. Und sein markantes Kinn mit den leichten Bartstoppeln.

„Okay." Er beugt sich beim Fahren etwas nach vorne und wühlt unter seinem Sitz umher. Gerade als ich denke, wir fahren gegen den Bürgersteig, setzt er sich wieder gerade hin und hält mir eine weiße Kugel entgegen.

Ratlos nehme ich sie in die Hand.

„Ist 'ne Badekugel", erklärt Harry, als wäre es total normal. „Ich habe herausgefunden, dass diese Dinger *noch* intensiver riechen als Duftbäume, und außerdem halten sie länger."

„Liegt unter meinem Sitz auch eine?", frage ich Harry und beäuge skeptisch die krümelige Kugel in meiner Hand.

„Unter jedem Sitz liegt eine."

„Das ist echt merkwürdig, Harry."

Er sieht mich kurz an und dann grinst er. „Du hast ja so was von Recht."

„Das ergibt absolut null Sinn", sage ich zu Harry, als wir zusammen zum Theaterkurs laufen. Wir sind zehn Minuten zu spät dran, weswegen die Flure leer sind. Verdammt seien Verkehrsunfälle. „Aliens sind genauso unwahrscheinlich wie die Schöpfungsgeschichte. Wer glaubt da schon dran?"

„Aliens sind so was von wahrscheinlich", erklärt Harry wissend. „Es wäre unlogisch, wenn es keine geben würde. Schon mal dran gedacht, dass es uns immerhin auch gibt?"

„Ja, durch den Urknall, na und? Ein Phänomen, das es wahrscheinlich nur einmal gegeben hat. Also sind Aliens tabu."

„Violet, es gibt mehr als 500 Millionen Galaxien, wie naiv wäre das, zu denken, dass wir die einzigen Lebewesen hier sind. Es muss ja kein Planet wie die Erde sein, aber irgendetwas, komplett egal, was."

„Ja, unbedingt", sage ich, rolle mit den Augen, als ich schon die Tür zum Kurs sehe. „Vielleicht leben dort noch

Dinos und Menschen, die aus ihren Fingern pinkeln können."

Harry sieht nach vorne und nickt in Gedanken. „Das wäre so cool."

Ich greife nach dem Türgriff. „Das wäre schwachsinnig, wie gesagt. Du hast zu viel Fantasie." Als sich die Tür nicht öffnen lässt, runzle ich die Stirn. „Hä? Abgeschlossen?"

Harry hebt innehaltend den Kopf. „Hörst du das?" Er stellt sich genau an die Tür und hält sein Ohr dagegen, damit er die leise Musik besser hört. „Was, zur Hölle, machen die da drin?"

„Oh man", sage ich und halte mir die Hand an die Stirn. „Benja verfolgt mal wieder seine Wir-machen-uns-zum-Affen-Taktik." Als Harry mich nur fragend ansieht, sage ich: „Er dreht die Musik auf, schließt ab, damit sie niemand sehen kann, und dann müssen alle wild umhertanzen, damit wir lockerer werden. Total bescheuert. Das kann noch dauern, bis die fertig sind."

„Aber wir müssen da rein", sagt Harry. „Wenn uns Heath wieder sieht, bin ich mir sicher, bringt sie uns *komplett* um."

Nachdenklich tippe ich mir mit dem Finger an das Kinn. Dann sage ich: „Ich hätte da eine Idee."

„Siehst du was?", fragt Harry mich, als ich zwei Minuten später auf seinen Schultern sitze und durch das hohe Fenster der Theaterhalle sehen will. Zum Glück sind die Fenster im hinteren Teil der Schule, weswegen um uns herum nur Bäume und ein kleiner Weg sind, niemand sonst.

„Nein", sage ich und kralle mich an das Fensterbrett, das ich gerade so mit den Händen erreichen kann. „Ich muss höher!"

„Wie hoch?"

„Hoch!"

Harry stöhnt auf. „Dann stell dich, ich halte dich."

„Wirklich? Das kann ziemlich schiefgehen!"

„Los!"

Ich atme tief ein und aus und ziehe mich schließlich am Fensterbrett hoch. Vorsichtig stelle ich erst meinen linken, dann meinen rechten Fuß auf Harrys breite Schultern, der mich mit seinen Händen an den Gelenken festhält. Es ist ziemlich wackelig, weswegen mein Herz wild pocht, doch immerhin kann ich mich am Brett festhalten, was mir mehr Halt gibt.

„Siehst du *jetzt* was?", muss Harry mittlerweile schon rufen, weil ich so weit oben bin.

„Ein bisschen!" Ich kann gerade so über die Fensterkante blicken und versuche, mich auf Zehenspitzen zu stellen. Das Einzige, das ich erkennen kann, sind halbe Köpfe, die hoch und runter springen. Die Musik höre ich auch bis hier hin. Benja hat Queen voll aufgedreht und er tanzt auf der Bühne, schwingt seine Arme hin und her. „Sie tanzen tatsächlich!", rufe ich zu Harry. „Benja dreht voll am Rad, es sieht aus, als würde er jeden Moment von der Bühne fallen!"

„Sehr schön!", sagt Harry gequält, weil ich mit meinen Fußspitzen so sehr in seine Schultern drücke. „Versuch endlich, ihre Aufmerksamkeit zu bekommen, und zappel nicht so rum!"

„Oh man, sogar Charly macht mit!", lache ich und total vertieft in ihre Tanzbewegungen merke ich gar nicht, wie ich automatisch noch höher gehen will.

„Au, spinnst du!", beschwert sich Harry sofort und dreht seinen Kopf weg, auf dem ich stehen wollte. Er stolpert einen Schritt nach rechts und ich denke, dass wir jeden Moment auf dem Boden liegen, doch er hält sich noch. „Klopf, verdammt!"

„Ist ja schon gut, halt still!" Ich klopfe dreimal hintereinander, doch niemand scheint mich zu bemerken. Sie zappeln immer noch wild umher. Dann klopfe ich erneut, haue so fest ich kann meine Faust dagegen, bis Benjas und meine Blicke tatsächlich aufeinandertreffen.

Schnell winke ich und zeige in Richtung der Tür, um ihm klarzumachen, dass er sie öffnen soll. Er lacht und schüttelt ungläubig den Kopf. Wahrscheinlich fragt er sich, wie ich es geschafft habe, mal eben zwei Meter zu wachsen.

„Er hat mich gesehen!", gebe ich Harry Bescheid, der erleichtert aufseufzt.

„Und ich habe *euch* gesehen", ertönt eine bekannte Stimme hinter uns, was mir einen Herzinfarkt verpasst. *Heath!*

Sofort drehe ich meinen Kopf und weil ich reflexartig das Fensterbrett loslasse, beginnt Harry, das Gleichgewicht zu verlieren, und läuft mehrere Schritte nach hinten, hält jedoch immer noch meine Gelenke fest in seinen Händen.

„Scheiße, scheiße, scheiße", sagt er, versucht, nach vorne und hinten zu laufen, um zu verhindern, dass ich runterfalle.

Hektisch versuche ich, nach einem Ast im Baum zu greifen, doch ich packe es nicht. „Harry!"

„Ich hab dich!", sagt er, allerdings klingt er selbst nicht überzeugt davon. Wieder schwingen wir nach vorne und ich verfehle glatt den Ast. Wir Zirkusartisten watscheln nach vorne, nach hinten, ein Wunder, dass Harry mich überhaupt so lange halten kann. Ich sehe unsere zermatschten Körper schon jetzt auf dem harten Untergrund liegen.

Ich wedle heftig mit meinen Armen, versuche zu retten, was noch zu retten ist, damit ich nicht Bekanntschaft mit der Hauswand mache. „Oh Gott, ich falle gleich!"

„Ich hab dich", wiederholt Harry wieder hektisch und hält mich fester an den Füßen, allerdings weiß ich, dass er gar nichts hat, denn ohne Kontrolle läuft er nach hinten, weil ich kippe. „Ich hab dich, ich hab dich, ich hab dich, ich – SHIT!"

Wir schreien laut auf, als Harry die Balance verliert und wir nach hinten kippen.

Ich denke, wir sterben und alles ist zu Ende, doch ich bin erleichtert, als ich in der nächsten Sekunde feststelle, dass wir im Busch unter dem Baum gelandet sind. Ist zwar nicht ganz so angenehm, doch besser als die Hauswand. Ein Ast piekst mir unangenehm in mein Hinterteil und ich bin mir sicher, in meinem Shirt ist nicht nur *ein* Loch.

Noch bevor Harry, der unter meinen Füßen liegt, und ich uns aufrappeln können, steht Misses Heath mit verschränkten Armen vor dem Gestrüpp und sieht böse auf uns herab. „*Was* sollte das?"

Harry stöhnt und richtet sich unter Schmerzen auf. Er pustet ein Blatt aus seinem Mund. An seinem Rücken hängt viel Dreck und in seinen Haaren sind ebenfalls kleine Blätter mit roten Punkten, die von den Johannisbeeren hier kommen. „Das war scheiße knapp."

Ich bleibe noch liegen und lache in mich hinein. Der Schock sitzt tief und um ehrlich zu sein, bin ich einfach nur froh, dass wir es überlebt haben. Außerdem habe ich Angst, dass irgendetwas an meinen Klamotten reißt, wenn ich aufstehe.

„Das ist nicht witzig, Violet", meckert Heath sofort und sie scheint es wohl ernst zu meinen. „Ihr schwänzt schon wieder und dann erwische ich euch hier? Was sollte das werden? Akrobatik?"

„Tut mir leid", sage ich, kann aber immer noch nicht aufhören zu grinsen. „Wir wollten nur versuchen, Benjamin dazu zu bringen, die Tür aufzuschließen, damit wir ins Theater kommen."

Harry, der sich den Dreck von den Schultern wischt, murmelt: „Ignorieren wir einfach, dass ich gerade eine Meisterleistung hingelegt habe."

Heath knurrt und starrt Harry giftig an. Gott, so hat sie ja noch nie geguckt. „Ihr zwei ... Vergesst es." Sie wendet sich von uns ab, worauf ich sie verdutzt ansehe, als ich mich ebenfalls aufrichte und somit hinter Harry sitze. „Es macht keinen Sinn mehr. Das ist euer letztes Jahr, also macht, was ihr wollt. Ich verliere sonst noch die Nerven."

Harry und ich heben die Brauen, als die Rektorin aufgebracht abdampft. Machen, was wir wollen, klingt gut, allerdings habe ich Angst, dass sie meine Mutter verständigt. Sie weiß noch nicht, dass ich einmal geschwänzt habe, und eigentlich sollte sie das auch nicht wissen.

„Alles okay bei dir?", fragt mich Harry, der nun aufsteht. Auch seine Hose hat lila Flecken von den Beeren.

Ich nicke und nehme seine Hand, die er mir freundlicherweise entgegenhält, damit er mich aus dem Gestrüpp ziehen kann. „Danke." Trotzig sehe ich an mir herab, nur um festzustellen, dass auch ich diese hässlichen Flecken habe. „Och man, das waren meine neusten Kniestrümpfe."

Harry wuschelt sich durch die Haare, um ein paar Blätter zu entfernen. „Es hätte schlimmer ausgehen können."

„Allerdings", sage ich und lache wieder, als ich ein kleines Ästchen von seinem Shirt entferne. „Benja wird sich totlachen."

Als wären wir Affen, die sich gegenseitig Läuse entfernen, holt Harry ein paar Blätter aus meinen verwuschelten Haaren. „Trotzdem machen wir das nie wieder, deine Schuhe sind verdammt dreckig und verdammt schmerzhaft."

„Tut mir leid", kichere ich und sehe zu ihm auf, als er mir mit leicht angewiderter Miene einen Beerenrest aus einer Haarsträhne zieht. „Es war trotzdem witzig."

Auch er lächelt jetzt und mit seinem Daumen wischt er etwas Dreck von meinem Kinn. Mein Herz schlägt schneller. „*Sehr* witzig. Lass uns gehen, bevor Heath es sich anders überlegt."

„Ihr seid zu spät", begrüßt uns Benja, als er die Tür zur Theaterhalle öffnet. Im Hintergrund hört man noch *Don't*

Stop Me Now von Queen spielen, allerdings viel leiser als vorher. Alle scheinen sich beruhigt zu haben.

Harry schließt die Tür hinter uns, als Benja durch die Mitte der Zuschauersitze läuft, und ich folge ihm. „Benja", flüstere ich ihm zu, sehe schnell hinter mich, um sicherzugehen, dass Harry noch weit genug ist. „Ich muss dir etwas sehr Wichtiges sagen."

„Das wäre?"

„Die Socken sind entfaltet und gebügelt."

Benjas Grinsen verrät alles. „Ach, echt?"

„Wie, ach, echt?"

„Ich weiß, dass du deine Socken nicht wegschmeißen kannst", sagt er und dann sieht er hinter mich, als wir stehen bleiben, wo wahrscheinlich Harry kommt. „Ich hab dich lieb, Vy. Außerdem stehen euch die Johannisbeerflecken ausgezeichnet."

Ich grinse und Benja geht zu den anderen, die auf der Bühne rumstehen und auf Befehle warten. Er klatscht zweimal in die Hände und schreit ein *„Okay, es wird Ernst!"* in die Runde, wodurch alle aufwachen.

Harry taucht neben mir auf, legt seinen Rucksack beiseite. „Nur noch zwei Wochen bis zum Auftritt", sagt er und stellt sich neben mich, sieht zu, wie sich alle auf die Probe vorbereiten. „Beginnst du schon, Panik zu bekommen?"

„Ich bekomme nie Panik."

„Nun ja."

„Vielleicht ein bisschen."

„Es wird klappen."

Ich seufze und sehe Charly und Benja zu, die Lara gerade Tipps für die nächste Szene geben. „Ich habe hart dafür gearbeitet."

„Nachdem die Endszene endlich Sinn ergibt, kann es nur gut laufen."

Gespielt beleidigt stoße ich ihn von der Seite an, worauf er lacht. "Hör auf, drück mir das nicht rein!"

„Hey, ihr Tanten!", ruft uns Benja zu und stemmt die Hände in die Hüfte. „Denkt ihr, wir machen das hier zum Spaß? Bewegt euch! Vy, Scarlett braucht Hilfe bei ihrem Text und Harry, Andre braucht Hilfe beim Aufbau. Wird's bald?"

„Eigentlich machen wir das schon zum Spaß!", rufe ich zurück.

„Und das klang gerade absolut nicht spaßig!", unterstützt Harry mich.

Nun verdreht Benja die Augen und macht sich auf den Weg hinter die Bühne. „Los jetzt! Wir haben nur noch zwei Wochen!"

Und dann machen wir uns an die Arbeit. Es ist aufregend, mit Harry in einem Kurs zu sein, ohne Hassgedanken zu haben. Wir helfen uns gegenseitig, machen Späße, lachen, ziehen uns gegenseitig auf, genauso wie früher. Wenn ich ehrlich bin, war ich selten glücklicher im Theaterkurs. Ich hatte zwar immer Spaß, aber heute, mit Harry, ist es anders. Es ist besser. Es ist, als wäre er derjenige, der hier schon ewig gefehlt hat. Zwar mögen ihn die anderen noch immer nicht unbedingt, aber das wird sich auch noch ändern, je mehr Zeit ich mit Harry verbringe.

Brandon ist heute nicht in der Schule, zumindest hat Benja es mir erzählt. In der Pause musste ich bei Mr Smith im Englischkurs bleiben, weil er mir unbedingt eine Extrahausaufgabe aufdrücken musste, nachdem

Harry und ich den ganzen Unterricht SMS geschrieben haben. Allerdings verlief unsere Konversation eher so:

H: Hi
V: Hi
H: Hi
V: Hi
H: Hi
V: Das ist dumm
H: Gewonnen

Und mal ganz davon abgesehen, dass Harry im gleichen Klassenraum saß, wurde nur ich erwischt. Wie immer. Mein Glück, dass Florence ebenfalls krank gemacht hat. Bei ihr und Brandon zu Hause läuft wohl auch diese Machst-du-krank-mach-ich-auch-krank-Regel, wie bei Rosy und mir. Ich hasse Florence.

Nach der Schule stehe ich mit Harry bei seinem Auto und warte auf Benja und Charly. Die beiden hatten in der letzten Stunde einen anderen Kurs, weswegen wir uns immer nach der Schule noch sehen wollen, vor allem weil Benja immer noch mal alle Pläne für den Nachmittag durchgeht. Er ist ein Kontrollfreak der Extraklasse.

„Oh nein", sage ich zu Harry, der sich neben mich an sein Auto lehnt. Ich sehe zu Benja und Charly, die heftig diskutierend zu uns kommen. „Sie streiten sich wieder."

Doch noch bevor Harry etwas sagen kann, ruft Charly: „Vy! Sag Benja, dass ich recht habe!"

„Gib mir mehr Schlagpunkte."

Benja spricht, als Charly den Mund öffnet. „*Wer nicht liebt, wird sich des schönen Maien so gut er kann, doch leider halb nur freuen*. Verklicker Charly endlich, dass es Schiller war und nicht ihr verdammter Goethe."

„Es war Goethe!", motzt Charly.

„Charlotte, schweig!"

„Sorry, Benja", sage ich. „Es war Goethe."

„Bäm!" Charly schubst Benja weg, der sauer aufbrummt. „Jetzt darfst du den Eintritt heute zahlen!"

„Das wird teuer", lache ich Benja zu, der beleidigt die Arme verschränkt. „Aber dieses Mal ist es nicht so teuer."

„Was?", fragt Harry mich und runzelt die Stirn.

„Heute ist geplant ins Artistant Museum zu gehen, ist so'n Ding von uns."

„Ihr geht ins *Museum*", wiederholt Harry mit einem skeptischen Unterton.

„Willst du mit?"

„Absolut nicht."

„Du wärst ein ziemlich schlechter Freund, wenn du nicht mitgehst", sagt Charly. „Und das schon am ersten Tag."

„Charly", warne ich sie und kneife die Augen zusammen. Ihre Klappe zu halten, hat sie noch nie gelernt.

„Weißt du, Charlotte", mault Benja. „Du bist *so was* von unlustig."

„*Du* bist so was von unlustig!", gibt sie sofort zurück, worauf Benja gereizt die Lippen aufeinanderpresst und aufstampft.

„Wir gehen", mault Benja und dreht sich weg. Er kramt seinen Schlüssel aus seiner Tasche und ruft: „Charlotte, bei Fuß!"

Charly verdreht die Augen, sagt noch zu uns: „Also wir treffen uns um fünf. Bis später."

Ich nicke ihr zu und beobachte, wie sie Benja hinterherjoggt. Noch nie habe ich Menschen getroffen, die sich so oft streiten wie Charly und Benja, sich aber gleichzeitig lieben. Es ist wirklich zum totlachen.

„Also kommst du heute mit?", frage ich Harry, der sich von seinem Auto abstößt.

„Museen sind sterbenslangweilig."

„Also kommst du nicht mit?"

„Violet, das – es ist ein Museum."

Ein klein wenig schiebe ich meine Unterlippe noch hervor und dann gehe ich trotzig um das Auto herum. „Okay, dann nicht." Ich öffne die Autotür und setze mich hinein, genieße den himmlischen Duft der Kokosbadekugeln.

Von draußen höre ich, wie Harry etwas flucht, und dann setzt er sich ebenfalls in das Auto, schmeißt die Tür zu. „Lass das, ich komme mit", sagt er und man sieht ihm an, wie unzufrieden er mit dieser Antwort ist.

Ich grinse automatisch. „Gewonnen."

Kapitel 26

„Wir gehen erst in den weißen Bereich", sagt Benja, der sich gemeinsam mit Charly die Broschüre für das Artistant Museum ansieht, nachdem wir bezahlt haben und ein paar Treppen hochlaufen. „Da sind die langweiligsten Sachen, deswegen kommt das zuerst."

„Und ganz am Ende gehen wir in den roten", sagt Charly und grinst Harry und mir zu, wir laufen hinter den beiden. „Da ist es stockdunkel und man muss die Statuen erfühlen. Krass oder?"

„*Super* krass", murmelt Harry widerwillig.

„*Wirklich* super krass", freue ich mich und ignoriere Harrys Gemeckere. Das tut er schon, seitdem ihm klar geworden ist, dass er vierzig Pfund Eintritt für ein Museum bezahlt hat. Zumindest sagt er es so.

Wir kommen im ersten Stock an und sofort werden uns die vielen weißen Wände präsentiert, an denen Bilder von berühmten sowie nicht ganz so berühmten Künstlern hängen. An einer anderen Wand wird mit einem Projektor ein Film abgespielt, wo nichts anderes passiert, außer dass ein Hund über eine Wiese rennt. Manchmal ist das, was als Kunst bezeichnet wird, schon ziemlich skurril, aber die Hintergrundgeschichten sind meist das, was es zu Kunst macht. Und das ist das Aufregende daran.

Benja kramt aus seinem Rucksack eine kleine Kamera heraus und sieht sich um. „Okay, Charly du kommst mit mir und die anderen Tanten gehen in die andere Richtung."

„Du musst uns nicht immer Tanten nennen", sage ich zu Benja, der sich seinen Rucksack wieder richtig aufzieht. „Wie wäre es mit Harry und Violet?"

„Ich bleibe bei Tanten."

Charly sieht auf ein Schild, das an der Wand hängt. „Die Kamera kannst du sowieso vergessen, ist hier verboten."

Benja stöhnt auf und lässt die Kamera sinken. „Es ist schon schlimm genug, dass Hardy nicht dabei ist, aber so langsam wird's unerträglich."

Grinsend legt Charly ihren Arm um Benjas Schulter. „Ich bin ja da, Benjamin." Sie sieht zu uns. „Ihr geht in den grünen Bereich, würde ich sagen, damit wir besser aufgeteilt sind. Wir treffen uns in ... einer Stunde?"

Ich nicke und krame meine eigene Broschüre heraus. „Verstanden. In einer Stunde."

„Und pass auf, dass Mister Ich-interesse-mich-nicht-für-Kunst nicht ausbüxt."

Wieder nicke ich und lache, sehe wie Harry die Augen verdreht. „Verstanden."

Und dann verschwinden Benja und Charly auch schon zwischen den weißen Wänden. Ich schleppe Harry mit in den zweiten Stock, in dem alle Wände grün sind. Schon jetzt fällt auf, dass – im Gegensatz zum unteren Bereich – die Bilder in eine verrücktere Richtung gehen. Zerspaltene Köpfe, bunte Tiere, Unterwäsche, jede Menge merkwürdiges Zeug. Ich stehe jetzt schon total darauf, was mein zufriedenes Grinsen zeigt.

„Woah, guck dir das an", sage ich zu Harry und steuere ein großes Bild an, auf dem ein mit Öl gemalter Mann eine pink-schwarz gestreifte Katze küsst. In seinem

Gesicht zeigen sich pinke Kratzer. „Das kenne ich sogar!"

Harry stellt sich mit den Händen in den Hosentaschen neben mich und versucht nicht mal, seine desinteressierte Miene abzulegen. „Ein Mann, der eine pinke Katze küsst", stellt er monoton fest.

„Nicht nur das", sage ich und zeige auf das goldene Metallschildchen, das darunter festgenagelt wurde. „Es ist von Shawn Legré, ein Künstler aus Frankreich. Durch das Bild wurde er berühmt."

„Nie davon gehört, also kann er nicht so berühmt sein."

„Einfach total aufregend, finde ich. Die Idee mit der Katze ist einzigartig."

„Es ist nur ein Kerl, der eine pinke Katze küsst. Diese Scheiße ist einfach nur dämlich."

„Nein, ist es nicht", erwidere ich und deute auf die Katze. „Die Katze ist ein Symbol für die Frau und sie ist schwarz-weiß, weil Frauen gut sowie böse sein können. Der Mann", ich zeige auf den Mann, „liebt sie, deswegen küsst er sie, auch wenn sie eine gute und eine schlechte Seite hat. Siehst du die rosa Kratzer? Die nimmt er hin, weil er alles für sie tun würde, ganz egal, wie sehr sie ihm physisch wehtut, solange sie ihn psychisch liebt."

Harry sagt nichts, nickt nur und ich erkenne, dass es ihn immer noch null interessiert. Ihm kann man Kunst einfach nicht schönreden, egal, wie oft man es versucht. Darum habe ich mich schon bemüht, als wir in Benjas Auto auf dem Weg hierher waren. Keine Sekunde hat er mir zugehört, hat nicht mal so *getan*, als würde er mir zuhören.

Er geht nach links, macht drei Schritte zum nächsten Bild und bleibt davor stehen. „Warte, lass mich raten.

Dieser verdammte Künstler, der mit Sicherheit auch irgendein komischer Franzose ist, hat die Axt in den Schädel dieser Kuh gemalt, weil er darstellen will, wie schrecklich es sein kann, dass Tiere für Geld getötet werden, deswegen die Brutalität in dem Bild. Und die weinenden Kinder im Hintergrund sollen die Zukunft verkörpern, weil Kinder sind ja die Zukunft und weil man nicht einfach *Schlachtet keine Tiere* auf das Bild schreiben kann, das wäre viel zu *un*künstlerisch, malt man einer Kuh eine Axt in den Kopf."

„Beeindruckend", sage ich und stelle mich neben ihn. „Vielleicht hast du recht."

„Oder vielleicht war das auch totaler Bullshit und der Künstler hat einfach nur eine verdammt sadistische Ader, steht auf's Abschlachten und so, außerdem auf weinende Kinder." Er sieht auf das goldene Metallschild, wo der Name des Malers steht. „Er ist tatsächlich Franzose, wusste ich es doch."

„Weißt du, Kunst kann wirklich ziemlich aufregend sein, du musst es einfach nur zulassen. Ich wette, dieses Bild hier gefällt dir mehr, als du zugeben willst."

„Es haut mich quasi von den Socken", sagt Harry, sein Sarkasmus ist deutlich.

Seufzend drehe ich mich von ihm weg und gehe in den nächsten Raum. „Es ist zwecklos. Du bist wie ein kleines Kind."

„Ich kann mir meinen Freitagabend auch echt aufregender vorstellen."

„Beschwer dich nicht, du musst sowieso durch."

Widerwillig brummt Harry auf, als wir in einen Raum treten, der etwas dunkler ist. Die Wände sind hoch und grün, verziert mit Mustern in Form von Blättern und

Bäumen. An den Wänden stehen Statuen und mittendrin ist ein Glaskasten, zu dem ich gehe. Man sieht ein einfaches Ahornblatt. Auf dem goldenen Schildchen steht, dass es die Reinheit der Natur darstellen soll, weil es keinen einzigen Riss hat.

Während ich die Stirn runzle und mir selbst denke, dass man ein einfaches Ahornblatt nicht unbedingt in einem Glaskasten verstauen muss, läuft Harry durch den Raum, sieht sich um. Er bleibt vor einer Statue stehen, in Form einer nackten Frau, ihre Blöße ist nur mit ihren langen Haaren verdeckt.

Ich drehe mich wieder zu dem Blatt und versuche, einen noch tieferen Sinn daraus ziehen zu können, vielleicht ein kleines Merkmal daran zu erkennen, was nicht auf dem Schild steht, doch ich finde nichts. Es ist einfach nur ein verdammtes Ahornblatt.

„Okay, das hier ist wirklich bescheuert", sage ich und wende mich wieder an Harry. „Es ist – was zur Hölle tust du da?"

Harry dreht nicht mal seinen Kopf zu mir und behält weiterhin seine Hände auf den Brüsten der Steinfrau. „Ich analysiere", antwortet er und sieht dabei auf das goldene Schildchen neben der Statue. „Sie soll Aphrodite sein, wie schön. Witzig nur, dass sie echt absolut *nichts* mit dem Wald zu tun hat. Welcher Vollidiot hat diese Räume zusammengestellt?"

Entsetzt gehe ich zu ihm, als er immer noch nicht auf die Idee kommt, seine Hände von der Statue zu nehmen. Schnell reiße ich seine Arme herunter und sehe mich nach Securityleuten um. „Du bist echt bescheuert", zische ich ihm zu. „Du darfst hier doch nichts anfassen, wenn du nicht rausgeschmissen werden willst."

„Gut zu wissen", sagt Harry und legt wieder seine Hände auf Aphrodites Brüste.

Sofort schlage ich sie weg und er lacht in sich hinein, entfernt sich von der Statue. „Man, Violet, mach dich locker, hier ist keine Menschenseele." Er legt kumpelhaft seinen Arm auf meine Schultern und zieht mich an sich, als ich beleidigt neben ihm herlaufe, weil mich seine Gleichgültigkeit so enttäuscht. Ich dachte, ihm würde es wenigstens ein bisschen gefallen. „Du darfst mir jetzt zu jedem Bild irgendeine Geschichte erzählen und ich verspreche, ich höre dir zu."

Schmollend sehe ich zu ihm auf, genieße gleichzeitig seine Nähe, die mich umhüllt. „Du hörst *wirklich* zu?"

Er sieht schmunzelnd zu mir herab. „Wirklich."

Jetzt grinse ich und schon bleiben wir bei dem ersten Bild stehen, das ein kariertes Herz mit mehreren Fäden als Adern darstellt. Glücklich fange ich an: „Okay, also ..."

„Und wie war's?", fragt Charly, als wir uns im obersten Stock treffen, nachdem ich Harry eine Stunde lang das Ohr über Kunst und seine Symbolik abgekaut habe.

„Eigentlich war es interessant", sage ich und schiebe meine Broschüre in Harrys Gesäßtasche, weil ich einen Rock ohne Taschen trage. „Nicht wahr, Harry?"

„Ich hätte meine vierzig Pfund nicht besser verschwenden können", antwortet er darauf.

Charly nickt und nickt zu Benja, der sich gerade ein Bild an der Wand neben uns ansieht. „Bei uns ist es eher ... kompliziert. Benja besteht darauf, Bilder zu machen, deswegen knipst er heimlich überall rum. Ständig muss ich nach der Security Ausschau halten, einmal war es richtig knapp."

„Es ist mein gutes Recht, Bilder zu machen", schaltet sich Benja ein. „Es grenzt an seelische Misshandlung, in einem Museum zu stehen und Erinnerungen nicht festhalten zu dürfen."

„Es grenzt an seelische Misshandlung, *Todes*angst zu haben, weil jede Sekunde ein Gorilla mit Securityjacke auf dich zurennen könnte, weil dein bester Freund seine verdammte Kamera nicht wegpacken kann", meint Charly.

„Charlotte, du wirst nichts daran ändern können." Er sieht zu Harry und mir. „Seid ihr bereit für den letzten Bereich? Die pure Dunkelheit?"

Ich nicke aufgeregt. „Darauf freue ich mich schon am meisten."

„Vergiss nicht, deinen Blitz auszuschalten", zieht Charly Benja auf, als wir uns auf den Weg in den letzten Bereich machen.

Wir begeben uns zu einer Tür, an der Schwarzraum steht, und müssen vorher noch alle scharfen Gegenstände dem Securitymann geben, der daneben steht. Benja behält seine Kamera um den Hals und weigert sich strikt, sie abzugeben, auch wenn er weiß, dass er da drin erst recht keine Fotos machen darf. Und der große Securitymann ist so genervt von Klein Benja, dass er es ihm einfach erlaubt. Benja kann ziemlich anstrengend sein, wenn es um seinen Willen geht.

„Ihr müsst bis zum anderen Ende laufen", gibt uns der Securitymann Bescheid und öffnet die Tür. „An den Wänden sind Leitstangen, falls ihr euch verlauft, außerdem habt ihr Glück, im Moment ist niemand drin, also sollte es keine Probleme geben."

„Ausgezeichnet", sagt Benja und stolziert unmittelbar in das tiefe Schwarz hinter der Tür.

Charly folgt ihm und ich folge Charly, Harry hinter mir. Als wir alle in dem schwarzen Raum stehen, der noch kurz von der geöffneten Tür beleuchtet wird, schließt der Mann sie und alles wird schlagartig düster. Und das so was von düster, man sieht absolut gar nichts mehr, auch nicht die eigene Hand, wenn man sie direkt vor sein Gesicht hält.

„Heilige Scheiße", sagt Charly und ich höre, dass sie sich vorsichtig von mir entfernt. „Das ist wirklich *ziemlich* dunkel."

„Ich sehe einfach gar nichts mehr", ertönt nun auch Benjas Stimme, der bereits weiter weg ist. „Au! Ich glaube, ein Tannenbaum hat mich aufgespießt!"

„Und ich glaube, ich halte gerade etwas extrem Menschliches in meiner Hand", sagt Charly.

„Ja, meinen Hintern, Charlotte!"

„Violet", höre ich Harrys Flüstern hinter mir und ich drehe mich um. Ich kann spüren, dass er dort irgendwo ist, aber ich kann ihn nicht ausmachen. Doch dann vernehme ich, wie er mir langsam näher kommt. „Verdammt, ich sehe wirklich absolut nichts."

Ich lache, doch dann erwärmt sich mein Körper schlagartig, als ich Harrys Hand an meiner Schulter spüre. Er fährt sachte von meiner Schulter, meinen Arm herunter und dann ergreift er meine Hand, was mein Herz heftig pumpen lässt. Als wäre es vollkommen normal, lässt er seine langen Finger zwischen meine gleiten und hält meine Hand fest, ist aber gleichzeitig behutsam.

„Ich will dich nicht verlieren", höre ich ihn leise sagen. „Wenn ich mir so einen Mist schon antue, dann mit dir."

Ich grinse und halte es diesmal nicht zurück, er kann es sowieso nicht sehen, und dass meine Augen wahrscheinlich glänzen, sieht er auch nicht. Seine Hand ist warm und fühlt sich in meiner kühleren Hand wunderbar an. Als sollte sie niemand anders halten, außer Harry. „Dann musst du mir aber überall hin folgen", sage ich und gehe den ersten Schritt rückwärts, ziehe Harry leicht mit mir.

Seine Stimme ist wieder leiser. „Okay."

Konzentriert drehe ich mich um, halte meinen Arm nach vorne, damit ich ausmachen kann, wenn uns etwas im Weg steht. Das Kribbeln, das ich an meiner Hand spüre, ist unmöglich zu ignorieren, als Harry und ich mit langsamen Schritten durch den Raum laufen. Bei Brandon habe ich so etwas nie gespürt. Ich dachte immer, das, was ich bei ihm gefühlt habe, wenn er mich berührte oder ich ihn, war alles, was mit einem Menschen passiert, wenn man jemanden mag. Anscheinend hat mich mein Körper getäuscht. Jetzt gerade ist das Kribbeln in mir intensiver als alles, was ich je mit Brandon hatte, auch wenn Harry und ich nur Händchen halten.

Nach ein paar Metern ertasten meine Finger auch schon die erste Statue beziehungsweise das erste Kunstwerke. Es ist fest im Boden verankert, weswegen es unmöglich ist, es umzuwerfen. „Ich spüre einen Kopf", lasse ich Harry wissen, der sich neben mich stellt. „Aus Stein." Ich taste weiter. „Ich glaube, es ist Lincoln oder so."

„Das hier ist todeslangweilig", ist das Einzige, das Harry von sich gibt. „Schon jetzt."

Ich seufze frustriert und nehme die Hand von der Statue. „Harry."

„Es tut mir leid, machen wir weiter."

„Und du wirst dich nicht mehr beschweren? Vorhin hat es auch geklappt."

„Ich werde mich nicht mehr beschweren", versichert Harry mir und dann geht er nach links, worauf ich diesmal von ihm mitgezogen bin. Er zieht mich näher an sich heran, wodurch ich von hinten seine Schulter spüren kann, als würde er sichergehen wollen, dass mir nichts passiert, wenn er vorangeht. Zumindest rede ich es mir ein, mir gefällt der Gedanke, dass Harry auf mich Acht gibt, egal, wie schwachsinnig es sein mag.

Im Hintergrund höre ich Benja und Charly reden und kichern, und mit jedem Schritt werden ihre Stimmen leiser, weil wir uns immer mehr von ihnen entfernen. Doch das macht mir nichts aus, denn ich weiß, dass ich Harry an meiner Seite und seine Hand in meiner habe.

„Scheiße", sagt Harry nach einer stillen Weile. „Wie kommt man auf die Idee, Kunst in einem stockdunklen Raum auszustellen? Es ist …" Es knallt und er bleibt stehen. „Alles klar. Hier ist ein Türrahmen."

Ich kichere in seinen Pulloverärmel, fühle mich gleichzeitig unheimlich vertraut mit ihm. „Sei vorsichtig."

„Bin ich." Er geht wieder voran und zieht mich erneut zu sich. „Stoß dich nicht."

Ich schmunzle und dann fühle ich mit meiner anderen Hand, dass wir durch den Türrahmen gelaufen sind und uns in einem anderen Raum befinden. Man riecht Farbe und Leder.

Harry läuft geradeaus, und dann stoppt er. „Hier ist ... Keine Ahnung. Irgendetwas."

Ich stelle mich neben ihn und strecke meine Hand aus, um zu ertasten, was er meint. Es ist rundlich, größer, hat Rillen. Auch Harry betastet es, wodurch sich unsere Finger kurz streifen, was mir einen Stromschlag durch die Haut schickt.

„Ein Fußball", stellt Harry nachdenklich fest. „Und ... Was ist das?"

„Ein Messer", sage ich. „Es steckt in dem Fußball."

„Hier könnte ich eine Geschichte zu erzählen.“

„Ich auch", sage ich sofort, weil ich wahrscheinlich genau das Gleiche denke wie er.

„Das dachte ich mir schon."

„Es tut mir immer noch leid, *wirklich.*"

„Das bringt meinen Fußball auch nicht mehr zurück."

Ich kichere. Schon wieder. Verdammt, dieses Kichern ist widerlich, doch ich kann es nicht stoppen, genauso wenig, wie ich dieses verdammte Kribbeln stoppen kann. „Ich habe dir einen neuen gekauft, schon vergessen?"

„Es war mein *Lieblings*fußball. Schon vergessen?"

Weil ich es will, lehne ich mich an Harry, der es zulässt, meine Hand etwas fester drückt. „Es tut mir aufrichtig leid."

„Wieso hast du ihn überhaupt zerstochen? Das weiß ich bis heute nicht."

„Das bleibt mein Geheimnis."

„Violet, sag es mir, ich habe dir meine Badekugeln gezeigt."

„Aber es ist ein doofer Grund."

„Wie gesagt. Ich habe dir meine Badekugeln gezeigt."

Ich sehe zu Harry auf, obwohl ich ihn gar nicht sehen kann, dennoch bin ich mir sicher, dass er jetzt gerade unglaublich attraktiv aussieht, wie er mit zusammengeschobenen Brauen auf den Fußball mit dem Messer darin sieht. „Kennst du noch Barbara?"

Er denkt kurz nach. „Barbara. Die, die in der Sechsten zu uns gezogen ist."

„Ja, genau. Ich glaube, du warst recht gut mit ihr befreundet."

„Du auch."

„Ne, nicht wirklich", lache ich leicht. „Ich konnte sie nicht ausstehen." Weil Harry nichts sagt, fahre ich fort: „Auf jeden Fall ... Och man, das ist doof."

„Los", drängt Harry. „Was war mit Barbara?"

Ich zögere und spiele mit dem Gedanken, mir irgendetwas Bescheuertes auszudenken, aber es würde keinen Sinn machen, deswegen beschließe ich, die Wahrheit zu sagen. Harry hat mir auch letztens offenbart, dass er damals eifersüchtig auf Berry, seinen Cousin, war und deswegen kann ich es nun auch sagen. Was ist schon dabei?

„Du hast ihr mal eine Valentinskarte geschrieben", erkläre ich deswegen beschämt.

„Und?" Als ob er es nicht schon wüsste.

„Was und? Das war doof."

Jetzt höre ich Harrys leises, schönes Lachen und spüre, wie sein Körper vibriert. Er streicht mir kurz mit seinem Daumen über den Handrücken, was einen erneuten Schlag in meinem Körper auslöst und mir für eine Sekunde den Atem nimmt. Alles, was er tut, macht mich hilflos, einfach alles.

„Ich wollte sie eigentlich dir schreiben", sagt Harry. „Aber du hast schon eine von Berry bekommen, deswegen wollte ich dein Ego nicht noch mehr pushen."

Ich schürze die Lippen. Ich erinnere mich noch genau, wie traurig ich deswegen war und wie wütend, weswegen ich auch heimlich Harrys Fußball zerstochen habe. „Ich wünschte, du hättest es getan."

Er sagt nichts.

„Berrys Karte war total doof, er hat einfach nur geschrieben, dass ich schöne Haare habe."

„Dafür war meine Karte für Barbara noch schlimmer. Ich habe ihr geschrieben, dass ich ihren Dad cool finde."

„Okay, jetzt bin ich froh, dass du mir keine Karte geschrieben hast."

„Dir hätte ich etwas anderes geschrieben."

Mein Herz pocht schneller, was mich zum Schweigen bringt. Es berührt mich. Das alles berührt mich. Die Erinnerung an unsere früheren Ichs, die Erinnerung daran, wie sehr wir uns mochten. Und dass wir gerade hier vor einem aufgespießten Fußball stehen und darüber reden.

„Ich wusste, dass du meinen Fußball wegen der Karte zerstochen hast", unterbricht Harry die Stille.

Ich hebe meinen Kopf an.

„Aber ich wollte es einfach von dir hören."

Unauffällig einatmend lecke ich mir über die Lippen und versuche, das Bersten meiner Brust zu unterdrücken, doch es ist unmöglich. Und als Harry auch noch dauerhaft über meinen Handrücken streichelt, wenn auch nur zaghaft, dann scheine ich mich komplett in ihm zu verlieren.

Ich will ihn küssen, genau jetzt.

„Hey Violet", sagt er, nachdem ein paar Sekunden vergangen sind. „Ist es okay, wenn ich dich jetzt küsse?"

Einen Moment zu beschreiben, in dem man das Gefühl hat, die Knie lassen nach und jedes Klopfen deines Herzens schlägt wie eine Flutwelle durch deinen Körper, ist schwer. Aber vielleicht muss ich das auch gar nicht. Vielleicht muss ich einfach nur hier sein, Harrys Hand halten, ihm zuhören und aufhören, darüber nachzudenken, was richtig und falsch ist. Ich muss unsere Situation und alles, was um uns herum geschehen ist, nicht analysieren, ich muss auch nicht so tun, als ob ich diese Frage nicht beantworten wollte. Denn das wäre Schauspiel und das hier ist kein Theater. Das hier ist echt. Was ich fühle, ist echt.

Deswegen tue ich das, was ich möchte und sage: „Ja, es ist okay."

Dann spüre ich, wie Harry sich zu mir dreht und weil ich es möchte, drehe ich mich zu ihm, halte aber immer noch seine Hand in meiner, bis er sie loslässt, um mit seiner Hand meinen Arm heraufzufahren. Seine Präsenz vor mir raubt mir jetzt schon den Atem und ich kann es kaum erwarten, seine Lippen zu spüren. Ich würde ihn gerne ansehen, doch dieser Moment, seinen leisen Atem, den ich höre, seinen Geruch, der reicht mir.

Meine Lippen öffnen sich leicht, als Harry mit seiner rechten Hand bis zu meiner Schulter und dann zu meinem Hals und meinem Nacken streicht. Jede Berührung prickelt angenehm und die Dunkelheit macht es noch intensiver, denn außer fühlen, tue ich gerade absolut nichts.

Als Harry seine andere Hand zu meinem Kopf führt, ich die Augen schließe, weil ich ihn sowieso nicht sehen kann und das Gefühl seiner weichen Hände genießen will, wie sie sich sanft um meinen Kopf in meinen Haaren verirren, wird meine Atmung schwerer. Mit seinem linken Daumen sucht er vorsichtig meine Lippen und ich verliere jeden Moment den Verstand, weil er über meine Unterlippe fährt.

„Du wirst mich nicht schlagen, richtig?", fragt Harry mich leise.

Ich schlucke den Druck in meinem Hals herunter, werde ungeduldig, will endlich, dass er mich küsst. „Nein."

Mittlerweile ist mir sein Gesicht schon so nahe, dass ich seinen Atem auf meiner Haut spüre und das löst ein tiefes Rauschen in meinen Ohren aus.

Gerade, als ich denke, er küsst mich, weil er mir so nahe ist, sagt er: „Ich habe es vermisst, bei dir zu sein, das habe ich wirklich." Und dann küsst er mich so sanft und zaghaft, dass ich meine Hände in seinen Pullover krallen muss, damit er mich fester küsst.

Einen Moment zu beschreiben, in dem du das Gefühl hast, alles auf der Welt könnte gerade schiefgehen und nichts und niemand könnte dich in dieser Sekunde verletzen, weil alles, was du brauchst, vor dir steht, kann ich nicht. Und ... Mal wieder brauche ich es nicht. Das Einzige, was ich brauche, sind Harrys Lippen auf meinen, seine Finger, die sich in meine Haare graben, und diese Wärme in mir, die ich zu selten spürte.

Er küsst besser als jeder Junge, den ich je geküsste habe, und es fühlt sich besser an, als bei jedem Mal, wenn mich jemand küsste. Doch mittlerweile wundert es mich nicht mehr.

Ich stehe auf Harry.

Ich stehe darauf, wie sanft und gleichzeitig leidenschaftlich er meine Lippen beherrscht, und ich stehe darauf, wie er redet, wie nervig er sein kann, und außerdem stehe ich darauf, dass er mich fühlen lässt. So richtig. Er zeigt mir, dass es möglich ist, jemanden zu mögen, wie Henriette Victor mochte. Es ist keine Fantasie, er beweist mir hiermit das Gegenteil.

Am liebsten würde ich ihn noch für weitere Stunden küssen, doch leider lässt er vorsichtig von meinen Lippen ab, hält mich weiterhin fest. Noch einmal küsst er mich auf die Lippen, als er sagt: „Du hast meinen Freitagabend gerade noch so gerettet."

Ich muss grinsen, spüre immer noch seine Lippen leicht auf meinen. „Bilde dir ja nichts darauf ein."

„Tue ich aber." Dann küsst er mich wieder.

Am liebsten würde ich meine Hände in seinen Haaren vergraben, doch ich traue mich nicht. Brandon mochte es nie, deswegen zügele ich mich, doch das ist in Ordnung. Alles ist in Ordnung. Wirklich.

„Charly", ertönt irgendwann ein Flüstern und es ist uns gefährlich nahe. „Hörst du das?"

Harry hört auf mich zu küssen, bleibt aber noch einen kleinen Zentimeter vor meinen Lippen, sodass ich seinen warmen Atem spüre. Er wartet ab.

„Höre ich *was*?", fragt Charly nach, die weiter weg zu sein scheint.

„Hier macht jemand rum."

Oh, Hilfe. Während ich am liebsten im Erdboden versinken würde, lacht Harry ganz leise und als würde ihn gerade nichts aus der Ruhe bringen, küsst er mich wieder und ich lasse es zu, weil ich es zu sehr liebe. Es ist kein langer Kuss, doch er zeigt, dass es okay ist, wenn Benja und Charly wissen, dass wir uns mögen.

Ich höre Schritte und wieder hört Harry auf mich zu küssen, lehnt seine Stirn an meine, fährt mit seinem Daumen zärtlich über meine Wange.

„Er kommt immer näher", flüstert Harry mir zu und meint damit Benja.

„Ich suche den perfekten Winkel", ertönt wieder Benjas Stimme und ich schätze, er ist noch zwei Meter von uns entfernt.

Noch bevor ich verwirrt in seine Richtung gucken kann, obwohl ich sowieso nichts sehe, werde ich von einem extrem hellen Licht geblendet und sofort wird mir klar, dass er seine Kamera gezückt hat.

„Ha!", ruft er glücklich. „Ich wusste es! Charlotte, ich wusste es!"

Harry lässt mich los, nimmt allerdings wieder meine Hand und ich stöhne auf. „Benja, bitte sag mir, dass du das Bild wieder löschen wirst."

Ich höre ihn aufschnauben. „Bestimmt."

„Lösch. Es."

„Meine Güte, okay. Aber jetzt, nachdem ihr euch endlich geküsst habt, können wir verschwinden. Ich habe keine Lust mehr auf diese ätzende Dunkelheit, Charly hat mir mittlerweile schon dreimal an den Hintern gepackt." Es knallt etwas. „Autsch, super. Und das war das vierte Mal, dass ich mir meine Hüfte stoße."

Ich halte mir die Hand an die Stirn, kann mich nicht entscheiden, ob mir all das nun peinlich sein oder ich es hinnehmen soll. Ich glaube, Letzteres ist praktischer.

„Komm", flüstert Harry mir zu und schon zieht er mich leicht mit sich, in Richtung des Ausgangs.

Mein Grinsen ist so breit, es tut beinahe weh. Niemals hätte ich gedacht, dass Harry mich irgendwann mal so fühlen lässt. Wenn ich mir vorstelle, wie wir als Kinder waren, dann ist die Situation gerade mehr als fragwürdig. Wer hätte gedacht, dass wir irgendwann noch so enden?

Wer hätte gedacht, dass ich irgendwann beginne, mir kein Leben mehr, ohne ihn vorstellen zu können?

Irgendwann kommen wir bei der Tür an, die Charly öffnet und nach einer ganzen Weile scheint uns wieder Tageslicht entgegen. Meine Augen muss ich zusammenkneifen, weil sie sich nur langsam an die Helligkeit gewöhnen. Allerdings komme ich nicht auf die Idee, Harrys Hand loszulassen, auch als wir draußen stehen und Charly und Benja uns sehen.

Er lässt mich nicht los, also lass ich ihn nicht los.

„Ich habe einen verdammten blauen Fleck", sagt Benja, der vor einer Glasscheibe steht und sein T-Shirt etwas hochhebt, um auf den roten Fleck zu sehen, den seine Haut schmückt. „Wir gehen hier nie wieder hin."

Charly verdreht die Augen und verschränkt die Arme. „Stell dich nicht so an, du wolltest unbedingt hierher."

Ich muss mir auf die Lippe beißen, um nicht zu stark zu grinsen, aber es hilft nicht. So fühlt sich Glück an. Ich spüre, wie Harry zu mir herabsieht, und deswegen sehe ich zu ihm hinauf. Er schmunzelt und es ist, als würde ich mich in sein Lächeln verlieben. Er ist so schön, alles an ihm ist schön. Es ist quasi ein Privileg, dass ich seine rosa Lippen küssen durfte, und eine absolute Genugtuung, dass er mich danach auch noch so warmherzig ansieht.

In seinen Augen hätte ich mich schon längst verloren, wenn Benja nicht wieder den Moment zerstört hätte, indem er aufschreit.

Wir sehen sofort zu ihm und uns wird ein Bild präsentiert, in dem Charly hinter Benja kniet und auf den blauen Fleck über seinem Steißbein drückt.

„Definitiv ein blauer Fleck", stellt sie fest. „Hardy wird denken, du wurdest misshandelt."

„Ich erzähle ihm, dass du mich geschlagen hast, vielleicht glaubt er es mir."

„Wenn du *das* tust, schlage ich dich wirklich."

Eine halbe Stunde später sitze ich in Harrys Auto, auf dem Weg zu mir nach Hause. Es ist schon dunkel, die Laternen beleuchten die Straße und im Hintergrund höre ich ein Lied von *The Offspring*, das von Harrys Playlist abgespielt wird. Ich stehe übrigens auch darauf, wie sich unsere Musikgeschmäcker gleichen.

„Das hat sich mit der Zeit einfach so entwickelt", führt Harry unsere Konversation weiter, die schon eine Weile geht. „Ich musste in den letzten Jahren so verdammt viele Strafarbeiten machen, dass der Hausmeister und ich richtige Freunde geworden sind. Als er mir seinen Vornamen verraten hat, wurde es offiziell."

„Ich glaube, ich habe selten etwas Skurrileres gehört", sage ich feixend, sehe ihn von der Seite an, wie die sanften Lichter der Straße sein Gesicht beleuchten.

„Es war praktisch. Hank hat mich schon etliche Male nach Hause gehen lassen."

Harry und ich reden durchgehend. Es gibt keine Sekunde, in der wir nicht miteinander sprechen. Wir haben die letzten vier Jahre nicht gesprochen, es gibt noch zu viele Dinge, die wir erlebt haben, aber nicht voneinander wussten. Wie zum Beispiel, dass ich einen kleinen Literaturpreis in der Zeitung für eines meiner

Stücke gewonnen habe. Oder dass Harry kurz davor war, nach London auf eine Sportschule zu wechseln, weil einer der Coaches dort ihm beim Fußballspielen in unserer Schulmannschaft zugesehen hat und ihn unbedingt in London wollte. Harry hätte es gemacht, wenn er sich nicht noch in diesem Jahr einen Bänderriss zugezogen hätte, der zu lange anhielt.

Es ist aufregend, so viele Dinge von ihm zu hören, manche hätte ich niemals erwartet. Doch ihm geht es genauso. Er wusste nie, dass ich zwischenzeitlich in einem Kino gearbeitet habe, um meinen Sommerurlaub mit Charly, Benja und Hardy zu finanzieren, was bedeutet, er wusste auch nicht, dass ich letztes Jahr in Barcelona war.

Nach zehn Minuten stoppt Harry den Motor seines Autos, als wir vor meinem Haus stehen. Am liebsten würde ich ihn mit reinnehmen, ihn in meinem Bett schlafen lassen und mich an ihn kuscheln, doch dass das unmöglich ist, weiß ich sofort. Mama würde mir das nie erlauben, leider erst mit achtzehn, noch dazu würde ich so einiges überstürzen. Harry und ich sind immerhin kein Paar, nur etwas, das mir das Gefühl gibt, gerne eins mit ihm zu bilden.

Als er die Tür seines Autos öffnet, runzle ich verwirrt die Stirn. „Was tust du?"

„Aussteigen", sagt er und schon steht er neben dem Auto, sieht herein. „Ich verabschiede mich nicht in Autos." Und dann knallt er die Tür zu.

Ich muss einen schmachtenden Seufzer unterdrücken und steige ebenfalls aus. Mit kribbelnder Kopfhaut hoffe ich, dass er mich küssen wird, wenn er mich schon zur Tür begleitet. Es ist so oldschool, nicht mal Brandon hat mich zur Tür begleitet, doch Harry ist eben so. Schon früher hat er das getan, ständig.

Er läuft neben mir, als ich die Treppe zu meiner Haustür hochgehe. Ich krame meinen Schlüssel aus meiner kleinen Tasche heraus, bete, bete, bete, bete und –

Und schon kommt er mir schon einen Schritt näher, zieht mich an der Taille an sich, um mich zu küssen. Er küsst mich nicht lange, doch sanft. „Sehen wir uns morgen wieder?", fragt er mich, küsst mich wiederholt kurz auf die Lippen, als könnte er nicht genug davon bekommen.

„Morgen ist in ein paar Stunden", sage ich gegen seine Lippen, bekomme genauso wenig genug von ihm.

„Ich denke nicht, dass es deiner Mutter gefallen würde, wenn ich um Mitternacht hier aufkreuze." Er sieht mich schief grinsend an, streicht mir ein paar Strähnen meines Ponys aus der Stirn. „Übrigens sehe ich deine Augen kaum noch, das solltest du mal wieder schneiden."

Mit den Armen um seinen Bauch geschlungen puste ich mir den Pony von den Augen. „Ich weiß, er nervt mich schon seit Wochen. Echt doof, wenn man ihn rauswachsen lässt, weil ihn alle grässlich finden."

„Lass ihn nicht rauswachsen", sagt Harry und die Wärme in seinen Augen killt mich beinahe. „Ich mag es so."

Mir bleibt nichts anderes übrig, außer rot zu werden, doch das ist mir egal. „Okay."

Harry zieht meinen Kopf mit seiner rechten Hand wieder leicht zu sich und nun ist der Abschiedskuss an der Reihe, der mich sofort traurig macht. Er soll bleiben. Die ganze Zeit, das ganze Wochenende, nein, bis in die Ewigkeit. Gerade jetzt will ich nichts anderes.

„Tschau", flüstert er mir zu und dann lasse ich ihn auch schon trotzig los, weil er einen Schritt zurückgeht.

„Tschau", gebe ich unglücklich zurück und sehe zu, wie er die Treppe herunterläuft. Da geht er davon, ich weiß jetzt schon, dass ich die ganze Nacht nicht schlafen werde, weil nur noch Harrys Bild in meinen Augen brennen wird. Das wird eine qualvolle Nacht.

Deprimiert drehe ich mich zur Tür, will gerade den Schlüssel ins Schlüsselloch stecken, da werde ich umgedreht und schon einen Herzschlag später liegen Harrys Lippen wieder auf meinen.

Diesmal schlinge ich meine Arme um seinen Nacken, weil ich ihm am liebsten auch hinterhergerannt wäre, um ihn noch mal zu küssen. Ich beginne, süchtig danach zu werden, wie er mich küsst.

Schwer atmend hält Harry mich mit der rechten Hand am Hinterkopf, mit der linken an der Hüfte. Küssend sagt er: „Tut mir leid ... Ich musste."

„Gut", ist das Einzige, das ich herausbekomme, weil ich ihn weiterküssen will.

„Aber ich muss wirklich gehen", schnauft er gegen meine Lippen, drückt mich enger an sich, presst mich an die Tür, weil er wohl auch das Gefühl bekommt, das Gleichgewicht zu verlieren.

„Ja", sage ich, ziehe ihn am Nacken noch mehr zu mir, würde ihn am liebsten für immer in mein Herz schließen, nie wieder rauslassen. „Das solltest du."

„Es ist schon so spät."

„Schon viel zu spät", stimme ich zu, bewege meine Lippen weiterhin auf seinen, schmelze unter seinen Berührungen.

Er brummt auf und schon löst er sich von mir, sieht mich mit flachem Atem an. Seine Lippen sind nun in einem sanften Rosaton, seine Brust bewegt sich unregelmäßig auf und ab. „Scheiße, das ist so verrückt."

„So was von verrückt", sage ich und bin total benommen. Diese Küsse machen mich fertig.

Doch alles hat irgendwann ein Ende. Deswegen küsst mich Harry ein letztes Mal – wirklich das letzte Mal – auf den Mund und sieht mich an. „Gute Nacht, Lotta."

Ich schmunzle. „Gute Nacht, Jermaine-René."

Mit einem breiten Grinsen und dem anhaltenden Gefühl von Harrys Lippen auf meinen schließe ich die Haustür hinter mir, höre, wie Harry davonfährt. Es ist unmöglich für mich, *nicht* zu grinsen. Ich denke, dass ich selten so glücklich ins Bett gegangen bin, vor allem habe ich mich selten so sehr auf den nächsten Tag gefreut. Er meinte, wir sehen uns morgen.

Ich seufze glücklich, ziehe mir die Boots von den Schuhen.

Wir sehen uns morgen.

„Wieso grinst du so?", erschreckt mich meine Mutter, die im Bademantel aus der Küche kommt, in der Hand hat sie eine Tüte Chips („Violet, ab morgen werde ich abnehmen!“).

Ich zucke mit den Schultern, grinse weiter, laufe zu der Treppe. „Weiß nicht."

Mom schaut mir verwirrt hinterher, mampft ihre Chips. „Himmel, Violet", sagt sie, als ich die erste Treppenstufe hochgehe. „Du bist verliebt."

Sofort bleibe ich stehen und starre sie entsetzt an.

„Ich dachte erst, dass du aus Jugendsünderei mit Harry vor unserer Haustür rumknutschst, aber das hier ist ... Kaum zu glauben."

„Mom! Du belauschst uns?"

„Natürlich nicht!", stellt sie sofort klar. „Ich hab euch von oben reden hören und dann dachte ich, es sei Brandon, aber es war Harry, das hat mich durcheinandergebracht!"

„Oh man, ich fass es nicht", sage ich zu mir selbst und drehe mich um, damit ich nach oben gehen kann. „Hättest du nicht wenigstens weghören können?"

„Sorry", sagt Mom noch. „Aber, Violet, warte doch mal! Willst du nicht darüber sprechen?"

„Worüber?", frage ich sie, als ich oben ankomme.

„Über Harry. Du musst verstehen, dass ich wirklich *ziemlich* durcheinander bin, wenn ihr übereinander herfallt."

„Man, Mom." Beschämt von ihren Worten halte ich mir die Hand vor das Gesicht und laufe zu meinem Zimmer. „Gute Nacht!"

Seufzend schließe ich meine Zimmertür hinter mir und schon lasse ich mich in mein Bett fallen, mit dem Gesicht voran. Meine Gefühle fahren Achterbahn und dass Mom mich auch noch darauf anspricht, macht es nur schlimmer. Im Moment will ich mit niemanden über Harry sprechen, ich will es einfach nur genießen, nichts analysieren, einzig an ihn denken und warten, was passiert. Er lenkt mich von vielem ab, von Brandon und Florence und macht mich glücklich. So wie ich es schon lange nicht mehr war.

Nachdem ich mich umgezogen und abgeschminkt habe, kuschle ich mich zufrieden unter meine Bettdecke, versuche nicht mal aufzuhören, an Harry zu denken, und schnappe mir mein Handy vom Nachttisch. Ich klappe es auf und suche Harrys Kontakt. Kurz überlege ich, ein Herzchen hinter seinen Namen zu setzen, doch lasse es, entscheide dann aber, dass sein jetziger Name viel romantischer ist.

Deswegen schreibe ich ihm einfach, obwohl wir schon elf Uhr haben:

Hi

Ich starre vierzig Sekunden auf mein Handy, dann kommt schon die Antwort.

JERMAINE-RENÉ
Hi

Ich beiße unbewusst so stark auf meine Lippe, weil mein Grinsen breiter nicht werden kann, bis sie blutet. Ich schreibe:

Hi

Es dauert eine Minute, dann antwortet er, was ein zweites Mal mein Herz aufspringen lässt.

JERMAINE-RENÈ
Hi

Ich wiederhole:
Hi

Diesmal dauert es etwas länger, bis er antwortet, fast fünf Minuten.

JERMAINE-RENÈ
Gute Nacht, Violet.

Ich wieder:
Gewonnen!

Dann klappe ich mein Handy zu, sehe an die Decke, lege das Handy auf meine Brust. Himmel, das hier ist nicht mehr normal.
Doch sofort klappe ich mein Handy wieder auf, als Harry antwortet.

JERMAINE-RENÈ
☺

Und ich sofort:
☺

Dann blicke ich durch die Dunkelheit auf meine Sockenschublade und denke nach. Aber die Müdigkeit überkommt mich schnell. Ich schlafe ein.

Kapitel 27

Ich wache früh auf, ungewöhnlich früh. Allerdings auch nicht mit Absicht, denn Rosy ist diejenige, die schon um acht Uhr durch den Flur poltert, weil sie dringend auf Toilette muss, und bin ich einmal wach, schlafe ich kein zweites Mal ein.

Das Erste, das ich mache, nachdem ich die Augen öffne, ist, nach meinem Handy zu greifen, um nachzusehen, ob Harry geschrieben hat. Ich bin traurig, als ich sehe, dass er nicht geschrieben hat, aber überrascht, als ich bemerke, dass ich einen verpassten Anruf von Brandon habe. Mit gerunzelter Stirn lese ich, dass er um halb drei angerufen hat und das zweimal. Einmal hat er mir auf die Mailbox gesprochen.

Beinahe ängstlich höre ich die Nachricht ab, presse das Handy an mein Ohr. Zuerst ist nur lautes Gekruschel zu hören, und schließlich ertönt Brandons Stimme, die schlimme Erinnerungen in mir weckt.

„H-Hey Violet", sagt er und es ist deutlich, dass er wohl betrunken war. „Du fragst dich, wieso ich um halb drei mo-morgens anrufe, hm? Tjaaa. Alsssooo, pass mal auf ..." Wieder Gekruschel und es wird leiser. „Ja, ich weiß, ich bin besoffen und auch ein bisschen breit, aber das ist Nebensache. Ich rufe an, weil ... Warte ... Weil ich mich entschuldigen will. Hatten wir schon hundertmilliardenmal, aber ich – ich will mich trotzdem entschuldigen. Jaaa, ich hab's nicht verdient und die Experiment war echt scheiße, aber, man, ey, Violet, du machst mich verrückt. Verrückt, hörst du?" Wieder ertönen Geräusche im Hintergrund. „Das hier ist bescheuert, *ich* bin bescheuert. Ich lege auf. Ich lie..." Und dann hat er aufgelegt.

Fassungslos sehe ich auf mein Handy, als die Nachricht vorbei ist. Brandon ruft mich mitten in der Nacht an? Betrunken? Und will sich entschuldigen? Verdammte Scheiße, was ist hier nur los? Erst letztens war ich noch mit ihm zusammen, er war immer derjenige, für den ich geschwärmt habe, und nun ist Harry in meinem Leben und es scheint wie vergessen.

Klar, Brandons Worte berühren mich irgendwie, aber nicht genug. Er ist lieb und vielleicht meint er seine Entschuldigung ernst, doch es ist zu spät. Durch eine Wette lasse ich mich nicht verarschen, auch nicht von Brandon, von absolut niemandem. Das ist scheußlich, genauso wie seine Lügen. Trotzdem spielen sich seine traurigen Worte in meinem Hinterkopf ab, als ich aufstehe, um mich zu duschen. Auch beim Frühstück mit Rosy und Mom denke ich daran. Es ist eine Mischung aus Vorfreude auf Harry und Brandons Nachricht. Vielleicht sollte ich Brandon einfach anrufen und ihm sagen, dass er sich keine Hoffnungen mehr machen soll, das wäre für jeden besser. Ich möchte ihn nicht verletzen, aber *er* hat *mich* verletzt und das ziemlich heftig.

Um halb eins mittags mache ich mich auf den Weg zu Harry nach Hause. Er hat mir auf meine SMS noch nicht geantwortet, deswegen gehe ich bei ihm vorbei, weil ich sowieso in den Supermarkt muss. Ich weiß zwar nicht, ob er überhaupt zu Hause ist, aber ich kann es einfach nicht abwarten, ihn wiederzusehen.

Jetzt schon schmunzelnd schelle ich an der goldenen Klingel, an der *Perlman* steht. Sogar die Klingel sieht unverschämt teuer aus, genauso wie alles andere hier.

Manchmal wünschte ich, wir wären genauso reich wie Anette und William.

Es überrascht mich nicht, dass eine grinsende Estefania die Haustür öffnet, anstatt Anette. Wahrscheinlich arbeitet sie wieder und Harry meinte bereits, dass William diese Woche wieder ins Krankenhaus kommt.

„Harry ist in seinem Zimmer", sagt Fanny mit ihrem spanischen Akzent, als sie mich reinlässt. „Er schlafen."

„Er schläft?", frage ich sie verdutzt. „Um ein Uhr?"

Sie zuckt mit den Schultern. „Samstag."

„Stimmt, das erklärt so einiges." Harry war schon immer ein Langschläfer. Als ich die Treppe hochgehe, bittet sie mich, Harry zu fragen, ob er frühstücken will, und dann öffne ich auch schon leise seine Zimmertür.

Sein nackter Rücken zeigt sich mir und sein linker Arm hängt über die Bettkante, die Decke liegt über seinem rechten Bein. Er brummt auf, bleibt aber so liegen. „Fanny", sagt er mit noch kratziger Stimme. „Ich habe dir mittlerweile schon *drei*mal gesagt, dass ich nicht vor zwei essen will."

Ich schließe die Tür und betrachte ihn, sehe, wie durcheinander seine braunen Haare auf dem Kissen liegen.

„Und ich dachte, du hast dir dieses Bis-in-die-Ewigkeit-Schlafen abgewöhnt."

Nun hebt Harry seinen Kopf an und dreht ihn zu mir. Sein Gesicht ist noch total verschlafen, seine Haare stehen kreuz und quer, im Prinzip sieht er genauso aus, wie er wahrscheinlich auch ist – müde. Für ein paar Sekunden schaut er mich einfach nur an, scheint zu überlegen, ob ich wirklich hier bin oder ob er noch träumt. Sein Kopf landet wieder in dem Kissen, als er murmelt: „Violet, es ist mitten in der Nacht.“

Ich lasse mich auf sein Bett fallen, worauf Harry aufmurrt, sein Gesicht ist noch immer von mir weggedreht. „Ein Uhr mittags ist nicht mitten in der Nacht. Was hast du denn gestern noch getrieben, dass du so lange schlafen musst?"

„Ich war noch mal mit Ethan unterwegs." Harry dreht sich gequält auf den Rücken, reibt sich mit den Handballen über die Augen. „Irgendein dummer Geburtstag, keine Ahnung, es war scheiße."

„Oh." Für Harry ist es wohl normal, so spät abends noch mal auf Partys zu gehen. Daran muss ich mich erst gewöhnen. Ich lasse meinen Kopf auf die Matratze sinken und lege meine Hände darunter. „Das erklärt so einiges. Brandon war bestimmt auch dort."

Harry gähnt in seine Hand und legt sie hinter seinen Kopf, schließt die Augen. „Er hat Clarissa auf die Schuhe gekotzt."

„Wow. Dann war sein Anruf wohl doch nicht das Schlimmste, was er gestern gemacht hat."

Jetzt sieht Harry zu mir. „Sein Anruf?"

Ich zucke mit einer Schulter, versuche, nicht ganz so frustriert über all das zu sein. „Er hat mir betrunken auf die Mailbox gesprochen und um Vergebung gebeten. Ich glaube, am Ende wollte er sogar sagen, dass er mich liebt, aber die Nachricht wurde abgebrochen."

„Scheiß drauf."

„Scheiß drauf?"

„Ja, scheiß drauf. Es macht keinen Sinn, sich über so etwas den Kopf zu zerbrechen. Er hat dich ständig belogen und diese eine Sache und – ich werde gar nicht weiter darüber sprechen. Scheiß einfach drauf." Nun dreht er sich zu mir, hebt die Decke an, legt sie über meinen Kopf. Dann zieht er mich zu sich an die nackte Brust. Weil mein Kopf bedeckt ist, höre ich seine Stimme nur gedämpft. „Außerdem will ich nicht über Brandon sprechen, sondern weiterschlafen."

„Hallo?", rufe ich durch die Decke und will sie von meinem Kopf ziehen, doch Harry hält sie fest, tut so, als würde er mit dem Arm über meinen Schultern schlafen.

„Pscht."

Doch ich schaffe es, meinen Kopf hervorzuziehen und mich aus Harrys Griff zu befreien, wobei ich mich neben das Bett stelle. Ich schnappe mir ein kleines Kissen und werfe ihn damit ab. „Wenn du nicht aufstehst, hole ich Fanny."

Harry legt sein Gesicht in die Decke und schreit leise verzweifelt hinein. Dann nimmt er seinen Kopf wieder hoch und reibt sich über das Gesicht. „Okay, ich bin fertig."

Ich warte im Wohnzimmer und rede mit Estefania über das Wetter und die beste Eissorte dieses Sommers, während Harry sich duscht und irgendwann die Treppe runtergelaufen kommt. Heute trägt er eine kurze Jeans, die sich perfekt seinen Beinen anpasst, und selbst sein beiges T-Shirt sieht unnatürlich gut aus. Die letzte Woche mit Harry war so gut, dass ich mittlerweile schon sofort besser gelaunt bin, wenn ich ihn sehe. Zwar hängen mir Brandons Worte noch immer im Hinterkopf und ich habe weiterhin das Gefühl, ich müsste ihm antworten, doch jetzt gerade freue ich mich einfach nur auf den Tag mit Harry. Hier bei ihm zu sein, ihn an einem

Samstagmorgen aus dem Bett zu schmeißen, fühlt sich an wie früher. Damals war es genauso.

Da das Wetter so gut ist, gehen Harry und ich erst Eis holen und danach legen wir uns in den Stadtpark. Als wäre es total normal, lege ich meinen Kopf auf seinen Bauch, derweil er auf dem Rücken liegt und in den kaum bewölkten Himmel sieht, die Augen schließt. Die Sonne strahlt uns entgegen, die Leute sind gut drauf und wir liegen hier. Besser kann ein Tag mit Harry nicht sein.

Nein, Moment. Es fehlt etwas. Seltsame Konversationen. Ich hätte sie beinahe nicht erwähnt.

„Keine Filmindustrie würde einen millionenschweren Film drehen, ohne einen Hintergrundgedanken darin zu haben", sagt Harry und bei jedem Wort spüre ich seinen Bauch vibrieren. „*Star Wars* ist quasi dazu *gemachtt*, gedeutet zu werden."

„Nur weil Star Wars weltbekannt ist, heißt es nicht, dass er gemacht wurde, um dem damaligen Krieg in Syrien zu gleichen, das ist Blödsinn", erwidere ich.

„In eigentlich jedem Fantasyfilm gibt es eine Symbolik, damit kennst du dich einfach nur nicht aus. Ich wette, du hast *Star Wars* nicht mal gesehen."

„Ich gucke keine Filme, die von Aliens handeln und Menschen, die sich mit Lichtschwertern abschlachten, ihre Väter nicht kennen und außerdem einfach nur blöd sind."

„*Star Wars* ist nicht blöd. Es ist auf den Krieg zwischen Syrien und Saudi-Arabien abgestimmt. Das ist sogar ziemlich klug."

Ich lege meinen Arm über meine Augen, seufze. „Es würde dich bis in deine Träume verfolgen, mal nicht das letzte Wort zu haben, oder?"

„Es würde mich bis in meine Träume verfolgen, wenn ich nie in meinem Leben *Star Wars* geguckt hätte." Harry richtet sich auf, sodass mein Kopf in seinen Schoß rutscht. Er sieht mit einem zugekniffenen Auge in den Himmel. „Es ist so scheiße heiß, das ist unerträglich."

Ich setze mich neben ihn, komme ihm allerdings so nahe, dass sich unsere Beine berühren. Das Verlangen, ihm nahe zu sein, habe ich schon lange angefangen zuzulassen. „Ist doch schön."

„Mal davon abgesehen, dass ich dehydriere, ja, sehr schön."

Schmunzelnd lege ich meinen Kopf auf seine Schulter, komme ihm noch näher. „Das tut mir sehr leid für dich." Ich hebe meinen Kopf wieder leicht an, damit ich ihn ansehen kann. „Aber wir bleiben noch, oder?"

Er dreht seinen Kopf zu mir, auch er lächelt. „So lange du willst."

Mein Schmunzeln wird zu einem Grinsen und auch das sanfte Pochen meines Herzens wird zu einem wohligen Bersten. „Dann kommen wir heute aber nicht mehr nach Hause."

„Das ist okay", sagt Harry und küsst mich. Einfach so.

Sein Kuss überrascht mich, doch trotzdem lasse ich es zu. Natürlich lasse ich es zu. Ich mag Harry, ich habe mich schon die ganze Zeit nach einem Kuss gesehnt. Und auch wenn es kein langer Kuss war, sondern nur ein kurzer, dennoch liebevoller, überkommt mich – neben der sonnigen Hitze – eine noch wohligere Wärme. Die, die ich immer fühle, wenn er mich berührt.

Ich lege zufrieden wieder meinen Kopf auf seine Schulter und schließe die Augen. Es ist unglaublich, wie ausgeglichen ich bin, seitdem Harry und ich uns wieder verstehen. Ich hätte nie gedacht, dass sich so viel ändert, nur weil er wieder da ist. Ich hätte auch nie gedacht, dass wir irgendwann an den Punkt kommen, an dem wir uns küssen und liebevolle Blicke zuwerfen, doch es ist passiert. Heute sitzen wir hier und tun genau das. Unsere zwölfjährigen Ichs hätten jetzt angewidert das Gesicht verzogen, allein schon bei dem Gedanken, wir könnten uns küssen, aber wir sind keine zwölf Jahre alt mehr.

Ich genieße die Sonne, wir sprechen für eine Weile nicht. Die Vögel zwitschern, das Wasser des Brunnens weiter weg plätschert, ab und zu hört man ein paar Kinder kreischen. Es ist toll.

Doch alles, was toll ist, kann irgendwann vorbei sein. Und leider ist es hiermit der Fall.

„Hey!"

Etwas benommen davon, dass ich so entspannt war, öffne ich die Augen und sehe unmittelbar auf eine Gestalt, die mit schnellen Schritten auf uns zukommt. Mir bleibt die Luft weg. Brandon, in einer eher wütenden Verfassung. Ich hebe sofort den Kopf.

Harry, der den Kopf wegdreht, höre ich leise murmeln: „Jap, jetzt ist's vorbei."

Ich sehe von ihm wieder zu Brandon, der vor uns stehen bleibt und fassungslos zu sein scheint. Er sieht von mir zu Harry und von Harry zu mir. „Violet", sagt er mit einem bösen, aber gleichzeitig traurigen Ton. „Was zur Hölle?"

„Hi Brandon" ist das Einzige, das ich herausbekomme, als ich mich hinstelle.

„Ich ... Du bist mit Harry zusammen?"

Sofort schüttle ich den Kopf. „Nein, bin ich nicht, wirklich nicht. Wir sind ..."

„Du verdammtes Arschloch", unterbricht Brandon mich, meint allerdings Harry, der sich nun auch hinstellt. „Du kennst keine Gnade, richtig?"

„Bleib locker", sagt Harry und hebt beschwichtigend die Hände. „Du musst nicht ausflippen."

Als Brandon jetzt auch noch böse grinst, verliere ich die Hoffnung auf einen schönen Tag. „Oh, ich werde nicht ausflippen", sagt er. „Das ist doch gar nicht nötig. Ich hätte da eine bessere Idee."

Ich sehe unsicher zu Harry, stehe total zwischen den Fronten. Harrys Gesicht schmückt plötzlich ein Ausdruck, der mir Angst macht. Er sieht Brandon mit leicht zusammengekniffenen Augen an, als hätte ihm Brandon eine Warnung gegeben, besser nichts Falsches zu sagen.

„Violet, bevor du auf den Gedanken kommst, Harry ist der Bessere von uns", sagt Brandon zu mir und klingt selbstgefällig, „solltest du vielleicht wissen, dass er ein noch viel *größeres* Arschloch ist, als ich es war."

Verwirrt sehe ich ihn an.

„Er hat es dir nicht gesagt", stellt Brandon fest, als er meinen Ausdruck sieht. „Das habe ich mir fast gedacht." Er sieht zu Harry. „Du dachtest doch nicht wirklich, dass du mit so einer Scheiße davonkommst, oder?"

Harry ballt die Fäuste, presst die Lippen aufeinander. Wieso sagt er denn nichts?

Brandon lacht auf .Er wendet sich an mich. „Tja, ich mache es kurz. Du hast mich wegen des Mal-Sehen-Ob-Violet-Sich-Leicht-Um-Den-Finger-Wickeln-Lässt-Experiments verlassen, aber willst du wissen, wessen Idee es war?"

Ich schlucke schwer und mir wird plötzlich eiskalt.

Nein.

Nein, bitte nicht.

Er zeigt auf Harry, der sich noch immer nicht rührt. „Harry. Er war derjenige, der überhaupt erst alles ins Rollen gebracht hat."

Und jetzt will ich mich übergeben.

„Er hat damals ein Bild von dir und ihm im Auto geschickt und schon stand es fest. Wir sind wohl beide Arschlöcher, was das angeht, aber er ist das größere, denn er hat echt gedacht …" Brandon lacht plötzlich lauter. „Man, Harry, ich habe es ihr wenigstens selbst gesagt. Du bist echt witzig, dachtest, du kommst mit diesem Mist durch. War damals aber auch ziemlich knapp, als du für sie gekocht hast, nicht wahr?"

Es ist ein komisches Gefühl, wenn das Herz bricht. Es ist aber ein noch komischeres Gefühl, wenn es ein zweites Mal bricht. Man hätte nach dem ersten Mal damit rechnen sollen, dass es ein zweites Mal passiert, aber man tut es nicht. Man hofft, dass es wieder zusammengeflickt wird, aber man täuscht sich. Ich täusche mich in Harry. Ich sehe ihn an, meine Kehle schnürt sich zu und kaum noch Luft gelangt hindurch, als er sich nicht mal gegen Brandon behauptet. Er nimmt es einfach hin und das bedeutet gerade alles. Brandon sagt die Wahrheit, *das* bedeutet es.

„Du warst", hauche ich zu Harry und gehe einen Schritt von ihm weg, „in diese Sache … *involviert*?"

Er atmet tief ein und aus, bevor er mich ansieht. „Wir können darüber sprechen."

„Darüber sprechen?", frage ich ihn verletzt. Ich weiß, wie das hier enden wird.

„Es tut mir leid, Violet", sagt Brandon und zieht sich die Sonnenbrille auf. „Aber ich nehme diesen ganzen Mist nicht alleinig auf meine Kappe. Melde dich, wenn ... Keine Ahnung. Wenn du möchtest." Er sieht zu Harry, der nachzudenken scheint. „Und dir wünsche ich noch viel Spaß. Den habe ich dir nämlich gerade eben versaut."

Ich sehe Brandon hinterher, wie er davongeht, und wünschte, ich wäre zu Hause. Jetzt gerade will ich zu Hause sein, nicht mehr hier mit Harry in diesem Park stehen und mit der Tatsache leben, dass er auch noch Auslöser dieses widerlichen Spiels war. Vor wem hatte er mich damals in der Toilette eigentlich gewarnt? Vor Brandon? Oder doch vor ihm?

„Violet", sagt Harry nach einer Weile, weil ich nichts sage. Er kommt mir einen Schritt näher, doch ich gehe einen zurück. „Ich ... Es tut mir leid."

Er hat sich schon oft bei mir für Dinge entschuldigt, die er falsch gemacht hat, aber dieses eine Mal kann er es damit nicht wiedergutmachen. Ich habe ihm vieles verziehen, seine Beleidigungen, Aktionen, die in den letzten Jahren passiert sind, aber das hier ... Brandon habe ich auch nicht verziehen.

„Bitte lass uns einfach ganz normal darüber reden", redet Harry weiter, beinahe flehend. „Es tut mir so unendlich leid."

Doch ich schüttle den Kopf, muss mich beherrschen, nicht sofort in Tränen auszubrechen, weil mein Glück, das gerade mal ein paar Tage anhielt, gerade eben wieder zerstört wurde. „Das würde keinen Sinn machen", sage ich, worauf etwas in Harrys Augen aufblitzt. „Du hast ...

Du hast mir das angetan. All das mit Florence und Brandon. *D*u hast mir das angetan."

„Damals war es noch anders", versucht Harry sich vergeblich zu erklären. „Bitte, Violet ... geh nicht."

„Du hättest es mir die ganze Zeit sagen können", wimmere ich und halte ich mir die Hand vor den Mund, als ich mich erinnere. „Du hast in den letzten Tagen Brandon ständig schlecht gemacht, mir gesagt, dass er gelogen hat, und diese Wette ... Dabei bist du noch viel schlimmer. Unser Kuss … damals bei dir zuhause. Das war einfach nur ein Teil dieses demütigenden Experiments."

Harry kommt mir wieder einen Schritt näher, er will nach meiner Hand greifen, doch ich schüttle schnell den Kopf und entziehe sie ihm. Trauer wird zu Wut. „Nein. Nein, nein, nein."

„Bitte", fleht Harry wieder, hoffnungsloser. Man sieht ihm an, wie viel Angst er hat, doch es berührt mich nicht. Er hat dafür gesorgt, dass Brandon mich mehrere Male verletzt hat, und er hat dafür gesorgt, dass Florence mich bloßgestellt hat.

„Wieso hast du es mir nie gesagt?", frage ich ihn. „Wie kannst du mich küssen und wissen, dass das hier nur ein Spiel ist?"

„Es ist kein Spiel", sagt Harry. „Es ist ... Ich dachte ... Ich *wollte* es dir sagen!"

„Und was hat dich aufgehalten? Konntest du mal wieder nicht verlieren?"

„Natürlich nicht!" Harry fährt sich frustriert durch die Haare, dreht sich leicht weg. „Scheiße. Es hatte sich so viel geändert und ich dachte, wenn du es nicht weißt, dass ..."

„Dass ich dir irgendwann verzeihe?", vollende ich seinen Satz, sehe ihn jetzt mit anderen Augen. Harry ist ein Arschloch, ich hätte es wissen sollen. Ich hätte wissen sollen, dass er bereit ist, so etwas zu tun, und vor allem, so etwas mit mir zu tun. Vielleicht hätte ich es ihm irgendwann verziehen, wenn er es mir selbst gesagt hätte, aber er hat es nicht. Er hat geschwiegen, einfach weitergemacht und so getan, als wäre Brandon das Arschloch.

„Es tut mir leid", sagt Harry mittlerweile schon zum dritten Mal und mit jedem weiteren Mal kommt mir mehr die Galle hoch. Sein Blick ist gesenkt. „Ich hätte es dir sagen sollen."

Mit Verachtung schnaube ich. „Ach, denkst du? Eigentlich hätte ich es schon wissen müssen, seitdem du nach unserem Tag auf dem Schuldach mit Florence rumgemacht hast, aber ich war wohl blind."

Er sagt nichts, nimmt meine Worte einfach hin. Im Moment hasse ich alles an ihm. Ich hasse es, dass er nichts sagt, und ich hasse es, dass ich es hassen würde, wenn er auch nur den Mund aufmacht. Gott, wie viele Enttäuschungen soll ich noch hinnehmen? Und wie viele verdammte Lügen soll ich noch glauben?

„Du hättest es mir nie gesagt", sage ich zu Harry. „Richtig?"

Er antwortet wieder nichts.

„Richtig?"

„Ja", gibt er schließlich kleinlaut zu. „Ich wollte nie, dass du es weißt."

Abwertend schüttle ich den Kopf, schwanke zwischen einem Nervenzusammenbruch und dem Willen, Harry eine zu klatschen. Doch ich lasse keins von beiden zu.

Ich nehme mir mein Handy, das noch auf der Wiese liegt, und stecke es ein. Auch wenn ich jetzt stark bin ... Später werde ich es nicht mehr sein. Es wird schlimm sein. Ich weiß, wenn ich alleine bin, wird es mich killen. Ein weiteres Mal.

„Soll ich dich nach Hause fahren?", traut sich Harry vorsichtig zu fragen, als er beobachtet, wie ich mein Handy einstecke.

„Nein", antworte ich barsch und wende mich von ihm ab. „Ich werde gehen, aber tu mir einen Gefallen."

Er sieht mich an. Seine Miene ist so geknickt, dass er mir fast leidtut. Aber nur fast. „Welchen?"

„Mach es nicht wie Brandon und schreib mir ständig Nachrichten oder ruf mich mitten in der Nacht betrunken an. Lass mich einfach nur in Ruhe. Bitte." Diese Worte schmerzen mir selbst, aber mir bleibt nichts anderes übrig. Ich verzeihe Brandon nicht, also verzeihe ich ihm nicht. „Und vielleicht, nur vielleicht ..." Ich entferne mich einen weiteren Schritt von ihm, während er trübselig auf dem Fleck stehen bleibt und mir hinterhersieht. „Vielleicht verstehst du nun, wie ich mich damals gefühlt habe, als du gegangen bist."

Und dann verlasse ich ihn.

Kapitel 28

Ich lasse die Augen geschlossen, als ich meine Zimmertür sich öffnen höre. Schon seit gestern Abend liege ich in meinem Bett und bewege mich nicht. Mir ist Lust auf alles vergangen. Die Lust auf Moms Bioessen, die Lust auf meinen Lieblingstee und vor allem die Lust darauf, mit irgendwem zu sprechen. Mein Handy habe ich ausgeschaltet, nachdem ich Harry im Park stehen gelassen habe. Niemand soll mich anrufen, niemand soll auch nur versuchen, mit mir zu reden, das Einzige, was ich will, ist alleine sein.

Nachdem ich gestern nach Hause gekommen bin, zum Glück ohne zu weinen, hat Mom mir sofort angesehen, dass etwas nicht stimmt. Sie hat zwar versucht, mit mir zu sprechen, aber ich bin einfach in meinem Zimmer verschwunden. Über Harry zu sprechen und darüber, wie verletzt ich bin und was mit Brandon passiert ist und wie sehr ich mich selbst dafür hasse, ständig auf irgendwelche Idioten reinzufallen, die mich zu einem Spiel machen, ist das Letzte, was ich möchte. Deswegen habe ich mir meinen hellblauen Schlafanzug angezogen, bin in mein Bett gestiegen, habe die Decke über meinen Kopf gelegt und die Augen geschlossen. Nicht hören, nicht riechen, nicht sehen, nicht fühlen. Das ist, was ich will. Das ist, was mir hilft. Alleine sein. Nicht nachdenken. Einfach warten, bis der Schmerz vorbei ist.

Doch das mit dem Nichtfühlen ist schwieriger, als gedacht, und das mit dem nicht Nachdenken ebenso. Denn ich denke *ständig* an Harry, ich fühle mich *ständig* am Boden zerstört und komme nicht darum herum, es passiert einfach. Ich war glücklich und es wurde zerstört.

Schon zum zweiten Mal. Was soll ich auch anderes tun? Ich verbiete es mir, zu weinen, auch wenn es mir schwerfällt. Es war erbärmlich genug, wie ich wegen Brandon geweint habe, noch mal tue ich so etwas nicht. Auch wenn die Situation mit Harry viel mehr wehtut. Er hätte mir ein Messer in die Brust rammen können, es hätte längst nicht so wehgetan wie die Tatsache, dass er mich wochenlang belogen hat.

Ich halte noch immer meine Decke über meinen Kopf, als ich höre, wie sich jemand auf den Stuhl an meinem Schreibtisch setzt. Wahrscheinlich ist es Mom. Sie hat ein paar Mal versucht, mit mir zu sprechen, doch ich habe einfach nicht geantwortet, bis sie wieder gegangen ist.

„Deine Mom sagt, du sollst mal duschen", ertönt eine Stimme, die absolut nicht Mom ist. Es ist Benja. „Du stinkerst schon das ganze Haus voll."

Ich antworte nicht darauf. Auch mit Benja möchte ich nicht reden.

„Ist es eigentlich bequem, so lange unter einer vollgeschwitzten Decke zu liegen?", redet er weiter. „Hilft dir das, noch mehr vor dich hin zu depressiven?"

Wieder sage ich nichts und kneife die Augen noch mehr zusammen. Er soll einfach wieder gehen.

„Vy. Du bist wach und es ist halb vier mittags. Ich kann dich gerne noch die nächsten Stunden vollquatschen, das macht mir absolut nichts aus. Du weißt, dass ich immer ein paar Storys auf Lager habe."

„Geh weg", sind die ersten zwei Worte, die ich seit einer geraumen Zeit spreche.

„Bestimmt nicht. Du nimmst keinen einzigen Anruf an und versteckst dich unter deiner verdammten Decke. Sei froh, dass Charly nicht hier ist, sie hätte sie dir schon längst geklaut."

„Mir egal."

Benja seufzt. „Vy, hör auf. Wenn du dich wegsperrst, machst du nichts besser."

„Es macht sowieso nichts irgendetwas besser."

„Es wäre besser, wenn du erst mal wieder unter der Decke hervorkommst und ein wenig Sauerstoff in dein Gehirn lässt. Komm schon. Ich habe hier Kakao."

Ich überlege. Allein schon bei dem Gedanken an eine Tasse Kakao läuft mir das Wasser im Mund zusammen, außerdem habe ich schon eine Weile nichts getrunken oder gegessen. Benja weiß genau, wie er mich zu etwas überreden kann.

„Ich weiß, dass du ihn willst", sagt Benja verführerisch. „Komm schon, bevor er kalt wird. Deine Mutter hat extra viel Sahne draufgesprüht."

Verdammt sei Kakao mit Sahne. Widerwillig richte ich mich auf, mein Magen beginnt zu knurren. Die Decke wickle ich um meine Schultern und lege sie über meinen Kopf, damit ich noch immer bedeckt bin. Benja hebt eine Braue, als er mir die Tasse reicht und mich von oben bis unten betrachtet, während ich mich in den Schneidersitz setze und gierig an der Tasse nippe.

„Du weißt, ich finde dich immer hübsch", sagt er und stützt sich auf seine Knie, derweil ich mich zurück an die Wand lehne und trinke. „Aber das geht heute wirklich zu weit. So sahst du nicht mal aus, nachdem du zwei Sechsen in Mathe geschrieben hast."

Ich sage nichts, sondern trinke wieder von dem Kakao, sehe in die Tasse. Ich weiß, dass ich schrecklich ausschaue, das muss er mir nicht sagen. Auch wenn es eher Benjas Art ist, mich aufzumuntern. Er hat es immer geschafft, mich zum Lachen zu bringen, vollkommen egal, was passiert ist, aber diesmal ist es zwecklos.

Benjas Miene wird trauriger, denn er scheint zu merken, dass es keinen Sinn macht. Ich bin einfach nur unglücklich, und niemand kann es ändern. „Deine Mutter hat mich angerufen, weil du nicht aus deinem Zimmer kommst und nicht sprichst."

Ein leichtes Nicken ist meine Antwort, während ich die Tasse fest umklammere. Ich friere, obwohl mir unter der Decke viel zu warm ist.

„Was ist passiert?"

„..."

„Vy, sprich mit mir. Du kannst nicht vor dich hin trauern und mit niemandem reden. So wird es nur schlimmer, denk an damals ... Du weißt schon."

Ja, natürlich weiß ich schon. Damals, als Harry mich verlassen hat, ich ein verdammtes heulendes Wrack war, und das wochenlang. Und heute weiß ich auch schon. Heute, wie ich Harry verlassen habe, und ich wieder diejenige bin, die ein verdammtes Wrack ist, weil ich nicht klarkomme. Weil ich es hasse, wie naiv ich bin und einfach nur versuche, glücklich zu sein.

„Wenn du nicht gleich den Mund aufmachst, hole ich Rosy und sie geht anders mit dieser Situation um, glaube mir."

„Es bringt doch sowieso nichts", sage ich mit kratziger Stimme und sehe deprimiert in meine Tasse. „Über etwas zu reden, was sich nicht mehr ändern lässt, hat noch nie einen Sinn gemacht."

Benja sagt für eine kurze Zeit nichts und sieht mich einfach nur an. Dann: „Was hat Harry gemacht?"

Allein bei dem Klang seines Namens bildet sich ein Druck in meinem Hals, den ich eigentlich vermeiden wollte. Es hat die ganze letzte Nacht funktioniert und den halben Sonntag auch, wieso unbedingt jetzt? Ich will nicht wegen ihm weinen, ich will nicht schon wieder wegen ihm weinen. Das ist absurd. Doch dagegen, dass ich den Atem anhalten muss und die Augen schmerzhaft schließe, um mich zu beherrschen, kann ich nichts tun.

„Oh, nein", sagt Benja sofort und richtet sich auf. Er steht auf und setzt sich vor mich, nimmt mein Gesicht zwischen seine Hände, nachdem er meinen Kakao auf das Nachtischchen stellt. „Okay, ganz ruhig, ich weiß, dass du nicht weinen willst, deswegen atmest du jetzt tief ein und aus."

Ich kann ihn nicht mal ansehen, weil ich mich ansonsten komplett verlieren würde. Die Tränen sammeln sich schon in meinen Augen und ich weiß, wenn ich jetzt versuchen würde, den Mund aufzumachen, beginne ich zu weinen wie ein Baby.

„Entweder du redest oder du weinst", versucht Benja irgendetwas zu sagen. „Du kannst beides tun, es ist völlig in Ordnung. Aber hol Luft."

„I-Ich – Er – E-Es …", ist alles, was ich rausbekomme und dann schluchze ich laut auf, lasse es einfach raus. Es war klar, dass ich es nicht lange aushalte, meine Gefühle zu verstecken. Irgendwann ist meine Schmerzgrenze erreicht.

Augenblicklich zieht Benja mich an sich und ich lege meinen Kopf auf seine Beinen. Er hält mich fest und rutscht zur Wand, damit ich mich besser hinlegen kann. Nun bin ich froh, dass er hier ist, ich war nie weniger froh, ihn als besten Freund zu haben. Wenn es jemanden gibt, den ich jetzt gerade bei mir haben möchte, dann ist es Benja.

Benja streichelt mir liebevoll über den Kopf, als ich weiter vor mich hin flenne, mich um sein Bein kralle. Meine Tränen sind nicht zu unterdrücken. „Er hat mitgespielt, richtig?", fragt er mich vorsichtig.

Ich nicke, schluchze, verzweifle.

„Oh man. Nun bereue ich es, dass ich auf seiner Seite stand."

„I-Ich bereue es, ihn geküsst zu haben", jammere ich und wünschte, dass all das nie passiert wäre.

„Sag das nicht."

„Wieso?" Ich wische mir ein paar Tränen von der Wange. „Es würde dann weniger wehtun."

„Sag es einfach nicht. Ich wette, er würde es auch nicht sagen."

„Er ist nicht derjenige, der verletzt wurde."

„Du hast ihn damals auch verletzt."

„Ach ja? Und das ist der Grund, dass er mich die ganzen letzten vier Jahre verletzt hat? Mich derart demütigt? Zulässt, dass Florence und Brandon mich so verdammt scheiße behandeln? Vor meinen Augen mit Florence rummacht, obwohl wir doch ..."

Benja streichelt mir wieder ruhiger durch das zerzauste Haar. Seine Berührungen beruhigen mich ein wenig, aber nicht genug. „Es tut mir leid ... Ich mochte ihn einfach zu sehr."

„Ich hasse ihn", wimmere ich und hasse mich selbst für diese Erkenntnis, kann aber nichts anderes tun, außer es auszusprechen.

„Nein, das tust du nicht", sagt Benja leiser. „Genau deswegen liegst du doch gerade weinend auf meinem Schoß."

Tief durchatmend, versuche ich mich zu beruhigen und den Schmerz nicht wieder zuzulassen. Ich schließe die Augen, fahre herunter, konzentriere mich darauf, einfach in einen Schlaf zu fallen, damit all das schnell ein Ende nimmt. Es ist schrecklich, wieder in solch einer Situation zu stecken. Ich will nicht mehr sprechen, nur noch schlafen. Ich sehe keinen Grund mehr, weiterzusprechen, und ich sehe keinen Grund mehr, weiter irgendetwas zu versuchen. Es gibt keinen Grund. Ich muss einfach nur warten, bis es mich nicht mehr umbringt, an Harry zu denken.

Der Montagmorgen ist der schlimmste, den ich seit Ewigkeiten erleben muss. Ich bin übermüdet, mein Kopf will nicht abschalten und selbst vor meinen Freunden kann ich meine schlechte Laune nicht überspielen. Ich bin unfreundlich zu jedem und das Schlimme ist, dass es mir auch noch egal ist. Mom habe ich versucht zu überreden, mich zu Hause zu lassen, doch ich muss leider akzeptieren, dass das letzte Mal wirklich nur eine Ausnahme war. Deswegen schlurfe ich nun mit Benja an meiner Seite zum Theaterkurs und traue mich nicht mal, den Blick zu heben, weil ich Angst habe, ich könnte jeden Moment in Harrys blaue Augen blicken. Wenn ich ihn sehe ... Ich will ihn einfach nicht sehen.

„Benjamin, Violet!", ruft eine gehetzte Stimme durch die Halle des Theaters, als wir die Tür hinter uns schließen, und widerwillig hebe ich den Kopf, denn eine aufgeregte Lara kommt auf uns zu. „Ihr müsst kommen! Ganz, ganz schnell!"

„Was ist denn los?", fragt Benja und schnell folgen wir ihr zur Bühne. „Sag bitte nicht, dass John krank ist, das wäre echt grausam, vor allem in der Generalprobe!"

„Nein, das ist es nicht", erklärt Lara und reibt sich verzweifelt über die Stirn, als wir die Treppe hochlaufen. „Es ist noch viel ... Seht es euch einfach an."

Verwirrt gehen wir hinter die Bühne und schon wissen wir Bescheid. Benja und mir entweicht jegliche Luft aus den Lungen, als wir die zerstörten Requisiten unseres Stückes sehen. All die Plastiksteine, die Bäume, die Kleider, einfach alles ... zerstört, zerfetzt, in mehrere Teile gerissen.

Ach du Scheiße.

„Oh mein Gott", sagt Benja und starrt mit riesigen Augen durch den Gang, in dem all unsere Sachen stehen, die jetzt wahllos auf dem Boden liegen. Entsetzt geht er zu einem Baum, der auf dem Boden liegt und hebt ihn hoch. Allerdings fliegt sofort der obere Teil ab. Benja schluckt. „Oh mein ... Vy."

Ich sehe fassungslos von einem kaputten Stuhl zu ihm.

Benjas Atem wird schwerer, als er weiter auf den kaputten Baum in seiner Hand sieht. „Ich weine gleich."

Weil ich absolut nicht möchte, dass Benja weint, gehe ich zu ihm und nehme ihm den kaputten Baum ab. In seinem Blick erkenne ich, dass er tatsächlich kurz davor steht, die Nerven zu verlieren, und es ist berechtigt. Wäre ich in einer normalen Verfassung, würden wir gemeinsam weinen. Denn all das hier war monatelange Arbeit. Ich ziehe Benja aus dem Gang, damit er die kaputten Sachen nicht mehr sieht, und Lara folgt uns trübselig.

„Lara", sage ich, als ich Benja in die erste Reihe der Zuschauerplätze setze, damit er sich beruhigen kann. Als sie sich neben mich stellt, frage ich: „Wie, zur Hölle, konnte so was passieren?"

„Ich weiß es nicht", sagt sie schnell. „Ich war die Erste heute und ich bin reingekommen und dann ... Ich habe es genauso vorgefunden."

„Oh Gott", sagt Benja und legt seine Hände über das Gesicht. „Oh Gott!"

Ich setze mich neben ihn und lege meine Hand auf seine Schulter. „Benja, ganz ruhig, wir bekommen das …"

„Nein, wir bekommen das nicht wieder hin!" Er stemmt sich auf seine Knie und vergräbt seinen Kopf in seinen Armen. „Es ist alles im Arsch! Nächste Woche ist das Stück und wir haben *gar nichts* mehr! Es ist alles kaputt! Das hat Monate gedauert, diesen verdammten Mist zu basteln!"

Frustriert lehne ich mich in dem Sitz zurück und raufe mir mit geschlossenen Augen die Haare. Ich atme tief ein und aus. Wie schlimm kann es eigentlich noch werden? Gott scheint mich zu hassen, wenn er auch noch Benja Leid zufügt. Wir haben so viel geschuftet, uns verdammt viele Gedanken um dieses verdammte Scheißstück gemacht und nun ist wirklich *alles* im Arsch.

Doch dann kommt mir ein Gedankenblitz, der meine Augen wieder öffnen lässt. Die Person oder Personen, die mutwillig unsere Sachen zerstört haben, müssen einen Schlüssel für all das gehabt haben, denn am Freitag war noch alles in Ordnung. Und dann fällt mir nur ein Name ein.

„Harry", sage ich mit leiser Stimme und kann nicht glauben, dass ich so etwas tatsächlich denken muss. Wahrscheinlich ist das seine Rache dafür, dass ich ihn einfach so habe stehen lassen.

„Was?", fragt Benja mich und schnieft.

Ich richte mich auf. „Es kann nur Harry gewesen sein. Er hat einen Generalschlüssel der Schule und ... Es würde Sinn ergeben."

Und genau in dem Moment knallt die Hallentür und wir drehen uns um. Wenn man vom Teufel spricht. Harry kommt mit gesenktem Blick durch den Gang gelaufen und eine eisige Wut überkommt mich.

Allerdings ist wohl Benja noch wütender als ich, denn er springt auf. „Du wagst es, hier noch aufzutauchen?", schreit er Harry entgegen, der verwirrt den Blick hebt. Er sieht müde aus.

„Was?", fragt Harry nach und bleibt stehen.

Benja kommt näher und zeigt zur Bühne. „Tu nicht so! Wir alle wissen, dass du unser komplettes Stück ruiniert hast! Es ist alles zerstört, *alles*!"

Ich bleibe sitzen und sehe von den beiden weg. Benja ist genauso geladen wie ich, er regelt das schon. Außerdem möchte ich kein Wort mit Harry wechseln, egal, was er angestellt hat. In seine Augen sehen zu müssen, würde mich auf die Knie zwingen und ich will nicht noch einmal am Boden sein.

„*Was* ist zerstört?", fragt Harry noch mal, als wüsste er nicht, was Benja meint.

Deswegen schnaubt Benja auf. „Genau, mach einen auf unschuldig! Mittlerweile wissen wir alle, dass du es nicht bist! Wer sonst hat einen Schlüssel zur Schule, um unsere

Requisiten zu zerstören? Niemand außer dir, also gesteh es wenigstens, damit du von der Schule fliegst!"

Am liebsten würde ich mir die Ohren zuhalten, um mir das nicht anzuhören, doch ich kann es nicht. Ich will wissen, was Harry zu sagen hat.

„Ich habe absolut *gar nichts* zerstört!", versucht Harry, sich zu verteidigen. „Wieso sollte ich so eine Scheiße machen? Es war – Moment." Er überlegt.

Ich runzle die Stirn und auch Benja höre ich wütend mit dem Fuß auf den Boden tippen. „Moment, was? Moment, ups, ich war es oder Moment, ich verschwinde lieber, bevor Benjamin mir eine feuert?“, macht mein bester Freund ihn ungeduldig an.

„Ich weiß, wer es war.“

„Das wissen wir alle, du Vollidiot!"

„Nein, ich war es nicht. Ethan war es."

Ich verdrehe verächtlich die Augen. Jetzt schiebt er es also auf Ethan, wie immer.

„Ich wusste gar nicht, dass Ethan einen Schlüssel zu unserem Schulgebäude hat", hakt Benja ironisch nach. „Schlechte Ausrede."

„Es ist keine Ausrede. Er hatte meinen Schlüssel am Wochenende."

„Und *wieso* hatte er den? Rede endlich Klartext!"

Kurz herrscht Stille, in der ich wünschte, das alles wäre nur ein Albtraum. Doch es ist kein Albtraum, als Harry sagt: „Ich habe ... Ich habe ihn ihm gegeben. Aber …"

„WAS?", schreit nun Benja aufgebrachter als je zuvor. „Hast du sie noch alle? Und du wusstest nicht, was er damit vorhatte?"

Nun drehe ich mich um, denn meine Wut wird immer größer. Harry schafft es wirklich, alles zu versauen. Nicht nur mich, sondern auch noch Benja und unser Stück. Wirklich alles, was mir wichtig ist.

Harry fährt sich frustriert durch die Haare. „Ich wusste es, aber ich war nicht bei Sinnen", versucht er, sich verzweifelt zu erklären. „Wir waren betrunken und er hat ständig über euer Stück gesprochen und wie scheiße er es findet und – keine Ahnung – es …"

„Halt die Klappe!", unterbricht Benja ihn und man hört, wie seine Stimme bricht, weil er zu weinen beginnt. „Halt einfach die Klappe! Du wusstest, dass er unser Theater zerstören will, und hast ihm auch noch den Schlüssel gegeben! Was ist nur los mit dir?"

„Es war nicht meine Absicht!", verteidigt Harry sich und sieht zu mir. Der pure Kummer spiegelt sich in seinen Augen. „Ihr müsst mir glauben, wenn ich nicht betrunken gewesen wäre, dann …"

„Du kannst aber etwas dafür, dass du betrunken warst!", schreit Benja wieder. „Du kannst *immer* etwas dafür, dass du betrunken bist! Gott, verschwinde einfach!"

Harry lässt hoffnungslos die Schultern hängen und sieht von mir zu Benja, dann wieder zu mir. Vielleicht denkt er, ich würde etwas dazu sagen, doch ich habe nichts zu sagen. Er hat es mal wieder geschafft. Zum hundertsten Mal hat er es geschafft, es zu versauen. „Ich wollte das nicht", jammert er. „Ihr müsst mir glauben, ich wollte es wirklich nicht. Ich war einfach nur so verdammt wütend und ... Bitte."

Mit resigniertem Ausdruck stelle ich mich zu Benja, der sich schniefend wegdreht, und lege ihm liebevoll eine Hand auf die Schulter. Ich schaue zu Harry, der verloren zwischen den vielen Sitzen steht und darauf wartet, dass wir ihm verzeihen. Doch das tun wir nicht und ich erst recht nicht. Er hat nicht nur mir wehgetan, sondern Benja.

„Geh einfach", ist, was ich zu ihm sage, damit er nicht länger hier herumsteht. „Du hast genug getan."

„Violet." Harrys Stimme ist leise, schwach, flehend. „Ich wollte all das nicht ... Ich wusste nicht, was ich tue."

Aber ich kümmere mich nur um Benja, der sich ein paar Tränen von den Wangen wischt. Durch die Eingangstür kommen nun auch die anderen unserer Gruppe hinein und blicken direkt auf einen weinenden Teamleiter. Sie sind verwirrt.

Ich sage zu Harry: „Verschwinde endlich, bevor du es noch schlimmer machst."

Angestrengt sieht Harry zu Boden und verzieht das Gesicht. Man merkt, dass er noch etwas sagen will, doch er weiß, dass es keinen Sinn mehr macht, *irgend*etwas zu sagen. Er dreht sich schließlich von uns weg und läuft an den anderen vorbei zur Tür. Seine Schritte sind schnell und seine Schulter angespannt. Er öffnet die Tür und durch den Knall, der ertönt, schreckt Benja wimmernd auf und ich drücke ihn fest.

Ich schließe die Augen, als ich Harry im Flur laut fluchen höre, versuche, mich nicht darauf zu konzentrieren. Er muss zwar damit leben, dass er unsere Arbeit zerstört hat, aber wir müssen damit leben, dass für uns nun alles zerstört ist, wofür wir monatelang gearbeitet haben. Und das ist schlimmer.

Nachdem wir uns erst einen Vortrag von Misses Heath anhören konnten, wie unverantwortlich es war, unsere Requisiten einfach so rumliegen zu lassen, und dass wir nun das Theaterstück abblasen können, haben wir ihr gesagt, dass es nicht unsere Schuld war, sondern Ethans, denn er hatte einen Schlüssel und dann konnte sich *Ethan* in der Cafeteria vor allen anderen einen Vortrag von Misses Heath anhören. Allerdings verschaffte uns auch die Tatsache, dass er vor allen anderen blamiert wurde, keine Genugtuung, denn jeder von uns ist am Ende.

Benja sitzt weinend am Cafeteriatisch, Hardy versucht, ihn aufzumuntern, und Charly versucht sich vergeblich, über Ethan lustig zu machen, dem Heath gerade androht, dass sie seine Eltern anruft. Normalerweise würde es mich amüsieren, wie klein er sich vor ihr macht und Angst bekommt, aber ich bin zu schlecht gelaunt. Ich habe kurz nach Harry geguckt, doch er ist nicht mehr hier. Wahrscheinlich hat er sich vom Acker gemacht, falls Ethan ihn mit einbezieht und er keinen Ärger bekommt.

Lediglich Brandon sieht mich von Weitem an, neben ihm sitzt Florence, die gerade über Ethan lacht. Er sieht traurig aus, versucht, mir irgendetwas mit seinen Blicken zu sagen, doch ich kann nichts hineininterpretieren. Diese mentalen Gespräche kann ich nicht mit jedem führen.

Dann piept mein Handy irgendwann auf.

ARSCH-BRANDON

Das mit eurem theaterstück ist ziemlich scheiße ... Ethan hat die moralpredigt verdient. Ich wünschte nur, harry wäre nicht zu feige, sich die kacke anzuhöre.

Ich spüre Brandons Blick auf mir, während ich die Nachricht anstarre, doch ich sehe nicht hoch. Ich antworte einfach nur:

Scheiße passiert.

Und dann stecke ich mein Handy in meine Schultasche. Wenigstens ist Harry meiner Bitte nachgekommen und hat nicht versucht, mich zu kontaktieren, das hätte alles noch viel schlimmer gemacht. Auch wenn ein kleiner Teil in mir verletzt ist, weil er es nicht getan hat.

Kapitel 29

„Violet, du *musst* aber", bettelt meine Mutter am nächsten Morgen, während ich meinen Kopf in mein grünes Kissen drücke, damit sie endlich verschwindet. „Ich habe dir schon beim letzten Mal gesagt, dass es nur eine Ausnahme war. Ich lasse dich zu Hause, wenn du *wirklich* krank bist, und nicht, weil du keine Lust hast."

„Mom", murre ich in mein Kissen. „Bitte! Ich *bin* krank! Seelisch!"

„Liebling, ich verstehe dich ja, aber du darfst die Schule nicht vernachlässigen. Außerdem will ich mir nicht wieder eine Predigt von Rosy anhören, die für Gerechtigkeit sorgen will, weil sie in die Schule muss und du nicht."

Jetzt ziehe ich meine Decke über meinen Kopf und mache damit komplett dicht. „Ich will nicht! Das Theater läuft scheiße, alles läuft scheiße! Benja darf heute auch zu Hause bleiben!"

„Eigentlich ist es mir ja echt egal, aber Rosy!"

„Man, Mama! Rosy ist deine neunjährige Tochter!"

„Das hat noch lange nichts zu bedeuten!" Sie atmet durch und ich kann mir vorstellen, wie sie sich genervt ihren Nasenrücken reibt, wie sie es immer tut, wenn sie nachgibt. „Na gut. Du kannst froh sein, dass ich dich so lieb hab."

Ich grinse, auch wenn sie es nicht sehen kann. „Danke, Mom. Ich hab dich auch lieb."

Allerdings ist Zuhausebleiben dann doch nicht so entspannend, wie ich mir das vorstelle, also wie immer eigentlich. Mom hat mir einen Zettel geschrieben mit

Dingen, die ich zu tun habe, wie den Haushalt machen und einkaufen gehen. Dennoch kommen mir diese Aufgaben nur zugute, denn dann denke ich weniger an Harry und unser versautes Theaterstück, sondern an meine Einkaufsliste, die ich im Laden immer wieder durchgehe.

In meinen Ohren höre ich die Great Lake Swimmers und sie singen so verzweifelt, dass ich mich gleich mit ihnen verbunden fühle. Anscheinend wissen sie, wovon sie erzählen, und zum ersten Mal verstehe ich den Sinn dahinter. Trotzdem wünschte ich, ich würde ihn nicht verstehen, denn ich will nicht verstehen müssen, wie misslich meine Lage ist.

Als ich gerade auf dem Weg nach Hause bin, mit einer Tüte links und einer rechts, komme ich am ToToes-Restaurant vorbei. Die rote geschwungene Schrift über dem Eingang sticht mir sofort ins Auge und ich hasse es, wie ich direkt an Harry denken muss. Gezwungenermaßen bleibe ich davor stehen und sehe durch die gläserne Eingangstür, durch die wir damals gegangen sind. Verdammt, heute hasse ich diese Zeit, denn schon damals hat er mich belogen.

Ich halte inne, als ein bekanntes Gesicht gerade mit einer Zigarette zwischen den Lippen aus der Tür kommt. Lewis, unser damaliger Koch. Er trägt wieder seine schwarze Kochuniform, nur ist sie diesmal dreckiger. Erst sieht er mich nicht, doch als er sich die Zigarette anzündet, erblickt er mich und grinst.

„Hey", sagt er und zieht kräftig an der Zigarette, als er ein paar Schritte auf mich zukommt. „Violet, richtig?"

„Ja, Violet. Ein Wunder, dass Sie sich an mich erinnern."

„Klar, erinnere ich mich. Dein Freund, Harry, er wollte hier anfangen, so was vergesse ich nicht."

Bei der Erinnerung daran, dass Harry seinen Arbeitsvertrag zerrissen hat, schürze ich die Lippen. Auch wenn er für mich im Moment gestorben ist, ist es traurig. Er wollte immer Koch werden und ich weiß, dass er es immer noch werden will.

„Wir hatten hier den Vertrag besprochen, aber er hat ihn nie wieder zurückgebracht", erzählt Lewis weiter und lehnt sich an die Wand neben dem Eingang. Er hält sich die Zigarette vor die Lippen und sagt: „Eigentlich echt traurig. Er war wirklich gut."

„Er *ist* gut", sage ich darauf und überrasche mich selbst damit.

„Das muss er sein, sonst hätten wir ihn nicht nehmen wollen. Weißt du, was passiert ist? Er hat angerufen und abgesagt, aber nie einen Grund genannt."

Ich denke nach. Ich könnte sagen, dass Harry kein Koch wegen des wenigen Gehalts werden möchte, so wie er es mir damals erklärt hat, oder ich könnte mir etwas ausdenken und sagen, dass er schon eine andere Stelle hat oder studieren möchte. Aber was würde das bringen? Vielleicht habe ich nichts mehr mit Harry am Hut und ja, scheiße, ja, er hat mir wehgetan, aber ich tue es für den zwölfjährigen Harry, der sein Leben gerne gekocht und sich Gerichte ausgedacht hat, die er später unbedingt in seinem eigenen, kleinen Restaurant verkaufen wollte.

Deswegen sage ich: „Also ... Wissen Sie, das ist kompliziert."

Lewis sieht mich abwartend an. Seine Augen sind durch die Sonne leicht zusammengekniffen, sodass sich kleine Fältchen daneben bilden.

„Harry ist ... Wie soll ich das sagen? Er weiß nicht, was er möchte. Aber *ich* weiß, was er möchte, das wusste ich schon immer. Und – das klingt jetzt vielleicht echt bescheuert – wenn sie wirklich möchten, dass Harry bei Ihnen arbeitet, und glauben Sie mir, das möchte ich auch, dann rufen Sie ihn noch einmal an." Ich kann nicht fassen, dass ich das tue und Lewis nach einer zweiten Chance für Harry anbettele. „Bitte. Ich bitte Sie. Ich kann Ihnen nicht versprechen, dass er zusagen wird, aber es ist einen Versuch wert. Er hat diesen Job wirklich verdient."

Skeptisch blickt Lewis drein und ich denke, er wird mich entweder auslachen oder mir direkt eine Abfuhr geben, weil meine Bitte so absurd ist. Ich bete heimlich, dass er keins von beiden tut.

„Eigentlich tue ich so etwas nicht", sagt Lewis nach ein paar Sekunden. „Wer einmal absagt, bekommt keine zweite Chance, unser Restaurant wird überhäuft von Bewerbungen."

„Aber ...?", frage ich vorsichtig und lächle schüchtern.

Er zieht wieder an der Zigarette und bläst den Rauch aus. „Aber ich bin der Chef und außerdem bist du echt süß. Ich werde ihm noch einmal schreiben."

Erleichtert atme ich aus und lasse die angespannten Schultern hängen. „Vielen Dank. Ich hoffe, Sie bereuen es nicht."

„Das hoffe ich auch. Außerdem sollst du mich duzen, ich bin gerade mal achtunddreißig."

Den restlichen Tag verbringe ich im Bett. Ich schreibe Charly ständig Nachrichten, doch sie reagiert nicht. Benja meinte, dass er in Ruhe weinen wolle und Hardy bei ihm sei, deswegen hat er keine Zeit zum Telefonieren.

Irgendwann bin ich sogar so weit, dass ich Lara schreibe, doch auch sie reagiert nicht, weswegen ich mein Handy frustriert in meine Decke schmeiße und mich zurück in mein Kissen fallen lasse, die Augen schließe. Für eine Sekunde wünsche ich mir, Harry wäre hier und alles wäre gut, doch dieser Wunsch verfliegt genauso schnell, wie er gekommen ist, denn Harry ist der Letzte, den ich hier haben will. Lieber verbringe ich meinen Abend mit Brandon.

Am nächsten Morgen werde ich unsanft von dem nervigen Piepton meines Handys geweckt. Es war geplant, ein weiteres Mal nicht in die Schule zu gehen, auch wenn Mom wieder gemeckert hat. Noch total verschlafen taste ich auf meinem Nachttisch nach meinem Handy und bekomme es schließlich in meine Hände.

„Hässlicher Piepton", murre ich noch mit geschlossenen Augen und klappe das Handy auf, halte es mir ans Ohr. „Es sollte besser wichtig sein."

„Violet Lotta Berrymore!", ertönt Benjas aufgeregte Stimme. „Ich weiß, dass …"

„Wenn du mich so weckst, musst du eigentlich nicht von mir erwarten, dass ich weiterhin mit dir sprechen möchte", brumme ich in die Leitung und versinke samt Handy tiefer in meinem Kissen.

„Sorry, aber du musst unbedingt in die Schule kommen!" Im Hintergrund höre ich ganz viele Leute sprechen, laute Geräusche. „Harry dreht total durch!"

Ich runzle die Stirn, reibe mir über ein Auge. „Er dreht durch?"

„Ja! Du – man, Vy, du kannst es dir nicht vorstellen! Hier geht alles drunter und drüber!"

„Klartext, Benjamin."

„Harry hat letzte Nacht alle zusammengetrommelt, hat hier bestimmt zwanzig komische Spanierinnen angeschleppt, um unser verdammtes Theater aufzubauen! Es ist so verdammt …"

„Warte, was?" Ruckartig richte ich mich auf und scheine sofort wach zu sein. „Er hat – *was*?"

„Du hast richtig gehört! Er hat …" Es knallt im Hintergrund. „Ups, sorry, mein Fehler, Carla. Wo war ich? Genau! Anscheinend hat er letzte Nacht alle aus dem Kurs angerufen, um rauszufinden, was alles benötigt wird, und dann stehen wir hier und bei Gott, alles ist da! Hier springen irgendwelche Freundinnen von seiner Putzfrau oder so rum, die gerade Kleider nähen, aber sonst – es ist einfach *alles* da und das in noch besserer Qualität als vorher!"

„Heilige Scheiße", lautet meine Antwort darauf und ich reiße die Augen auf. „Ich, ähm, ich …"

„Komm sofort her, ohne dich klappt das alles nicht!"

Deswegen jogge ich nicht mal eine halbe Stunde später durch den Schulflur in Richtung unseres Theaters. . Es scheint wirklich eine Menge loszusein, ich höre es bereits, weswegen ich noch total perplex die Tür zum Theater öffne.

Sofort bleibe ich auf dem Fleck stehen, noch bevor ich die Tür schließen kann, weil ich unmittelbar auf einen langen Holzbarren sehe, der gerade von zwei Frauen an mir vorbeigetragen wird. Überfordert blicke ich ihnen hinterher, sie unterhalten sich auf Spanisch. Ach du

Scheiße, Benja hatte wirklich recht, als er von zwanzig Spanierinnen gesprochen hat. Überall hört man spanische Worte, die umherfliegen, und auch wenn ich durch den Gang zur Bühne sehe, erblicke ich bestimmt zehn weitere Frauen, die ich nicht kenne. Alles geht drunter und drüber, man hört, wie auf Holz gehämmert wird, irgendetwas wird zersägt, noch dazu rattert eine Nähmaschine. Doch die Bühne sieht unglaublich gut aus. Wir haben schon vor längerer Zeit geplant, wie wir sie an unserem Auftritt gestalten wollten, und so gut, wie sie nun aussieht, hätten wir es niemals hinbekommen.

Das hier ist ... Ich habe keine Worte.

„Vy!"

Ich wende mich von den vielen Frauen und Mitschülern ab, die in meinem Kurs sind, und blicke nach rechts, wo Benja auf mich zukommt. Er grinst und deutet in den Raum. „Na? Habe ich dir zu viel versprochen?"

Blinzelnd sehe ich von Benja wieder in den großen Raum und sehe auch schon Charly, die gerade mit zwei spanischen Frauen ihr Kleid anprobiert. „Ich weiß nicht, was ich sagen soll", sage ich überfordert. „Ich kann es gar nicht fassen."

„Ich auch nicht." Benja lacht. „Harry legt sich ganz schön ins Zeug und alle helfen mit. Ist das nicht Wahnsinn?"

Wie benebelt nicke ich, heimlich suchen meine Augen Harry, doch ich finde ihn nicht. „Das ist tatsächlich Wahnsinn ..."

„Ich denke, das hier ist seine Entschuldigung."

„Gut möglich", sage ich leise und laufe durch die vielen Sitze, die von ein paar Frauen sauber gemacht werden. Ich glaube, die Theaterhalle war noch nie so sauber, geschweige denn so schön dekoriert. In ein paar Ecken stehen Bäume aus richtigem Holz, nicht nur aus Pappe, sogar mit echten Blättern. Es riecht wunderbar nach Wald, das alles muss eine unglaubliche Arbeit gewesen sein.

„Wir haben nur noch heute", sagt Benja, als wir vor der Bühne stehen, und ich sehe, wie Charly mir glücklich zuwinkt. Sogar ihr hellblaues Kleid, das sie als Magd von Henriette trägt, ist schöner, als das, das wir ihr gekauft haben. „Deswegen ist alles ein wenig hektisch. Aber ich denke, wir packen das. Estefanias Putzkolonne hilft uns gut aus."

„Ich kann es nicht fassen", ist alles, was ich rausbekomme. Diese Situation ist gerade zu viel für meine Gedanken.

Ich drehe mich um, weil ich von hinten Harrys Stimme herausfiltern kann, und schon sehe ich ihn, wie er mit John durch den Eingang gelaufen kommt. Sie unterhalten sie erregt über irgendetwas, John sagt etwas, dann sagt Harry wieder etwas und jetzt gerade kann ich immer noch nicht fassen, was Harry für uns alle tut. Er hat tatsächlich noch gestern Abend alle angerufen, sich erkundigt und diese verdammten Frauen angeschleppt, damit sie ihm helfen, unser Theater wieder aufzubauen.

„Angenommen, wir würden die Lichter doch mit einem Seil befestigen", höre ich John zu ihm sagen. „Würde die Chance höher sein, dass es runterfällt?"

Anscheinend hat Harry mich noch nicht gesehen, denn sie laufen weiter zur Bühne.

„Man, du kannst doch diese verdammten Lichter nicht mit einem Seil festmachen", sagt Harry. „Geh zu Benjamin, er weiß, was zu tun ist."

John seufzt und bleibt stehen, um zu uns zu gehen, während Harry hinter der Bühne verschwindet. „Benja", ruft er. „Neuer Versuch mit den Lichtern!"

Auch Benja seufzt und wendet sich wieder an mich. „Ich muss gehen. Vielleicht solltest du Harry danken, ich denke, mein Danke ist ihm vollkommen egal." Er geht zu John, doch dreht sich noch mal um und ruft: „Übrigens! Ich habe ihm verziehen!"

Zurückgelassen stehe ich vor der hohen Bühne und lasse überfordert die Schultern hängen. Benja hat ihm verziehen, sehr schön. Darüber, ob ich Harry überhaupt irgendetwas verzeihe, will ich gar nicht nachdenken. Ich muss einfach realisieren, was hier gerade passiert, und als ich zum zweiten Mal fast von einem Holzbalken erschlagen werde, fasse ich mir ein Herz. Ich laufe die Treppe zur Bühne hoch, um Harry zu suchen.

Er hat sich ein Danke verdient, definitiv. Er hat unser Stück gerettet. Ich laufe vorbei an Charly, die weiter an ihrem Kleid nähen lässt, und dann noch vorbei an Lara und Andre, die sich um die Styroporsteine kümmern. So viele Leute und alle wollen uns helfen, das nur wegen Harry.

„Oh Gott, Fanny, hast du je einen blauen Baum gesehen?", höre ich Harrys Stimme aus einem Gang links. „Das ist die blaue Dose, nicht die grüne!"

„Ich habe nicht gesehen!", ertönt nun auch Fannys Stimme, mit ihrem süßen Akzent.

„Ich habe nicht gesehen", ahmt Harry sie nach. „Zieh dir deine Brille auf!"

Ich verschränke die Arme, als ich hinter den beiden stehe und beobachte, wie Harry einen blauen Baum wegstellt und Fanny beleidigt davonstampft. Hätte mich auch gewundert, dass sie so mit sich reden lässt. Harry lässt sich aufatmend in einen Stuhl fallen und schließt erschöpft die Augen. Er ist müde, man sieht es ihm sofort an, sogar seine Haare sitzen heute nicht perfekt unperfekt.

„Kann ziemlich anstrengend sein, diesen ganzen Mist zu bauen", sage ich zu ihm, bin aber immer noch zwei Meter von ihm entfernt, niemand sonst ist hier.

„Diese ganze *Scheiße* zu bauen", korrigiert Harry mich, immer noch mit geschlossenen Augen, weswegen ich mir sicher bin, dass er nicht gemerkt hat, wer ich bin.

„Jetzt bin ich mir nicht mehr sicher, ob ich mich bei dir bedanken will, wenn du unsere Requisiten als Scheiße betitelst."

Und schlagartig hebt er den Kopf, sieht erst verwirrt aus, dann begreift er. „Violet."

„Ja", sage ich und lehne mich an die Wand ihm gegenüber. Meine Stimme wird sanfter, weil ich ihm tatsächlich dankbar bin. „Du hast anscheinend ... alles im Griff."

Harrys Blick gleitet zu Boden, er lehnt sich mehr zurück. „So würde ich es nicht sagen."

„Ihr seid schon ziemlich weit gekommen." Ich sehe mich um, erblicke ein aus Holz gebautes Geländer, das einen Balkon darstellen soll. Dafür haben wir damals drei Wochen gebraucht. „Wie lange bist du schon hier?"

„Seit halb zwölf."

Fassungslos sehe ich ihn an. „Halb zwölf? Gestern Abend?"

„Ja. Ich bin die ganze Nacht hier gewesen und habe ... Das hier gemacht."

„Das heißt, du hast die ganze Nacht nicht geschlafen?"

„Doch." Er lacht etwas, auch wenn es eher bitter klingt. „Fünf Minuten im Auto, wenn man den Sekundenschlaf beim Pinkeln weglässt."

„Klingt ziemlich ... Anstrengend." Ich betrachte Harry von oben bis unten und empfinde Mitleid. Er strengt sich wirklich an und wenn er schon die ganze Nacht hier ist, um unsere Requisiten wieder aufzubauen, dann tut er es wenigstens richtig. Alles ist da, besser als vorher, wie Benja schon am Telefon meinte. „Aber anscheinend hattest du ein wenig Hilfe", sage ich noch.

„Ja." Harry reibt sich müde über die Stirn, lehnt den Kopf zurück. „Fanny und ihre hundert Freundinnen sind ziemlich leicht zu überreden."

„Womit?"

„Geld."

„Verstehe", lache ich. „Aber ... Ihr macht das gut. *Du* machst das gut."

Harry sieht mich an, etwas Zurückhaltendes liegt in seinem Blick. Leicht, ganz sanft lächelt er.

„Danke", traue ich mich schließlich zu sagen und gehe seinen Augen aus dem Weg. Ich möchte ihn nicht ansehen, das Herzklopfen, das ich schon jetzt bekomme, wenn ich nur in seiner Nähe bin, bekommt mir nicht. Er hat mich immer noch verletzt, egal, wie toll all das ist, was er hier tut.

„Du musst dich nicht bedanken", sagt Harry mit einem resignierten Unterton. „Immerhin war ich überhaupt derjenige, der dafür gesorgt hat, dass so eine Scheiße passieren kann, und ich denke, mir blieb nichts anderes übrig. Ich sollte mich bei dir entschuldigen."

„Musst du nicht." Das meine ich ernst. Ich will keine Entschuldigung mehr von ihm hören. „Du hast es oft genug gesagt, noch mal musst du es nicht tun."

Erneut sieht er zu Boden, seine Brauen schieben sich etwas zusammen. „Ich will nicht, dass du denkst, dass all das hier bedeuten soll, du müsstest mir jetzt verzeihen. Ich weiß, dass ich ziemlichen Mist gebaut habe und …"

„Ja, das hast du", unterbreche ich ihn, weil ich genau weiß, in welche Richtung diese Konversation wieder geht. Er wird mir trotzdem sagen, dass es ihm leidtut. Vielleicht tut es das, aber das macht nichts besser. „Ich danke dir dafür, dass du Benja glücklich gemacht hast, indem du die ganze Nacht hier warst, das tue ich wirklich, aber lass uns bitte nicht über die anderen Vorfälle sprechen, im Moment will ich einfach nur, dass wir fertig werden." Ich stoße mich von der Wand ab und gehe zwei Schritte den Gang entlang, in Richtung der Bühne. Weil Harry mir nicht folgt, drehe ich mich um: „Was ist? Willst du hier ein Nickerchen machen? Wir haben keine Zeit, schon vergessen?"

Harrys rechter Mundwinkel hebt sich und er steht auf. Dann folgt er mir, auch wenn ich nicht schmunzle, das kann ich einfach nicht. Es war die Wahrheit, als ich sagte, dass ich im Moment einfach nur fertig werden möchte. Das, was Harry tut, ist besser als all das, was ich mir gestern noch hätte vorstellen können, deswegen verzeihe ich ihm, dass er Ethan den Schlüssel gegeben hat. Aber der Rest ist nicht vergessen. Er hat wochenlang mit meinen Gefühlen gespielt, sei es wegen Brandon, Florence, Ethan und dann noch dieses verdammtes Spiel.

Eigentlich hat er vier *Jahre* mit meinen Gefühlen gespielt, indem er mich schikaniert hat. Oder zugesehen hat. Damit ist jetzt Schluss.

Noch drei Stunden verbringen wir im Theater und arbeiten an den Requisiten, der Deko und den Aufbauten. Es ist harte Arbeit, doch sie lohnt sich. Benja, Charly und ich könnten glücklicher nicht sein mit der ganzen Halle, denn das Endergebnis ist atemberaubend, nahezu perfekt. Ich habe mitbekommen, wie jemand erzählte, dass Ethan eine zweiwöchige Suspendierung von der Schule erhalten hat und in einem Altenheim arbeiten muss, was mich direkt zum Lachen brachte. Ethan und alte Menschen? Sie werden ihn hassen, aber das hat er verdient.

„Ich kann immer noch nicht fassen, dass du Harry nicht verzeihst", sagt Charly zu mir, während ich in meinem Schließfach rumwühle, mein Mathebuch suche. „Ich meine, klar, ich kann dich verstehen, aber irgendwie auch echt kein Stück."

„Charly", brumme ich. „Wir haben das Thema schon seit fast einer Stunde, willst du es nicht endlich mal abhaken?"

„Sorry." Nachdenklich lehnt sie sich an die Schließfächer neben meinen. „Aber es ist krass, findest du nicht auch? Noch vor einer Woche hast du mit Harry rumgemacht und jetzt ist alles – puff – vorbei. Ich fand das ja damals schon unglaublich, aber das heute ist noch mal ein anderes Kaliber."

„Schön, dass du mich daran erinnerst."

„Denkst du eigentlich manchmal noch daran? Wie ihr auf dem Schuldach lagt? Oder die Sache am Stadtfest?"

„Was ist das denn für eine Frage?"

„Eine ganz normale, ich frage mich das eben."

Endlich ziehe ich mein Mathebuch hervor und stecke es in meine Tasche. Als Nächstes suche ich meinen Kugelschreiber. „Das ist, als würde ich dich fragen, ob du noch an deinen ersten Freund denkst."

„Okay, das ist ein seltsamer Vergleich."

„Du stellst seltsame Fragen."

„Aber mal ganz realistisch gesehen." Charly stellt sich gerade hin, sieht mir direkt in die Augen. „Du und Harry, ihr wart doch mal beste Freunde und ich meine, wenn die Sache mit der Wette nicht rausgekommen wäre, dann wärt ihr so was von ein Paar geworden und – Vy, du hast ihn sogar deiner Lieblingsserie vorgezogen und das kannst du nicht leugnen, noch dazu sagt das echt alles. Er war ständig deine erste Wahl. Ist doch krass, wenn man mal bedenkt, dass du mich sogar noch ins Feuer für ihn geschmissen hättest, weil dir alle anderen relativ waren."

Jetzt schmeiße ich das Schließfach erzürnt zu und drehe mich zu Charly, die mich erschrocken ansieht. „Okay, Charlotte, ist ja echt superinteressant, was du hier von dir gibst, aber das, was Harry und ich hatten, wäre nie gewesen, wenn er nicht so ein verdammtes Arschloch gewesen und diese widerliche Wette mit Brandon eingegangen wäre. Ja, du hast recht, wir waren früher beste Freunde und ja, du hast ein weiteres Mal recht, wenn das mit den Fotos nie rausgekommen wäre, wären wir wahrscheinlich ein Paar geworden, aber es *ist* rausgekommen und eine weitere Tatsache ist, dass er trotzdem damals am Stadtfest mit Florence rumgemacht hat, obwohl wir ja wieder ... was auch immer waren. Unser erster Kuss war ein dreister Versuch, mich um den Finger zu wickeln. Das, was früher war, ist

Vergangenheit und das wird es bleiben, du und Benja, ihr beide solltet das verstehen. Wenn Harry und ich wirklich so supertoll zusammenpassen würden, dann *wären* wir bereits zusammen, aber wir sind es nicht und das nur, weil er einen verdammten Fehler nach dem anderen macht. Nur weil er sich verhalten hat wie das größte Arschloch, war ich wieder mit Brandon zusammen, und nur, weil er Ethan seinen verdammten Schlüssel gegeben hat, obwohl er wusste, dass er unser Theater zerstören will, mussten wir um unser Stück bangen, weil – wie gesagt – er sich mal wieder wie ein Vollidiot verhalten hat. Wieso also sollte ich ihm verzeihen oder ihm eine zweite, nein, hundertste Chance geben? Er *ist* nicht mehr meine erste Wahl, Charly, sieh das endlich ein, er wird es *nie wieder* sein."

Charly steht während meiner ganzen wutgeladenen Rede stocksteif auf einer Stelle und starrt mich an. Sie sagt nichts, rein gar nichts. Ich atme schwerer, als für eine Sekunde ihre Augen hinter mich gleiten und dann wieder zu mir.

Und dann steigt meine Spannung, als ich ihren Blick genau deuten kann.

Langsam drehe ich mich um, mein Herz pocht heftig, denn ich weiß genau, wer mir gerade noch zugehört hat.

Unmittelbar treffen sich Harrys müde Augen und meine. Er steht mit einer Karte in der Hand zwei Meter von mir entfernt und sieht mich an. Er wirkt leer und es tut mir weh, auch wenn es mir nicht wehtun sollte. Seine ausgelaugte Miene und die Schatten unter seinen Augen machen es noch schlimmer. Ich habe doch nichts, außer die Wahrheit gesagt ... Auch wenn sie nicht für ihn bestimmt war.

Für ein paar Sekunden sehen wir uns einfach nur an. Mir wird schwindelig, weil mich Abertausende Gefühle überkommen, gemischt aus Reue, Wut und dem Wunsch, dass er das hier am besten nicht gehört hätte.

Harry ist der Erste, der etwas sagt. „Ich bin hier, um dir zu sagen, dass wir fertig sind." Den Zettel in seiner Hand quetscht er zusammen, sodass es ein zerknüllter Haufen wird und fast in seiner Faust verschwindet. „Außerdem werde ich nach Hause gehen." Kurze Pause, dann sagt er noch: „Aber das ist total irrelevant, anscheinend war es sowieso nicht genug."

Ich will etwas sagen, als er sich mit erboster Miene umdreht, mir noch einen letzten verachtenden Blick zuwirft, doch es kommen keine Worte über meine Lippen. Es passiert einfach nichts. Auch nicht, als er durch den Hauptausgang verschwindet und die Tür nicht mal zuknallen lässt.

Der Kopfschmerz setzt ein.

"Vy?"

Ich reagiere nicht, sondern starre weiter zum Ausgang, als Charly von hinten ihre Hand auf meine Schulter legt.

„Hey", sagt sie und dreht mich leicht zu sich, weckt mich aus meiner Starre. Ihr Blick ist liebevoll und zu mitleidig. „Ich sage dir jetzt nicht, dass du ihm nachgehen solltest, aber wenn du möchtest, dann kannst du das tun."

Ich schlucke den Kloß in meinem Hals herunter, kann nicht sprechen.

„Aber rede dir kein schlechtes Gewissen ein, nur weil er es gehört hat. Du hast die Wahrheit gesagt, *deine* Wahrheit und das ist vollkommen in Ordnung."

Langsam nicke ich, fühle mich aber danach zu weinen. Ich weiß nicht, was es ist, was mich dazu bringt, tiefe Reue zu empfinden, aber es passiert einfach. Vielleicht wegen der Tatsache, dass es diese Situation schon einmal gab. Genau wegen so etwas hat Harry mich damals verlassen. Er musste mir zuhören, wie ich sagte, er wäre nicht meine erste Wahl und ich denke, das ... Es war einmal zu viel. Ich mag Harry noch immer, ich kann nichts dagegen tun, aber gleichzeitig sollte es mir egal sein. Es war meine Wahrheit, nichts als meine verdammte Wahrheit.

Doch es lässt mich nicht los, selbst als ich nachmittags heftig gegen meine Haustür schlage, damit ich einfach in meinem Bett verschwinden kann, um aufzuhören, zu sehen, riechen, fühlen und zu denken. Mir egal, was Benja sagt, mir egal, was sonst wer sagt. Ich hasse es, wie nahe mir diese Dinge gehen, und mich einzusperren, ist die einzige Möglichkeit, darüber hinwegzukommen.

„Rosy!", rufe ich durch die Tür und klopfe weiter. Ich versuche an alles zu denken, außer an Harry, auch wenn es mir schwerfällt. Ich denke an unser Stück und wie gut uns die Dekoration gelungen ist, wie aufgeregt ich vor unserem Auftritt bin. Alles, außer Harry, alles außer –

„Violet!" Rosy steht wütend im Türrahmen, sieht zu mir auf. „*Wo* ist dein Schlüssel?"

Ich ignoriere ihre böse Miene und gehe an ihr vorbei, schubse sie leicht zur Seite. Im Moment ist mir egal, ob sie wieder sauer auf mich ist, weil ich meinen Schlüssel vergessen habe. Das Einzige, das ich will, ist, mich in mein Bett legen und die Augen schließen, so wie ich es tue, wenn ich mit nichts mehr klarkomme.

„Du ignorierst mich?", fragt Rosy mich nachdrücklich, als ich mir meine Boots von den Füßen streife und zur Treppe gehe. „Violet, ich rede mit dir!"

Genervt von ihr stampfe ich schnell die Treppe hoch. „Rosy, hör auf, mich zu nerven!" Und dann betrete ich mein Zimmer, knalle fest die Tür zu. Zum Glück ist Mom nicht da, eine Person weniger, die mich irgendetwas fragen könnte. Allein sein, so heißt die Devise. Mit niemandem sprechen, warten, bis es vorbei geht und ich normal denken kann.

Ich schmeiße meine Tasche in die Ecke meines Zimmers und lege mich sofort unter die Decke. Es ist mir sogar egal, dass ich noch meine Alltagsklamotten anhabe, es war mir nie weniger egal. Ich lege mir die Decke über den Kopf und schließe die Augen.

Ich bin mir nicht sicher, wegen was ich hier bin. Ich bin verletzt worden, einer der Gründe, weswegen ich hier bin. Ich bin mir nicht mal sicher, ob es sich lohnt, mir Gedanken darüber zu machen, Harry zu verzeihen. Nicht die Sache mit unserem Theater, er hat alles wieder geradegebogen, aber die Sache mit dieser verdammten Wette und den letzten vier Jahren. Ich bekomme es nicht aus meinem Kopf, schwanke zwischen *Verdammt, Violet, du weißt, dass die Zeiten mit ihm die besten in den letzten Jahren waren* und *Komm bloß nicht auf den Gedanken, diesen Jungen ein weiteres Mal in dein Leben zu lassen, du weißt, er hat dir schrecklich wehgetan, mehrere Male.*

Ich traue mich nicht mal, an meine Zimmerdecke zu sehen, denn ich weiß, dass dort keine Antworten stehen. Will ich überhaupt Antworten?

Kapitel 30

Es vergehen genau drei Stunden, in denen ich in meinem Bett liege, ab und zu mal Luft über der Decke hole und mich dann wieder verstecke, weil ich nichts mehr ertrage, gar nichts mehr, nicht mal mehr der Anblick meiner Sockenschublade, die halb offen steht. Bisher kann ich mir die Tränen gut verkneifen, auch wenn ich verzweifle. Meine Gefühle spielen verrückt.

Jemand klopft an meine Tür und sie wird geöffnet. „Du sollst runterkommen", ertönt Rosys Stimme.

„Nein", brumme ich unter der Decke.

„Es ist wichtig."

„Nein!"

„Violet, steh gefälligst auf und komm runter, Mama meinte *wirklich*, es sei wichtig!"

Ich verdrehe gestresst die Augen und schmeiße die Decke von mir. Rosy sieht mich kopfschüttelnd an, als ich mit zerzausten Haaren und verknitterten Klamotten aufstehe, dann verschwindet sie auch schon nach unten. Müde, obwohl ich drei Stunden im Bett lag, schleiche ich die Treppe zu Mom in die Küche.

„Ich bin da", murre ich und lasse mich auf einen Stuhl am Küchentisch fallen, lehne sofort meinen Kopf erschöpft in meine Hände.

Mom, die am Herd steht, sagt: „Hast du mit Klamotten geschlafen?"

„Nein."

„Aber du …"

„Mom", unterbreche ich sie gereizt und blicke auf. „Sag mir einfach, was so wichtig sein soll, damit ich wieder hochgehen kann."

Ihr Ausdruck macht mich stutzig. Sie wirkt traurig, total niedergeschlagen. Auch jetzt fallen mir erst ihre deprimierten Augen auf. „Ich wollte fragen, ob Harry dir die Karte gegeben hat."

„Welche Karte?"

Mom dreht sich von dem Herd weg zu mir, sie ist verwirrt. „Er hat sie dir nicht gegeben?"

„Mom, welche Karte?"

Sie seufzt und lässt die Schultern hängen, als sie sich zu ihrem Kochtopf wendet, um umzurühren. „Anscheinend weißt du es noch nicht. Er sollte dir eigentlich die Karte zu Williams Beerdigung diesen Samstag geben."

Vollkommen entsetzt und überrumpelt knicke ich in mir zusammen.

Zu ... *Was?*

„Williams ... Beerdigung?", hauche ich fassungslos und kann es nicht glauben.

„Ja ... Er ist gestern Abend im Krankenhaus gestorben. Hat es dir Harry nicht erzählt?"

Bestürzt schüttle ich langsam den Kopf, öffne den Mund, um etwas zu sagen, doch weiß nicht, was. Harrys Vater ist gestern Abend *gestorben.* William ist *gestern Abend* gestorben.

„Wir werden am Samstag zur Beerdigung gehen", sagt Mom, während Rosy gerade die Küche betritt und sich – mit betroffener Miene – in den Türrahmen stellt. „Du hast doch noch das schwarze Kleid, das du dir für Brandons Date gekauft hast, oder? Vielleicht könntest du ... Ich weiß nicht. Du hast nicht so viele schwarze Klamotten."

Ich höre Mom nicht zu, während sie weiterredet, um sich zu beruhigen. Die einzigen Worte, die ich höre, sind die, die mir klarmachen, dass William tot ist. Gestern Abend gestorben. Ich wusste, er würde bald sterben, wir alle wussten es, aber es ist plötzlich passiert. Noch vor zwei Wochen habe ich mich mit ihm unterhalten.

Noch vor zwei Wochen war ich bei Harry und er war wegen mir verletzt, weil ich wollte, dass er mich küsst, ich gleichzeitig aber mit Brandon zusammen war.

Es schockt mich.

Harry war damals *verletzt*, obwohl er wusste, dass sein Vater stirbt. Und dann verbringt er die komplette Nacht in unserem Theater, um sich für seinen kleinen Fehler zu entschuldigen. William ist gestorben und er ist trotzdem ins Theater gegangen. Für uns. Für mich.

Und dann habe ich ihn wieder verletzt, als ich vor seinen Augen sagte, er sei nie wieder meine erste Wahl. Seine Augen waren nicht müde, als ich mich zu ihm umdrehte und ihn erblickte, nachdem ich es ausgesprochen hatte. Und das, was er in der Hand hielt, war nicht nur irgendein Zettel, nein. Seine Augen waren *traurig* und der Zettel in seiner Hand war die Tatsache, dass er mir sagen wollte, dass sein Vater von uns gegangen ist.

Er wollte es mir sagen und ich habe ihn verletzt.

Ein zweites Mal.

Und dann wird mir etwas bewusst.

Harry hat viele Fehler gemacht und ich habe viele Fehler gemacht und er hat mich verletzt und ich habe ihn verletzt und ... Das wird kein weiteres Mal passieren. Nie wieder.

Nie, nie, nie wieder.

Laut denke ich mit leiser Stimme: „Meine Socken ..."

Ich spüre Rosys Blick auf mir, doch beachte sie nicht.

Alles, woran ich denke, sind diese verdammten Socken. Wären sie endlich weg, wäre das der erste Weg, endlich alles vergessen zu können, *Harry* vergessen zu können. Nicht mehr daran zu denken, was alles passiert ist und wie grausam ich mich an manchen Tagen gefühlt habe und was ich Harry heute und letzte Nacht und vor vier Jahren angetan habe ... das wäre alles, was uns helfen könnte. Ihm und mir.

Meine Metapher muss ein verdammtes Ende nehmen, genau hier und jetzt. Aus diesem Grund springe ich auf und gehe um den Tisch herum.

„Violet", sagt Rosy skeptisch, als ich schnell an ihr vorbeilaufe. Sie folgt mir zu der Treppe wie ein Hündchen. „Was meinst du mit *Meine Socken*?"

„Sie müssen weg" ist alles, was ich rausbekomme, als ich die Treppe hochlaufe.

Rosy bleibt unten stehen und ich denke, sie wird wieder zu Mom gehen, doch dann höre ich ihre flinken Schritte hinter mir. „Violet, warte!"

Doch ich bin schneller als sie. Ich sprinte in mein Zimmer, ziehe die Sockenschublade auf und greife hinten rechts in die Ecke, um meine verdammten violetten Socken hervorzuziehen, die Harry gestrickt hat. Ich überlege, wie ich sie am besten zerstören könnte. Feuer? Zerschneiden? Einfach in den Müll schmeißen? Sie müssen einfach weg, vollkommen egal, wie.

Ich denke schnell.

Als ich gerade zu meinem Schreibtisch gehen will, um mir eine Schere zu schnappen, werde ich plötzlich heftig zur Seite gerissen und lande unsanft auf dem Boden.

Rosy hat mich angesprungen und sitzt auf meiner Hüfte, entreißt mir blitzschnell die violetten Socken!

Entsetzt blicke ich sie an, will nach den Socken greifen, doch sie ist diesmal schneller. „Rosy, geb sie mir, was soll das?"

Sie hält die Socken nach oben und ich versuche, mich aufzurichten, doch sie ist zu schwer für mich. „Hör auf!", sagt sie laut. „Was glaubst du, was du hier tust, hm?"

„Ich glaube, genau zu wissen, was ich hier tue!", brülle ich und drehe mich um hundertachtzig Grad, sodass Rosy kreischend neben mich fliegt und die Socken zu meinem Bett rutschen.

Noch auf dem Boden liegend, erblicke ich sie und Rosy scheinbar auch. Augenblicklich richte ich mich auf und schmeiße mich zu den Socken, allerdings hatte Rosy dieselbe Idee, denn nun halten wir beide eine Socke in der Hand, weil sie auseinandergerissen wurden.

Wir stehen gleichzeitig auf und ich bin auf hundertachtzig. „Hast du vollkommen den Verstand verloren?", schreie ich Rosy an. „Wieso bespringst du mich? Das sind *meine* Socken, nicht deine!"

„Ich bespringe dich, weil du einen Knall hast!", schreit Rosy zurück und hält die Socke hinter ihren Rücken. „Du benimmst dich seit Tagen wie eine Idiotin und merkst es selbst nicht mal!"

„Wovon redest du, man?"

„Wovon ich rede? Du liegst nur in deinem Bett und trauerst, weil du doof bist!" Sie rauft sich kurz wütend mit einer Hand die Haare. „Du heulst wegen Harry, weil er dir wehgetan hat, beschuldigst alles und jeden, dabei vergisst du total, dass nur *du* diejenige bist, die dich dazu bringen kann, aufzuhören zu weinen!"

Ich will ihr den Hals umdrehen.

„Ich dachte echt, ich kann mich zurückhalten, aber *hiermit* gehst du einfach zu weit!" Sie hält die Socke hoch und zeigt darauf. „Ich weiß, dass du Harry mit diesen Teilen verbindest, und ich weiß, dass du sie kaputt machen willst, um ihn zu vergessen, aber weißt du was, Violet? Das ist bescheuert! *Du* bist bescheuert!"

„Du hast doch keine Ahnung!", meckere ich laut. „Außerdem: Woher weißt du das mit meinen Socken?"

„Willst du wissen, warum du damals nach dem Date mit diesem komischen blonden Lockentyp in mein Zimmer gekommen bist?", fragt mich Rosy aufgebracht. „Willst du wissen, wieso dein Stück *Henriette & Victor* heißt? Oder wieso du Mom plötzlich ständig sagst, sie soll Kokosduftkerzen für unser Bad kaufen, anstatt die mit Erdbeergeruch? Oder wieso du dich ständig in deinem Zimmer einsperrst, heulst und mir sagst, dass er dir fehlt, dann aber wieder sagst, dass er dir nicht fehlt, und im nächsten Moment genau weißt, dass er dir fehlt, obwohl du mit Brandon zusammen warst? Man, Violet! Du wusstest nicht, was dich traurig machte in dieser einen Nacht, denkst du? Natürlich wusstest du es!" Mit aller Kraft schmeißt sie die violette Socke zu Boden und zeigt darauf. „Du *liebst* ihn! Du liebst Harry, du blöde Kuh! Das hast du schon immer! Wir würden nicht in diesem Zimmer stehen und um diese gammeligen Socken kämpfen, wenn du es nicht tun würdest, denn würdest du es nicht tun, hättest du sie schon vor Jahren weggeschmissen, aber das hast du nicht, weil du ihn liebst!"

Ich habe keine Worte. Meine Wut ist verflogen, ersetzt von Fassungslosigkeit und vollkommener Überforderung.

„Und Harrys Vater ist gestorben und du stehst hier, um seine gestrickten Socken kaputt zu machen! Blöd, blöd und *noch mal* blöd! Du solltest bei ihm sein, nicht hier und darüber nachdenken, wie du ihn am schnellsten vergessen kannst! Hör auf, dich unter deiner ekeligen Decke zu verstecken, und stell dich endlich! Hör auf, Gedichte über Trennungen und den ganzen Kram zu schreiben und fang an, Harry ernsthaft zu vermissen, und rede dir bloß nicht ein, du würdest es nicht tun! Du hast es vier Jahre lang getan, damit ist jetzt Schluss! Dein Gejammer ist nicht auszuhalten, echt ey!"

Ich balle meine Fäuste, zerquetsche die Socke in meiner Hand. „*Du* willst mir was von Liebe erzählen?", raunze ich Rosy an, die mich genauso aufgebracht ansieht wie ich sie. „Du neunjähriges, kleines Mädchen? Rosy, du hast doch keine Ahnung, was Liebe ist!"

„Ich bin zwar erst neun, aber anscheinend klüger als du! Glaubst du, du kannst ewig leugnen, dass du Harry liebst? Violet, wenn du es jetzt nicht sofort sagst, dann ... dann zerreiß ich deine Socke!" Rosy schnappt sich den Strumpf vom Boden.

„WAS?", kreische ich hysterisch und komme ihr sofort zwei schnelle Schritte näher, um Rosy die violette Socke aus der Hand zu reißen, jedoch hält sie sie zu fest. „Lass los, du wirst sie bestimmt nicht zerreißen!"

„Lass du los!", meckert Rosy laut, während wir weiter an der Socke ziehen, die sich schon beginnt zu dehnen. „Sag es!"

„Du machst sie kaputt!" Ich will Rosys kleine Finger von dem Stoff entfernen, doch sie zieht so fest sie kann, sodass wir mit einem lauten Knall zu Boden fallen und nebeneinander liegen, jedoch lässt keiner los, sondern kämpft weiter. Wir setzen uns auf unsere Knie.

„Man!" Rosy reißt wütend weiter und ich sehe schon, wie ein Faden sich löst. „Merkst du es nicht? Du – lass endlich los! Eben wolltest du sie noch selbst kaputt machen und – Violet! Jetzt willst du sie beschützen, weil du sie nämlich gar nicht kaputt machen willst!"

„Du redest nur Schwachsinn!", keife ich und bekomme unheimliche Angst, dass die Socke gleich reißt. „Bitte lass einfach los! MOM, ROSY DREHT DURCH!"

Und dann passiert es. Der ausschlaggebende Ton erklingt und mit einem Mal fallen Rosy und ich auf unsere Hinterteile, halten beide die Hälfte der Socke in der Hand.

Es herrscht Stille, in der Rosy mich anstarrt und ich sie. Sie sieht genauso geschockt aus wie ich, denn uns beiden ist klar, dass wir es geschafft haben. Die Socke ist gerissen. Harrys violette Socken sind gerissen.

Ich bin mir nicht sicher, ob mein Herz klirrt, als ich das kaputte Ende der Socke in meiner Hand ansehe, weil es bricht oder weil ich so todtraurig und gleichzeitig voller Wut bin. Sie ist kaputt, in zwei Teile gerissen. Vielleicht klirrt mein Herz doch wegen des Grunds, dass es gerade bricht. In zwei Teile ... wie meine Socke.

„Ihr habt sie nicht mehr alle", sagt meine Mutter, die im Türrahmen meines Zimmers steht und Rosy auf die Beine zieht. Rosy sieht mich reumütig an und ich kann ihren Blick nicht erwidern. Zu verletzt bin ich, weil Harrys Socke kaputt ist. „Wieso müsst ihr euch immer streiten und euch anschreien?"

„Ich wollte Violet nur ...", beginnt Rosy leise und sieht von mir zu Mom. „Egal." Sie legt die halbe Socke in

Moms Hand und lässt den Kopf sinken. „Ich gehe in mein Zimmer."

Mom sieht von Rosy, die aus meinem Zimmer verschwindet, auf die halbe Socke in ihrer Hand und dann zu mir, die immer noch niedergeschlagen auf dem Boden sitzt und die Socke anstarrt, in der die Initialen *H* + *V* eingestrickt sind. Ich habe sie vier Jahre lang gehütet wie einen Schatz und nun sind sie zerstört, wegen eines dummen Streits. Schlimmer kann es kaum werden.

„Ich wusste gar nicht, dass du Harrys Socken noch hast", sagt Mom und schließt die Tür hinter sich, was mir sagt, dass sie das erste Mal ernsthaft versucht, mit mir zu sprechen. „Sie sind bestimmt schon sechs Jahre alt."

Ich stehe mühsam auf und fühle mich schwach und ausgelaugt. Im Moment hasse ich alles, vor allem mich und dass ich nicht weiß, was ich tun soll. Rosy meinte, ich liebe Harry. Gott. Ich will das nicht.

„Schatz." Mom sieht mich bekümmert an, als ich über den Buchstaben H auf der Socke streiche und nachdenke. „Was ist mit dir los?"

Stumm zucke ich mit den Achseln und meine diese Geste absolut ehrlich. Ich weiß nicht, was mit mir los ist. Ich weiß nicht, was ich denke, und ich weiß nicht, was ich fühle. Ich weiß gar nichts. Mal wieder.

„Ich kann deine Socken wieder nähen, wenn du möchtest."

„Das ist nicht nötig", sage ich mit schwacher Stimme und lasse die kaputte Socke mit der anderen auf den Boden fallen. Zwei Sekunden sehe ich darauf und dann zwinge ich mich, mich zu meinem Kleiderschrank zu drehen. „Sie sind zu alt und verbraucht."

„Zu alt und verbraucht?" Ich höre, wie Mom nach den Socken auf dem Boden greift und sich dann wieder auf meine Bettkante setzt. „Ich finde sie immer noch hübsch. Harry hat das toll gemacht, auch wenn eine Menge Makel vorhanden sind."

Es sind immer eine Menge Makel vorhanden. Dinge, wie lose Fäden, die einst einen Platz in dem genähten Stoff hatten, Löcher, die einst gestopft waren, und Staubfussel, die eigentlich nie existieren sollten. Es sind so viele Fehler, so viele Dinge, die mich an diesen verdammten violetten Socken stören könnten. Doch sie stören mich nicht, taten sie nie. Ich habe jeden Makel geliebt, jeden losen Faden, jede lose Masche, alles daran.

Ich ziehe mir mein zerknittertes T-Shirt über den Kopf und schmeiße es zu Boden, als ich meinen Schrank öffne, um mir meinen hellblauen Schlafanzug anzuziehen. Meine Glieder sind geschwächt, genauso wie meine Seele. Schlaf, ich brauche Schlaf.

„Wusstest du, dass Harry mich damals nach Hilfe bei diesen Socken gefragt hat?", erzählt Mom in Gedanken versunken, als ich meinen Rock ausziehe und ihn ebenfalls zu Boden fallen lasse. „Er wollte nicht, dass ich es dir erzähle, weil es ihm peinlich war, zu stricken, aber ich habe ihm geholfen. Es war so unheimlich süß, wie er sich angestrengt hat, alles perfekt zu machen. Mindestens vier Anläufe hat er gebraucht, bis es für ihn gut genug war."

Ihr noch immer den Rücken zudrehend, ziehe ich meine hellblaue, lange Schlafanzughose an.

„Harry war so stur und wollte es alleine schaffen, damit er sagen kann, dass er es wirklich alleine geschafft hat."

Sie lacht. „Damals war er so ein süßer Fratz. Ich dachte tatsächlich, dass ihr heiraten werdet."

Ich runzle die Stirn, als ich mein Oberteil im Schrank suche. Sie redet von heiraten? Jetzt schnappt sie über, alle schnappen über.

„Wieder etwas, das ich dir eigentlich nicht sagen darf, aber ich denke, jetzt solltest du es wissen. Er meinte mal, als du noch in der Schule warst und wir an seinen Socken gearbeitet haben, dass er sich vorgenommen hat, dich zu fragen, ob du ihn heiraten willst, wenn ihr erwachsen seid." Kurze Pause. „Klar, er war elf und all das, noch ein kleines, süßes Kind, aber ich denke, in diesem Moment hat er es ernst gemeint. Und wenn ich ehrlich bin, würde ich mir niemand anderen für dich wünschen, außer diesen kleinen Jungen, der wochenlang jeden zweiten Tag heimlich zu uns gekommen ist, wenn du nicht zu Hause warst, um deine violetten Socken zu stricken."

Langsam ziehe ich mein hellblau gestreiftes Oberteil aus meinem Schrank und lasse die Schulter hängen. „Mom, wieso erzählst du mir das?"

„Weil ich das Gefühl habe, dass du es wissen solltest. Ich bin deine Mutter, ich muss dir immer helfen, den richtigen Weg einzuschlagen, schon vergessen?"

Mit einem wachsenden Kloß im Hals entfalte ich das Oberteil in meinen Händen. „Er hat mir schrecklich wehgetan ... Wieso will das niemand verstehen?"

Das Bett knarrt, als Mom aufsteht und einen Schritt auf mich zukommt. „Menschen machen Fehler, das ist, was uns zu Menschen macht, Liebling. Aber mach du nicht den Fehler zu denken, du könntest kontrollieren, wen du liebst."

Eine warme, schwache Träne rollt mir über die erhitzte Wange und ich schließe die Augen.

Mom legt ihre Hand auf meine nackte Schulter und legt meine offenen Haare auf eine Seite. „Ich werde dir nicht sagen, was du zu tun hast, das weißt du selbst am besten. Aber tu dir selbst den Gefallen und hör auf dein Herz. Fühle mehr und denke weniger. Okay?" Sie küsst liebevoll meinen Hinterkopf, als ich schniefe. Dann spüre ich ihren warmen Finger auf meinem linken Schulterblatt. „Dein süßes Muttermal. Es sieht aus wie ein kleines Herz ..."

Etwas drehe ich meinen Kopf zu ihr, lasse eine Träne mein Kinn hinabtropfen. „Ein Muttermal?"

„Ja", lächelt sie und fährt über eine gewisse Stelle. „Genau hier."

Plötzlich beginnt sich alles zu drehen und ich höre nicht mal mehr Moms letzte Worte, bevor sie mein Zimmer verlässt.

Ich habe ein Muttermal auf dem linken Schulterblatt.

Ich hebe meinen Kopf und blicke unmittelbar in meine eigenen Augen, die mich im Spiegel vor mir betrachten. Sie sind rot und verweint, meine Wangen gerötet, mein Haar durcheinander. Ich höre auf Moms Worte und beginne zu fühlen. Wieder läuft eine Träne über meine Wange, tropft auf den Boden unter meinen Füßen, als ich tief ein- und ausatme.

Was fühle ich? Ich frage mich nicht, was ich denke und was ich weiß, ich frage mich, was ich fühle.

Liebe.

Liebe, ein kompliziertes Thema. Liebe, etwas, das einen nicht loslässt, einen ewig verfolgen kann, etwas, das man nicht vergisst und etwas, das einen verrückt macht. Liebe, ein kleines Wort, tausend Bedeutungen, Empfindungen, Gedanken, Gewissensbisse, doch immer noch nur ein Wort, ein Gefühl, eine Bedeutung, eine Empfindung und ein Gewissen. Etwas, das mich verrückt macht. Eifersucht, Eifersucht und Liebe.

Ich denke an Florence.

Ich wische mir eine Träne von der Wange.

Liebe, etwas, das mich dazu bringt, tagelang in meinem Bett zu liegen, mich zu verstecken, in der Dunkelheit zu versinken, die Augen zuzukneifen, zu weinen. So etwas, wie die Tatsache, dass Liebe mich manchmal nur halb ausfüllt. Etwas, das mich dazu bringt, mich an meinen letzten vier Geburtstagen einsamer zu fühlen als je zuvor, nur weil er nicht da ist. Zehn Gäste, trotzdem einsam. Liebe. Etwas, das mich traurig macht, wenn er nicht bei mir ist.

Ich drehe mich um, sehe auf die Socken, die Mom sauber auf das Bett gelegt hat, gehe darauf zu.

Liebe, so ein verdammt seltsames Thema, vergleichbar mit dem Ozean. So tief und voller unbemerkter Dinge, auch wenn man sie spürt. Man schwimmt darin, doch achtet nicht darauf, denn was ist schon ein kleines bisschen Wasser auf dem Fleck, in dem du schwimmst, wenn du doch im weiten Ozean bist? Dachte ich, dachte ich wirklich. Doch Liebe ist mehr.

Liebe ist auf dem Ozean zu schwimmen und tief hineinzutauchen, dennoch nicht zu ertrinken, denn Liebe ... Das ist Liebe. Etwas, das mich zum Lachen bringt wie ein lustiges Tattoo oder eine von tausend Erinnerungen. So etwas wie ein lustiger Insiderwitz, etwas, das euch verbindet, aber niemand weiß.

Ich presse die Socken an meine Brust, fühle sie, schließe die Augen.

Liebe ist etwas, das mich fühlen lässt. Etwas, das mich glücklich macht, und etwas, das mich lieben lässt. Liebe ist nicht nur glücklich sein und lachen und Zeit miteinander verbringen, nein.

Liebe ist schmerzvolle Sehnsucht, jahrelang an ihn denken zu müssen, bereuen und weinen, wenn man das Gefühl hat, nicht zurückgeliebt zu werden. Liebe ist, was du daraus machst und was ich daraus mache, ist eine verdammte Metapher verbunden mit alten Socken und Kindheitserinnerungen, die ich vergessen wollte, doch nie konnte. Liebe ist für mich, jetzt gerade, alles, was ich nie wusste. Wie die Tatsache, dass ich ein Muttermal auf meiner linken Schulter habe.

Jetzt weiß ich es. Jetzt weiß ich, was Liebe ist.

Ich kann sie mir nicht einreden, ich kann sie nicht fühlen und ich kann nur spüren, wann sie richtig ist. Wie Rosy damals sagte. Man weiß, wann es richtig ist.

Ich denke an Brandon.

Und dann denke ich an Brandons hübsche Augen und seine schönen Haare. Dinge, die ich an ihm mochte, aber ... nicht liebte. Und ihn liebte ich auch nicht.

Ich bin sauer auf Harry, als ich schnell mein Oberteil anziehe und die Socken auf meinen Schreibtisch lege. Ich bin traurig und nervös, weil ich weiß, ich werde ihn gleich wiedersehen, gestresst, weil ich durchgehend an ihn denke, als ich aus der Tür stürme und meine Gedanken nur seinen blauen Augen gelten. Genervt, weil er jahrelang nie aus meinem Kopf verschwinden wollte.

Also muss ich mir eingestehen, dass ich ihn liebe.

Als ich die Tür hinter mir zuschmeiße, wird mir sofort klar, dass das heute Abend wohl der dramatischste Auftritt meines Lebens wird. Es schüttet wie aus Eimern, noch dazu habe ich keinen Führerschein, doch Dramatik ist gut. Was wäre ein Auftritt, eine Bitte nach Vergebung und Liebe ohne Regen?

Deswegen renne ich mit meinen Boots durch den matschigen Garten, bis zu unserer Garage und schnappe mir mein Fahrrad. Ich vergesse, dass ich noch meinen Schlafanzug trage und aussehe wie ein Idiot, und fahre so schnell wie ich kann zu Harry. Der Regen prasselt heftig gegen mein Gesicht und wäre es nicht Sommeranfang, würde ich mich zu Tode frieren, aber das Wetter steht heute wohl vollkommen auf meiner Seite.

Jetzt oder nie. Oder?

Als ich nach wenigen Minuten (und in Rekordzeit) an Harrys Haus ankomme, schmeiße ich mein Fahrrad einfach in ihren Hof und jogge in seinen Garten, weil ich weiß, dass ich von hier aus sein Fenster sehen kann. Es ist so bescheuert, aber ich habe das Gefühl, dass ich es tun muss. Ich schreibe Theaterstücke, mir bleibt gar nichts anderes übrig, als im Regen zu stehen, Harry meine Gefühle zu gestehen und Steine an sein Fenster zu schmeißen. Romeo und Julia sind gar nichts gegen uns.

In seinem Zimmer brennt Licht und schon jetzt bin ich klitschnass. Ich hoffe, ich wecke keine Nachbarn auf oder Anette, wenn sie überhaupt zu Hause ist. Noch total außer Atem wische ich mir die nassen Haare aus der Stirn und sehe mich nach kleinen Steinchen um, doch kann keine finden. Deswegen handle ich schnell und greife mit meiner rechten Hand in ein Blumenbeet, nehmen einen großen Klumpen Erde und peile Harrys Fenster an.

Ich atme tief ein und aus. Das wird klappen.

Und dann hole ich aus und treffe volles Rohr Harrys Fenster. Er müsste blind oder taub sein, wenn er es nicht gemerkt hat. Taub, wenn er diesen mächtig lauten *Platsch* nicht gehört hat, und blind, wenn er nicht den extrem großen braunen Matschfleck sieht, der nun an seiner Scheibe langsam heruntergleitet. Es ähnelt einem Kuhhaufen. Steinchen wären romantischer gewesen, aber anders geht es nicht. Dann klebt da eben Matsch an Harrys Fenster, Hauptsache, er bemerkt mich.

Ich bete und dann sehe ich auch schon seinen braunen Haarschopf vor dem Fenster auftauchen. Blitzartig erhöht sich mein Puls und ich versteife mich, stehe weiterhin im Regen, lasse meinen hellblauen Schlafanzug durchweichen, interessiere mich aber für nichts anderes außer Harry, der verwirrt durch den dunklen Garten sieht. Er öffnet das Fenster und streckt seinen Kopf heraus.

„Was zur verdammten Hölle?", höre ich seine Stimme leise, als er noch mal den fetten Matschhaufen ansieht, der nun sein Fenster hinab nach unten auf den Steinboden klatscht.

Ich liebe seine Stimme.

Doch so etwas darf ich nicht nur *denken*, sondern muss es *sagen*. Deswegen atme ich noch einmal tief durch und tue, was Mom mir gesagt hat. Auf mein Herz hören. „Harry!", rufe ich, damit er mich endlich erkennt.

Sofort sieht er zu mir und ich erkenne seinen Gesichtsausdruck nicht. Er beugt sich noch etwas mehr aus dem Fenster. „Violet?"

„Ja, ich bin's!", sage ich und habe keine Ahnung, was ich überhaupt sagen soll.

„Violet! Bist du – was tust du da unten? Und warum – ist das dein *Schlafanzug*?"

Für zwei Sekunden schließe ich die Augen und balle tatkräftig die Fäuste. Jetzt oder nie, jetzt oder nie, jetzt oder nie. Keine Zeit verlieren, nicht um den heißen Brei reden, einfach fühlen und nicht denken.

Einfach reden und nicht denken.

„Nemo!", schreie ich zu ihm hoch.

„Was?"

„Nemo ist die Antwort! Das Zitat, das du mir damals auf dem Schuldach genannt hast! Es ist aus *Findet Nemo*!"

Harry sagt nichts.

„Ich sehe dich an und bin zu Hause!", zitiere ich. *„Bitte, ich will dieses Gefühl nicht verlieren! Ich will nicht wieder vergessen!* Es ist mir auf dem Weg hierher eingefallen und um ehrlich zu sein, frage ich mich, wieso es mir nicht schon damals eingefallen ist. Weil Nemo eigentlich mein Lieblingsfilm war und ich jegliche Dialoge auswendig kenne, und ich habe ich mich daran erinnert, wie oft ich dich, als wir Kinder waren, gezwungen habe, diesen Film mit mir zu gucken, obwohl du nicht wolltest, und dann habe ich mich wieder gefragt, wieso gerade *du* dieses Zitat genannt hast und nicht ich oder sonst niemand anders. Und irgendwie bin ich zu dem Entschluss gekommen, dass – tut mir leid, ich habe irgendwie den Faden verloren, das – Scheiße!" Ich streiche mir überfordert die Haare nach hinten und puste Regen aus meinen Mund.

Nicht denken, sondern fühlen, Violet.

Deswegen sehe ich wieder auf und rufe: „Weißt du noch, wie ich Brandon und mich damals mit Batterien verglichen habe? Es war echt bescheuert, aber ich sagte, dass er zu plusig für mich war und ich aber doch auch das Plus bin und wir uns abstoßen und diesen ganzen Mist, weißt du das noch? Du hast gesagt, es würde keinen Sinn machen, und jetzt verstehe ich! Natürlich macht es keinen Sinn! Ich habe nicht verstanden, dass ich das Minus bin und ich habe auch nicht verstanden, dass ein Plus nur ein Plus sein kann, wenn es mich anzieht, und weißt du, was das wiederum bedeutet? *Du* bist das Plus, Harry! Du bist so was von plusig, ich kann es kaum in Worte fassen! Du warst schon immer mein Plus!

Weißt du auch, wie viel Nächte ich wegen dir in letzter Zeit wach lag und Angst hatte, mich in dich zu verlieben? Ich habe mir unendlich viele Fragen gestellt, aber hatte keine Antworten, es hat mich so verdammt frustriert, deswegen lag ich wach und habe an dich gedacht! Okay, ich gebe zu, meine Fantasien waren nicht immer etwas für's Kloster, aber – nein, das ist unwichtig, oh man ey, ich bin so schlecht in so etwas!"

Wieso kann ich Liebesgeständnisse schreiben, aber nicht sprechen?

Aber ich rede einfach weiter, weil ich nicht denke. „Ich liebe deinen Kokosduft, wusstest du auch *das*? Oder die Art von Musik, die du hörst, oder die Tatsache, dass du kochen kannst und – wusstest du übrigens, dass ich mir jedes Mal, wenn wir uns geküsst haben, vorstellte, dass du wie Tortellini schmeckst? Aber nur wie deine, versteh das nicht falsch! Versteh das alles hier nicht falsch, okay? Ich tue mein Bestes!

Aber wusstest du auch, dass ich es liebe, wenn wir einfach nichts tun? Die Fähigkeit, mit dir stundenlang irgendwo zu sein, ganz egal wo, zu reden, über alles und jeden, ist so verdammt attraktiv, wie nichts anderes auf der Welt! Ich liebe es sogar, wenn du ständig das letzte Wort haben willst und mir widersprichst und wir beginnen zu diskutieren, weil wir beide so verdammt stur sind! Aber ich mag dich und manchmal mag ich dich nicht, aber die Tatsache ist, dass ich – egal, wie oft wir uns gestritten haben und du mich zur Weißglut gebracht hast – dich immer liebe!"

Himmel, jetzt ist es raus.

„Ja, wirklich!", rede ich weiter, spüre, wie der Regen weiter auf mich herabprasselt. „Ich liebe dich, Harry Jermaine-René! Es hätte mich bis an mein Lebensende verfolgt, wenn ich es dir nicht endlich gesagt hätte, du kannst dir nicht vorstellen, wie verzweifelt ich war, sogar mit Rosy habe ich gekämpft und oh man, sogar Benja und – aber die Wahrheit ist, dass, wenn ich sage, dass ich dich hasse, ich dich bis zu einem Punkt der Leidenschaft liebe, die mein Herz jedes Mal killt, wenn ich an dich denke oder dich ansehe! Scheiße, Harry, man, ich liebe dich so sehr und es treibt mich in den Wahnsinn!

Außerdem liebe ich dich dafür, dass du niemanden von Violi-Ravioli erzählt hast! Ich liebe dich so sehr dafür!

Und es tut mir leid! Alles tut mir leid! Es war nie geplant, dich zu lieben, aber es war auch nie geplant, dass wir uns gegenseitig wehtun, aber es ist passiert und damit müssen wir nun beide leben! Es tut mir leid, was damals passiert ist, es tut mir so unendlich leid und ich weiß, wäre dieser verdammte Berry nicht gewesen, würde ich jetzt nicht im Schlafanzug und im Regen in deinem Garten stehen und dir meine Liebe gestehen, aber vielleicht ist es genau das, was passieren musste, damit wir zusammenfinden, und zwar nicht auf freundschaftlicher Basis, sondern auf einer Basis, in der wir uns bedingungslos lieben und das für immer!

Ich weiß, was mit William passiert ist, und ich werde dir nicht sagen, dass mir das leidtut, weil ich weiß, du willst es nicht hören, aber ich will für dich da sein, weil ich es damals nicht sein konnte! Ich will einfach für dich da sein! Bitte!"

Mit schwerem Atem beende ich meine Rede und sehe hoffnungsvoll zu Harry hoch, der mich noch immer nur anstarrt und keine Worte findet. Jede Sekunde, die vergeht, kommt mir vor wie eine Ewigkeit und das macht mir Angst. Er muss uns noch eine Chance geben, er muss es einfach.

Er würde mich doch nie hier im Regen einfach stehen, mich solche peinlichen Sachen aussprechen lassen und dann einfach wieder das Fenster schließen, oder? Das wäre nicht Harry, würde er das tun. Ich weiß, er wird es nicht tun.

„Harry", rufe ich deswegen wieder und lache etwas nervös. „Sag irgendetwas, egal, was!"

Kurz ist er noch still und ich sehe, wie er seinen Griff um den Fensterrahmen unter sich verstärkt und nachdenkt. Dann senkt er den Blick.

Und ich habe das Gefühl zu ersticken, als ich eine blonde Gestalt entdecke, die hinter ihm auftaucht und ihre Hand auf seine Schulter legt. Wäre ich nicht so festgefroren, würde ich auf die Knie fallen.

„Florence?", hauche ich so leise, dass nur ich es hören kann.

So müssen sich also meine Socken gefühlt haben, als sie zerrissen wurden.

Florence lacht, als sie zu mir heruntersieht und Harry meinem Blick aus dem Weg geht. „Violi-Ravioli?", feixt sie. „Das muss ich mir merken!"

All die Luft aus meinen Lungen entweicht und ich falle in mir zusammen, weil meine letzte Hoffnung gestorben ist. Er ist wieder zu Florence gegangen. Er gibt uns keine weitere Chance. Er hat uns aufgegeben, einfach weggeschmissen wie Abfall.

„Übrigens echt süßer Schlafanzug und deine Rede war auch echt rührend, aber leider ziemlich peinlich! Dumme Zitate von Nemo und sexuelle Fantasien von Harry? Mensch, Berry-Loser, das hätte ich dir wirklich nicht zugetraut!"

Ich versuche, Harrys Augen aufzufangen, doch er geht meinen aus dem Weg. Er ignoriert mich einfach, lässt zu, dass Florence mich niedermacht. Mal wieder. Wie auf Knopfdruck fließen meine Tränen und mir fehlt die Luft zum Sprechen. Ich sage ihm, dass ich ihn liebe, und er ... verletzt mich.

„Oh nein, bitte nicht weinen!", sagt Florence mitleidig. „Das wollte ich nicht! Dafür war dein Auftritt echt süß ... wenn wir in einem schlechten Theaterstück wären!"

Ich wische mir durch das Gesicht, muss die Luft anhalten, damit ich nicht beginne zu schreien und dann renne ich auch schon aus Harrys Garten. Meine Schuhe sind komplett durchnässt, genauso wie meine Haare und Klamotten. Ich verliere beinahe die Kraft, mein Fahrrad anzuheben, damit ich mich darauf setzen kann, um zu verschwinden, doch ich schaffe es.

Weinend fahre ich durch den Regen und die Nacht nach Hause und frage mich, ob sterben weniger schlimm wäre als das, was mir gerade passiert ist.

Kapitel 31

Was ein trostloses Gefühl, sich im Spiegel anzusehen und sich aber trotzdem nicht anzusehen. Schon seit zwanzig Minuten stehe ich in meinem schwarzen Kleid vor meinem Schrank und betrachte mich. Ich versuche, über mich selbst nachzudenken, doch es gelingt mir nicht, auch nicht, als ich dachte, ich könnte es schaffen, etwas zu denken, das mich aufbaut. Etwas, wie: *Hey, Kopf hoch, es gibt Milliarden Jungs auf der Welt, die dich behandeln wie einen Goldschatz und dich lieben, mit allem, was sie haben*, doch ich höre mir nicht mal selbst zu. Ich ignoriere mich vollkommen, völlig egal, was ich denke. Denn ich denke nur an Harry. Und was er getan hat. Und was passiert ist. Und wie sehr es wehtut, daran zu denken.

Heute findet die Beerdigung seines Vaters statt. Ich werde ihm gleich wieder begegnen. Ich weiß, ich werde ihn ansehen und ich werde weinen wollen, weil er nun *alles* weiß. Ich habe mich zum Vollidioten vor ihm gemacht. Ich hätte niemals gedacht, dass es so schrecklich sein kann, endlich alles zu wissen.

Meine Mutter ruft mich, damit wir zum Friedhof fahren können, und ich laufe die Treppe herunter zu unserem Auto und setze mich auf den Beifahrersitz. Meinen Kopf lege ich an die Lehne und bezwinge den Drang, die Augen zu schließen. Ich darf mich nicht zu sehr in meine Gefühle hineinsteigern.

„Du siehst hübsch aus", sagt Mom während der Fahrt zu mir und betrachtet mich von der Seite. „Das Kleid ist toll und deine Haare sind auch hübsch. Hast du dir den Pony geschnitten?"

Wie in Trance nicke ich.

„Verstehe. Aber deine Strümpfe fehlen. Wieso hast du sie heute nicht angezogen?"

„Ich wollte nicht."

Ich erkenne, wie Mom die Lippen schürzt und schweigend geradeaus sieht. Sie versucht ständig, mit mir zu sprechen, doch weiß genau, dass es keinen Sinn macht. Ich habe ihr erzählt, was bei Harry passiert ist, und nun versteht sie mich, sogar Rosy versteht mich. Benja und Charly verstehen mich, dabei wäre es mir lieber, wenn mich niemand verstehen würde, denn dann weiß ich, dass ich allen Grund habe, traurig zu sein. Ich will aber nicht zu Recht traurig sein. Ich will aus Naivität oder Dummheit traurig sein, aber nicht, weil Harry mir diesmal wirklich wehgetan hat.

Viele Autos und Leute stehen am Friedhof und von Weitem sehe ich Williams noch offenes Grab. Unbewusst suche ich nach Harry, obwohl ich es unterlassen sollte, kann ihn jedoch nicht finden. Nur nette sehe ich bei ein paar Verwandten und Freunden bereits am Grab stehen. Sie schnieft in ein Taschentuch, während Harrys Oma ihr tröstend über den Rücken streicht. Ich sehe sogar Estefania.

Wir steigen aus dem Auto aus und laufen über die große Wiese, ab und zu spüre ich Rosys Blick auf mir, als müsste sie sichergehen, dass ich nicht falle. Ich weiß sogar, dass sie es deswegen tut. Und ich hasse es.

„Ach, Anette", sagt Mom zu Anette, die Mom in die Arme fällt und schluchzt.

Ich stehe mit Rosy daneben und blicke auf Williams Grab, das noch offen ist. Ich muss mich daran erinnern, wie ich mit William gesprochen habe und wie er meinte, dass du jemanden liebst, wenn du ihm die Macht gibst, dich zu verletzen, und das sagt mir gerade vieles. Ich habe Harry oft die Macht gegeben, mich zu verletzen, und er hat *mir* die Macht gegeben, ihn zu verletzen.

Aber wieso ... wenn es doch so ist ... Wieso müssen wir dann ... so sein?

„Hübsch siehst du aus", sagt Anette zu mir und streicht mir einmal mit zittrigem Atem über die Wange. Ich weiß, dass sie nicht wirklich weint. Sie weint und das ohne Tränen, ihr Make-up sitzt noch immer perfekt und jetzt gerade hasse ich sie mehr als alles andere. William hat ihr die Macht gegeben, sie zu verletzen, weil er sie liebte, und sie hat es getan. Immer, ständig, ohne Gnade. Ich hasse sie dafür.

„Haben Sie das gelernt?", ertönt plötzlich Rosys Stimme neben mir und sieht Anette ernst an.

Anette und Mom sehen sie verwirrt an und auch ich runzle die Stirn.

„Zu weinen, ohne zu weinen."

Ich muss leise auflachen, das erste Mal seit Tagen. Anette reißt entsetzt die Augen auf und Mom zieht Rosy streng am Arm zu sich, sieht sie warnend an. Sie zischt ihr etwas zu, doch ich kann es nicht hören. Als Anette abdampft, weil sie jemand gerufen hat, stelle ich mich zu Rosy und streichle ihr liebevoll über den Kopf. Eine Geste, die ich normalerweise nie tun würde, aber im Moment danke ich Rosy für so viele Dinge, über die ich nie zweimal nachdachte. Ich danke ihr so sehr. Auch wenn sie anstrengend sein kann, würde ich nie eine andere Schwester haben wollen. Niemand ist besser für die Rolle meiner Schwester, außer Rosy, niemand.

„Wenn sich nun alle zusammenfinden würden", sagt nach ein paar Minuten der Pfarrer und hebt die Arme, worauf sich die engsten Verwandte auf die Stühle neben dem Grab setzen und der Rest dahinter steht und von Weitem zusieht, wozu Rosy, Mom und ich gehören.

Ich stehe genau hinter der letzten Reihe, halte dabei Rosys Hand. Und als ich meinen Blick vom Grab nehme, entdecke ich Harrys braunen Haarschopf. Er sitzt in der ersten Reihe neben Estefania und seiner Oma. Anette ist weit von ihm entfernt. Ich erkenne, dass er ein schwarzes Hemd trägt und er einfach nur nach vorne sieht.

Kurze Zeit dachte ich, er würde nicht kommen, weil sein Vater ihm nichts bedeutete, doch wenn ich ein zweites Mal darüber nachdenke, passt es nicht zu ihm. Harry ist nicht herzlos, das war er nie.

Wir alle hören dem Pfarrer und seiner Rede über den Tod, die Wiedergeburt und die Liebe Ethanti zu, doch meine Augen sind durchgehend auf Harrys Kopf gerichtet. Sein Blick ist leicht gesenkt, auf das Grab seines Vaters geheftet, ich wette, er hört nicht einmal zu, genauso wenig wie ich. Es sieht aus, als würde er stumm vor sich hin vegetieren, komplett abschalten. Jetzt gerade liebe ich ihn so sehr, dass ich vollkommen vergesse, was er mir angetan hat, auch wenn ich weiß, dass ich jetzt gerade neben ihm sitzen und seine Hand halten könnte, wenn ich damals nicht so dumm gewesen wäre. Ich kann ihn immer noch sagen hören, als er meinte, es sei meine Schuld gewesen.

Aber es war einmal meine Schuld. Einmal. Einmal zu viel.

Doch das ist nun irrelevant. *Jetzt* ist es vollkommen irrelevant.

Der Pfarrer beendet seine Rede und die Leute erheben sich, um gemeinsam eine Schweigeminute für William einzulegen. Sie greifen ihre Hände ineinander und schließen die Augen. Als ich meine gerade schließen will, höre ich plötzlich Schritte und ich öffne sie wieder.

Harry geht.

Er geht einfach von dem Grab weg und läuft in Richtung des Waldes, der neben dem Friedhof ist. Einige sehen ihm hinterher, die es bemerkt haben, und andere beten weiter. Und als wäre es ein Reflex, quetsche ich mich durch die vielen Leute und laufe ihm hinterher. Er ist sehr viel weiter vorne, ungefähr fünfzig Meter, seine Hände hat er in seiner schwarzen Hose vergraben, seine Schritte sind nicht gehetzt, er ist vollkommen ruhig, läuft einfach durch die Bäume und ich folge ihm schnell.

Er wäre taub, würde er mich nicht hören, doch trotzdem tut oder sagt er nichts, er läuft einfach weiter. Beinahe stolpere ich über eine Wurzel und dann bleibt er an einer Stelle stehen, die mit schöner grüner Wiese bewachsen ist. Ein Loch ist in der Walddecke, sodass die Sonne wie ein Strahl auf das Grün leuchtet und genau dort setzt er sich hin und legt sich auf den Rücken, sieht nach oben.

Erst bin ich verwirrt, doch ich denke nicht nach. Ich gehe zu ihm und lege mich neben ihn, betrachte den blauen Himmel über uns. Die Sonne blendet uns, doch niemanden interessiert es, ihn nicht, mich nicht.

Für ein paar Momente liegen wir einfach nur hier. Wir schweigen, berühren uns nicht. Wir liegen einfach nur.

„Er hat es mir gesagt", unterbricht Harry die Stille, seine Stimme tief und rau.

Ich sehe weiter nach oben, warte darauf, dass er weiterredet.

„Dad. Er hat mir, kurz bevor er gestorben ist, gesagt, dass er stolz auf mich ist." Kurzes Schweigen. „Und er sagte, dass er mich liebt. Er hat – er hat seine Hand ... Und dann hat er es gesagt."

Ein Kloß bildet sich in meinem Hals. Ich wusste, William würde das tun, und ich bin froh darüber.

„Und ich habe an diesem Abend mit ihm über dich gesprochen. Ich habe ihm alles erzählt, was passiert ist und er hat mir zugehört, als wäre es die tollste Gute-Nacht-Geschichte. Ich war mir nicht mal sicher, ob er mich hören konnte, weil das Einzige, das mir sagte, ob er noch lebt, dieses Scheißpiepen war, aber ... Er hat zu mir gesagt, dass ich das tun soll, was richtig ist, und weißt du, was ich dann gemacht habe? Ich habe die ganze Nacht in der Schule verbracht, um dein Theaterstück zu retten. Ich bin gegangen, nachdem er aufgehört hat zu atmen."

Ich bekomme kein Wort heraus, der Druck in meinem Hals ist zu groß.

„Florence war nicht bei mir, weil ich dich durch sie ersetzen wollte, sie war da, weil ihre Familie mit meiner befreundet ist und Anette mit ihnen sprechen wollte. Das wäre die perfekt Ausrede, richtig?"

Ich schließe verkrampft die Augen.

„Aber ich sage dir die Wahrheit, weil du es nicht verdient hast, weiter belogen zu werden. Ja, ich habe sie zwar nicht eingeladen, aber ich habe sie zu mir in mein Zimmer gebracht. Ich hatte Gewissensbisse und ich wusste, es war falsch, aber ich habe mir eingeredet, dass es okay ist. Du hattest in der Schule gesagt, ich mache einen Fehler nach dem anderen und ich denke, ich wollte dir damit recht geben. Ich wollte Florence küssen."

Harry ... Bitte.

„Aber dann kamst du. Vielleicht sollte ich etwas sagen, wie *Ich hätte Florence sowieso nicht geküsst,* aber ich kann es nicht. Alles, was ich tue, weiß ich nicht, in diesem Moment, wusste ich es auch nicht." Er atmet tiefer durch, ist kurz ruhig. „Das ist die Wahrheit, meine Wahrheit."

Meine Stimme ist schwach, als ich sage: „Ist es nachvollziehbar, wenn ich sage, dass ... Ich dir nicht verzeihen kann?"

„Ja ... Das ist es."

„Weil, Harry, ich ... Es ist schrecklich. Es ist nur noch schrecklich."

„Ich weiß", sagt Harry leiser. „Es ist schrecklich."

Eine halbe Minute vergeht, in der wir nicht sprechen. Wir sind traurig, wir sind nur traurig. Was ist aus uns geworden? Was ist nur aus uns geworden? Eine Frage, die ich nicht beantworten kann, mal wieder. Ich werde sie nie beantworten können und Harry kann es auch nicht.

„Violet", sagt Harry nach einer Weile. „Aber ... Kannst du mir einen Gefallen tun? Nur jetzt?"

Ich sage nichts, weil ich nicht weiß, ob ich Ja oder Nein sagen möchte.

„Kannst du meine Hand halten, bis wir wieder gehen?"

Der Kloß aus meinem Hals verschwindet und ich denke nicht nach. Nicht mal eine einfache Antwort kann ich formulieren, aber das brauche ich auch nicht, denn meine Antwort ist die, dass ich mit meiner rechten Hand nach Harrys linker Hand taste und sie mit meiner verbinde.

Unsere Finger gleiten langsam ineinander und nun berühren sich unsere Schultern. Niemand spricht, atmen ist alles, was wir tun. Jetzt gerade ist atmen alles, was wir tun.

Auch wenn ich weiß, dass unsere Wege sich hiernach trennen werden. Das weiß ich. Und Harry weiß es auch.

Als Mom, Rosy und ich wieder zu Hause ankommen, laufe ich wie eine tote Puppe in mein Zimmer. Ich weiß genau, was ich tun muss, um endlich abzuschließen, ich wusste es die ganzen letzten Stunden. Ich öffne meine Zimmertür, gehe zu meiner Sockenschublade, öffne sie, hole meine violetten Socken heraus, betrachte sie, betrachte sie, betrachte sie, fühle und denke und fühle und atme und dann gehe ich in die Ecke meines Zimmers, wo mein Mülleimer steht.

Ich blicke hinein und dann streiche ich noch mal über das H und das V, das Harry eingestickt hat. Ich schlucke schwer, doch diesmal hält mich niemand auf. Diese violetten Socken und ich trennen uns nun endgültig und das hier ist der Anfang. Der Schmerz, dieses ständige Hin und Her zwischen ihnen und mir war zu anstrengend und es hat mir nicht gutgetan. Wenn es so hätte sein sollen, wäre es passiert, aber es ist nichts passiert.

Deswegen lasse ich beide Socken in den Mülleimer fallen und sehe zu, wie sie zwischen dem Papier einsinken, damit ich sie nie wieder herausholen kann. Sie waren Zeitverschwendung, eine Erinnerung an meine Kindheit, an der ich versuchte festzuhalten, das aber keinen Sinn hatte. Es hatte nie einen Sinn. Meine Metapher hat nun ein Ende.

„Nein, keine Widerrede, Charlotte", sagt Benja zu Charly, während wir alle im Park auf der Wiese sitzen und den Sommerbeginn genießen. „Das Schuljahr ist fast zu Ende und Erinnerungen müssen sein. Sträub dich nicht." Benja hält seine Kamera hoch, um Charly zu fotografieren, die grimmig guckt.

Sie hält ihre Hand vor die Linse. „Benjamin, ich warne dich. Ich schubse dich in den Brunnen, ich scheiß auf deine Fotos."

„Und ich scheiß auf den Brunnen, also los." Benja befreit seine Kamera und hält sie sich wieder vor das Auge. „Zeig mir deine hübschen Zähnchen."

Ich liege währenddessen auf dem Rücken auf der Wiese und betrachte den fast klarblauen Himmel über uns, verschränke die Arme hinter meinem Kopf. Einige Tage sind seit Williams Beerdigung vergangen und seit einigen Tagen hat sich so einiges geändert. Harry sehe ich in der Schule so gut wie gar nicht mehr, anscheinend schaffen wir es beide gut, uns aus dem Weg zu gehen. Wenn wir den gleichen Kurs haben, beachten wir uns einfach nicht, manchmal registriere ich ihn kaum. Doch trotzdem denke ich ständig an ihn und wie sehr er mir fehlt. Ständig.

„Du bist echt blöd", meckert Benja und lässt die Kamera sinken, weil Charly sich die Hände vor das Gesicht hält. „Wir gehen nach diesem Sommer alle auf verschiedene Colleges, willst du *nicht* noch ein paar Fotos machen?"

„Benja, wir haben bestimmt schon *tausend* Fotos gemacht!"

Er verdreht die Augen. „Blöde Kuh." Dann hebt er die Kamera wieder an und sieht durch sie hindurch zu mir. Ich jedoch reagiere absolut nicht und er nimmt mit gerunzelter Stirn die Kamera weg. „Hey, du bist so still."

„Mir ist nicht danach, Fotos zu machen", ist meine knappe Antwort.

„Du wirkst bedrückt."

„Ich *bin* bedrückt."

Benja seufzt und sieht auf seine Kamera, drückt ein paar Knöpfe. „Wenn ich dich damit aufmuntern kann, dann zeig ich dir ein paar Bilder, die ich von lachenden Kindern gemacht habe."

„Ich denke nicht, dass das helfen würde, Benja."

„Mir hilft es immer", sagt Charly und setzt sich neben Benja, der durch seine Galerie tippt. „Hach, das ist ja goldig!"

„Nicht wahr?" Benja lacht. „Hier hat eins Eis auf der Nase."

Mit einem leichten Kopfschütteln schließe ich die Augen und versuche, sie auszublenden. Sie versuchen ständig, mich aufzumuntern oder mich zum Lachen zu bringen, es misslingt ihnen allerdings zu oft. Es tut mir leid für sie, aber ich brauche meine Zeit. Es ist wie damals, dort brauchte ich auch mehrere Wochen, um wieder normal zu werden.

„Moment", sagt Charly, als sie sich weiter die Bilder ansehen. „War das nicht ...?"

„Pscht", macht Benja zischend und ich öffne die Augen, sehe zu ihnen.

„Was, pscht?"

„Nichts", fiept Benja und sieht starr auf die Kamera.

Doch ich setze mich skeptisch auf und rücke zu ihnen. „Nein, ich will es wissen. Wir haben keine Geheimnisse voreinander."

„Aber das willst du nicht sehen", sagt Benja unsicher und Charly nickt hektisch.

Ich lege die Stirn in Falten und denke nach. Und dann dauert es keine weiteren drei Sekunden, schon fällt es mir ein. „Das Bild von Harry und mir im Museum, richtig?"

Beide nicken mit aufeinandergepressten Lippen. Ich wusste, Benja löscht es nicht.

„Ich würde es gerne sehen."

Benja hebt überrascht die Brauen. „Du willst es ... *sehen?*"

„Ja, bitte zeig es mir."

„Vy, ich denke nicht, dass ..."

„Benjamin. Ich will es sehen."

Schließlich seufzt er und übergibt mir die Kamera. Ich nehme sie und kann das tiefe Rauschen in meinen Ohren nicht unterdrücken. Ich weiß, es wird wehtun, mir diesen Schnappschuss anzusehen, doch ich brauche es gerade. Eine kleine Erinnerung benötige ich einfach, egal wie schmerzhaft es ist.

Mir wird mir das Bild von Harry und mir präsentiert, wie er liebevoll seine Stirn an meine lehnt, lächelt. Wir beide lächeln. Meine Wangen sind gerötet, meine Augen geschlossen. Ich sehe glücklich aus. Er sieht glücklich aus. In diesem Moment *war* ich glücklich, mehr als das, denn ich hatte alles, was ich brauchte.

Doch dann hört das Rauschen in meinen Ohren auf und mein Herzschlag verlangsamt sich wieder. Es ist vorbei. Meine Socken sind weg und es ist vorbei. Dieses Bild ist nur noch eine Erinnerung.

Mehr als aufgeregt blicke ich hinter dem Vorhang der Bühne hervor und sehe schon Unmengen an Leute, die darauf warten, unser Stück zu sehen. Mein Herz pocht heftig und ich war bestimmt schon viermal auf der Toilette, weil ich so nervös bin. Aber ich bin nicht die Einzige, denn der ganzen Gruppe sieht man den Angstschweiß an. *Henriette & Victor* ist ein sehr anspruchsvolles Stück, es muss alles sitzen. In der ersten Reihe sehe ich Rosy und Mom, die mir glücklich zuwinken. Gott, ich hoffe, es wird alles gut.

„Vy", ertönt eine Stimme hinter mir und es ist Benja. Ich drehe mich zu ihm und eine genervte Miene schmückt sein Gesicht. „Jemand will mit dir sprechen."

„Wer?", frage ich verwirrt.

„Mister Ich-habe-keine-Betitlung-verdient."

„Okay? Ich kann mir gerade wirklich nicht vorstellen, wer das sein soll."

„Mister Ich-bin-der-Tollste-und-denke-ich-kann-machen-was-ich-will."

„Benja. Komm zum Punkt."

„Brandon."

Ich hebe die Brauen. „Brandon? Was will er?"

„Mit dir reden, wie gesagt. Er meinte, er möchte unbedingt vor dem Stück noch mal mit dir sprechen."

Ich seufze und sehe ein letztes Mal durch den Vorhang, dann nicke ich. „Okay. Wo ist er?"

„Hinten im Gang, er wartet dort."

Ich begebe mich in den hinteren Gang und frage mich, was Brandon wollen könnte. Mit ihm habe ich auch schon eine Woche nicht mehr gesprochen und vermisst habe ich es auch nicht.

Er lehnt sich an die Wand, ein sauberes Sakko schmückt seine breiten Schultern und er sieht gut aus. Sich von der Wand abstoßend, lächelt er mir zu. „Violet. Ich dachte nicht, dass du kommst."

„Ich habe nicht viel Zeit", versuche ich, das Gespräch zu verkürzen. „In ein paar Minuten geht es los."

„Ich verstehe schon." Er atmet tief ein und aus, sammelt sich. „Ich wollte dich nur einmal fragen, wie es dir geht.

Du fehlst mir und um ehrlich zu sein, keine Ahnung, du fehlst mir einfach."

„Mir geht es gut."

„Oh ... das freut mich. Sag mal, hast du dir den Pony geschnitten?"

„Ja, wieso?"

Kurz hebt sich eine Braue von ihm und ein ... seltsamer Blick schleicht sich in sein Gesicht. Was zur Hölle? „Aha. Ich dachte, du würdest ihn rauswachsen lassen."

Vollkommen perplex davon, was er mir nun um die Ohren haut, öffne ich den Mund, doch bin sprachlos.

„Aber das wollte ich dir eigentlich gar nicht sagen. Ich wollte dir noch einmal sagen, dass es mir leidtut und vielleicht, also nur vielleicht, willst du ja am Freitag mit mir essen gehen? Ich habe da so ein total cooles Restaurant gefunden und …"

„Brandon", unterbreche ich ihn genervt und halte mir die Hand an den Kopf. „Lass uns nicht jetzt darüber sprechen, ich habe im Moment genug Dinge in meinem Kopf, um die ich mich kümmern muss, komm mir jetzt nicht damit in die Quere."

„Es tut mir leid, ich wollte nur …"

„Das ist gerade der falsche Zeitpunkt. Setz dich einfach ins Publikum und warte, bis wir fertig sind. Danach können wir reden ... Wenn nichts dazwischenkommt."

Brandon lächelt und nickt. „Okay, Violet. Ich warte auf dich." Und dann dreht er sich um und geht.

Mir nun beide Hände an den Kopf haltend, begebe ich mich zu den anderen der Theatergruppe, die ihren Text noch mal durchsprechen, ihre Kostüme checken oder beten. Ich bin nicht die Einzige, die bald einen Herzkasper bekommt.

Benja hält eine Rede, damit sich alle beruhigen, spricht davon, was für großartige Arbeit wir geleistet haben und dass, auch wenn heute Abend etwas schiefgeht, wir immer noch die coolste Theatergruppe auf Erden sind. Wir sind alle toll, sagt er. Wir haben uns den Applaus und den Jubel verdient. Benja hat schon immer die besten Reden gehalten.

Und schließlich beginnt es. Benja und ich stehen am Rand der Bühne, sehen von der Seite zu, geben ab und zu Befehle, während die erste Hälfte des Stücks gespielt wird. Lara und John sind klasse, alle sind klasse. Die Charaktere sind perfekt, sogar das Publikum ist nicht gelangweilt. Es könnte kaum besser sein.

An vielen Stellen muss ich an Harry denken und wie sehr ich mir wünsche, dass er heute Abend hier ist, aber gleichzeitig denke ich auch, dass es gut ist, dass er nicht hier ist. Er hätte mich abgelenkt, wahrscheinlich weiß er das.

Brandon sitzt in der ersten Reihe zwischen zwei Jungs aus der Unterstufe. Manchmal lächelt er mir zu und nur gezwungen lächle ich zurück.

Ein lauter Knall ertönt und er schallt durch die Halle, während gerade zwanzig Minuten Pause ist und sich alle Leute unterhalten. Doch anscheinend bin ich wohl die Einzige, die etwas davon mitbekommen hat, denn niemand regt sich oder sieht in die Richtung, aus der der Knall kam, nämlich vom Eingang.

Kapitel 32

Ich sehe verdutzt zum Eingang und entdecke Harry, der vor der Tür steht und genervt die Hände in die Luft wirft. Ich sehe, wie er irgendetwas vor sich hin sagt, und dann dreht er sich wieder zur Tür, um sie öffnen.

Was tut er denn da?

Er öffnet die Tür ganz weit und dann schmeißt er sie wieder mit aller Kraft zu, sodass ein viel lauterer Knall durch den Raum hallt und nun alle zu ihm sehen. Ich wende mich von Lara ab, die mir gerade etwas erzählen will, und konzentriere mich nur noch perplex auf Harry, der anscheinend damit zufrieden ist, dass ihn nun alle anstarren.

„Okay!", ruft er durch das Theater und schlagartig höre ich mein Herz laut pochen. Harry läuft mit langsamen Schritte durch die Mitte der Sitze. „Kleine Anekdote zu Beginn: Ich habe mich gestern gefragt, wie man jemanden auf *peinlichste* und *unangenehmste* Art und Weise um Vergebung anbetteln kann, und erst dachte ich, ich müsste auf irgendeine verdammte Bühne steigen und durch ein Mikrofon sprechen, aber dann bin ich zur Vernunft gekommen und dachte mir: Scheiße, nein, das ist absolut nicht peinlich genug! Und deswegen bin ich jetzt hier und lege einen großen Auftritt hin, weil mir mal jemand sagte, dass große Auftritte toll und – verdammt, ich fange einfach an."

Der ganze Raum ist still, manche tuscheln, manche starren Harry einfach nur perplex an. Einer von ihnen bin ich.

Harry sieht jetzt direkt zu mir, bleibt stehen, kramt etwas aus seiner Hosentasche. „Wusstest du, Violet, dass ich die ganzen letzten fünf Tage jede Sekunde darüber nachgedacht habe, wie man jemanden, der eigentlich schon alles von einem weiß, sagt, dass man sie liebt? Es war so scheiße kompliziert und es hat absolut keinen Spaß gemacht, ich bin quasi verzweifelt, habe mir irgendwelche Liebesgeständnisse im Internet angesehen, ich habe mir sogar noch mal Nemo angeguckt, um vielleicht irgendeine Metapher zwischen uns und Martin und Dorie zu erstellen, und einmal war ich kurz davor, ein komplettes Liebesgeständnis von *Tatsächlich Liebe* zu klauen, weil es mich echt genervt hat, aber ich habe es nicht getan und habe angefangen, die ganze Woche lang irgendwelche Dinge über dich aufzuschreiben, die ich an dir liebe." Er zieht einen Zettel hervor, der total unordentlich zerknüllt ist und hält ihn hoch. „Hier steht alles drauf. Von deiner Frisur, bis hin zu deinen neunmalklugen Sprüchen und deinen Strümpfen. Eigentlich wollte ich alles vorlesen, aber irgendwie komme ich mir schon bescheuert genug vor, deswegen …" Er schmeißt den Zettel einfach weg. „Bin ich jetzt einfach spontan und hoffe, dass ich es nicht bereuen werde."

Ich gehe zwei kleine Schritte zum Ende der Bühne und sehe beschämt über all das durch die vielen Menschen. „Harry", zische ich ihm zu. „Hör auf, es ist …"

„Nein, vergiss es!", unterbricht Harry mich. „Du standest in deinem verdammten Schlafanzug in meinem Garten und hast durch die komplette Nachbarschaft gebrüllt, dass du nachts über mich fantasierst, du hattest deinen Auftritt und jetzt bin ich dran! Hör einfach zu!" Er atmet kurz tief ein und aus und ich denke, ich verliere gleich den Verstand.

„Kannst du dich noch daran erinnern, wie Carlos in der fünften Klasse einen nassen Schwamm nach dir geworfen und du geweint hast, weil dein Lieblingsshirt im Arsch war? Ich habe es dir nie gesagt, aber ich war derjenige, der Carlos auf der Klassenfahrt den Zopf abgeschnitten hat! Oder weißt du noch, wie Misses Clain dir eine Sechs für dein Referat geben wollte, weil du deine Hausarbeit vergessen hattest? Ich hab ihr einfach meine gegeben und habe selbst die Sechs kassiert! Ich könnte noch tausend Dinge aufzählen, die ich machen würde, um zu verhindern, dass es dir schlecht geht, aber ich denke, das würde Stunden dauern!

Aber weißt du noch was? Mir war der Ärger danach jedes Mal vollkommen egal, denn wenn du glücklich bist, bin ich auch glücklich!

Du willst in irgendein verdammtes Museum gehen? Man, Violet, du hättest nicht mal betteln müssen, natürlich komme ich mit! Das ist, was ich tue, damit du glücklich bist, das ist, was ich immer tun würde, damit du *immer* glücklich bist!

Mir ist es egal, ob du deine Haare zusammenbindet oder sie offen trägst, ich finde dich immer verdammt wunderschön, genauso ist es mir egal, ob du Strümpfe mit Katzen trägst oder gar keine, verstehst du das? Für mich warst du schon immer das hübscheste Mädchen auf der ganzen Welt und auch wenn ich damals gesagt habe, dass Megan Fox niemand übertreffen kann – doch! Du! Scheiße, so was von du!

Und weil ich genau weiß, dass ich alles für ein Mädchen tun würde, was verdammte Metaphern mit Socken entwickelt, hatte ich eine Scheißangst! Wusstest du das, Violet? Ich hab mir regelrecht abends den Kopf zerbrochen, weil du mir mit deiner einfachen Präsenz den Atem raubst! Man, wie ich dich damals in meinem Auto unbedingt küssen wollte, als du deine hohen Schuhe gegen Strümpfe und Chucks getauscht hast!

Und du darfst immer meine Haare durcheinander bringen!", redet Harry weiter und wuschelt sich wild durch die Haare, sodass sie kreuz und quer stehen. „Es ist mir egal, was du tust, solang du dabei lächelst und lachst und was interessieren mich meine Haare, meine Fresse, sehe ich aus, wie irgendein hochnäsiger Vollidiot, der Kinderarzt werden will?

Außerdem würde ich immer deine Hand halten, immer! Auf Partys, vor jedem Menschen der Welt, ich würde dich jedem zeigen und ich würde dich immer und überall küssen und dir sagen, wie hübsch du bist und dass ich dich liebe und es nichts Schöneres für mich gibt, außer dich, denn es ist die Wahrheit und das war es schon immer und verdammte scheiße, Violet, ich liebe dich so sehr!"

Mir bleibt das Herz stehen.

„Bei mir gibt es kein Irgendwie oder Eventuell oder Auf irgendeine Art und Weise! Ich liebe dich *wirklich* und mit allem, was ich zu bieten habe, auch wenn es vielleicht nur irgendwelche dummen Worte in einer Theaterpause sind! Ich liebe dich, dass es mir Angst macht, es auch nur auszusprechen, und mich interessiert es nicht, ob mich jemand für verrückt hält, weil ich, scheiße, ich liebe dich so sehr und es tut mir so verdammt leid, was alles passiert ist und ... Sei mit mir zusammen, Violet!"

Heiliger.

„Wenn wir zusammen wären, hättest du deine Freiheit! Du bist nicht meine Gefangene, wenn du dich auf Partys betrinken willst, dann halte ich dich nicht auf, ich gebe auf dich acht, aber tu, was du tun willst! Ich würde nicht von deiner Seite weichen und dir nicht deinen Zopf öffnen, weil ich dich ohne hübscher finde! Du musst nur loyal und ehrlich sein, das ist alles, was ich von dir will!

Und – verdammt! – ich würde jedes Geheimnis für mich behalten! Ich habe nie jemandem erzählt, dass dein Zweitname Lotta ist und – Fuck, das sollte ich nicht – ach, scheiß drauf!" Er rauft sich schnell die Haare und sucht nach Worten. „Es tut mir leid, okay? Es tut mir leid, dass ich so ein verdammter Idiot war und es tut mir leid, dass ich wahrscheinlich irgendwie immer einer sein werde! Ich entschuldige mich jetzt schon mal für all die Dinge, die ich in ferner Zukunft tun werde, aber ich hoffe, das ist in Ordnung für dich!

Außerdem: Wusstest du, dass ich Brandon so abgrundtief hasse, dass ich ihm jedes Mal seine scheiß Zunge rausschneiden wollte, wenn er mit dir gesprochen hat?", sagt Harry und geht schnurstracks in die erste Reihe, in die Richtung, in der Brandon sitzt. Er stellt sich vor ihn und krempelt die Ärmel seines karierten Hemdes zu den Ellenbogen. „Wusstest du, dass sie Fisch *hasst*? Oder dass sie es hasst, wenn man ihre Haare bemängelt oder nicht mit ihr wartet, wenn es dunkel ist, sondern einfach davonfährt?"

Brandon starrt Harry mit riesigen Augen an und ich selbst weiß nicht, was ich tun soll. Was hat er vor?

Harry zeigt auf die zwei Jungs, die links und rechts neben Brandon sitzen. „Du und du – festhalten."

„Festhalten?", fragt Brandon überfordert, doch noch bevor er etwas tun kann, klemmen die zwei Jungs sich an

Brandons Arme, sodass er sich nicht mehr bewegen kann. „Man, was soll …"

„Das wollte ich schon tun, seitdem du sie das erste Mal Vivien genannt hast, du beschissener Flachwichser", sagt Harry und lockert seine recht Hand, worauf mir bewusst wird, was er vorhat. „Außerdem gehört es zu meinem großen Auftritt und den lass ich mir von dir nicht versauen."

„Was zur Hölle?", keucht Brandon und versucht, sich aus den Fängen der zwei Jungs zu befreien, doch schafft es nicht.

Doch dann holt Harry aus und knallt seine Faust mit voller Kraft in Brandons Gesicht, dass dessen Kopf zurückfliegt und er laut aufstöhnt.

„Ach du Scheiße", zischt Harry leise und hält sich mit gequältem Ausdruck die Faust mit der anderen Hand. „So schmerzhaft hatte ich es mir nicht vorgestellt, aber – Gott, tut das weh!" Er richtet sich wieder tief durchatmend auf und versucht so zu tun, als hätte er keine Schmerzen.

Ich halte mir fassungslos die Hand vor den Mund und im Hintergrund höre ich Benja lachen. Harry hat sie nicht mehr alle!

Brandon blutet aus der Nase und weil die Jungs ihn loslassen, fasst er sich an die mit Blut beschmierte Oberlippe und keucht auf. Auch die Leute aus dem Publikum sehen verstört zu.

„Das ist alles, was ich zu sagen habe", sagt Harry und dreht sich zu mir. „Ich liebe dich, Violet. Außerdem habe ich diesmal die wirkliche Antwort darauf, wie man jemanden auf peinlichste und unangenehmste Art und Weise nach Vergebung bitten kann. Hier ist die Antwort.

Und das war's." Er hebt die Arme seitlich von seinem Körper weg. „Das war mein großer Auftritt und ich gehe jetzt, weil die Pause gleich vorbei ist, dein Stück weitergehen muss und es so langsam anfängt, *noch* peinlicher zu werden." Er läuft rückwärts zum Ausgang und ich sehe ihm erstarrt hinterher. „Ich warte einfach hier draußen auf dich, hier stand ich sowieso schon lang genug! Also, ähm, du kannst mir auch schreiben, wenn ich verschwinden soll oder …"

„Verschwinde einfach!", ruft eine gereizte Dame aus dem Publikum.

Doch sofort erhebt sich jemand anderes aus dem Menschenmeer, die sich als Misses Heath rausstellt. Ihre Wangen sind nass. „Halten Sie die Klappe, verschwinden *Sie* doch! Harry, rede weiter!"

Harry steht durcheinander vor der Tür und sieht von Heath zu mir, dann wieder zu Heath. „Äh, okay! Also – ich gehe einfach!" Und dann öffnet er die Tür und geht einfach.

Die Tür knallt zu und zurück bleibt eine peinliche Stille und ein wild pochendes Herz. Wie festgewurzelt starre ich zum Ausgang und versuche, meine Gedanken und Gefühle zu sortieren.

Was zur verdammten Hölle ist in den letzten zehn Minuten passiert?

Weil mich das Publikum ansieht, als würden sie irgendeine Reaktion von mir erwarten, sehe ich zu Brandon, der noch immer vor Schmerz stöhnend seine Nase hält und dann verschwinde ich schnell hinter der Bühne, um tief durchzuatmen. Ich lehne mich an die Wand und starre auf den roten Vorhang vor mir.

Oh mein Gott. Ich kann noch immer nicht realisieren, was sich gerade in diesem Theater abgespielt hat. Harry hat den größten Auftritt seines Lebens hingelegt und ...

„Er liebt mich", hauche ich mit schwacher Stimme und erst jetzt kommt die Erkenntnis in meinem Kopf an. *Er liebt mich!*

„Vy", ertönt eine flüsternde Stimme von rechts und ich sehe, wie Charly und Benja auf mich zukommen. Beide scheinen genauso perplex zu sein wie ich.

Das Publikum beginnt wieder lauter zu werden und meine zwei besten Freunde stellen sich zu mir.

„Nimm es mir nicht übel", sagt Benja als Erstes. „Aber ich habe mich schockverliebt. In Harry."

„Ich habe selbst keine Worte", sagt Charly. „Das war einfach nur ... Wie gesagt, ich habe keine Worte."

Benja sieht von Charly zu mir. „Was wirst du jetzt tun?"

„Sie wird ihm nicht verzeihen", meint Charly. „Das würde irgendwie keinen Sinn ergeben, egal, wie toll sein Auftritt war."

„Wieso? Natürlich würde das Sinn ergeben. Charlotte, hast du heute Morgen wieder zu viel Negativität gefrühstückt?"

„Harry hat mindestens tausend Fehler gemacht und nur weil er einmal gesagt hat, dass er sie liebt …"

„Ich verzeihe ihm", unterbreche ich Charly und sehe fassungslos vor meine Füße, kann immer noch nicht ganz verstehen, was hier los ist.

„Du *verzeihst* ihm?", fragt Charly ungläubig nach. „Warum?"

Nun hebe ich den Kopf und sehe sie an. „Warum? Weil ich ..."

„Weil sie ihn liebt", vollendet Benja meinen Satz und lächelt warmherzig, verschränkt seine Arme.

„Ja." Ich nicke benommen, will nur noch bei Harry sein und ihn küssen und halten und ihm sagen, dass ich ihn liebe und seine Haare durcheinanderbringen und ihm dann wieder sagen, dass ich ihn liebe und ihn küssen. „Weil ich ihn liebe."

Charly seufzt, doch lächelt mir genauso aufmunternd zu. „Okay. Liebe ist so verdammt kompliziert, ich denke, ihr wisst, was ihr tut."

„Da bin ich mir nicht ganz sicher, aber sie wissen, dass sie sich lieben, und das ist alles, was sie wissen *müssen.*" Benja legt mir die Hand auf die Schulter. „Die Pause ist in sieben Minuten vorbei, schaffst du es bis dahin, Harry draußen von seinem Leiden zu befreien?"

Ich nicke und schmunzle. Ich schmunzle, weil ich weiß, es wird alles gut. Harry liebt mich und ich liebe Harry. Wir hatten beide unseren großen Auftritt und nun ist es an der Zeit, dass wir *gemeinsam* unseren letzten Auftritt haben, auch wenn es nur draußen vor der Tür ist. Doch das ist mir völlig egal, denn was ich weiß, ist, dass wir glücklich sein werden. Wir werden glücklich sein und das ist alles, was ich wissen muss. Und ich liebe ihn und er liebt mich. Das weiß ich auch.

Deswegen gehe ich schnell die Bühne herunter, ignoriere die vielen Blicke des Publikums und gehe zum Ausgang. Ich kann es kaum erwarten, Harry endlich zu sehen, auch wenn er gerade erst hier war. Gott, ich liebe ihn so sehr, es ist verrückt.

Mom und Rosy, die inmitten der Leute sitzen, lächeln mir zu. Als wäre es eine Bestätigung, dass ich gerade das Richtige tue. Ich weiß, dass ich es tue.

„Violet!", hält mich eine Stimme auf und ich drehe mich hastig um, weil ich nur noch zu Harry will. Brandon kommt auf mich zu, seine Hand noch immer an seiner Nase. „Du gehst zu Harry? Er hat mich geschlagen!"

Ich hebe eine Braue.

„Außerdem wollten wir nach dem Stück miteinander sprechen, du weißt schon."

„Brandon", sage ich und gehe einen Schritt zurück, komme der Tür immer näher. „Ich denke nicht, dass du mit mir essen gehen willst, wenn ich dir in den Schoß kotze, weil Fisch das Widerlichste auf der Welt ist und du dich auch noch schämen musst, weil ich mir den Pony geschnitten habe. Außerdem …" Ich nehme den Türgriff in die Hand. „Fick dich, ich mag meine Haare. *Irgendwie.*"

Ich lasse Brandon mit einem verblüfften Ausdruck zurück und öffne die Tür, lasse sie hinter mir ins Schloss fallen. Sofort fällt mein Blick auf Harry, der auf dem Boden mir gegenüber an der Wand lehnt und überrascht zu mir aufsieht. Seine rechte Hand hat er mit seinem karierten Hemd eingewickelt, sodass man sie kaum noch sieht. Es sieht echt bescheuert aus.

„Ist es wirklich *so* schlimm?", frage ich ihn amüsiert.

Er öffnet den Mund, um etwas zu sagen, doch sucht noch nach den richtigen Worten. „Ja, äh", stammelt er und stellt sich blitzartig hin. „Es hat geblutet und ich – also das war echt eklig – und – du weißt ja, Blut und ich sind nicht so die besten Freunde, es hat nicht aufgehört, deswegen ..."

„Ich verstehe schon. Estefania wird sich nachher schon darum kümmern."

Er nickt, sieht mich unsicher an. „Ja, bestimmt."

Für ein paar Sekunden sehen wir uns einfach nur an und warten auf irgendetwas. Harry wartet darauf, dass ich etwas sage, und ich warte darauf, den richtigen Moment zu finden, ihn zu küssen.

„Also", sage ich, „du hast einen Zettel geschrieben, mit den Dingen, die du an mir liebst."

Harry kratzt sich beschämt am Hinterkopf und sieht weg. „Oh man, ich weiß, es ist echt bescheuert."

Ein liebevolles und ehrliches Schmunzeln spiegelt sich auf meinen Lippen. „Ja, es ist wirklich bescheuert." Es ist toll.

Er sagt nichts, lacht nur peinlich berührt.

Und dann strecke ich meine Hand aus und halte sie ihm hin, worauf er sie verwirrt ansieht. „Schließen wir einen Pakt", sage ich.

„Einen Pakt?"

„Ja, einen Pakt. Versprechen wir uns, dass wir uns niemals wieder ernsthaft verletzten werden und einfach nur das tun, was wir wollen."

Harry ist noch kurz still, doch dann versteht er und seine Miene erhellt sich. Sofort legt er die Hand, die nicht verletzt ist, in meine, was ein himmlisches Kribbeln in mir auslöst.

„Wenn wir uns streiten, dann vertragen wir uns wieder", sage ich und halte immer noch seine Hand. „Beleidigungen sind in Ordnung, solange sie nicht *zu* verletzend sind."

„Also so etwas wie du nervige Sockentante ist in Ordnung?", fragt Harry nach.

„Ja, das ist noch in Ordnung."

„Unfähiger Kochtrottel?"

„Auch noch in Ordnung."

„Miss Meine-Meinung-ist-immer-die-richtige-und-jeder-der-etwas-dagegen-sagt-ist-sofort-ein-Vollidiot-und-außerdem-stelle-ich-mich-manchmal-*extrem*-dumm-an?"

Ich kneife die Augen zusammen. „Übertreib es nicht, Mister Ich-habe-solche-Angst-vor-Blut-und-stelle-mich-an-wie-ein-Baby."

„O-kay, ich wollte nur auf Nummer sicher gehen."

„Schon klar. Und wir dürfen keine Geheimnisse voreinander haben. Wir sind nicht nur ein schnulziges Liebespärchen, sondern auch beste Freunde und alles, was wir tun, tun wir gemeinsam, also haben wir außerdem gemeinsam Geheimnisse. Also so empfinde ich das, ich weiß nicht, ob …"

„Ich habe mir das Tattoo wegen dir stechen lassen."

Erstaunt blinzle ich. „Was?"

„Meine lila Liebesperlenbeere, weißt du noch?"

„Ja, ich weiß noch."

„Ich war damals wirklich betrunken, als ich es mir habe stechen lassen, aber ich habe damals an dich gedacht und du heißt Violet und Berrymore und keine Ahnung, der Tätowierer hat meine Betrunkenheit ausgenutzt, mir diese verdammte Beere vorgeschlagen und dann ist es passiert."

Geschockt blicke ich ihn an. „Oh mein Gott."

„Erstes Geheimnis gelüftet, tut mir leid."

Wie benebelt von dieser Beichte schüttle ich den Kopf und konzentriere mich wieder auf das Wesentliche. „Äh, egal, darüber reden wir später." Ich drücke Harrys Hand fester und blicke ihn an. „Versprich mir, dass wir nie langweilig werden. Wir werden nie aufhören, so zu sein, wie wir sind, und wir werden seltsame Dinge tun und lachen und …"

„... Glücklich sein."

Jetzt grinse ich und mir geht das Herz auf, während ich so in Harrys blaue Augen blicke, er in meine blickt und ich mich erneut darin verliere, weil er so schön ist. „Ja. Und wir werden glücklich sein."

Er lächelt. „Ich verspreche es dir."

„Und ich verspreche es dir."

Dann schütteln wir einmal unsere Hände, doch halten sie noch immer zusammen, weil wohl niemand loslassen will. Kurz verweilen wir so, sehen uns an, verlieben uns, verlieren uns, sind glücklich.

„Ich liebe dich", unterbreche ich die Stille. „Jermaine-René."

„Und ich liebe dich, Lotta, Violi-Ravioli."

Das tun wir wirklich. *Wirklich.*

Und dann halte ich mich nicht mehr und falle ihm um den Hals, sodass er zwei Schritte zurück stolpert und mich gerade noch so halten kann. Doch mir ist alles egal, denn ich drücke meine Lippen auf seine, fahre mit meinen Händen in seine Haare und genieße alles.

Harry presst mich fest an sich, lehnt sich an die Wand und wir knutschen. Wir knutschen wie zwei Verrückte, sagen Dinge, die wir uns immer sagen wollten und ...

Sind glücklich.

Epilog

„Oh Gott, Harry, du versaust es noch!"

„Ich versaue es nicht, warte einfach ab."

„Ich sehe es doch! Ah, oh Gott, oh Gott, oh Gott!"

„Violet, halt den Rand. Wenn du ständig deine Finger im Spiel hast, dann wird das nie was."

„Es tut mir ja leid, aber wenn ich sehe, wie …"

„Sei still, ich muss mich konzentrieren", unterbricht Harry meine wirren Worte und schiebt seine Zunge konzentriert zwischen seine Lippen, um den perfekten Nadelstich zu setzen.

„Der Faden hängt schon wieder total lose", sage ich und greife unsicher nach der Nadel, doch Harry schlägt sofort meine Hand weg.

Er legt meine violetten Socken auf das Bett zwischen uns, dann seine Hände auf seine Knie, während er genauso wie ich im Schneidersitz sitzt. „Das geht so nicht. Behalt deine Finger bei dir und nerv mich nicht ständig oder willst du, dass ich es *wirklich* versaue?"

Skeptisch blicke ich auf die halb zusammengenähte Socke. „Also noch mehr versauen kannst du es, glaube ich, gar nicht mehr."

„Okay, weißt du was? Ich nähe dir den Mund zu." Er nimmt sich Nadel und Faden und richtet sich auf, hält meinen Kopf fest, doch ich stoße ihn kichernd zurück, sodass er sich wieder auf sein Hinterteil setzt.

„Okay, okay, okay", sage ich und reiche ihm die Socken, als er mich abwartend ansieht. „Bitte bring dein Werk zu Ende, du Gott des Nähens."

„Danke, ich will *nichts* mehr hören."

Rosy hat meine Strümpfe noch an dem Tag, an dem ich sie weggeschmissen habe, aus dem Müll gefischt, als sie sie darin gesehen hat. Ein Glück. Ich hätte mir die Augen ausgeheult, wenn sie wirklich weggewesen wären. Dafür hat Rosy zwar eine Menge ungewollte Knutscher bekommen, aber sie hatte sie verdient. Sie hat meine Socken schon einmal vor ihrem Untergang gerettet, beim zweiten Mal konnte ich mich einfach nicht mehr zurückhalten.

Und als Harry gesehen hat, dass eine von seinen gestrickten Socken kaputt war, musste er sie *unbedingt* wieder zusammennähen. Er kann es zwar noch immer nicht, wir sitzen hier bestimmt schon eine halbe Stunde auf meinem Bett und versuchen, die Naht nicht zu versauen, aber er bekommt das schon hin. So wie alles, was er tut.

Mein Blick fällt auf meinen Nachttisch, um auf die Uhr zu sehen. Und dann auf das Bild, das daneben steht. Benja hat mir zum Schulabschluss das Bild von Harry und mir im Museum in einen Bilderrahmen gebastelt, wo in violett *L+JR* steht. Erst wollte ich es nicht aufstellen, weil die Initialen echt bescheuert sind, aber im Endeffekt blieb mir nichts anderes übrig, denn ich liebe es trotzdem. Besser geht es nicht.

Es ist ein Monat vergangen, seitdem Harry und ich zusammen sind und wir sind unheimlich glücklich. Ich gehe auf ein College ganz in der Nähe, während Benja und Charly leider in London sind und ich sie nur an den Wochenenden ab und zu sehen kann. Aber Harry ist noch hier und das macht mich glücklich.

Erst letzte Woche habe ich erfahren, was aus Ethan und Florence geworden ist. Ethan hat beschlossen, in dem

Altersheim eine Ausbildung zu machen, indem er seine Sozialstunden abarbeiten musste, und Florence ... Tja. Nachdem ihre Eltern herausgefunden haben, dass sie mutwillig unser Theater zerstört hat, wurde sie auf eine Eliteschule im Norden geschickt. Ich erläutere diese Schule nicht weiter, aber ich sage nur eins: *Sie* ist auf jeden Fall *nicht* so glücklich, wie ich.

Von Brandon habe ich nichts mehr gehört. Angeblich soll er auf ein College in Irland gehen, aber so richtig weiß das niemand. Er ist wie vom Erdboden verschluckt.

„Fertig", sagt Harry schlussendlich und hält die geheilte Socke hoch. Okay ganz so geheilt ist sie auch nicht, aber wenigstens besteht sie nicht mehr aus zwei Teilen. „Es sieht ziemlich grausig aus, aber ich denke, es reicht aus."

Ich grinse und setze mich zurück, um Harry meine nackten Beine entgegenzustrecken. „Okay, ich bin bereit."

Auch er grinst, als er sich weiter zurücksetzt und meinen linken Fuß auf seinen Schoß legt, um mir die seltsame Socke nach vier langen Jahren über den Fuß zu ziehen. Glücklich beobachte ich, wie er den Stoff bis knapp unter meine Knie zieht und stolz nickt. „Diese Teile darfst du nie in der Öffentlichkeit tragen."

Ich lache und streiche über den weichen violetten

Stoff, setze mich dann wieder in den Schneidersitz ihm gegenüber. „Das überlege ich mir noch, du hast zu gute Arbeit geleistet."

Es hat sich noch nie so gut angefühlt, Kniestrümpfe zu tragen, egal wie viele lose Fäden und Löcher sie haben. Es ist perfekt, so wie es ist.

Harry lächelt, als ich meine Arme um seinen Nacken lege, ihm näher komme. „Ich denke, deine Metapher wird nie ein Ende haben oder?"

Glücklich schüttle ich den Kopf. „Nie."

Ich küsse ihn und schließe einen Pakt mit mir selbst. Auch wenn meine Socken vier Jahre lang in meiner Schublade lagen und egal, wie oft ich sie manchmal herausgeholt habe und wieder zurückgelegt, durch mein Zimmer geschmissen oder darauf herumgetrampelt bin, sie angeschrien oder beleidigt habe ... Ich werde sie immer lieben. Sie haben mich dazu gebracht, ich selbst zu sein, und sie haben mich dazu gebracht, einen Jungen jahrelang zu lieben, der mich liebt. Und sie haben mich verrückt gemacht, mich aber nie alleine gelassen.

Sie sind die tollsten unter all meinen Socken. Es sind einfach meine violetten Socken.

Als ich von Harrys Lippen ablasse, sieht er nach rechts auf mein Nachtschränkchen, um auf die Uhr zu sehen. Dann springt er ruckartig auf und ich fliege zurück auf das Bett. „Verdammte Scheiße, ich komme so was von zu spät", flucht er und zieht sich schnell die Schuhe an.

Ich seufze und sehe zu, wie er nach seiner Jacke greift. „Lewis macht nie so einen Aufstand, wenn du fünf Minuten später bist."

„Das ist aber schon das dritte Mal und eigentlich – egal." Er zieht sich die Jacke über und beugt sich über mein Bett zu mir, bleibt mit seinen Lippen kurz vor meinen und grinst. „Ich liebe dich."

Ich grinse. „Ich liebe dich."

Schnell küsst er mich und ich sehe ihm trotzig hinterher, wie er aus meinem Zimmer stürmt.

Was aus Harry geworden ist, nach unserem Schulabschluss? Na ja, sagen wir es so: Auch er ist glücklich. Nachdem Lewis sich noch mal bei ihm gemeldet hat, hat er den Job im ToToes angenommen und beginnt seine Ausbildung als Koch. Er verdient nicht wenig Geld, er verdient mehr, als er dachte, weswegen er schon bald von Zu Hause ausziehen wird. Anette ist stinksauer auf ihn, aber es interessiert ihn nicht. Er wollte schon immer Koch werden, sein eigenes Restaurant haben und das wird er schaffen, ich weiß das. Er wird alles schaffen.

Zufrieden mit mir, mit Harry, mit Rosy, mit Benja, Charly, Mom und allem auf dieser ganzen Welt, lasse ich mich auf den Rücken in mein Bett fallen und schließe die Augen. Genieße das wohlige Gefühl der Socken, die sich um meine Beine schließen.

Meine violetten Socken sind erfolgreich entfaltet, gewaschen, gebügelt, repariert und angezogen, um sie nie wieder auszuziehen.

CELINE ZIEGLER

Celine ist 1997 in Hessen im schönen Fulda geboren, wo sie auch heute noch wohnt.

Wenn du mehr über Celine Ziegler erfahren möchtest, dann folge ihr auf Facebook:
CELINE ZIEGLER - AUTORIN

18824255R10340

Printed in Poland
by Amazon Fulfillment
Poland Sp. z o.o., Wrocław